OEUVRES

COMPLETES

DE

VOLTAIRE.

OEUVRES

COMPLETES

DE

VOLTAIRE.

TOME TRENTIEME.

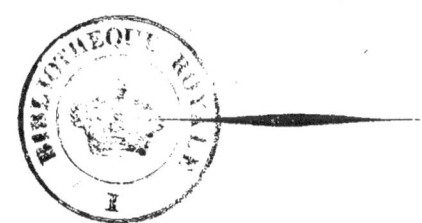

1 7 8 5.

POLITIQUE

ET

LEGISLATION.

FRAGMENT

D'UNE LETTRE

Sur un ufage très-utile établi en Hollande.

1 7 4 5.

Il ferait à fouhaiter que ceux qui font à la tête des nations imitaffent les artifans. Dès qu'on fait à Londres qu'on fait une nouvelle étoffe en France, on la contrefait. Pourquoi un homme d'Etat ne s'empreffera-t-il pas d'établir dans fon pays une loi utile qui viendra d'ailleurs? Nous fommes parvenus à faire la même porcelaine qu'à la Chine; parvenons à faire le bien qu'on fait chez nos voifins, et que nos voifins profitent de ce que nous avons d'excellent.

Il y a tel particulier qui fait croître dans fon jardin des fruits que la nature n'avait deftinés qu'à mûrir fous la ligne : nous avons à nos portes mille lois, mille coutumes fages; voilà les fruits qu'il faut faire naître chez foi, voilà les arbres qu'il faut y tranfplanter : ceux-là viennent en tous climats, et fe plaifent dans tous les terrains.

La meilleure loi, le plus excellent ufage, le plus utile que j'aie jamais vu, c'eft en Hollande. Quand deux hommes veulent plaider l'un contre l'autre, ils font obligés d'aller d'abord au tribunal des *conciliateurs*, appelés *fefeurs de paix*. Si les parties arrivent avec un avocat et un procureur, on fait d'abord retirer ces derniers, comme on ôte le bois d'un feu qu'on veut éteindre. Les *feſeurs de paix* diſent aux parties : Vous êtes de grands fous de vouloir manger voîre argent à vous rendre mutuellement malheureux ; nous allons vous accommoder ſans qu'il vous en coûte rien.

Si la rage de la chicane eſt trop forte dans ces plaideurs, on les remet à un autre jour, afin que le temps adouciſſe les ſymptômes de leur maladie. Enſuite les jugés les envoient chercher une ſeconde, une troiſième fois. Si leur folie eſt incurable, on leur permet de plaider, comme on abandonne au fer des chirurgiens des membres gangrenés : alors la juſtice fait ſa main. (1)

Il n'eſt pas néceſſaire de faire ici de longues déclamations, ni de calculer ce qui en reviendrait au genre humain, ſi cette loi était adoptée. D'ailleurs je ne veux point aller ſur les briſées de M. l'abbé de *Saint-Pierre*, dont un miniſtre plein d'eſprit appelait les projets *les rêves d'un homme de bien*. Je ſais que ſouvent un particulier qui s'aviſe de propoſer quelque choſe pour le bonheur public ſe fait berner. On dit : De quoi ſe mêle-t-il ? voilà un plaiſant homme, de vouloir que nous ſoyons plus heureux que nous ne ſommes ! ne ſait-il pas qu'un abus eſt toujours le patrimoine d'une bonne partie de la nation ? pourquoi nous ôter un mal où tant de gens trouvent leur bien ? A cela je n'ai rien à répondre.

(1) Cet exemple a été ſuivi par M. le duc de *Rohan-Chabot* dans ſes terres de Bretagne, où il a établi, depuis quelques années, un tribunal de conciliation.

DISCOURS

DU CONSEILLER

ANNE DUBOURG

A SES JUGES.

L'histoire d'un pendu du feizième fiècle, et fes dernières paroles, font en général peu intéreffantes. Le peuple va voir gaiement ce fpectacle qu'on lui donne gratis. Les juges fe font payer leurs épices, et difent, voyons qui nous refte à pendre. Mais un homme tel que le confeiller *Anne Dubourg* peut attirer l'attention de la poftérité.

Il était détenu à la baftille et jugé, malgré les lois, par des commiffaires tirés du parlement même.

L'inftinct qui fait aimer la vie porta *Dubourg* à recufer quelque temps fes juges, à réclamer les formes, à fe défendre par les lois contre la force.

Une femme de qualité, nommée madame de *la Caille*, accufée comme lui de favorifer les réforma-teurs, et détenue comme lui à la baftille, trouva le moyen de lui parler, et lui dit : N'êtes-vous pas honteux de chicaner votre vie, craignez-vous de mourir pour DIEU ?

Il n'était pas bien démontré que DIEU, qui a foin de tant de globes roulans autour de leurs foleils dans les plaines de l'être, voulût expreffément qu'un

A 3

conseiller-clerc fût pendu pour lui dans la place de Grève ; mais madame de *la Caille* en était convaincue.

Le conseiller en crut enfin quelque chose, et rappelant tout son courage, il avoua qu'étant français et neveu d'un chancelier de France, il préférait Paris à Rome ; que JESUS-CHRIST n'avait jamais été prélat romain ; que la France ne devait point être asservie aux *Guise* et à un légat ; que l'Eglise avait un besoin extrême d'être réformée,.&c. Sur cette confession, il fut déclaré hérétique, condamné à être brûlé de droit ; et par grâce à être pendu auparavant.

Quand il fut sur l'échelle, voici comme il parla :

Vous avez, en me jugeant, violé toutes les formes des lois : qui méprise à ce point les règles, méprise toujours l'équité. Je ne suis point étonné que vous ayez prononcé ma.mort, puisque vous êtes les esclaves des *Guise*, qui l'ont résolue. Ce sera, sans doute, une tache éternelle à votre mémoire et à la compagnie dont je suis membre, que vous ayez joint un confrère à tant d'autres victimes ; un confrère dont le seul crime est d'avoir parlé dans nos assemblées contre les prétentions de la cour de Rome, en faveur des droits de nos monarques.

Je ne puis vous regarder ni comme mes confrères, ni comme mes juges ; vous avez renoncé vous-mêmes à cette dignité pour n'être que des commissaires. Je vous pardonne ma mort ; on la

pardonne aux bourreaux; ils ne font que les inftrumens d'une puiffance fupérieure ; ils affaffinent
juridiquement pour l'argent qu'on leur donne. Vous
êtes des bourreaux payés par la faction des *Guife.* Je
meurs pour avoir été le défenfeur du roi et de l'Etat
contre cette faction funefte.

Vous qui jufqu'ici aviez toujours foutenu la
majefté du trône, et les libertés de l'Eglife gallicane,
vous les trahiffez pour plaire à des étrangers. Vous
vous êtes avilis jufqu'à l'opprobre d'admettre dans
votre commiffion un inquifiteur du pape.

Vous devriez voir que vous ouvrez à la France
une carrière bien funefte, dans laquelle on marchera
trop long-temps. Vous prêtez vos mains mercenaires
pour foumettre la France entière à des cadets d'une
maifon vaffale de nos rois. La couronne fera foulée
par la mitre d'un évêque italien. Il eft impoffible
d'entreprendre une telle révolution fans plonger
l'Etat dans des guerres civiles qui dureront plus
que vous et vos enfans, et qui produiront d'autant plus de crimes qu'elles auront la religion pour
prétexte, et l'ambition pour caufe. On verra renaître
en France ces temps affreux où les papes perfécutaient, dépofaient, affaffinaient les empereurs *Henri IV,*
Henri V, *Frédéric I*, *Frédéric II*, et tant d'autres en
Allemagne et en Italie. La France nagera dans le
fang. Nos rois expireront fous le couteau des *Aod,*
des *Samuel*, des *Joad* et de cent fanatiques.

Vous auriez pu détourner ces fléaux; et c'eft
vous qui les préparez. Certes une telle infamie n'aurait point été commife par ces grands hommes qui
inventèrent l'appel comme d'abus, qui déférèrent

au concile de Pife *Jules II*, ce prêtre foldat ; ce-boute-feu de l'Europe, qui s'élevèrent fi hautement contre les crimes d'*Alexandre VI*, et qui depuis leur inftitution furent les gardiens des lois, et les organes de la juftice.

L'honneur de l'ancienne chevalerie gouvernait alors la grand'chambre, compofée originairement de nobles, égaux pour le moins à ces feigneurs étrangers qui vous ont fubjugués, qui vous tyrannifent, et qui vous payent.

Vous avez vendu ma tête ; le prix fera bien médiocre ; la honte fera grande : mais en vous vendant aux *Guife*, vous vous êtes mis au-deffus de la honte.

Votre jugement contre quelques autres de nos confrères eft moins cruel, mais il n'eft ni moins abfurde, ni moins ignominieux. Vous condamnez le fage *Paul de Foix* et l'intrépide *Dufaur* à demander pardon à DIEU, au roi et à la juftice, d'avoir dit qu'il faut convertir les réformateurs par des raifons, par des mœurs pures, et non par des fupplices. Et pour joindre le ridicule à l'atrocité de vos arrêts, vous ordonnez que *Paul de Foix* déclare devant les chambres affemblées que *la forme eft inféparable de la matière dans l'euchariftie.* Qu'a de commun ce gali-matias péripatétique avec la religion chrétienne, avec les lois du royaume, avec les devoirs d'un magiftrat, avec le bon fens? De quoi vous mêlez-vous? eft-ce à vous de faire les théologiens? n'eft-ce pas affez des abfurdités de *Cujas* et de *Bartole*, fans y comprendre encore celles de *Thomas d'Aquin*, de *Scot* et de *Bonaventure*?

Ne rougiffez-vous pas de croupir aujourd'hui dans l'ignorance du quatorzième et du quinzième fiècle, quand le refte du monde commence à s'éclairer ? Serez-vous toujours tels que vous étiez fous *Louis XI*, quand vous fîtes faifir les premières éditions imprimées de l'évangile et de l'imitation de JESUS-CHRIST que vous apportaient de la baffe Allemagne les inventeurs de ce grand art ? Vous prîtes ces hommes admirables pour des forciers ; vous commençâtes leur procès criminel : leurs ouvrages furent perdus ; et le roi, pour fauver l'honneur de la France, fut obligé d'arrêter vos procédures, et de leur payer leurs livres. Vous êtes depuis long-temps enfoncés dans la fange de notre antique barbarie. Il eft trifte d'être ignorans, mais il eft affreux d'être lâches et corrompus.

Ma vie eft peu de chofe, je vous l'abandonne; votre arrêt eft digne du temps où nous fommes. Je prévois des temps où vous ferez encore plus coupables ; et je meurs avec la confolation de n'être pas témoin de ces temps infortunés.

JUSQU'A QUEL POINT

ON DOIT

TROMPER LE PEUPLE.

C'EST une très-grande queftion, mais peu agitée, de favoir jufqu'à quel degré le peuple, c'eft-à-dire, neuf parts du genre humain fur dix, doit être traité comme des finges. La partie trompante n'a jamais bien examiné ce problême délicat ; et, de peur de fe méprendre au calcul, elle a accumulé tout le plus de vifions qu'elle a pu dans les têtes de la partie trompée.

Les honnêtes gens qui lifent quelquefois *Virgile*, ou les *Lettres provinciales*, ne favent pas qu'on tire vingt fois plus d'exemplaires de l'almanach de Liége et du courrier boiteux, que de tous les bons livres anciens et modernes. Perfonne affurément n'a une vénération plus fincère que moi pour les illuftres auteurs de ces almanachs et pour leurs confrères. Je fais que depuis le temps des anciens Chaldéens, il y a des jours et des momens marqués pour prendre médecine, pour fe couper les ongles, pour donner bataille, et pour fendre du bois. Je fais que le plus fort revenu, par exemple, d'une illuftre académie confifte dans la vente des almanachs de cette efpèce. Oferai-je, avec toute la foumiffion poffible, et toute la défiance que j'ai de mon avis, demander quel mal il arriverait au genre humain, fi quelque puiffant aftrologue apprenait aux payfans et aux bons bourgeois des petites villes, qu'on peut, fans rien rifquer, fe couper les ongles quand on veut, pourvu que ce foit dans une bonne intention ? Le peuple, me répondra-t-on, ne prendrait point des almanachs de ce nouveau venu. J'ofe préfumer, au contraire, qu'il fe trouverait parmi le peuple de grands génies qui fe feraient un mérite de fuivre cette nouveauté. Si on me réplique que ces grands génies feraient des factions, et allumeraient une guerre civile, je n'ai plus rien à dire, et j'abandonne, pour le bien de la paix, mon opinion hafardée.

Tout le monde connaît le roi de Boutan. C'eft un des plus grands princes du monde. Il foule à fes pieds les trônes de la terre ; et fes fouliers, s'il en a, ont des fceptres pour agrafes. Il adore le diable, comme on fait, et lui eft fort dévot, auffi-bien que fa cour. Il fit venir un jour un fameux fculpteur de mon pays, pour lui faire une belle ftatue de *Belzébuth*. Le fculpteur réuffit parfaitement ; jamais le diable n'a été fi beau : mais malheureufement notre *Praxitèle* n'avait donné que cinq griffes à fon animal, et les Boutaniers lui en donnaient toujours fix. Cette énorme faute du fculpteur fut relevée par le grand maître des cérémonies du diable, avec tout le zèle d'un homme juftement jaloux des droits de fon patron et de l'ufage immémorial et facré du royaume de Boutan. Il demanda la tête du fculpteur. Celui-ci répondit que ces cinq griffes pefaient tout jufte le poids des fix griffes ordinaires ; et le roi de Boutan, qui eft fort indulgent, lui fit grâce. Depuis ce temps, le peuple de Boutan fut détrompé fur les fix griffes du diable.

Le même jour, sa majesté eut besoin d'être saignée: un chirurgien gascon, qui était venu à sa cour dans un vaisseau de notre compagnie des Indes, fut nommé pour tirer cinq onces de ce sang précieux. L'astrologue de quartier cria que la vie du roi était en danger, si on le saignait dans l'état où était le ciel. Le gascon pouvait lui répondre qu'il ne s'agissait que de l'état où était le roi de Boutan; mais il attendit prudemment quelques minutes; et prenant son almanach: Vous avez raison, grand homme, dit-il à l'aumônier de quartier, le roi serait mort si on l'avait saigné dans l'instant où vous parliez; le ciel a changé depuis ce temps-là, et voici le moment favorable. L'aumônier en convint. Le roi fut guéri; et petit à petit on s'accoutuma à saigner les rois quand ils en avaient besoin.

Un brave dominicain disait dans Rome à un philosophe anglais: Vous êtes un chien, vous enseignez que c'est la terre qui tourne, et vous ne songez pas que *Josué* arrêta le soleil. Hé, mon révérend père, répondit l'autre, c'est aussi depuis ce temps-là que le soleil est immobile. Le dominicain et le chien s'embrassèrent, et on osa croire enfin, même en Italie, que la terre tourne.

Un augure se lamentait, du temps de *César*, avec un sénateur sur la décadence de la république. Il est vrai que les temps sont bien funestes, disait le sénateur; il faut trembler pour la liberté romaine. Ah! ce n'est pas-là le plus grand mal, disait l'augure; on commence à n'avoir plus pour nous ce respect qu'on avait autrefois; il semble qu'on nous tolère, nous cessons d'être nécessaires. Il y a des

généraux qui ofent donner bataille fans nous confulter ; et, pour comble de malheur, ceux qui nous
vendent les poulets facrés commencent à raifonner.
Hé bien, que ne raifonnez-vous auffi ? répliqua
le fénateur ; et puifque les vendeurs de poulets du
temps de *Céfar* en favent plus que ceux du temps
de *Numa*, ne faut-il pas que vous autres augures
d'aujourd'hui vous foyez plus philofophes que ceux
d'autrefois ?

TIMON. (*)

Dieu merci j'ai brûlé tous mes livres, me dit hier *Timon*. Quoi, toùs fans exception? Paffe encore pour le journal de Trévoux, les romans du temps et les pièces nouvelles : mais que vous ont fait *Cicéron* et *Virgile*, *Racine*, *la Fontaine*, *l'Ariofte*, *Addiffon* et *Pope*? J'ai tout brûlé, répliqua-t-il; ce font des corrupteurs du genre humain. Les maîtres de géométrie et d'arithmétique même font des monftres. Les fciences font le plus horrible fléau de la terre. Sans elles nous aurions toujours eu l'âge d'or. Je renonce aux gens de lettres pour jamais, à tous les pays où les arts font connus. Il eft affreux de vivre dans des villes où l'on porte la mefure du temps en or dans fa poche, où l'on a fait venir de la Chine de petites chenilles pour fe couvrir de leur duvet, où l'on entend cent inftrumens qui s'accordent, qui enchantent les oreilles, et qui bercent l'ame dans un doux repos. Tout cela eft horrible, et il eft clair qu'il n'y a que les Iroquois qui foient gens de bien; encore faut-il qu'ils foient loin de Québec, où je foupçonne que les damnables fciences de l'Europe fe font introduites.

Quand *Timon* eut bien évaporé fa bile, je le priai de me dire fans humeur ce qui lui avait infpiré tant d'averfion pour les belles lettres. Il m'avoua ingénument que fon chagrin était venu originairement d'une efpèce de gens qui fe font valets de libraires; et qui, de ce bel état où les réduit l'impuif-fance de prendre une profeffion honnête, infultent

(*) Ceci a été imprimé avec ce titre : *Sur le paradoxe que les fciences ont nui aux mœurs.*

tous les mois les hommes les plus eſtimables de l'Europe, pour gagner leurs gages. Vous avez raiſon, lui dis-je ; mais voudriez-vous qu'on tuât tous les chevaux d'une ville, parce qu'il y a quelques roſſes qui ruent, et qui ſervent mal ?

Je vis que cet homme avait commencé par haïr l'abus des arts, et qu'il était parvenu enfin à haïr les arts mêmes. Vous conviendrez, me diſait-il, que l'induſtrie donne à l'homme de nouveaux beſoins. Ces beſoins allument les paſſions, et les paſſions font commettre tous les crimes. L'abbé *Suger* gouvernait fort bien l'Etat dans les temps d'ignorance ; mais le cardinal de *Richelieu*, qui était théologien et poëte, fit couper plus de têtes qu'il ne fit de mauvaiſes pièces de théâtre. A peine eut-il établi l'académie françaiſe que les *Cinq-Mars*, les *de Thou*, les *Marillac*, paſsèrent par la main du bourreau. Si *Henri VIII* n'avait pas étudié, il n'aurait pas envoyé deux de ſes femmes ſur l'échafaud. *Charles IX* n'ordonna les maſſacres de la Saint-Barthelemi, que parce que ſon précepteur *Amiot* lui avait appris à faire des vers. Et les catholiques ne maſſacrèrent en Irlande trois à quatre mille familles de proteſtans, que parce qu'ils avaient appris à fond la Somme de Sᵗ *Thomas*.

Vous penſez donc, lui dis-je, qu'*Attila*, *Genſeric*, *Odoacre* et leurs pareils avaient étudié long-temps dans les univerſités ? Je n'en doute nullement, me dit-il, et je ſuis perſuadé qu'ils ont écrit beaucoup en vers et en proſe ; ſans cela auraient-ils détruit une partie du genre humain ? il liſaient aſſidument les caſuiſtes et la morale relâchée des jéſuites, pour calmer les fcrupules que la nature fauvage donne toute feule. Ce n'eft qu'à force d'efprit et de culture qu'on peut devenir méchant. Vivent les fots pour être honnêtes gens. Il fortifia cette idée par beaucoup de raifons capables de faire remporter un prix dans une académie. Je le laiffai dire. Nous partîmes pour aller fouper à la campagne. Il maudiffait en chemin la barbarie des arts, et je lifais *Horace*.

Au coin d'un bois nous fûmes rencontrés par des voleurs, et dépouillés de tout impitoyablement. Je demandai à ces meffieurs dans quelle univerfité ils avaient étudié. Ils m'avouèrent qu'aucun d'eux n'avait jamais appris à lire.

Après avoir été ainfi volés par des ignorans, nous arrivâmes prefque nus dans la maifon où nous devions fouper. Elle appartenait à un des plus favans hommes de l'Europe. *Timon*, fuivant fes principes, devait s'attendre à être égorgé. Cependant il ne le fut point; on nous habilla, on nous prêta de l'argent, on nous fit la plus grande chère; et *Timon*, au fortir du repas, demanda une plume et de l'encre pour écrire contre ceux qui cultivent leur efprit.

LES PAÏENS

ET

LES SOUS-FERMIERS.

Un jour le cardinal de *Fleuri*, en préfentant au roi les fermiers généraux qui venaient de figner un bail : Voilà, dit-il, Sire, les quarante colonnes de l'Etat. (1)

Quelques jours après un fous-fermier, nommé *Blaife Rabau*, (car il y avait alors des fous-fermiers) alla le dimanche au fermon de la paroiffe dans fa terre près de Beaujenci, pour édifier fes vaffaux ; le prédicateur avait pris pour texte : *Qui n'écoute pas l'Eglife foit regardé comme un païen ou comme un publicain.*

M. *Rabau*, accompagné de fes amis, fortit en colère, et emmena fa compagnie auffi indignée que lui. Le prédicateur du village, qui n'y entendait point fineffe, alla fe préfenter à fouper chez fon feigneur, felon fa coutume : Vous êtes bien infolent, lui dit M. *Rabau*, de m'infulter en chaire, et de m'appeler *païen;* je vous ferai condamner par la chambre de Valence. Apprenez que fi les fermiers font les colonnes de l'Etat, j'en fuis au moins un chapiteau. Où avez-vous pêché, s'il vous plaît, les injures que vous me dites ?

Monfeigneur, répliqua le prédicateur, je vous demande pardon, ce n'eft pas ma faute, le texte eft de l'Ecriture. Qu'on la réforme, dit M. *Rabau*, je vous en charge, et vous en répondrez à mes commis.

(1) Oui, dit le marquis de *Souvrai*, ils foutiennent l'Etat comme la corde foutient le pendu.

Le prédicateur reſtait muet et confus. Un énorme receveur des tailles, qui était aſſis auprès du ſeigneur, prit alors la parole, et dit : Je ne lis jamais que les édits du roi ſur les finances ; je ne ſais ce que c'eſt que païen et publicain ; s'il y a en effet un livre où il ſoit mal parlé des receveurs des tailles, c'eſt un livre contre l'Etat et les bonnes mœurs ; j'en parlerai à monſieur l'intendant, qui certainement fera condamner le livre au premier concile. Toute la compagnie parla avec la même énergie.

Quoi ! diſait M. *Blaiſe Rabau*, je vous paye pour venir prêcher dans ma paroiſſe, et votre texte me dit des injures ! quel rapport, s'il vous plaît, entre un païen et un fermier des aïdes et gabelles ! ne ſuis-je pas un homme néceſſaire à l'Etat ? La ſociété peut-elle ſubſiſter ſans qu'il y ait des citoyens chargés du recouvrement des deniers publics ? ceux qui les percevaient chez les Romains n'étaient-ils pas chevaliers ? non pas chevaliers de Saint-Michel, mais chevaliers avec un gros anneau d'or. Ne formaient-ils pas le ſecond ordre de la république, comme je l'ai ouï dire à un ſavant de l'académie des inſcriptions et belles-lettres qui vient dîner chez moi tous les mardis, et qui s'en va dès qu'il a mangé ? Il ne m'a jamais dit que ces gens-là fuſſent damnés à Rome. Un fermier général ne peut avoir été mis dans le rang des païens que par des gueux qui n'ont pas de quoi payer, et qui veulent plaire à la populace. Remarquez que tous ces drôles qui déclament contre les riches n'ont jamais eu de pot au feu, et viennent nous demander à ſouper. Ne manquez pas de m'apporter votre rétractation par écrit, afin que je la paraphe.

Monfeigneur , lui répliqua le révérend père prédicateur, il me vient une idée : on pourrait accommoder les chofes; il eft vrai que les publicains font toujours mis dans l'Ecriture avec les païens , mais vous n'êtes point païen , donc vous n'êtes point publicain.

Blaife Rabau, après avoir rêvé , lui dit : Père, qu'entendez-vous donc par publicain ? Il me femble , dit l'orateur, que publicain vient de public , et qu'il n'y a de damnés que ceux qui lèvent les deniers publics.

A cette fatale réponfe , une jufte colère tranfporta toute l'affemblée ; on allait jeter le père par les fenêtres , quand il leur dit : Meffieurs, cette fentence éternelle ne vous regarde pas ; encore une fois , vous n'êtes pas publicains. Comment cela , maraud , dit M. *Rabau*, qui ne fe poffédait plus ? C'eft, dit le prédicateur , que les publicains chez les Grecs et chez les Romains étaient ceux qui recevaient les deniers du public ; ils en rendaient compte au public , et c'eft pour cela qu'ils étaient excommuniés : mais vous, Meffieurs, vous percevez les deniers du roi , vous ne rendez point compte au public; ainfi l'anathême ne peut être pour vous, et vous ne trouverez nulle part que les fous-fermiers du roi foient excommuniés.

Ah ! mon révérend père , que vous êtes un galant homme , s'écria M. *Rabau*. Mais fi vous étiez à Venife, où les tréforiers rendent compte de leur maniement à la république , comment expliqueriez-vous votre texte ?

Oh ! dit le père, rien n'eft plus aifé ; je ferais voir évidemment que l'anathême n'eft prononcé que contre les fermiers d'un royaume : et c'eft ainfi que nous expliquons tous les textes.

CE QU'ON NE FAIT PAS

ET

CE QU'ON POURRAIT FAIRE.

LAISSER aller le monde comme il va, faire fon devoir tellement quellement, et dire toùjours du bien de monfieur le prieur, eft une ancienne maxime de moine; mais elle peut laiffer le couvent dans la médiocrité, dans le relâchement et dans le mépris. Quand l'émulation n'excite point les hommes, ce font des ânes qui vont leur chemin lentement, qui s'arrêtent au premier obftacle, et qui mangent tranquillement leurs chardons, à la vue des difficultés dont ils fe rebutent; mais aux cris d'une voix qui les encourage, aux piqûres d'un aiguillon qui les réveille, ce font des courfiers qui volent et qui fautent au-delà de la barrière. Sans les avertiffemens de l'abbé de *Saint-Pierre*, les barbaries de la taille arbitraire ne feraient peut-être jamais abolies en France. Sans les avis de *Locke*, le défordre public dans les monnaies n'eût point été réparé à Londres. Il y a fouvent des hommes qui, fans avoir acheté le droit de juger leurs femblables, aiment le bien public, autant qu'il eft négligé quelquefois par ceux qui acquièrent, comme une métairie, le pouvoir de faire du bien et du mal.

Un jour à Rome, dans les premiers temps de la république, un citoyen dont la paffion dominante était le défir de rendre fon pays floriffant, demanda à parler au premier conful; on lui dit que le magiftrat

était à table avec le préteur, l'édile, quelques féna-
teurs, leurs maîtreſſes et leurs bouffons; il laiſſa
entre les mains d'un des eſclaves inſolens qui ſervaient
à table un mémoire, dont voici à peu-près la teneur:
» Puiſque les tyrans ont fait par toute la terre le mal
» qu'ils ont pu , ô vous qui vous piquez d'être bons ,
» pourquoi ne faites-vous pas tout le bien que vous
» pouvez faire ? D'où vient que les pauvres aſſiégent
» vos temples et vos carrefours , et qu'ils étalent une
» miſère inutile à l'Etat, et honteuſe pour vous, dans
» le temps que leurs mains pourraient être employées
» aux travaux publics ? Que font pendant la paix
» ces légions oiſives qui peuvent réparer les grands
» chemins et les citadelles ? Ces marais , ſi on les
» deſſéchait , n'infecteraient plus une province, et
» deviendraient des terres fertiles. Ces carrefours ,
» irréguliers et dignes d'une ville de barbares, peuvent
» ſe changer en places magnifiques : ces marbres ,
» entaſſés ſur le rivage du Tibre, peuvent être taillés
» en ſtatues , et devenir la récompenſe des grands
» hommes , et la leçon de la vertu ; vos marchés
» publics devraient être à la fois commodes et magni-
» fiques, ils ne font que mal-propres et dégoûtans ;
» vos maiſons manquent d'eau, et vos fontaines
» publiques n'ont ni goût ni propreté. Votre prin-
» cipal temple eſt d'une architecture barbare ; l'entrée
» de vos ſpectacles reſſemble à celle d'un lieu infame;
» les ſalles où le peuple ſe raſſemble pour entendre
» ce que l'univers doit admirer, n'ont ni proportion ,
» ni grandeur, ni magnificence , ni commodité. Le
» palais de votre capitale menace ruine , la façade
» en eſt cachée par des maſures , et *Moletus* y a ſa

» maifon au milieu de la cour. (1) En vain votre pareffe
» me répondra qu'il faudrait trop d'argent pour
» remédier à tant d'abus; de grâce donnerez-vous cet
» argent aux Maffagètes et aux Cimbres? Ne fera-
» t-il pas gagné par des Romains, par vos archi-
» tectes, par vos fculpteurs, par vos peintres, par
» tous vos artiftes? Ces artiftes récompenfés rendront
» cet argent à l'Etat par les nouvelles dépenfes qu'ils
» feront en état de faire; les beaux arts feront en
» honneur, ils feront à la fois votre gloire et votre
» richeffe; car le peuple le plus riche eft toujours
» celui qui travaille le plus. Ecoutez donc une noble
» émulation, et que les Grecs, qui commencent à
» eftimer votre valeur et votre conduite, ne vous
» reprochent plus votre groffièreté. »

On lut à table le mémoire du citoyen; le conful
ne dit mot, et demanda à boire; l'édile dit qu'il y
avait du bon dans cet écrit, et on n'en parla plus;
la converfation roula fur la sève du vin de Falerne,
fur le montant du vin de Cécube; on fit l'éloge d'un
fameux cuifinier; on approfondit l'invention d'une
nouvelle fauffe pour l'efturgeon; on porta des
fantés, on fit deux ou trois contes infipides, et on
s'endormit. Cependant le fénateur *Appius*, qui avait
été touché en fecret de la lecture du mémoire,
conftruifit quelque temps après la voie Appienne;
Flaminius fit la voie Flaminienne; un autre embellit
le capitole; un autre bâtit un amphithéâtre; un autre
des marchés publics. L'écrit du citoyen obfcur fut
une femence qui germa peu à peu dans la tête des
grands hommes.

(1) Lorfque M. de *Voltaire* revint à Paris, en 1778, il trouva les
mafures détruites et la maifon de *Moletus* démolie.

SERMON

DU PAPA

NICOLAS CHARISTESKI,

*Prononcé dans l'églife de Sainte-Toléranski, village
de Lithuanie, le jour de Sainte Epiphanie.*

MES FRERES,

Nous fefons aujourd'hui la fête de trois grands
rois, *Melchior*, *Balthazar* et *Gafpard*, lefquels vinrent
tous trois à pied des extrémités de l'Orient, conduits
par une étoile épiphane, et chargés d'or, d'encens
et de myrrhe, pour les préfenter à l'enfant JESUS.
Où trouverons-nous aujourd'hui trois rois qui
voyagent enfemble de bonne amitié avec une étoile,
et qui donnent leur or à un petit garçon ?

S'il y a de l'or dans le monde, ils fe le difputent
tous, ils enfanglantent la terre pour avoir de l'or, et
enfuite ils fe font donner de l'encens par mes confrères, qui ne manquent pas de leur dire à la fin de
leurs fermons qu'ils font fur la terre les images du
DIEU vivant.

Nous croyons, du moins dans ma paroiffe, que le
DIEU vivant eft doux, pacifique, qu'il eft également
le père de tous les hommes, que dans le fond du
cœur il ne leur veut aucun mal ; qu'il ne les a point

B 4

formés pour être malheureux dans ce monde-ci, et damnés dans l'autre; ainsi nous ne regardons comme images de DIEU que les rois qui font du bien aux hommes.

Que *Mouftapha* me pardonne donc si je ne puis le reconnaître pour image de DIEU. J'entends dire que cet homme, avec qui nous n'avions rien à démêler, s'eft avifé d'abord de violer le droit des gens, de mettre dans les fers un miniftre public qu'il devait refpecter, et qu'il a envoyé vers nos terres une troupe de brigands dévaftateurs, n'ofant pas y venir lui-même.

Je n'imaginerai jamais, mes frères, que DIEU et un tùrc fanguinaire et poltron fe reffemblent comme deux gouttes d'eau.

Mais ce qui m'étonne davantage, ce qui me fait dreffer à la tête le peu de cheveux qui me reftent, ce qui me fait crier *Héli*, *Héli*, *Lamma Sanathani* ou *Laba Sanathani*, ce qui me fait fuer fang et eau, c'eft que je viens de lire dans un manifefte de confédérés ou conjurés de Pologne, comme il vous plaira, ces propres paroles. (page 5.)

,, La fublime Porte, notre bonne voifine et fidelle ,, alliée, excitée par les traités qui la lient à la ,, république et par l'intérêt même qui l'attache à la ,, confervation de nos droits, a pris les armes en ,, notre faveur. Tout nous invite donc à réunir nos ,, forces pour nous oppofer à la chute de notre ,, fainte religion. ,,

Ah! mes frères, en quoi cette Porte eft-elle fublime? C'eft la Porte du palais bâti par *Conflantin*, et ces barbares l'ont arrofée du fang du dernier des

Conſtantin. Peut-on donner le nom de ſublime à des loups qui ſont venus égorger toute la bergerie ? Quoi! ce ſont des chrétiens qui parlent, et ils oſent dire qu'ils ont appelé les fidèles mahométans contre leur propre patrie ! contre les chrétiens!

Braves Polonais, ce n'était pas ainſi qu'on entendit parler et qu'on vit agir votre grand *Sobieski* , lorſque, dans les plaines de Choczim, il lava dans le ſang de ces brigands la honte de votre nation qui payait un tribut à la ſublime Porte , lorſqu'enſuite il ſauva Vienne du carnage et des fers, lorſqu'il remit l'empereur chrétien ſur ſon trône : certes, vous n'appeliez pas alors ces ennemis du genre humain *vos bons voiſins et vos fidèles alliés*.

Quel eſt le but , mes chers frères, de cette alliance monſtrueuſe avec la Porte des Turcs? C'eſt d'exterminer les chrétiens, leurs frères , qui diffèrent d'eux ſur quelques dogmes, ſur quelques uſages , et qui ne ſont pas comme eux les eſclaves d'un évêque italien.

Ils appellent la religion de cet italien catholique et apoſtolique, oubliant que nous avons eu le nom de catholique long-temps avant eux ; que le mot de catholique eſt un terme de notre langue , ainſi que tous les termes conſacrés au chriſtianiſme que nous leur avons enſeigné ; que tous leurs évangiles ſont grecs; que tous les pères de l'Egliſe des quatre premiers ſiècles ont été grecs; que les apôtres qui ont écrit n'ont écrit qu'en grec ; et qu'enfin la religion romaine, ſi décriée dans la moitié de l'Europe , n'eſt (ſi notre eſprit de douceur nous permet de le dire) qu'une bâtarde révoltée depuis long-temps contre ſa mère.

Ils nous appellent des diffidens; à la bonne heure;
nous diffiderons, nous différerons d'eux, tant qu'il
s'agira de fucer le fang des peuples, d'ofer fe croire
fupérieurs aux rois, de vouloir foumettre les cou-
ronnes à une triple mitre ; d'excommunier les
fouverains, de mettre les Etats en interdit, et de
prétendre difpofer de tous les royaumes de la terre.

Ces épouvantables extravagances n'ont jamais
été reprochées, grâces au ciel, à la vraie Eglife, à
l'Eglife grecque. Nous avons eu nos fottifes, nos
impertinences comme les autres, mes chers frères,
mais jamais de telles horreurs.

DIEU nous a donné un roi légitimement élu, un
roi fage, un roi jufte, à qui on ne peut reprocher
la moindre prévarication depuis qu'il eft fur le trône.
Les confédérés ou conjurés le perfécutent; ils lui
veulent ravir la couronne et peut-être la vie, parce
qu'ils le foupçonnent de quelque condefcendance
pour notre paroiffe de Sainte-Toléranski.

L'augufte impératrice de Ruffie, *Catherine II*,
l'héroïne de nos jours, la protectrice de la fainte
Eglife catholique grecque, fermement convaincue
que le Saint-Efprit procède du Père et non pas du
Fils, et que le Fils n'a pas la paternité, a jeté fur
nous des regards de compaffion. C'en eft affez pour
que les farmates de l'Eglife latine fe déclarent contre
Catherine II.

Ils publient, dans leur manifefte du 4 juillet
1769, (page 241) ,, qu'ils oppofent aux Ruffes
,, le courage et la vertu; que les Ruffes ne fe font
,, jamais rendus dignes de la gloire militaire; que
,, leur armée n'ofe fe montrer devant l'armée de
,, la fublime Porte. ,,

On fait comment *Catherine II* a répondu à ces complimens, en battant les Turcs par-tout où fes armées les ont trouvés; en les chaffant de la Moldavie et de la Valachie entières; en leur prenant prefque toute la Beffarabie, Azoph et Taganrok; en fefant pofer les armes à leurs Tartares, leur prenant leurs villes fur les deux bords du Pont-Euxin en Europe et en Afie; enfin, en fefant partir des efcadres du fond de la mer feptentrionale pour aller détruire toute la flotte de la fublime Porte à la vue des Dardanelles. Les Ruffes ont donc ofé fe montrer. Le Dieu Sabaoth a combattu pour eux, et il a été puiffamment fecondé par les Gédéons, appelés *Orlof*, *Romanzoff*, *Gallitzin*, *Bauer*, *Showaloff*, et tant d'autres, qui ont rendu St *Nicolas* fi refpectable aux mahométans.

Songez, mes chers auditeurs, que la main puiffante de *Catherine*, qui écrafe l'orgueil ottoman, eft cette même main qui foutient notre Eglife catholique. C'eft celle qui a figné que la première de fes lois eft la tolérance. Et DIEU, dont elle eft en ce point la parfaite image, a répandu fur elle fes bénédictions.

Elle eft ointe, mes frères. Pourquoi donc les nations ont-elles médité des pauvretés contre l'ointe, comme dit le pfalmifte? C'eft qu'il n'eft plus en Europe de *Godefroi de Bouillon*, de *Scanderbeg*, de *Mathias Corvin*, de *Morofini*. Ce n'eft que la Ruffie qui produit de tels hommes.

Aujourd'hui les chrétiens latins appellent le grand turc leur *faint père*. Grand St *Nicolas*, defcendez du ciel, où vous faites une fi belle figure, et apportez dans ma paroiffe l'étendard de *Mahomet*. Conjurés de

Pologne, allez baifer la main de *Catherine*. Nations, ne frémiffez plus, mais admirez.

DIEU m'eft témoin que je ne hais pas les Turcs, mais je hais l'orgueil, l'ignorance et la cruauté. Notre impératrice a chaffé ces trois monftres. Prions DIEU et St *Nicolas* de feconder toujours notre augufte impératrice.

DISCOURS

AUX CONFÉDÉRÉS CATHOLIQUES DE

KAMINIECK EN POLOGNE.

Par le major Kaiserling , au service du roi de Prusse.

Braves Polonais, vous qui n'avez jamais plié
sous le joug des Romains conquérans , voudriez-
vous être aujourd'hui les esclaves et les satellites de
Rome théologienne ?

Vous n'avez jusqu'ici pris les armes que pour
votre liberté commune ; faudra-t-il que vous com-
battiez pour rendre vos concitoyens esclaves ? Vous
détestez l'oppreffion ; vous ne voudrez pas, fans
doute, opprimer vos frères.

Vous n'avez eu depuis long-temps que deux
véritables ennemis, les Turcs et la cour de Rome.
Les Turcs voulaient vous enlever vos frontières , et
vous les avez toujours repouffés ; mais la cour de
Rome vous enlève réellement le peu d'argent que
vous tiriez de vos terres. Il faut payer à cette cour
les annates des bénéfices, les difpenfes , les indulgences. Vous avouez que fi elle vous promet le
paradis dans l'autre monde , elle vous dépouille
dans celui-ci. *Paradis* fignifie jardin. Jamais on
n'acheta fi cher un jardin dont on ne jouit pas
encore. Les autres communions vous en promettent
autant; mais du moins elles ne vous le font point

payer. Par quelle fatalité voudriez-vous fervir ceux qui vous rançonnent, et exterminer ceux qui vous donnent le jardin gratis? La raifon, fans doute, vous éclairera, et l'humanité vous touchera.

Vous êtes placés entre les Turcs, les Ruffes, les Suédois, les Danois et les Pruffiens. Les Turcs croient en un feul Dieu, et ne le mangent point; les Grecs le mangent, fans avoir encore décidé fi c'eft à la manière de la communion romaine : et d'ailleurs en admettant trois perfonnes divines, ils ne croient point que la dernière procède des deux autres. Les Suédois, les Danois, les Pruffiens mangent DIEU, à la vérité, mais d'une façon un peu différente des Grecs : ils croient manger du pain et boire un coup de vin, en mangeant DIEU.

Vous avez auffi fur vos frontières plufieurs églifes de Pruffe où l'on ne mange point DIEU, mais où l'on fait feulement un léger repas de pain et de vin en mémoire de lui ; et aucune de ces religions ne fait précifément comment la troifième perfonne procède. Vous êtes trop juftes pour ne pas fentir dans le fond de votre cœur qu'après tout il n'y a là aucune caufe légitime de répandre le fang des hommes. Chacun tâche d'aller au jardin par le chemin qu'il a choifi : mais, en vérité, il ne faut pas les égorger fur la route.

D'ailleurs vous favez que ce ne fut que dans les pays chauds qu'on promit aux hommes un *paradis*, un *jardin*; et que fi la religion juive avait été inftituée en Pologne, on vous aurait promis de bons poëles. Mais, foit qu'on doive fe promener après fa mort, ou refter auprès d'un fourneau, je vous

conjure de vivre paisibles dans le peu de temps que
vous avez à jouir de la vie.

Rome est bien éloignée de vous, et elle est riche ;
vous êtes pauvres ; envoyez-lui encore le peu d'argent que vous avez en lettres de change tirées par
les juifs. Dépouillez-vous pour l'Eglise romaine ,
vendez vos fourrures pour faire des présens à Notre-
Dame de Lorette à plus de quinze cents milles de
Kaminieck : mais n'inondez pas les environs de
Kaminieck du sang de vos compatriotes ; car nous
pouvons vous assurer que Notre-Dame , qui vint
autrefois de Jérusalem à la Marche d'Ancone par
les airs, ne vous saura aucun gré d'avoir désolé
votre patrie.

Soyez encore très-persuadés que son fils n'a jamais
commandé du mont des Olives, et du torrent de
Cédron , qu'on se massacrât pour lui sur les bords
de la Vistule.

Votre roi, que vous avez choisi d'une voix unanime, a cédé, dans une diète solennelle, aux instances
des plus sages têtes de la nation, qui ont demandé
la tolérance. Une puissante impératrice le seconde
dans cette entreprise , la plus humaine, la plus juste,
la plus glorieuse dont l'esprit humain puisse jamais
s'honorer. Ils sont les bienfaiteurs de l'humanité
entière, n'en soyez pas les destructeurs. Voudriez-
vous n'être que des homicides sanguinaires, sous
prétexte que vous êtes catholiques ?

Votre primat est *catholique* aussi. Ce mot veut dire
universelle, quoiqu'en effet la religion catholique ne
compose pas la centième partie de l'univers ; mais
ce sage primat a compris que la véritable manière

d'être univerfel eft d'embraffer dans fa charité tous les peuples de la terre, et d'être fur-tout l'ami de tous fes concitoyens. Il a fu que fi un homme peut en quelque forte, fans blafphême, reffembler à la Divinité, c'eft en chériffant tous les hommes dont DIEU eft également le père. Il a fenti qu'il était patriote polonais avant d'être ferviteur du pape, qui eft le ferviteur des ferviteurs de DIEU. Il s'eft uni à plufieurs prélats qui, tout catholiques univerfels qu'ils font, ont cru que l'on ne doit pas priver fes frères du droit de citoyens, fous prétexte qu'ils vont au jardin par une autre allée que vous.

Cette augufte impératrice, qui vient d'établir la tolérance pour la première de fes lois dans le plus vafte empire de la terre, fe joint à votre roi, à votre primat, à vos principaux palatins, à vos plus dignes évêques, pour vous rendre humains et heureux. Au nom de DIEU et de la nature, ne vous obftinez pas à être barbares et infortunés.

Nous avouons qu'il y a parmi vous de très-favans moines, qui prétendent que JESUS ayant été fup- plicié à Jérufalem, la religion chrétienne ne doit être foutenue que par des bourreaux, et qu'ayant été vendu trente deniers par *Judas*, tout chrétien doit les intérêts échus de cet argent à notre faint père le pape, fucceffeur de JESUS.

Ils fondent ce droit fur des raifons, à la vérité, très-plaufibles, et que nous refpectons.

Premièrement, ils difent que l'affemblée étant fondée fur la pierre, et *Simon Barjone*, payfan juif, né auprès d'un petit lac juif, ayant changé fon nom en celui de *Pierre*, fes fucceffeurs font par conféquent

la

la pierre fondamentale, et ont à leur ceinture les clefs du royaume des cieux et celles de tous les coffres forts. C'est une vérité dont nous sommes bien loin de disconvenir.

Secondement, ils disent que le juif *Simon Barjone la Pierre*, fut pape à Rome pendant vingt-cinq ans sous l'empire de *Néron* qui ne régna que vingt années, ce qui est encore incontestable.

Troisièmement, ils affirment, d'après les plus graves historiens chrétiens qui imprimèrent leurs livres dans ce temps-là, livres connus dans tout l'univers, publiés avec privilége, déposés dans la bibliothèque d'*Apollon* palatin, et loués dans tous les journaux ; ils affirment, dis-je, que *Simon Barjone Cépha la Pierre*, arriva à Rome quelque-temps après *Simon vertu de Dieu*, ou *vertu-Dieu*, le magicien, que *Simon vertu-Dieu* envoya d'abord un de ses chiens faire ses complimens à *Simon Barjone*, lequel lui envoya sur le champ un autre chien le saluer de sa part ; (a) qu'ensuite les deux *Simons* disputèrent à qui ressusciterait un mort ; que *Simon vertu-Dieu* ne ressuscita le mort qu'à moitié ; mais que *Simon Barjone* le ressuscita entièrement. Cependant, selon la maxime *dimidium facti, qui bene cœpit, habet*, *Simon vertu-Dieu* ayant opéré la moitié de la résurrection, prétendit que, le plus fort étant fait, *Simon Barjone* n'avait pas eu grande peine à faire le reste, et qu'ils devaient tous deux partager le prix. C'était au mort d'en juger ; mais comme il ne parla point, la dispute restait indécise. *Néron*, pour en décider, proposa aux deux ressusciteurs un prix

(a) Voyez le *Dictionnaire philosophique*.

pour celui qui volerait le plus haut fans ailes. *Simon vertu-Dieu* vola comme une hirondelle ; *Barjone la Pierre*, qui n'en pouvait faire autant, pria le CHRIST ardemment de faire tomber *Simon vertu-Dieu*, et de lui caſſer les jambes. Le CHRIST n'y manqua pas. *Néron*, indigné de cette ſupercherie, fit crucifier *la Pierre*, la tête en bas. C'eſt ce que nous racontent *Abdias*, *Marcellus* et *Egeſyppus*, contemporains, les *Thucydide* et les *Xénophon* des chrétiens. C'eſt ce qui a été regardé comme voiſin d'un article de foi, *vicinus articulo fidei*, pendant pluſieurs ſiècles, ce que les balayeurs de l'égliſe de Saint-Pierre nous diſent encore, ce que les révérends pères capucins annoncent dans leurs miſſions, ce qu'on croit ſans doute à Kaminieck.

Un jéſuite de Thorn m'alléguait avant-hier que c'eſt le ſaint uſage de l'Egliſe chrétienne, *et que* JESUS-DIEU, *la ſeconde perſonne de* DIEU, *a dit charitablement, je ſuis venu apporter le glaive et non la paix, je ſuis venu pour diviſer le fils et le père, la fille et la mère, &c. qui n'écoute pas l'aſſemblée ſoit comme un païen ou un receveur des deniers publics.* L'impératrice de Ruſſie, le roi de Pologne, le prince primat n'écoutent pas l'aſſemblée, donc on doit ſacrifier le ſang de l'impératrice, du roi et du primat au ſang de JESUS répandu pour extirper de la terre le péché qui la couvre encore de toutes parts.

Ce bon jéſuite fortifia cette apologie en m'apprenant qu'ils eurent, en 1724, la conſolation de faire pendre, décapiter, rouer, brûler à Thorn un très-grand nombre de citoyens, parce que de jeunes écoliers avaient pris chez eux une image de la vierge, mère de DIEU, et qu'ils l'avaient laiffé tomber dans la boue.

Je lui dis que ce crime était horrible, mais que le châtiment était un peu dur, et que j'y aurais défiré plus de proportion. Ah! s'écria-t-il avec enthoufiafme, on ne peut trop venger la famille du Dieu des vengeances ; il ne faurait fe faire juftice lui-même, il faut bien que nous l'aidions. Ce fut un fpectacle admirable, tout était plein ; nous donnâmes, au fortir du théâtre, un grand fouper aux juges, aux bourreaux, aux géoliers, aux délateurs, et à tous ceux qui avaient coopéré à ce faint œuvre. Vous ne pouvez vous faire une idée de la joie avec laquelle tous ces meffieurs racontaient leurs exploits ; comme ils fe vantaient, l'un d'avoir dénoncé un de fes parens dont il était héritier, l'autre d'avoir fait revenir les juges à fon opinion, quand il conclut à la mort ; un troifième et un quatrième d'avoir tourmenté un patient plus long-temps qu'il n'était ordonné. Tous nos pères étaient du fouper; il y eut de très-bonnes plaifanteries ; nous citions tous les paffages des pfaumes qui ont rapport à ces exécutions : (b) *Le Seigneur jufte coupera leurs têtes.* — (c) *Heureux celui qui éventrera leurs petits enfans encore à la mamelle, et qui les écrafera contre la pierre,* &c.

Il m'en cita une trentaine de cette force, après quoi il ajouta : Je n'ai qu'un regret, c'eft de n'avoir pas été inquifiteur ; il me femble que j'aurais été bien plus utile à l'Eglife. Ah ! mon révérend père, lui répondis-je, il y a une place encore plus digne de vous, c'eft celle de maître des hautes œuvres ;

(b) Pf. CXXVIII.   (c) Pf. CXXXVI.

ces deux charges ne font pas incompatibles, et je vous confeille d'y penfer.

Il me répliqua que tout bon chrétien eft tenu d'exercer ces deux emplois, quand il s'agit de la vierge *Marie*; il cita plufieurs exemples dans ce fiècle même, dans ce fiècle philofophique, de jeunes gens appliqués à la torture, mutilés, décollés, brûlés, rompus vifs, expirans fur la roue, pour n'avoir pas affez révéré les portraits parfaitement reffemblans de la fainte Vierge, ou pour avoir parlé d'elle avec inconfidération.

Mes chers Polonais, ne frémiffez-vous pas d'horreur à ce récit? Voilà donc la religion dont vous prenez la défenfe !

Le roi mon maître a fait répandre le fang, il eft vrai, mais ce fut dans les batailles, ce fut en expofant toujours le fien; jamais il n'a fait mourir, jamais il n'a perfécuté perfonne pour la vierge *Marie*. Luthériens, calviniftes, hernoutres, piétiftes, anabaptiftes, mennoniftes, millenaires, méthodiftes, tartares lamiftes, turcs omariftes, perfans aliftes, papiftes même, tout lui eft bon pourvu qu'on foit un brave homme. Imitez ce grand exemple, foyons tous bons amis, et ne nous battons que contre les Turcs, quand ils voudront s'emparer de Kaminieck.

Vous dites pour vos raifons que, fi vous fouffrez parmi vous des gens qui communient avec du pain et du vin, et qui ne croient pas que le paraclet procède du père et du fils, bientôt vous aurez des neftoriens qui appellent *Marie* mère de JESUS, et non mère de DIEU, titre que les anciens Grecs donnaient à *Cibéle*; vous craignez fur-tout de voir

renaître les fociniens, ces impies qui s'en tiennent
à l'évangile, et qui n'y ont jamais vu que JESUS
s'appelât DIEU, ni qu'il ait parlé de la Trinité, ni
qu'il ait rien annoncé de ce qu'on enfeigne aujour-
d'hui à Rome; ces monftres enfin qui, avec St *Paul*,
ne croient qu'en JESUS, et non en *Bellarmin* et en
Baronius.

Hé bien, ni le roi ni le prince primat n'ont envoyé
chez vous de colonie focinienne; mais quand vous
en auriez une, quel grand mal en réfulterait-il ? Un
bon tailleur, un bon fourreur, un bon fourbiffeur,
un maçon habile, un excellent cuifinier ne vous
rendraient-ils pas fervice s'ils étaient fociniens, autant
pour le moins que s'ils étaient janféniftes ou hernoutres ? N'eft-il pas même évident qu'un cuifinier focinien
doit être meilleur que tous les cuifiniers du pape ?
Car fi vous ordonnez à un rôtiffeur papifte de vous
mettre trois pigeons romains à la broche, il fera
tenté d'en manger deux et de ne vous en donner
qu'un, en difant que trois et un font la même chofe;
mais le rôtiffeur focinien vous fera fervir certainement
vos trois pigeons : de même un tailleur de cette fecte
ne fera jamais votre habit que d'une aune quand vous
lui en donnerez trois à employer.

Vous êtes forcés d'avouer l'utilité des fociniens;
mais vous vous plaignez que l'impératrice de Ruffie
ait envoyé trente mille hommes dans votre pays.
Vous demandez de quel droit? Je vous réponds que
c'eft du droit dont un voifin apporte de l'eau à la
maifon de fon voifin qui brûle; c'eft du droit de
l'amitié, du droit de l'eftime, du droit de faire du
bien quand on le peut.

Vous avez tiré fort imprudemment fur de petits détachemens de foldats, qui n'étaient envoyés que pour protéger la liberté et la paix. Sachez que les Ruffes tirent mieux que vous; n'obligez pas vos protecteurs à vous détruire; ils font venus établir la tolérance en Pologne, mais ils puniront les intolérans qui les reçoivent à coups de fufil. Vous favez que *Catherine II* la tolérante eft la protectrice du genre humain; elle protégera fes foldats, et vous ferez les victimes de la plus haute folie qui foit jamais entrée dans la tête des hommes, c'eft celle de ne pas fouffrir que les autres délirent autrement que vous. Cette folie n'eft digne que de la forbonne, des petites maifons et de Kaminieck.

Vous dites que l'impératrice n'eft pas votre amie, que fes bienfaits, qui s'étendent aux extrémités de l'hémifphère, n'ont point été répandus fur vous; vous vous plaignez que ne vous ayant rien donné, elle ait acheté cinquante mille francs la bibliothèque de M. *Diderot* à Paris, rue Taranne, et lui en ait laiffé la jouiffance, fans même exiger de lui une de ces dédicaces qui font bâiller le protecteur et rire le public. Hé! mes amis, commencez par favoir lire, et alors on vous achètera vos bibliothèques. . . . . . .

Cœtera defunt.

TRAITÉ

SUR

LA TOLERANCE,

A L'OCCASION

DE LA MORT DE JEAN CALAS.

AVERTISSEMENT

DES EDITEURS.

Nous ofons croire, à l'honneur du fiècle où nous vivons, qu'il n'y a point dans toute l'Europe un feul homme éclairé qui ne regarde la *tolérance* comme un droit de juftice, un devoir prefcrit par l'humanité, la confcience, la religion ; une loi néceffaire à la paix et à la profpérité des Etats.

Si dans cette claffe d'hommes qui déshonorent les lettres par leur vie comme par leurs ouvrages, quelques-uns ofent encore s'élever contre cette opinion, on peut leur oppofer avec trop d'avantage les maximes et la conduite des Etats Unis de l'Amérique feptentrionale, des deux parlemens de la Grande-Bretagne, des Etats Généraux, de l'empereur des Romains, de l'impératrice des Ruffes, du roi de Pruffe, du roi de Suède, de la république de Pologne : du Cercle polaire, au cinquantième degré de latitude ; du Kamshatka, aux rives du Miffiffipi, la tolérance s'eft établie fans trouble. A la vérité, les conféderés polonais mêlèrent quelques pratiques de dévotion au projet d'affaffiner leur roi, et à leur alliance avec les Turcs ;

mais cet abus de la religion est une preuve de
plus de la nécessité d'être tolérant, si l'on veut
être paisible.

Tout législateur qui professe une religion, qui
connaît les droits de la conscience, doit être
tolérant ; il doit sentir combien il est injuste
et barbare de placer un homme entre le supplice et des actions qu'il regarde comme des
crimes. Il voit que toutes les religions s'appuient
sur des faits, sont établies sur le même genre de
preuves, sur l'interprétation de certains livres,
sur la même idée de l'insuffisance de la raison
humaine ; que toutes ont été suivies par des
hommes éclairés et vertueux ; que les opinions
contradictoires ont été soutenues par des gens
de bonne foi, qui avaient médité toute leur vie
sur ces objets.

Comment se croira-t-il donc assez sûr de sa
croyance pour traiter comme ennemis de DIEU
ceux qui pensent autrement que lui ? Regar-
dera-t-il le sentiment intérieur qui le détermine
comme une preuve juridique qui lui donne
des droits sur la vie ou sur la liberté de ceux
qui ont d'autres opinions ? comment ne sentirait-
il pas que ceux qui professent une autre doctrine
ont contre lui un droit aussi légitime que celui
qu'il exerce contre eux ?

Suppofons maintenant un homme qui ,
n'ayant aucune religion , les regarde toutes
comme des fables abfurdes ; cet homme fera-t-il
intolérant ? non , fans doute. A la vérité, comme
fes preuves font d'un autre genre , comme les
fondemens de fes opinions font appuyés fur des
principes d'une autre nature, le devoir d'être
tolérant eft fondé pour lui fur d'autres motifs.
S'il regarde comme des infenfés les fectateurs
des différentes religions , fe croira-t-il en droit
de traiter comme un crime une folie qui ne
trouble pas l'ordre de la fociété , de priver de
leurs droits des hommes que l'efpèce de démence
dont ils font atteints ne met pas hors d'état
de les exercer ? Peut-il ne pas les fuppofer de
bonne foi ? car l'exiftence même des fourbes
qui profeffent une croyance qu'ils n'ont pas ,
fuppofe celle des dupes aux dépens de qui ces
fourbes vivent et s'enrichiffent. Il faudrait qu'il
y eût un moyen de prouver juridiquement que
tel homme qui profeffe une opinion abfurde
ne la croit pas ; et l'on fent que ce moyen ne
peut exifter. L'idée même qu'une telle opinion
particulière peut être dangereufe par fes
conféquences n'autoriferait pas une loi d'intolérance. Une opinion qui prefcrirait directement la fédition ou l'affaffinat comme un devoir,
pourrait feule être traitée comme un délit ;
mais dans ce cas , ce n'eft plus d'intolérance

religieufe qu'il s'agit , mais de l'ordre et du repos de la fociété.

Si maintenant nous confidérons la juftice et le maintien des droits des hommes , nous trouverons que la liberté des opinions, celle de les profeffer publiquement et de s'y confor-mer dans fa conduite , en tout ce qui ne donne point atteinte aux droits d'un autre homme , eft un droit auffi réel que la liberté perfonnelle ou la propriété des biens. Ainfi toute limitation apportée à l'exercice de ce droit eft contraire à la juftice , et toute loi d'intolérance eft une loi injufte.

A la vérité, il ne faut ici entendre par loi qu'une loi permanente, parce qu'il eft poffible que l'efpèce de fièvre que caufe le zèle religieux exige pour un temps, dans un certain pays, un autre régime que l'état de fanté ; mais alors la fureté et le repos de ceux que l'on prive de leurs droits font le feul motif légitime que puiffent avoir des lois de cette efpèce.

L'intérêt général de l'humanité, ce premier objet de tous les cœurs vertueux, demande la liberté d'opinions, de confcience , de culte : d'abord parce qu'elle eft le feul moyen d'établir entre les hommes une véritable fraternité; car, puifqu'il eft impoffible de les réunir dans les mêmes opinions religieuses, il faut leur apprendre à regarder, à traiter comme leurs frères ceux qui ont des opinions contraires aux leurs. Cette liberté eſt encore le moyen le plus ſûr de donner aux eſprits toute l'activité que comporte la nature humaine, de parvenir à connaître la vérité ſur tous ces objets liés intimement avec la morale, et de la faire adopter à tous les eſprits; or l'on ne peut nier que la connaiſſance de la vérité ne ſoit pour les hommes le premier des biens. En effet, il eſt impoſſible qu'il s'établiſſe dans un pays, ou qu'il y ſubſiſte une loi permanente, contraire à ce que l'opinion générale des hommes qui ont reçu une éducation libérale, regardera comme oppoſé ou aux droits des citoyens ou à l'intérêt général. Il eſt impoſſible qu'une vérité ainſi reconnue s'efface jamais de la mémoire, ou que l'erreur puiſſe l'emporter ſur elle. C'eſt-là, dans toutes les conſtitutions politiques, la ſeule barrière ſolide qu'on puiſſe oppoſer à l'oppreſſion arbitraire, à l'abus de la force.

La politique pourrait-elle avoir d'autres vues? La force réelle, la richeſſe, et ſur-tout la félicité d'un pays, ne dépendent-elles pas de la paix qui règne dans l'intérieur de ce pays? Tous ces objets liés entre eux le ſont avec la tolérance des opinions, et ſur-tout des opinions religieuſes, les ſeules qui puiſſent agiter le peuple.

La tolérance dans les grands Etats eſt néceſſaire à la ſtabilité du gouvernement : en effet, le gouvernement, diſpoſant de la force publique, n'a rien à craindre, tant que les particuliers qui chercheraient à le troubler ne pourront réunir aſſez d'hommes pour former une réſiſtance capable de balancer cette force publique, ou tant qu'ils ne pourront enlever au gouvernement la force dont il diſpoſe. Or il eſt aiſé de voir que les opinions religieuſes que l'intolérance oblige de ſé réunir en un plus petit nombre de claſſes, peuvent ſeules donner à des particuliers ce pouvoir dangereux. La tolérance, au contraire, ne peut produire aucun trouble, et enlève tout prétexte ; ſon effet néceſſaire eſt de déſunir les opinions : dans un pays partagé entre un grand nombre de ſectes, aucune ne peut prétendre à dominer, et par conſéquent toutes ſont tranquilles.

Les partiſans de l'intolérance politique ont dit, dans les pays proteſtans, qu'il ne fallait pas tolérer le papiſme, parce qu'il tend à établir la puiſſance eccléſiaſtique ſur les ruines de l'autorité du monarque ; et dans les pays catholiques, qu'il ne faut pas tolérer les communions proteſtantes, parce qu'elles ſont ennemies du pouvoir abſolu : cette contradiction ne ſuffit-elle pas à un homme de bon ſens pour en conclure qu'il faut les tolérer toutes, afin qu'aucune n'ayant de pouvoir, aucune ne puiffe être dangereufe?

Quelques perfonnes prétendent que la liberté de penfer étant une fuite naturelle de la tolérance, et la liberté de penfer conduifant à la deftruction de la morale, l'intolérance eft néceffaire au bonheur des hommes.; c'eft calomnier la nature humaine. Quoi! du moment où les hommes fe mêlent de raifonner, ils deviennent des fcélérats! quoi! la vertu, la probité ne peuvent s'appuyer que fur des fophifmes qui difparaîtront dès qu'on fera libre de les attaquer! Cette opinion eft contredite par les faits. Parmi les hommes qui commettent des crimes, il y en a beaucoup plus de gens crédules que de libres penfeurs; et il faut fe garder de confondre la liberté de penfer, produite par l'ufage de la raifon, avec ces maximes immorales qui font depuis tous les temps à la bouche de la canaille de tous les pays : elles font le fruit d'un inftinct groffier, et non celui de la raifon; elle ne peuvent être attaquées et détruites que par elle.

Vous voulez, dites-vous, que les hommes aiment et pratiquent la vertu : préférez ceux qui veulent les rendre raifonnables à ceux qui s'occupent d'ajouter des erreurs étrangères aux erreurs où l'inftinct peut entraîner.

Les hommes qui croient vraie la religion qu'ils profeffent doivent défirer la tolérance ; d'abord pour avoir le droit d'être tolérés eux-mêmes dans le pays où leur religion ne domine pas ; enfuite pour que leur religion puiffe fubjuger tous les efprits. Toutes les fois que les hommes ont la liberté de dif- cuter, la vérité finit par triompher feule. Voyez comme depuis le peu de temps où il a été permis de parler raifon fur la magie, cette erreur fi générale et fi ancienne a difparu prefque abfolument. Croyez-vous donc qu'il- faille des bourreaux et des affaffins pour dégoûter les hommes de croire au dieu *Fo*, à *Sammo- nocodom*, &c ?

Tandis que la nature, la raifon, la politique, la vraie piété prêchent la tolérance, quelques hommes voudraient bien perfécuter : et fi les gouvernemens plus éclairés, plus humains, ne leur immolent plus de victimes, on leur aban- donne les livres ; on défend, fous des peines graves, d'écrire avec liberté. Qu'en arrive-t-il ? on porte dans les livres clandeftins la liberté jufqu'à la licence ; et fi l'on avance, dans ces livres, des principes dangereux, aucun homme

qui

qui a de la morale ou de l'honneur, ne veut les réfuter, pour peu que le nom de l'auteur foit foupçonné, et que fa perfonne puiffe être compromife. Cette perfécution fert donc feulement à ne laiffer pour défenfeurs à la caufe de ceux qui les fufcitent, que des hommes méprifés.

D'autres fois des corps très - refpectables demandent hautement qu'on empêche de laiffer entrer dans un royaume les livres où l'on combat leurs opinions. Ils ignorent apparemment que ces deux phrafes : Je vous prie d'employer votre crédit pour empêcher mon adverfaire de combattre mes raifons ; *ou bien :* Je ne crois pas aux opinions que je profeffe, font rigoureufement fynonymes.

Que dirait-on d'un homme qui ne voudrait pas que fon juge entendît les raifons de chaque partie ? or, de quelque religion que vous foyez prêtres, quand il s'agit de vérité, vous n'êtes que parties. La raifon, la confcience de chaque homme eft votre juge. Quel droit auriez-vous de l'empêcher de s'inftruire ? quel droit auriezvous de l'empêcher d'inftruire fes femblables ? Si votre croyance eft fufceptible de preuves, pourquoi craignez-vous qu'on l'examine ? fi elle ne l'eft pas, fi une grâce particulière d'un Dieu peut feule la perfuader, pourquoi voulez-vous joindre une tyrannie humaine à cette force bienfefante ?

Il exifte en France un livre qui contient l'objection la plus terrible qu'on puiffe faire contre la religion : c'eft le tableau des revenus du clergé ; tableau trop bien connu, quoique les évêques aient refufé au roi de lui en donner un exemplaire. C'eft-là une de ces objections qui frappent le peuple comme le philofophe, et à laquelle il n'y a qu'une réponfe : rendre à l'Etat ce que le clergé en a reçu, et rétablir la religion en vivant comme on prétend qu'ont vécu ceux qui l'ont établie. Ecouteriez-vous un profeffeur de phyfique qui ferait payé pour enfeigner un fyftême, et qui perdrait fa fortune s'il en enfeignait un autre ? écouteriez vous un homme qui prêche l'humilité en fe fefant appeler monfeigneur, et la pauvreté volontaire en accumulant les bénéfices ?

On demande encore pourquoi le clergé, qui jouit d'environ un cinquième des biens de l'Etat, veut faire la guerre aux dépens du peuple ? S'il trouve certains livres dangereux pour lui, qu'il les faffe réfuter, et qu'il paye un peu plus cher fes écrivains. D'ailleurs, il n'en coûterait pas plus d'un ou deux millions par an, pour retirer tous les exemplaires des livres irréligieux qui s'impriment en Europe ; cette dépenfe ne ferait pas un impôt d'un cinquantième fur les biens eccléfiaftiques : aucune nation ne fait la guerre à fi bon marché.

On a dit dans quelques brochures que les libres penfeurs étaient intolérans ; ce qui eft abfurde, puifque liberté de penfer et tolérance font fynonymes. La preuve en était plaifante ; c'eft qu'ils fe moquaient, difait-on, de leurs adverfaires, et qu'ils fe plaignaient des préro- gatives odieufes ou nuifibles ufurpées par le clergé. Il n'y a point d'intolérance à tourner en ridicule de mauvais raifonneurs. Si ces mauvais raifonneurs étaient tolérans et honnêtes, cela ferait dur ; s'ils font infolens et perfécuteurs, c'eft un acte de juftice, c'eft un fervice rendu au genre humain. Mais ce n'eft jamais into- lérance : fe moquer d'un homme, ou le perfé- cuter, font deux chofes bien diftinctes.

Si les prérogatives qu'on attaque font mal fondées, celui qui s'élève contre elles ne fait que réclamer des droits ufurpés fur lui. Eft-ce donc être intolérant que de faire un procès à celui qui a ufurpé nos biens ? Le procès peut être injufte, mais il n'y a point-là d'intolérance.

On a dit auffi que les libres penfeurs étaient dangereux parce qu'ils formaient une fecte :

cela eft encore abfurde. Ils ne peuvent former
de fecte, puifque leur premier principe eft que
chacun doit être libre de penfer et de profeffer
ce qu'il veut : mais ils fe réuniffent contre les
perfécuteurs ; et ce n'eft point faire fecte que
de s'accorder à défendre le droit le plus noble
et le plus facré que l'homme ait reçu de la
nature.

A M. CHARDON,

MAITRE DES REQUETES,

Qui avait rapporté l'affaire des Sirven au conseil du roi.

Février 1768.

MONSIEUR,

*C*ICERON et *Démosthènes*, à qui vous ressemblez plus qu'au maréchal de *Villeroi*, n'ont pas gagné toutes leurs causes : je ne suis point du tout étonné que la *forme* l'ait emporté sur le *fond* ; cela est triste, mais cela est ordinaire. Il ne serait pas mal pourtant que l'on trouvât un jour quelque biais pour que le fond l'emportât sur la forme.

J'ai revu le pauvre *Sirven*, qui croit avoir gagné son procès, puisque vous avez daigné prendre son parti. Il n'y a pas moyen qu'il aille se présenter au parlement de Toulouse : on l'y punirait très-sérieusement de s'être adressé à un maître des requêtes. Vous savez assez, Monsieur, par le petit libelle que vous avez reçu de Toulouse, que les maîtres des requêtes n'ont aucune juridiction, et que le roi ne peut leur renvoyer aucun procès : ce sont-là les lois fondamentales du royaume. *Sirven* serait justement

D 3

pendu ou roué, pour s'être adreſſé au conſeil du
roi ; ce ſerait un eſclave que le conſeil des dépêches
renverrait à ſon maître pour le mettre en croix.
Voilà une famille ruinée ſans reſſource ; mais comme
c'eſt une famille de gens qui ne vont point à la
meſſe, il eſt juſte qu'elle meure de faim. (1)

Je plains beaucoup les ſots qui ſe font perſécuter
pour *Jean Calvin*; mais je hais cordialement les
perſécuteurs. Il y a plus de quatorze cents ans qu'on
s'acharne en Europe pour des fadaiſes indignes d'être
jouées aux marionnettes ; cette démence atroce,
jointe à tant d'autres, doit faire aimer la ſolitude ;
et c'eſt du fond de cette ſolitude qu'un pauvre
vieillard malade, qui n'a pas long-temps à vivre,
vous préſente, Monſieur, les ſentimens de reconnaiſſance, d'attachement et de reſpect dont il ſera
pénétré pour vous juſqu'au moment où il rendra
aux quatre élémens ſa très-chétive exiſtence.

(1) Les formes judiciaires ne laiſſaient à *Sirven* d'autre reſſource que
d'appeler au parlement de Toulouſe de la ſentence ridicule et atroce du
juge de Mazamet ; il en a eu le courage ; et un arrêt de ce parlement l'a
déclaré innocent. Mais le juge de Mazamet n'a point été puni ; on n'a point
puni ces religieuſes dont la bigoterie barbare avait réduit la malheureuſe
fille de *Sirven* au déſeſpoir ; du moins les juges de *Calas* et le capitoul
David, moins obſcurs que les perſécuteurs de *Sirven*, ont-ils été punis par
l'horreur et le mépris de l'Europe. On aurait déſiré ſeulement que le ſang
répandu de l'innocent *Calas* eût du moins délivré ſa patrie de l'opprobre
que répandent ſur elle, et cette proceſſion des pénitens, où l'on célèbre le
maſſacre de 1762, et les farces ſcandaleuſes qu'ils y jouent. On avait droit
d'eſpérer cette réforme néceſſaire de l'archevêque actuel de cette ville qui,
calomnié lui-même avec fureur par les fanatiques, fait mieux que perſonne combien leur audace et l'impudence des hypocrites qui les condui-
ſent peuvent encore être dangereuſes.

TRAITÉ

LA TOLERANCE,

A L'OCCASION

DE LA MORT DE JEAN CALAS.

Hiſtoire abrégée de la mort de Jean Calas.

L E meurtre de *Calas*, commis dans Touloufe avec le glaive de la juſtice, le neuf mars 1762, eſt un des plus finguliers événemens qui méritent l'attention de notre âge et de la poſtérité. On oublie bientôt cette foule de morts qui a péri dans des batailles fans nombre, non-feulement parce que c'eſt la fatalité inévitable de la guerre, mais parce que ceux qui meurent par le fort des armes pouvaient auſſi donner la mort à leurs ennemis, et n'ont point péri fans fe défendre. Là où le danger et l'avantage font égaux, l'étonnement ceſſe, et la pitié même s'affaiblit; mais fi un père de famille innocent eſt livré aux mains de l'erreur, ou de la paſſion, ou du fanatifme; fi l'accufé n'a de défenfe que fa vertu; fi les arbitres de fa vie n'ont à rifquer en l'égorgeant que de fe tromper; s'ils peuvent tuer impunément par un arrêt, alors le cri public s'élève,

D 4

chacun craint pour foi-même; on voit que perfonne n'eft en fureté de fa vie devant un tribunal érigé pour veiller fur la vie des citoyens , et toutes les voix fe réuniffent pour demander vengeance.

Il s'agiffait dans cette étrange affaire , de religion, de fuicide , de parricide; il s'agiffait de favoir fi un père et une mère avaient étranglé leur fils pour plaire à DIEU , fi un frère avait étranglé fon frère , fi un ami avait étranglé fon ami , et fi les juges avaient à fe reprocher d'avoir fait mourir fur la roue un père innocent, ou d'avoir épargné une mère , un frère , un ami coupables

Jean Calas , âgé de foixante et huit ans, exerçait la profeffion de négociant à Touloufe depuis plus de quarante années , et était reconnu de tous ceux qui ont vécu avec lui pour un bon père. Il était proteftant , ainfi que fa femme et tous fes enfans, excepté un qui avait abjuré l'héréfie, et à qui le père fefait une petite penfion. Il paraiffait fi éloigné de cet abfurde fanatifme qui rompt tous les liens de la fociété, qu'il approuva la converfion de fon fils *Louis Calas* , et qu'il avait depuis trente ans chez lui une fervante zélée catholique , laquelle avait élevé tous fes enfans.

Un des fils de *Jean Calas* , nommé *Marc-Antoine* , était un homme de lettres : il paffait pour un efprit inquiet, fombre et violent. Ce jeune homme, ne pouvant réuffir ni à entrer dans le négoce, auquel il n'était pas propre, ni à être reçu avocat, parce qu'il fallait des certificats de catholicité qu'il ne put obtenir, réfolut de finir fa vie, et fit preffentir ce deffein à un de fes amis; il fe confirma dans fa réfolution par la lecture de tout ce qu'on a jamais écrit fur le fuicide.

Enfin, un jour ayant perdu fon argent au jeu, il choifit ce jour-là même pour exécuter fon deffein. Un ami de fa famille et le fien, nommé *Lavaiffe*, jeune homme de dix-neuf ans, connu par la candeur et la douceur de fes mœurs, fils d'un avocat célèbre de Touloufe, était arrivé (*a*) de Bordeaux la veille; il foupa par hafard chez les *Calas*. Le père, la mère; *Marc-Antoine*, leur fils aîné; *Pierre*, leur fecond fils, mangèrent enfemble. Après le fouper on fe retira dans un petit falon; *Marc-Antoine* difparut : enfin, lorfque le jeune *Lavaiffe* voulut partir, *Pierre Calas* et lui étant defcendus, trouvèrent en bas auprès du magafin *Marc-Antoine* en chemife, pendu à une porte, et fon habit plié fur le comptoir; fa chemife n'était pas feulement dérangée; fes cheveux étaient bien peignés : il n'avait fur fon corps aucune plaie, aucune meurtriffure. (*b*)

On paffe ici tous les détails dont les avocats ont rendu compte : on ne décrira point la douleur et le défefpoir du père et de la mère : leurs cris furent entendus des voifins. *Lavaiffe* et *Pierre Calas* hors d'eux-mêmes coururent chercher des chirurgiens et la juftice.

Pendant qu'ils s'acquittaient de ce devoir, pendant que le père et la mère étaient dans les fanglots

(*a*) 12 octobre 1761.

(*b*) On ne lui trouva après le tranfport du cadavre à l'hôtel-de-ville, qu'une petite égratignure au bout du nez, et une petite tache fur la poitrine, caufées par quelque inadvertance dans le tranfport du corps.

et dans les larmes, le peuple de Touloufe s'attroupe autour de la maifon. Ce peuple eft fuperftitieux et emporté; il regarde comme des monftres fes frères qui ne font pas de la même religion que lui. C'eft à Touloufe qu'on remercia DIEU folennellement de la mort de *Henri III*, et qu'on fit ferment d'égorger le premier qui parlerait de reconnaître le grand, le bon *Henri IV*. Cette ville folennife encore tous les ans, par une proceffion et par des feux de joie, le jour où elle maffacra quatre mille citoyens hérétiques, il y a deux fiècles. En vain fix arrêts du confeil ont défendu cette odieufe fête; les Touloufains l'ont toujours célébrée comme les jeux floraux.

Quelque fanatique de la populace s'écria que *Jean Calas* avait pendu fon propre fils *Marc-Antoine*. Ce cri répété fut unanime en un moment; d'autres ajoutèrent que le mort devait le lendemain faire abjuration, que fa famille et le jeune *Lavaiffe* l'avaient étranglé, par haine contre la religion catholique : le moment d'après on n'en douta plus; toute la ville fut perfuadée que c'eft un point de religion chez les proteftans qu'un père et une mère doivent affaffiner leur fils dès qu'il veut fe convertir.

Les efprits une fois émus ne s'arrêtent point. On imagina que les proteftans du Languedoc s'étaient affemblés la veille; qu'ils avaient choifi, à la pluralité des voix, un bourreau de la fecte; que le choix était tombé fur le jeune *Lavaiffe*; que ce jeune homme en vingt-quatre heures avait reçu la nouvelle de fon élection, et était arrivé de Bordeaux pour aider *Jean Calas*, fa femme et leur fils *Pierre*, à étrangler un ami, un fils, un frère.

Le fieur *David*, capitoul de Touloufe, excité par ces rumeurs, et voulant fe faire valoir par une prompte exécution, fit une procédure contre les règles et les ordonnances. La famille *Calas*, la fervante catholique, *Lavaiffe* furent mis aux fers.

On publia un monitoire non moins vicieux que la procédure. On alla plus loin. *Marc-Antoine Calas* était mort calvinifte; et, s'il avait attenté fur lui-même, il devait être traîné fur la claie : on l'inhuma avec la plus grande pompe dans l'églife Saint-Etienne, malgré le curé qui proteftait contre cette profanation.

Il y a dans le Languedoc quatre confréries de pénitens, la blanche, la bleue, la grife et la noire. Les confrères portent un long capuce, avec un mafque de drap percé de deux trous pour laiffer la vue libre : ils ont voulu engager M. le duc de *Fitz-James*, commandant de la province, à entrer dans leur corps, et il les a refufés. Les confrères blancs firent à *Marc-Antoine Calas* un fervice folennel, comme à un martyr. Jamais aucune églife ne célébra la fête d'un martyr véritable avec plus de pompe ; mais cette pompe fut terrible. On avait élevé au-deffus d'un magnifique catafalque un fquelette qu'on fefait mouvoir, et qui repréfentait *Marc-Antoine Calas*, tenant d'une main une palme, et de l'autre la plume dont il devait figner l'abjuration de l'héréfie, et qui écrivait en effet l'arrêt de mort de fon père.

Alors il ne manqua plus au malheureux qui avait attenté fur foi-même que la canonifation; tout le peuple le regardait comme un faint; quelques-uns l'invoquaient, d'autres allaient prier fur fa tombe, d'autres lui demandaient des miracles, d'autres

racontaient ceux qu'il avait faits. Un moine lui arracha
quelques dents pour avoir des reliques durables. Une
dévote, un peu fourde, dit qu'elle avait entendu le
fon des cloches. Un prêtre apoplectique fut guéri
après avoir pris de l'émétique. On dreffa des verbaux
de ces prodiges. Celui qui écrit cette relation poffède
une atteftation qu'un jeune homme de Touloufe eft
devenu fou pour avoir prié plufieurs nuits fur le
tombeau du nouveau faint, et pour n'avoir pu obtenir
un miracle qu'il implorait.

Quelques magiftrats étaient de la confrérie des
pénitens blancs. Dès ce moment la mort de *Jean Calas*
parut infaillible.

Ce qui fur-tout prépara fon fupplice, ce fut
l'approche de cette fête fingulière que les Touloufains
célèbrent tous les ans en mémoire d'un maffacre de
quatre mille huguenots ; l'année 1762 était l'année
féculaire. On dreffait dans la ville l'appareil de cette
folennité : cela même allumait encore l'imagination
échauffée du peuple ; on difait publiquement que
l'échafaud fur lequel on rouerait les *Calas* ferait le
plus grand ornement de la fête ; on difait que la
Providence amenait elle-même ces victimes pour être
facrifiées à notre fainte religion. Vingt perfonnes ont
entendu ces difcours, et de plus violens encore. Et
c'eft de nos jours ! et c'eft dans un temps où la philofophie a fait tant de progrès ! et c'eft lorfque cent
académies écrivent pour infpirer la douceur des
mœurs ! Il femble que le fanatifme, indigné depuis
peu des fuccès de la raifon, fe débatte fous elle avec
plus de rage.

Treize juges s'affemblèrent tous les jours pour

terminer le procès. On n'avait, on ne pouvait avoir aucune preuve contre la famille ; mais la religion trompée tenait lieu de preuve. Six juges perfiftèrent long-temps à condamner *Jean Calas*, fon fils, et *Lavaiffe* à la roue, et la femme de *Jean Calas* au bûcher. Sept autres plus modérés voulaient au moins qu'on examinât. Les débats furent réitérés et longs. Un des juges, convaincu de l'innocence des accufés et de l'impoffibilité du crime, parla vivement en leur faveur ; il oppofa le zèle de l'humanité au zèle de la févérité ; il devint l'avocat public des *Calas* dans toutes les maifons de Touloufe, où les cris continuels de la religion abufée demandaient le fang de ces infortunés. Un autre juge, connu par fa violence, parlait dans la ville avec autant d'emportement contre les *Calas* que le premier montrait d'empreffement à les défendre. Enfin l'éclat fut fi grand, qu'ils furent obligés de fe récufer l'un et l'autre ; ils fe retirèrent à la campagne.

Mais, par un malheur étrange, le juge favorable aux *Calas* eut la délicateffe de perfifter dans fa récufation, et l'autre revint donner fa voix contre ceux qu'il ne devait point juger : ce fut cette voix qui forma la condamnation à la roue ; car il n'y eut que huit voix contre cinq, un des fix juges oppofés ayant à la fin, après bien des conteftations, paffé au parti le plus févère.

Il femble que quand il s'agit d'un parricide, et de livrer un père de famille au plus affreux fupplice, le jugement devrait être unanime, parce que les preuves d'un crime fi inoui (*c*) devraient être d'une évidence

(*c*) Je ne connais que deux exemples de pères accufés dans l'hiftoire d'avoir affaffiné leurs fils pour la religion : le premier eft du père de

fenfible à tout le monde : le moindre doute dans un cas pareil doit fuffire pour faire trembler un juge qui va figner un arrêt de mort. La faibleffe de notre raifon et l'infuffifance de nos lois fe font fentir tous les jours; mais dans quelle occafion en découvre-t-on mieux la mifère que quand la prépondérance d'une feule voix fait rouer un citoyen ? Il fallait, dans Athènes, cinquante voix au-delà de la moitié pour ofer prononcer un jugement de mort. Qu'en réfulte-t-il ? ce que nous favons très-inutilement, que les Grecs étaient plus fages et plus humains que nous.

Il paraiffait impoffible que *Jean Calas*, vieillard de foixante-huit ans, qui avait depuis long-temps les jambes enflées et faibles, eût feul étranglé et pendu un fils âgé de vingt-huit ans, qui était d'une force au-deffus de l'ordinaire; il fallait abfolument qu'il eût été affifté dans cette exécution par fa femme, par fon fils *Pierre Calas*, par *Lavaiffe* et par la fervante. Ils ne s'étaient pas quittés un feul moment le foir de cette fatale aventure. Mais cette fuppofition était encore auffi abfurde que l'autre; car comment une fervante zélée catholique aurait-elle pu fouffrir que

Ste *Barbara*, que nous nommons Ste *Barbe*. Il avait commandé deux fenêtres dans fa falle de bains : *Barbe*, en fon abfence, en fit une troifième en l'honneur de la fainte Trinité : elle fit, *du bout du doigt*, le figne de la croix fur des colonnes de marbre, et ce figne fe grava profondément dans les colonnes. Son fils en colère courut après elle, l'épée à la main : mais elle s'enfuit à travers une montagne, qui s'ouvrit pour elle. Le père fit le tour de la montagne, et rattrapa fa fille ; on la fouetta toute nue ; mais DIEU la couvrit d'un nuage blanc ; enfin fon père lui trancha la tête. Voila ce que rapporte la *Fleur des faints*.

Le fecond exemple eft le prince *Hermenegilde*. Il fe révolta contre le roi fon père, lui donna bataille, en 584, fut vaincu et tué par un officier : on en a fait un martyr, parce que fon père était arien.

des huguenots affaffinaffent un jeune homme élevé
par elle, pour le punir d'aimer la religion de cette
fervante ? Comment *Lavaiffe* ferait-il venu exprès de
Bordeaux pour étrangler fon ami dont il ignorait la
converfion prétendue ? Comment une mère tendre
aurait-elle mis les mains fur fon fils ? Comment tous
enfemble auraient-ils pu étrangler un jeune homme
auffi robufte qu'eux tous, fans un combat long et
violent, fans des cris affreux qui auraient appelé tout
le voifinage, fans des coups réitérés, fans des meurtriffures, fans des habits déchirés ?

Il était évident que, fi le parricide avait pu être
commis, tous les accufés étaient également coupables,
parce qu'ils ne s'étaient pas quittés d'un moment; il
était évident qu'ils ne l'étaient pas; il était évident
que le père feul ne pouvait l'être; et cependant l'arrêt
condamna ce père feul à expirer fur la roue.

Le motif de l'arrêt était auffi inconcevable que tout
le refte. Les juges qui étaient décidés pour le fupplice
de *Jean Calas* perfuadèrent aux autres que ce vieillard
faible ne pourrait réfifter aux tourmens, et qu'il
avouerait fous les coups des bourreaux fon crime et
celui de fes complices. Ils furent confondus, quand
ce vieillard, en mourant fur la roue, prit DIEU à
témoin de fon innocence, et le conjura de pardonner
à fes juges.

Ils furent obligés de rendre un fecond arrêt contradictoire avec le premier, d'élargir la mère, fon fils
Pierre, le jeune *Lavaiffe* et la fervante ; mais un des
confeillers leur ayant fait fentir que cet arrêt démentait
l'autre, qu'ils fe condamnaient eux-mêmes, que tous
les accufés ayant toujours été enfemble dans le temps

qu'on fuppofait le parricide, l'élargiffement de tous
les furvivans prouvait invinciblement l'innocence du
père de famille exécuté, ils prirent alors le parti de
bannir *Pierre Calas*, fon fils. Ce banniffement femblait
auffi inconféquent, auffi abfurde que tout le refte :
car *Pierre Calas* était coupable ou innocent du parricide ; s'il était coupable il fallait le rouer comme fon
père ; s'il était innocent, il ne fallait pas le bannir.
Mais les juges, effrayés du fupplice du père et de la
piété attendriffante avec laquelle il était mort, imaginèrent fauver leur honneur en laiffant croire qu'ils
fefaient grâce au fils; comme fi ce n'eût pas été une
prévarication nouvelle de faire grâce ; et ils crurent
que le banniffement de ce jeune homme pauvre et
fans appui, étant fans conféquence, n'était pas une
grande injuftice, après celle qu'ils avaient eu le
malheur de commettre.

On commença par menacer *Pierre Calas*, dans fon
cachot, de le traiter comme fon père, s'il n'abjurait
pas fa religion. C'eft ce que ce jeune homme (*d*)
attefte par ferment.

Pierre Calas, en fortant de la ville, rencontra un
abbé convertiffeur, qui le fit rentrer dans Touloufe ;
on l'enferma dans un couvent de dominicains, et là
on le contraignit à remplir toutes les fonctions de la
catholicité; c'était en partie ce qu'on voulait, c'était
le prix du fang de fon père ; et la religion, qu'on avait
cru venger femblait fatisfaite.

On enleva les filles à la mère ; elles furent enfermées

(*d*) Un jacobin vint dans mon cachot, et me menaça du même genre
de mort, fi je n'abjurais pas : c'eft ce que j'attefte devant DIEU, 23 juillet
1762.   *Pierre Calas*.

dans

dans un couvent. Cette femme, presque arrosée du sang de son mari, ayant tenu son fils aîné mort entre ses bras, voyant l'autre banni, privée de ses filles, dépouillée de tout son bien, était seule dans le monde, sans pain, sans espérance, et mourante de l'excès de son malheur. Quelques personnes ayant examiné mûrement toutes les circonstances de cette aventure horrible, en furent si frappées qu'elles firent presser la dame *Calas*, retirée dans une solitude, d'oser venir demander justice aux pieds du trône. Elle ne pouvait pas alors se soutenir, elle s'éteignait ; et d'ailleurs, étant née anglaise, transplantée dans une province de France dès son jeune âge, le nom seul de la ville de Paris l'effrayait. Elle s'imaginait que la capitale du royaume devait être encore plus barbare que celle du Languedoc. Enfin le devoir de venger la mémoire de son mari l'emporta sur sa faiblesse. Elle arriva à Paris près d'expirer. Elle fut étonnée d'y trouver de l'accueil, des secours et des larmes.

La raison l'emporte à Paris sur le fanatisme, quelque grand qu'il puisse être, au lieu qu'en province le fanatisme l'emporte presque toujours sur la raison.

M. de *Beaumont*, célèbre avocat du parlement de Paris, prit d'abord sa défense, et dressa une consultation qui fut signée de quinze avocats. M. *Loiseau*, non moins éloquent, composa un mémoire en faveur de la famille. M. *Mariette*, avocat au conseil, dressa une requête juridique qui portait la conviction dans tous les esprits.

Ces trois généreux défenseurs des lois et de l'innocence abandonnèrent à la veuve le profit des éditions

Politique et Législ. Tome II.   E

de leurs plaidoyers. (*e*) Paris et l'Europe entière
s'émurent de pitié, et demandèrent juftice avec cette
femme infortunée. L'arrêt fut prononcé par tout le
public long-temps avant qu'il pût être figné par le
confeil.

La pitié pénétra jufqu'au miniftère, malgré le
torrent continuel des affaires, qui fouvent exclut la
pitié, et malgré l'habitude de voir des malheureux,
qui peut endurcir le cœur encore d'avantage. On
rendit les filles à la mère. On les vit toutes les trois
couvertes d'un crêpe et baignées de larmes, en faire
répandre à leurs juges.

Cependant cette famille eut encore quelques
ennemis ; car il s'agiffait de religion. Plufieurs perfonnes qu'on appelle en France *dévotes* (*f*) dirent
hautement qu'il valait mieux laiffer rouer un vieux
calvinifte innocent, que d'expofer huit confeillers
de Languedoc à convenir qu'ils s'étaient trompés :
on fe fervit même de cette expreffion : ,, Il y a plus
,, de magiftrats que de *Calas* ; ,, et on inférait de-là
que la famille *Calas* devait être immolée à l'honneur
de la magiftrature. On ne fongeait pas que l'honneur
des juges confifte, comme celui des autres hommes,
à réparer leurs fautes. On ne croit pas en France que
le pape, affifté de fes cardinaux, foit infaillible : on
pourrait croire de même que huit juges de Touloufe
ne le font pas. Tout le refte des gens fenfés et défin-
téreffés difaient que l'arrêt de Touloufe ferait caffé

(*e*) On les a contrefaits dans plufieurs villes, et la dame *Calas* a perdu
le fruit de cette générofité.

(*f*) *Dévot* vient du mot latin *devotus*. Les *dévoti* de l'ancienne Rome
étaient ceux qui fe dévouaient pour le falut de la république ; c'étaient
les *Curtius*, les *Décius*.

dans toute l'Europe, quand même des confidérations particulières empêcheraient qu'il ne fût caffé dans le confeil.

Tel était l'état de cette étonnante aventure lorfqu'elle a fait naître à des perfonnes impartiales, mais fenfibles, le deffein de préfenter au public quelques réflexions fur la tolérance, fur l'indulgence, fur la commifération, que l'abbé *Houteville* appelle *dogme monftrueux*, dans fa déclamation ampoulée et erronée fur des faits, et que la raifon appelle l'*apanage de la nature*.

Ou les juges de Touloufe, entraînés par le fanatifme de la populace, ont fait rouer un père de famille innocent, ce qui eft fans exemple; ou ce père de famille et fa femme ont étranglé leur fils aîné, aidés dans ce parricide par un autre fils et par un ami, ce qui n'eft pas dans la nature. Dans l'un ou dans l'autre cas l'abus de la religion la plus fainte a produit un grand crime. Il eft donc de l'intérêt du genre humain d'examiner fi la religion doit être charitable ou barbare.

Conféquences du fupplice de Jean Calas.

S I les pénitens blancs furent la caufe du fupplice d'un innocent, de la ruine totale d'une famille, de fa difperfion et de l'opprobre qui ne devrait être attaché qu'à l'injuftice, mais qui l'eft au fupplice; fi cette précipitation des pénitens blancs à célébrer comme un faint celui qu'on aurait dû traîner fur la claie, fuivant nos barbares ufages, a fait rouer un père de famille vertueux; ce malheur doit, fans doute, les rendre pénitens en effet pour le refte de leur vie;

E 2

eux et les juges doivent pleurer, mais non pas avec un long habit blanc, et un masque sur le visage qui cacherait leurs larmes.

On respecte toutes les confréries ; elles sont édifiantes : mais quelque grand bien qu'elles puissent faire à l'Etat, égale-t-il ce mal affreux qu'elles ont causé ? Elles semblent instituées par le zèle qui anime en Languedoc les catholiques contre ceux que nous nommons *huguenots*. On dirait qu'on a fait vœu de haïr ses frères ; car nous avons assez de religion pour haïr et persécuter, et nous n'en avons pas assez pour aimer et pour secourir. Et que serait-ce si ces confréries étaient gouvernées par des enthousiastes, comme l'ont été autrefois quelques congrégations des artisans et des *Messieurs* chez lesquels on réduisait en art et en système l'habitude d'avoir des visions, comme le dit un de nos plus éloquens et savans magistrats ? Que serait-ce si on établissait dans les confréries ces chambres obscures, appelées *chambres de méditation*, où l'on fesait peindre des diables armés de cornes et de griffes, des gouffres de flammes, des croix et des poignards, avec le saint nom de JESUS au-dessus du tableau ? Quel spectacle pour des yeux déjà fascinés, et pour des imaginations aussi enflammées que soumises à leurs directeurs !

Il y a eu des temps, on ne le sait que trop, où des confréries ont été dangereuses. Les frérots, les flagellans ont causé des troubles. La ligue commença par de telles associations. Pourquoi se distinguer ainsi des autres citoyens ? s'en croyait-on plus parfait ? cela même est une insulte au reste de la nation. Voulait-on que tous les chrétiens entrassent dans la

confrérie ? Ce ferait un beau fpectacle que l'Europe
en capuchon et en mafque , avec deux petits trous
ronds au-devant des yeux ! Penfe-t-on de bonne foi
que DIEU préfère cet accoutrement à un juftau-
corps ? Il y a bien plus ; cet habit eft un uniforme de
controverfiftes, qui avertit les adverfaires de fe mettre
fous les armes ; il peut exciter une efpèce de guerre
civile dans les efprits , et elle finirait peut-être par de
funeftes excès, fi le roi et fes miniftres n'étaient auffi
fages que les fanatiques font infenfés.

On fait affez ce qu'il en a coûté depuis que les
chrétiens difputent fur le dogme ; le fang a coulé,
foit fur les échafauds, foit dans les batailles , dès le
quatrième fiècle jufqu'à nos jours. Bornons-nous ici
aux guerres et aux horreurs que les querelles de la
réforme ont excitées , et voyons quelle en a été la
fource en France. Peut-être un tableau raccourci et
fidèle de tant de calamités ouvrira les yeux de quelques perfonnes peu inftruites , et touchera des cœurs
bien faits.

Idée de la réforme du feizième fiècle.

LORSQU'A la renaiffance des lettres , les efprits
commencèrent à s'éclairer, on fe plaignit généralement des abus ; tout le monde avoue que cette plainte
était légitime.

Le pape *Alexandre VI* avait acheté publiquement
la tiare, et fes cinq bâtards en partageaient les avantages. Son fils, le cardinal duc de *Borgia*, fit périr ,
de concert avec le pape fon père, les *Vitelli*, les *Urbino*,
les *Gravina* , les *Oliveretto* et cent autres feigneurs ,

pour ravir leurs domaines. *Jules II*, animé du même
efprit, excommunia *Louis XII*, donna fon royaume
au premier occupant ; et lui-même, le cafque en tête
et la cuiraffe fur le dos, mit à feu et à fang une partie
de l'Italie. *Léon X*, pour payer fes plaifirs, trafiqua
des indulgences, comme on vend des denrées dans
un marché public. Ceux qui s'élevèrent contre tant
de brigandages n'avaient du moins aucun tort dans
la morale. Voyons s'ils en avaient contre nous dans
la politique.

Ils difaient que JESUS-CHRIST n'ayant jamais
exigé d'annates ni de réferves, ni vendu des difpenfes
pour ce monde, et des indulgences pour l'autre, on
pouvait fe difpenfer de payer à un prince étranger le
prix de toutes ces chofes. Quand les annates, les
procès en cour de Rome, et les difpenfes qui fubfiftent encore aujourd'hui, ne nous coûteraient que
cinq cents mille francs par an, il eft clair que nous
avons payé depuis *François I*, en deux cents cinquante années, cent vingt millions ; et en évaluant
les différens prix du marc d'argent, cette fomme en
compofe une d'environ deux cents cinquante millions
d'aujourd'hui. On peut donc convenir fans blafphême
que les hérétiques, en propofant l'abolition de ces
impôts finguliers dont la poftérité s'étonnera, ne
fefaient pas en cela un grand mal au royaume, et
qu'ils étaient plutôt bons calculateurs que mauvais
fujets. Ajoutons qu'ils étaient les feuls qui fuffent
la langue grecque, et qui connuffent l'antiquité. Ne
diffimulons point que, malgré leurs erreurs, nous
leur devons le développement de l'efprit humain,
long-temps enfeveli dans la plus épaiffe barbarie.

Mais comme ils niaient le purgatoire dont on ne

doit pas douter, et qui d'ailleurs rapportait beaucoup aux moines; comme ils ne révéraient pas des reliques qu'on doit révérer, mais qui rapportaient encore davantage; enfin, comme ils attaquaient des dogmes très-respectés, (g) on ne leur répondit d'abord qu'en les fefant brûler. Le roi, qui les protégeait et les foudoyait en Allemagne, marcha dans Paris à la tête d'une proceffion, après laquelle on exécuta plufieurs de ces malheureux; et voici quelle fut cette exécution. On les fufpendait au bout d'une longue poutre qui jouait en bafcule fur un arbre debout; un grand feu

(g) Ils renouvelaient le fentiment de *Bérenger* fur l'euchariftie ; ils niaient qu'un corps pût être en cent mille endroits différens, même par la toute-puiffance divine; ils niaient que les attributs puffent fubfifter fans fujet; ils croyaient qu'il était abfolument impoffible que ce qui eft pain et vin aux yeux, au goût, à l'eftomac, fût anéanti dans le moment même qu'il exifte; ils foutenaient toutes ces erreurs, condamnées autrefois dans *Bérenger*. Ils fe fondaient fur plufieurs paffages des premiers pères de l'Eglife, et fur-tout de faint *Juftin*, qui dit expreffément dans fon dialogue contre *Typhon*; " L'oblation de la fine farine eft la figure " de l'euchariftie que JESUS-CHRIST nous ordonne de faire en " mémoire de fa paffion. " καὶ ἡ της σεμίδαλεως &c. τύπος εστί του ἄρτου της εὐχαριστίας ὃν εἰς ἀνάμνησιν του παθους &c. Ιησους Χριστὸς ὁ κύριος ἡμων παρέδωκε ποιεῖν.

Ils rappelaient tout ce qu'on avait dit dans les premiers fiècles contre le culte des reliques; ils citaient ces paroles de *Vigilantius*: " Eft-il " néceffaire que vous refpectiez, ou même que vous adoriez une vile " pouffière? les ames des martyrs aiment-elles encore leurs cendres? Les " coutumes des idolâtres fe font introduites dans l'Eglife: on commence " à allumer des flambeaux en plein midi: nous pouvons pendant notre " vie prier les uns pour les autres; mais après la mort, à quoi fervent " ces prières? "

Mais ils ne difaient pas combien faint *Jérôme* s'était élevé contre ces paroles de *Vigilantius*. Enfin ils voulaient tout rappeler aux temps apoftoliques, et ne voulaient pas convenir que l'Eglife s'étant étendue et fortifiée, il avait fallu néceffairement étendre et fortifier fa difcipline: ils condamnaient les richeffes qui femblaient pourtant néceffaires pour foutenir la majefté du culte.

E 4

était allumé fous eux , on les y plongeait , et on les
relevait alternativement; ils éprouvaient les tourmens
et la mort par degrés , jufqu'à ce qu'ils expiraffent
par le plus long et le plus affreux fupplice que jamais
ait inventé la barbarie.

Peu de temps avant la mort de *François I*, quelques
membres du parlement de Provence, animés par des
eccléfiaftiques contre les habitans de Mérindol et de
Cabrières , demandèrent au roi des troupes pour
appuyer l'exécution de dix-neuf perfonnes de ce pays
condamnées par eux ; ils en firent égorger fix mille ,
fans pardonner ni au fexe ni à la vieilleffe ni à l'enfance ; ils réduifirent trente bourgs en cendres. Ces
peuples , jufqu'alors inconnus , avaient tort, fans
doute, d'être nés vaudois , c'était leur feule iniquité.
Ils étaient établis depuis trois cents ans dans des
déferts et fur des montagnes qu'ils avaient rendus
fertiles par un travail incroyable. Leur vie paftorale
et tranquille retraçait l'innocence attribuée aux premiers âges du monde. Les villes voifines n'étaient
connues d'eux que par le trafic des fruits qu'ils
allaient vendre ; ils ignoraient les procès et la guerre ;
ils ne fe défendirent pas ; on les égorgea comme des
animaux fugitifs qu'on tue dans une enceinte. (*h*)

{ *h*) Le véridique et refpectable préfident de *Thou* parle ainfi de ces
hommes fi innocens et fi infortunés : *Homines effe qui trecentis circiter abhinc
annis afperum et incultum folum vectigale à dominis acceperint , quod improbo
labore et affiduo cultu frugum ferax et aptum pecori reddiderint ; patientiffimos
eos laboris et inediæ , à litibus abhorrentes , ergà egenos munificos , tributa
principi et fua jura dominis fedulò et fummâ fide pendere ; Dei cultum affiduis
precibus et morum innocentiam præ fe ferre , cæterùm rarò divorum templa adire ,
nifi quando ad vicina fuis finibus oppida mercandi aut negotiorum caufâ diver-
tant ; quò fi quandoquè pedem inferant , non dei , divorumque ftatuis advolvi ,
nec cæteros eis aut donaria ulla ponere ; non facerdotes ab eis rogari ut pro fe*

Après la mort de *François I*, prince plus connu cependant par ſes galanteries et par ſes malheurs que par ſes cruautés, le ſupplice de mille hérétiques, ſur-tout celui du conſeiller au parlement, *Dubourg*, et enfin le maſſacre de Vaſſy, armèrent les perſécutés, dont la ſecte s'était multipliée à la lueur des bûchers, et ſous le fer des bourreaux ; la rage ſuccéda à la patience ; ils imitèrent les cruautés de leurs ennemis : neuf guerres civiles remplirent la France de carnage ; une paix plus funeſte que la guerre produiſit la Saint-Barthelemi, dont il n'y avait aucun exemple dans les annales des crimes.

La ligue aſſaſſina *Henri III* et *Henri IV*, par les mains d'un frère jacobin et d'un monſtre qui avait été frère feuillant. Il y a des gens qui prétendent que l'humanité, l'indulgence et la liberté de conſcience ſont des choſes horribles ; mais, en bonne foi, auraient-elles produit des calamités comparables ?

aut propinquorum manibus rem divinam faciant ; non cruce frontem inſigniri uti aliorum moris eſt : cùm cœlum intonat non ſe luſtrali aquâ aſpergere, ſed ſublatis in cœlum oculis dei opem implorare ; non religionis ergò peregrè proficiſci, non per vias antè crucium ſimulacra caput aperire ; ſacra alio ritu et populari linguâ celebrare ; non denique pontifici aut epiſcopis honorem deferre, ſed quoſdam è ſuo numero delectos pro antiſtibus et doctoribus habere. Hæc uti ad Franciſcum relata VI. Eid. feb. anni, &c.

Madame de *Cental*, à qui appartenait une partie des terres ravagées, et ſur leſquelles on ne voyait plus que les cadavres de ſes habitans, demanda juſtice au roi *Henri II*, qui la renvoya au parlement de Paris. L'avocat général de Provence, nommé *Guérin*, principal auteur des maſſacres, fut ſeul condamné à perdre la tête ; de *Thou* dit qu'il porta ſeul la peine des autres coupables, *quòd aulicorum favore deſtitueretur*, parce qu'il n'avait pas d'amis à la cour.

Si la tolérance est dangereuse, et chez quels peuples elle est permise?

QUELQUES-UNS ont dit que si l'on usait d'une indulgence paternelle envers nos frères errans qui prient DIEU en mauvais français, ce serait leur mettre les armes à la main ; qu'on verrait de nouvelles batailles de Jarnac, de Moncontour, de Coutras, de Dreux, de Saint-Denis, &c. ; c'est ce que j'ignore, parce que je ne suis pas un prophète ; mais il me semble que ce n'est pas raisonner conséquemment que de dire : *Ces hommes se sont soulevés quand je leur ai fait du mal ; donc ils se soulèveront quand je leur ferai du bien.*

J'oserais prendre la liberté d'inviter ceux qui sont à la tête du gouvernement, et ceux qui sont destinés aux grandes places, à vouloir bien examiner mûrement si l'on doit craindre en effet que la douceur produise les mêmes révoltes que la cruauté a fait naître ; si ce qui est arrivé dans certaines circonstances doit arriver dans d'autres ; si les temps, l'opinion, les mœurs sont toujours les mêmes.

Les huguenots, sans doute, ont été enivrés de fanatisme et souillés de sang comme nous ; mais la génération présente est-elle aussi barbare que leurs pères ? le temps, la raison qui fait tant de progrès, les bons livres, la douceur de la société, n'ont-ils point pénétré chez ceux qui conduisent l'esprit de ces peuples ? et ne nous apercevons-nous pas que presque toute l'Europe a changé de face depuis environ cinquante années ?

Le gouvernement s'eft fortifié par-tout , tandis que les mœurs fe font adoucies. La police générale , foutenue d'armées nombreufes toujours exiftantes , ne permet pas d'ailleurs de craindre le retour de ces temps anarchiques, où des payfans calviniftes combattaient des payfans catholiques enrégimentés à la hâte entre les femailles et les moiffons.

D'autres temps , d'autres foins. Il ferait abfurde de décimer aujourd'hui la forbonne , parce qu'elle préfenta requête autrefois pour faire brûler la *Pucelle d'Orléans* , parce qu'elle déclara *Henri III* déchu du droit de régner , qu'elle l'excommunia , qu'elle profcrivit le grand *Henri IV*. On ne recherchera pas , fans doute , les autres corps du royaume , qui commirent les mêmes excès dans ces temps de frénéfie ; cela ferait non-feulement injufte , mais il y aurait autant de folie qu'à purger tous les habitans de Marfeille , parce qu'ils ont eu la pefte en 1720.

Irons-nous faccager Rome , comme firent les troupes de *Charles-Quint* , parce que *Sixte-Quint* , en 1585 , accorda neuf ans d'indulgence à tous les français qui prendraient les armes contre leur fouverain ? et n'eft-ce pas affez d'empêcher Rome de fe porter jamais à des excès femblables ?

La fureur qu'infpirent l'efprit dogmatique et l'abus de la religion chrétienne mal entendue a répandu autant de fang , a produit autant de défaftres en Allemagne , en Angleterre , et même en Hollande , qu'en France : cependant aujourd'hui la différence des religions ne caufe aucun trouble dans ces Etats ; le juif, le catholique, le grec, le luthérien , le calvinifte, l'anabaptifte, le focinien , le memnonifte , le morave et tant d'autres, vivent en frères dans ces contrées, et contribuent également au bien de la société.

On ne craint plus en Hollande que les difputes d'un (*i*) *Gomar* fur la prédeftination faffent trancher la tête au grand penfionnaire. On ne craint plus à Londres que les querelles des presbytériens et des épifcopaux, pour une liturgie et pour un furplis, répandent le fang d'un roi fur un échafaud. (*k*) L'Irlande peuplée et enrichie ne verra plus fes citoyens catholiques facrifier à D I E U pendant deux mois fes citoyens proteftans, les enterrer vivans, fufpendre les mères à des gibets, attacher les filles au cou de leurs mères, et les voir expirer enfemble; ouvrir le ventre des femmes enceintes, en tirer les enfans à

(*i*) *François Gomar* était un théologien proteftant ; il foutint, contre *Arminius*, fon collègue, que DIEU a deftiné de toute éternité la plus grande partie des hommes à être brûlés éternellement : ce dogme infernal fut foutenu comme il devait l'être par la perfécution. Le grand penfionnaire *Barnevelt*, qui était du parti contraire à *Gomar*, eut la tête tranchée à l'âge de 72 ans, le 13 mai 1619, *pour avoir contrifté au poffible l'Eglife de* DIEU.

(*k*) Un déclamateur, dans l'apologie de la révocation de l'édit de Nantes, dit en parlant de l'Angleterre : *Une fauffe religion devait produire néceffairement de tels fruits ; il en reftait un feul à mûrir, ces infulaires le recueillent, c'eft le mépris des nations.* Il faut avouer que l'auteur prend bien mal fon temps pour dire que les Anglais font méprifables et méprifés de toute la terre. Ce n'eft pas, ce me femble, lorfqu'une nation fignale fa bravoure et fa générofité, lorfqu'elle eft victorieufe dans les quatre parties du monde, qu'on eft bien reçu à dire qu'elle eft méprifable et méprifée. C'eft dans un chapitre fur l'intolérance qu'on trouve ce fingulier paffage. Ceux qui prêchent l'intolérance méritent d'écrire ainfi. Cet abominable livre, qui femble fait par le fou de *Verbéries*, eft d'un homme fans miffion ; car quel pafteur écrirait ainfi ? La fureur eft pouffée dans ce livre jufqu'à juftifier la Saint-Barthelemi. On croirait qu'un tel ouvrage, rempli de fi affreux paradoxes, devrait être entre les mains de tout le monde, au moins par la fingularité, cependant à peine eft-il connu.

demi-formés, et les donner à manger aux porcs et aux chiens; mettre un poignard dans la main de leurs prisonniers garrottés, et conduire leurs bras dans le sein de leurs femmes, de leurs pères, de leurs mères, de leurs filles, s'imaginant en faire mutuellement des parricides, et les damner tous en les exterminant tous. C'est ce que rapporte *Rapin Thoyras*, officier en Irlande, presque contemporain; c'est ce que rapportent toutes les annales, toutes les histoires d'Angleterre, et ce qui, sans doute, ne sera jamais imité. (1) La philosophie, la seule philosophie, cette sœur de la religion, a désarmé des mains que la superstition avait si long-temps ensanglantées; et l'esprit humain, au réveil de son ivresse, s'est étonné des excès où l'avait emporté le fanatisme.

Nous-mêmes, nous avons en France une province opulente où le luthéranisme l'emporte sur le catholicisme. L'université d'Alsace est entre les mains des luthériens; ils occupent une partie des charges municipales; jamais la moindre querelle religieuse n'a dérangé le repos de cette province depuis qu'elle appartient à nos rois. Pourquoi? c'est qu'on n'y a persécuté personne. Ne cherchez point à gêner les cœurs, et tous les cœurs seront à vous.

Je ne dis pas que tous ceux qui ne sont point de la religion du prince doivent partager les places et les honneurs de ceux qui sont de la religion dominante. En Angleterre les catholiques, regardés

(1) Tout a tellement changé qu'en Irlande même les protestans se font cotisés pour faire bâtir des chapelles à leurs frères catholiques, que la pauvreté où l'ancienne intolérance les a réduits mettait hors d'état d'en élever à leurs dépens.

comme attachés au parti du prétendant, ne peuvent parvenir aux emplois ; ils payent même double taxe ; mais ils jouiſſent d'ailleurs de tous les droits des citoyens.

On a ſoupçonné quelques évêques français de penſer qu'il n'eſt ni de leur honneur ni de leur intérêt d'avoir dans leur diocèſe des calviniſtes, et que c'eſt-là le plus grand obſtacle à la tolérance ; je ne le puis croire. Le corps des évêques en France eſt compoſé de gens de qualité qui penſent et qui agiſſent avec une nobleſſe digne de leur naiſſance ; ils ſont chari- tables et généreux, c'eſt une juſtice qu'on doit leur fendre ; ils doivent penſer que certainement leurs diocéſains fugitifs ne ſe convertiront pas dans les pays étrangers ; et que, retournés auprès de leurs paſteurs, ils pourraient être éclairés par leurs inſtruc- tions, et touchés par leurs exemples : il y aurait de l'honneur à les convertir, le temporel n'y perdrait pas ; et plus il y aurait de citoyens, plus les terres des prélats rapporteraient.

Un évêque de Varmie en Pologne avait un ana- baptiſte pour fermier, et un ſocinien pour receveur ; on lui propoſa de chaſſer et de pourſuivre l'un, parce qu'il ne croyait pas la conſubſtantialité, et l'autre, parce qu'il ne baptiſait ſon fils qu'à quinze ans : il répondit qu'ils ſeraient éternellement damnés dans l'autre monde, mais que dans ce monde-ci ils lui étaient très-néceſſaires.

Sortons de notre petite ſphère, et examinons le reſte de notre globe. Le grand ſeigneur gouverne en paix vingt peuples de différentes religions ; deux

cents mille grecs vivent avec fécurité dans Conf-
tantinople ; le muphti même nomme et préfente à
l'empereur le patriarche grec ; on y fouffre un
patriarche latin. Le fultan nomme des évêques latins
pour quelques îles de la Gréce, (*l*) et voici la formule dont il fe fert : *Je lui commande d'aller réfider évêque
dans l'île de Chio , felon leur ancienne coutume et leurs
vaines cérémonies.* Cet empire eft rempli de jacobites ,
de neftoriens , de monothélites ; il y a des cophtes ,
des chrétiens de St *Jean* , des juifs , des guèbres , des
banians. Les annales turques ne font mention d'aucune
révolte excitée par aucune de ces religions.

Allez dans l'Inde , dans la Perfe , dans la Tartarie,
vous y verrez la même tolérance et la même tranquillité. *Pierre le grand* a favorifé tous les cultes
dans fon vafte empire ; le commerce et l'agriculture
y ont gagné , et le corps politique n'en a jamais
fouffert.

Le gouvernement de la Chine n'a jamais adopté ,
depuis plus de quatre mille ans qu'il eft connu , que
le culte des *Noachides* , l'adoration fimple d'un feul
DIEU : cependant il tolère les fuperftitions de *Fo*
et une multitude de bonzes qui ferait dangereufe , fi
la fageffe des tribunaux ne les avait pas toujours
contenus.

Il eft vrai que le grand empereur *Yontchin* , le plus
fage et le plus magnanime peut-être qu'ait eu la
Chine , a chaffé les jéfuites ; mais ce n'était pas
parce qu'il était intolérant , c'était , au contraire ,
parce que les jéfuites l'étaient. Ils rapportent eux-
mêmes , dans leurs lettres curieufes , les paroles que

(*l*) Voyez *Ricaut.*

leur dit ce bon prince : *Je fais que votre religion eft intolérante ; je fais ce que vous avez fait aux Manilles et au Japon ; vous avez trompé mon père , n'efpérez pas me tromper de même.* Qu'on life tout le difcours qu'il daigna leur tenir , on le trouvera le plus fage et le plus clément des hommes. Pouvait-il en effet retenir des phyficiens d'Europe qui, fous prétexte de montrer des thermomètres et des éolipiles à la cour, avaient foulevé déjà un prince du fang ? et qu'aurait dit cet empereur, s'il avait lu nos hiftoires, s'il avait connu nos temps de la ligue et de la confpiration des poudres ?

C'en était affez pour lui d'être informé des querelles indécentes des jéfuites, des dominicains, des capucins, des prêtres féculiers, envoyés du bout du monde dans fes Etats : ils venaient prêcher la vérité, et ils s'anathématifaient les uns les autres. L'empereur ne fit donc que renvoyer des perturbateurs étrangers ; mais avec quelle bonté les renvoya-t-il ? quels foins paternels n'eut-il pas d'eux pour leur voyage , et pour empêcher qu'on ne les infultât fur la route? Leur banniffement même fut un exemple de tolérance et d'humanité.

Les Japonais (*m*) étaient les plus tolérans de tous les hommes: douze religions paifibles étaient établies dans leur empire : les jéfuites vinrent faire la treizième; mais bientôt n'en voulant pas fouffrir d'autre, on fait ce qui en réfulta ; une guerre civile , non moins affreufe que celle de la ligue , défola ce pays. La religion chrétienne fut noyée enfin dans des

(*m*) Voyez *Kempfer* et toutes les relations du Japon.

flots

flots de fang ; les Japonais fermèrent leur empire au
refte du monde, et·ne nous regardèrent que comme
des bêtes farouches, femblables à celles dont les
Anglais ont purgé leur île. C'eft en vain que le
miniftre *Colbert*, fentant le befoin que nous avions
des Japonais qui n'ont nul befoin de nous , tenta
d'établir un commerce avec leur empire; il les trouva
inflexibles.

Ainfi donc notre continent entier nous prouve
qu'il ne faut ni annoncer, ni exercer l'intolérance.

Jetez les yeux fur l'autre hémifphère , voyez la
Caroline, dont le fage *Locke* fut le légiflateur; il fuffit
de fept pères de famille pour établir un culte public
approuvé par la loi : cette liberté n'a fait naître
aucun défordre. DIEU nous préferve de citer cet
exemple pour engager la France à l'imiter ! on ne le
rapporte que pour faire voir que l'excès le plus grand
où puiffe aller la tolérance n'a pas été fuivi de la
plus légère diffention ; mais ce qui eft très - utile et
très-bon dans une colonie naiffante , n'eft pas convenable dans un ancien royaume.

Que dirons-nous des primitifs que l'on a nommés
Quakres par dérifion , et qui , avec des ufages peut-
être ridicules , ont été fi vertueux , et ont enfeigné
inutilement la paix au refte des hommes ? Ils font
en Penfilvanie au nombre de cent mille; la difcorde,
la controverfe font ignorées dans l'heureufe patrie
qu'ils fe font faite; et le nom feul de leur ville de
Philadelphie , qui leur rappelle à tout moment que
les hommes font frères, eft l'exemple et la honte des
peuples qui ne connaiffent pas encore la tolérance.

Enfin cette tolérance n'a jamais excité de guerre civile ; l'intolérance a couvert la terre de carnage. Qu'on juge maintenant entre ces deux rivales, entre la mère qui veut qu'on égorge son fils, et la mère qui le cède pourvu qu'il vive.

Je ne parle ici que de l'intérêt des nations ; et en respectant, comme je le dois, la théologie, je n'envisage dans cet article que le bien physique et moral de la société. Je supplie tout lecteur impartial de peser ces vérités, de les rectifier et de les étendre. Des lecteurs attentifs, qui se communiquent leurs pensées, vont toujours plus loin que l'auteur. (*n*)

Comment la tolérance peut être admise.

J'ose supposer qu'un ministre éclairé et magnanime, un prélat humain et sage, un prince qui sait que son intérêt consiste dans le grand nombre de ses sujets, et sa gloire dans leur bonheur, daigne jeter les yeux

---

(*n*) M. de *la Bourdonnais*, intendant de Rouen, dit que la manufacture de chapeaux est tombée à Caudebec et à Neuchâtel par la fuite des réfugiés. M. *Foucaut*, intendant de Caen, dit que le commerce est tombé de moitié dans la généralité. M. de *Maupeou*, intendant de Poitiers, dit que la manufacture de droguet est anéantie. M. de *Bezons*, intendant de Bordeaux, se plaint que le commerce de Clérac et de Nérac ne subsiste presque plus. M. de *Miroménil*, intendant de Touraine, dit que le commerce de Tours est diminué de dix millions par année ; et tout cela par la persécution. Voyez les mémoires des intendans, en 1698. Comptez sur-tout le nombre des officiers de terre et de mer, et des matelots qui ont été obligés d'aller servir contre la France, et souvent avec un funeste avantage ; et voyez si l'intolérance n'a pas causé quelque mal à l'Etat.

On n'a pas ici la témérité de proposer des vues à des ministres dont on connaît le génie et les grands sentimens, et dont le cœur est aussi noble que la naissance : ils verront assez que le rétablissement de la marine demande quelque indulgence pour les habitans de nos côtes.

fur cet écrit informe et défectueux ; il y fupplée par fes propres lumières ; il fe dit à lui-même : Que rifquerai-je à voir la terre cultivée et ornée par plus de mains laborieufes, les tributs augmentés, l'Etat plus floriffant ?

L'Allemagne ferait un défert couvert des offemens des catholiques, évangéliques, réformés, anabaptiftes, égorgés les uns par les autres, fi la paix de Veftphalie n'avait pas procuré enfin la liberté de confcience.

· Nous avons des juifs à Bordeaux, à Metz, en Alface ; nous avons des luthériens, des moliniftes, des janféniftes ; ne pouvons-nous pas fouffrir et contenir des calviniftes à peu-près aux mêmes conditions que les catholiques font tolérés à Londres ? Plus il y a de fectes, moins chacune eft dangereufe ; la multiplicité les affaiblit ; toutes font réprimées par de juftes lois qui défendent les affemblées toujours tumultueufes, les injures, les féditions, et qui font toujours en vigueur par la force coactive.

Nous favons que plufieurs chefs de famille, qui ont élevé de grandes fortunes dans les pays étrangers, font prêts à retourner dans leur patrie ; ils ne demandent que la protection de la loi naturelle, la validité de leurs mariages, la certitude de l'état de leurs enfans, le droit d'hériter de leurs pères, la franchife de leurs perfonnes ; point de temples publics, point de droit aux charges municipales, aux dignités ; les catholiques n'en ont ni à Londres ni en plufieurs autres pays. Il ne s'agit plus de donner des priviléges immenfes, des places de fureté à une faction, mais de laiffer vivre un peuple paifible, d'adoucir des édits, autrefois peut-être néceffaires, et qui ne le font plus ; ce n'eft pas à nous d'indiquer au miniftère ce qu'il peut faire ; il fuffit de l'implorer pour des infortunés.

Que de moyens de les rendre utiles, et d'empêcher qu'ils ne foient jamais dangereux ! La prudence du miniftère et du confeil, appuyée de la force, trouvera bien aifément ces moyens, que tant d'autres nations emploient fi heureufement.

Il y a des fanatiques encore dans la populace calvinifte ; mais il eft conftant qu'il y en a davantage dans la populace convulfionnaire. La lie des infenfés de St *Médard* eft comptée pour rien dans la nation, celle des prophêtes calviniftes eft anéantie. Le grand moyen de diminuer le nombre des maniaques, s'il en refte, eft d'abandonner cette maladie de l'efprit au régime de la raifon, qui éclaire lentement, mais infailliblement, les hommes. Cette raifon eft douce, elle eft humaine, elle infpire l'indulgence, elle étouffe la difcorde, elle affermit la vertu, elle rend aimable l'obéiffance aux lois, plus encore que la force ne les maintient. Et comptera-t-on pour rien le ridicule attaché aujourd'hui à l'enthoufiafme par tous les honnêtes gens ? Ce ridicule eft une puiffante barrière contre les extravagances de tous les fectaires. Les temps paffés font comme s'ils n'avaient jamais été. Il faut toujours partir du point où l'on eft, et de celui où les nations font parvenues.

Il a été un temps où l'on fe crut obligé de rendre des arrêts contre ceux qui enfeignaient une doctrine contraire aux catégories d'*Ariftote*, à l'horreur du vide, aux quiddités, et à l'univerfel de la part de la chofe. Nous avons en Europe plus de cent volumes de jurifprudence fur la forcellerie et fur la manière de diftinguer les faux forciers des véritables. L'ex-communication des fauterelles et des infectes nuifibles aux moiffons a été très-en ufage, et fubfifte encore dans plufieurs rituels ; l'ufage eft paffé, on laiffe en paix *Ariftote*, les forciers et les fauterelles. Les exemples de ces graves démences, autrefois fi impor-tantes, font innombrables ; il en revient d'autres de temps en temps ; mais quand elles ont fait leur effet, quand on en eft raffafié, elles s'anéantiffent. Si quelqu'un s'avifait aujourd'hui d'être carpocratien, ou eutichéen, ou monothélite, monophifite, nefto-rien, manichéen, &c. qu'arriverait-il ? on en rirait, comme d'un homme habillé à l'antique, avec une fraife et un pourpoint.

La nation commençait à entr'ouvrir les yeux, lorfque les jéfuites *le Tellier* et *Doucin* fabriquèrent la bulle *Unigenitus* qu'ils envoyèrent à Rome ; ils crurent être encore dans ces temps d'ignorance, où les peuples adoptaient fans examen les affertions les plus abfurdes. Ils osèrent profcrire cette propofition, qui eft d'une vérité univerfelle dans tous les cas et dans tous les temps : *La crainte d'une excommunication injufte ne doit point empêcher de faire fon devoir* : c'était profcrire la raifon, les libertés de l'Eglife gallicane et le fondement de la morale ; c'était dire aux hommes : DIEU vous ordonne de ne jamais faire votre devoir, dès que vous craindrez l'injuftice. On n'a jamais heurté le fens commun plus effrontément. Les conful-teurs de Rome n'y prirent pas garde. On perfuada à la cour de Rome que cette bulle était néceffaire, et que la nation la défirait ; elle fut fignée, fcellée et

F 3

envoyée ; on en fait les fuites : certainement fi on les avait prévues, on aurait mitigé la bulle. Les querelles ont été vives ; la prudence et la bonté du roi les ont enfin apaifées.

Il en eft de même dans une grande partie des points qui divifent les proteftans et nous ; il y en a quelques-uns qui ne font d'aucune conféquence ; il y en a d'autres plus graves, mais fur lefquels la fureur de la difpute eft tellement amortie, que les proteftans eux-mêmes ne prêchent aujourd'hui la controverfe en aucune de leurs églifes.

C'eft donc ce temps de dégoût, de fatiété, ou plutôt de raifon, qu'on peut faifir comme une époque et un gage de la tranquillité publique. La controverfe eft une maladie épidémique qui eft fur fa fin, et cette pefte dont on eft guéri, ne demande plus qu'un régime doux. Enfin l'intérêt de l'Etat eft que des fils expatriés reviennent avec modeftie dans la maifon de leur père ; l'humanité le demande, la raifon le confeille, et la politique ne peut s'en effrayer.

Si l'intolérance eſt de droit naturel et de droit humain.

Le droit naturel eft celui que la nature indique à tous les hommes. Vous avez élevé votre enfant, il vous doit du refpect comme à fon père, de la reconnaiffance comme à fon bienfaiteur. Vous avez droit aux productions de la terre que vous avez cultivée par vos mains. Vous avez donné et reçu une promeffe, elle doit être tenue.

Le droit humain ne peut être fondé en aucun cas que sur ce droit de nature ; et le grand principe , le principe universel de l'un et de l'autre , est dans toute la terre , *Ne fais pas ce que tu ne voudrais pas qu'on te fit.* Or on ne voit pas comment , suivant ce principe , un homme pourrait dire à un autre : *Crois ce que je crois , et ce que tu ne peux croire , ou tu périras.* C'est ce qu'on dit en Portugal , en Espagne , à Goa. On se contente à présent dans quelques autres pays de dire : *Crois , ou je t'abhorre ; crois , ou je te ferai tout le mal que je pourrai ; monstre , tu n'as pas ma religion , tu n'as donc point de religion ; il faut que tu sois en horreur à tes voisins , à ta ville , à ta province.*

S'il était de droit humain de se conduire ainsi , il faudrait donc que le Japonais détestât le Chinois , qui aurait en exécration le Siamois ; celui-ci poursuivrait les Gangarides , qui tomberaient sur les habitans de l'Indus ; un Mogol arracherait le cœur au premier Malabare qu'il trouverait ; le Malabare pourrait égorger le Persan qui pourrait massacrer le Turc ; et tous ensemble se jetteraient sur les chrétiens qui se sont si long-temps dévorés les uns les autres.

Le droit de l'intolérance est donc absurde et barbare ; c'est le droit des tigres ; et il est bien plus horrible , car les tigres ne déchirent que pour manger , et nous nous sommes exterminés pour des paragraphes.

Si l'intolérance a été connue des Grecs ?

LES peuples dont l'histoire nous a donné quelques faibles connaissances , ont tous regardé leurs

différentes religions comme des nœuds qui les unif-
faient tous enfemble ; c'était une affociation du genre
humain. Il y avait une efpèce de droit d'hofpitalité
entre les dieux comme entre les hommes. Un étranger
arrivait-il dans une ville, il commençait par adorer
les dieux du pays : on ne manquait jamais de vénérer
les dieux mêmes de fes ennemis. Les Troyens adref-
faient des prières aux dieux qui combattaient pour
les Grecs.

Alexandre alla confulter dans les déferts de la Lybie
le dieu *Ammon*, auquel les Grecs donnèrent le nom
de *Zeus* ; et les Latins, de *Jupiter*, quoique les uns et
les autres euffent leur *Jupiter* et leur *Zeus* chez eux.
Lorfqu'on affiégeait une ville, on fefait un facrifice
et des prières aux dieux de la ville, pour fe les rendre
favorables. Ainfi, au milieu même de la guerre, la
religion réuniffait les hommes, et adouciffait quelquefois leurs fureurs, fi quelquefois elle leur commandait
des actions inhumaines et horribles.

Je puis me tromper ; mais il me paraît que de tous
les anciens peuples policés, aucun n'a gêné la liberté
de penfer. Tous avaient une religion ; mais il me
femble qu'ils en ufaient avec les hommes comme
avec leurs dieux, ils reconnaiffaient tous un Dieu
fuprême, mais ils lui affociaient une quantité prodigieufe de divinités inférieures ; ils n'avaient qu'un
culte, mais ils permettaient une foule de fyftêmes
particuliers.

Les Grecs, par exemple, quelque religieux qu'ils
fuffent, trouvaient bon que les épicuriens niaffent la
providence et l'exiftence de l'ame. Je ne parle pas
des autres fectes, qui toutes bleffaient les idées faines

qu'on doit avoir de l'être créateur, et qui toutes étaient tolérées.

Socrate, qui approcha le plus près de la connaissance du Créateur, en porta, dit-on, la peine, et mourut martyr de la Divinité ; c'est le seul que les Grecs aient fait mourir pour ses opinions. Si ce fut en effet la cause de sa condamnation, cela n'est pas à l'honneur de l'intolérance, puisqu'on ne punit que celui qui seul rendit gloire à DIEU, et qu'on honora tous ceux qui donnaient de la Divinité les notions les plus indignes. Les ennemis de la tolérance ne doivent pas, à mon avis, se prévaloir de l'exemple odieux des juges de *Socrate*.

Il est évident d'ailleurs qu'il fut la victime d'un parti furieux, animé contre lui. Il s'était fait des ennemis irréconciliables des sophistes, des orateurs, des poëtes, qui enseignaient dans les écoles, et même de tous les précepteurs qui avaient soin des enfans de distinction. Il avoue lui-même, dans son discours rapporté par *Platon*, qu'il allait de maison en maison prouver à ces précepteurs qu'ils n'étaient que des ignorans : cette conduite n'était pas digne de celui qu'un oracle avait déclaré le plus sage des hommes. On déchaîna contre lui un prêtre et un conseiller des Cinq-cents, qui l'accusèrent ; j'avoue que je ne sais pas précisément de quoi, je ne vois que du vague dans son apologie ; on lui fait dire en général qu'on lui imputait d'inspirer aux jeunes gens des maximes contre la religion et le gouvernement. C'est ainsi qu'en usent tous les jours les calomniateurs dans le monde ; mais il faut dans un tribunal des faits avérés, des chefs d'accusation précis et circonstanciés ; c'est ce

que le procès de *Socrate* ne nous fournit point : nous
favons feulement qu'il eut d'abord deux cents vingt
voix pour lui. Le tribunal des Cinq-cents poffédait
donc deux cents vingt philofophes ; c'eft beaucoup ;
je doute qu'on les trouvât ailleurs. Enfin la pluralité
fut pour la ciguë ; mais auffi fongeons que les Athéniens, revenus à eux-mêmes, eurent les accufateurs
et les juges en horreur ; que *Mélitus*, le principal
auteur de cet arrêt, fut condamné à mort pour cette
injuftice ; que les autres furent bannis, et qu'on éleva
un temple à *Socrate*. Jamais la philofophie ne fut fi
bien vengée ni tant honorée. L'exemple de *Socrate*
eft au fond le plus terrible argument qu'on puiffe
alléguer contre l'intolérance. Les Athéniens avaient
un autel dédié aux dieux étrangers, aux dieux qu'ils
ne pouvaient connaître. Y a-t-il une plus forte preuve,
non-feulement d'indulgence, pour toutes les nations,
mais encore de refpect pour leurs cultes ?

Un honnête homme, qui n'eft ennemi ni de la
raifon, ni de la littérature, ni de la probité, ni de la
patrie, en juftifiant depuis peu la Saint-Barthelemi,
cite la guerre des Phocéens, nommée *la guerre facrée*,
comme fi cette guerre avait été allumée pour le culte,
pour le dogme, pour des argumens de théologie ; il
s'agiffait de favoir à qui appartiendrait un champ :
c'eft le fujet de toutes les guerres. Des gerbes de blé
ne font pas un fymbole de croyance ; jamais aucune
ville grecque ne combattit pour des opinions : d'ailleurs que prétend cet homme modefte et doux ? veut-
il que nous faffions une guerre facrée ?

Si les Romains ont été tolérans ?

CHEZ les anciens Romains, depuis *Romulus* jufqu'aux temps où les chrétiens difputèrent avec les prêtres de l'empire, vous ne voyez pas un feul homme perfécuté pour fes fentimens. *Cicéron* douta de tout ; *Lucrèce* nia tout ; et on ne leur en fit pas le plus léger reproche : la licence même alla fi loin, que *Pline*, le naturalifte, commence fon livre par nier un Dieu, et par dire que s'il en eft un, c'eft le foleil. *Cicéron* dit, en parlant des enfers : *Non eft anus tam excors quæ credat :* ,, Il n'y a pas même de vieille affez imbécille pour ,, les croire. *Juvenal* dit : *Nec pueri credunt :* Les enfans ,, n'en croient rien. ,, On chantait fur le théâtre de Rome : *Poft mortem nihil eft, ipfaque mors nihil :* Rien ,, n'eft après la mort, la mort même n'eft rien. ,, Abhorrons ces maximes ; et, tout au plus, pardonnons-les à un peuple que les évangiles n'éclairaient pas ; elles font fauffes, elles font impies : mais concluons que les Romains étaient très-tolérans, puifqu'elles n'excitèrent jamais le moindre murmure.

Le grand principe du fénat et du peuple romain était : *Deorum offenfa diis curæ ;* ,, c'eft aux dieux feuls ,, à fe foucier des offenfes faites aux dieux. ,, Ce peuple roi ne fongeait qu'à conquérir, à gouverner et à policer l'univers. Ils ont été nos légiflateurs, comme nos vainqueurs ; et jamais *Céfar*, qui nous donna des fers, des lois et des jeux, ne voulut nous forcer à quitter nos druides pour lui, tout grand pontife qu'il était d'une nation notre fouveraine.

Les Romains ne profeſſaient pas tous les cultes, ils ne donnaient pas à tous la ſanction publique, mais ils les permirent tous. Ils n'eurent aucun objet matériel de culte ſous *Numa*, point de ſimulacres, point de ſtatues ; bientôt ils en élevèrent aux dieux *majorum gentium*, que les Grecs leur firent connaître. La loi des douze tables, *Deos peregrinos ne colunto*, ſe réduiſit à n'accorder le culte public qu'aux divinités ſupérieures, approuvées par le ſénat. *Iſis* eut un temple dans Rome, juſqu'au temps où *Tibère* le démolit, lorſque les prêtres de ce temple, corrompus par l'argent de *Mundus*, le firent coucher dans le temple, ſous le nom du dieu *Anubis*, avec une femme nommée *Pauline*. Il eſt vrai que *Joſeph* eſt le ſeul qui rapporte cette hiſtoire ; il n'était pas contemporain, il était crédule et exagérateur. Il y a peu d'apparence que, dans un temps auſſi éclairé que celui de *Tibère*, une dame de la première condition eût été aſſez imbécille pour croire avoir les faveurs du dieu *Anubis*.

Mais que cette anecdote ſoit vraie ou fauſſe, il demeure certain que la ſuperſtition égyptienne avait élevé un temple à Rome avec le conſentement public. Les Juifs y commerçaient dès le temps de la guerre punique ; ils y avaient des ſynagogues, du temps d'*Auguſte* ; et ils les conſervèrent preſque toujours, ainſi que dans Rome moderne. Y a-t-il un plus grand exemple que la tolérance était regardée par les Romains comme la loi la plus ſacrée du droit des gens ?

On nous dit qu'auſſitôt que les chrétiens parurent, ils furent perſécutés par ces mêmes Romains qui ne perſécutaient perſonne. Il me paraît évident que ce fait eſt très-faux ; je n'en veux pour preuve que

St *Paul* lui-même. Les *Actes des apôtres* nous apprennent que (*o*) St *Paul* étant accufé par les Juifs de vouloir détruire la loi mofaïque par JESUS-CHRIST, St *Jacques* propofa à St *Paul* de fe faire rafer la tête, et d'aller fe purifier dans le temple avec quatre juifs, *afin que tout le monde fache que tout ce que l'on dit de vous eft faux, et que vous continuez à garder la loi de Moïfe.*

Paul chrétien alla donc s'acquitter de toutes les cérémonies judaïques pendant fept jours; mais les fept jours n'étaient pas encore écoulés, quand des juifs d'Afie le reconnurent; et voyant qu'il était entré dans le temple, non-feulement avec des juifs, mais avec des gentils, il crièrent à la profanation : on le faifit, on le mena devant le gouverneur *Félix*, et enfuite on s'adreffa au tribunal de *Feftus*. Les Juifs en foule demandèrent fa mort; *Feftus* leur répondit : (*p*) *Ce n'eft point la coutume des Romains de condamner un homme avant que l'accufé ait fes accufateurs devant lui, et qu'on lui ait donné la liberté de fe défendre.*

Ces paroles font d'autant plus remarquables dans ce magiftrat romain, qu'il paraît n'avoir eu nulle confidération pour St *Paul*, n'avoir fenti pour lui que du mépris ; trompé par les fauffes lumières de fa raifon, il le prit pour un fou; il lui dit à lui-même qu'il était en démence, (*q*) *multæ te litteræ ad infaniàm convertunt. Feftus* n'écouta donc que l'équité de la loi romaine, en donnant fa protection à un inconnu qu'il ne pouvait eftimer.

Voilà le Saint-Efprit lui-même qui déclare que les

(*o*) Chap XXI et XXII. (*q*) Act. chap. XXVI, v. 34.
(*p*) Act. chap. XXV.

Romains n'étaient pas perfécuteurs, et qu'ils étaient
juftes. Ce ne font pas les Romains qui fe foulevèrent
contre St *Paul*, ce furent les Juifs. S$_t$ *Jacques*, frère
de JESUS, fut lapidé par l'ordre d'un juif faducéen,
et non d'un romain. Les Juifs feuls lapidèrent
St *Etienne*; (r) et lorfque St *Paul* gardait les manteaux
des exécuteurs, certes il n'agiffait pas en citoyen
romain.

Les premiers chrétiens n'avaient rien, fans doute,
à démêler avec les Romains ; ils n'avaient d'ennemis
que les Juifs, dont ils commençaient à fe féparer.
On fait quelle haine implacable portent tous les
fectaires à ceux qui abandonnent leur fecte. Il y eut,
fans doute, du tumulte dans les fynagogues de Rome.
Suétone dit, dans la vie de *Claude: Judæos impulfore
Chrifto affiduè tumultuantes Roma expulit.* Il fe trompait,
en difant que c'était à l'inftigation de CHRIST: il ne
pouvait pas être inftruit des détails d'un peuple auffi
méprifé à Rome que l'était le peuple juif ; mais il ne
fe trompait pas fur l'occafion de ces querelles. *Suétone*
écrivait fous *Adrien*, dans le fecond fiècle ; les chrétiens
n'étaient pas alors diftingués des juifs aux yeux des
Romains. Le paffage de *Suétone* fait voir que les
Romains, loin d'opprimer les premiers chrétiens,
réprimaient alors les juifs qui les perfécutaient.
Ils voulaient que la fynagogue de Rome eût pour fes
frères féparés la même indulgence que le fénat avait

(r) Quoique les Juifs n'euffent pas le droit du glaive depuis qu'*Archelaüs*
avait été relégué chez les Allobroges, et que la Judée était gouvernée en
province de l'empire, cependant les Romains fermaient fouvent les yeux
quand les juifs exerçaient le jugement du zèle, c'eft-à-dire, quand, dans une
émeute fubite, ils lapidaient par zèle celui qu'ils croyaient avoir blafphémé.

pour elle; et les juifs chaſſés revinrent bientôt après;
ils parvinrent même aux honneurs, malgré les lois
qui les en excluaient: c'eſt *Dion Caſſius* et *Ulpien* qui
nous l'apprennent. (s) Eſt-il poſſible qu'après la ruine
de Jéruſalem les empereurs euſſent prodigué des
dignités aux juifs, et qu'ils euſſent perſécuté, livré
aux bourreaux et aux bêtes, des chrétiens qu'on
regardait comme une ſecte de juifs!

Néron, dit-on, les perſécuta. *Tacite* nous apprend
qu'ils furent accuſés de l'incendie de Rome, et qu'on
les abandonna à la fureur du peuple. S'agiſſait-il de
leur croyance dans une telle accuſation ? non, ſans
doute. Dirons-nous que les Chinois que les Hollandais égorgèrent, il y a quelques années, dans les
faubourgs de Batavia, furent immolés à la religion ?
Quelque envie qu'on ait de ſe tromper, il eſt impoſſible
d'attribuer à l'intolérance le déſaſtre arrivé ſous
Néron à quelques malheureux demi-juifs et demi-
chrétiens. (t)

(s) *Ulpianus L —— tit. II. Eis qui judaïcam ſuperſtitionem ſequuntur honores
adipiſci permiſerunt, &c.*

(t) *Tacite* dit: *Quos per flagitia inviſos vulgus chriſtianos appellabat.*
Il eſt bien difficile que le nom de *chrétien* fût déjà connu à Rome ;
Tacite écrivait ſous *Veſpaſien* et ſous *Domitien* ; il parlait des chrétiens comme
on en parlait de ſon temps. J'oſerais dire que ces mots, *odio humani generis
convicti*, pourraient bien ſignifier, dans le ſtyle de *Tacite*, *convaincus d'être
haïs du genre humain*, autant que *convaincus de haïr le genre humain*.
En effet que feſaient à Rome ces premiers miſſionnaires? ils tâchaient de
gagner quelques ames ; ils leur enſeignaient la morale la plus pure ; ils ne
s'élevaient contre aucune puiſſance ; l'humilité de leur cœur était extrême
comme celle de leur état et de leur ſituation ; à peine étaient-ils connus ; à
peine étaient-ils ſéparés des autres juifs ; comment le genre humain, qui
les ignorait, pouvait-il les haïr ? et comment pouvaient-ils être convaincus
de déteſter le genre humain ?
Lorſque Londres brûla, on en accuſa les catholiques ; mais c'était après

Des martyrs.

I L y eut dans la fuite des martyrs chrétiens. Il eſt bien difficile de ſavoir préciſément pour quelles raiſons ces martyrs furent condamnés : mais j'oſe croire

des guerres de religion , c'était après la conſpiration des poudres , dont pluſieurs catholiques , indignes de l'être , avaient été convaincus.

Les premiers chrétiens du temps de *Néron* ne ſe trouvaient pas aſſurément dans les mêmes termes. Il eſt très-difficile de percer dans les ténèbres de l'hiſtoire ; *Tacite* n'apporte aucune raiſon du ſoupçon qu'on eut que *Néron* lui-même eût voulu mettre Rome en cendres. On aurait été bien mieux fondé de ſoupçonner *Charles II* d'avoir brûlé Londres : le ſang du roi , ſon père , exécuté ſur un échafaud aux yeux du peuple qui demandait ſa mort , pouvait au moins ſervir d'excuſe à *Charles II* ; mais *Néron* n'avait ni excuſe , ni prétexte , ni intérêt. Ces rumeurs inſenſées peuvent être en tout pays le partage du peuple : nous en avons entendu de nos jours d'auſſi folles et d'auſſi injuſtes.

Tacite , qui connaît ſi bien le naturel des princes , devait connaître auſſi celui du peuple , toujours vain , toujours outré dans ſes opinions violentes et paſſagères , incapable de rien voir , et capable de tout dire , de tout croire , et de tout oublier.

Philon dit que *Séjan les perſécuta ſous Tibère , mais qu'après la mort de Séjan , l'empereur les rétablit dans tous leurs droits.* Ils avaient celui des citoyens romains , tout mépriſés qu'ils étaient des citoyens romains ! ils avaient part aux diſtributions de blé ; et même , lorſque la diſtribution ſe feſait un jour de ſabbat , on remettait la leur à un autre jour : c'était probablement en conſidération des ſommes d'argent qu'ils avaient données à l'Etat ; car en tout pays ils ont acheté la tolérance , et ſe ſont dédom-magés bien vîte de ce qu'elle avait coûté.

Ce paſſage de *Philon* explique parfaitement celui de *Tacite* , qui dit qu'on envoya quatre mille juifs ou égyptiens en Sardaigne , et que ſi l'intempérie du climat les eût fait périr , c'eût été une perte légère , *vile damnum.*

J'ajouterai à cette remarque , que *Philon* regarde *Tibère* comme un prince ſage et juſte. Je crois bien qu'il n'était juſte qu'autant que cette juſtice s'accordait avec ſes intérêts , mais le bien que *Philon* en dit me fait un peu douter des horreurs que *Tacite* et *Suétone* lui reprochent. Il ne me paraît point vraiſemblable qu'un vieillard infirme , de ſoixante et dix ans , ſe ſoit retiré dans l'île de Caprée pour s'y livrer à des débauches recherchées qui ſont à peine dans la nature , et qui étaient même inconnues à la jeuneſſe

qu'aucun

qu'aucun ne le fut, fous les premiers *Céfars*, pour fa feule religion : on les tolérait toutes ; comment aurait-on pu rechercher et pourfuivre des hommes obfcurs, qui avaient un culte particulier, dans le temps qu'on permettait tous les autres ?

Les *Titus*, les *Trajan*, les *Antonin*, les *Décius* n'étaient pas des barbares : peut-on imaginer qu'ils auraient privé les feuls chrétiens d'une liberté dont jouiffait toute la terre ? Les aurait-on feulement ofé accufer d'avoir des myftères fecrets, tandis que les myftères d'*Ifis*, ceux de *Mithras*, ceux de la déeffe de Syrie, tous étrangers au culte romain, étaient permis fans contradiction ? Il faut bien que la perfécution ait eu d'autres caufes, et que les haines particulières, foutenues par la raifon d'Etat, aient répandu le fang des chrétiens.

Par exemple, lorfque St *Laurent* refufe au préfet de Rome, *Cornelius Secularis*, l'argent des chrétiens qu'il avait en fa garde, il eft naturel que le préfet et l'empereur foient irrités ; ils ne favaient pas que St *Laurent* avait diftribué cet argent aux pauvres, et qu'il avait

de Rome la plus effrénée ; ni *Tacite*, ni *Suétone* n'avaient connu cet empereur ; ils recueillaient avec plaifir des bruits populaires. *Octave*, *Tibère* et leurs fucceffeurs avaient été odieux, parce qu'ils régnaient fur un peuple qui devait être libre : les hiftoriens fe plaifaient à les diffamer, et on croyait ces hiftoriens-fur leur parole, parce qu'alors on manquait de mémoires, de journaux du temps, de documens : auffi les hiftoriens ne citent perfonne ; on ne pouvait les contredire ; ils diffamaient qui ils voulaient, et décidaient à leur gré du jugement de la poftérité. C'eft au lecteur fage de voir jufqu'à quel point on doit fe défier de la véracité des hiftoriens, quelle créance on doit avoir pour des faits publics atteftés par des auteurs graves, nés dans une natoin éclairée, et quelles bornes on doit mettre à fa crédulité fur des anecdotes que ces mêmes auteurs rapportent fans aucune preuve.

fait une œuvre charitable et sainte; ils le regardèrent comme un réfractaire, et le firent périr. (*u*)

Confidérons le martyre de St *Polyeucte*. Le condamna-t-on pour la religion feule? Il va dans le temple, où l'on rend aux dieux des actions de grâces pour la victoire de l'empereur *Decius*; il y infulte les facrificateurs, il renverfe et brife les autels et les ftatues; quel eft le pays au monde où l'on pardonnerait un pareil attentat? Le chrétien qui déchira publiquement l'édit de l'empereur *Dioclétien*, et qui attira fur fes frères la grande perfécution, dans les deux dernières années du règne de ce prince, n'avait pas un zèle felon la fcience; et il était bien malheureux d'être la caufe du défaftre de fon parti. Ce zèle inconfidéré qui éclata fouvent, et qui fut même condamné par plufieurs pères de l'Eglife, a été probablement la fource de toutes les perfécutions.

Je ne compare point, fans doute, les premiers facramentaires aux premiers chrétiens; je ne mets point l'erreur à côté de la vérité; mais *Farel*, prédéceffeur de *Jean Calvin*, fit dans Arles la même chofe que

(*u*) Nous refpectons affurément tout ce que l'Eglife rend refpectable; nous invoquons les faints martyrs; mais en révérant St *Laurent*, ne peut-on pas douter que St *Sixte* lui ait dit : *Vous me fuivrez dans trois jours?* que dans ce court intervalle le préfet de Rome lui ait fait demander l'argent des chrétiens? que le diacre *Laurent* ait eu le temps de faire affembler tous les pauvres de la ville, qu'il ait marché devant le préfet pour le mener à l'endroit où étaient ces pauvres, qu'on lui ait fait fon procès, qu'il ait fubi la queftion, que le préfet ait commandé à un forgeron un gril affez grand pour y rôtir un homme, que le premier magiftrat de Rome ait affifté lui-même à cet étrange fupplice; que St *Laurent* fur ce gril ait dit : *Je fuis affez cuit d'un côté, fais-moi retourner de l'autre, fi tu veux me manger.* Ce gril n'eft guère dans le génie des Romains; et comment fe peut-il faire qu'aucun auteur païen n'ait parlé d'aucune de ces aventures?

St *Polyeucte* avait faite en Arménie. On portait dans les rues la ftatue de St *Antoine* l'ermite en proceffion ; *Farel* tombe avec quelques-uns des fiens fur les moines qui portaient St *Antoine*, les bat, les difperfe, et jette St *Antoine* dans la rivière. Il méritait la mort qu'il ne reçut pas, parce qu'il eut le temps de s'enfuir. (2) S'il s'était contenté de crier à ces moines qu'il ne croyait pas qu'un corbeau eût apporté la moitié d'un pain à St *Antoine* l'ermite, ni que St *Antoine* eût eu des converfations avec des centaures et des fatyres, il aurait mérité une forte réprimande, parce qu'il troublait l'ordre ; mais fi, le foir après la proceffion, il avait examiné paifiblement l'hiftoire du corbeau, des centaures et des fatyres, on n'aurait rien eu à lui reprocher.

Quoi ! les Romains auraient fouffert que l'infame *Antinoüs* fût mis au rang des feconds dieux, et ils auraient déchiré, livré aux bêtes tous ceux auxquels on n'aurait reproché que d'avoir paifiblement adoré un jufte ! Quoi ! ils auraient reconnu un Dieu fuprême, (x) un Dieu fouverain, maître de tous les

---

(2) Il faut regarder cet ouvrage comme une efpèce de plaidoyer où M. de *Voltaire* fe croyait obligé de fe conformer quelquefois à l'opinion vulgaire. On ne mérite point la mort pour avoir jeté un morceau de bois dans le Rhône. On ne punit point de mort un homme qui, par emportement, donne quelques coups de bâton dont il ne réfulte aucune bleffure mortelle, et aux yeux de la loi un moine n'eft qu'un homme ; *Farel* méritait d'être renfermé pendant quelques mois, et condamné à payer aux moines, outre des dommages et intérêts, de quoi refaire un autre faint Antoine.

(x) Il n'y a qu'à ouvrir *Virgile* pour voir que les Romains reconnaif-faient un Dieu fuprême, fouverain de tous les êtres celeftes.

. . . . . *O ! qui res hominumque deûmque*
Æternis regis imperiis, et fulmine terres ;
O pater, ô hominum divûmque æterna poteftas, &c.

G 2

dieux fecondaires, attefté par cette formule : *Deus optimus, maximus;* et ils auraient recherché ceux qui adoraient un Dieu unique !

Il n'eft pas croyable que jamais il y eut une inqui-fition contre les chrétiens fous les empereurs, c'eft-à-dire, qu'on foit venu chez eux les interroger fur leur croyance. On ne troubla jamais fur cet article ni juif, ni fyrien, ni égyptien, ni bardes, ni druides, ni philofophes. Les martyrs furent donc ceux qui s'éle-vèrent contre les faux dieux. C'était une chofe très-fage, très-pieufe de n'y pas croire; mais enfin fi, non contens d'adorer un Dieu en efprit et en vérité, ils éclatèrent violemment contre le culte reçu, quelque abfurde qu'il pût être, on eft forcé d'avouer qu'eux-mêmes étaient intolérans. (3)

Horace s'exprime bien plus fortement :

Undè nil majus generatur ipfo,
Nec viget quidquam fimile, aut fecundùm.

On ne chantait autre chofe que l'unité de DIEU dans les myftères aux-quels prefque tous les Romains étaient initiés. Voyez la belle hymne d'*Orphée*; lifez la lettre de *Maxime de Madaure* à St *Auguftin*, dans laquelle il dit qu'*il n'y a que des imbécilles qui puiffent ne pas reconnaître un Dieu fou-verain. Longinien* étant païen, écrit au même St *Auguftin*, que DIEU *eft unique, incompréhenfible, ineffable.* Lactance lui-même, qu'on ne peut accufer d'être trop indulgent, avoue, dans fon livre V, que *les Romains foumettient tous les dieux au Dieu fuprême, illos fubjicit et mancipat Deo.* Tertullien même, dans fon apologétique, avoue que tout l'empire recon-naiffait un DIEU maître du monde, dont la puiffance et la majefté font infinies, *principem mundi perfectæ potentiæ et majeftatis.* Ouvrez fur-tout *Platon,* le maître de *Cicéron* dans la philofophie, vous y verrez qu'*il n'y a qu'un* DIEU, qu'*il faut l'adorer, l'aimer, travailler à lui reffembler par la fainteté et par la juftice. Epictète* dans les fers, *Marc-Antoine* fur le trône, difent la même chofe en cent endroits.

(3) S'ils s'étaient contentés d'écrire et de prêcher, il eft vraifemblable qu'on les eût laiffés tranquilles; mais le refus de prêter les fermens les rendit

Tertullien, dans fon apologétique, avoue (*y*) qu'on regardait les chrétiens comme des factieux : l'accufation était injufte ; mais elle prouvait que ce n'était pas la religion feule des chrétiens qui excitait le zèle des magiftrats. Il avoue (*z*) que les chrétiens refufaient d'orner leurs portes de branches de laurier dans les réjouiffances publiques pour les victoires des empereurs : on pouvait aifément prendre cette affectation condamnable pour un crime de lèfe-majefté.

La première févérité juridique, exercée contre les chrétiens, fut celle de *Domitien ;* mais elle fe borna à un exil qui ne dura pas une année : *facile cœptum repreffit reftitutis quos ipfe relegaverat*, dit *Tertullien*. *Lactance*, dont le ftyle eft fi emporté, convient que, depuis *Domitien* jufqu'à *Decius*, l'Eglife fut tranquille et floriffante. (*aa*) Cette longue paix, dit-il, fut interrompue, quand cet exécrable animal *Decius* opprima l'Eglife : *Poft multos annos extitit execrabile animal Decius qui vexaret Ecclefiam.*

On ne veut point difcuter ici le fentiment du favant *Dodwell* fur le petit nombre des martyrs ; mais fi les Romains avaient perfécuté la religion chrétienne, fi le fénat avait fait mourir tant d'innocens par des fupplices inufités, s'ils avaient plongé des chrétiens dans l'huile bouillante, s'ils avaient expofé des filles

---

fufpects dans une conftitution où l'on fefait un grand ufage des fermens. Le refus de prendre une part publique aux fêtes en l'honneur des empereurs était une efpèce de crime dans un temps où l'empire était fans ceffe agité par des révolutions. Les infultes qu'ils commettaient contre le culte reçu étaient punies avec févérité, et avec barbarie dans des fiècles où les mœurs étaient féroces, où l'humanité n'était point refpectée, où l'adminiftration des lois était irrégulière et violente.

(*y*) Chap. XXXIX.   (*z*) Chap. XXXV.   (*aa*) Chap. III.

toutes nues aux bêtes dans le cirque, comment
auraient-ils laissé en paix tous les premiers évêques
de Rome? St *Irénée* ne compte pour martyr parmi
ces évêques que le seul *Télesphore*, dans l'an 139 de
l'ère vulgaire, et on n'a aucune preuve que ce *Télesphore*
ait été mis à mort. *Zéphirin* gouverna le troupeau de
Rome pendant dix-huit années, et mourut paisible-
ment, l'an 219. Il est vrai que dans les anciens marty-
rologes on place presque tous les premiers papes ;
mais le mot de *martyre* n'était pris alors que suivant sa
véritable signification : *martyre* voulait dire *témoignage*,
et non pas *supplice*.

Il est difficile d'accorder cette fureur de persécution
avec la liberté qu'eurent les chrétiens d'assembler
cinquante-six conciles que les écrivains ecclésiasti-
ques comptent dans les trois premiers siècles.

Il y eut des persécutions ; mais si elles avaient été
aussi violentes qu'on le dit, il est vraisemblable que
Tertullien, qui écrivit avec tant de force contre le
culte reçu, ne serait pas mort dans son lit. On sait
bien que les empereurs ne lurent pas son apologétique ;
qu'un écrit obscur, composé en Afrique, ne parvient
pas à ceux qui sont chargés du gouvernement du
monde ; mais il devait être connu de ceux qui appro-
chaient le proconsul d'Afrique ; il devait attirer
beaucoup de haine à l'auteur : cependant il ne souffrit
point le martyre.

Origène enseigna publiquement dans Alexandrie,
et ne fut point mis à mort. Ce même *Origène*, qui
parlait avec tant de liberté aux païens et aux chrétiens, qui annonçait JESUS aux uns, qui niait un

Dieu en trois perfonnes aux autres, avoue expreffément, dans fon troifième livre contre *Celfe*, qu'*il y a
eu très-peu de martyrs, et encore de loin en loin ; cependant,*
dit-il, *les chrétiens ne négligent rien pour faire embraffer
leur religion par tout le monde ; ils courent dans les villes,
dans les bourgs, dans les villages.*

Il eft certain que ces courfes continuelles pouvaient
être aifément accufées de fédition par les prêtres
ennemis, et pourtant ces miffions font tolérées malgré
le peuple égyptien, toujours turbulent, féditieux et
lâche, peuple qui avait déchiré un romain pour avoir
tué un chat, peuple en tout temps méprifable, quoi
qu'en difent les admirateurs des pyramides. (*bb*)

(*bb*) Cette affertion doit être prouvée. Il faut convenir que depuis que
l'hiftoire a fuccédé à la fable, on ne voit dans les Egyptiens qu'un peuple
auffi lâche que fuperftitieux. *Cambyfe* s'empare de l'Egypte par une feule
bataille ; *Alexandre* y donne des lois fans effuyer un feul combat, fans
qu'aucune ville ofe attendre un fiége ; les *Ptolomées* s'en emparent fans coup
férir ; *Céfar* et *Augufte* la fubjuguent auffi aifément ; *Omar* prend toute l'Egypte
en une feule campagne ; les Mamelucs, peuple de la Colchide et des
environs du mont Caucafe, en font les maîtres après *Omar* ; ce font eux,
et non les Egyptiens, qui défont l'armée de St *Louis*, et qui prennent ce
roi prifonnier. Enfin, les Mamelucs étant devenus égyptiens, c'eft-à-
dire, mous, lâches, inappliqués, volages, comme les habitans naturels
de ce climat, ils paffent en trois mois fous le joug de *Selim I*, qui fait
pendre leur foudan, et qui laiffe cette province annexée à l'empire des
Turcs, jufqu'à ce que d'autres barbares s'en emparent un jour.

Hérodote rapporte que dans les temps fabuleux, un roi égyptien, nommé
Séfoftris fortit de fon pays dans le deffein formel de conquérir l'univers :
il eft vifible qu'un tel deffein n'eft digne que de *Pycrocole* ou de dom
Quichote ; et fans compter que le nom de *Séfoftris* n'eft point égyptien, on
peut mettre cet événement, ainfi que tous les faits antérieurs, au rang
des *Mille et une nuits.* Rien n'eft plus commun chez les peuples conquis que
de débiter des fables fur leur ancienne grandeur, comme dans certains
pays, certaines miférables familles fe fontdefcendre d'antiques fouverains.
Les prêtres d'Egypte contèrent à *Hérodote* que ce roi, qu'il appelle *Séfoftris*,
était allé fubjuguer la Colchide ; c'eft comme fi l'on difait qu'un roi de
France partit de la Touraine pour aller fubjuguer la Norvège.

Qui devait plus foulever contre lui les prêtres et le gouvernement que St *Grégoire Thaumaturge*, difciple d'*Origène*? *Grégoire* avait vu pendant la nuit un

On a beau répéter tous ces contes dans mille et mille volumes , ils n'en font pas plus vraifemblables ; il eft bien plus naturel que les habitans robuftes et féroces du Caucafe , les Colchidiens, et les autres Scythes, qui vinrent tant de fois ravager l'Afie , aient pénétré jufqu'en Egypte : et fi les prêtres de Colchos rapportèrent enfuite chez eux la mode de la circon-cifion , ce n'eft pas une preuve qu'ils aient été fubjugués par les Egyptiens. *Diodore de Sicile* rapporte que tous les rois , vaincus par *Séfoftris*, venaient tous les ans du fond de leurs royaumes lui apporter leurs tributs , et que *Séfoftris* fe fervait d'eux comme de chevaux de carroffe, qu'il les féfait atte-ler à fon char pour aller au temple. Ces hiftoires de *Gargantua* font tous les jours fidèlement copiées. Affurément ces rois étaient bien bons de venir de fi loin fervir ainfi de chevaux.

Quant aux pyramides et aux autres antiquités , elles ne prouvent autre chofe que l'orgueil et le mauvais goût des princes d'Egypte , ainfi que l'ef-clavage d'un peuple imbécille , employant fes bras , qui étaient fon feul bien , à fatisfaire la groffière oftentation de fes maîtres. Le gouvernement de ce peuple , dans les temps mêmes que l'on vante fi fort , paraît abfurde et tyrannique : on prétend que toutes les terres appartenaient à leurs monarques. C'était bien à de pareils efclaves à conquérir le monde !

Cette profonde fcience des prêtres égyptiens eft encore un des plus énormes ridicules de l'hiftoire ancienne, c'eft-à-dire , de la fable. Des gens qui pré-tendaient que dans le cours d'onze mille années le foleil s'était levé deux fois au couchant, et couché deux fois au levant , en recommençant fon cours, étaient , fans doute , bien au-deffous de l'auteur de l'almanach de Liége. La religion de ces prêtres , qui gouvernaient l'Etat , n'était pas comparable à celle des peuples les plus fauvages de l'Amérique : on fait qu'ils adoraient des crocodiles , des finges , des chats , des oignons ; et il n'y a peut-être aujour-d'hui dans toute la terre que le culte du grand lama qui foit auffi abfurde.

Leurs arts ne valent guère mieux que leur religion ; il n'y a pas une feule ancienne ftatue égyptienne qui foit fupportable , et tout ce qu'ils ont eu de bon a été fait dans Alexandrie fous les *Ptolomées* et fous les *Céfars* , par des artiftes de Grèce : ils ont eu befoin d'un grec pour apprendre la géométrie.

L'illuftre *Boffuet* s'extafie fur le mérite égyptien , dans fon *Difcours fur l'hiftoire univerfelle*, adreffé au fils de *Louis XIV*. Il peut éblouir un jeune prince , mais il contente bien peu les favans ; c'eft une très-éloquente décla-mation , mais un hiftorien doit être plus philofophe qu'orateur. Au refte on ne donne cette réflexion fur les Egyptiens que comme une conjecture : quel autre nom peut-on donner à tout ce que l'on dit de l'antiquité ?

vieillard envoyé de DIEU, accompagné d'une femme
refplendiffante de lumière : cette femme était la
Sainte Vierge, et ce vieillard était St *Jean* l'évangélifte.
St *Jean* lui dicta un fymbole que St *Grégoire* alla
prêcher. Il paffa, en allant à Néocéfarée, près d'un
temple où l'on rendait des oracles, et où la pluie
l'obligea de paffer la nuit ; il y fit plufieurs fignes de
croix. Le lendemain , le grand facrificateur du temple
fut étonné que les démons, qui lui répondaient auparavant, ne voulaient plus rendre d'oracles ; il les
appela ; les diables vinrent pour lui dire qu'ils ne
viendraient plus ; ils lui apprirent qu'ils ne pouvaient
plus habiter ce temple, parce que *Grégoire* y avait
paffé la nuit, et qu'il y avait fait des fignes de croix.

Le facrificateur fit faifir *Grégoire*, qui lui répondit :
*Je peux chaffer les démons d'où je veux, et les faire entrer
où il me plaira. Faites-les donc rentrer dans mon temple* ,
dit le facrificateur. Alors *Grégoire* déchira un petit
morceau d'un volume qu'il tenait à la main , et y
traça ces paroles : *Grégoire à Satan : Je te commande de
rentrer dans ce temple ;* on mit ce billet fur l'autel ; les
démons obéirent, et rendirent ce jour-là leurs oracles
comme à l'ordinaire ; après quoi ils ceffèrent, comme
on le fait.

C'eft St *Grégoire de Nyffe* qui rapporte ces faits
dans la vie de St *Grégoire Thaumaturge.* Les prêtres
des idoles devaient, fans doute, être animés contre
Grégoire; et, dans leur aveuglement, le déférer au
magiftrat ; cependant leur plus grand ennemi n'effuya
aucune perfécution.

Il eft dit, dans l'hiftoire de St *Cyprien,* qu'il fut le
premier évêque de Carthage condamné à la mort.

Le martyre de St *Cyprien* eft de l'an 258 de notre ère;
donc pendant un très-long-temps aucun évêque de
Carthage ne fut immolé pour fa religion. L'hiftoire
ne nous dit point quelles calomnies s'élevèrent contre
St *Cyprien*, quels ennemis il avait, pourquoi le proconful d'Afrique fut irrité contre lui. St *Cyprien* écrit
à *Cornelius*, évêque de Rome : *Il arriva depuis peu une
émotion populaire à Carthage, et on cria par deux fois
qu'il fallait me jeter aux lions.* Il eft bien vraifemblable
que les emportemens du peuple féroce de Carthage
furent enfin caufe de la mort de *Cyprien* ; et il eft bien
sûr que ce ne fut pas l'empereur *Gallus* qui le condamna de fi loin pour fa religion, puifqu'il laiffait en
paix *Corneille* qui vivait fous fes yeux.

Tant de caufes fecrètes fe mêlent fouvent à la
caufe apparente, tant de refforts inconnus fervent à
perfécuter un homme, qu'il eft impoffible de démêler
dans les fiècles poftérieurs la fource cachée des
malheurs des hommes les plus confidérables, à plus
forte raifon celle du fupplice d'un particulier qui ne
pouvait être connu que par ceux de fon parti.

Remarquez que St *Grégoire Thaumaturge* et St *Denis*,
évêque d'Alexandrie, qui ne furent point fuppliciés,
vivaient dans le temps de St *Cyprien*. Pourquoi, étant
auffi connus pour le moins que cet évêque de Car-
thage, demeurèrent-ils paifibles ? et pourquoi St *Cyprien*
fut il livré au fupplice ? N'y a-t-il pas quelque apparence que l'un fuccomba fous des ennemis perfonnels
et puiffans, fous la calomnie, fous le prétexte de la
raifon d'Etat, qui fe joint fi fouvent à la religion, et
que les autres eurent le bonheur d'échapper à la
méchanceté des hommes ?

Il n'eſt guère poſſible que la ſeule accuſation de chriſtianiſme ait fait périr St *Ignace* ſous le clément et juſte *Trajan*, puiſqu'on permit aux chrétiens de l'accompagner et de le conſoler, quand on le conduiſit à Rome. (*cc*) Il y avait eu ſouvent des ſéditions dans Antioche, ville toujours turbulente, où

(*cc*) On ne révoque point en doute la mort de St *Ignace*; mais qu'on liſe la relation de ſon martyre, un homme de bon ſens ne ſentira-t-il pas quelques doutes s'élever dans ſon eſprit? L'auteur inconnu de cette relation dit que *Trajan* crut qu'il manquerait quelque choſe à ſa gloire, s'il ne ſoumettait à ſon empire le Dieu des chrétiens. Quelle idée! *Trajan* était-il un homme qui voulût triompher des dieux? Lorſqu'*Ignace* parut devant l'empereur, ce prince lui dit: *Qui es-tu, eſprit impur?* Il n'eſt guère vraiſemblable qu'un empereur ait parlé à un priſonnier, et qu'il l'ait condamné lui-même; ce n'eſt pas ainſi que les ſouverains en uſent. Si *Trajan* fit venir *Ignace* devant lui, il ne lui demanda pas, *Qui es-tu?* il le ſavait bien. Ce mot, *eſprit impur*, a-t-il pu être prononcé par un homme comme *Trajan?* Ne voit-on pas que c'eſt une expreſſion d'exorciſte, qu'un chrétien met dans la bouche d'un empereur? Eſt-ce-là, bon D I E U! le ſtyle de *Trajan?*

Peut-on imaginer qu'*Ignace* lui ait répondu qu'il ſe nommait *Théophore*, parce qu'il portait J E S U S dans ſon cœur, et que *Trajan* eût differté avec lui ſur J E S U S-C H R I S T? On fait dire à *Trajan*, à la fin de la converſation: *Nous ordonnons qu'Ignace, qui ſe glorifie de porter en lui le crucifié, ſera mis aux fers*, &c. Un ſophiſte ennemi des chrétiens pouvait appeler J E S U S-C H R I S T *le crucifié;* mais il n'eſt guère probable que dans un arrêt on ſe fût ſervi de ce terme. Le ſupplice de la croix était ſi uſité chez les Romains, qu'on ne pouvait dans le ſtyle des lois déſigner par *le crucifié* l'objet du culte des chrétiens, et ce n'eſt pas ainſi que les lois et les empereurs prononcent leurs jugemens.

On fait enſuite écrire une longue lettre par St *Ignace* aux chrétiens de Rome: *Je vous écris*, dit-il, *tout enchaîné que je ſuis*. Certainement, s'il lui fut permis d'écrire aux chrétiens de Rome, ces chrétiens n'étaient donc pas recherchés; *Trajan* n'avait donc pas deſſein de ſoumettre leur Dieu à ſon empire; ou ſi ces chrétiens étaient ſous le fléau de la perſécution, *Ignace* commettait une très grande imprudence en leur écrivant; c'était les expoſer, les livrer, c'était ſe rendre leur délateur.

Il ſemble que ceux qui ont rédigé ces actes devaient avoir plus d'égard aux vraiſemblances et aux convenances. Le martyre de St *Polycarpe* fait naître encore plus de doute. Il eſt dit qu'une voix cria du haut du ciel: *Courage, Polycarpe!* que les chrétiens l'entendirent, mais que les autres

Ignace était évêque secret des chrétiens : peut-être ces séditions, malignement imputées aux chrétiens innocens, excitèrent l'attention du gouvernement, qui fut trompé, comme il est trop souvent arrivé.

St *Siméon*, par exemple, fut accusé devant *Sapor* d'être l'espion des Romains. L'histoire de son martyre rapporte que le roi *Sapor* lui proposa d'adorer le soleil ; mais on sait que les Perses ne rendaient point de culte au soleil, ils le regardaient comme un emblême du bon principe, d'*Oromase*, ou *Orosmade*, du DIEU créateur qu'ils reconnaissaient.

Quelque tolérant que l'on puisse être, on ne peut s'empêcher de sentir quelque indignation contre ces déclamateurs qui accusent *Dioclétien* d'avoir persécuté les chrétiens, depuis qu'il fut sur le trône ; rapportons-nous-en à *Eusèbe de Césarée*, son témoignage ne peut être récusé ; le favori, le panégyriste de *Constantin*, l'ennemi violent des empereurs précédens, doit être cru quand il les justifie. Voici ses paroles : (*dd*) ʼʼ Les empereurs donnèrent long-temps ʼʼ aux chrétiens de grandes marques de bienveil- ʼʼ lance ; ils leur confièrent des provinces ; plusieurs ʼʼ chrétiens demeurèrent dans le palais ; ils épou- ʼʼ sèrent même des chrétiennes. *Dioclétien* prit pour

---

n'entendirent rien : il est dit que quand on eut lié *Polycarpe* au poteau, et que le bûcher fut en flammes, ces flammes s'écartèrent de lui et formèrent un arc au-dessus de sa tête, qu'il en sortit une colombe ; que le saint, respecté par le feu, exhala une odeur d'aromate qui embauma toute l'assemblée ; mais que celui dont le feu n'osait approcher ne put résister au tranchant du glaive. Il faut avouer qu'on doit pardonner à ceux qui trouvent dans ces histoires plus de piété que de vérité.

(*dd*) Hist. ecclésiast. liv. VIII.

„ fon époufe *Prifca*, dont la fille fut femme de
„ *Maximien Galère*, &c. „

Qu'on apprenne donc de ce témoignage décifif à
ne plus calomnier; qu'on juge fi la perfécution
excitée par *Galère*, après dix-neuf ans d'un règne
de clémence et de bienfaits, ne doit pas avoir fa
fource dans quelque intrigue que nous ne connaiffons pas.

Qu'on voie combien la fable de la légion thébaine
ou thébéenne, maffacrée, dit-on, toute entière pour
la religion, eft une fable abfurde. Il eft ridicule
qu'on ait fait venir cette légion d'Afie par le grand
Saint Bernard; il eft impoffible qu'on l'eût appelée
d'Afie pour venir apaifer une fédition dans les
Gaules, un an après que cette fédition avait été
réprimée; il n'eft pas moins impoffible qu'on ait
égorgé fix mille hommes d'infanterie et fept cents
cavaliers dans un paffage, où deux cents hommes
pourraient arrêter une armée entière. La relation de
cette prétendue boucherie commence par une impofture évidente : *Quand la terre gémiffait fous la tyrannie
de Dioclétien*, *le ciel fe peuplait de martyrs :* or cette
aventure, comme on l'a dit, eft fuppofée en 286,
temps où *Dioclétien* favorifait le plus les chrétiens,
et où l'empire romain fut le plus heureux. Enfin ce
qui devrait épargner toutes ces difcuffions, c'eft
qu'il n'y eut jamais de légion thébaine : les Romains
étaient trop fiers et trop fenfés pour compofer une
légion de ces Egyptiens qui ne fervaient à Rome
que d'efclaves, *Verna Canopi :* c'eft comme s'ils
avaient eu une légion juive. Nous avons les noms
des trente-deux légions qui fefaient les principales

forces de l'empire romain ; assurément la légion thébaine ne s'y trouve pas. Rangeons donc ce conte avec les vers acrostiches des sibylles qui prédisaient les miracles de JESUS-CHRIST, et avec tant de pièces supposées qu'un faux zèle prodigua pour abuser la crédulité.

Du danger des fausses légendes et de la persécution.

LE mensonge en a trop long-temps imposé aux hommes ; il est temps qu'on connaisse le peu de vérités qu'on peut démêler à travers ces nuages de fables qui couvrent l'histoire romaine depuis *Tacite* et *Suétone*, et qui ont presque toujours enveloppé les annales des autres nations anciennes.

Comment peut-on croire, par exemple, que les Romains, ce peuple grave et sévère de qui nous tenons nos lois, aient condamné des vierges chrétiennes, des filles de qualité, à la prostitution ? C'est bien mal connaître l'austère dignité de nos législateurs, qui punissaient si sévèrement les faiblesses des vestales. Les *Actes sincères* de *Ruinart* rapportent ces turpitudes ; mais doit-on croire aux *Actes* de *Ruinart* comme aux *Actes des apôtres* ? Ces *Actes sincères* disent, après *Bollandus*, qu'il y avait dans la ville d'Ancire sept vierges chrétiennes, d'environ soixante et dix ans chacune, que le gouverneur *Théodecte* les condamna à passer par les mains des jeunes gens de la ville, mais que ces vierges ayant été épargnées, comme de raison, il les obligea de servir toutes nues aux mystères de *Diane*, auxquels pourtant on n'assista jamais qu'avec un voile. St *Théodote*, qui, à la vérité, était cabaretier , mais qui n'en était pas moins zélé , pria DIEU ardemment de vouloir bien faire mourir ces faintes filles , de peur qu'elles ne fuccombaffent à la tentation. DIEU l'exauça ; le gouverneur les fit jeter dans un lac avec une pierre au cou : elles apparurent auffitôt à *Théodote* , et le prièrent de ne pas fouffrir que leurs corps fuffent mangés des poiffons : ce furent leurs propres paroles.

Le faint cabaretier et fes compagnons allèrent pendant la nuit au bord du lac gardé par des foldats; un flambeau célefte marcha toujours devant eux ; et quand il furent au lieu où étaient les gardes , un cavalier célefte, armé de toutes pièces, pourfuivit ces gardes, la lance à la main. St *Théodote* retira du lac les corps des vierges : il fut mené devant le gouverneur, et le cavalier célefte n'empêcha pas qu'on ne lui tranchât la tête. Ne ceffons de répéter que nous vénérons les vrais martyrs , mais qu'il eft difficile de croire cette hiftoire de *Bollandus* et de *Ruinart*.

Faut-il rapporter ici le conte du jeune St *Romain* ? On le jeta dans le feu, dit *Eusèbe* , et des juifs qui étaient préfens infultèrent à JESUS-CHRIST qui laiffait brûler fes confeffeurs, après que DIEU avait tiré *Sidrach* , *Mifach* et *Abdenago* de la fournaife ardente. A peine les juifs eurent-ils parlé , que St *Romain* fortit triomphant du bûcher : l'empereur ordonna qu'on lui pardonnât, et dit au juge qu'il ne voulait rien avoir à démêler avec DIEU , étranges paroles pour *Dioclétien* ! Le juge , malgré l'indulgence de l'empereur, commanda qu'on coupât la langue à St *Romain;* et quoiqu'il eût des bourreaux , il fit faire cette opération par un médecin. Le jeune *Romain,* né bègue, parla avec volubilité dès qu'il eut la langue coupée. Le médecin essuya une réprimande, et pour montrer que l'opération était faite selon les règles de l'art, il prit un paffant, et lui coupa jufte autant de langue qu'il en avait coupé à St *Romain*, de quoi le paffant mourut fur le champ : *car*, ajoute favamment l'auteur, *l'anatomie nous apprend qu'un homme fans langue ne faurait vivre*. En vérité, fi *Eusèbe* a écrit de pareilles fadaifes, fi on ne les a point ajoutées à fes écrits, quel fond peut-on faire fur fon hiftoire.

On nous donne le martyre de Ste *Félicité* et de fes fept enfans, envoyés, dit-on, à la mort par le fage et pieux *Antonin*, fans nommer l'auteur de la relation.

Il eft bien vraifemblable que quelque auteur plus zélé que vrai a voulu imiter l'hiftoire des *Machabées* : c'eft ainfi que commence la relation : Ste *Félicité était romaine, elle vivait fous le règne d'Antonin* : il eft clair, par ces paroles, que l'auteur n'était pas contemporain de Ste *Félicité* : il dit que le préteur les jugea fur fon tribunal dans le champ de Mars, qui, après avoir fervi à tenir les comices, fervait alors aux revues des foldats, aux courfes, aux jeux militaires : cela feul démontre la fuppofition.

Il eft dit encore qu'après le jugement, l'empereur commit à différens juges le foin de faire exécuter l'arrêt ; ce qui eft entièrement contraire à toutes les formalités de ces temps-là, et à celles de tous les temps.

Il y a de même un St *Hippolyte*, que l'on fuppofe traîné par des chevaux, comme *Hippolyte*, fils de

Théfée.

Théfée. Ce fupplice ne fut jamais connu des anciens Romains , et la feule reffemblance du nom a fait inventer cette fable.

Obfervez encore que dans les relations des martyres, compofées uniquement par les chrétiens mêmes , on voit prefque toujours une foule de chrétiens venir librement dans la prifon du condamné, le fuivre au fupplice, recueillir fon fang, enfevelir fon corps, faire des miracles avec les reliques. Si c'était la religion feule qu'on eût perfécutée , n'aurait-on pas immolé ces chrétiens déclarés qui affiftaient leurs frères condamnés , et qu'on accufait d'opérer des enchantemens avec les reftes des corps martyrifés ? ne les aurait-on pas traités comme nous avons traité les Vaudois, les Albigeois, les huffites, les différentes fectes des proteftans ? Nous les avons égorgés, brûlés en foule, fans diftinction ni d'âge, ni de fexe. Y a-t-il dans les relations avérées des perfécutions anciennes un feul trait qui approche de la Saint-Barthelemi, et des maffacres d'Irlande ? y en a-t-il un feul qui reffemble à la fête annuelle qu'on célèbre encore dans Touloufe, fête cruelle , fête aboliffable à jamais , dans laquelle un peuple entier remercie DIEU en proceffion , et fe félicite d'avoir égorgé, il y a deux cents ans, quatre mille de fes concitoyens?

Je le dis avec horreur, mais avec vérité; c'eft nous chrétiens , c'eft nous qui avons été perfécuteurs, bourreaux, affaffins! et de qui ? de nos frères. C'eft nous qui avons détruit cent villes, le crucifix, ou la bible à la main , et qui n'avons ceffé de répandre le fang, et d'allumer des bûchers, depuis le règne de *Conftantin* jufqu'aux fureurs des Cannibales qui habitaient les Cévènes ; fureurs qui, grâces au ciel, ne subsistent plus aujourd'hui.

Nous envoyons encore quelquefois à la potence de pauvres gens du Poitou, du Vivarais, de Valence, de Montauban. Nous avons pendu depuis 1745, huit personnages de ceux qu'on appelle *prédicans*, ou *ministres de l'évangile*, qui n'avaient d'autre crime que d'avoir prié DIEU pour le roi en patois, et d'avoir donné une goutte de vin et un morceau de pain levé à quelques paysans imbécilles. On ne sait rien de cela dans Paris, où le plaisir est la seule chose importante, où l'on ignore, tout ce qui se passe en province et chez les étrangers. Ces procès se font en une heure, et plus vîte qu'on ne juge un déserteur. Si le roi en était instruit, il ferait grâce.

On ne traite ainsi les prêtres catholiques en aucun pays protestant. Il y a plus de cent prêtres catholiques en Angleterre et en Irlande, on les connaît, on les a laissés vivre très-paisiblement dans la dernière guerre.

Serons-nous toujours les derniers à embrasser les opinions saines des autres nations ? Elles se sont corrigées ; quand nous corrigerons-nous ? Il a fallu soixante ans pour nous faire adopter ce que *Newton* avait démontré ; nous commençons à peine à oser sauver la vie à nos enfans par l'inoculation ; nous ne pratiquons que depuis très-peu de temps les vrais principes de l'agriculture ; quand commencerons-nous à pratiquer les vrais principes de l'humanité ? et de quel front pouvons-nous reprocher aux païens d'avoir fait des martyrs, tandis que nous avons été coupables de la même cruauté dans les mêmes circonstances ?

Accordons que les Romains ont fait mourir une multitude de chrétiens pour leur feule religion; en ce cas, les Romains ont été très-condamnables. Voudrions-nous commettre la même injuftice? et quand nous leur reprochons d'avoir perfécuté, voudrions-nous être perfécuteurs?

S'il fe trouvait quelqu'un affez dépourvu de bonne foi, ou affez fanatique, pour me dire ici : Pourquoi venez-vous développer nos erreurs et nos fautes? pourquoi détruire nos faux miracles et nos fauffes légendes? elles font l'aliment de la piété de plufieurs perfonnes ; il y a des erreurs néceffaires; n'arrachez pas du corps un ulcère invétéré qui entraînerait avec lui la deftruction du corps ; voici ce que je lui répondrais.

Tous ces faux miracles par lefquels vous ébranlez la foi qu'on doit aux véritables, toutes ces légendes abfurdes que vous ajoutez aux vérités de l'évangile, éteignent la religion dans les cœurs ; trop de perfonnes qui veulent s'inftruire, et qui n'ont pas le temps de s'inftruire affez, difent : Les maîtres de ma religion m'ont trompé, il n'y a donc point de religion; il vaut mieux fe jeter dans les bras de la nature que dans ceux de l'erreur; j'aime mieux dépendre de la loi naturelle que des inventions des hommes. D'autres ont le malheur d'aller encore plus loin ; ils voient que l'impofture leur a mis un frein, et ils ne veulent pas même du frein de la vérité, ils penchent vers l'athéifme ; on devient dépravé, parce que d'autres ont été fourbes et cruels.

Voilà certainement les conféquences de toutes les fraudes pieufes et de toutes les fuperftitions. Les

H 2

hommes d'ordinaire ne raifonnent qu'à demi ; c'eft un très-mauvais argument que de dire : *Voraginé* l'auteur de la *Légende dorée*, et le jéfuite *Ribadenéira* compilateur de la *Fleur des Saints*, n'ont dit que des fottifes ; donc il n'y a point de DIEU : Les catholiques ont égorgé un certain nombre d'huguenots, et les huguenots à leur tour ont affaffiné un certain nombre de catholiques ; donc il n'y a point de DIEU : On s'eft fervi de la confeffion, de la communion et de tous les facremens, pour commettre les crimes les plus horribles ; donc il y a point de DIEU. Je conclurais au contraire : Donc il y a un DIEU qui, après cette vie paffagère, dans laquelle nous l'avons tant méconnu, et tant commis de crimes en fon nom, daignera nous confoler de tant d'horribles malheurs ; car, à confidérer les guerres de religion, les quarante fchifmes des papes, qui ont prefque tous été fanglans, les impoftures qui ont prefque toutes été funeftes, les haines irréconciliables allumées par les différentes opinions, à voir tous les maux qu'a produits le faux zèle, les hommes ont eu long-temps leur enfer dans cette vie.

Abus de l'intolérance.

MAIS quoi ! fera-t-il permis à chaque citoyen de ne croire que fa raifon, et de penfer ce que cette raifon éclairée ou trompée lui dictera ? Il le faut bien, (*ee*) pourvu qu'il ne trouble point l'ordre ; car il ne dépend pas de l'homme de croire, où de ne pas croire ; mais il dépend de lui de refpecter les ufages

(*ee*) Voyez l'excellente lettre de *Locke* fur la tolérance.

de fa patrie : et fi vous difiez que c'eft un crime de ne pas croire à la religion dominante, vous accuferiez donc vous-même les premiers chrétiens vos pères, et vous juftifieriez ceux que vous accufez de les avoir livrés aux fupplices.

Vous répondez que la différence eft grande, que toutes les religions font les ouvrages des hommes , et que l'Eglife catholique , apoftolique et romaine eft feule l'ouvrage de DIEU. Mais en bonne foi , parce que notre religion eft divine, doit-elle régner par la haine, par les fureurs, par les exils , par l'enlèvement des biens, les prifons, les tortures, les meurtres, et par les actions de grâces rendues à DIEU pour ces meurtres ? Plus la religion chrétienne eft divine , moins il appartient à l'homme de la commander; fi DIEU l'a faite, DIEU la foutiendra fans vous. Vous favez que l'intolérance ne produit que des hypocrites ou des rebelles ; quelle funefte alternative! Enfin , voudriez-vous foutenir par des bourreaux la religion d'un Dieu que des bourreaux ont fait périr , et qui n'a prêché que la douceur et la patience ?

Voyez , je vous prie, les conféquences affreufes du droit de l'intolérance. S'il était permis de dépouil-ler de fes biens, de jeter dans les cachots, de tuer un citoyen qui , fous un tel degré de latitude, ne profefferait pas la religion admife fous ce degré, quelle exception exempterait les premiers de l'Etat des mêmes peines ? La religion lie également le monarque et les mendians : auffi, plus de cinquante docteurs ou moines ont affirmé cette horreur monf-trueufe, qu'il était permis de dépofer, de tuer les fouverains qui ne penferaient pas comme l'Eglife

dominante, et les parlemens du royaume n'ont cessé
de proscrire ces abominables décisions d'abominables
théologiens. (*ff*)

Le sang de *Henri le grand* fumait encore, quand
le parlement de Paris donna un arrêt qui établissait

(*ff*) Le jésuite *Busembaum*, commenté par le jésuite *la Croix*, dit qu'il
*est permis de tuer un prince excommunié par le pape, dans quelque pays qu'on
trouve ce prince, parce que l'univers appartient au pape, et que celui qui accepte
cette commission fait une œuvre charitable.* C'est cette proposition inventée dans
les petites-maisons de l'enfer, qui a le plus soulevé toute la France contre
les jésuites. On leur a reproché alors plus que jamais ce dogme si souvent
enseigné par eux et si souvent désavoué. Ils ont cru se justifier en montrant
à-peu-près les mêmes décisions dans St *Thomas* et dans plusieurs jacobins.(*)
En effet St *Thomas d'Aquin*, docteur angélique, interprète de la volonté
divine, (ce sont ses titres) avance qu'un prince apostat perd son droit à la
couronne, et qu'on ne doit plus lui obéir : (**) que l'Eglise peut le punir
de mort : qu'on n'a toléré l'empereur *Julien*, que parce qu'on n'était pas le
plus fort : (***) que de droit on doit tuer tout hérétique : (****) que ceux
qui délivrent le peuple d'un prince qui gouverne tyranniquement, sont
très-louables, &c. &c. On respecte fort l'ange de l'école ; mais si dans les
temps de *Jacques Clément* son confrère, et du feuillant *Ravaillac*, il était
venu soutenir en France de telles propositions, comment aurait-on traité
l'ange de l'école ?

Il faut avouer que *Jean Gerson*, chancelier de l'université, alla encore
plus loin que St *Thomas*, et le cordelier *Jean Petit* infiniment plus loin
que *Gerson*. Plusieurs cordeliers soutinrent les horribles thèses de *Jean Petit*.
Il faut avouer que cette doctrine diabolique du régicide vient uniquement de
la folle idée où ont été long-temps presque tous les moines, que le pape est
un Dieu en terre, qui peut disposer à son gré du trône et de la vie des rois.
Nous avons été en cela fort au-dessous de ces Tartares qui croient le grand
Lama immortel ; il leur distribue sa chaise percée ; ils font sécher ces reliques, les enchâssent et les baisent dévotement. Pour moi, j'avoue que
j'aimerais mieux pour le bien de la paix porter à mon cou de telles reliques,
que de croire que le pape ait le moindre droit sur le temporel des rois,
ni même sur le mien, en quelque cas que ce puisse être.

(*) Voyez, si vous pouvez, la *lettre* d'un homme du monde à un théo-
logien sur St *Thomas* ; c'est une brochure de jésuite, de 1762.
(**) Liv. II, part. II, quest. XII.
(***) *Ibid.*
(****) *Ibid.* quest. XI et XII.

l'indépendance de la couronne comme une loi fondamentale. Le cardinal *Duperron*, qui devait la pourpre
à *Henri le grand*, s'éleva dans les états de 1614,
contre l'arrêt du parlement, et le fit fupprimer.
Tous les journaux du temps rapportent les termes
dont *Duperron* fe fervit dans fes harangues : *Si un*
prince fe fefait arien, dit-il, *on ferait bien obligé de le*
dépofer.

Non affurément, monfieur le cardinal ; on veut bien
adopter votre fuppofition chimérique, qu'un de nos
rois ayant lu l'hiftoire des conciles et des pères,
frappé d'ailleurs de ces paroles : *Mon père eft plus*
grand que moi, les prenant trop à la lettre, et balan-
çant entre le concile de Nicée et celui de Conftan-
tinople, fe déclarât pour *Eufebe de Nicomédie*, je n'en
obéirai pas moins à mon roi, je ne me croirai pas
moins lié par le ferment que je lui ai fait ; et fi vous
ofiez vous foulever contre lui, et que je fuffe un de
vos juges, je vous déclarerais criminel de lèfe-
majefté.

Duperron pouffa plus loin la difpute, et je l'abrège.
Ce n'eft pas ici le lieu d'approfondir ces chimères
révoltantes ; je me bornerai à dire, avec tous les
citoyens, que ce n'eft point parce que *Henri IV* fut
facré à Chartres qu'on lui devait obeiffance, mais
parce que le droit inconteftable de la naiffance
donnait la couronne à ce prince, qui la méritait par
fon courage et par fa bonté.

Qu'il foit donc permis de dire que tout citoyen
doit hériter, par le même droit, des biens de fon
père, et qu'on ne voit pas qu'il mérite d'en être
privé, et d'être traîné au gibet, parce qu'il fera du

sentiment de *Ratran* contre *Paſcaſe Ratberg*, et de *Bérenger* contre *Scot*.

On fait que tous nos dogmes n'ont pas toujours été clairement expliqués, et univerſellement reçus dans notre Egliſe. JESUS-CHRIST ne nous ayant point dit comment procédait le Saint-Eſprit, l'Egliſe latine crut long-temps avec la grecque qu'il ne procédait que du Père : enfin elle ajouta au ſymbole qu'il procédait auſſi du fils. Je demande ſi, le lendemain de cette déciſion, un citoyen qui s'en ſerait tenu au ſymbole de la veille eût été digne de mort ? La cruauté, l'injuſtice ſerait-elle moins grande, de punir aujourd'hui celui qui penſerait comme on penſait autrefois ? Etait-on coupable du temps d'*Honorius I*, de croire que JESUS n'avait pas deux volontés ?

Il n'y pas long-temps que l'immaculée conception eſt établie : les dominicains n'y croient pas encore. Dans quel temps les dominicains commenceront-ils à mériter des peines dans ce monde et dans l'autre?

Si nous devons apprendre de quelqu'un à nous conduire dans nos diſputes interminables, c'eſt certainement des apôtres et des évangéliſtes. Il y avait de quoi exciter un ſchiſme violent entre ſaint *Paul* et ſaint *Pierre*. *Paul* dit expreſſément dans ſon épître aux Galates, qu'il réſiſta en face à *Pierre*, parce que *Pierre* était répréhenſible, parce qu'il uſait de diſſimulation auſſi-bien que *Barnabé*, parce qu'ils mangeaient avec les gentils avant l'arrivée de *Jacques*, et qu'enſuite ils ſe retirèrent ſecrétement, et ſe ſéparèrent des gentils, de peur d'offenſer les circoncis. *Je vis*, ajoute-t-il, *qu'ils ne marchaient pas droit felon l'évangile; je dis à Céphas: Si vous juif, vivez comme les gentils, et non comme les Juifs, pourquoi obligez-vous les gentils à judaïfer?*

C'était-là un fujet de querelle violente. Il s'agiffait de favoir fi les nouveaux chrétiens judaïferaient ou non. St *Paul* alla dans ce temps-là même facrifier dans le temple de Jérufalem. On fait que les quinze premiers évêques de Jérufalem furent des juifs circoncis, qui obfervèrent le fabbat, et qui s'abf-tinrent des viandes défendues. Un évêque efpagnol ou portugais qui fe ferait circoncire, et qui obfer-verait le fabbat, ferait brûlé dans un *auto-da-fé.* Cependant la paix ne fut altérée pour cet objet fondamental, ni parmi les apôtres, ni parmi les premiers chrétiens.

Si les évangéliftes avaient reffemblé aux écrivains modernes, ils avaient un champ bien vafte pour combattre les uns contre les autres. St *Mathieu* compte vingt-huit générations depuis *David* jufqu'à JESUS. St *Lùc* en compte quarante et une; et ces générations font abfolument différentes. On ne voit pourtant nulle diffention s'élevèr entre les difciples fur ces contrariétés apparentes, très-bien conciliées par plufieurs pères de l'Eglife. La charité ne fut point bleffée, la paix fut confervée. Quelle plus grande leçon de nous tolérer dans nos difputes, et de nous humilier dans tout ce que nous n'en-tendons pas?

St *Paul,* dans fon épître à quelques juifs de Rome convertis au chriftianifme, emploie toute la fin du troifième chapitre à dire que la feule foi glorifie, et que les œuvres ne juftifient perfonne. St *Jacques*

au contraire, dans son épître aux douze tribus dif-
persées par toute la terre, chapitre II, ne cesse de
dire qu'on ne peut être sauvé sans les œuvres.
Voilà ce qui a séparé deux grandes communions
parmi nous, et ce qui ne divisa point les apôtres.

Si la persécution contre ceux avec qui nous dif-
putons était une action sainte, il faut avouer que celui
qui aurait fait tuer le plus d'hérétiques serait le plus
grand saint du paradis. Quelle figure y ferait un
homme qui se serait contenté de dépouiller ses frères,
et de les plonger dans des cachots auprès d'un zélé
qui en aurait massacré des centaines le jour de la Saint-
Barthelemi? En voici la preuve.

Le successeur de St *Pierre* et son consistoire ne
peuvent errer; ils approuvèrent, célébrèrent, confa-
crèrent l'action de la Saint-Barthelemi; donc cette
action était très-sainte; donc de deux assassins égaux
en piété celui qui aurait éventré vingt-quatre femmes
grosses huguenotes, doit être élevé en gloire du
double de celui qui n'en aura éventré que douze;
par la même raison les fanatiques des Cévènes devaient
croire qu'ils seraient élevés en gloire à proportion du
nombre des prêtres, des religieux et des femmes
catholiques qu'ils auraient égorgés. Ce sont-là
d'étranges titres pour la gloire éternelle.

Si l'intolérance fut de droit divin dans le judaïsme, et si elle fut toujours mise en pratique.

ON appelle, je crois, *droit divin*, les préceptes
que DIEU a donnés lui-même. Il voulut que les Juifs
mangeassent un agneau cuit avec des laitues, et que

lés convives le mangeaffent debout, un bâton à la main, en commémoration du *Phafé*; il ordonna que la confécration du grand-prêtre fe ferait en mettant du fang à fon oreille droite, à fa main droite et à fon pied droit; coutumes extraordinaires pour nous, mais non pas pour l'antiquité ; il voulut qu'on chargeât le bouc *Hazazel* des iniquités du peuple; il défendit qu'on fe nourrît (gg) de poiffons fans écailles , de lièvres , de hériffons , de hibous , de griffons, d'ixions, &c.

Il inftitua les fêtes, les cérémonies ; toutes ces chofes, qui femblaient arbitraires aux autres nations, et foumifes au droit pofitif, à l'ufage, étant commandées par DIEU même, devenaient un droit divin pour les Juifs , comme tout ce que JESUS-CHRIST , fils de *Marie*, fils de DIEU, nous a commandé , eft de droit divin pour nous.

Gardons-nous de rechercher ici pourquoi DIEU a fubftitué une loi nouvelle à celle qu'il avait donnée à *Moïfe*, et pourquoi il avait commandé à *Moïfe* plus de chofes qu'au patriarche *Abraham*, et plus à *Abraham* qu'à *Noé*. (hh) Il femble qu'il daigne fe proportionner

(gg) Deutér. chap. XIV.

(hh) Dans l'idée que nous avons de faire fur cet ouvrage quelques notes utiles, nous remarquerons ici, qu'il eft dit que DIEU fit une alliance avec *Noé* , et avec tous les animaux; et cependant il permet à *Noé* de *manger de tout ce qui a vie et mouvement*; il excepte feulement le fang, dont il ne permet pas qu'on fe nourriffe. DIEU ajoute *qu'il tirera vengeance de tous les animaux qui auront répandu le fang de l'homme.*

On peut inférer de ces paffages et de plufieurs autres , ce que toute l'antiquité a toujours penfé jufqu'à nos jours, et ce que tous les hommes fenfés penfent, que les animaux ont quelques connaiffances. DIEU ne fait point un pacte avec les arbres et avec les pierres, qui n'ont point de fentiment ; mais il en fait un avec les animaux , qu'il a daigné douer d'un fentiment fouvent plus exquis que le nôtre, et de quelques idées néceffairement attachées

aux temps et à la population du genre humain ; c'est
à ce sentiment. C'est pourquoi il ne veut pas qu'on ait la barbarie de se
nourrir de leur sang , parce qu'en effet le sang est la source de la vie, et
par conséquent du sentiment. Privez un animal de tout sang, tous ses
organes restent sans action. C'est donc avec très-grande raison que l'Ecriture
dit en cent endroits, que l'ame, c'est-à-dire, ce qu'on appelait l'*ame sensitive*,
est dans le sang ; et cette idée si naturelle a été celle de tous les peuples.

C'est sur cette idée qu'est fondée la commisération que nous devons avoir
pour les animaux. Des sept préceptes des *Noachides* , admis chez les Juifs,
il y en a un qui défend de manger le membre d'un animal en vie. Ce pré-
cepte prouve que les hommes avaient eu la cruauté de mutiler les animaux
pour manger leurs membres coupés; qu'ils les laissaient vivre, pour se
nourrir successivement des parties de leur corps. Cette coutume subsista en
effet chez quelques peuples barbares, comme on le voit par les sacrifices de
l'ile de Chio, à *Bacchus Omadios*, le mangeur de chair crue. DIEU , en per-
mettant que les animaux nous servent de pâture, recommande donc quelque humanité envers eux. Il faut convenir qu'il y a de la barbarie à les
faire souffrir ; il n'y a certainement que l'usage qui puisse diminuer en
nous l'horreur naturelle d'égorger un animal que nous avons nourri de
nos mains. Il y a toujours eu des peuples qui s'en font un grand scrupule:
ce scrupule dure encore dans la presqu'ile de l'Inde ; toute la secte de
Pythagore , en Italie et en Grèce , s'abstint constamment de manger de la
chair. *Porphyre*, dans son livre de l'abstinence, reproche à son disciple de
n'avoir quitté sa secte que pour se livrer à son appétit barbare.

Il faut, ce me semble, avoir renoncé à la lumière naturelle, pour oser
avancer que les bêtes ne sont que des machines. Il y a une contradiction
manifeste à convenir que DIEU a donné aux bêtes tous les organes du
sentiment, et à soutenir qu'il ne leur a point donné de sentiment.

Il me paraît encore qu'il faut n'avoir jamais observé les animaux,
pour ne pas distinguer chez eux les différentes voix du besoin , de la
souffrance , de la joie , de la crainte, de l'amour, de la colère et de toutes
leurs affections ; il serait bien étrange qu'elles exprimassent si bien ce
qu'elles ne sentiraient pas.

Cette remarque peut fournir beaucoup de réflexions aux esprits exercés
sur le pouvoir et la bonté du Créateur, qui daigne accorder la vie, le sentiment , les idées , la mémoire aux êtres que lui-même a organisés de sa
main toute-puissante. Nous ne savons ni comment ces organes se sont
formés , ni comment ils se développent, ni comment on reçoit la vie, ni
par quelles lois les sentimens, les idées , la mémoire , la volonté sont
attachés à cette vie : et dans cette profonde et éternelle ignorance , inhé-
rente à notre nature , nous disputons sans cesse , nous nous persécutons
les uns les autres , comme les taureaux qui se battent avec leurs cornes ,
sans savoir pourquoi et comment ils ont des cornes.

une gradation paternelle; mais ces abymes font trop profonds pour notre débile vue. Tenons-nous dans les bornes de notre fujet; voyons d'abord ce qu'était l'intolérance chez les Juifs.

Il eft vrai que dans l'Exode, les Nombres, le Lévitique, le Deutéronome, il y a des lois très-févères fur le culte, et des châtimens plus févères encore. Plufieurs commentateurs ont de la peine à concilier les récits de *Moïfe* avec les paffages de *Jérémie* et d'*Amos*, et avec le célèbre difcours de St *Etienne*, (*ii*) rapporté dans les Actes des apôtres. *Amos* dit que les Juifs adorèrent toujours dans le défert *Moloch*, *Rempham* et *Kium*. *Jérémie*, dit expreffé-ment (*kk*) que DIEU ne demanda aucun facrifice à leurs pères quand ils fortirent d'Egypte. St *Etienne*, dans fon difcours aux Juifs, s'exprime ainfi : ,, Ils ,, adorèrent l'armée du ciel, (*ll*) ils n'offrirent ni ,, facrifices ni hofties dans le défert pendant quarante ,, ans, ils portèrent le tabernacle du dieu *Moloch*, et ,, l'aftre de leur dieu *Rempham*. ,,

D'autres critiques infèrent du culte de tant de dieux étrangers, que ces dieux furent tolérés par *Moïfe*, et ils citent en preuves ces paroles du Deuté-ronome : (*mm*) *Quand vous ferez dans la terre de Canaan, vous ne ferez point comme nous fefons aujourd'hui, où chacun fait ce qui lui femble bon.* (*nn*)

(*ii*) *Amos*, chap. V, v. 26.   (*kk*) *Jérém.* chap. VII, v. 12.
(*ll*) Act. chap. VII, v. 42.   (*mm*) Deut. chap. XII, v. 8.
(*nn*) Plufieurs écrivains concluent témérairement de ce paffage, que le chapitre concernant le veau d'or (qui n'eft autre chofe que le dieu *Apis*) a été ajouté aux livres de *Moïfe*, ainfi que plufieurs autres chapitres.

Aben-Efra fut le premier qui crut prouver que le Pentateuque avait été rédigé du temps des rois. *Wolafton, Collins, Tindale, Shaftesbury, Bolingbroke,*

Ils appuient leur sentiment fur ce qu'il n'eſt parlé
d'aucun acte religieux du peuple dans le défert,

et beaucoup d'autres ont allégué que l'art de graver ſes penſées ſur la pierre
polie, ſur la brique, ſur le plomb ou ſur le bois, était alors la ſeule manière
d'écrire; ils diſent que du temps de *Moïſe*, les Chaldéens et les Egyptiens
n'écrivaient pas autrement, qu'on ne pouvait alors graver que d'une
manière très-abrégée, et en hiéroglyphes, la ſubſtance des choſes qu'on
voulait tranſmettre à la poſtérité, et non pas des hiſtoires détaillées; qu'il
n'était pas poſſible de graver de gros livres dans un défert où l'on changeait
ſi ſouvent de demeure, où l'on n'avait perſonne qui pût ni fournir des
vêtemens, ni les tailler, ni même raccommoder les ſandales, et où DIEU
fut obligé de faire un miracle de quarante années pour conſerver les vêtemens
et les chauſſures de ſon peuple. Ils diſent qu'il n'eſt pas vraiſemblable qu'on
eût tant de graveurs de caractères, lorſqu'on manquait des arts les plus
néceſſaires, et qu'on ne pouvait même faire du pain : et ſi on leur dit que
les colonnes du tabernacle étaient d'airain, et les chapiteaux d'argent
maſſif, ils répondent que l'ordre a pû en être donné dans le défert, mais
qu'il ne fut exécuté que dans des temps plus heureux.

Ils ne peuvent concevoir que ce peuple pauvre ait demandé un veau
d'or maſſif pour l'adorer au pied de la montagne même où DIEU parlait à
Moïſe, au milieu des foudres et des éclairs que ce peuple voyait, et au
ſon de la trompette céleſte qu'il entendait. Ils s'étonnent que la veille du
jour même où *Moïſe* deſcendit de la montagne, tout ce peuple ſe ſoit
adreſſé au frère de *Moïſe* pour avoir ce veau d'or maſſif. Comment *Aaron*
le jeta-t-il en fonte en un ſeul jour? comment enſuite *Moïſe* le réduiſit-il
en poudre? Ils diſent qu'il eſt impoſſible à tout artiſte de faire en moins
de trois mois une ſtatue d'or, et que pour la réduire en poudre qu'on
puiſſe avaler, l'art de la chimie la plus ſavante ne ſuffit pas; ainſi la prévarication d'*Aaron* et l'opération de *Moïſe* auraient été deux miracles.

L'humanité, la bonté de cœur qui les trompe, les empêche de croire que
Moïſe ait fait égorger vingt-trois mille perſonnes pour expier ce péché : ils
n'imaginent pas que vingt-trois mille hommes ſe ſoient ainſi laiſſés maſſacrer
par des lévites, à moins d'un troiſième miracle. Enfin ils trouvent étrange
qu'*Aaron*, le plus coupable de tous, ait été récompenſé du crime dont les
autres étaient ſi horriblement punis, et qu'il ait été fait grand-prêtre, tandis
que les cadavres de vingt-trois mille de ſes frères ſanglans étaient entaſſés
au pied de l'autel où il allait ſacrifier.

Ils font les mêmes difficultés ſur les vingt-quatre mille iſraëlites maſſacrés
par l'ordre de *Moïſe*, pour expier la faute d'un ſeul qu'on avait ſurpris avec
une fille madianite. On voit tant de rois juifs, et ſur-tout *Salomon*, épouſer
impunément des étrangères, que ces critiques ne peuvent admettre que

.point de pâque célébrée, point de pentecôte, nulle mention qu'on ait célébré la fête des tabernacles,

l'alliance d'une madianite ait été un fi grand crime : *Ruth* était moabite, quoique fa famille fût originaire de Bethléem : la fainte écriture l'appelle toujours *Ruth la Moabite :* cependant elle alla fe mettre dans le lit de *Booz* par le confeil de fa mère ; elle en reçut fix boiffeaux d'orge, l'époufa enfuite, et fut l'aïeule de *David*. *Rahab* était non-feulement etrangère, mais une femme publique; la Vulgate ne lui donne d'autre titre que celui de *meretrix*; elle époufa *Salmon* prince de Juda; et c'eft encore de *Salmon* que *David* defcend. On regarde même *Rahab* comme la figure de l'Eglife chrétienne ; c'eft le fentiment de plufieurs pères, et fur-tout d'*Origène* dans fa feptième homélie fur *Jofué*.

Betzabé femme d'*Urie*, de laquelle *David* eut *Salomon*, était éthéenne. Si vous remontez plus haut, le patriarche *Juda* époufa une femme cananéenne; fes enfans eurent pour femme *Thamar* de la race d'*Aram ;* cette femme avec laquelle *Juda* commit, fans le favoir, un incefte, n'était pas de la race d'*Ifraël*.

Ainfi notre Seigneur JESUS-CHRIST daigna s'incarner chez les Juifs dans une famille dont cinq étrangères étaient la tige, pour faire voir que les nations étrangères auraient part à fon héritage.

Le rabin *Aben-Efra* fut, comme on l'a dit, le premier qui ofa prétendre que le Pentateuque avait été rédigé long-temps après *Moïfe :* il fe fonde fur plufieurs paffages. » Le cananéen était alors dans ce pays. La montagne » de Moria, appelée la *montagne de* DIEU. Le lit de *Og*, roi de Bazan, » fe voit encore en *Rabath*, et il appela tout ce pays de Bazan, les villages » de Jaïr, jufqu'aujourd'hui. Il ne s'eft jamais vu de prophète en Ifraël » comme *Moïfe*. Ce font ici les rois qui ont régné en Edom avant qu'aucun » roi régnât fur Ifraël. » Il prétend que ces paffages, où il eft parlé de chofes arrivées après *Moïfe*, ne peuvent être de *Moïfe*. On répond à ces objections, que ces paffages font des notes ajoutées long-temps après par les copiftes.

Newton, de qui d'ailleurs on ne doit prononcer le nom qu'avec refpect, mais qui a pu fe tromper puifqu'il était homme, attribue, dans fon introduction à fes commentaires fur *Daniel* et fur St *Jean*, les livres de *Moïfe*, de *Jofué* et des *Juges*, à des auteurs facrés très-poftérieurs ; il fe fonde fur le chap. XXXVI de la Genèfe, fur quatre chapitres des Juges, XVII, XVIII, XIX, XXI ; fur *Samüel* chap. VIII, fur les chroniques chap. II, fur le livre de *Ruth* chap. IV. En effet, fi dans le chap. XXXVI de la Genèfe il eft parlé des rois, s'il en eft fait mention dans les livres des Juges, fi dans le livre de *Ruth* il eft parlé de *David*, il femble que tous ces livres

nulle prière publique établie ; enfin, la circoncifion, ce fceau de l'alliance de DIEU avec *Abraham*, ne fut point pratiquée.

aient été rédigés du temps des rois. C'eſt auſſi le ſentiment de quelques théo-logiens, à la tête deſquels eſt le fameux *le Clerc*. Mais cette opinion n'a qu'un petit nombre de fectateurs dont la curiofité fonde ces abymes. Cette curiofité, ſans doute, n'eſt pas au rang des devoirs de l'homme. Lorſque les ſavans et les ignorans, les princes et les bergers, paraîtront après cette courte vie devant le maître de l'éternité, chacun de nous alors voudra avoir été juſte, humain, compatiſſant, généreux ; nul ne ſe vantera d'avoir ſu préciſément en quelle année le Pentateuque fut écrit, et d'avoir démêlé le texte des notes qui étaient en uſage chez les ſcribes. DIEU ne nous demandera pas ſi nous avons pris parti pour les Maſſorètes contre le Talmud, ſi nous n'avons jamais pris un *caph* pour un *beth*, un *yod* pour un *vau*, un *daleth* pour un *res* : certes il nous jugera ſur nos actions, et non ſur l'in-telligence de la langue hébraïque. Nous nous en tenons fermement à la déciſion de l'Egliſe, ſelon le devoir raiſonnable d'un fidèle.

Finiſſons cette note par un paſſage important du Lévitique, livre compoſé après l'adoration du veau d'or. Il ordonne aux Juifs de ne plus adorer les velus, (*) *les boucs avec leſquels mêmes ils ont commis des abominations infames.* On ne ſait ſi cet étrange culte venait d'Egypte, patrie de la ſuperſtition et du ſortilége ; mais on croit que la coutume de nos prétendus ſorciers d'aller au ſabbat, d'y adorer un bouc, et de s'abandonner avec lui à des turpitudes inconcevables, dont l'idée fait horreur, eſt venue des anciens Juifs : en effet, ce furent eux qui enſeignèrent dans une partie de l'Europe la ſorcellerie. Quel peuple ! Une ſi étrange infamie ſemblait mériter un châtiment pareil à celui que le veau d'or leur attira, et pourtant le légiſ-lateur ſe contente de leur faire une ſimple défenſe. On ne rapporte ici ce fait que pour faire connaître la nation juive : il faut que la beſtialité ait été commune chez elle, puiſqu'elle eſt la ſeule nation connue, chez qui les lois aient été forcées de prohiber un crime (**) qui n'a été ſoupçonné ailleurs par aucun légiſlateur.

Il eſt à croire que dans les fatigues et dans la pénurie que les Juifs avaient eſſuyées dans les déſerts de Pharan, d'Oreb et de Cadès-Barné, l'eſpèce féminine, plus faible que l'autre, avait ſuccombé. Il faut bien qu'en effet les Juifs manquaſſent de filles, puiſqu'il leur eſt toujours ordonné, quand ils s'emparent d'un bourg ou d'un village, ſoit à gauche, ſoit à droite du lac Aſphaltide, de tuer tout, excepté les filles nubiles.

(*) Lévitiq. chap. XVII.

(**) *Ibid.* chap. XVIII, v. 23.

Ils

Ils fe prévalaient encore de l'hiftoire de *Jofué.*
Ce conquérant dit aux Juifs: (*oo*) ,, L'option vous
,, eft donnée, choififfez quel parti il vous plaira,
,, ou d'adorer les dieux que vous avez fervis dans
,, le pays des Amorrhéens, ou ceux que vous avez
,, reconnus en Méfopotamie; le peuple répond :
,, Il n'en fera pas ainfi, nous fervirons *Adonaï.*
,, *Jofué* leur répliqua : Vous avez choifi vous-
,, mêmes; ôtez donc du milieu de vous les dieux
,, étrangers. ,, Ils avaient donc eu inconteftablement
d'autres dieux qu'*Adonaï* fous *Moïfe.*

Il eft très-inutile de réfuter ici les critiques qui
penfent que le Pentateuque ne fut pas écrit par
Moïfe ; tout a été dit dès long-temps fur cette matière;
et quand même quelque petite partie des livres de
Moïfe aurait été écrite du temps des juges ou des
pontifes, ils n'en feraient pas moins infpirés et
moins divins.

C'eft affez, ce me femble, qu'il foit prouvé par la
fainte Ecriture que, malgré la punition extraordinaire
attirée aux Juifs par le culte d'*Apis*, ils confervèrent
long-temps une liberté entière : peut-être même
que le maffacre que fit *Moïfe* de vingt-trois mille

Les Arabes, qui habitent encore une partie de ces déferts, ftipulent toujours, dans les traités qu'ils font avec les caravanes, qu'on leur donnera
des filles nubiles. Il eft vraifemblable que les jeunes gens dans ces pays
affreux pouffèrent la dépravation de la nature humaine jufqu'à s'accoupler
avec des chèvres, comme on le dit de quelques bergers de la Calabre.

Il refte maintenant à favoir fi ces accouplemens avaient produit des
monftres, et s'il y a quelque fondement aux anciens contes des fatyres, des
faunes, des centaures et des minotaures; l'hiftoire le dit, la phyfique ne
nous a pas encore éclairés fur cet article monftrueux.

(*oo*) *Jofué*, chap. XIV, v. 15 et fuiv.

Politique et Légifl. Tome II. **I**

hommes pour le veau érigé par fon frère, lui fit comprendre, qu'on ne gagnait rien par la rigueur, et qu'il fut obligé de fermer les yeux fur la paffion du peuple pour les dieux étrangers.

(*pp*) Lui-même femble bientôt tranfgreffer la loi qu'il a donnée. Il a défendu tout fimulacre, cependant il érige un ferpent d'airain. La même exception à la loi fe trouve depuis dans le temple de *Salomon;* ce prince fait fculpter douze bœufs qui foutiennent le grand baffin du temple; des chérubins font pofés dans l'arche, ils ont une tête d'aigle et une tête de veau; et c'eft apparemment cette tête de veau mal faite, trouvée dans le temple par les foldats romains, qui fit croire long-temps que les Juifs adoraient un âne.

En vain le culte des dieux étrangers eft défendu; *Salomon* eft paifiblement idolâtre. *Jéroboam*, à qui D I E U donna dix parts du royaume, fait ériger deux veaux d'or, et règne vingt-deux ans, en réuniffant en lui les dignités de monarque et de pontife. Le petit royaume de Juda dreffe fous *Roboam* des autels étrangers et des ftatues. Le faint roi *Afa* ne détruit point les hauts lieux. (*qq*) Le grand prêtre *Urïas* érige dans le temple, à la place de l'autel des holo-cauftes, un autel du roi de Syrie. On ne voit, en un mot, aucune contrainte fur la religion. Je fais que la plupart des rois juifs s'exterminèrent, s'affaf-finèrent les uns les autres; mais ce fut toujours pour leur intérêt, et non pour leur croyance.

(*pp*) Nomb. chap. XXI, v. 9.
(*qq*) Liv. IV des Rois, chap. XVI.

(*rr*) Il est vrai que parmi les prophètes il y en eut qui intéressèrent le ciel à leur vengeance. *Elie* fit descendre le feu céleste pour consumer les prêtres de *Baal*. *Elisée* fit venir des ours pour dévorer quarante-deux petits enfans qui l'avaient appelé *tête chauve ;* mais ce sont des miracles rares et des faits qu'il serait un peu dur de vouloir imiter.

On nous objecte encore, que le peuple juif fut très-ignorant et très-barbare. Il est dit (*ss*) que dans la guerre qu'il fit aux Madianites, (*tt*) *Moïse* ordonna de tuer tous les enfans mâles et toutes les mères, et de partager le butin. Les vainqueurs trouvèrent dans le camp 675000 brebis, 72000 bœufs, 61000 ânes et 32000 jeunes filles ; ils en firent le partage, et tuèrent tout le reste. Plusieurs commentateurs même prétendent que trente-deux filles furent immolées au Seigneur : *Cesserunt in partem Domini triginta-duæ animæ.*

En effet, les juifs immolaient des hommes à la Divinité, témoin le sacrifice de *Jephté*, (*uu*) témoin

---

(*rr*) Liv. III des Rois, chap. XVIII, v. 38 et 40. Liv. IV des Rois, chap. II, v. 24.

(*ss*) Nomb. chap. XXXI.

(*tt*) Madian n'était point compris dans la terre promise : c'est un petit canton de l'Idumée dans l'Arabie pétrée ; il commence vers le septentrion au torrent d'Arnon, et finit au torrent de Zared, au milieu des rochers, et sur le rivage oriental du lac Asphaltide. Ce pays est habité aujourd'hui par une petite horde d'Arabes : il peut avoir huit lieues ou environ de long, et un peu moins en largeur.

(*uu*) Il est certain par le texte que *Jephté* immola sa fille. DIEU *n'approuve pas ces dévouemens*, dit dom *Calmet* dans sa dissertation sur le vœu de *Jephté ; mais lorsqu'on les a faits, il veut qu'on les exécute, ne fût-ce que pour punir ceux qui les fesaient, ou pour réprimer la légèreté qu'on aurait eue à les faire, si on n'en avait pas craint l'exécution.* St *Augustin*, et presque tous les pères, condamnent l'action de *Jephté :* il est vrai que l'Écriture dit qu'*il*

le roi *Agag* (xx) coupé en morceaux par le prêtre *Samuel. Ezéchiel* même leur promet, pour les encourager, qu'ils mangeront de la chair humaine : *Vous*

fut rempli de l'esprit de DIEU ; et St *Paul*, dans son épître aux Hébreux, chap. XI, fait l'éloge de *Jephté* ; il le place avec *Samuel* et *David*.

St *Jérôme*, dans son épître à *Julien*, dit : *Jephté immola sa fille au Seigneur, et c'est pour cela que l'apôtre le compte parmi les saints.* Voilà de part et d'autre des jugemens sur lesquels il ne nous est pas permis de porter le nôtre ; on doit craindre même d'avoir un avis.

(*xx*) On peut regarder la mort du roi *Agag* comme un vrai sacrifice. *Saül* avait fait ce roi des Amalécites prisonnier de guerre, et l'avait reçu à composition ; mais le prêtre *Samuel* lui avait ordonné de ne rien épargner : il lui avait dit en propres mots : (*) *Tuez tout, depuis l'homme jusqu'à la femme, jusqu'aux petits enfans, et ceux qui sont encore à la mamelle.*

Samuel coupa le roi Agag en morceaux, devant le Seigneur, à Galgal.

» Le zèle dont ce prophète était animé, dit dom *Calmet*, lui mit l'épée » en main dans cette occasion, pour venger la gloire du Seigneur, et » pour confondre *Saül*.

On voit, dans cette fatale aventure, un dévouement, un prêtre, une victime ; c'était donc un sacrifice.

Tous les peuples dont nous avons l'histoire, ont sacrifié des hommes à la Divinité ; excepté les Chinois. *Plutarque* rapporte que les Romains même en immolèrent du temps de la république.

On voit, dans les commentaires de *César*, que les Germains allaient immoler les otages qu'il leur avait donnés, lorsqu'il délivra ces otages par sa victoire.

J'ai remarqué ailleurs que cette violation du droit des gens envers les otages de *César*, et ces victimes humaines immolées, pour comble d'horreur, par la main des femmes ; démentent un peu le panégyrique que *Tacite* fait des Germains, dans son traité *de moribus Germanorum*. Il paraît que dans ce traité *Tacite* songe plus à faire la satire des Romains que l'éloge des Germains qu'il ne connaissait pas.

Disons ici en passant que *Tacite* aimait encore mieux la satire que la vérité. Il veut rendre tout odieux, jusqu'aux actions indifférentes ; et sa malignité nous plaît presque autant que son style, parce que nous aimons la médisance et l'esprit.

Revenons aux victimes humaines. Nos pères en immolaient aussi-bien que les Germains ; c'est le dernier degré de la stupidité de notre nature

(*) I Rois, chap. XV.

mangerez, dit-il, *le cheval et le cavalier ; vous boirez le fang des princes.* Plufieurs commentateurs appliquent deux verfets de cette prophétie aux Juifs mêmes, et les autres aux animaux carnafliers. On ne trouve, dans toute l'hiftoire de ce peuple, aucun trait de générofité, de magnanimité, de bienfefance ; mais il s'échappe toujours dans le nuage de cette barbarie fi longue et fi affreufe des rayons d'une tolérance univerfelle.

Jephté, infpiré de DIEU, et qui lui immola fa fille, dit aux Ammonites : (*yy*) *Ce que votre dieu Chamos vous a donné ne vous appartient-il pas de droit ? fouffrez donc que nous prenions la terre que notre Dieu nous a promife.* Cette déclaration eft précife ; elle peut mener bien loin ; mais au moins elle eft une preuve évidente que DIEU tolérait *Chamos.* Car la fainte écriture ne dit pas : Vous penfez avoir droit fur les terres que vous dites vous avoir été données par le dieu *Chamos ;* elle dit pofitivement : Vous avez droit,

---

abandonnée à elle-même, et c'eft un des fruits de la faibleffe de notre jugement. Nous dîmes : Il faut offrir à DIEU ce qu'on a de plus précieux et de plus beau, nous n'avons rien de plus précieux que nos enfans ; il faut donc choifir les plus beaux et les plus jeunes pour les facrifier à la Divinité.

Philon dit que dans la terre de Canaan on immolait quelquefois fes enfans avant que DIEU eût ordonné à *Abraham* de lui facrifier fon fils unique *Ifaac* pour éprouver fa foi.

Sanchoniathon, cité par *Eusèbe,* rapporte que les Phéniciens facrifiaient dans les grands dangers le plus cher de leurs enfans, et qu'*Ilus* immola fon fils *Jehud* à peu-près dans le temps que DIEU mit la foi d'*Abraham* à l'épreuve. Il eft difficile de percer dans les ténèbres de cette antiquité ; mais il n'eft que trop vrai que ces horribles facrifices ont été prefque par-tout en ufage ; les peuples ne s'en font défaits qu'à mefure qu'ils fe font policés. La politeffe amène l'humanité.

(*yy*) Juges, chap. v. 24.

I 3

tibi jure debentur : ce qui eſt le vrai ſens de ces paroles hébraïques : *Otho thiraſch.*

L'hiſtoire de *Michas* et du lévite, rapportée aux XVIIᵉ et XVIIIᵉ chapitres du livre des Juges, eſt bien encore une preuve inconteſtable de la tolérance et de la liberté la plus grande, admiſe alors chez les Juifs. La mère de *Michas*, femme fort riche d'Ephraïm, avait perdu onze cents pièces d'argent, ſon fils les lui rendit : elle voua cet argent au Seigneur, et en fit faire des idoles : elle bâtit une petite chapelle. Un lévite deſſervit la chapelle, moyennant dix pièces d'argent, une tunique, un manteau par année et ſa nourriture ; et *Michas* s'écria : (22) *C'eſt maintenant que* DIEU *me fera du bien, puiſque j'ai chez moi un prêtre de la race de Lévi.*

Cependant ſix cents hommes de la tribu de *Dan* qui cherchaient à s'emparer de quelque village dans le pays, et à s'y établir, mais n'ayant point de prêtre lévite avec eux, et en ayant beſoin pour que DIEU favoriſât leur entrepriſe, allèrent chez *Michas*, et prirent ſon éphod, ſes idoles et ſon lévite, malgré les remontrances de ce prêtre, et malgré les cris de *Michas* et de ſa mère. Alors ils allèrent avec aſſurance attaquer le village nommé *Laïs*, et y mirent tout à feu et à ſang, ſelon leur coutume. Ils donnèrent le nom de *Dan* à *Laïs* en mémoire de leur victoire ; ils placèrent l'idole de *Michas* ſur un autel ; et ce qui eſt bien plus remarquable, *Jonathan*, petit-fils de *Moïſe*, fut le grand prêtre de ce temple, où l'on adorait le Dieu d'Iſraël et l'idole de *Michas*.

Après la mort de *Gédéon*, les Hébreux adorèrent

(22) Juges, chap. XVII, verſ. dern.

Baal-bérith pendant près de vingt ans , et renoncèrent au culte d'*Adonaï*, fans qu'aucun chef, aucun juge , aucun prêtre criât vengeance. Leur crime était grand , je l'avoue ; mais fi cette idolâtrie même fut tolérée , combien les différences dans le vrai culte ont-elles dû l'être ?

Quelques - uns donnent pour une preuve d'intolérance , que le Seigneur lui-même ayant permis que fon arche fût prife par les Philiftins dans un combat, il ne punit les Philiftins qu'en les frappant d'une maladie fecrète, reffemblante aux hémorrhoïdes , en renverfant la ftatue de *Dagon*, et en envoyant une multitude de rats dans leurs campagnes ; mais , lorfque les Philiftins , pour apaifer fa colère , eurent renvoyé l'arche attelée de deux vaches qui nourriffaient leurs veaux, et offert à DIEU cinq rats d'or et cinq anus d'or , le Seigneur fit mourir foixante et dix anciens d'Ifraël et cinquante mille hommes du peuple, pour avoir regardé l'arche ; on répond donc que le châtiment du Seigneur ne tombe point fur une croyance , fur une différence dans le culte , ni fur aucune idolâtrie.

Si le Seigneur avait voulu punir l'idolâtrie , il aurait fait périr tous les Philiftins qui osèrent prendre fon arche, et qui adoraient *Dagon;* mais il fit périr cinquante mille foixante et dix hommes de fon peuple , uniquement parce qu'ils avaient regardé fon arche qu'ils ne devaient pas regarder : tant les lois, les mœurs de ce temps, l'économie judaïque diffèrent de tout ce que nous connaiffons ; tant les voies infcrutables de DIEU font au-deffus des nôtres. *La rigueur exercée*, dit le judicieux dom *Calmet*,

*contre ce grand nombre d'hommes, ne paraîtra exceſſive
qu'à ceux qui n'ont pas compris juſqu'à quel point* DIEU
*voulait être craint et reſpecté parmi ſon peuple, et qui ne
jugent des vues et des deſſeins de* DIEU *qu'en ſuivant les
faibles lumières de leur raiſon.*

DIEU ne punit donc pas un culte étranger, mais
une profanation du ſien, une curioſité indiſcrète,
une déſobéiſſance, peut-être même un eſprit de
révolte. On ſent bien que de tels châtimens n'appartiennent qu'à DIEU dans la théocratie judaïque.
On ne peut trop redire que ces temps et ces mœurs
n'ont aucun rapport aux nôtres.

Enfin, lorſque dans les ſiècles poſtérieurs *Naaman*
l'idolâtre demanda à *Eliſée* s'il lui était permis de
ſuivre ſon roi (*a*) dans le temple de Remnon *et
d'y adorer avec lui,* ce même *Eliſée,* qui avait fait
dévorer les enfans par les ours, ne lui répondit-il
pas : *Allez en paix* ?

Il y a bien plus ; le Seigneur ordonne à *Jérémie*
de ſe mettre des cordes au cou, des colliers (*b*) et

(*a*) Liv. IV des Rois, chap. XX, v. 25.

(*b*) Ceux qui ſont peu au fait des uſages de l'antiquité, et qui ne
jugent que d'après ce qu'ils voient autour d'eux, peuvent être étonnés de
ces ſingularités; mais il faut ſonger qu'alors dans l'Egypte, et dans une
grande partie de l'Aſie, la plupart des choſes s'exprimaient par des figures,
des hiéroglyphes, des ſignes, des types.

Les prophètes, qui s'appelaient *les Voyans* chez les égyptiens et chez les
juifs, non-ſeulement s'exprimaient en allégories, mais ils figuraient par
des ſignes les événemens qu'ils annonçaient. (*) Ainſi *Iſaïe*, le premier
des quatre grands prophètes juifs, prend un rouleau, et y écrit, *Shas bas,
butinez vîte* : puis il s'approche de la propheteſſe, elle conçoit, et met au
monde un fils qu'il appelle *Maher-Salas-Has-bas* ; c'eſt une figure des maux
que les peuples d'Egypte et d'Aſſyrie feront aux Juifs.

(*) *Iſaïe*, chap. VIII.

des jougs, et de les envoyer aux roitelets, ou mel-
chim de Moab, d'Ammon, d'Edom, de Tyr, de

Ce prophète dit : *Avant que l'enfant foit en âge de manger du beurre et du miel, et qu'il fache réprouver le mauvais et choifir le bon, la terre déteftée par vous fera délivrée des deux rois : le Seigneur fifflera aux mouches d'Egypte, et aux abeilles d'Affur ; le Seigneur prendra un rafoir de louage, et en rafera toute la barbe et les poils des pieds du roi d'Affur.*

Cette prophétie des abeilles, de la barbe et du poil des pieds rafés, ne peut être entendue que par ceux qui favent que c'était la coutume d'appeler les effaims au fon du flageolet ou de quelque autre inftrument champêtre ; que le plus grand affront qu'on pût faire à un homme était de lui couper la barbe ; qu'on appelait le poil des pieds, le *poil du pubis ;* que l'on ne rafait ce poil que dans des maladies immondes, comme celle de la lèpre. Toutes ces figures fi étrangères à notre ftyle ne fignifient autre chofe, finon, que le Seigneur dans quelques années délivrera fon peuple d'oppreffion.

Le même *Ifaïe* (*) marche tout nu, pour marquer que le roi d'Affyrie emmènera d'Egypte et d'Ethiopie une foule de captifs qui n'auront pas de quoi couvrir leur nudité.

Ezéchiel (**) mange le volume de parchemin qui lui eft préfenté : enfuite il couvre fon pain d'excrémens, et demeure couché fur fon côté gauche trois cents quatre-vingt-dix jours, et fur le côté droit quarante jours, pour faire entendre que les Juifs manqueront de pain, et pour fignifier les années que devait durer la captivité. Il fe charge de chaînes, qui figurent celles du peuple ; il coupe fes cheveux et fa barbe, et les partage en trois parties ; le premier tiers défigne ceux qui doivent périr dans la ville, le fecond ceux qui feront mis à mort autour des murailles, le troi-fième ceux qui doivent être emmenés à Babylone.

Le prophète *Ofée* (***) s'unit à une femme adultère, qu'il achète quinze pièces d'argent, et un chomer et demi d'orge : *Vous m'attendrez,* lui dit-il, *plufieurs jours, et pendant ce temps nul homme n'approchera de vous ; c'eft l'état où les enfans d'Ifraël feront long-temps fans rois, fans princes, fans facrifice, fans autel et fans éphod.* En un mot, les nabi, les voyans, les prophètes ne prédifent prefque jamais fans figurer par un figne la chofe prédite.

Jérémie ne fait donc que fe conformer à l'ufage, en fe liant de cordes, et en fe mettant des colliers et des jougs fur le dos, pour fignifier l'efclavage de ceux auxquels il envoie ces types. Si on veut y prendre garde, ces temps-là font comme ceux d'un ancien monde, qui diffère en tout du

(*) *Ifaïe,* chap. XX. (**) *Ezéch.* chap. IV et fuiv. (***) *Ofée,* ch. III.

Sidon; et *Jérémie* leur fait dire par le Seigneur: *J'ai donné toutes vos terres à Nabuchodonofor, roi de Babylone, mon ferviteur.* (c) Voilà un roi idolâtre déclaré ferviteur de DIEU et fon favori.

Le même *Jérémie*, que le melk ou roitelet juif *Sédécias* avait fait mettre au cachot, ayant obtenu fon pardon de *Sédécias*, lui confeille, de la part de DIEU, de fe rendre au roi de Babylone : (d) *Si vous allez vous rendre à fes officiers*, dit-il, *votre ame vivra.* DIEU prend donc enfin le parti d'un roi idolâtre; il lui livre l'arche, dont la feule vue avait coûté la vie à

nouveau; la vie civile, les lois, la manière de faire la guerre, les cérémonies de la religion, tout eft abfolument différent. Il n'y a même qu'à ouvrir *Homère* et le premier livre d'*Hérodote*, pour fe convaincre que nous n'avons aucune reffemblance avec les peuples de la haute antiquité, et que nous devons nous défier de notre jugement quand nous cherchons à comparer leurs mœurs avec les nôtres.

La nature même n'était pas ce qu'elle eft aujourd'hui. Les magiciens avaient fur elle un pouvoir qu'ils n'ont plus : ils enchantaient les ferpens, ils évoquaient les morts, &c. DIEU envoyait des fonges, et les hommes les expliquaient. Le don de prophétie était commun. On voyait des métamorphofes, telles que celles de *Nabuchodonofor* changé en bœuf, de la femme de *Loth* en ftatue de fel, de cinq villes en un lac bitumineux.

Il y avait des efpèces d'hommes qui n'exiftent plus. La race des géans *Rephaïm*, *Emim*, *Néphilim*, *Enacim* a difparu. St *Auguftin*, au livre V de *la cité de* DIEU, dit avoir vu la dent d'un ancien géant groffe comme cent de nos molaires. *Ezéchiel* parle des pygmées *Gamadim*, hauts d'une coudée, qui combattaient au fiége de Tyr : et en prefque tout cela les auteurs facrés font d'accord avec les profanes. Les maladies et les remèdes n'étaient point les mêmes que de nos jours : les poffédés étaient guéris avec la racine nommée *Barad* enchaffée dans un anneau qu'on leur mettait fous le nez.

Enfin tout cet ancien monde était fi différent du nôtre, qu'on ne peut en tirer aucune règle de conduite ; et fi dans cette antiquité reculée les hommes s'étaient perfécutés et opprimés tour à tour au fujet de leur culte, on ne devrait pas imiter cette cruauté fous la loi de grâce.

(c) *Jérém.* chap XXVII, v. 6.
(d) *Ibid.* chap. XVIII, v. 19.

cinquante mille foixante et dix juifs; il lui livre le
faint des faints, et le refte du temple qui avait coûté
à bâtir cent huit mille talens d'or, un million dix-
fept mille talens en argent, et dix mille drachmes
d'or, laiffés par *David* et fes officiers pour la conf-
truction de la maifon du Seigneur ; ce qui , fans
compter les deniers employés par *Salomon* , monte
à la fomme de dix-neuf milliars foixante-deux
millions, ou environ, au cours de ce jour. Jamais
idolâtrie ne fut plus récompenfée. Je fais que ce
compte eft exagéré , qu'il y a probablement erreur
de copifte ; mais réduifez la fomme à la moitié ,
au quart, au huitième même , elle vous étonnera
encore. On n'eft guère moins furpris des richeffes
qu'*Hérodote* dit avoir vues dans le temple d'Ephèfe.
Enfin , les tréfors ne font rien aux yeux de DIEU ;
et le nom de fon ferviteur, donné à *Nabuchodonofor*,
eft le vrai tréfor ineftimable.

(*e*) DIEU ne favorife pas moins le *Kir*, ou *Koresh*,
ou *Kofroës* , que nous appelons *Cyrus* ; il l'appelle
fon Chrift, *fon Oint*, quoiqu'il ne fût pas oint, felon
la fignification commune de ce mot , et qu'il fuivît
la religion de *Zoroaftre;* il l'appelle fon *Pafteur*, quoiqu'il fût ufurpateur aux yeux des hommes : il n'y
a pas dans toute la fainte écriture une plus grande
marque de prédilection.

Vous voyez dans *Malachie* que *du levant au couchant
le nom de* DIEU *eft grand dans les nations, et qu'on lui
offre par-tout des oblations pures.* DIEU a foin des
Ninivites idolâtres comme des Juifs; il les menace,
et il leur pardonne. *Melchifédec*, qui n'était point juif,

(*e*) *Ifaïe*, chap. XLIV et XLV.

était facrificateur de D I E U. *Baláam* idolâtre était
prophète. L'Ecriture nous apprend donc que non-
feulement D I E U tolérait tous les autres peuples ,
mais qu'il en avait un foin paternel : et nous ofons
être intolérans !

Extrême tolérance des Juifs.

A I N S I donc fous *Moïfe*, fous les juges, fous les
rois, vous voyez toujours des exemples de tolérance.
Il y a bien plus : (ƒ) *Moïfe* dit plufieurs fois *que* D I E U
*punit les pères dans les enfans, jufqu'à la quatrième géné-
ration :* cette menace était nécef̄faire à un peuple à
qui D I E U n'avait révélé ni l'immortalité de l'ame,
ni les peines et les récompenfes dans une autre vie.
Ces vérités ne lui furent annoncées, ni dans le
Décalogue, ni dans aucune loi du Lévitique et du
Deutéronome. C'étaient les dogmes des Perfes, des
Babyloniens, des Egyptiens, des Grecs, des Crétois;
mais ils ne conf̄tituaient nullement la religion des
Juifs. *Moïfe* ne dit point, *honore ton père et ta mère fi
tu veux aller au ciel;* mais, (g) *honore ton père et ta
mère, afin de vivre long-temps fur la terre :* il ne les
menace que de maux corporels, de la gale sèche,
de la gale purulente, d'ulcères malins dans les
genoux et dans les gras des jambes, d'être expofés
aux infidélités de leurs femmes, d'emprunter à ufure
des étrangers, et de ne pouvoir prêter à ufure; de
périr de famine, et d'être obligés de manger leurs
enfans : mais en aucun lieu il ne leur dit, que leurs
ames immortelles fubiront des tourmens après la

(ƒ) Exode, chap. XX, v. 5. (g) Deutér. chap. XXVIII.

mort, ou goûteront des félicités. DIEU, qui con-
duisait lui-même son peuple, le punissait ou le
récompensait immédiatement après ses bonnes ou
ses mauvaises actions. Tout était temporel; et c'est
une vérité dont *Warburton* abuse pour prouver que
la loi des Juifs était divine; (h) parce que DIEU
même étant leur roi, rendant justice immédiatement

(h) Il n'y a qu'un seul passage dans les lois de *Moïse*, d'où l'on pût
conclure qu'il était instruit de l'opinion régnante chez les Egyptiens, que
l'ame ne meurt point avec le corps; ce passage est très-important, c'est
dans le chap. XVIII du Deutéronome : *Ne consultez point les devins qui
prédisent par l'inspection des nuées, qui enchantent les serpens, qui consultent
l'esprit de Python, les voyans, les connaisseurs qui interrogent les morts, et
leur demandent la vérité.*

Il paraît par ce passage, que si l'on évoquait les ames des morts, ce sortilége prétendu supposait la permanence des ames. Il se peut aussi que les
magiciens dont parle *Moïse*, n'étant que des trompeurs grossiers, n'eussent
pas une idée distincte du sortilége qu'ils croyaient opérer. Ils sesaient
accroire qu'ils forçaient des morts à parler, qu'ils les remettaient par leur
magie dans l'état où ces corps avaient été de leur vivant; sans examiner
seulement si l'on pouvait inférer ou non de leurs opérations ridicules le
dogme de l'immortalité de l'ame. Les sorciers n'ont jamais été philosophes,
ils ont été toujours des jongleurs stupides, qui jouaient devant des
imbéciles.

On peut remarquer encore qu'il est bien étrange que le mot de *Python* se
trouve dans le Deutéronome, long-temps avant que ce mot grec pût être
connu des Hébreux : aussi le terme *Python* n'est point dans l'hébreu, dont
nous n'avons aucune traduction exacte.

Cette langue a des difficultés insurmontables : c'est un mélange de phé-
nicien, d'égyptien, de syrien et d'arabe : et cet ancien mélange est très-
altéré aujourd'hui. L'hébreu n'eut jamais que deux modes aux verbes, le
présent et le futur : il faut deviner les autres modes par le sens. Les voyelles
différentes étaient souvent exprimées par les mêmes caractères; ou plutôt
ils n'exprimaient pas les voyelles; et les inventeurs des points n'ont fait
qu'augmenter la difficulté. Chaque adverbe a vingt significations différentes.
Le même mot est pris en des sens contraires.

Ajoutez à cet embarras la sécheresse et la pauvreté du langage : les juifs
privés des arts ne pouvaient exprimer ce qu'ils ignoraient. En un mot,
l'hébreu est au grec ce que le langage d'un paysan est à celui d'un académicien.

après la transgreſſion ou l'obéiſſance, n'avait pas
beſoin de leur révéler une doctrine qu'il réſervait
au temps où il ne gouvernerait plus ſon peuple. Ceux
qui, par ignorance, prétendent que *Moïſe* enſeignait
l'immortalité de l'ame, ôtent au nouveau teſtament
un de ſes plus grands avantages ſur l'ancien. Il eſt
conſtant, que la loi de *Moïſe* n'annonçait que des
châtimens temporels, juſqu'à la quatrième génération. Cependant malgré l'énoncé précis de cette loi,
malgré cette déclaration expreſſe de DIEU, qu'il
punirait juſqu'à la quatrième génération, *Ezéchiel*
annonce tout le contraire aux Juifs, et leur dit, (*i*)
que le fils ne portera point l'iniquité de ſon père:
il va même juſqu'à faire dire à DIEU, qu'il leur avait
donné (*k*) *des préceptes qui n'étaient pas bons.* (*l*)

Le livre d'*Ezéchiel* n'en fut pas moins inſéré dans
le canon des auteurs inſpirés de DIEU: il eſt vrai
que la ſynagogue n'en permettait pas la lecture avant
l'âge de trente ans, comme nous l'apprend St *Jérôme;*
mais c'était de peur que la jeuneſſe n'abusât des

(*i*) *Ezéch.* chap. XVIII, v. 20.

(*k*) *Ibid.* chap. XX, v. 25.

(*l*) Le ſentiment d'*Ezéchiel* prévalut enfin dans la ſynagogue ; mais il
y eut des juifs qui, en croyant aux peines éternelles, croyaient auſſi que
DIEU pourſuivait ſur les enfans les iniquités des pères : aujourd'hui ils
ſont punis par delà la cinquantième génération, et ont encore les peines
éternelles à craindre. On demande comment les deſcendans des Juifs qui
n'étaient pas complices de la mort de JESUS-CHRIST, ceux qui étant
dans Jéruſalem n'y eurent aucune part, et ceux qui étaient répandus ſur
le reſte de la terre, peuvent être temporellement punis dans leurs enfans,
auſſi innocens que leurs pères ? Cette punition temporelle, ou plutôt cette
manière d'exiſter différente des autres peuples, et de faire le commerce ſans
avoir de patrie, peut n'être point regardée comme un châtiment en com-
paraiſon des peines éternelles qu'ils s'attirent par leur incrédulité, et qu'ils
peuvent éviter par une converſion ſincère.

peintures trop naïves qu'on trouve dans les chapitres XVI et XXIII du libertinage des deux sœurs *Oolla* et *Ooliba*. En un mot, son livre fut toujours reçu, malgré sa contradiction formelle avec *Moïse*.

Enfin, (*m*) lorfque l'immortalité de l'ame fut un

(*m*) Ceux qui ont voulu trouver dans le Pentateuque la doctrine de l'enfer et du paradis, tels que nous les concevons, fe font étrangement abufés : leur erreur n'eft fondée que fur une vaine difpute de mots ; la Vulgate ayant traduit le mot hébreu *Sheol*, la foffe, par *infernum*, et le mot latin *infernum* ayant été traduit en français par *enfer*, on s'eft fervi de cette équivoque pour faire croire que les anciens Hébreux avaient la notion de l'*Ades* et du *Tartare* des Grecs, que les autres nations avaient connus auparavant fous d'autres noms.

Il eft rapporté au chapitre XVI des Nombres, que la terre ouvrit fa bouche fous les tentes de *Coré*, de *Dathan* et d'*Abiron*, qu'elle les dévora avec leurs tentes et leur fubftance, et qu'ils furent précipités vivans dans la fépulture, dans le fouterrain ; il n'eft certainement queftion dans cet endroit, ni des ames de ces trois hébreux, ni des tourmens de l'enfer, ni d'une punition éternelle.

Il eft étrange que dans le *Dictionnaire encyclopédique* au mot *Enfer*, on dife que les anciens Hébreux *en ont reconnu la réalité ;* fi cela était, ce ferait une contradiction infoutenable dans le Pentateuque. Comment fe pourrait-il faire que *Moïfe* eût parlé dans un paffage ifolé et unique, des peines après la mort, et qu'il n'en eût point parlé dans fes lois ? On cite le XXXIIe chapitre du Deutéronome, mais on le tronque ; le voici entier : *Ils m'ont provoqué en celui qui n'était pas Dieu, et ils m'ont irrité dans leur vanité ; et moi je les provoquerai dans celui qui n'eft pas peuple, et je les irriterai dans la nation infenfée. Et il s'eft allumé un feu dans ma fureur, et il brûlera jufqu'au fond de la terre ; il dévorera la terre jufqu'à fon germe, et il brûlera les fondemens des montagnes ; et j'affemblerai fur eux les maux, et je remplirai mes flèches fur eux ; ils feront confumés par la faim, les oifeaux les dévoreront par des morfures amères ; je lâcherai fur eux les dents des bêtes qui fe traînent avec fureur fur la terre, et des ferpens.*

Y a-t-il le moindre rapport entre ces expreffions et l'idée des punitions infernales, telles que nous le concevons ? Il femble plutôt que ces paroles n'aient été rapportées que pour faire voir évidemment que notre enfer était ignoré des anciens Juifs.

L'auteur de cet article cite encore le paffage de *Job*, au chap. XXIV. *L'œil de l'adultère obferve l'obfcurité, difant, l'œil ne me verra point, et il couvrira fon vifage ; il perce les maifons dans les ténèbres comme il l'avait dit*

dogme reçu, ce qui probablement avait commencé dès le temps de la captivité de Babylone, la fecte des

dans le jour, et ils ont ignoré la lumière : fi l'aurore apparaît fubitement, ils la croient l'ombre de la mort, et ainfi ils marchent dans les ténèbres comme dans la lumière : il eft léger fur la furface de l'eau ; que fa part foit maudite fur la terre, qu'il ne marche point par la voie de la vigne, qu'il paffe des eaux de neige à une trop grande chaleur : et ils ont péché le tombeau, ou bien, le tombeau a diffipé ceux qui péchent, ou bien (felon les Septante) leur péché a été rappelé en mémoire.

Je cite les paffages entiers, et littéralement, fans quoi il eft toujours impoffible de s'en former une idée vraie.

Y a-t-il là, je vous prie, le moindre mot dont on puiffe conclure que *Moïfe* avait enfeigné aux Juifs la doctrine claire et fimple des peines et des récompenfes après la mort ?

Le livre de *Job* n'a nul rapport avec les lois de *Moïfe*. De plus, il eft très-vraifemblable que *Job* n'était point juif ; c'eft l'opinion de St *Jérôme* dans fes queftions hébraïques fur la Genèfe. Le mot *Sathan*, qui eft dans *Job*, n'était point connu des Juifs, et vous ne le trouvez jamais dans le Pentateuque. Les Juifs n'apprirent ce nom que dans la Chaldée, ainfi que les noms de *Gabriel* et de *Raphaël*, inconnus avant leur efclavage à Babylone. *Job* eft donc cité ici très-mal à propos.

On rapporte encore le chapitre dernier d'*Ifaïe* : *Et de mois en mois, de fabbat en fabbat, toute chair viendra m'adorer, dit le Seigneur, et ils fortiront, et ils verront à la voierie les cadavres de ceux qui ont prévariqué ; leur ver ne mourra point, leur feu ne s'éteindra point, et ils feront expofés aux yeux de toute chair jufqu'à fatiété.*

Certainement s'ils font jetés à la voierie, s'ils font expofés à la vue des paffans jufqu'à fatiété, s'ils font mangés des vers, cela ne veut pas dire que *Moïfe* enfeigna aux Juifs le dogme de l'immortalité de l'ame ; et ces mots : *Le feu ne s'éteindra point*, ne fignifient pas que des cadavres qui font expofés à la vue du peuple fubiffent les peines éternelles de l'enfer.

Comment peut-on citer un paffage d'*Ifaïe* pour prouver que les Juifs du temps de *Moïfe* avaient reçu le dogme de l'immortalité de l'ame ? *Ifaïe* prophétifait, felon la computation hébraïque, l'an du monde 3380. *Moïfe* vivait vers l'an du monde 2500 ; il s'eft écoulé huit fiècles entre l'un et l'autre. C'eft une infulte au fens commun, ou une pure plaifanterie, que d'abufer ainfi de la permiffion de citer, et de prétendre prouver qu'un auteur a eu une telle opinion, par un paffage d'un auteur venu huit cents ans après, et qui n'a point parlé de cette opinion. Il eft indubitable que l'immortalité de l'ame, les peines et les récompenfes après la mort, font annoncées, reconnues, conftatées dans le nouveau teftament, et il eft

faducéens

faducéens perfifta toujours à croire qu'il n'y avait
ni peines ni récompenfes après la mort , et que la

indubitable qu'elles ne fe trouvent en aucun endroit du Pentateuque ; et
c'eft ce que le grand *Arnaud* dit nettement , et avec force, dans fon apologie
de Port-Royal.

Les Juifs , en croyant depuis l'immortalité de l'ame, ne furent point
éclairés fur fa fpiritualité ; ils penfèrent, comme prefque toutes les autres
nations , que l'ame eft quelque chofe de délié , d'aérien , une fubftance
légère, qui retenait quelque apparence du corps qu'elle avait animé ; c'eft
ce qu'on appelait les *ombres* , les *manes des corps.* Cette opinion fut celle
de plufieurs pères de l'Eglife. *Tertullien* , dans fon chap. XXII *de l'ame* ,
s'exprime ainfi : *Definimus animam Dei flatu natam , immortalem , corporalem,
effigiatam , fubftantiâ fimplicem ;* » Nous définiffons l'ame née du fouffle de
» DIEU , immortelle , corporelle , figurée , fimple dans fa fubftance. »

Saint *Irénée* dit , dans fon livre II , chap. XXXIV. *Incorporales funt
animæ quantùm ad comparationem mortalium corporum.* » Les ames font
» incorporelles en comparaifon des corps mortels. » Il ajoute que J E S U S-
» C H R I S T a enfeigné que les ames confervent les images du corps ; »
Caràcterem corporum in quo adoptantur , &c. On ne voit pas que J E S U S-
C H R I S T ait jamais enfeigné cette doctrine , et il eft difficile de deviner le
fens de faint *Irénée.*

. Saint *Hilaire* eft plus formel et plus pofitif dans fon commentaire fur
faint *Matthieu :* il attribue nettement une fubftance corporelle à l'ame :
Corpoream naturæ fuæ fubftantiam fortiuntur.

Saint *Ambroife* fur *Abraham* , liv. II , chap. VIII , prétend qu'il n'y a
rien de dégagé de la matière, fi ce n'eft la fubftance de la fainte Trinité.

On pourrait reprocher à ces hommes refpectables d'avoir une mauvaife
philofophie ; mais il eft à croire qu'au fond leur théologie était fort
faine , puifque, ne connaiffant pas la nature incompréhenfible de l'ame ,
ils l'affuraient immortelle , et la voulaient chrétienne.

Nous favons que l'ame eft fpirituelle , mais nous ne favons point du
tout ce que c'eft qu'efprit. Nous connaiffons très-imparfaitement la
matière, et il nous eft impoffible d'avoir une idée diftincte de ce qui n'eft
pas matière. Très-peu inftruits de ce qui touche nos fens , nous ne
pouvons rien connaître par nous-mêmes de ce qui eft au-delà des fens.
Nous tranfportons quelques paroles de notre langue ordinaire dans les
abymes de la métaphyfique et de la théologie, pour nous donner quelque
légère idée des chofes que nous ne pouvons ni concevoir , ni exprimer ;
nous cherchons à nous étayer de ces mots, pour foutenir, s'il fe peut,
notre faible entendement dans ces régions ignorées.

Ainfi nous nous fervons du mot *efprit*, qui répond à *fouffle* et *vent* ,

faculté de fentir et de penfer périffait avec nous, comme la force active, le pouvoir de marcher et de digérer. Ils niaient l'exiftence des anges. Ils différaient beaucoup plus des autres juifs, que les proteftans ne diffèrent des catholiques ; ils n'en demeurèrent pas moins dans la communion de leurs frères : on vit même des grands-prêtres de leur fecte.

Les pharifiens croyaient à la fatalité (*n*) et à la

pour exprimer quelque chofe qui n'eft pas matière ; et ce mot *fouffle*, *vent*, *efprit*, nous ramenant malgré nous à l'idée d'une fubftance déliée et légère, nous en retranchons encore ce que nous pouvons, pour parvenir à concevoir la fpiritualité pure ; mais nous ne parvenons jamais à une notion diftincte : nous ne favons même ce que nous difons quand nous prononçons le mot *fubftance* ; il veut dire, à la lettre, ce qui eft deffous ; et par cela même il nous avertit qu'il eft incompréhenfible : car qu'eft-ce en effet que ce qui eft deffous ? La connaiffance des fecrets de DIEU n'eft pas le partage de cette vie. Plongés ici dans les ténèbres profondes, nous nous battons les uns contre les autres, et nous frappons au hafard au milieu de cette nuit, fans favoir précifément pourquoi nous combattons.

Si l'on veut bien réfléchir attentivement fur tout cela, il n'y a point d'homme raifonnable qui ne conclue que nous devons avoir de l'indulgence pour les opinions des autres, et en mériter.

Toutes ces remarques ne font point étrangères au fond de la queftion, qui confifte à favoir fi les hommes doivent fe tolérer : car fi elles prouvent combien on s'eft trompé de part et d'autre dans tous les temps, elles prouvent auffi que les hommes ont dû dans tous les temps fe traiter avec indulgence.

(*n*) Le dogme de la fatalité eft ancien et univerfel : vous le trouvez toujours dans *Homère*. *Jupiter* voudrait fauver la vie à fon fils *Sarpedon* ; mais le deftin l'a condamné à la mort ; *Jupiter* ne peut qu'obéir. Le deftin était chez les philofophes ou l'enchaînement néceffaire des caufes et des effets néceffairement produits par la nature, ou ce même enchaînement ordonné par la Providence ; ce qui eft bien plus raifonnable. Tout le fyftême de la fatalité eft contenu dans ce vers d'*Annœus Séneque* :

Ducunt volentem fata, nolentem trahunt.

On eft toujours convenu que DIEU gouvernait l'univers par des lois éternelles, univerfelles, immuables : cette vérité fut la fource de toutes ces difputes inintelligibles fur la liberté, parce qu'on n'a jamais défini la

métempſycoſe. (*o*) Les eſſéniens penſaient que les ames des juſtes allaient dans les îles fortunées, (*p*) et celles des méchans dans une eſpèce de Tartare. Ils ne feſaient point de ſacrifices ; ils s'aſſemblaient entre eux dans une ſynagogue particulière. En un mot, ſi l'on veut examiner de près le judaïſme, on fera étonné de trouver la plus grande tolérance au milieu des horreurs les plus barbares. C'eſt une

liberté, juſqu'à ce que le ſage *Locke* ſoit venu : il a prouvé que la liberté eſt le pouvoir d'agir. Dieu donne ce pouvoir ; et l'homme agiſſant librement ſelon les ordres éternels de Dieu, eſt une des roues de la grande machine du monde. Toute l'antiquité diſputa ſur la liberté ; mais perſonne ne perſécuta ſur ce ſujet juſqu'à nos jours. Qu'elle horreur abſurde d'avoir empriſonné, exilé pour cette diſpute un *Arnaud*, un *Sacy*, un *Nicole*, et tant d'autres qui ont été la lumière de la France !

(*o*) Le roman théologique de la métempſycoſe vient de l'Inde, dont nous avons reçu beaucoup plus de fables qu'on ne croit communément. Ce dogme eſt expliqué dans l'admirable quinzième livre des *Métamorphoſes d'Ovide*. Il a été reçu preſque dans toute la terre ; il a été toujours combattu ; mais nous ne voyons point qu'aucun prêtre de l'antiquité ait jamais fait donner une lettre de cachet à un diſciple de *Pythagore*.

(*p*) Ni les anciens Juifs, ni les Egyptiens, ni les Grecs leurs contemporains, ne croyaient que l'ame de l'homme allât dans le ciel après ſa mort. Les Juifs penſaient que la lune et le ſoleil étaient à quelques lieues au-deſſus de nous dans le même cercle, et que le firmament était une voute épaiſſe et ſolide, qui ſoutenait le poids des eaux, leſquelles s'échappaient par quelques ouvertures. Le palais des dieux, chez les anciens Grecs, était ſur le mont Olympe. La demeure des héros après la mort était du temps d'*Homère*, dans une île au-delà de l'Océan, et c'était l'opinion des eſſéniens.

Depuis *Homère*, on aſſigna des planètes aux dieux ; mais il n'y avait pas plus de raiſon aux hommes de placer un dieu dans la lune, qu'aux habitans de la lune de mettre un dieu dans la planète de la terre. *Junon* et *Iris* n'eurent d'autre palais que les nuées ; il n'y avait pas là où repoſer ſon pied. Chez les ſabéens chaque dieu eut ſon étoile ; mais une étoile étant un ſoleil ; il n'y a pas moyen d'habiter là, à moins d'être de la nature du feu. C'eſt donc une queſtion fort inutile de demander ce que les anciens penſaient du ciel ; la meilleure réponſe eſt qu'ils n'y penſaient pas.

contradiction, il eſt vrai ; preſque tous les peuples
ſe ſont gouvernés par des contradictions. Heureuſe
celle qui amène des mœurs douces, quand on a
des lois de ſang !

Si l'intolérance a été enſeignée par JESUS-CHRIST.

VOYONS maintenant ſi JESUS-CHRIST a établi
des lois ſanguinaires, s'il a ordonné l'intolérance,
s'il fit bâtir les cachots de l'inquiſition, s'il inſtitua
les bourreaux des *auto-da-fé*.

Il n'y a, ſi je ne me trompe, que peu de paſſages
dans les évangiles, dont l'eſprit perſécuteur ait pu
inférer que l'intolérance, la contrainte, ſont légitimes ;
l'un eſt la parabole dans laquelle le royaume des
cieux eſt comparé à un roi qui invite des convives
aux noces de ſon fils ; ce monarque leur fait dire par
ſes ſerviteurs : (q) *J'ai tué mes bœufs et mes volailles,*
tout eſt prêt, venez aux noces. Les uns, ſans ſe ſoucier
de l'invitation, vont à leurs maiſons de campagne,
les autres à leur négoce, d'autres outragent les
domeſtiques du roi, et les tuent. Le roi fait marcher
ſes armées contre ces meurtriers, et détruit leur
ville : il envoie ſur les grands chemins convier au
feſtin tous ceux qu'on trouve ; un d'eux s'étant mis
à table ſans avoir mis la robe nuptiale, eſt chargé
de fers, et jeté dans les ténèbres extérieures.

Il eſt clair que cette allégorie ne regardant que le
royaume des cieux, nul homme aſſurément ne doit
en prendre le droit de garrotter, ou de mettre au

(q) Sᵗ *Matthieu*, chap. XXII.

cachot fon voifin qui ferait venu fouper chez lui
fans avoir un habit de noces convenable ; et je ne
connais dans l'hiftoire aucun prince qui ait fait
pendre un courtifan pour un pareil fujet : il n'eft
pas non plus à craindre que, quand l'empereur ayant
tué fes volailles enverra des pages à des princes
de l'Empire pour les prier à fouper, ces princes
tuent ces pages. L'invitation au feftin fignifie la
prédication du falut ; le meurtre des envoyés du
prince figure la perfécution contre ceux qui prêchent
la fageffe et la vertu.

L'autre (r) parabole eft celle d'un particulier qui
invite fes amis à un grand fouper ; et lorfqu'il eft
près de fe mettre à table, il envoie fon domeftique
les avertir. L'un s'excufe fur ce qu'il a acheté une
terre, et qu'il va la vifiter ; cette excufe ne paraît
pas valable, ce n'eft pas pendant la nuit qu'on va
voir fa terre. Un autre dit qu'il a acheté cinq paires
de bœufs, et qu'il les doit éprouver ; il a le même
tort que l'autre ; on n'effaye pas des bœufs à l'heure
du fouper. Un troifième répond qu'il vient de fe
marier, et affurément fon excufe eft très-recevable.
Le père de famille, en colère, fait venir à fon feftin
les aveugles et les boiteux ; et en voyant qu'il refte
encore des places vides, il dit à fon valet : *Allez
dans les grands chemins et le long des haies, et contraignez
les gens d'entrer.*

Il eft vrai qu'il n'eft pas dit expreffément que
cette parabole foit une figure du royaume des cieux.
On n'a que trop abufé de ces paroles : *Contrains-les
d'entrer ;* mais il eft vifible qu'un feul valet ne peut

(r) St *Luc*, chap. XIV.

K 3

contraindre par la force tous les gens qu'il rencontre à venir souper chez son maître ; et d'ailleurs, des convives ainsi forcés ne rendraient pas le repas fort agréable. *Contrains-les d'entrer* ne veut dire autre chose, selon les commentateurs les plus accrédités, sinon : Priez, conjurez, pressez, obtenez. Quel rapport, je vous prie, de cette prière et de ce souper à la persécution ?

Si on prend les choses à la lettre, faudra-t-il être aveugle, boiteux, et conduit par force pour être dans le sein de l'Eglise ? JESUS dit dans la même parabole : *Ne donnez à dîner ni à vos amis ni à vos parens riches* : en a-t-on jamais inféré qu'on ne dût point en effet dîner avec ses parens et ses amis, dès qu'ils ont un peu de fortune ?

JESUS-CHRIST, après la parabole du festin, dit : (*s*) *Si quelqu'un vient à moi, et ne hait pas son père, sa mère, ses frères, ses sœurs, et même sa propre ame, il ne peut être mon disciple, &c.* Car qui est celui d'entre vous qui, voulant bâtir une tour, ne suppute pas auparavant la dépense ? Y a-t-il quelqu'un dans le monde assez dénaturé pour conclure qu'il faut haïr son père et sa mère ? et ne comprend-on pas aisément que ces paroles signifient : Ne balancez pas entre moi et vos plus chères affections ?

On cite le passage de St *Matthieu* : (*t*) *Qui n'écoute point l'Eglise, soit comme un païen et comme un receveur de la douane.* Cela ne dit pas absolument qu'on doive persécuter les païens et les fermiers des droits du roi ; ils sont maudits, il est vrai, mais ils ne sont

(*s*) St *Luc*, chap. XIV, v. 26 et suiv.
(*t*) St *Matthieu*, chap. VIII, v. 17.

point livrés au bras féculier. Loin d'ôter à ces fermiers aucune prérogative de citoyen, on leur a donné les plus grands priviléges ; c'eſt la ſeule profeſſion qui ſoit condamnée dans l'Ecriture, et c'eſt la plus favoriſée par les gouvernemens. Pourquoi donc n'aurions-nous pas pour nos frères errans autant d'indulgence que nous prodiguons de conſidération à nos frères les traitans ?

Un autre paſſage, dont on a fait un abus groſſier, eſt celui de Sᵗ *Matthieu* et de Sᵗ *Marc*, où il eſt dit que JESUS ayant faim le matin, approcha d'un figuier où il ne trouva que des feuilles, car ce n'était pas le temps des figues : il maudit le figuier qui ſe ſécha auſſitôt.

On donne pluſieurs explications différentes de ce miracle ; mais y en a-t-il une ſeule qui puiſſe autoriſer la perſécution ? Un figuier n'a pu donner des figues vers le commencement de mars, on l'a ſéché : eſt-ce une raiſon pour faire ſécher nos frères de douleur dans tous les temps de l'année ? Reſpectons dans l'Ecriture tout ce qui peut faire naître des difficultés dans nos eſprits curieux et vains, mais n'en abuſons pas pour être durs et implacables.

L'eſprit perſécuteur, qui abuſe de tout, cherche encore ſa juſtification dans l'expulſion des marchands chaſſés du temple, et dans la légion de démons envoyée du corps d'un poſſédé dans le corps de deux mille animaux immondes. Mais qui ne voit que ces deux exemples ne font autre choſe qu'une juſtice que DIEU daigne faire lui-même d'une contravention à la loi ? C'était manquer de reſpect à la maiſon du Seigneur que de changer ſon parvis en

K 4

une boutique de marchands. En vain le fanhédrin et les prêtres permettaient ce négoce pour la commodité des facrifices; le Dieu auquel on facrifiait pouvait, fans doute, quoique caché fous la figure humaine, détruire cette profanation : il pouvait de même punir ceux qui introduifaient dans le pays des troupeaux entiers, défendus par une loi dont il daignait lui-même être l'obfervateur. Ces exemples n'ont pas le moindre rapport aux perfécutions fur le dogme. Il faut que l'efprit d'intolérance foit appuyé fur de bien mauvaifes raifons, puifqu'il cherche par-tout les plus vains prétextes.

Prefque tout le refte des paroles et des actions de JESUS-CHRIST prêche la douceur, la patience, l'indulgence. C'eft le père de famille qui reçoit l'enfant prodigue ; c'eft l'ouvrier qui vient à la dernière heure, et qui eft payé comme les autres ; c'eft le famaritain charitable : lui-même juftifie fes difciples de ne pas jeûner ; il pardonne à la pécherefîe ; il fe contente de recommander la fidélité à la femme adultère : il daigne même condefcendre à l'innocente joie des convives de Cana, qui étant déjà échauffés de vin en demandent encore, il veut bien faire un miracle en leur faveur, il change pour eux l'eau en vin.

Il n'éclate pas même contre *Judas* qui doit le trahir ; il ordonne à *Pierre* de ne fe jamais fervir de l'épée ; il réprimande les enfans de *Zébédée*, qui, à l'exemple d'*Elie*, voulaient faire defcendre le feu du ciel fur une ville qui n'avait pas voulu le loger.

Enfin il meurt victime de l'envie. Si l'on ofe comparer le facré avec le profane, et un DIEU avec un homme, fa mort, humainement parlant, a beaucoup de rapport avec celle de *Socrate*. Le philofophe grec périt par la haine des fophiftes, des prêtres et des premiers du peuple : le légiflateur des chrétiens fuccomba fous la haine des fcribes, des pharifiens et des prêtres. *Socrate* pouvait éviter la mort, et il ne le voulut pas : JESUS-CHRIST s'offrit volontairement. Le philofophe grec pardonna non-feulement à fes calomniateurs et à fes juges iniques ; mais il les pria de traiter un jour fes enfans comme lui-même, s'ils étaient affez heureux pour mériter leur haine comme lui : le légiflateur des chrétiens, infiniment fupérieur, pria fon père de pardonner à fes ennemis.

Si JESUS-CHRIST fembla craindre la mort, fi l'angoiffe qu'il reffentit fut fi extrême qu'il en eut une fueur mêlée de fang, ce qui eft le fymptôme le plus violent et le plus rare, c'eft qu'il daigna s'abaiffer à toute la faibleffe du corps humain qu'il avait revêtu. Son corps tremblait, et fon ame était inébranlable ; il nous apprenait que la vraie force, la vraie grandeur, confiftent à fupporter des maux fous lefquels notre nature fuccombe. Il y a un extrême courage à courir à la mort en la redoutant.

Socrate avait traité les fophiftes d'ignorans, et les avait convaincus de mauvaife foi : JESUS ufant de fes droits divins, traita les fcribes (*u*) et les pharifiens d'hypocrites, d'infenfés, d'aveugles, de méchans, de ferpens, de race de vipère.

Socrate ne fut point accufé de vouloir fonder une fecte nouvelle : on n'accufa point JESUS-CHRIST

(*u*) St *Matthieu*, chap. XXIII.

d'en avoir voulu introduire une. (*x*) Il eſt dit que les princes des prêtres, et tout le conſeil, cherchaient un faux témoignage contre JESUS pour le faire périr.

Or, s'ils cherchaient un faux témoignage, ils ne lui reprochaient donc pas d'avoir prêché publiquement contre la loi. Il fut en effet ſoumis à la loi de *Moïſe* depuis ſon enfance juſqu'à ſa mort : on le circoncit, le huitième jour, comme tous les autres enfans. S'il fut depuis baptiſé dans le Jourdain, c'était une cérémonie conſacrée chez les Juifs, comme chez tous les peuples de l'Orient. Toutes les ſouillures légales ſe nettoyaient par le baptême ; c'eſt ainſi qu'on conſacrait les prêtres : on ſe plongeait dans l'eau à la fête de l'expiation ſolennelle, on baptiſait les proſélites.

JESUS obſerva tous les points de la loi : il fêta tous les jours de ſabbat ; il s'abſtint des viandes défendues ; il célébra toutes les fêtes, et même avant ſa mort il avait célébré la pâque ; on ne l'accuſa ni d'aucune opinion nouvelle, ni d'avoir obſervé aucun rite étranger. Né iſraélite, il vécut conſtamment en iſraélite.

Deux témoins qui ſe préſentèrent, l'accuſèrent d'avoir dit (*y*) qu'*il pourrait détruire le temple et le rebâtir en trois jours.* Un tel diſcours était incompréhenſible pour les Juifs charnels ; mais ce n'était pas une accuſation de vouloir fonder une nouvelle ſecte.

Le grand prêtre l'interrogea, et lui dit : *Je vous commande par le* DIEU *vivant de nous dire ſi vous êtes*

(*x*) St *Matthieu*, chap. XXVI. v. 61.
(*y*) *Ibid.* chap. XXVI.

le CHRIST *fils de* DIEU. On ne nous apprend point ce que le grand prêtre entendait par *fils de* DIEU. On fe fervait quelquefois de cette expreffion pour fignifier un jufte, (2) comme on employait les mots de *fils-de Bélial* pour fignifier un méchant. Les Juifs groffiers n'avaient aucune idée du myftère facré d'un fils de DIEU, DIEU lui-même, venant fur la terre.

JESUS lui répondit : *Vous l'avez dit; mais je vous dis que vous verrez bientôt le fils de l'homme affis à la droite de la vertu de* DIEU, *venant fur les nuées du ciel.*

Cette réponfe fut regardée, par le fanhédrin irrité, comme un blafphême. Le fanhédrin n'avait plus le droit du glaive ; ils traduifirent JESUS devant le gouverneur romain de la province, et l'accusèrent calomnieufement d'être un perturbateur du repos public, qui difait qu'il ne fallait pas payer le tribut à *Céfar*, et qui de plus fe difait roi des Juifs. Il eft donc de la plus grande évidence qu'il fut accufé d'un crime d'Etat.

Le gouverneur *Pilate*, ayant appris qu'il était galiléen, le renvoya d'abord à *Hérode*, tétrarque de Galilée. *Hérode* crut qu'il était impoffible que JESUS

---

(2) Il était en effet très-difficile aux Juifs, pour ne pas dire impoffible, de comprendre fans une révélation particulière ce myftère ineffable de l'incarnation du fils de DIEU, DIEU lui-même. La Genèfe (chap. VI.) appelle *fils de* DIEU les fils des hommes puiffans : de même les grands cèdres dans les pfaumes font appelés les *cèdres de* DIEU. *Samuel* dit qu'une frayeur de DIEU tomba fur le peuple, c'eft-à-dire une grande frayeur ; un grand vent, un vent de DIEU ; la maladie de *Saül*, mélancolie de DIEU. Cependant il paraît que les Juifs entendirent à la lettre que JESUS fe dit fils de DIEU dans le fens propre ; mais s'ils regardèrent ces mots comme un blafphême, c'eft peut-être encore une preuve de l'ignorance où ils étaient du myftère de l'incarnation, et de DIEU, fils de DIEU, envoyé fur la terre pour le falut des hommes.

pût afpirer à fe faire chef de parti, et prétendre à la royauté ; il le traita avec mépris, et le renvoya à *Pilate*, qui eut l'indigne faibleffe de le condamner, pour apaifer le tumulte excité contre lui-même ; d'autant plus qu'il avait effuyé déjà une révolte des Juifs, à ce que nous apprend *Jofephe*. *Pilate* n'eut pas la même générofité qu'eut depuis le gouverneur *Feflus*.

Je demande à préfent fi c'eft la tolérance ou l'intolérance qui eft de droit divin ? Si vous voulez reffembler à JESUS-CHRIST, foyez martyrs et non pas bourreaux.

Témoignages contre l'intolérance.

C'EST une impiété d'ôter aux hommes, en matière de religion, la liberté d'empêcher qu'ils ne faffent choix d'une divinité ; aucun homme, aucun dieu, ne voudrait d'un fervice forcé. (*Apologétique*, *ch. XXIV.*)

Si on ufait de violence pour la défenfe de la foi, les évêques s'y oppoferaient. (*St Hilaire*, *liv. I.*)

La religion forcée n'eft plus religion ; il faut perfuader, et non contraindre. La religion ne fe commande point. (*Lactance*, *liv. III.*)

C'eft une exécrable héréfie de vouloir attirer par la force, par les coups, par les emprifonnemens, ceux qu'on n'a pu convaincre par la raifon. (*Saint Athanafe*, *liv. I.*)

Rien n'eft plus contraire à la religion que la contrainte. (*St Juflin martyr*, *liv. V.*)

Perfécuterons-nous ceux que DIEU tolère? dit St *Auguſtin*, avant que fa querelle avec les donatiſtes l'eût rendu trop févère.

Qu'on ne faſſe aucune violence aux Juifs. (*Quatrième concile de Tolède, cinquante-fixième canon.*)

Conſeillez, et ne forcez pas. (*Lettres de St Bernard.*)

Nous ne prétendons point détruire les erreurs par la violence. (*Diſcours du clergé de France à Louis XIII.*)

Nous avons toujours défapprouvé les voies de rigueur. (*Aſſemblée du clergé, 11 auguſte 1560.*)

Nous favons que la foi fe perfuade et ne fe commande point. (*Fléchier, évêque de Nîmes, lettre 19.*)

On ne doit pas même ufer de termes infultans. (*L'évêque du Belley, dans une inſtruction paſtorale.*)

Souvenez-vous que les maladies de l'ame ne fe guériſſent point par contrainte et par violence. (*Le cardinal le Camus, inſtruction paſtorale de 1688.*)

Accordez à tous la tolérance civile. (*Fénélon, archevêque de Cambrai, au duc de Bourgogne.*)

L'exaction forcée d'une religion eſt une preuve évidente que l'efprit qui la conduit eſt un efprit ennemi de la vérité. (*Dirois, docteur de forbonne, liv. VI, chap. IV.*)

La violence peut faire des hypocrites; on ne perfuade point quand on fait retentir par-tout les menaces. (*Tillemont, Hiſtoire eccléſiaſtique, tome VI.*)

Il nous a paru conforme à l'équité et à la droite raifon, de marcher fur les traces de l'ancienne Eglife, qui n'a point ufé de violence pour établir et étendre la religion. (*Remontrance du parlement de Paris à Henri II.*)

L'expérience nous apprend que la violence eſt plus capable d'irriter que de guérir un mal qui a ſa racine dans l'eſprit, &c. (*De Thou*, *épître dédicatoire à Henri IV.*)

La foi ne s'inſpire pas à coups d'épée. (*Cériſier, ſur les règnes de Henri IV et de Louis XIII.*)

C'eſt un zèle barbare que celui qui prétend planter la religion dans les cœurs, comme ſi la perſuaſion pouvait être l'effet de la contrainte. (*Boulainvilliers, Etat de la France.*)

Il en eſt de la religion comme de l'amour, le commandement n'y peut rien, la contrainte encore moins ; rien de plus indépendant que d'aimer et de croire. (*Amelot de la Houſſaie, ſur les lettres du cardinal d'Oſſat.*)

Si le ciel vous a aſſez aimé pour vous faire voir la vérité, il vous a fait une grande grâce ; mais eſt-ce à ceux qui ont l'héritage de leur père, de haïr ceux qui ne l'ont pas ? (*Eſprit des Lois, liv. XXV.*)

On pourrait faire un livre énorme, tout compoſé de pareils paſſages. Nos hiſtoires, nos diſcours, nos ſermons, nos ouvrages de morale, nos catéchiſmes, reſpirent tous, enſeignent tous aujourd'hui ce devoir ſacré de l'indulgence. Par quelle fatalité, par quelle inconſéquence démentirions-nous dans la pratique une théorie que nous annonçons tous les jours ? Quand nos actions démentent notre morale, c'eſt que nous croyons qu'il y a quelque avantage pour nous à faire le contraire de ce que nous enſeignons ; mais certainement il n'y a aucun avantage à perſécuter ceux qui ne ſont pas de notre avis, et à nous en faire haïr. Il y a donc, encore une fois, de l'abfurdité dans l'intolérance. Mais, dira-t-on, ceux qui ont intérêt à gêner les confciences ne font point abfurdes. C'eft à eux que s'adreffe le petit dialogue ci-après.

Dialogue entre un mourant et un homme qui fe porte bien.

UN citoyen était à l'agonie dans une ville de province ; un homme en bonne fanté vint infulter à fes derniers momens, et lui dit :

Miférable ! penfe comme moi tout à l'heure : figne cet écrit, conteffe que cinq propofitions font dans un livre, que ni moi ni toi n'avons jamais lu ; fois tout à l'heure du fentiment de *Lanfranc* contre *Bérenger*, de St *Thomas* contre St *Bonaventure* ; embraffe le fecond concile de Nicée contre le concile de Francfort ; explique-moi dans l'inftant, comment ces paroles : *Mon père eft plus grand que moi*, fignifient expreffément : *Je fuis auffi grand que lui*.

Dis-moi comment le père communique tout au fils, excepté la paternité ; ou je vais faire jeter ton corps à la voierie ; tes enfans n'hériteront point de toi, ta femme fera privée de fa dot, et ta famille mendiera du pain que mes pareils ne lui donneront pas.

LE MOURANT.

J'entends à peine ce que vous me dites ; les menaces que vous me faites parviennent confufément à mon oreille, elles troublent mon ame, elles rendent ma mort affreufe. Au nom de DIEU, ayez pitié de moi !

LE BARBARE.

De la pitié ! je n'en puis avoir, fi tu n'es pas de mon avis en tout.

LE MOURANT.

Hélas! vous fentez qu'à ces derniers momens tous mes fens font flétris, toutes les portes de mon entendement font fermées, mes idées s'enfuient, ma penfée s'éteint. Suis-je en état de difputer?

LE BARBARE.

Hé bien, fi tu ne peux pas croire ce que je veux, dis que tu le crois, et cela me fuffit.

LE MOURANT.

Comment puis-je me parjurer pour vous plaire? Je vais paraître dans un moment devant le DIEU qui punit le parjure.

LE BARBARE.

N'importe; tu auras le plaifir d'être enterré dans un cimetière, et ta femme, tes enfans, auront de quoi vivre. Meurs en hypocrite: l'hypocrifie eft une bonne chofe; c'eft, comme on dit, un hommage que le vice rend à la vertu. Un peu d'hypocrifie, mon ami, qu'eft-ce que cela coûte?

LE MOURANT.

Hélas! vous méprifez DIEU, ou vous ne le reconnaiffez pas, puifque vous me demandez un menfonge à l'article de la mort, vous qui devez bientôt recevoir votre jugement de lui, et qui répondrez de ce menfonge.

LE BARBARE.

Comment, infolent! je ne reconnais point DIEU!

LE MOURANT.

Pardon, mon frère, je crains que vous n'en connaiffiez pas. Celui que j'adore ranime en ce moment

mes

mes forces, pour vous dire d'une voix mourante, que fi vous croyez en DIEU, vous devez ufer envers moi de charité. Il m'a donné ma femme et mes enfans, ne les faites pas périr de misère. Pour mon corps, faites-en ce que vous voudrez, je vous l'abandonne; mais croyez en DIEU, je vous en conjure.

LE BARBARE.

Fais, fans raifonner, ce que je t'ai dit; je le veux, je l'ordonne.

LE MOURANT.

Et quel intérêt avez-vous à me tant tourmenter?

LE BARBARE.

Comment! quel intérêt? Si j'ai ta fignature, elle me vaudra un bon canonicat.

LE MOURANT.

Ah! mon frère! voici mon dernier moment; je meurs, je vais prier DIEU qu'il vous touche, et qu'il vous convertiffe.

LE BARBARE.

Au diable foit l'impertinent qui n'a point figné! Je vais figner pour lui, et contrefaire fon écriture. (4)

La lettre fuivante eft une confirmation de la même morale.

(4) Ce n'eft point ici une plaifanterie exagérée. A la mort de *Pafcal* on publia qu'il avait abjuré le janfénifme dans fes derniers momens, et il fut prouvé qu'il n'était mécontent des janféniftes que parce qu'ils avaient montré trop de condefcendance dans une paix paffagère avec la cour de Rome. On fuppofa depuis une rétractation de M. de *Monclar*, procureur général du parlement de Provence. On fuppofa, comme on le verra ci-deffous, une déclaration de la vieille fervante de *Calas*.

Lettre écrite au jésuite le Tellier, par un bénéficier,
le 6 mai 1774. (a)

MON REVEREND PERE,

J'obéis aux ordres que votre révérence m'a donnés de lui préfenter les moyens les plus propres de délivrer JESUS et fa compagnie de leurs ennemis. Je crois qu'il ne refte plus que cinq cents mille huguenots dans le royaume, quelques-uns difent un million, d'autres quinze cents mille; mais en quelque nombre qu'ils foient, voici mon avis, que je foumets très-humblement au vôtre, comme je le dois.

1°. Il eft aifé d'attraper en un jour tous les prédicans, et de les pendre tous à la fois dans une même place, non-feulement pour l'édification publique, mais pour la beauté du fpectacle.

2°. Je ferais affaffiner, dans leurs lits, tous les pères et mères, parce que fi on les tuait dans les rues, cela pourrait caufer quelque tumulte; plufieurs même pourraient fe fauver, ce qu'il faut éviter fur toute chofe. Cette exécution eft un corollaire néceffaire de nos principes; car, s'il faut tuer un hérétique, comme tant de grands théologiens le prouvent, il eft évident qu'il faut les tuer tous.

(a) Lorfqu'on écrivait ainfi, en 1762, l'ordre des jéfuites n'était pas aboli en France. S'ils avaient été malheureux, l'auteur les aurait affurément refpectés. Mais qu'on fe fouvienne à jamais qu'ils n'ont été perfécutés que parce qu'ils avaient été perfécuteurs; et que leur exemple faffe trembler ceux qui, étant plus intolérans que les jéfuites, voudraient opprimer un jour leurs concitoyens qui n'embrafferaient pas leurs opinions dures et abfurdes.

3₀. Je marierais le lendemain toutes les filles à de bons catholiques, attendu qu'il ne faut pas dépeupler trop l'Etat, après la dernière guerre ; mais à l'égard des garçons de quatorze et quinze ans, déjà imbus de mauvais principes, qu'on ne peut fe flatter de détruire, mon opinion eſt qu'il faut les châtrer tous, afin que cette engeance ne ſoit jamais reproduite. Pour les autres petits garçons, ils feront élevés dans vos colléges, et on les fouettera juſqu'à ce qu'ils fachent par cœur les ouvrages de *Sanchez* et de *Molina*.

4°. Je penfe, fauf correction, qu'il en faut faire autant à tous les luthériens d'Alſace, attendu que dans l'année 1704, j'aperçus deux vieilles de ce pays-là qui riaient, le jour de la bataille d'Hochſtet.

5°. L'article des janféniſtes paraîtra peut-être un peu plus embarraſſant : je les crois au nombre de fix millions, au moins ; mais un efprit tel que le vôtre ne doit pas s'en effrayer. Je comprends parmi les jan-féniſtes tous les parlemens, qui foutiennent ſi indignement les libertés de l'Egliſe gallicane. C'eſt à votre révérence de peſer, avec ſa prudence ordinaire, les moyens de vous foumettre tous ces efprits revêches. La conſpiration des poudres n'eut pas le fuccès défiré, parce qu'un des conjurés eut l'indiſcrétion de vouloir fauver la vie à fon ami : mais, comme vous n'avez point d'ami, le même inconvénient n'eſt point à craindre ; il vous fera fort aiſé de faire fauter tous les parlemens du royaume avec cette invention du moine *Schwartz*, qu'on appelle *pulvis pyrius*. Je calcule qu'il faut, l'un portant l'autre, trente-fix tonneaux de poudre pour chaque parlement ; et ainſi en multipliant douze parlemens par trente-fix tonneaux, cela ne

L 2

compofe que quatre cents trente-deux tonneaux qui, à cent écus pièce, font là fomme de cent vingt-neuf mille fix cents livres ; c'eft une bagatelle pour le révérend père général.

Les parlemens une fois fautés, vous donnerez leurs charges à vos congréganiftes, qui font parfaitement inftruits des lois du royaume.

6°. Il fera aifé d'empoifonner M. le cardinal de *Noailles*, qui eft un homme fimple, et qui ne fe défie de rien.

Votre révérence emploiera les mêmes moyens de converfion auprès de quelques évêques rénitens ; leurs évêchés feront mis entre les mains des jéfuites, moyennant un bref du pape ; alors tous les évêques étant du parti de la bonne caufe, et tous les curés étant habilement choifis par les évêques, voici ce que je confeille, fous le bon plaifir de votre révérence.

7°. Comme on dit que les janféniftes communient au moins à pâques, il ne ferait pas mal de faupoudrer les hofties, de la drogue dont on fe fervit pour faire juftice de l'empereur *Henri VII*. Quelque critique me dira peut-être qu'on rifquerait, dans cette opération, de donner auffi de la mort-aux-rats aux moliniftes ; cette objection eft forte ; mais il n'y a point de projet qui ne menace ruine par quelque endroit. Si on était arrêté par ces petites difficultés, on ne viendrait jamais à bout de rien : et d'ailleurs, comme il s'agit de procurer le plus grand bien qu'il foit poffible, il ne faut pas fe fcandalifer fi ce grand bien entraîne après lui quelques mauvaifes fuites, qui ne font de nulle confidération.

Nous n'avons rien à nous reprocher : il eſt démontré que tous les prétendus réformés, tous les janféniſtes font dévolus à l'enfer ; ainſi nous ne fefons que hâter le moment où ils doivent entrer en poſſeſſion.

Il n'eſt pas moins clair que le paradis appartient de droit aux moliniſtes ; donc, en les fefant périr par mégarde , et fans aucune mauvaife intention, nous accélérons leur joie ; nous ſommes dans l'un et l'autre cas les miniſtres de la providence.

Quant à ceux qui pourraient être un peu effarouchés du nombre, votre paternité pourra leur faire remarquer que depuis les jours floriſſans de l'Eglife juſqu'à 1707, c'eſt-à-dire, depuis environ quatorze cents ans, la théologie a procuré le maſſacre de plus de cinquante millions d'hommes ; et que je ne propofe d'en étrangler , ou égorger , ou empoifonner , qu'environ fix millions cinq cents mille.

On nous objectera peut-être encore que mon compte n'eſt pas juſte , et que je viole la règle de trois ; car, dira-t-on, fi en quatorze cents ans il n'a péri que cinquante millions d'hommes pour des diſtinctions de dilemmes et des antilemmes théologiques, cela ne fait par année que trente-cinq mille fept cents quatorze perfonnes, avec fraction, et qu'ainfi je tue fix millions foixante-quatre mille deux cents quatre-vingt-cinq perfonnes de trop , avec fraction , pour la préfente année. Mais, en vérité, cette chicane eſt bien puérile ; on peut même dire qu'elle eſt impie : car ne voit-on pas par mon procédé que je fauve la vie à tous les catholiques juſqu'à la fin du monde ? On n'aurait jamais fait , fi on voulait répondre à toutes

L 3

les critiques. Je fuis avec un profond refpect, de votre paternité,

> Le très-humble, très-dévot et très-doux *R*..... natif d'Angoulême, préfet de la congrégation.

Ce projet ne put être exécuté, parce que le père *le Tellier* y trouva quelques difficultés, et que fa paternité fut exilée l'année fuivante. Mais comme il faut examiner le pour et le contre, il eft bon de rechercher dans quels cas on pourrait légitimement fuivre en partie les vues du correfpondant du père *le Tellier*. Il paraît qu'il ferait dur d'exécuter ce projet dans tous fes points ; mais il faut voir dans quelles occafions on doit rouer, ou pendre, ou mettre aux galères les gens qui ne font pas de notre avis : c'eft l'objet de l'article fuivant.

Seuls cas où l'intolérance eft de droit humain.

Pour qu'un gouvernement ne foit pas en droit de punir les erreurs des hommes, il eft néceffaire que ces erreurs ne foient pas des crimes ; elles ne font des crimes que quand elles troublent la fociété ; elles troublent cette fociété, dès qu'elles infpirent le fanatifme ; il faut donc que les hommes commencent par n'être pas fanatiques pour mériter la tolérance.

Si quelques jeunes jéfuites, fachant que l'Eglife a les réprouvés en horreur, que les janféniftes font condamnés par une bulle, qu'ainfi les janféniftes font réprouvés, s'en vont brûler une maifon des pères de l'oratoire, parce que *Quefnel* l'oratorien était janfénifte, il eft clair qu'on fera bien obligé de punir ces jéfuites.

De même, s'ils ont débité des maximes coupables, fi leur inftitut eft contraire aux lois du royaume, on ne peut s'empêcher de diffoudre leur compagnie, et d'abolir les jéfuites pour en faire des citoyens : ce qui au fond eft un mal imaginaire, et un bien réel pour eux ; car où eft le mal de porter un habit court au lieu d'une foutane, et d'être libre au lieu d'être efclave ? On réforme à la paix des régimens entiers, qui ne fe plaignent pas : pourquoi les jéfuites pouffent-ils de fi hauts cris, quand on les réforme pour avoir la paix ?

Que les cordeliers, tranfportés d'un faint zèle pour la vierge *Marie*, aillent démolir l'églife des jacobins, qui penfent que *Marie* eft née dans le péché originel ; on fera obligé alors de traiter les cordeliers à peu-près comme les jéfuites.

On en dira autant des luthériens et des calviniftes ; ils auront beau dire : Nous fuivons les mouvemens de notre confcience, il vaut mieux obéir à DIEU qu'aux hommes, nous fommes le vrai troupeau, nous devons exterminer les loups. Il eft évident qu'alors ils font loups eux-mêmes.

Un des plus étonnans exemples de fanatifme, a été une petite fecte en Danemarck, dont le principe était le meilleur du monde. Ces gens-là voulaient procurer le falut éternel à leurs frères ; mais les conféquences de ce principe étaient fingulières. Ils favaient que tous les petits enfans qui meurent fans baptême font damnés, et que ceux qui ont le bonheur de mourir immédiatement après avoir reçu le baptême

L 4

jouiffent de la gloire éternelle : ils allaient égorgeant les garçons et les filles nouvellement baptifés, qu'ils pouvaient rencontrer ; c'était, fans doute, leur faire le plus grand bien qu'on pût leur procurer : on les préfervait à la fois du péché, des mifères de cette vie, et de l'enfer ; on les envoyait infailliblement au ciel. Mais ces gens charitables ne confidéraient pas qu'il n'eft pas permis de faire un petit mal pour un grand bien ; qu'ils n'avaient aucun droit fur la vie de ces petits enfans ; que la plupart des pères et mères font affez charnels pour aimer mieux avoir auprès d'eux leurs fils et leurs filles, que de les voir égorger pour aller en paradis, et qu'en un mot, le magiftrat doit punir l'homicide, quoiqu'il foit fait à bonne intention.

Les juifs fembleraient avoir plus de droit que perfonne de nous voler et de nous tuer. Car bien qu'il y ait cent exemples de tolérance dans l'ancien teftament, cependant il y a auffi quelques exemples et quelques lois de rigueur. DIEU leur a ordonné quelquefois de tuer les idolâtres, et de ne réferver que les filles nubiles : ils nous regardent comme idolâtres ; et, quoique nous les tolérions aujourd'hui, ils pourraient bien, s'ils étaient les maîtres, ne laiffer au monde que nos filles.

Ils feraient fur-tout dans l'obligation indifpenfable d'affaffiner tous les Turcs ; cela va fans difficulté ; car les Turcs pofsèdent le pays des Hétéens, des Jébuféens, des Amorrhéens, Jerféséens, Hévéens, Aracéens, Cinéens, Hamatéens, Samaréens : tous ces peuples furent dévoués à l'anathême ; leur pays, qui était de plus de vingt-cinq lieues de long, fut donné aux juifs par plufieurs pactes confécutifs; ils doivent rentrer dans leur bien; les mahométans en font les ufurpateurs depuis plus de mille ans.

Si les juifs raifonnaient ainfi aujourd'hui, il eft clair qu'il n'y aurait d'autre réponfe à leur faire que de les mettre aux galères.

Ce font à peu-près les feuls cas où l'intolérance paraît raifonnable.

Relation d'une difpute de controverfe à la Chine.

Dans les premières années du règne du grand empereur *Cam-hi*, un mandarin de la ville de Kanton entendit dans fa maifon un grand bruit qu'on fefait dans la maifon voifine; il s'informa fi l'on ne tuait perfonne, on lui dit que c'était l'aumônier de la compagnie danoife, un chapelain de Batavia, et un jéfuite qui difputaient; il les fit venir, leur fit fervir du thé et des confitures, et leur demanda pourquoi ils fe querellaient?

Le jéfuite lui répondit qu'il était bien douloureux pour lui, qui avait toujours raifon, d'avoir affaire à des gens qui avaient toujours tort; que d'abord il avait argumenté avec la plus grande retenue, mais qu'enfin la patience lui avait échappé.

Le mandarin leur fit fentir, avec toute la difcrétion poffible, combien la politeffe eft néceffaire dans la difpute, leur dit qu'on ne fe fâchait jamais à la Chine, et leur demanda de quoi il s'agiffait?

Le jéfuite lui répondit: Monfeigneur, je vous en fais juge; ces deux meffieurs refufent de fe foumettre aux décifions du concile de Trente.

Cela m'étonne, dit le mandarin. Puis se tournant vers les deux réfractaires : il me paraît, leur dit-il, Messieurs, que vous devriez respecter les avis d'une grande assemblée ; je ne sais pas ce que c'est que le concile de Trente, mais plusieurs personnes sont toujours plus instruites qu'une seule. Nul ne doit croire qu'il en sait plus que les autres, et que la raison n'habite que dans sa tête ; c'est ainsi que l'enseigne notre grand *Confucius ;* et si vous m'en croyez, vous ferez très-bien de vous en rapporter au concile de Trente.

Le danois prit alors la parole, et dit : Monseigneur parle avec la plus grande sagesse ; nous respectons les grandes assemblées comme nous le devons ; aussi sommes-nous entièrement de l'avis de plusieurs assemblées qui se sont tenues avant celle de Trente.

Oh ! si cela est ainsi, dit le mandarin, je vous demande pardon, vous pourriez bien avoir raison. Çà, vous êtes donc du même avis, ce hollandais et vous, contre ce pauvre jésuite ?

Point du tout, dit le hollandais ; cet homme-ci a des opinions presque aussi extravagantes que celles de ce jésuite qui fait ici le doucereux avec vous ; il n'y a pas moyen d'y tenir.

Je ne vous conçois pas, dit le mandarin ; n'êtes-vous pas tous trois chrétiens ? ne venez-vous pas tous trois enseigner le christianisme dans notre empire ? et ne devez-vous pas par conséquent avoir les mêmes dogmes ?

Vous voyez, Monseigneur, dit le jésuite : ces deux gens-ci sont ennemis mortels, et disputent tous deux contre moi ; il est donc évident qu'ils ont tous

les deux tort, et que la raison n'eſt que de mon côté.
Cela n'eſt pas ſi évident, dit le mandarin ; il ſe
pourrait faire à toute force que vous euſſiez tort tous
trois ; je ſerais curieux de vous entendre l'un après
l'autre.

Le jéſuite fit alors un aſſez long diſcours, pendant
lequel le danois et le hollandais levaient les épaules ;
le mandarin n'y comprit rien. Le danois parla à ſon
tour ; ſes deux adverſaires le regardèrent en pitié, et
le mandarin n'y comprit pas davantage. Le hollandais
eut le même ſort. Enfin ils parlèrent tous trois
enſemble, ils ſe dirent de groſſes injures. L'honnête
mandarin eut bien de la peine à mettre le holà, et
leur dit : Si vous voulez qu'on tolère ici votre
doctrine, commencez par n'être ni intolérans ni
intolérables.

Au ſortir de l'audience, le jéſuite rencontra un
miſſionnaire jacobin ; il lui apprit qu'il avait gagné ſa
cauſe, l'aſſurant que la vérité triomphait toujours.
Le jacobin lui dit : Si j'avais été là, vous ne l'auriez
pas gagnée ; je vous aurais convaincu de menſonge
et d'idolâtrie. La querelle s'échauffa ; le jacobin et le
jéſuite ſe prirent aux cheveux. Le mandarin informé
du ſcandale les envoya tous deux en priſon. Un ſous-
mandarin dit au juge : Combien de temps votre
excellence veut-elle qu'ils ſoient aux arrêts ? Juſqu'à
ce qu'ils ſoient d'accord, dit le juge. Ah ! dit le ſous-
mandarin, ils ſeront donc en priſon toute leur vie.
Hé bien, dit le juge, juſqu'à ce qu'ils ſe pardonnent.
Ils ne ſe pardonneront jamais, dit l'autre, je les
connais. Hé bien donc, dit le mandarin, juſqu'à ce
qu'ils faſſent ſemblant de ſe pardonner.

S'il est utile d'entretenir le peuple dans la superstition.

TELLE est la faiblesse du genre humain, et telle sa perversité, qu'il vaut mieux, sans doute, pour lui d'être subjugué par toutes les superstitions possibles, pourvu qu'elles ne soient point meurtrières, que de vivre sans religion. L'homme a toujours eu besoin d'un frein ; et quoiqu'il fût ridicule de sacrifier aux faunes, aux sylvains, aux naïades, il était bien plus raisonnable et plus utile d'adorer ces images fantastiques de la Divinité, que de se livrer à l'athéisme. Un athée qui serait raisonneur violent et puissant, serait un fléau aussi funeste qu'un superstitieux sanguinaire. (*)

Quand les hommes n'ont pas de notions saines de la divinité, les idées fausses y suppléent, comme dans les temps malheureux on trafique avec de la mauvaise monnaie, quand on n'en a pas de bonne. Le païen craignait de commettre un crime, de peur d'être puni par les faux dieux ; le Malabare craint d'être puni par sa pagode. Par-tout où il y a une société établie, une religion est nécessaire ; les lois veillent sur les crimes connus, et la religion sur les crimes secrets.

Mais, lorsqu'une fois les hommes sont parvenus à embrasser une religion pure et sainte, la superstition devient non-seulement inutile, mais très-dangereuse. On ne doit pas chercher à nourrir de gland ceux que DIEU daigne nourrir de pain.

(*) Voyez ci-devant, note 2.

La fuperftition eft à la religion ce que l'aftrologie eft à l'aftronomie, la fille très-folle d'une mère très-fage. Ces deux filles ont long-temps fubjugué toute la terre.

Lorfque dans nos fiècles de barbarie il y avait à peine deux feigneurs féodaux qui euffent chez eux un nouveau teftament, il pouvait être pardonnable de préfenter des fables au vulgaire, c'eft-à-dire, à ces feigneurs féodaux, à leurs femmes imbécilles et aux brutes leurs vaffaux ; on leur fefait croire que St *Chriftophe* avait porté l'enfant JESUS du bord d'une rivière à l'autre ; on les repaiffait d'hiftoires de forciers et de poffédés ; ils imaginaient aifément que St *Genou* guériffait de la goutte, et que Ste *Claire* guériffait les yeux malades. Les enfans croyaient au loup-garou, et les pères au cordon de St *François*. Le nombre des reliques était innombrable.

La rouille de tant de fuperftitions a fubfifté encore quelque temps chez les peuples, lors même qu'enfin la religion fut épurée. On fait que, quand M. de *Noailles*, évêque de Châlons, fit enlever et jeter au feu la prétendue relique du faint nombril de JESUS-CHRIST, toute la ville de Châlons lui fit un procès ; mais il eut autant de courage que de piété, et il parvint bientôt à faire croire aux Champenois qu'on pouvait adorer JESUS-CHRIST en efprit et en vérité, fans avoir fon nombril dans une Eglife.

Ceux qu'on appelait *janféniftes* ne contribuèrent pas peu à déraciner infenfiblement dans l'efprit de la nation, la plupart des fauffes idées qui déshono-raient la religion chrétienne. On ceffa de croire qu'il fuffifait de réciter l'oraifon des trente jours à la vierge *Marie*, pour obtenir tout ce qu'on voulait, et pour pécher impunément.

Enfin la bourgeoifie a commencé à foupçonner que ce n'était pas Ste *Geneviève* qui donnait ou arrêtait la pluie, mais que c'était DIEU lui-même qui difpofait des élémens. Les moines ont été étonnés que leurs faints ne fiffent plus de miracles; et fi les écrivains de la vie de St *François Xavier* revenaient au monde, ils n'oferaient pas écrire que ce faint reffufcita neuf morts, qu'il fe trouva en même temps fur mer et fur terre, et que fon crucifix étant tombé dans la mer, un cancre vint le lui rapporter.

Il en a été de même des excommunications. Nos hiftoriens nous difent que, lorfque le roi *Robert* eut été excommunié par le pape *Grégoire V*, pour avoir époufé la princeffe *Berthe*, fa commère, fes domeftiques jetaient par les fenêtres les viandes qu'on avait fervies au roi, et que la reine *Berthe* accoucha d'une oie, en punition de ce mariage inceftueux. On doute aujourd'hui que les maîtres-d'hôtel d'un roi de France excommunié jetaffent fon dîner par la fenêtre, et que la reine mît au monde un oifon en pareil cas.

S'il y a quelques convulfionnaires dans un coin d'un faubourg, c'eft une maladie pédiculaire, dont il n'y a que la plus vile populace qui foit attaquée. Chaque jour la raifon pénétre en France dans les boutiques des marchands, comme dans les hôtels des feigneurs. Il faut donc cultiver les fruits de cette raifon, d'autant plus qu'il eft impoffible de les empêcher d'éclore. On ne peut gouverner la France, après qu'elle a été éclairée par les *Pafcal*, les *Nicoles*, les *Arnaud*, les *Boffuet*, les *Defcartes*, les *Gaffendi*, les *Bayle*, les *Fontenelle*, &c., comme on la gouvernait du temps des *Garaffe* et des *Menot*.

Si les maîtres d'erreurs, je dis les grands maîtres, fi long-temps payés et honorés pour abrutir l'efpèce humaine, ordonnaient aujourd'hui de croire que le grain doit pourrir pour germer, que la terre eft immobile fur fes fondemens, qu'elle ne tourne point autour du foleil, que les marées ne font pas un effet naturel de la gravitation, que l'arc-en-ciel n'eft pas formé par la réfraction et la réflexion des rayons de la lumière, &c., et s'ils fe fondaient fur des paffages mal entendus de la fainte Écriture pour appuyer leurs ordonnances, comment feraient-ils regardés par tous les hommes inftruits ? Le terme de *bêtes* ferait-il trop fort ? et fi ces fages maîtres fe fervaient de la force et de la perfécution pour faire régner leur ignorance infolente, le terme de *bêtes farouches* ferait-il déplacé ?

Plus les fuperftitions des moines font méprifées, plus les évêques font refpectés, et les curés confidérés; ils ne font que du bien, et les fuperftitions monacales ultramontaines feraient beaucoup de mal. Mais de toutes les fuperftitions, la plus dangereufe, n'eft-ce pas celle de haïr fon prochain pour fes opinions ? et n'eft-il pas évident qu'il ferait encore plus raifonnable d'adorer le faint nombril, le faint prépuce, le lait et la robe de la vierge *Marie*, que de détefter et de perfécuter fon frère ?

Vertu vaut mieux que science.

MOINS de dogmes, moins de difputes; et moins
de difputes, moins de malheurs : fi cela n'eft pas vrai,
j'ai tort.

La religion eft inftituée pour nous rendre heureux
dans cette vie et dans l'autre. Que faut-il pour être
heureux dans la vie à venir ? être jufte.

Pour être heureux dans celle-ci , autant que le
permet la mifère de notre nature , que faut-il être ?
indulgent.

Ce ferait le comble de la folie de prétendre amener
tous les hommes à penfer d'une manière uniforme
fur la métaphyfique. On pourrait beaucoup plus
aifément fubjuguer l'univers entier par les armes, que
fubjuguer tous les efprits d'une feule ville.

Euclyde eft venu aifément à bout de perfuader à
tous les hommes les vérités de la géométrie; pourquoi?
parce qu'il n'y en a pas une qui ne foit un corollaire
évident de ce petit axiome : *Deux et deux font quatre.*
Il n'en eft pas tout à fait de même dans le mélange
de la métaphyfique et de la théologie.

Lorfque l'évêque *Alexandre* et le prêtre *Arios* ou
Arius commencèrent à difputer fur la manière dont
le *Logos* était une émanation du Père, l'empereur
Conftantin leur écrivit d'abord ces paroles rapportées
par *Eusèbe* et par *Socrate* : *Vous êtes de grands fous de
difputer fur des chofes que vous ne pouvez entendre.*

Si les deux partis avaient été affez fages pour
convenir que l'empereur avait raifon , le monde
chrétien

chrétien n'aurait pas été enfanglanté pendant trois cents années.

Qu'y a-t-il en effet de plus fou et de plus horrible que de dire aux hommes : " Mes amis , ce n'eft " pas affez d'être des fujets fidèles , des enfans " foumis , des pères tendres, des voifins équitables, " de pratiquer toutes les vertus, de cultiver l'amitié, " de fuir l'ingratitude , d'adorer JESUS-CHRIST " en paix; il faut encore que vous fachiez comment " on eft engendré de toute éternité; et fi vous ne " favez pas diftinguer l'*Omoufion* dans l'hypoftafe, " nous vous dénonçons que vous ferez brûlés à " jamais; et, en attendant, nous allons commencer " par vous égorger ? "

Si on avait préfenté une telle décifion à un *Archimède*, à un *Poffidonius*, à un *Varron*, à un *Caton*, à un *Cicéron*, qu'auraient-ils répondu ?

Conftantin ne perfévéra point dans la réfolution d'impofer filence aux deux partis; il pouvait faire venir les chefs de l'ergotifme dans fon palais; il pouvait leur demander par quelle autorité ils trou- blaient le monde : " Avez-vous les titres de la " famille divine ? Que vous importe que le *Logos* " foit fait ou engendré, pourvu qu'on lui foit fidèle, " pourvu qu'on prêche une bonne morale , et qu'on " la pratique fi on peut? J'ai commis bien des fautes " dans ma vie, et vous auffi : vous êtes ambitieux, " et moi auffi : l'empire m'a coûté des fourberies et " des cruautés; j'ai affaffiné prefque tous mes pro- " ches, je m'en repens ; je veux expier mes crimes, " en rendant l'empire romain tranquille; ne m'em- " pêchez pas de faire le feul bien qui puiffe faire

,, oublier mes anciennes barbaries ; aidez-moi à finir
,, mes jours en paix. ,, Peut-être n'aurait-il rien gagné
fur les difputeurs ; peut-être fut-il flatté de préfider à
un concile en long habit rouge, la tête chargée de
pierreries.

Voilà pourtant ce qui ouvrit la porte à tous ces
fléaux qui vinrent de l'Afie inonder l'Occident. Il
fortit de chaque verfet contefté une furie armée d'un
fophifme et d'un poignard, qui rendit tous les
hommes infenfés et cruels. Les Huns, les Hérules,
les Goths et les Vandales qui furvinrent, firent infiniment moins de mal ; et le plus grand qu'ils firent,
fut de fe prêter enfin eux-mêmes à ces difputes
fatales.

De la tolérance univerfelle.

IL ne faut pas un grand art, une éloquence bien
recherchée, pour prouver que des chrétiens doivent
fe tolérer les uns les autres. Je vais plus loin : je vous
dis qu'il faut regarder tous les hommes comme nos
frères. Quoi ! mon frère le turc ? mon frère le chinois ?
le juif ? le fiamois ? oui, fans doute ; ne fommes-nous
pas tous enfans du même père, et créatures du même
DIEU ?

Mais ces peuples nous méprifent ; mais ils nous
traitent d'idolâtres ! Hé bien ! je leur dirai qu'ils ont
grand tort. Il me femble que je pourrais étonner au
moins l'orgueilleufe opiniâtreté d'un iman, ou d'un
talapoin, fi je leur parlais à peu-près ainfi :

Ce petit globe, qui n'eft qu'un point, roule dans
l'efpace, ainfi que tant d'autres globes ; nous fommes

perdus dans cette immenfité. L'homme, haut d'environ cinq pieds, eft affurément peu de chofe dans la création. Un de ces êtres imperceptibles dit à quelques-uns de fes voifins, dans l'Arabie, ou dans la Cafrerie : ,, Ecoutez-moi, car le D I E U de tous ces mondes m'a ,, éclairé ; il y a neuf cents millions de petites four- ,, mis comme nous fur la terre, mais il n'y a que ,, ma fourmillière qui foit chère à D I E U ; toutes les ,, autres lui font en horreur de toute éternité ; elle ,, fera feule heureufe, et toutes les autres feront ,, éternellement infortunées. ,,

Ils m'arrêteraient alors, et me demanderaient quel eft le fou qui a dit cette fottife ? Je ferais obligé de leur répondre : C'eft vous-mêmes. Je tâcherais enfuite de les adoucir, mais ce ferait bien difficile.

Je parlerais maintenant aux chrétiens, et j'oferais dire, par exemple, à un dominicain, inquifiteur pour la foi : ,, Mon frère, vous favez que chaque province ,, d'Italie a fon jargon, et qu'on ne parle point à ,, Venife et à Bergame comme à Florence. L'académie ,, de *la Crufca* a fixé la langue ; fon dictionnaire eft ,, une règle dont on ne doit pas s'écarter, et la gram- ,, maire de *Buon Matei* eft un guide infaillible qu'il ,, faut fuivre ; mais croyez-vous que le conful de ,, l'académie, et en fon abfence *Buon Matei*, auraient ,, pu en confcience faire couper la langue à tous les ,, Vénitiens et à tous les Bergamafques qui auraient ,, perfifté dans leur patois ? ,,

L'inquifiteur me répond : Il y a bien de la diffé- ,, rence ; il s'agit ici du falut de votre ame ; c'eft pour ,, votre bien que le directoire de l'inquifition ordonne ,, qu'on vous faififfe fur la dépofition d'une feule

,, perſonne, fût-elle infame et repriſe de juſtice; que
,, vous n'ayez point d'avocat pour vous défendre; que
,, le nom de votre accuſateur ne vous ſoit pas ſeule-
,, ment connu; que l'inquiſiteur vous promette grâce,
,, et enſuite vous condamne; qu'il vous applique à
,, cinq tortures différentes, et qu'enſuite vous ſoyez
,, ou fouetté, ou mis aux galères, ou brûlé en céré-
,, monie; (*a*) le père *Ivonet*, le docteur *Chucalon*,
,, *Zanchinus*, *Campegius*, *Royas*, *Telinus*, *Gomarus*,
,, *Diabarus*, *Gemelinus* y ſont formels, et cette pieuſe
,, pratique ne peut ſouffrir de contradiction. ,,

Je prendrais la liberté de lui répondre: ,, Mon frère,
,, peut-être avez-vous raiſon; je ſuis convaincu du
,, bien que vous voulez me faire; mais ne pourrais-je
,, pas être ſauvé ſans tout cela? ,,

Il eſt vrai que ces horreurs abſurdes ne ſouillent pas
tous les jours la face de la terre, mais elles ont été
fréquentes, et on en compoſerait aiſément un volume
beaucoup plus gros que les évangiles qui les réprouvent.
Non-ſeulement il eſt bien cruel de perſécuter dans
cette courte vie ceux qui ne penſent pas comme nous,
mais je ne ſais s'il n'eſt pas bien hardi de prononcer
leur damnation éternelle. Il me ſemble qu'il n'appartient guère à des atomes d'un moment, tels que nous
ſommes, de prévenir ainſi les arrêts du Créateur. Je
ſuis bien loin de combattre cette ſentence, *hors de l'Egliſe
point de ſalut* : je la reſpecte, ainſi que tout ce qu'elle
enſeigne; mais en vérité, connaiſſons-nous toutes les
voies de D I E U, et toute l'étendue de ſes miſéricordes?
N'eſt-il pas permis d'eſpérer en lui autant que de le

(*a*) Voyez l'excellent livre intitulé, *le Manuel de l'inquiſition*.

craindre ? n'eſt-ce pas aſſez d'être fidèles à l'Egliſe ? faudra-t-il que chaque particulier uſurpe les droits de la Divinité, et décide avant elle du ſort éternel de tous les hommes ?

Quand nous portons le deuil d'un roi de Suède, ou de Danemarck, ou d'Angleterre, ou de Pruſſe, diſons-nous que nous portons le deuil d'un réprouvé qui brûle éternellement en enfer ? Il y a dans l'Europe quarante millions d'habitans qui ne ſont pas de l'Egliſe de Rome; dirons-nous à chacun d'eux : ,, Monſieur, ,, attendu que vous êtes infailliblement damné, je ,, ne veux ni manger, ni contracter, ni converſer ,, avec vous ? ,,

Quel eſt l'ambaſſadeur de France qui, étant pré-ſenté à l'audience du grand ſeigneur, ſe dira dans le fond de ſon cœur : Sa hauteſſe ſera infailliblement brûlée pendant toute l'éternité, parce qu'elle s'eſt ſoumiſe à la circonciſion ? S'il croyait réellement que le grand ſeigneur eſt l'ennemi mortel de DIEU, et l'objet de ſa vengeance, pourrait-il lui parler ? devrait-il être envoyé vers lui ? avec quel homme pourrait-on commercer ? quel devoir de la vie civile pourrait-on jamais remplir, ſi en effet on était convaincu de cette idée, que l'on converſe avec des réprouvés ?

O ſectateurs d'un DIEU clément ! ſi vous aviez un cœur cruel ; ſi, en adorant celui dont toute la loi conſiſ-tait en ces paroles : *Aimez* DIEU *et votre prochain*, vous aviez ſurchargé cette loi pure et ſainte de ſophiſmes et de diſputes incompréhenſibles ; ſi vous aviez allumé la diſcorde, tantôt pour un mot nouveau, tantôt pour une ſeule lettre de l'alphabet; ſi vous aviez attaché des peines éternelles à l'omiſſion de quelques paroles, de quelques cérémonies que d'autres peuples ne pouvaient connaître; je vous dirais, en répandant des larmes sur le genre humain : ,, Transportez-vous avec moi au ,, jour où tous les hommes feront jugés, et où DIEU ,, rendra à chacun selon ses œuvres.

,, Je vois tous les morts des siècles passés et du nôtre ,, comparaître en sa présence. Etes-vous bien sûrs que ,, notre créateur et notre père dira au sage et vertueux ,, *Confucius*, au législateur *Solon*, à *Pythagore*, à ,, *Zaleucus*, à *Socrate*, à *Platon*, aux divins *Antonins*, ,, au bon *Trajan*, à *Titus*, les délices du genre ,, humain, à *Epictète*, à tant d'autres hommes, les ,, modèles des hommes : Allez, monstres; allez subir ,, des châtimens infinis en intensité et en durée; que ,, votre supplice soit éternel comme moi ! Et vous, ,, mes bien-aimés, *Jean Châtel*, *Ravaillac*, *Damiens*, ,, *Cartouche*, &c. qui êtes morts avec les formules ,, prescrites, partagez à jamais à ma droite mon ,, empire et ma félicité. ,,

Vous reculez d'horreur à ces paroles ; et, après qu'elles me font échappées, je n'ai plus rien à vous dire.

Prière à DIEU.

Ce n'est donc plus aux hommes que je m'adresse, c'est à toi, DIEU de tous les êtres, de tous les mondes et de tous les temps : s'il est permis à de faibles créatures perdues dans l'immensité, et imperceptibles au reste de l'univers, d'oser te demander quelque chose, à toi qui as tout donné, à toi dont les décrets font immuables comme éternels, daigne regarder en pitié les erreurs attachées à notre nature; que ces erreurs ne faffent point nos calamités. Tu ne nous as point donné un cœur pour nous haïr, et des mains pour nous égorger; fais que nous nous aidions mutuellement à fupporter le fardeau d'une vie pénible et paffagère; que les petites différences entre les vêtemens qui couvrent nos débiles corps, entre tous nos langages infuffifans, entre tous nos ufages ridicules, entre toutes nos lois imparfaites, entre toutes nos opinions infenfées, entre toutes nos conditions fi difproportionnées à nos yeux, et fi égales devant toi; que toutes ces petites nuances qui diftinguent les atomes appelés *hommes* ne foient pas des fignaux de haine et de perfécution; que ceux qui allument des cierges en plein midi pour te célébrer fupportent ceux qui fe contentent de la lumière de ton foleil; que ceux qui couvrent leur robe d'une toile blanche pour dire qu'il faut t'aimer, ne déteftent pas ceux qui difent la même chofe fous un manteau de laine noire; qu'il foit égal de t'adorer dans un jargon formé d'une ancienne langue, ou dans un jargon plus nouveau; que ceux dont l'habit eft teint en rouge ou en violet, qui dominent fur une petite parcelle d'un petit tas de la boue de ce monde, et qui pofsèdent quelques fragmens arrondis d'un certain métal, jouiffent fans orgueil de ce qu'ils appellent *grandeur* et *richeffe*, et que les autres les voient fans envie; car tu fais qu'il n'y a dans ces vanités ni de quoi envier, ni de quoi s'enorgueillir.

Puiffent tous les hommes fe fouvenir qu'ils font frères! qu'ils aient en horreur la tyrannie exercée fur les ames, comme ils ont en exécration le brigandage qui ravir par la force le fruit du travail et de l'induftrie paifible! Si les fléaux de la guerre font inévitables, ne nous haïffons pas, ne nous déchirons pas les uns les autres dans le fein de la paix, et employons l'inftant de notre exiftence à bénir également en mille langages divers, depuis Siam jufqu'à la Californie, ta bonté qui nous a donné cet inftant !

Poft - fcriptum.

TANDIS qu'on travaillait à cet ouvrage, dans l'unique deffein de rendre les hommes plus compatif-fans et plus doux, un autre homme écrivait dans un deffein tout contraire, car chacun a fon opinion. Cet homme fefait imprimer un petit code de perfécution, intitulé : *L'Accord de la religion et de l'humanité* : (c'eft une faute de l'imprimeur; lifez *de l'inhumanité*.)

L'auteur de ce faint libelle s'appuie fur St *Auguftin* qui, après avoir prêché la douceur, prêcha enfin la perfécution, attendu qu'il était alors le plus fort, et qu'il changeait fouvent d'avis. Il cite auffi l'évêque de Meaux, *Boffuet*, qui perfécuta le célèbre *Fénélon*, archevêque de Cambrai, coupable d'avoir imprimé que DIEU vaut bien la peine qu'on l'aime pour lui-même.

Boffuet était éloquent, je l'avoue; l'évêque d'Hip-pone, quelquefois inconféquent, était plus difert que ne font les autres africains, je l'avoue encore; mais je prendrai la liberté de leur dire avec *Armande*, dans les *Femmes favantes* :

Quand fur une perfonne on prétend fe régler,
C'eft par les beaux côtés qu'il faut lui reffembler.

Je dirai à l'évêque d'Hippone : Monfeigneur, vous

avez changé d'avis, permettez-moi de m'en tenir à votre première opinion ; en vérité, je la crois la meilleure.

Je dirai à l'évêque de Meaux : Monseigneur, vous êtes un grand homme ; je vous trouve aussi savant, pour le moins, que S*t Augustin*, et beaucoup plus éloquent ; mais pourquoi tant tourmenter votre confrère qui était aussi éloquent que vous dans un autre genre, et qui était plus aimable ?

L'auteur du saint libelle sur l'inhumanité n'est ni un *Bossuet* ni un *Augustin*, il me paraît tout propre à faire un excellent inquisiteur ; je voudrais qu'il fût à Goa, à la tête de ce beau tribunal. Il est de plus homme d'Etat, et il étale de grands principes de politique. *S'il y a chez vous*, dit-il, *beaucoup d'hétérodoxes, ménagez-les, persuadez-les ; s'il n'y en a qu'un petit nombre, mettez en usage la potence et les galères, et vous vous en trouverez fort bien :* c'est ce qu'il conseille, à la page 89 et 90.

DIEU merci, je suis bon catholique, je n'ai point à craindre ce que les huguenots appellent *le martyre :* mais, si cet homme est jamais premier ministre, comme il paraît s'en flatter dans son libelle, je l'avertis que je pars pour l'Angleterre, le jour qu'il aura ses lettres patentes.

En attendant, je ne puis que remercier la Providence de ce qu'elle permet que les gens de son espèce soient toujours de mauvais raisonneurs. Il va jusqu'à citer *Bayle* parmi les partisans de l'intolérance ; cela est sensé et adroit : et, de ce que *Bayle* accorde qu'il faut punir les factieux et les fripons, notre homme en conclut qu'il faut persécuter à feu et à sang les gens de bonne foi qui sont paisibles.

Prefque tout fon livre eft une imitation de l'apologie de la faint-Barthelemi. C'eft cet apologifte ou fon écho. Dans l'un ou dans l'autre cas, il faut efpérer que ni le maître ni le difciple ne gouverneront l'Etat.

Mais, s'il arrive qu'ils en foient les maîtres, je leur préfente de loin cette requête, au fujet de deux lignes de la page 93 du faint libelle :

Faut-il facrifier au bonheur du vingtième de la nation le bonheur de la nation entière ?

Suppofé qu'en effet il y ait vingt catholiques romains en France contre un huguenot, je ne prétends point que le huguenot mange les vingt catholiques ; mais auffi pourquoi ces vingt catholiques mangeraient-ils ce huguenot, et pourquoi empêcher ce huguenot de fe marier ? N'y a-t-il pas des évêques, des abbés, des moines, qui ont des terres en Dauphiné, dans le Gévaudan, devers Agde, devers Carcaffone ? Ces évêques, ces abbés, ces moines n'ont-ils pas des fermiers qui ont le malheur de ne pas croire à la tranffubftantiation ? N'eft-il pas de l'intérêt des évêques, des abbés, des moines et du public, que ces fermiers aient de nombreufes familles ? N'y aura-t-il que ceux qui communieront fous une feule efpèce à qui il fera permis de faire des enfans ? En vérité, cela n'eft ni jufte ni honnête.

La révocation de l'édit de Nantes n'a point autant produit d'inconvéniens qu'on lui en attribue, dit l'auteur.

Si en effet on lui en attribue plus qu'elle n'en a produit, on exagère ; et le tort de prefque tous les hiftoriens eft d'exagérer ; mais c'eft auffi le tort de tous les controverfiftes de réduire à rien le mal qu'on leur reproche. N'en croyons ni les docteurs de Paris, ni les prédicateurs d'Amsterdam.

Prenons pour juge M. le comte d'*Avaux*, ambassadeur en Hollande, depuis 1685 jusqu'en 1688. Il dit, page 181, tome V, qu'un seul homme avait offert de découvrir plus de vingt millions que les persécutés fesaient sortir de France. *Louis XIV* répond à M. d'*Avaux* : *Les avis que je reçois tous les jours d'un nombre infini de conversions, ne me laissent plus douter que les plus opiniâtres ne suivent l'exemple des autres.*

On voit par cette lettre de *Louis XIV*, qu'il était de très-bonne foi sur l'étendue de son pouvoir. On lui disait tous les matins : Sire, vous êtes le plus grand roi de l'univers ; tout l'univers fera gloire de penser comme vous, dès que vous aurez parlé. *Pélisson*, qui s'était enrichi dans la place de premier commis des finances, *Pélisson*, qui avait été trois ans à la bastille comme complice de *Fouquet*, *Pélisson*, qui de calviniste était devenu diacre et bénéficier, qui fesait imprimer des prières pour la messe, et des bouquets à *Iris*, qui avait obtenu la place des économats et de convertisseur, *Pélisson*, dis-je, apportait tous les trois mois une grande liste d'abjurations à sept ou huit écus la pièce, et fesait accroire à son roi que, quand il voudrait, il convertirait tous les Turcs au même prix. On se relayait pour le tromper ; pouvait-il résister à la séduction ?

Cependant le même M. d'*Avaux* mandé au roi qu'un nommé *Vincent* maintient plus de cinq cents ouvriers auprès d'Angoulême, et que sa sortie causera du préjudice : tome V, page 194.

Le même M. d'*Avaux* parle de deux régimens que

le prince d'Orange fait déjà lever par les officiers français réfugiés : il parle de matelots qui défertèrent de trois vaiffeaux pour fervir fur ceux du prince d'Orange. Outre ces deux régimens, le prince d'Orange forme encore une compagnie de cadets réfugiés, commandés par deux capitaines, page 240. Cet ambaffadeur écrit encore, le 9 mai 1686, à M. de *Seignelay*, *qu'il ne peut lui diffimuler la peine qu'il a de voir les manufactures de France s'établir en Hollande, d'où elles ne fortiront jamais.*

Joignez à tous ces témoignages ceux de tous les intendans du royaume, en 1699, etjugez fi la révocation de l'édit de Nantes n'a pas produit plus de mal que de bien, malgré l'opinion du refpectable auteur de l'*Accord de la religion et de l'inhumanité.*

Un maréchal de France, connu par fon efprit fupérieur, difait il y a quelques années : *Je ne fais pas fi la dragonade a été néceffaire, mais il eft néceffaire de n'en plus faire.*

J'avoue que j'ai cru aller un peu trop loin, quand j'ai rendu publique la lettre du correfpondant du père *le Tellier*, dans laquelle ce congréganifte propofe des tonneaux de poudre. Je me difais à moi-même : On ne m'en croira pas, on regardera cette lettre comme une pièce fuppofée. Mes fcrupules heureufement ont été levés quand j'ai lu dans l'*Accord de la religion et de l'inhumanité*, page 149, ces douces paroles :

L'extinction totale des proteftans en France n'affaiblirait pas plus la France qu'une faignée n'affaiblit un malade bien conftitué.

Ce chrétien compatiffant, qui a dit tout à l'heure que les proteftans compofent le vingtième de la nation, veut donc qu'on répande le fang de cette vingtième partie, et ne regarde cette opération que comme une faignée d'une palette ! D I E U nous préferve avec lui des trois vingtièmes !

Si donc cet honnête homme propofe de tuer le vingtième de la nation, pourquoi l'ami du père *le Tellier* n'aurait-il pas propofé de faire fauter en l'air, d'égorger et d'empoifonner le tiers ? Il eft donc très-vraifemblable que la lettre au père *le Tellier* a été réellement écrite.

Le faint auteur finit enfin par conclure que l'intolérance eft une chofe excellente, *parce qu'elle n'a pas été*, dit-il, *condamnée expreffément par* J E S U S - C H R I S T. Mais JESUS-CHRIST n'a pas condamné non plus ceux qui mettraient le feu aux quatre coins de Paris; eft-ce une raifon pour canonifer les incendiaires ?

Ainfi donc, quand la nature fait entendre d'un côté fa voix douce et bienfefante, le fanatifme, cet ennemi de la nature, pouffe des hurlemens; et, lorfque la paix fe préfente aux hommes, l'intolérance forge fes armes. O vous, arbitres des nations, qui avez donné la paix à l'Europe, décidez entre l'efprit pacifique et l'efprit meurtrier !

Suite et conclufion.

N o u s apprenons que, le 7 mars 1763, tout le confeil d'Etat affemblé à Verfailles, les miniftres d'Etat y affiftant, le chancelier y préfidant, M. de *Crofne*, maître des requêtes, rapporta l'affaire des *Calas* avec l'impartialité d'un juge, l'exactitude d'un homme parfaitement inftruit, et l'éloquence fimple et vraie d'un orateur homme d'Etat , la feule qui convienne dans une telle affemblée. Une foule prodigieufe de perfonnes de tout rang attendait dans la galerie du château la décifion du confeil. On annonça bientôt au roi que toutes les voix , fans en excepter une , avaient ordonné que le parlement de Touloufe enverrait au confeil les pièces du procès , et les motifs de fon arrêt qui avait fait expirer *Jean Calas* fur la roue. Sa majefté approuva le jugement du confeil.

Il y a donc de l'humanité et de la juftice chez les hommes , et principalement dans le confeil d'un roi aimé et digne de l'être. L'affaire d'une malheureufe famille de citoyens obfcurs a occupé fa majefté, fes miniftres , le chancelier et tout le confeil, et a été difcutée avec un examen auffi réfléchi que les plus grands objets de la guerre et de la paix peuvent l'être. L'amour de l'équité, l'intérêt du genre humain ont conduit tous les juges. Grâces en foient rendues à ce Dieu de clémence , qui feul infpire l'équité et toutes les vertus !

Nous atteftons que nous n'avons jamais connu ni cet infortuné *Calas* que les huit juges de Touloufe firent périr fur les indices les plus faibles , contre les ordonnances de nos rois , et contre les lois de toutes les nations; ni fon fils *Marc-Antoine* dont la mort étrange a jeté ces huit juges dans l'erreur, ni la mère, auffi refpectable que malheureufe, ni fes innocentes filles qui font venues avec elle de deux cents lieues mettre leur défaftre et leur vertu au pied du trône. (5)

---

(5) M. de *Voltaire* entend ici qu'il n'a eu d'autres liaifons avec la famille des *Calas* que d'avoir pris fa défenfe , d'avoir appuyé fes réclamations et fes plaintes.

Ce DIEU fait que nous n'avons été animés que d'un esprit de justice, de vérité et de paix, quand nous avons écrit ce que nous penfons de la tolérance, à l'occafion de *Jean Calas* que l'esprit d'intolérance à fait mourir.

Nous n'avons pas cru offenfer les huit juges de Touloufe, en difant qu'ils fe font trompés, ainfi que tout le confeil l'a préfumé : au contraire, nous leur avons ouvert une voie de fe juftifier devant l'Europe entière. Cette voie eft d'avouer que des indices équivoques, et les cris d'une multitude infenfée, ont furpris leur juftice ; de demander pardon à la veuve, et de réparer, autant qu'il eft en eux, la ruine entière d'une famille innocente, en fe joignant à ceux qui la fecourent dans fon affliction. Ils ont fait mourir le père injuftement, c'eft à eux de tenir lieu de père aux enfans, fuppofé que ces orphelins veuillent bien recevoir d'eux une faible marque d'un très-jufte repentir. Il fera beau aux juges de l'offrir, et à la famille de le refufer.

C'eft fur-tout au fieur *David*, capitoul de Touloufe, s'il a été le premier perfécuteur de l'innocence, à donner l'exemple des remords. Il infulta un père de famille mourant fur l'échafaud. Cette cruauté eft bien inouie ; mais, puifque D I E U pardonne, les hommes doivent auffi pardonner à qui répare fes injuftices. On m'a écrit du Languedoc cette lettre, du 20 février 1763.

. . . .

. . . .

Votre ouvrage fur la tolérance me paraît plein d'humanité et de vérité ; mais je crains qu'il ne faffe plus de mal que de bien à la famille des Calas. Il peut ulcérer les huit juges qui ont opiné à la roue ; ils demanderont au parlement qu'on brûle votre livre; et les fanatiques, car il y en a toujours, répondront par des cris de fureur à la voix de la raison, &c.

Voici ma réponse :

Les huit juges de Toulouse peuvent faire brûler mon livre, s'il est bon; il n'y a rien de plus aisé : on a bien brûlé les Lettres provinciales qui valaient, sans doute, beaucoup mieux : chacun peut brûler chez lui les livres et papiers qui lui déplaisent.

Mon ouvrage ne peut faire ni bien ni mal aux Calas que je ne connais point. Le conseil du roi, impartial et ferme, juge suivant les lois, suivant l'équité, sur les pièces, sur les procédures, et non sur un écrit qui n'est point juridique, et dont le fond est absolument étranger à l'affaire qu'il juge.

On aurait beau imprimer des in-folio pour ou contre les huit juges de Toulouse, et pour ou contre la tolérance, ni le conseil, ni aucun tribunal ne regardera ces livres comme des pièces du procès.

Cet écrit sur la tolérance est une requête que l'humanité présente très-humblement au pouvoir et à la prudence. Je sème un grain qui pourra un jour produire une moisson. Attendons tout du temps, de la bonté du roi, de la sagesse de ses ministres, et de l'esprit de raison qui commence à répandre par-tout sa lumière.

La nature dit à tous les hommes : Je vous ai tous fait naître faibles et ignorans, pour végéter quelques minutes sur la terre, et pour l'engraisser de vos cadavres. Puisque vous êtes faibles, secourez-vous; puisque vous êtes ignorans, éclairez-vous et supportez-vous. Quand vous seriez tous du même avis, ce qui certainement n'arrivera jamais, quand

il

il n'y aurait qu'un feul homme d'un avis contraire, vous devriez lui pardonner ; car c'eft moi qui le fais penfer comme il penfe. Je vous ai donné des bras pour cultiver la terre, et une petite lueur de raifon pour vous conduire : j'ai mis dans vos cœurs un germe de compaffion pour vous aider les uns les autres à fupporter la vie. N'étouffez pas ce germe, ne le corrompez pas, apprenez qu'il eft divin, et ne fubftituez pas les miférables fureurs de l'école à la voix de la nature.

C'eft moi feule qui vous unis encore malgré vous par vos befoins mutuels, au milieu même de vos guerres cruelles fi légèrement entreprifes, théâtre éternel des fautes, des hafards et des malheurs. C'eft moi feule qui dans une nation arrête les fuites funeftes de la divifion interminable entre la nobleffe et la magiftrature, entre ces deux corps et celui du clergé, entre le bourgeois même et le cultivateur. Ils ignorent tous les bornes de leurs droits ; mais ils écoutent tous malgré eux à la longue ma voix qui parle à leur cœur. Moi feule, je conferve l'équité dans les tribunaux, où tout ferait livré fans moi à l'indécifion et aux caprices, au milieu d'un amas confus de lois faites fouvent au hafard, et pour un befoin paffager, différentes entre elles de province en province, de ville en ville, et prefque toujours contradictoires entre elles dans le même lieu. Seule je peux infpirer la juftice, quand les lois n'infpirent que la chicane : celui qui m'écoute juge toujours bien ; et celui qui ne cherche qu'à concilier des opinions qui fe contredifent, eft celui qui s'égare.

Il y a un édifice immenfe dont j'ai pofé le fondement de mes mains ; il était folide et fimple, tous les hommes pouvaient y entrer en fureté ; ils ont voulu y ajouter les ornemens les plus bizarres, les plus groffiers et les plus inutiles ; le bâtiment tombe en ruine de tous les côtés ; les hommes en prennent *les pierres, et se les jettent à la tête ; je leur crie : Arrêtez, écartez ces décombres funestes qui sont votre ouvrage, et demeurez avec moi en paix dans l'édifice inébranlable qui est le mien.*

Article nouvellement ajouté, dans lequel on rend compte du dernier arrêt rendu en faveur de la famille Calas.

Depuis le 7 mars 1763 jusqu'au jugement définitif, il se passa encore deux années ; tant il est facile au fanatisme d'arracher la vie à l'innocence, et difficile à la raison de lui faire rendre justice. Il fallut essuyer des longueurs inévitables, nécessairement attachées aux formalités. Moins ces formalités avaient été observées dans la condamnation de *Calas*, plus elles devaient l'être rigoureusement par le conseil d'Etat. Une année entière ne suffit pas pour forcer le parlement de Toulouse à faire parvenir au conseil toute la procédure, pour en faire l'examen, pour le rapporter. M. de *Crosne* fut encore chargé de ce travail pénible. Une assemblée de près de quatre-vingts juges cassa l'arrêt de Toulouse, et ordonna la révision entière du procès.

D'autres affaires importantes occupaient alors presque tous les tribunaux du royaume. On chassait les jésuites ; on abolissait leur société en France : ils avaient été intolérans et persécuteurs, ils furent persécutés à leur tour.

L'extravagance des billets de confession dont on les crut les auteurs secrets, et dont ils étaient publiquement les partifans, avait déjà ranimé contre eux la haine de la nation. Une banqueroute immenfe d'un de leurs miffionnaires, banqueroute qu'on crut en partie frauduleufe, acheva de les perdre. Ces feuls mots de *miffionnaires* et de *banque-routiers*, fi peu faits pour être joints enfemble, portèrent dans tous les efprits l'arrêt de leur condamnation. Enfin les ruines de Port-royal, et les offemens de tant d'hommes célèbres infultés par eux dans leurs fépultures, et exhumés au commencement du fiècle par des ordres que les jéfuites feuls avaient dictés, s'élevèrent tous contre leur crédit expirant. On peut voir l'hiftoire de leur profcription dans l'excellent livre intitulé, *la Deftruction des jéfuites en France*, ouvrage impartial, parce qu'il eft d'un philofophe, écrit avec la fineffe et l'éloquence de *Pafcal*, et fur-tout avec une fupériorité de lumières qui n'eft pas offufquée, comme dans *Pafcal*, par des préjugés qui ont quelquefois féduit de grands hommes.

Cette grande affaire, dans laquelle quelques partifans des jéfuites difaient que la religion était outragée, et où le plus grand nombre la croyait vengée, fit pendant plufieurs mois perdre de vue au public le procès des *Calas* : mais le roi ayant attribué au tribunal qu'on appelle les *requêtes de l'hôtel* le jugement définitif, le même public, qui aime à paffer d'une fcène à l'autre, oublia les jéfuites, et les *Calas* faifirent toute fon attention.

La chambre des requêtes de l'hôtel eft une cour fouveraine compofée de maîtres des requêtes, pour juger les procès entre les officiers de la cour, et les caufes que le roi leur renvoie. On ne pouvait choifir un tribunal plus inftruit de l'affaire. C'étaient pré-cifément les mêmes magiftrats qui avaient jugé deux fois les préliminaires de la révifion, et qui étaient parfaitement inftruits du fond et de la forme. La veuve de *Jean Calas*, fon fils et le fieurs de *Lavaiffe* fe remirent en prifon : on fit venir du fond du Lan-guedoc cette vieille fervante catholique, qui n'avait pas quitté un moment fes maîtres et fa maîtreffe, dans le temps qu'on fuppofait, contre toute vrai-femblance, qu'ils étranglaient leur fils et leur frère. On délibéra enfin fur les mêmes pièces qui avaient fervi à condamner *Jean Calas* à la roue, et fon fils *Pierre* au banniffement.

Ce fut alors que parut un nouveau mémoire de l'éloquent M. de *Beaumont*, et un autre du jeune M. de *Lavaiffe*, fi injuftement impliqué dans cette procédure criminelle par les juges de Touloufe, qui pour comble de contradiction ne l'avaient pas déclaré abfous. Ce jeune homme fit lui-même un factum qui fut jugé digne par tout le monde de paraître à côté de celui de M. de *Beaumont*. Il avait le double avantage de parler pour lui-même et pour une famille dont il avait partagé les fers. Il n'avait tenu qu'à lui de brifer les fiens et de fortir des pri-fons de Touloufe, s'il avait voulu feulement dire qu'il avait quitté un moment les *Calas* dans le temps qu'on prétendait que le père et la mère avaient affaffiné leur fils. On l'avait menacé du fupplice; la queftion et la mort avaient été préfentées à fes yeux : un mot lui aurait pu rendre fa liberté; il aima mieux s'expofer au fupplice que de prononcer ce mot qui aurait été un menfonge. Il expofa tout ce détail dans fon factum, avec une candeur fi noble, fi fimple, fi éloignée de toute oftentation, qu'il toucha tous ceux qu'il ne voulait que convaincre, et qu'il fe fit admirer fans prétendre à la réputation.

Son père, fameux avocat, n'eut aucune part à cet ouvrage; il fe vit tout d'un coup égalé par fon fils qui n'avait jamais fuivi le barreau.

Cependant les perfonnes de la plus grande confidération venaient en foule dans la prifon de madame *Calas*, où fes filles s'étaient renfermées avec elle. On s'y attendriffait jufqu'aux larmes. L'humanité, la générofité leur prodiguaient des fecours. Ce qu'on appelle la *charité* ne leur en donnait aucun. La charité, qui d'ailleurs eft fi fouvent mefquine et infultante, eft le partage des dévots, et les dévots ténaient encore contre les *Calas*.

Le jour arriva où l'innocence triompha pleinement. M. de *Baquancourt* ayant rapporté toute la procédure, et ayant inftruit l'affaire jufque dans les moindres circonftances, tous les juges d'une voix unanime déclarèrent la famille innocente, tortionnairement et abufivement jugée par le parlement de Touloufe. Ils réhabilitèrent la mémoire du père. Ils permirent à la famille de fe pourvoir devant qui il appartiendrait, pour prendre fes juges à partie, et pour obtenir les dépens, dommages et intérêts que les magiftrats touloufains auraient dû offrir d'eux-mêmes.

Ce fut dans Paris une joie univerfelle : on s'attroupait dans les places publiques, dans les promenades :

on accourait pour voir cette famille si malheureuse
et si bien justifiée ; on battait des mains en voyant
passer les juges, on les comblait de bénédictions.
Ce qui rendait encore ce spectacle plus touchant,
c'est que ce jour, neuvième mars, était le jour même
où *Calas* avait péri par le plus cruel supplice.

Messieurs les maîtres des requêtes avaient rendu
à la famille *Calas* une justice complète, et en cela ils
n'avaient fait que leur devoir. Il est un autre devoir,
celui de la bienfesance, plus rarement rempli par
les tribunaux qui semblent se croire faits pour
être seulement équitables. Les maîtres des requêtes
arrêtèrent qu'ils écriraient en corps à sa majesté,
pour la supplier de réparer par ses dons la ruine de
la famille. La lettre fut écrite. Le roi y répondit
en fesant délivrer trente-six mille livres à la mère
et aux enfans ; et de ces trente-six mille livres, il y
en eut trois mille pour cette servante vertueuse qui
avait constamment défendu la vérité en défendant
ses maîtres.

Le roi par cette bonté mérita, comme par tant
d'autres actions, le surnom que l'amour de la nation
lui a donné. Puisse cet exemple servir à inspirer aux
hommes la tolérance, sans laquelle le fanatisme
désolerait la terre, ou du moins l'attristerait toujours !
Nous savons qu'il ne s'agit ici que d'une seule famille,
et que la rage des sectes en a fait périr des milliers ;
mais aujourd'hui qu'une ombre de paix laisse reposer
toutes les sociétés chrétiennes, après des siècles de
carnage, c'est dans ce temps de tranquillité que le
malheur des *Calas* doit faire une plus grande impres-
sion, à peu-près comme le tonnerre qui tombe dans

la férénité d'un beau jour. Ces cas font rares, mais ils arrivent, et ils font l'effet de cette fombre fuperftition qui porte les ames faibles à imputer des crimes à quiconque ne penfe pas comme elles.

PIECES ORIGINALES

CONCERNANT LA MORT DES SIEURS CALAS, ET LE JUGEMENT RENDU A TOULOUSE, &c.

Extrait d'une lettre de la dame veuve Calas.

Du 15 juin 1762.

NON, Monfieur, il n'y a rien que je ne faffe pour prouver notre innocence, préférant de mourir juftifiée à vivre et à être crue coupable. On continue d'opprimer l'innocence, et d'exercer fur nous et notre déplorable famille une cruelle perfécution. On vient encore de me faire enlever, comme vous le favez, mes chères filles, feuls reftes de ma confolation, pour les conduire dans deux différens couvens de Touloufe ; on les mène dans le lieu qui a fervi de théâtre à tous nos affreux malheurs : on les a même féparées. Mais fi le roi daigne ordonner qu'on ait foin d'elles, je n'ai qu'à le bénir. Voici exactement le détail de notre malheureufe affaire, tout comme elle s'eft paffée au vrai.

N 4

Le 13 octobre 1761, jour infortuné pour nous,
M. *Gober Lavaiſſe*, arrivé de Bordeaux (où il avait
reſté quelque temps) pour voir ſes parens, qui étaient
pour lors à leur campagne, et cherchant un cheval
de louage pour les y aller joindre ſur les quatre
à cinq heures du ſoir, vient à la maiſon ; et mon
mari lui dit que, puiſqu'il ne partait pas, s'il voulait ſouper avec nous, il nous ferait plaiſir ; à quoi
le jeune homme conſentit ; et il monta me voir dans
ma chambre, d'où, contre mon ordinaire, je n'étais
pas ſortie. Le premier compliment fait, il me dit :
Je ſoupe avec vous, votre mari m'en a prié ; je lui
en témoignai ma ſatisfaction, et le quittai quelques
momens pour aller donner des ordres à ma ſervante:
en conſéquence je fus auſſi trouver mon fils aîné,
Marc-Antoine, que je trouvai aſſis tout ſeul dans
la boutique, et fort rêveur, pour le prier d'aller
acheter du fromage de Roquefort ; il était ordinairement le pourvoyeur pour cela, parce qu'il s'y
connaiſſait mieux que les autres : je lui dis donc:
Tiens, va acheter du fromage de Roquefort, voilà
de l'argent pour cela, et tu rendras le reſte à ton
père ; et je retourne dans ma chambre joindre le
jeune homme *Lavaiſſe* que j'y avais laiſſé. Mais
peu d'inſtans après il me quitta, diſant qu'il voulait
retourner chez les fenaſſiers, (*a*) voir s'il y avait
quelque cheval d'arrivé, voulant abſolument partir
le lendemain pour la campagne de ſon père; et il
ſortit.

Lorſque mon fils aîné eut fait l'emplette du

(*a*) Ce ſont les loueurs de chevaux.

fromage, l'heure du fouper arrivée, (*b*) tout le monde fe rendit pour fe mettre à table, et nous nous y plaçâmes. Durant le fouper, qui ne fut pas fort long, on s'entretint de chofes indifférentes, et entre autres des antiquités de l'hôtel-de-ville; et mon cadet, *Pierre*, voulut en citer quelques-unes, et fon frère le reprit, parce qu'il ne les racontait pas bien, ni juftes.

Lorfque nous fûmes au deffert, ce malheureux enfant, je veux dire mon fils aîné, *Marc-Antoine*, fe leva de table, comme c'était fa coutume, et paffa à la cuifine. (*c*) La fervante lui dit : Avez-vous froid, monfieur l'aîné? chauffez-vous. Il lui répondit : Bien au contraire, je brûle; et fortit. Nous reftâmes encore quelques momens à table; après quoi nous pafsâmes dans cette chambre que vous connaiffez, et où vous avez couché, M. *Lavaiffe*, mon mari, mon fils et moi; les deux premiers fe mirent fur le fofa, mon cadet fur un fauteuil, et moi fur une chaife, et là nous fîmes la converfation tous enfemble. Mon fils cadet s'endormit, et environ fur les neuf heures trois quarts à dix heures, M. *Lavaiffe* prit congé de nous, et nous réveillâmes mon cadet pour aller accompagner ledit *Lavaiffe*, lui remettant le flambeau à la main pour lui faire lumière, et ils defcendirent enfemble.

Mais lorfqu'ils furent en bas, l'inftant d'après nous entendîmes de grands cris d'alarme, fans diftinguer ce que l'on difait, auxquels mon mari accourut, et moi je demeurai tremblante fur la

(*b*) Sur les fept heures.
(*c*) La cuifine eft auprès de la falle à manger, au premier étage.

galerie, n'ofant defcendre, et ne fachant pas ce que ce pouvait être.

Cependant ne voyant perfonne venir, je me déterminai de defcendre, ce que je fis; mais je trouvai au bas de l'efcalier M. *Lavaiffe*, à qui je demandai avec précipitation qu'eft-ce qu'il y avait. Il me répondit qu'il me fuppliait de remonter, que je le faurais; et il me fit tant d'inftance que je remontai avec lui dans ma chambre. Sans doute que c'était pour m'épargner la douleur de voir mon fils dans cet état, et il redefcendit; mais l'incertitude où j'étais était un état trop violent pour pouvoir y réfter long-temps; j'appelle donc ma fervante, et lui dis : *Jeannette*, allez voir ce qu'il y a là-bas, je ne fais pas ce que c'eft, je fuis toute tremblante; et je lui mis la chandelle à la main, et elle defcendit; mais ne la voyant point remonter pour me rendre compte, je defcendis moi-même. Mais, grand DIEU! quelle fut ma douleur et ma furprife, lorfque je vis ce cher fils étendu à terre! Cependant je ne le crus pas mort, et je courus chercher de l'eau de la reine d'Hongrie, croyant qu'il fe trouvait mal; et comme l'efpérance eft ce qui nous quitte le dernier, je lui donnai tous les fecours qu'il m'était poffible pour le rappeler à la vie, ne pouvant me perfuader qu'il fût mort. Nous nous en flattions tous, puifque l'on avait été chercher le chirurgien, et qu'il était auprès de moi, fans que je l'euffe vu ni aperçu; que lorfqu'il me dit qu'il était inutile de lui faire rien de plus, qu'il était mort. Je lui foutins alors que cela ne fe pouvait pas, et je le priai de redoubler fes attentions et de l'examiner plus exactement, ce qu'il fit inutilement. Cela n'était que trop vrai ; et pendant tout ce temps-là mon mari était appuyé fur un comptoir à fe défefpérer ; de forte que mon cœur était déchiré entre le déplorable fpectacle de mon fils mort, et la crainte de perdre ce cher mari, de la douleur à laquelle il fe livrait tout entier fans entendre aucune confolation ; et ce fut dans cet état que la juftice nous trouva, lorfqu'elle nous arrêta dans notre chambre où l'on nous avait fait remonter.

Voilà l'affaire tout comme elle s'eft paffée, mot à mot ; et je prie DIEU, qui connaît notre innocence, de me punir éternellement, fi j'ai augmenté ni diminué d'un *iota*, et fi je n'ai dit la pure vérité en toutes fes circonftances ; je fuis prête à fceller de mon fang cette vérité, &c.

L E T T R E

De Donat Calas, fils, à la veuve dame Calas,
fa mère.

De Châtelaine, 22 juin 1762.

MA chère infortunée et refpectable mère, j'ai vu votre lettre du 15 juin entre les mains d'un ami qui pleurait en la lifant ; je l'ai mouillée de mes larmes. Je fuis tombé à genoux ; j'ai prié DIEU de m'exterminer, fi aucun de ma famille était coupable de l'abominable parricide imputé à mon père, à mon

frère, et dans lequel vous, la meilleure et la plus vertueuſe des mères, avez été impliquée vous-même.

Obligé d'aller en Suiſſe depuis quelques mois pour
mon petit commerce, c'eſt là que j'appris le déſaſtre
inconcevable de ma famille entière. Je fus d'abord
que vous ma mère, mon père, mon frère *Pierre Calas*,
M. *Lavaiſſe*, jeune homme connu pour ſa probité et
pour la douceur de ſes mœurs, vous étiez tous aux
fers à Touloufe; que mon frère aîné, *Marc-Antoine
Calas*, était mort d'une mort affreuſe, et que la haine,
qui naît ſi ſouvent de la diverſité des religions, vous
accuſait tous de ce meurtre. Je tombai malade dans
l'excès de ma douleur, et j'aurais voulu être mort.

On m'apprit bientôt qu'une partie de la populace
de Touloufe avait crié à notre porte, en voyant mon
frère expiré : *C'eſt ſon père, c'eſt ſa famille proteſtante
qui l'a aſſaſſiné; il voulait ſe faire catholique;* (d) *il devait
abjurer le lendemain; ſon père l'a étranglé de ſes mains,
croyant faire une œuvre agréable à* DIEU; *il a été aſſiſté
dans ce ſacrifice par ſon fils Pierre, par ſa femme, par le
jeune Lavaiſſe.*

On ajoutait que *Lavaiſſe*, âgé de vingt ans, arrivé
de Bordeaux le jour même, avait été choiſi dans une
aſſemblée de proteſtans pour être le bourreau de la
ſecte, et pour étrangler quiconque changerait de
religion. On criait dans Toulouſe que c'était la juriſprudence ordinaire des réformés.

_____

(d) On a dit qu'on l'avait vu dans une égliſe. Eſt-ce une preuve qu'il
devait abjurer? ne voit-on pas tous les jours des catholiques venir entendre
les prédicateurs célèbres en Suiſſe, dans Amſterdam, à Genève, &c.? Enfin
il eſt prouvé que *Marc-Antoine Calas* n'avait pris aucunes meſures pour
changer de religion; ainſi nul motif de la colère prétendue de ſes parens.

L'extravagance abfurde de ces calomnies me raffurait ; plus elles manifeftaient de démence , plus
j'efpérais de la fageffe de vos juges.

Je tremblai, il eft vrai, quand toutes les nouvelles
m'apprirent qu'on avait commencé par faire enfevelir
mon frère *Marc-Antoine* dans une églife catholique ,
fur cette feule fuppofition imaginaire qu'il devait
changer de religion. On nous apprit que la confrérie
des pénitens blancs lui avait fait un fervice folennel
comme à un martyr, qu'on lui avait dreffé un maufolée , et qu'on avait placé fur ce maufolée fa figure,
tenant dans les mains une palme.

Je ne preffentis que trop les effets de cette précipitation et de ce fatal enthoufiafme. Je connus que ,
puifqu'on regardait mon frère *Marc - Antoine* comme
un martyr, on ne voyait dans mon père, dans vous,
dans mon frère *Pierre*, dans le jeune *Lavaiffe* que
des bourreaux. Je reftai dans une horreur ftupide
un mois entier. J'avais beau me dire à moi-même :
Je connais mon malheureux frère , je fais qu'il n'avait
point le deffein d'abjurer , je fais que s'il avait
voulu changer de religion, mon père et ma mère n'auraient jamais gêné fa confcience ; ils ont trouvé bon
que mon autre frère *Louis* fe fît catholique ; ils lui
font une penfion ; rien n'eft plus commun dans les
familles de ces provinces, que de voir des frères de
religion différente ; l'amitié fraternelle n'en eft point
refroidie ; la tolérance heureufe, cette fainte et divine
maxime dont nous fefons profeffion , ne nous laiffe
condamner perfonne ; nous ne favons point prévenir
les jugemens de DIEU ; nous fuivons les mouvemens
de notre confcience fans inquiéter celle des autres.

Il eft incompréhenfible, difais-je, que mon père et
ma mère, qui n'ont jamais maltraité aucun de leurs
enfans, en qui je n'ai jamais vu ni colère ni humeur,
qui jamais en leur vie n'ont commis la plus légère
violence, aient paffé tout d'un coup d'une douceur
habituelle de trente années à la fureur inouïe d'étrangler de leurs mains leur fils aîné, dans la crainte
chimérique qu'il ne quittât une religion qu'il ne
voulait point quitter.

Voilà, ma mère, les idées qui me raffuraient; mais
à chaque pofte c'étaient de nouvelles alarmes. Je
voulais venir me jeter à vos pieds et baifer vos chaînes.
Vos amis, mes protecteurs, me retinrent par des confidérations auffi puiffantes que ma douleur.

Ayant paffé près de deux mois dans cette incertitude effrayante, fans pouvoir ni recevoir de vos
lettres, ni vous faire parvenir les miennes, je vis enfin
les mémoires produits pour la juftification de l'innocence. Je vis dans deux de ces factums précifément
la même chofe que vous dites aujourd'hui dans votre
lettre du 15 juin, que mon malheureux frère *Marc-
Antoine* avait foupé avec vous avant fa mort, et
qu'aucun de ceux qui affiftèrent à ce dernier repas
de mon frère, ne fe fépara de la compagnie qu'au
moment fatal où l'on s'aperçut de fa fin tragique. (*e*)

(*e*) Il eft de la plus grande vraifemblance que *Marc-Antoine Calas* fe
défit lui-même; il était mécontent de fa fituation; il était fombre, àtrabi-
laire, et lifait fouvent des ouvrages fur le fuicide. *Lavaiffe*, avant le fouper,
l'avait trouvé dans une profonde rêverie. Sa mère s'en était auffi aperçue.
Ces mots, *je brûle*, répondus à la fervante, qui lui propofait d'approcher
du feu, font d'un grand poids. Il defcend feul en bas après fouper. Il exécute
fa réfolution funefte. Son frère, au bout de deux heures, en *reconduifant*
Lavaiffe, eft témoin de ce fpectacle. Tous deux s'écrient : le père vient, on

Pardonnez-moi fi je vous rappelle toutes ces images horribles; il le faut bien. Nos malheurs nouveaux vous retracent continuellement les anciens, et vous ne me pardonneriez pas de ne point rouvrir vos bleſſures. Vous ne ſauriez croire, ma mère, quel effet favorable fit fur tout le monde cette preuve que mon père et vous, et mon frère *Pierre*, et le fieur *Lavaiſſe*, vous ne vous étiez pas quittés un moment dans le temps qui s'écoula entre ce triſte ſouper et votre empriſonnement.

Voici comme on a raiſonné dans tous les endroits de l'Europe où notre calamité eſt parvenue; j'en fuis bien informé, et il faut que vous le fachiez. On diſait :

Si *Marc-Antoine Calas* a été étranglé par quelqu'un de ſa famille, il l'a été certainement par ſa famille entière, et par *Lavaiſſe* et par la ſervante même; car il eſt prouvé que cette famille, et *Lavaiſſe* et la ſervante (*f*) furent toujours tous enſemble, les juges en conviennent, rien n'eſt plus avéré. Ou tous les priſonniers font coupables, ou aucun d'eux ne l'eſt, il n'y a pas de milieu. Or il n'eſt pas dans la nature qu'une famille juſque-là irréprochable, un père

___

dépend le cadavre : voilà la première cauſe du jugement porté contre cet infortuné père. Il ne veut pas d'abord dire aux voiſins, aux chirurgiens, mon fils s'eſt pendu, il faut qu'on le traîne fur la claie, et qu'on déshonore ma famille. Il n'avoue la vérité que lorſqu'on ne peut plus la céler. C'eſt ſa piété paternelle qui l'a perdu : on a cru qu'il était coupable de la mort de ſon fils, parce qu'il n'avait pas voulu d'abord accuſer ſon fils.

(*f*) Cette ſervante eſt catholique et pieuſe; elle était dans la maiſon depuis trente ans; elle avait beaucoup ſervi à la converſion d'un des enfans du fieur *Calas*. Son témoignage eſt du plus grand poids. Comment n'a-t-il pas prévalu fur les préſomptions les plus trompeuſes ?

tendre, la meilleure des mères, un frère qui aimait
son frère, un ami qui arrivait dans la ville et qui
par hasard avait soupé avec eux, aient pu prendre
tous à la fois, et en un moment, sans aucune raison,
sans le moindre motif, la résolution inouïe de commettre un parricide. Un tel complot dans de telles
circonstances est impossible; (g) l'exécution en est
plus impossible encore. Il est donc infiniment probable
que les juges répareront l'affront fait à l'innocence.

Ces discours me soutenaient un peu dans mon
accablement.

Toutes ces idées de consolation ont été bien
vaines. La nouvelle arriva au mois de mars du
supplice de mon père. Une lettre qu'on voulait me
cacher, et que j'arrachai, m'apprit ce que je n'ai pas
la force d'exprimer, et ce qu'il vous a fallu si souvent
entendre.

Soutenez-moi, ma mère, dans ce moment où je
vous écris en tremblant, et donnez-moi votre courage; il est égal à votre horrible situation. Vos
enfans dispersés, votre fils aîné mort à vos yeux,
votre mari, mon père, expirant du plus cruel des
supplices, votre dot perdue, l'indigence et l'opprobre
succédant à la considération et à la fortune. Voilà
donc votre état! mais DIEU vous reste, il ne vous

(g) Dans quel temps le père aurait-il pu pendre son fils? Ce n'est pas
avant le souper, puisqu'ils soupèrent ensemble; ce n'est pas pendant le
souper; ce n'est pas après le souper, puisque le père et la famille étaient en
haut quand le fils était descendu. Comment le père, assisté même de
main-forte, aurait-il pu pendre son fils aux deux battans d'une porte au
rez-de-chaussée, sans un violent combat, sans un tumulte horrible? Enfin
pourquoi ce père aurait-il pendu son fils pour le dépendre? Quelle absur-
dité dans ces accusations!

a

a pas abandonnée ; l'honneur de mon père vous eſt cher ; vous bravez les horreurs de la pauvreté , de la maladie , de la honte même , pour venir de deux cents lieues implorer aux pieds du trône la juſtice du roi ; ſi vous parvenez à vous faire entendre , vous l'obtiendrez, ſans doute.

Que pourrait-on oppoſer aux cris et aux larmes d'une mère et d'une veuve, et aux démonſtrations de la raiſon ? Il eſt prouvé que mon père ne vous a pas quittée , qu'il a été conſtamment avec vous et avec tous les accuſés dans l'appartement d'en-haut , tandis que mon malheureux frère était mort au bas de la maiſon. Cela ſuffit. On a condamné mon père au dernier et au plus affreux des ſupplices ; mon frère eſt banni par un ſecond jugement ; et, malgré ſon banniſſement , on le met dans un couvent de jacobins de la même ville. Vous êtes hors de cour , *Lavaiſſe* hors de cour. Perſonne n'a conçu ces jugemens extraordinaires et contradictoires. Pourquoi mon frère n'eſt-il que banni , s'il eſt coupable du meurtre de ſon frère ? pourquoi, s'il eſt banni du Languedoc , eſt-il enfermé dans un couvent de Touloufe ? On n'y comprend rien. Chacun cherche la raiſon de ces arrêts et de cette conduite , et perſonne ne la trouve.

Tout ce que je fais , c'eſt que les juges , fur des indices trompeurs , voulaient condamner tous les accuſés au ſupplice , et qu'ils ſe contentèrent de faire périr mon père , dans l'idée où ils étaient que cet infortuné avouerait en expirant le crime de toute la famille. Ils furent étonnés , m'a-t-on dit , quand mon père , au milieu des tourmens , prit

Politique et Légiſl. Tome II.　　　　O

DIEU à témoin de son innocence et de la vôtre, et mourut en priant ce DIEU de miséricorde, de faire grâce à ces juges de rigueur que la calomnie avait trompés.

Ce fut alors qu'ils prononcèrent l'arrêt qui vous a rendu la liberté, mais qui ne vous a rendu ni vos biens dissipés, ni votre honneur indignement flétri, si pourtant l'honneur dépend de l'injustice des hommes.

Ce ne sont pas les juges que j'accuse : ils n'ont pas voulu, sans doute, assassiner juridiquement l'innocence ; j'impute tout aux calomnies, aux indices faux, mal exposés, aux rapports de l'ignorance, (h) aux méprises extravagantes de quelques déposans, aux cris d'une multitude insensée, et à ce zèle furieux qui veut que ceux qui ne pensent pas comme nous soient capables des plus grands crimes.

Il vous sera aisé, sans doute, de dissiper les illusions (i) qui ont surpris des juges, d'ailleurs intègres et éclairés ; car enfin, puisque mon père a été le seul

(h) Quand le père et la mère en larmes étaient vers les dix heures du soir auprès de leur fils, *Marc-Antoine*, déjà mort et froid, ils s'écriaient, ils poussaient des cris pitoyables, ils éclataient en sanglots ; ce sont ces sanglots, ces cris paternels, qu'on a imaginé être les cris mêmes de *Marc-Antoine Calas*, mort deux heures auparavant : et c'est sur cette méprise qu'on a cru qu'un père et une mère qui pleuraient leur fils mort, assassinaient ce fils ; et c'est sur cela qu'on a jugé.

(i) Un témoin a prétendu qu'on avait entendu *Calas* père menacer son fils, quelques semaines auparavant. Quel rapport des menaces paternelles peuvent-elles avoir avec un parricide ? *Marc-Antoine Calas* passait sa vie à la paume, au billard, dans les salles d'armes ; le père le menaçait, s'il ne changeait pas. Cette juste correction de l'amour paternel, et peut-être quelque vivacité, prouveront-elles le crime le plus atroce et le plus dénaturé ?

condamné, il faut que mon père ait commis feul le parricide. Mais comment fe peut-il faire qu'un vieillard de foixante et huit ans, que j'ai vu pendant deux ans attaqué d'un rhumatifme fur les jambes, ait feul pendu un jeune homme de vingt-huit ans, dont la force prodigieufe et l'adreffe fingulière étaient connues ?

Si le mot de *ridicule* pouvait trouver place au milieu de tant d'horreurs, le ridicule exceffif de cette fuppofition fuffirait feul, fans autre examen, pour nous obtenir la réparation qui nous eft due. Quels miférables indices, quels difcours vagues, quels rapports populaires pourront tenir contre l'im-poffibilité phyfique démontrée ?

Voilà où je m'en tiens. Il eft impoffible que mon père, que même deux perfonnes aient pu étrangler mon frère ; il eft impoffible, encore une fois, que mon père foit feul coupable, quand tous les accufés ne l'ont pas quitté d'un moment. Il faut donc abfo-lument, ou que les juges aient condamné un innocent, ou qu'ils aient prévariqué, en ne purgeant pas la terre de quatre monftres coupables du plus horrible crime.

Plus je vous aime et vous refpecte, ma mère, moins j'épargne les termes. L'excès de l'horreur dont on vous a chargée ne fert qu'à mettre au jour l'excès de votre malheur et de votre vertu. Vous demandez à préfent ou la mort ou la juftification de mon père; je me joins à vous, et je demande la mort avec vous, fi mon père eft coupable.

Obtenez feulement que les juges produifent le procès criminel ; c'eft tout ce que je veux, c'eft ce

que tout le monde défire, et ce qu'on ne peut refufer.
Toutes les nations, toutes les religions y font intéreffées. La juftice eft peinte un bandeau fur les yeux,
mais doit-elle être muette ? Pourquoi, lorfque l'Europe demande compte d'un arrêt fi étrange, ne
s'empreffe-t-on pas à le donner ?

C'eft pour le public que la punition des fcélérats
eft décernée : les accufations fur lefquelles on les
punit doivent donc être publiques. On ne peut
retenir plus long-temps dans l'obfcurité ce qui doit
paraître au grand jour. Quand on veut donner
quelque idée des tyrans de l'antiquité, on dit qu'ils
décidaient arbitrairement de la vie des hommes. Les
juges de Touloufe ne font point des tyrans, ils font
les miniftres des lois, ils jugent au nom d'un roi
jufte ; s'ils ont été trompés, c'eft qu'ils font hommes :
ils peuvent le reconnaître, et devenir eux-mêmes vos
avocats auprès du trône.

Adreffez-vous donc à monfieur le chancelier, (*k*) à

(*k*) Monfieur le chancelier fe fouviendra, fans doute, de ces paroles de
M. d'*Agueffeau* fon prédéceffeur, dans fa feizième mercuriale : » Qui croirait
» qu'une première impreffion pût décider quelquefois de la vie et de la
» mort ? Un amas fatal de circonflances qu'on dirait que la fortune a
» affemblées exprès pour faire périr un malheureux, une foule de témoins
» muets, et par-là plus redoutables, dépofent contre l'innocence ; le juge
» fe prévient, l'indignation s'allume, et fon zèle même le féduit : moins
» juge qu'accufateur, il ne voit plus que ce qui fert à condamner, et il
» facrifie aux raifonnemens de l'homme celui qu'il aurait fauvé, s'il n'avait
» admis que les preuves de la loi. Un événement imprévu fait quelquefois
» éclater dans la fuite l'innocence accablée fous le poids des conjectures,
» et dément les indices trompeurs dont la fauffe lumière avait ébloui
» l'efprit du magiftrat. La vérité fort du nuage de la vraifemblance : mais
» elle en fort trop tard ; le fang de l'innocence demande vengeance
» contre la prévention de fon juge, et le magiftrat eft réduit à pleurer
» toute fa vie un malheur que fon repentir ne peut réparer. »

meffieurs les miniftres, avec confiance. Vous êtes timide, vous craignez de parler, mais votre caufe parlera. Ne croyez point qu'à la cour on foit auffi infenfible, auffi dur, auffi injufte que l'écrivent d'impudens raifonneurs, à qui les hommes de tous les états font également inconnus. Le roi veut la juftice, c'eft la bafe de fon gouvernement ; fon confeil n'a certainement nul intérêt que cette juftice ne foit pas rendue. Croyez-moi, il y a dans les cœurs de la compaffion et de l'équité : les paffions turbu-lentes et les préjugés étouffent fouvent en nous ces fentimens ; et le confeil du roi n'a certainement ni paffion dans cette affaire, ni préjugé qui puiffe étein-dre fes lumières.

Qu'arrivera-t-il enfin ? le procès criminel fera-t-il mis fous les yeux du public ? alors on verra fi le rapport contradictoire (*l*) d'un chirurgien, et quelques méprifes frivoles doivent l'emporter fur les démon-ftrations les plus évidentes que l'innocence ait jamais produites. Alors on plaindra les juges de n'avoir point vu par leurs yeux dans une affaire fi importante,

(*l*) De très-mauvais phyficiens ont prétendu qu'il n'était pas poffible que *Marc-Antoine* fe fût pendu. Rien n'eft pourtant fi poffible : ce qui ne l'eft pas, c'eft qu'un vieillard ait pendu, au bas de la maifon, un jeune homme robufte, tandis que ce vieillard était en haut.

N. B. Le père, en arrivant fur le lieu où fon fils était fufpendu, avait voulu couper la corde, elle avait cédé d'elle-même ; il crut l'avoir coupée : il fe trompa fur ce fait inutile devant les juges qui le crurent coupable.

On dit encore que ce père, accablé et hors de lui-même, avait dit dans fon interrogatoire, *tous les conviés paffèrent au fortir de table dans la même chambre. Pierre* lui répliqua : Eh mon père, oubliez-vous que mon frère *Marc-Antoine*, fortit avant nous et defcendit en bas ? Oui, vous avez raifon, répondit le père. *Vous vous coupez, vous êtes coupable*, dirent les juges. Si cette anecdote eft vraie, de quoi dépend la vie des hommes ?

et de s'en être rapportés à l'ignorance ; alors les juges eux-mêmes (*m*) joindront leurs voix aux nôtres. Refuferont-ils de tirer la vérité de leur greffe ? cette vérité s'élèvera avec plus de force.

Perſiſtez donc , ma mère , dans votre entreprife ; laiſſons là notre fortune ; nous ſommes cinq enfans ſans pain , mais nous avons tous de l'honneur , et

---

(*m*) Qu'on oppofe indices à indices, dépofitions à dépofitions, conjectures à conjectures ; et les avocats qui ont défendu la caufe des accufés , font prêts à faire voir l'innocence de celui qui a été facrifié. S'il ne s'agit que de conviction , on s'en rapporte à l'Europe entière. S'il s'agit d'un examen juridique , on s'en rapporte à tous les magiftrats , à ceux de Touloufe même , qui, avec le temps, fe feront un honneur et un devoir de réparer, s'il eft poffible, un malheur dont plufieurs d'entre eux font effrayés aujourd'hui. Qu'ils defcendent dans eux-mêmes , qu'ils voient par quel raifonnement ils fe font dirigés. Ne fe font-ils pas dit : *Marc-Antoine Calas* n'a pû fe pendre lui-même ; donc d'autres l'ont pendu : il a foupé avec fa famille et avec *Lavaiſſe* ; donc il a été étranglé par fa famille et par *Lavaiſſe* : on l'a vu une ou deux fois, dit-on , dans une églife ; donc fa famille proteftante l'a étranglé par principe de religion. Voilà les préfomptions qui les excufent.

Mais à préfent les juges fe difent : Sans doute , *Marc-Antoine Calas* a pû renoncer à la vie ; il eft phyfiquement impoffible que fon père feul l'ait étranglé ; donc fon père feul ne devait pas périr : il nous eft prouvé que la mère, et fon fils *Pierre* , et *Lavaiſſe* , et la fervante , qui feuls pouvaient être coupables avec le père , font tous innocens , puifque nous les avons tous élargis ; donc il nous eft prouvé que *Calas* , le père , qui ne les a pas quittés un inftant , eft innocent comme eux.

Il eft reconnu que *Marc-Antoine Calas* ne devait pas abjurer ; donc il eft impoffible que fon père l'ait immolé à la fureur du fanatifme. Nous n'avons aucun témoin oculaire , et il ne peut en être. Il n'y a eu que des rapports d'après des ouï-dire : or ces vains rapports ne peuvent balancer la déclaration de *Calas* fur la roue, et l'innocence avérée des autres accufés ; donc *Calas* , le père , que nous avons roué , était innocent ; donc nous devons pleurer fur le jugement que nous avons rendu ; et ce n'eft pas-là le premier exemple d'un fi jufte et fi noble repentir.

nous le préférons, comme vous, à la vie. Je me jette à vos pieds, je les baigne de mes pleurs ; je vous demande votre bénédiction avec un refpect que vos malheurs augmentent.

DONAT CALAS.

MEMOIRE DE DONAT CALAS,

Pour fon père, fa mère et fon frère.

JE commence par avouer que toute notre famille eft née dans le fein d'une religion qui n'eft pas la dominante. On fait affez combien il en coûte à la probité de changer. Mon père et ma mère ont perfévéré dans la religion de leurs pères ; on nous a trompés peut-être mes parens et moi, quand on nous a dit que cette religion eft celle que profeffaient autrefois la France, la Germanie et l'Angleterre, lorfque le concile de Francfort, affemblé par *Charlemagne*, condamnait le culte des images ; lorfque *Ratram*, fous *Charles le chauve*, écrivait en cent endroits de fon livre, en fefant parler JESUS-CHRIST même : *Ne croyez pas que ce foit corporellement que vous mangiez ma chair, et buviez mon fang;* lorfqu'on chantait dans la plupart des églifes cette homélie confervée dans plufieurs bibliothèques : *Nous recevons le corps et le fang de* JESUS-CHRIST, *non corporellement, mais fpirituellement.*

O 4

Quand on se fut fait, m'a-t-on dit, des notions plus relevées de ce mystère, quand on crut devoir changer l'économie de l'Eglise, plusieurs évêques ne changèrent point : sur-tout *Claude*, évêque de Turin, retint les dogmes et le culte que le concile de Francfort avait adoptés, et qu'il crut être ceux de l'Eglise primitive ; il y eut toujours un troupeau attaché à ce culte. Le grand nombre prévalut, et prodigua à nos pères les noms de *manichéens*, de *bulgares*, de *patarins*, de *lollards*, de *vaudois*, d'*albigeois*, d'*huguenots*, de *calvinistes*.

Telles sont les idées acquises par l'examen que ma jeunesse a pu me permettre : je ne les rapporte pas pour étaler une vaine érudition, mais pour tâcher d'adoucir dans l'esprit de nos frères catholiques la haine qui peut les armer contre leurs frères : mes notions peuvent être erronées, mais ma bonne foi n'est point criminelle.

Nous avons fait de grandes fautes, comme tous les autres hommes : nous avons imité les fureurs des *Guise*, mais nous avons combattu pour *Henri IV*, si cher à *Louis XV*. Les horreurs des Cévènes commises par des paysans insensés, et que la licence des dragons avait fait naître, ont été mises en oubli, comme les horreurs de la fronde. Nous sommes les enfans de *Louis XV*, ainsi que ses autres sujets ; nous le vénérons, nous chérissons en lui notre père commun, nous obéissons à toutes ses lois, nous payons avec alégresse des impôts nécessaires pour le soutien de sa juste guerre ; nous respectons le clergé de France qui fait gloire d'être soumis, comme nous, à son autorité royale et paternelle ; nous révérons les parlemens, nous les regardons comme les défenseurs du trône et de l'Etat contre les entreprises ultramontaines. C'est dans ces fentimens que j'ai été élevé, et c'est ainfi que penfe parmi nous quiconque fait lire et écrire. Si nous avons quelques grâces à demander, nous les efpérons en filence de la bonté du meilleur des rois.

Il n'appartient pas à un jeune homme, à un infortuné de décider laquelle des deux religions eft la plus agréable à l'être fuprême; tout ce que je fais, c'eft que le fond de la religion eft entièrement femblable pour tous les cœurs bien nés; que tous aiment également DIEU, leur patrie et leur roi.

L'horrible aventure dont je vais rendre compte pourra émouvoir la juftice de ce roi bienfefant et de fon confeil, la charité du clergé qui nous plaint, en nous croyant dans l'erreur, et la compaffion généreufe du parlement même qui nous a plongés dans la plus affreufe calamité où une famille honnête puiffe être réduite.

Nous fommes actuellement cinq enfans orphelins, car notre père a péri par le plus grand des fupplices, et notre mère pourfuit loin de nous, fans fecours et fans appui, la juftice due à la mémoire de mon père. Notre caufe eft celle de toutes les familles; c'eft celle de la nature : elle intéreffe l'Etat, la religion et les nations voifines.

Mon père, *Jean Calas*, était un négociant établi à Touloufe depuis quarante ans. Ma mère eft anglaife, mais elle eft, par fon aïeule, de la maifon de la *Garde-Montefquieu*, et tient à la principale nobleffe du Languedoc. Tous deux ont élevé leurs enfans avec tendreffe; jamais aucun de nous n'a effuyé d'eux ni

coups ni mauvaife humeur : il n'a peut-être jamais
été de meilleurs parens.

S'il fallait ajouter à mon témoignage des témoignages étrangers, j'en produirais plufieurs. (*n*)

Tous ceux qui ont vécu avec nous favent que mon
père ne nous a jamais gênés fur le choix d'une religion :
il s'en eft toujours rapporté à DIEU et à notre confcience. Il était fi éloigné de ce zèle amer qui indifpofe
les efprits , qu'il a toujours eu dans fa maifon une
fervante catholique.

Cette fervante très-pieufe contribua à la converfion
d'un de mes frères, nommé *Louis* : elle refta auprès de
nous après cette action ; on ne lui fit aucuns reproches : il n'y a point de plus forte preuve de la bonté
du cœur de mes parens.

Mon père déclara en préfence de fon fils *Louis*,
devant M. de *la Motte*, confeiller au parlement, *que
pourvu que la converfion de fon fils fût fincère, il ne pouvait
la défapprouver, parce que de gêner les confciences ne fert
qu'à faire des hypocrites.* Ce furent fes propres paroles,
que mon frère *Louis* a confignées dans une déclaration
publique, au temps de notre cataftrophe.

Mon père lui fit une penfion de quatre cents livres,
et jamais aucun de nous ne lui a fait le moindre

(*n*) J'attefte devant DIEU, que j'ai demeuré pendant quatre ans à
Touloufe chez les fieur et dame *Calas*, que je n'ai jamais vu une famille
plus unie, ni un père plus tendre, et que, dans l'efpace de quatre années,
il ne s'eft pas mis une fois en colère ; que fi j'ai quelques fentimens
d'honneur, de droiture et de modération, je les dois à l'éducation que
j'ai reçue chez lui.

                                        Genève 5 juillet 1762.

    Signé J. Calvet, *caiffier des poftes de Suiffe, d'Allemagne et d'Italie.*

reproche de fon changement. Tel était l'efprit de douceur et d'union que mon père et ma mère avaient établi dans notre famille. D I E U la béniffait; nous jouiffions d'un bien honnête, nous avions des amis; et pendant quarante ans notre famille n'eut dans Touloufe ni procès ni querelle avec perfonne. Peut-être quelques marchands, jaloux de la profpérité d'une maifon de commerce qui était d'une autre religion qu'eux, excitaient la populace contre nous; mais notre modération conftante femblait devoir adoucir leur haine.

Voici comment nous fommes tombés de cet état heureux dans le plus épouvantable défaftre. Notre frère *Marc-Antoine Calas*, la fource de tous nos malheurs, était d'une humeur fombre et mélancolique ; il avait quelques talens, mais n'ayant pu réuffir ni à fe faire recevoir licencié en droit, parce qu'il eût fallu faire des actes de catholique, ou acheter des certificats ; ne pouvant être négociant, parce qu'il n'y était pas propre ; fe voyant repouffé dans tous les chemins de la fortune, il fe livrait à une douleur profonde. Je le voyais fouvent lire des morceaux de divers auteurs fur le fuicide, tantôt de *Plutarque* ou de *Sénèque*, tantôt de *Montagne* : il favait par cœur la traduction en vers du fameux monologue de *Hamlet*, fi célèbre en Angleterre, et des paffages d'une tragi-comédie françaife intitulée *Sidney*. Je ne croyais pas qu'il dût mettre un jour en pratique des leçons fi funeftes.

Enfin un jour, c'était le 13 octobre 1761 ; (je n'y étais pas, mais on peut bien croire que je ne fuis que trop inftruit) ce jour, dis-je, un fils de M. *Lavaiffe*, fameux avocat de Touloufe, arrivé de Bordeaux, veut

aller voir fon père qui était à la campagne; il cherche
par-tout des chevaux, il n'en trouve point : le hafard
fait que mon père et mon frère *Marc-Antoine*, fon ami,
le rencontrent et le prient à fouper; on fe met à table
à fept heures, felon l'ufage fimple de nos familles
réglées et occupées, qui finiffent leur journée de bonne
heure pour fe lever avant le foleil. Le père, la mère,
les enfans, leur ami font un repas frugal, au premier
étage. La cuifine était auprès de la falle à manger; la
même fervante catholique apportait les plats, entendait et voyait tout. Je ne peux que répéter ici ce qu'a
dit ma malheureufe et refpectable mère. Mon frère
Marc-Antoine fe lève de table un peu avant les autres,
il paffe dans la cuifine; la fervante lui dit : Approchez-
vous du feu ; *ah !* répondit-il, *je brûle*. Après avoir
proféré ces paroles qui n'en difent que trop, il defcend
en bas, vers le magafin, d'un air fombre, et profondément penfif. Ma famille, avec le jeune *Lavaiffe*, continue
une converfation paifible jufqu'à neuf heures trois
quarts; fans fe quitter un moment. M. *Lavaiffe* fe retire;
ma mère dit à fon fecond fils, *Pierre*, de prendre un
flambeau, et de l'éclairer. Ils defcendent; mais quel
fpectacle s'offre à eux ! ils voient la porte du magafin
ouverte, les deux battans rapprochés, un bâton, fait
pour ferrer et affujettir les ballots, paffé au haut des
deux battans, une corde à nœuds coulans, et mon
malheureux frère fufpendu en chemife, les cheveux
arrangés, fon habit plié fur le comptoir.

A cet objet ils pouffent des cris : Ah, mon Dieu! ah,
mon Dieu! Ils remontent l'efcalier, ils appellent le père;
la mère fuit toute tremblante; ils l'arrêtent, ils la
conjurent de refter ; ils volent chez les chirurgiens,

chez les magiſtrats. La mère effrayée deſcend avec
la ſervante ; les pleurs et les cris redoublent ; que
faire ? laiſſera-t-on le corps de ſon fils ſans ſecours ? le
père embraſſe ſon fils mort ; la corde cède au premier
effort, parce qu'un des bouts du bâton gliſſait aiſément
ſur les ˈbattans, et que le corps ſoulevé par le père
n'aſſujettiſſait plus ce billot. La mère veut faire avaler
à ſon fils des liqueurs ſpiritueuſes ; la ſervante multiplie en vain ſes ſecours, mon frère était mort. Aux
cris et aux ſanglots de mes parens, la populace envi-
ronnait déjà la maiſon ; j'ignore quel fanatique imagina
le premier que mon frère était un martyr, que ſa
famille l'avait étranglé pour prévenir ſon abjuration.
Un autre ajoute que cette abjuration devait ſe faire le
lendemain. Un troiſième dit que la religion proteſtante
ordonne aux pères et mères d'égorger ou d'étrangler
leurs enfans, quand ils veulent ſe faire catholiques.
Un quatrième dit que rien n'eſt plus vrai, que les
proteſtans ont dans leur dernière aſſemblée nommé
un bourreau de la ſecte, que le jeune *Lavaiſſe*, âgé de
dix-neuf à vingt ans, eſt le bourreau ; que ce jeune
homme, la candeur et la douceur même, eſt venu de
Bordeaux à Toulouſe exprès pour pendre ſon ami.
Voilà bien le peuple ! voilà un tableau trop fidèle de
ſes excès !

Ces rumeurs volaient de bouche en bouche ; ceux
qui avaient entendu les cris de mon frère *Pierre* et du
ſieur *Lavaiſſe*, et les gémiſſemens de mon père et de
ma mère, à neuf heures trois quarts, ne manquaient
pas d'affirmer qu'ils avaient entendu les cris de mon
frère étranglé, et qui était mort, deux heures auparavant.

Pour comble de malheur, le capitoul, prévenu par ces clameurs, arrive fur le lieu avec fes affeffeurs, et fait tranfporter le cadavre à l'hôtel-de-ville. Le procès-verbal fe fait à cet hôtel, au lieu d'être dreffé dans l'endroit même où l'on a trouvé le mort, comme on m'a dit que la loi l'ordonne. (*o*) Quelques témoins ont dit que ce procès-verbal, fait à l'hôtel-de-ville, était daté de la maifon du mort ; ce ferait une grande preuve de l'animofité qui a perdu ma famille. Mais qu'importe que le juge en premier reffort ait commis cette faute ? nous ne prétendons accufer perfonne ; ce n'eft pas cette irrégularité feule qui nous a été fatale.

Ces premiers juges ne balançaient pas entre un fuicide qui eft rare en ce pays, et un parricide qui eft encore mille fois plus rare. Ils croyaient le parricide ; ils le fuppofaient fur le changement prétendu de religion que le mort devait faire ; et on va vifiter fes papiers, fes livres, pour voir s'il n'y avait pas quelque preuve de ce changement ; on n'en trouve aucune.

Enfin un chirurgien, nommé *la Marque*, eft nommé pour ouvrir l'eftomac de mon frère, et pour faire rapport s'il y a trouvé des reftes d'alimens. Son rapport dit que les alimens avaient été pris, quatre heures avant fa mort. Il fe trompait évidemment de plus de deux. Il eft clair qu'il voulait fe faire valoir en prononçant quel temps il faut pour la digeftion, que la diverfité des tempéramens rend plus ou moins lente. Cette petite erreur d'un chirurgien devait-elle préparer le fupplice de mon père ? la vie des hommes dépend donc d'un mauvais raifonnement !

(*o*) Ordonnance de 1670, article I, titre IV.

Il n'y avait point de preuve contre mes parens, et il ne pouvait y en avoir aucune : on eut incontinent recours à un monitoire. Je n'examine pas fi ce monitoire était dans les règles ; on y fuppofait le crime, et on demandait la révélation des preuves. On fuppofait *Lavaiffe* mandé de Bordeaux pour être bourreau, et on fuppofait l'affemblée tenue pour élire ce bourreau, le jour même de l'arrivée de *Lavaiffe*, 13 octobre. On imaginait que, quand on étrangle quelqu'un pour caufe de religion , on le fait mettre à genoux ; et on demandait fi l'on n'avait pas vu le malheureux *Marc-Antoine Calas* à genoux devant fon père qui l'étranglait pendant la nuit , dans un endroit où il n'y avait point de lumière.

On était sûr que mon frère était mort catholique, et l'on demandait des preuves de fa catholicité , quoiqu'il foit bien prouvé que mon frère n'avait point changé de religion, et n'en voulait point changer. On était fur-tout perfuadé que la maxime de tous les proteftans eft d'étrangler leur fils, dès qu'ils ont le moindre foupçon que leur fils veut être catholique ; et ce fanatifme fut porté au point , que toute l'Eglife de Genève fe crut obligée d'envoyer une atteftation de fon horreur pour des idées fi abominables et fi infenfées , et de l'étonnement où elle était qu'un tel foupçon eût jamais pu entrer dans la tête des juges.

Avant que ce monitoire parût, il s'éleva une voix du peuple, qui dit que mon frère *Marc-Antoine* devait entrer le lendemain dans la confrérie des pénitens blancs : auffitôt les capitouls ordonnèrent qu'on enterrât mon frère pompeufement au milieu de l'églife de Saint-Etienne. Quarante prêtres et tous les pénitens blancs affiftèrent au convoi. (*p*)

Quatre jours après, les pénitens blancs lui firent un fervice folennel dans leur chapelle ; l'églife était tendue de blanc ; on avait élevé au milieu un catafalque, au haut duquel on voyait un fquelette humain qu'un chirurgien avait prêté : ce fquelette tenait dans une main un papier où on lifait ces mots, *Abjuration contre l'héréfie* ; et de l'autre, une palme, l'emblême de fon martyre.

Le lendemain, les cordeliers lui firent un pareil fervice. On peut juger fi un tel éclat acheva d'enflammer tous les efprits ; les pénitens blancs et les cordeliers dictaient, fans le favoir, la mort de mon père.

Le parlement faifit bientôt cette affaire. Il caffa d'abord la procédure des capitouls, qui, étant vicieufe dans toutes fes formes, ne pouvait pas fubfifter ; mais le préjugé fubfifta avec violence. Tous les zélés voulaient dépofer ; l'un avait vu dans l'obfcurité, à travers le trou de la ferrure de la porte, des hommes qui couraient ; l'autre avait entendu, du fond d'une maifon éloignée à l'autre bout de la rue, la voix de *Calas* qui fe plaignait d'avoir été étranglé.

Un peintre, nommé *Mateï*, dit que fa femme lui avait *dit* qu'une nommée *Mandrille* lui avait *dit* qu'une inconnue lui avait *dit* avoir entendu les cris de *Marc-Antoine Calas*, à une autre extrémité de la ville.

Mais pour tous les accufés, mon père, ma mère,

_____

(*p*) Il y a dans Touloufe quatre confréries de pénitens, blancs, bleus, gris, noirs : ils portent une longue capote, avec un mafque de la même couleur, percé de deux trous pour les yeux.

mon

mon frère *Pierre*, le jeune *Lavaiffe* et la fervante, ils furent unanimement d'accord fur tous les points effentiels ; tous aux fers, tous féparément interrogés, ils foutinrent la vérité, fans jamais varier ni au récolement, ni à la confrontation.

Leur trouble mortel put, à la vérité, faire chanceler leur mémoire fur quelques petites circonftances, qu'ils n'avaient aperçues qu'avec des yeux égarés et offufqués par les larmes ; mais aucun d'eux n'héfita un moment fur tout ce qui pouvait conftater leur innocence. Les cris de la multitude, l'ignorante dépofition du chirurgien *la Marque*, des témoins auriculaires qui, ayant une fois débité des accufations abfurdes, ne voulaient pas s'en dédire, l'emportèrent fur la vérité la plus évidente.

Les juges avaient, d'un côté, ces accufations frivoles fous leurs yeux ; de l'autre, l'impoffibilité démontrée que mon père, âgé de foixante et huit ans, eût pu feul pendre un jeune homme de vingt-huit ans beaucoup plus robufte que lui, comme on l'a déjà dit ailleurs ; ils convenaient bien que ce crime était difficile à commettre, mais ils prétendaient qu'il était encore plus difficile que mon frère *Marc-Antoine Calas* eût terminé lui-même fa vie.

Vainement *Lavaiffe* et la fervante prouvaient l'innocence de mon père, de ma mère et de mon frère *Pierre* ; *Lavaiffe* et la fervante étaient eux-mêmes accufés ; le fecours de ces témoins néceffaires nous fut ravi contre l'efprit de toutes les lois.

Il eft clair, et tout le monde en convient, que fi *Marc-Antoine Calas* avait été affaffiné, il l'avait été par toute la famille, et par *Lavaiffe* et la fervante ;

Politique et Légifl. Tome II.   P

qu'ils étaient ou tous innocens, ou tous coupables, puisqu'il était prouvé qu'ils ne s'étaient pas quittés un moment, ni pendant le souper, ni après souper.

J'ignore par quelle fatalité les juges crurent mon père criminel, et comment la forme l'a emporté sur le fond. On m'a assuré que plusieurs d'entre eux soutinrent long-temps l'innocence de mon père, mais qu'ils cédèrent enfin à la pluralité. Cette pluralité croyait toute ma famille et le jeune *Lavaisse* également coupables. Il est certain qu'ils condamnèrent mon malheureux père au supplice de la roue, dans l'idée où ils étaient qu'il ne résisterait pas aux tourmens, et qu'il avouerait les prétendus compagnons de son crime dans l'horreur du supplice.

Je l'ai déjà dit, et je ne peux trop le répéter, ils furent surpris de le voir mourir en prenant à témoin de son innocence le DIEU devant lequel il allait comparaître. Si la voix publique ne m'a pas trompé, les deux dominicains, nommés *Bourges* et *Caldaguès*, qu'on lui donna pour l'assister dans ces momens cruels, ont rendu témoignage de sa résignation; ils le virent pardonner à ses juges, et les plaindre; ils souhaitèrent enfin de mourir un jour avec des sentimens de piété aussi touchans.

Les juges furent obligés bientôt après d'élargir ma mère, le jeune *Lavaisse* et la servante; ils bannirent mon frère *Pierre*; et j'ai toujours dit avec le public: Pourquoi le bannir, s'il est innocent? et pourquoi se borner au bannissement, s'il est coupable?

J'ai toujours demandé pourquoi, ayant été conduit hors de la ville par une porte, on le laissa, ou on le fit rentrer sur le champ par une autre? pourquoi il

fut enfermé trois mois dans un couvent de dominicains ? voulait-on le convertir au lieu de le bannir ?
mettait-on son rappel au prix de son changement ?
puniſſait-on , fefait-on grâce arbitrairement ? et le
ſupplice affreux de ſon père était-il un moyen de
perſuaſion ?

Ma mère , après cette horrible cataſtrophe , a eu
le courage d'abandonner ſa dot et ſon bien ; elle eſt
allée à Paris , ſans autre ſecours que ſa vertu , implorer
la juſtice du roi : elle oſe eſpérer que le conſeil de
ſa majeſté ſe fera repréſenter la procédure faite à
Toulouſe. Qui ſait même ſi les juges , touchés de la
conduite généreuſe de ma mère , n'en verront pas
plus évidemment l'innocence déjà entrevue de celui
qu'ils ont condamné ? N'apercevront ils pas qu'une
femme ſans appui n'oſerait aſſurément demander la
reviſion du procès , ſi ſon mari était criminel ? aurait-
elle fait deux cents lieues pour aller chercher la
mort qu'elle mériterait ? cela n'eſt pas plus dans la
nature humaine que le crime dont mon père a été
accuſé. Car , je le dis encore avec horreur , ſi mon
père a été coupable de ce parricide , ma mère et mon
frère *Pierre Calas* le ſont auſſi : *Lavaiſſe* et la ſervante
ont eu , ſans doute , part au crime. Ma mère aurait-
elle entrepris ce voyage pour les expoſer tous au
ſupplice, et s'y expoſer elle-même ?

Je déclare que je penſe comme elle , que je me
ſoumets à la mort comme elle , ſi mon père a commis ,
contre DIEU , la nature , l'Etat et la religion , le
crime qu'on lui a imputé.

Je me joins donc à cette vertueuſe mère par cet
acte légal ou non, mais public et ſigné de moi. Les

avocats qui prendront fa défenfe, pourront mettre au jour les nullités de la procédure : c'eft à eux qu'il appartient de montrer que *Lavaiffe* et la fervante, quoiqu'accufés, étaient des témoins néceffaires, qui dépofaient invinciblement en faveur de mon père. Ils expoferont la néceffité où les juges ont été réduits de fuppofer qu'un vieillard de foixante et huit ans, que j'ai vu incommodé des jambes, avait feul pendu fon propre fils, le plus robufte des hommes, et l'impoffibilité abfolue d'une telle exécution.

Ils mettront dans la balance, d'un côté, cette impoffibilité phyfique ; et de l'autre, des rumeurs populaires. Ils pèferont les probabilités ; ils difcuteront les témoignages auriculaires.

Que ne diront-ils pas fur tous les foins que nous avons pris depuis trois mois pour nous faire communiquer la procédure, et fur les refus qu'on nous en a faits ? Le public et le confeil ne feront-ils pas faifis d'indignation et de pitié, quand ils apprendront qu'un procureur nous a demandé deux cents louis d'or, à nous, à une famille devenue indigente, pour nous faire avoir cette procédure d'une manière illégale ?

Je ne demande point pardon aux juges d'élever ma voix contre leur arrêt ; ils le pardonnent, fans doute, à la piété filiale ; ils me méprifent trop fi j'avais une autre conduite ; et peut-être quelques-uns d'eux mouilleront mon mémoire de leurs larmes.

Cette aventure épouvantable intéreffe toutes les religions et toutes les nations ; il importe à l'Etat de favoir de quel côté eft le fanatifme le plus dangereux. Je frémis en y penfant, et plus d'un lecteur fenfible frémira comme moi-même.

Seul dans un défert, dénué de confeil, d'appui, de confolation, je dis à monfeigneur le chancelier et à tout le confeil d'Etat : Cette requête que je mets à vos pieds eft extrajudiciaire ; mais rendez-la judiciaire par votre autorité et par votre juftice. N'ayez point pitié de ma famille, mais faites paraître la vérité. Que le parlement de Touloufe ait le courage de publier les procédures ; l'Europe les demande, et s'il ne les produit pas, il voit ce que l'Europe décide.

A Châtelaine, 22 juillet 1762.

Signé DONAT CALAS.

Déclaration de Pierre Calas.

EN arrivant chez mon frère *Donat Calas* pour pleurer avec lui, j'ai trouvé entre fes mains ce mémoire qu'il venait d'achever pour la juftification de notre malheureufe famille. Je me joins à ma mère et à lui ; je fuis prêt à attefter la vérité de tout ce qu'il vient d'écrire ; je ratifie tout ce qu'a dit ma mère ; et devenu plus courageux par fon exemple, je demande avec elle à mourir, fi mon père a été criminel.

Je dépofe, et je promets de dépofer juridiquement ce qui fuit :

Le jeune *Gober Lavaiffe*, âgé de dix-neuf à vingt ans, jeune homme des mœurs les plus douces, élevé

P 3

dans la vertu par fon père, célèbre avocat, était l'ami
de *Marc-Antoine*, mon frère; et ce frère était un homme
de lettres, qui avait étudié auffi pour être avocat.
Lavaiffe foupa avec nous, le 13 octobre 1761, comme
on l'a dit. Je m'étais un peu endormi après le fouper,
au temps que le fieur *Lavaiffe* voulut prendre congé.
Ma mère me réveilla, et me dit d'éclairer notre ami
avec un flambeau.

On peut juger de mon horrible furprife, quand je
vis mon frère fufpendu, en chemife, aux deux battans
de la porte de la boutique qui donne dans le magafin.
Je pouffai des cris affreux; j'appelai mon père, il
defcend éperdu, il prend à braffe-corps fon malheureux fils, en fefant gliffer le bâton et la corde qui le
foutenaient; il ôte la corde du cou, en élargiffant le
nœud; il tremblait, il pleurait, il s'écriait dans cette
opération funefte. Va, me dit-il, au nom DIEU, chez
le chirurgien *Camoire*, notre voifin; peut-être mon
pauvre fils n'eft pas tout-à-fait mort.

Je vole chez le chirurgien, je ne trouve que le fieur
Gorfe, fon garçon, et je l'amène avec moi. Mon père
était entre ma mère, et un de nos voifins nommé
Delpèche, fils d'un négociant catholique qui pleurait
avec eux. Ma mère tâchait en vain de faire avaler à
mon frère des eaux fpiritueufes, et lui frottait les
tempes. Le chirurgien *Gorfe* lui tâte le pouls et le
cœur, il le trouve mort et déjà froid; il lui ôte fon
tour de cou qui était de taffetas noir, il voit l'impreffion d'une corde, et prononce qu'il eft étranglé.

Sa chemife n'était pas feulement froiffée, fes cheveux arrangés comme à l'ordinaire, et je vis fon habit
proprement plié fur le comptoir. Je fors pour aller

par-tout demander confeil. Mon père, dans l'excès de
fa douleur, me dit : Ne va pas répandre le bruit que
ton frère s'eft défait lui-même, fauve au moins l'hon-
,neur de ta miférable famille. Je cours, tout hors de
moi, chez le fieur *Cafeing*, ami de la maifon, négociant qui demeurait à la bourfe; je l'amène au logis;
il nous confeille d'avertir au plus vîte la juftice; je
vole chez le fieur *Claufade*, homme de loi; *Lavaiffe*
court chez le greffier des capitouls, chez l'affeffeur
maître *Monier*. Je retourne en hâte me rendre auprès
de mon père, tandis que *Lavaiffe* et *Claufade* fefaient
relever l'affeffeur, qui était déjà couché, et qu'ils vont
avertir le capitoul lui-même.

Le capitoul était déjà parti, fur la rumeur publique,
pour fe rendre chez nous. Il entre avec quarante
foldats; j'étais en-bas pour le recevoir; il ordonne
qu'on me garde.

Dans ce moment même l'affeffeur arrivait avec les
fieurs *Claufade* et *Lavaiffe*. Les gardes ne voulurent
point laiffer entrer *Lavaiffe*, et le repoufsèrent : ce ne
fut qu'en fefant beaucoup de bruit, en infiftant, et
en difant qu'il avait foupé avec la famille, qu'il
obtint du capitoul qu'on le laifsât entrer.

Quiconque aura la moindre connaiffance du cœur
humain, verra bien par toutes ces démarches quelle
était notre innocence; comment pouvait-on la foup-
,çonner? A-t-on quelque exemple dans les annales du
monde et des crimes, d'un pareil parricide, commis
fans aucun deffein, fans aucun intérêt, fans aucune
caufe?

Le capitoul avait mandé le fieur *la Tour*, médecin,
et les fieurs *la Marque* et *Perronet*, chirurgiens; ils

P 4

vifitèrent le cadavre en ma préfence, cherchèrent des meurtriffures fur le corps, et n'en trouvèrent point. Ils ne vifitèrent point la corde : ils firent un rapport fecret, feulement de bouche, au capitoul; après quoi on nous mena tous à l'hôtel-de-ville, c'eft-à-dire, mon père, ma mère, le fieur *Lavaiffe*, le fieur *Cafeing* notre ami, la fervante et moi : on prit le cadavre et les habits, qui furent portés auffi à l'hôtel-de-ville.

Je voulus laiffer un flambeau allumé dans le paffage, au bas de la maifon, pour retrouver de la lumière à notre retour. Telle était ma fécurité et celle de mon père, que nous penfions être menés feulement à l'hôtel-de-ville pour rendre témoignage à la vérité, et que nous nous flattions de revenir coucher chez nous ; mais le capitoul fouriant de ma fimplicité fit éteindre le flambeau, en difant que nous ne reviendrions pas fi tôt. Mon père et moi nous fûmes mis dans un cachot noir, ma mère dans un cachot éclairé, ainfi que *Lavaiffe*, *Cafeing* et la fervante. Le procès verbal du capitoul, et celui des médecins et chirurgiens furent faits le lendemain à l'hôtel.

Cafeing, qui n'avait point foupé avec nous, fut bientôt élargi; nous fûmes tous les autres condamnés à la queftion, et mis aux fers, le 18 novembre. Nous en appelâmes au parlement, qui caffa la fentence du capitoul, irrégulière en plufieurs points, et qui continua les procédures.

On m'interrogea plus de cinquante fois : on me demanda fi mon frère *Marc-Antoine* devait fe faire catholique ? je répondis que j'étais fûr du contraire, mais qu'étant homme de lettres et amateur de la

mufique, il allait quelquefois entendre les prédicateurs
qu'il croyait éloquens, et la mufique quand elle était
bonne. Et que m'eût importé, bon DIEU! que mon
frère *Marc-Antoine* eût été catholique ou réformé ?
en ai-je moins vécu en intelligence avec mon frère
Louis parce qu'il allait à la meffe ? n'ai-je pas dîné
avec lui? n'ai-je pas toujours fréquenté les catholiques
dans Touloufe ? aucun s'eft-il jamais plaint de mon
père et de moi ? n'ai-je pas appris dans le célèbre
mandement de M. l'évêque de Soiffons qu'il faut
traiter les Turcs mêmes comme nos frères? pourquoi
aurais-je traité mon frère comme une bête féroce ?
quelle idée ! quelle démence !

Je fus confronté fouvent avec mon père, qui en
me voyant éclatait en fanglots, et fondait en larmes.
L'excès de fes malheurs dérangeait quelquefois fa
mémoire. Aide-moi; me difait-il; et je le remettais
fur la voie concernant des points tout à fait indiffé-
rens ; par exemple, il lui échappa de dire que nous
fortîmes de table tous enfemble. Eh ! mon père,
m'écriai-je, oubliez-vous que mon frère fortit quelque
temps avant nous ? Tu as raifon, me dit-il, pardonne;
je fuis troublé.

Je fus confronté avec plus de cinquante témoins.
Les cœurs fe foulèveront de pitié quand ils verront
quels étaient ces témoins et ces témoignages. C'était
un nommé *Popis*, garçon paffementier, qui, entendant
d'une maifon voifine les cris que je pouffais à la vue
de mon frère mort, s'était imaginé entendre les cris
de mon frère même ; c'était une bonne fervante qui,
lorfque je m'écriais : *Ah*, *mon* DIEU! crut que je criais
au voleur ; c'étaient des ouï-dire d'après des ouï-dire

extravagans. Il ne s'agiſſait guère que de mépriſes
pareilles.

La demoiſelle *Peyronet* dépoſa qu'elle m'avait vu
dans la rue, le 13 octobre, à dix heures du ſoir, *courant*
avec un mouchoir , eſſuyant mes larmes , diſant que mon
frère était mort d'un coup d'épée. Non , je ne le dis pas ;
et ſi je l'avais dit, j'aurais bien fait de ſauver l'honneur
de mon cher frère. Les juges auraient-ils fait plus
d'attention à la partie fauſſe de cette dépoſition qu'à
la partie pleine de vérité qui parlait de mon trouble
et de mes larmes ? et ces pleurs ne s'expliquaient-ils
pas d'une manière invincible contre toutes les accu-
ſations frivoles ſous leſquelles l'innocence la plus
pure a ſuccombé ? Il ſe peut qu'un jour mon père,
mécontent de mon frère aîné qui perdait ſon temps
et ſon argent au billard , lui ait dit : Si tu ne changes,
je te punirai , ou je te chaſſerai , ou tu te perdras ,
tu périras : mais fallait - il qu'un témoin , fanatique
impétueux , donnât une interprétation dénaturée à
ces paroles paternelles , et qu'il ſubſtituât mécham-
ment aux mots, *ſi tu ne changes de conduite* , ces mots
cruels , *ſi tu changes de religion ?* fallait-il que les juges,
entre un témoin unique et un père accuſé , décidaſſent,
en faveur de la calomnie , contre la nature ?

Il n'y eut contre nous aucun témoin valable, et on
s'en apercevra bien à la lecture du procès-verbal , ſi
on peut parvenir à tirer ce procès du greffier, qui a
eu défenſe d'en donner communication.

Tout le reſte eſt exactement conforme à ce que
ma mère et mon frère *Donat Calas* ont écrit. Jamais
innocence ne fut plus avérée. Des deux jacobins qui
aſſiſtèrent au ſupplice de mon père, l'un qui était venu

de Caftres, dit publiquement : *Il eft mort un jufte.* Sur
quoi donc, me dira-t-on, votre père a-t-il été condamné ? Je vais le dire, et on va être étonné.

Le capitoul, l'affeffeur M. *Monier*, le procureur
du roi, l'avocat du roi, étaient venus, quelques jours
après notre détention avec un expert dans la maifon
où mon frère *Marc-Antoine* était mort ; quel était cet
expert ? pourra-t-on le croire ? c'était le bourreau.
On lui demanda fi un homme pouvait fe pendre aux
deux battans de la porte du magafin où j'avais trouvé
mon frère ? ce miférable, qui ne connaiffait que fes
opérations, répondit que la chofe n'était pas prati-
cable. C'était donc une affaire de phyfique. Hélas !
l'homme le moins inftruit aurait vu que la chofe
n'était que trop aifée, et *Lavaiffe*, qu'on peut interroger avec moi, en avait vu de fes yeux la preuve
bien évidente.

Le chirurgien *la Marque*, appelé pour vifiter le
cadavre, pouvait être indifpofé contre moi, parce
qu'un jour dans un de fes rapports juridiques, ayant
pris l'œil droit pour l'œil gauche, j'avais relevé fa
méprife. Ainfi mon père fut facrifié à l'ignorance
autant qu'aux préjugés ; il s'en fallut bien que les juges
fuffent unanimes ; mais la pluralité l'emporta.

Après cette horrible exécution les juges me firent
comparaître ; l'un d'eux me dit ces mots : *Nous avons
condamné votre père, fi vous n'avouez pas, prenez garde à
vous.* Grand DIEU ! que pouvais-je avouer, finon que
des hommes trompés avaient répandu le fang innocent ?

Quelques jours après, le père *Bourges*, l'un des
deux jacobins qu'on avait donnés à mon père, pour
être les témoins de fon fupplice et de fes fentimens,

vint me trouver dans mon cachot, et me menaça du même genre de mort, fi je n'abjurais pas. Peut-être qu'autrefois dans les perfécutions exagérées dont on nous parle, un proconful romain, revêtu d'un pouvoir arbitraire, fe ferait expliqué ainfi. J'avoue que j'eus la faibleffe de céder à la crainte d'un fupplice épouvantable.

Enfin on vint m'annoncer mon arrêt de banniffement; il était refté quatre jours fur le bureau fans être figné. Que d'irrégularités! que d'incertitudes! La main des juges devait trembler de figner quelque arrêt que ce fût, après avoir figné la mort de mon père. Le greffier de la géole me lut feulement deux lignes du mien.

Quant à l'arrêt qui livra mon vertueux père au plus affreux fupplice, je ne le vis jamais; il ne fut jamais connu; c'eft un myftère impénétrable. Ces jugemens font faits pour le public; ils étaient autrefois envoyés au roi, et n'étaient point exécutés fans fon approbation : c'eft ainfi qu'on en ufe encore dans une grande partie de l'Europe. Mais pour le jugement qui a condamné mon père, on a pris, fi j'ofe m'exprimer ainfi, autant de foin de le dérober à la connaiffance des hommes, que les criminels en prennent ordinairement de cacher leurs crimes.

Mon jugement me furprit, comme il a furpris tout le monde; car fi mon malheureux frère avait pu être affaffiné, il ne pouvait l'avoir été que par moi et par *Lavaiffe*, et non par un vieillard faible. C'eft à moi que le plus horrible fupplice aurait été dû. On voit affez qu'il n'y avait point de milieu entre le parricide et l'innocence.

Je fus conduit incontinent à une porte de la ville; un abbé m'y accompagna, et me fit rentrer, le moment d'après, au couvent des jacobins : le père *Bourges* m'attendait à la porte ; il me dit qu'on ne ferait aucune attention à mon banniſſement, ſi je profeſſais la foi catholique romaine; il me fit demeurer quatre mois dans ce monaſtère, où je fus gardé à vue.

Je ſuis échappé enfin de cette priſon, prêt à me remettre dans celle que le roi jugera à propos d'ordonner, et diſpoſé à verſer mon ſang pour l'honneur de mon père et de ma mère.

Le préjugé aveugle nous a perdus ; la raiſon éclairée nous plaint aujourd'hui ; le public, juge de l'honneur et de la honte, réhabilite la mémoire de mon père ; le conſeil confirmera l'arrêt du public, s'il daigne ſeulement voir les pièces. Ce n'eſt point ici un de ces procès qu'on laiſſe dans la poudre d'un greffe, parce qu'il eſt inutile de les publier ; je ſens qu'il importe au genre humain qu'on ſoit inſtruit juſque dans les derniers détails de tout ce qu'a pu produire le fanatiſme, cette peſte exécrable du genre humain.

A Châtelaine, 23 juillet 1762.

Signé PIERRE CALAS.

HISTOIRE

D'ELISABETH CANNING,

ET

DES CALAS.

D'Elisabeth Canning.

J'ÉTAIS à Londres, en 1753 , quand l'aventure de
la jeune *Elisabeth Canning* fit tant de bruit. *Elisabeth*
avait disparu pendant un mois de la maison de ses
parens ; elle revint maigre, défaite et n'ayant que des
habits délabrés. Hé, mon DIEU ! dans quel état vous
revenez ! où avez-vous été ? d'où venez-vous ? que
vous est-il arrivé ? Hélas ! ma tante , je passais par
Moorefields pour retourner à la maison, lorsque deux
bandits vigoureux me jetèrent par terre , me volèrent,
et m'emmenèrent dans une maison , à dix milles de
Londres.

La tante et les voisines pleurèrent à ce récit. Ah !
ma chère enfant , n'est-ce pas chez cette infame
madame *Web* que ces brigands vous ont menée ? car
c'est juste à dix milles d'ici qu'elle demeure. *Oui , ma
tante , chez madame Web.* Dans cette grande maison
à droite ? *Justement, ma tante.* Les voisines dépeignirent
alors madame *Web* ; et la jeune *Canning* convint que
cette femme était faite précisément comme elles le
disaient. L'une d'elles apprend à miss *Canning* qu'on

joue toute la nuit chez cette femme, et que c'eſt un coupe-gorge où tous les jeunes gens vont perdre leur argent. *Ah ! un vrai coupe-gorge*, répondit *Eliſabeth Canning*. On y fait bien pis, dit une autre voiſine : ces deux brigands, qui font couſins de madame *Web*, vont ſur les grands chemins prendre toutes les petites filles qu'ils rencontrent, et les font jeûner au pain et à l'eau juſqu'à ce qu'elles ſoient obligées de s'aban-donner aux joueurs qui ſe tiennent dans la maiſon. Hélas ! ne t'a-t-on pas miſe au pain et à l'eau, ma chère nièce ? *Oui, ma tante.* On lui demande ſi ces deux brigands n'ont point abuſé d'elle, et ſi on ne l'a pas proſtituée ? elle répond qu'elle s'eſt défendue; qu'on l'a accablée de coups, et que ſa vie a été en péril. Alors la tante et les voiſines recommencèrent à crier et à pleurer.

On mena auſſitôt la petite *Canning* chez un monſieur *Adamſon*, protecteur de la famille depuis long-temps : c'était un homme de bien qui avait un grand crédit dans ſa paroiſſe. Il monte à cheval avec un de ſes amis, auſſi zélé que lui ; ils vont reconnaître la maiſon de madame *Web;* ils ne doutent pas, en la voyant, que la petite n'y ait été renfermée; ils jugent même, en apercevant une petite grange où il y a du foin, que c'eſt dans cette grange qu'on a tenu *Eliſabeth* en priſon. La pitié du bon *Adamſon* en augmenta : il fait convenir *Eliſabeth*, à ſon retour, que c'eſt là qu'elle a été retenue ; il anime tout le quartier : on fait une ſouſcription pour la jeune demoiſelle ſi cruellement traitée.

A meſure que la jeune *Canning* reprend ſon embon-point et ſa beauté, tous les eſprits s'échauffent pour

elle. M. *Adamfon* fait préfenter au shérif une plainte,
au nom de l'innocence outragée. Madame *Web* et tous
ceux de fa maifon, qui étaient tranquilles dans leur
campagne, font arrêtés, et mis tous au cachot.

M. le shérif, pour mieux s'inftruire de la vérité
du fait, commence par faire venir chez lui amicalement une jeune fervante de madame *Web*, et l'engage
par de douces paroles à dire tout ce qu'elle fait. Là
fervante, qui n'avait jamais vu en fa vie mifs *Canning*,
ni entendu parler d'elle, répondit d'abord ingénument qu'elle ne favait rien de ce qu'on lui demandait;
mais quand le shérif lui eut dit qu'il faudrait
répondre devant la juftice, et qu'elle ferait infailliblement pendue, fi elle n'avouait pas, elle dit tout
ce qu'on voulut : enfin les jurés s'affemblèrent, et
neuf perfonnes furent condamnées à la corde.

Heureufement en Angleterre aucun procès n'eft
fecret, parce que le châtiment des crimes eft deftiné
à être une inftruction publique aux hommes, et non
pas une vengeance particulière. Tous les interrogatoires fe font à portes ouvertes, et tous les procès
intéreffans font imprimés dans les journaux.

Il y a plus ; on a confervé en Angleterre une
ancienne loi de France, qui ne permet pas qu'aucun
criminel foit exécuté à mort, fans que le procès ait
été préfenté au roi, et qu'il en ait figné l'arrêt. Cette
loi fi fage, fi humaine, fi néceffaire, a été enfin mife
en oubli en France, comme beaucoup d'autres ;
mais elle eft obfervée dans prefque toute l'Europe ;
elle l'eft aujourd'hui en Ruffie, elle l'eft à la Chine,
cette ancienne patrie de la morale, qui a publié des
lois divines, avant que l'Europe eût des coutumes.

Le

Le temps de l'exécution des neuf accufés approchait, lorfque le papier qu'on appelle *des feffions* tomba entre les mains d'un philofophe nommé M. *Ramfay*; il lut le procès, et le trouva abfurde d'un bout à l'autre. Cette lecture l'indigna; il fe mit à écrire une feuille, dans laquelle il pofe pour principe que le premier devoir des jurés eft d'avoir le fens commun. Il fit voir que madame *Web*, fes deux coufins, et tout le refte de la maifon, étaient formés d'une autre pâte que les autres hommes, s'ils fefaient jeûner au pain et à l'eau de petites filles, dans le deffein de les proftituer; qu'au contraire ils devaient les bien nourrir et les parer, pour les rendre agréables; que des marchands ne faliffent ni ne déchirent la marchandife qu'ils veulent vendre. Il fit voir que jamais mifs *Canning* n'avait été dans cette maifon, qu'elle n'avait fait que répéter ce que la bêtife de fa tante lui avait fuggéré; que le bon-homme *Adamfon* avait, par excès de zèle, produit cet extravagant procès criminel; qu'enfin il en allait coûter la vie à neuf citoyens, parce que mifs *Canning* était jolie, et qu'elle avait menti.

La fervante, qui avait avoué amicalement au shérif tout ce qui n'était pas vrai, n'avait pu fe dédire juridiquement. Quiconque a rendu un faux témoignage par enthoufiafme ou par crainte, le foutient d'ordinaire, et ment de peur de paffer pour un menteur.

C'eft en vain, dit M. *Ramfay*, que la loi veut que deux témoins faffent pendre un accufé. Si M. le chancelier et M. l'archevêque de Cantorbéri dépofaient qu'ils m'ont vu affaffiner mon père et

ma mère, et les manger tout entiers à mon déjeûner
en un demi-quart d'heure, il faudrait mettre à
Bedlam M. le chancelier et M. l'archevêque,
plutôt que de me brûler fur leur beau témoignage.
Mettez d'un côté une chofe abfurde et impoffible,
et de l'autre mille témoins et mille raifonneurs,
l'impoffibilité doit démentir les témoignages et les
raifonnemens.

Cette petite feuille fit tomber les écailles des yeux
de M. le shérif et des jurés. Ils furent obligés de
revoir le procès : il fut avéré que mifs *Canning* était
une petite friponne qui était allé accoucher, pendant
qu'elle prétendait avoir été en prifon chez madame
Web; et toute la ville de Londres qui avait pris parti
pour elle, fut auffi honteufe qu'elle l'avait été lorfqu'un
charlatan propofa de fe mettre dans une bouteille de
deux pintes, et que deux mille perfonnes étant venues
à ce fpectacle, il emporta leur argent, et leur laiffa fa
bouteille.

*Il fe peut qu'on fe foit trompé fur quelques circonflances
de cet événement ; mais les principales font d'une vérité
reconnue de toute l'Angleterre.*

Hifloire des Calas.

CETTE aventure ridicule ferait devenue bien
tragique, s'il ne s'était pas trouvé un philofophe
qui lut par hafard les papiers publics. Plût à Dieu
que dans un procès non moins abfurde et mille fois
plus horrible, il y eût eu dans Touloufe un philofophe au milieu de tant de pénitens blancs ! on ne

gémirait pas aujourd'hui fur le fang de l'innocence que le préjugé a fait répandre.

Il y eut pourtant à Touloufe un fage qui éleva fa voix contre les cris de la populace effrénée, et contre les préjugés des magistrats prévenus. Ce fage qu'on ne peut trop bénir était M. de *la Salle*, confeiller au parlement, qui devait être un des juges.

Il s'expliqua d'abord fur l'irrégularité du monitoire; il condamna hautement la précipitation avec laquelle on avait fait trois fervices folennels à un homme qu'on devait probablement traîner fur la claie; il déclara qu'on ne devait pas enfevelir en catholique, et canonifer en martyr un mort qui, felon toutes les apparences, s'était défait lui-même, et qui certainement n'était point catholique. On favait que maître *Chalier*, avocat au parlement, avait dépofé que *Marc-Antoine Calas* (qu'on fuppofait devoir faire abjuration le lendemain) avait au contraire le deffein d'aller à Genève, fe propofer pour être reçu pafteur des églifes proteftantes.

Le fieur *Cafeing* avait entre les mains une lettre de ce même *Marc-Antoine*, dans laquelle il traitait de *déferteur* fon frère *Louis*, devenu catholique: *Notre déferteur*, difait-il dans cette lettre, *nous tracaffe.* Le curé de Saint-Etienne avait déclaré authentiquement que *Marc-Antoine Calas* était venu lui demander un certificat de catholicité, et qu'il n'avait pas voulu fe charger de la prévarication de donner un certificat de catholicité à un proteftant.

M. le confeiller de *la Salle* pefait toutes ces raifons; il ajoutait fur-tout que felon la difpofition des ordonnances et celle du droit romain, fuivi dans

Q 2

le Languedoc, *il n'y a ni indice ni préfomption, fût-elle de droit, qui puiffe faire regarder un père comme coupable de la mort de fon fils, et balancer la préfomption naturelle et facrée, qui met les pères à l'abri de tout foupçon du meurtre de leurs enfans.*

Enfin ce digne magiftrat trouvait que le jeune *Lavaiffe*, étranger à toute cette horrible aventure, et la fervante catholique, ne pouvant être accufés du meurtre prétendu de *Marc-Antoine Calas*, devaient être regardés comme témoins, et que leur témoignage néceffaire ne devait pas être ravi aux accufés.

Fondé fur tant de raifons invincibles, et pénétré d'une jufte pitié, M. de *la Salle* en parla avec le zèle que donnent la perfuafion de l'efprit, et la bonté du cœur. Un des juges lui dit : *Ah ! Monfieur, vous êtes tout Calas. Ah ! Monfieur, vous êtes tout peuple,* répondit M. de *la Salle.*

Il eft bien trifte que cette noble chaleur qu'il fefait paraître ait fervi au malheur de la famille dont fon équité prenait la défenfe ; car s'étant déclaré avec tant de hauteur et en public, il eut la délicateffe de fe récufer ; et les *Calas* perdirent un juge éclairé qui probablement aurait éclairé les autres.

M. *la Borde*, au contraire, qui s'était déclaré pour les préjugés populaires, et qui ayant marqué un zèle que lui-même croyait outré ; M. *la Borde*, qui avait renoncé auffi à juger cette affaire, qui s'était retiré à la campagne près d'Alby, en revint pourtant pour condamner un père de famille à la roue.

Il n'y avait, comme on l'a déjà dit, et comme on le dira toujours, aucune preuve contre cette famille infortunée, on ne s'appuyait que fur des

indices ; et quels indices encore! la raison humaine
en rougit.

Le fieur *David* , capitoul de Touloufe , avait
confulté le bourreau fur la manière dont *Marc-Antoine
Calas* avait pu être pendu ; et ce fut l'avis du bourreau
qui prépara l'arrêt , tandis qu'on négligeait les avis de
tous les avocats.

Quand on alla aux opinions , le rapporteur ne
délibéra que fur *Calas* père , et opina que ce père
innocent ,, fût condamné à être d'abord appliqué à
,, la queftion ordinaire et extraordinaire, pour avoir
,, révélation de fes complices , être enfuite rompu
,, vif, expirer fur la roue , après y avoir demeuré
,, deux heures , et être enfuite brûlé. ,,

Cet avis fut fuivi par fix juges ; trois autres opi-
nèrent à la queftion feulement ; deux autres furent
d'avis qu'on vérifiât fur les lieux s'il était poffible
que *Marc-Antoine Calas* eût pu fe pendre lui-même ;
un feul opina à mettre *Jean Calas* hors de cour.

Enfin , après de très-longs débats , la pluralité fe
trouva pour la queftion ordinaire et extraordinaire ,
et pour la roue.

Ce malheureux père de famille, qui n'avait jamais
eu de querelle avec perfonne , qui n'avait jamais
battu un feul de fes enfans, ce faible vieillard de
foixante-huit ans , fut donc condamné au plus horrible des fupplices , pour avoir étranglé et pendu de
fes débiles mains, en haine de la religion catholique ,
un fils robufte et vigoureux , qui n'avait pas plus
d'inclination pour cette religion catholique que le
père lui-même.

Interrogé fur fes complices au milieu des horreurs de la queftion, il répondit ces propres mots : *Hélas! où il n'y a point de crime, peut-il y avoir des complices?*

Conduit de la chambre de la queftion au lieu du fupplice, la même tranquillité d'ame l'y accompagna. Tous fes concitoyens, qui le virent paffer fur le chariot fatal, en furent attendris ; le peuple même, qui, depuis quelque temps, était revenu de fon fanatifme, verfait fur fon malheur des larmes fincères. Le commiffaire qui préfidait à l'exécution prit de lui le dernier interrogatoire ; il n'eut de lui que les mêmes réponfes. Le père *Bourges*, religieux jacobin, et profeffeur en théologie, qui, avec le père *Caldaguès*, religieux du même ordre, avait été chargé de l'affifter dans fes derniers momens, et fur-tout de l'engager à ne rien céler de la vérité, le trouva tout difpofé à offrir à DIEU le facrifice de fa vie pour l'expiation de fes péchés ; mais, autant qu'il marquait de réfignation aux décrets de la Providence, autant il fut ferme à défendre fon innocence et celle des autres prévenus.

Un feul cri fort modéré lui échappa au premier coup qu'il reçut, les autres ne lui arrachèrent aucune plainte. Placé enfuite fur la roue pour y attendre le moment qui devait finir fon fupplice et fa vie, il ne tint que des difcours remplis de fentimens de chriftianifme ; il ne s'emporta point contre fes juges ; fa charité lui fit dire qu'il ne leur imputait pas fa mort, et qu'il fallait qu'ils euffent été trompés par de faux témoins. Enfin, lorfqu'il vit le moment où l'exécuteur fe difpofait à le délivrer de fes peines, fes dernières paroles au père *Bourges* furent celles-ci : ,, Je meurs

,, innocent; JESUS-CHRIST, qui était l'innocence
,, même, a bien voulu mourir par un supplice plus
,, cruel encore. Je n'ai point de regret à une vie dont
,, la fin va, je l'espère, me conduire à un bonheur
,, éternel. Je plains mon épouse et mon fils; mais ce
,, pauvre étranger à qui je croyais faire politesse en
,, le priant à souper, ce fils de M. *Lavaisse*, augmente
,, encore mes regrets. ,,

Il parlait ainsi, lorsque le capitoul, premier
auteur de cette catastrophe, qui avait voulu être
témoin de son supplice et de sa mort, quoiqu'il ne
fût pas nommé commissaire, s'approcha de lui, et
lui cria : *Malheureux! voici le bûcher qui va réduire ton*
corps en cendres, dis la vérité. Le sieur *Calas* ne fit pour
toute réponse que détourner un peu la tête, et
au même instant l'exécuteur fit son office, et lui ôta
la vie.

Quoique *Jean Calas* soit mort protestant, le père
Bourges et le père *Caldagues*, son collègue, ont donné
à sa mémoire les plus grands éloges : C'est ainsi,
ont-ils dit à quiconque a voulu les entendre, c'est
ainsi que moururent autrefois nos martyrs ; et même
sur un bruit qui courut que le sieur *Calas* s'était
démenti, et avait avoué son prétendu crime, le père
Bourges crut devoir aller lui-même rendre compte
aux juges des derniers sentimens de *Jean Calas*, et
les assurer qu'il avait toujours protesté de son innocence et de celle des autres accusés.

Après cette étrange exécution, on commença par
juger *Pierre Calas* le fils ; il était regardé comme le
plus coupable de ceux qui restaient en vie ; voici sur
quel fondement.

Un jeune homme du peuple, nommé *Cazeres*, avait été appelé de Montpellier pour dépofer dans la continuation d'information ; il avait dépofé qu'étant en qualité de garçon chez un tailleur nommé *Bou*, qui occupait une boutique dépendante de la maifon du fieur *Calas*, le fieur *Pierre Calas* étant entré un jour dans cette boutique, la demoifelle *Bou* entendant fonner la bénédiction, ordonna à fes garçons de l'aller recevoir ; fur quoi *Pierre Calas* lui dit : ,, Vous ne pen-
,, fez qu'à vos bénédictions ; on peut fe fauver dans
,, les deux religions ; deux de mes frères penfent
,, comme moi : fi je favais qu'ils vouluffent changer,
,, je ferais en état de les poignarder ; et fi j'avais été à
,, la place de mon père, quand *Louis Calas* mon autre
,, frère fe fit catholique, je ne l'aurais pas épargné. ,,

Pourquoi affecta-t-on de faire venir ce témoin de Montpellier pour dépofer d'un fait que ce témoin prétendait s'être paffé devant la demoifelle *Bou* et deux de fes garçons, qui étaient tous à Touloufe ? pourquoi ne voulut-on pas faire ouïr la demoifelle *Bou* et ces deux garçons, fur-tout après qu'il eut été avancé dans les mémoires des *Calas*, que la demoifelle *Bou* et ces deux garçons foutenaient fortement que tout ce que *Cazeres* avait ofé dire n'était qu'un menfonge dicté par fes ennemis, et par la haine des partis ? Quoi ! le nommé *Cazeres* a entendu publiquement ce qu'on difait à fes maîtres, et fes maîtres et fes compagnons ne l'ont pas entendu ! et les juges l'écoutent, et ils n'écoutent pas ces compagnons et ces maîtres !

Ne voit-on pas que la dépofition de ce miférable était une contradiction dans les termes ? *On peut fe fauver dans les deux religions ;* c'eſt-à-dire , DIEU a pitié de l'ignorance et de la faibleſſe humaine , et moi je n'aurai pas pitié de mon frère ! DIEU accepte les vœux ſincères de quiconque s'adreſſe à lui, et moi je tuerai quiconque s'adreſſera à DIEU d'une manière qui ne me plaira pas ! Peut-on ſuppoſer un diſcours rempli d'une démence ſi atroce ?

Un autre témoin , mais bien moins important, qui dépoſa que *Pierre Calas* parlait mal de la religion romaine , commença par dire : ,, J'ai une averſion ,, invincible pour tous les proteſtans. ,, Voilà certes · un témoignage bien recevable !

C'était-là tout ce qu'on avait pu raſſembler contre *Pierre Calas :* le rapporteur crut y trouver une preuve aſſez forte pour fonder une condamnation aux galères perpétuelles ; il fut ſeul de ſon avis. Pluſieurs opinè- rent à mettre *Pierre* hors de cour, d'autres à le con- damner au banniſſement perpétuel ; le rapporteur ſe réduiſit à cet avis qui prévalut.

On vint enſuite à la veuve *Calas ,* à cette mère vertueuſe. Il n'y avait contre elle aucune forte de preuve, ni de préſomption, ni d'indice ; le rapporteur opina néanmoins contre elle au banniſſement , tous les autres juges furent d'avis de la mettre hors de cour et de procès.

Ce fut après cela le tour du jeune *Lavaiſſe.* Les ſoupçons contre lui étaient abſurdes. Comment ce jeune homme de dix-neuf ans étant à Bordeaux, aurait-il été élu à Toulouſe bourreau des proteſtans ? La mère lui aurait-elle dit : Vous venez à propos , nous avons un fils aîné à exécuter , vous êtes ſon ami, vous ſouperez avec lui pour le pendre ; un de

, nos amis devait être du fouper, il nous aurait aidés, mais nous nous pafferons bien de lui?

Cet excès de démence ne pouvait fe foutenir plus long-temps ; cependant le rapporteur fut d'avis de condamner *Lavaiffe* au banniffement ; tous les autres juges, à l'exception du fieur *Darbou*, s'élevèrent contre cet avis.

Enfin, quand il fut queftion de la fervante des *Calas*, le rapporteur opina à fon élargiffement, en faveur de fon ancienne catholicité ; et cet avis paffa tout d'une voix.

Serait-il poffible qu'il y eût à préfent dans Touloufe des juges qui ne pleuraffent pas l'innocence d'une famille ainfi traitée? Ils pleurent, fans doute, et ils rougiffent ; et une preuve qu'ils fe repentent de cet arrêt cruel, c'eft qu'ils ont pendant quatre mois refufé la communication du procès, et même de l'arrêt, à quiconque l'a demandée.

Chacun d'eux fe dit aujourd'hui dans le fond de fon cœur : ,, Je vois avec horreur tous ces préjugés, ,, toutes ces fuppofitions qui font frémir la nature ,, et le fens commun. Je vois que par un arrêt j'ai ,, fait expirer fur la roue un vieillard qui ne pouvait ,, être coupable ; et que par un autre arrêt j'ai mis ,, hors de cour tous ceux qui auraient été néceffai- ,, rement criminels comme lui, fi le crime eût été ,, poffible. Je fens qu'il eft évident qu'un de ces ,, arrêts dément l'autre ; j'avoue que fi j'ai fait ,, mourir le père fur la roue, j'ai eu tort de me ,, borner à bannir le fils, et j'avoue qu'en effet j'ai ,, à me reprocher le banniffement du fils, la mort ,, effroyable du père, et les fers dont j'ai chargé

„ une mère refpectable et le jeune *Lavaiffe* pendant
„ fix mois.

„ Si nous n'avons pas voulu montrer la procé-
„ dure à ceux qui nous l'ont demandée, c'eft qu'elle
„ était effacée par nos larmes ; ajoutons à ces larmes
„ la réparation qui eft due à une honnête famille
„ que nous avons précipitée dans la défolation et
„ dans l'indigence ; je ne dirai pas dans l'opprobre,
„ car l'opprobre n'eft pas le partage des innocens ;
„ rendons à la mère le bien que ce procès abomi-
„ nable lui a ravi. J'ajouterais , demandons-lui
„ pardon ; mais qui de nous oferait foutenir fa
„ préfence ?

„ Recevons du moins des remontrances publiques,
„ fruit lamentable d'une publique injuftice ; nous en
„ fefons au roi , quand il demande à fon peuple des
„ fecours abfolument indifpenfables pour défendre
„ ce même peuple du fer de fes ennemis ; ne foyons
„ pas étonnés que la terre entière nous en faffe, quand
„ nous avons fait mourir le plus innocent des
„ hommes ; ne voyons-nous pas que ces remon-
„ trances font écrites de fon fang ?

Il eft à croire que les juges ont fait plufieurs fois
en fecret ces réflexions. Qu'il ferait beau de s'y livrer !
et qu'ils font à plaindre fi une fauffe honte les a
étouffées dans leur cœur !

DECLARATION JURIDIQUE

De la fervante de madame Calas, au fujet de la nouvelle calomnie qui perfécute encore cette vertueufe famille. (6)

L'AN 1767, le dimanche, 29 mars, trois heures de relevée, nous *Jean-François Hugues*, conſeiller du roi, commiſſaire enquêteur, examinateur au châtelet de Paris, ſur la réquiſition qui nous a été faite de la part de *Jeanne Viguière*, ci-devant domeſtique des ſieur et dame *Calas*, de nous tranſporter au lieu de ſon domicile, pour y recevoir ſa déclaration ſur certains

---

(6) En 1767, la ſervante catholique de l'infortuné *Calas* s'étant caſſé la jambe, les zélés imaginèrent de répandre le bruit qu'elle était morte des ſuites de ſa chute, et qu'elle avait déclaré en mourant que ſon maître était coupable du meurtre de ſon fils. Ce bruit fut adopté avidement par les pénitens et le reſte de la populace de Touloufe. *Fréron*, dont la plume était vendue à toutes les calomnies que l'eſprit de fanatiſme avait intérêt d'accréditer, inſéra cette nouvelle dans ſes feuilles périodiques. Il importait de la détruire, non-ſeulement pour l'honneur de la famille de *Calas*, mais pour ſauver celle de *Sirven*, qui demandait alors juſtice contre un jugement également ridicule et inique, que le fanatiſme avait inſpiré à un juge imbécille.

Cette anecdote eſt une preuve de ce que le faux zèle oſe ſe permettre, de la baſſeſſe avec laquelle les infectes de la littérature ſe prêtent à ces infames manœuvres, de ce qu'enfin on aurait à craindre, même dans notre ſiècle, ſi le zèle éclairé qui anime les amis de l'humanité pouvait ceſſer un moment d'avoir les yeux ouverts ſur les crimes du fanatiſme, et les manœuvres de l'hypocriſie.

Nous avons cru devoir joindre ici cette déclaration aux autres pièces relatives à l'affaire des *Calas* : elle eſt également néceſſaire, et pour compléter cette funeſte hiſtoire, et pour montrer que c'eſt moins à l'erreur perſonnelle des juges, qu'à l'atrocité de l'eſprit perſécuteur qu'il faut attribuer le meurtre de ce père infortuné.

faits, nous nous fommes en effet tranfporté, rue neuve et paroiffe Saint-Euftache, en une maifon apparte-nante à M. *Langlois*, confeiller au grand confeil, dont le troifième étage eft occupé par la dame veuve du fieur *Jean Calas*, marchand à Touloufe; et étant monté chez ladite dame *Calas*, elle nous a fait conduire dans une chambre au quatrième étage, ayant vue fur la rue, où étant parvenu nous avons trouvé ladite *Jeanne Viguière* dans fon lit, par l'effet de la chute dont va être parlé, ayant une garde à côté d'elle, que nous avons fait retirer; laquelle *Jeanne Viguière*, après fer-ment par elle fait et prêté en nos mains de dire la vérité, nous a dit et déclaré que, le lundi, 16 février dernier, fur les quatre heures après midi, étant fortie pour aller rue Montmartre, elle eut le malheur de tomber dans ladite rue, et de fe caffer la jambe droite; que plufieurs perfonnes étant accourues à fon fecours, elle fut tranfportée fur le champ chez ladite dame *Calas*, fon ancienne maîtreffe, où elle a toujours confervé fa demeure depuis qu'elle eft à Paris, laquelle envoya chercher le fieur *Botentuit* oncle, maître en chirurgie, qui lui remit la jambe; que ladite dame *Calas* lui a donné une garde, qui eft celle qui vient de fe retirer, laquelle ne l'a point quittée depuis cet accident; que le fieur *Botentuit* a continué de venir lui donner les foins dépendans de fon état, lefquels ont été fi heureux qu'elle n'a eu aucun accès de fièvre, qu'elle eft actuellement à fon quarante-unième jour, fans qu'il lui foit furvenu aucun autre accident; qu'elle a reçu de ladite dame *Calas* tous les fecours qu'elle pouvait efpérer d'une ancienne maîtreffe, dont elle a éprouvé dans tous les temps mille marques de bonté ; qu'elle a appris avec la plus grande furprife qu'on avait débité dans le monde qu'elle , *Jeanne Viguière*, était morte , et que dans fes derniers momens elle avait déclaré devant notaires qu'étant chez le feu fieur *Jean Calas* , fon maître, elle avait embraffé la religion proteftante ; et que, par un prétendu zèle, pour cette religion , elle avait, conjointement avec ledit fieur *Calas* , fa famille , et le fieur *Lavaiffe* , donné la mort à *Marc-Antoine Calas* ; qu'enfuite ayant été conftituée prifonnière, elle avait feint d'être toujours catholique, afin de n'être point foupçonnée de fauver fa vie , et, par fon témoignage, celle de tous les autres accufés ; mais que , fe trouvant au moment de mourir ; elle était rentrée dans les fentimens de la foi catholique , et qu'elle s'était crue obligée de déclarer la vérité qu'elle avait cachée, dont elle était , dit-on , fort repentante.

Que pour arrêter les fuites que pourrait avoir cette impofture , ladite *Jeanne Viguière* a cru devoir recourir à notre miniftère , et requérir notre tranfport , pour nous déclarer, comme elle le fait préfentement en fon ame et confcience , que rien n'eft plus faux que le bruit dont elle vient de nous rendre compte ; que fon accident ne l'a jamais mife dans aucun danger de mort, mais que, quand cela aurait été , elle n'aurait jamais fait la déclaration qu'on ofe lui attribuer ; puifqu'il eft vrai, ainfi qu'elle l'a toujours foutenu et qu'elle le foutiendra jufqu'au dernier inftant de fa vie, que ledit feu fieur *Jean Calas*, la dame fon époufe, le fieur *Jean-Pierre Calas* , et le fieur *Lavaiffe* n'ont contribué en aucune manière à la mort de *Marc-Antoine Calas* ; qu'elle fe croit même obligée de nous déclarer que le feu fieur *Jean Calas* était moins capable

que perfonne d'un pareil crime, l'ayant toujours
connu d'un caractère très-doux, et rempli de tendreffe
pour fes enfans ; que d'ailleurs le motif qu'on a donné
à la mort de *Marc-Antoine Calas*, et à la prétendue haine
de fon père, eft faux, puifque ladite *Jeanne Viguière*
a connaiffance que ce jeune homme n'avait pas
changé de religion, et qu'il avait continué jufqu'à la
veille de fa mort les exercices de la religion proteftante.
Que pour ce qui concerne elle *Jeanne Viguière*, elle
n'a pas, grâces à DIEU, ceffé un feul inftant de faire
profeffion de la religion catholique, apoftolique et
romaine, dans laquelle elle entend vivre et mourir ;
qu'elle a pour confeffeur le révérend père *Irénée*,
auguftin de la place des victoires, que ledit révérend
père *Irénée*, ayant été inftruit de fon accident, eft
venu la voir le dimanche, 8 du préfent mois de mars,
qu'il peut rendre compte de fes fentimens et de fa
créance. De laquelle déclaration ladite *Jeanne Viguière*
nous a requis et demandé acte ; et lecture lui en ayant
été faite par nous confeiller-commiffaire, elle a déclaré
contenir vérité, et a déclaré ne favoir écrire ni figner,
de ce interpelée fuivant l'ordonnance, ainfi qu'il eft
dit dans la minute.

Et à l'inftant eft furvenu et comparu par-devers
nous, en la chambre où nous fommes, fieur *Pierre-
Louis Botentuit Langlois*, maître en chirurgie et ancien
chirurgien-major des armées du roi, demeurant rue
Montmartre, paroiffe Saint-Euftache, lequel nous a
attefté et déclaré que, le 16 février dernier, entre fept et
huit heures du foir, il a été requis et s'eft tranfporté
chez ladite dame *Calas*, au fujet de l'accident qui
venait d'arriver à ladite *Jeanne Viguière* ; qu'ayant vifité

fa jambe droite, il a remarqué fracture complète des
deux os de la jambe; qu'il a continué de la voir et de
la panfer depuis ce temps, et lui adminiftrer tous les
fecours relatifs à fon état; qu'elle n'a jamais été en
danger de perdre la vie par l'effet de ladite chute, qu'il
n'y a eu qu'une excoriation fur la crête du tibia, et
que la malade a toujours été de mieux en mieux;
qu'il eft à fa connaiffance que ledit père *Irénée* a
confeffé ladite *Viguière* depuis ledit accident, laquelle
déclaration il fait pour rendre hommage à la vérité,
et a figné en la minute des préfentes.

Eft auffi furvenu et comparu par-devant nous, en la
chambre où nous fommes, *Pierre-Guillaume Garilland*,
religieux, prêtre de l'ordre des auguftins de la province
de France, établis à Paris près la place des victoires,
nommé en religion *Irénée de Ste Thérèfe*, définiteur de
la fufdite province, demeurant audit couvent; lequel
nous a dit, déclaré et certifié que ladite *Jeanne Viguière*
vient à lui fe confeffer depuis trois ans ou environ; que
chaque année elle s'eft acquittée du devoir pafcal, et
que diverfes fois dans le courant defdites années, pour
fatisfaire à fa piété, vu fa conduite régulière, il lui a
permis la fainte communion; qu'enfin, depuis le
fâcheux accident qui eft arrivé à ladite *Viguière*, il eft
venu la confeffer, et a continué de remarquer en elle
les mêmes fentimens de religion et de piété comme
par le paffé; laquelle déclaration ledit révérend père
Irénée nous a faite pour rendre hommage à la vérité, et
a figné à la minute.

Sur quoi nous, confeiller du roi, commiffaire au
châtelet, fufdit et fouffigné, avons donné acte à ladite
Viguière, audit fieur *Botentuit*, et audit révérend père
Irénée

Irénée, de leur déclaration ci-deſſus, pour ſervir et valoir ce que de raiſon ; et avons ſigné en la minute reſtée en nos mains. *Hugues*, commiſſaire, ſigné.

N. B. Cette calomnie avait été publiée dans tout le Languedoc, et elle était répandue dans Paris par le nommé *Fréron*, pour empêcher M. de *Voltaire* de pourſuivre la juſtification des *Sirven* accuſés du même crime que les *Calas*. Tous ceux qui auront lu cette feuille authentique ſont priés de la conſerver comme un monument de la rage abſurde du fanatiſme.

LETTRE

A M. d'Alembert ſur les Calas et les Sirven.

Premier mars 1765.

J'AI dévoré, mon cher ami, le nouveau mémoire de M. de *Beaumont* ſur l'innocence des *Calas* ; je l'ai admiré, j'ai répandu des larmes, mais il ne m'a rien appris ; il y a long-temps que j'étais convaincu ; et j'avais eu le bonheur de fournir les premières preuves.

Vous voulez ſavoir comment cette réclamation de toute l'Europe contre le meurtre juridique du malheureux *Calas*, roué à Toulouſe, a pu venir d'un petit coin de terre ignoré, entre les Alpes et le mont Jura, à cent lieues du théâtre où ſe paſſa cette ſcène épouvantable.

Rien ne fera peut-être mieux voir la chaîne

Politique et Légiſl. Tome II.　　　　R

infenfible qui lie tous les événemens de ce malheureux monde.

Sur la fin de mars 1762, un voyageur qui avait paffé par le Languedoc, et qui vint dans ma retraite à deux lieues de Genève, m'apprit le fupplice de *Calas*, et m'affura qu'il était innocent. Je lui répondis que fon crime n'était pas vraifemblable, mais qu'il était moins vraifemblable encore que des juges euffent fans aucun intérêt fait périr un innocent par le fupplice de la roue.

J'appris le lendemain qu'un des enfans de ce malheureux père s'était réfugié en Suiffe, affez près de ma chaumière. Sa fuite me fit préfumer que la famille était coupable. Cependant je fis réflexion que le père avait été condamné au fupplice, comme ayant feul affaffiné fon fils pour la religion, et que ce père était mort âgé de foixante-neuf ans. Je ne me fouviens pas d'avoir jamais lu qu'aucun vieillard eût été poffédé d'un fi horrible fanatifme. J'avais toujours remarqué que cette rage n'attaquait d'ordinaire que la jeuneffe, dont l'imagination ardente, tumultueufe et faible s'enflamme par la fuperftition. Les fanatiques des Cévènes étaient des fous de vingt à trente ans, ftylés à prophétifer dès l'enfance. Prefque tous les convulfionnaires que j'avais vus à Paris en très-grand nombre étaient de petites filles et de jeunes garçons. Les vieillards chez les moines font moins emportés et moins fufceptibles des fureurs du zèle, que ceux qui fortent du noviciat. Les fameux affaffins, armés par le fanatifme, ont tous été de jeunes gens, de même que tous ceux qui ont prétendu être poffédés; jamais on n'a vu exorcifer

un vieillard. Cette idée me fit douter d'un crime qui
d'ailleurs n'eft guère dans la nature. J'en ignorais les
circonftances.

Je fis venir le jeune *Calas* chez moi. Je m'attendais
à voir un énergumène tel que fon pays en a produit
quelquefois. Je vis un enfant fimple , ingénu , de la
phyfionomie la plus douce et la plus intéreffante , et
qui , en me parlant, fefait des efforts inutiles pour
retenir fes larmes. Il me dit qu'il était à Nîmes en
apprentiffage chez un fabricant , lorfque la voix
publique lui avait appris qu'on allait condamner dans
Toulouse toute fa famille au fupplice ; que prefque
tout le Languedoc la croyait coupable , et que pour
fe dérober à des opprobres fi affreux , il était venu
fe cacher en Suiffe.

Je lui demandai fi fon père et fa mère étaient d'un
caractère violent : il me dit qu'ils n'avaient jamais
battu un feul de leurs enfans , et qu'il n'y avait
point de parens plus indulgens et plus tendres.

J'avoue qu'il ne m'en fallut pas davantage pour
préfumer fortement l'innocence de la famille. Je pris
de nouvelles informations de deux négocians de
Genève d'une probité reconnue , qui avaient logé
à Toulouse chez *Calas*. Ils me confirmèrent dans
mon opinion. Loin de croire la famille *Calas* fanatique et parricide , je crus voir que c'étaient des
fanatiques qui l'avaient accufée et perdue. Je favais
depuis long-temps de quoi l'efprit de parti et la
calomnie font capables.

Mais quel fut mon étonnement, lorfqu'ayant écrit
en Languedoc fur cette étrange aventure , catholiques et proteftans me répondirent qu'il ne fallait

pas douter du crime des *Calas*. Je ne me rebutai point. Je pris la liberté d'écrire à ceux mêmes, qui avaient gouverné la province, à des commandans de provinces voisines, à des ministres d'Etat ; tous me conseillèrent unanimement de ne me point mêler d'une si mauvaise affaire ; tout le monde me condamna et je persistai : voici le parti que je pris.

La veuve de *Calas*, à qui, pour comble de malheur et d'outrage, on avait enlevé ses filles, était retirée dans une solitude où elle se nourrissait de ses larmes, et où elle attendait la mort. Je ne m'informai point si elle était attachée ou non à la religion protestante, mais seulement si elle croyait un DIEU rémunérateur de la vertu et vengeur des crimes. Je lui fis demander si elle signerait au nom de ce DIEU, que son mari était mort innocent ; elle n'hésita pas. Je n'hésitai pas non plus. Je priai M. *Mariette* de prendre au conseil du roi sa défense. Il fallait tirer madame *Calas* de sa retraite, et lui faire entreprendre le voyage de Paris.

On vit alors que, s'il y a de grands crimes sur la terre, il y a autant de vertus ; et que, si la superstition produit d'horribles malheurs, la philosophie les répare.

Une dame dont la générosité égale la haute naissance, (*) qui était alors à Genève, pour faire inoculer ses filles, fut la première qui secourut cette famille infortunée ; des français retirés en ce pays la secondèrent. Des anglais qui voyageaient se signalèrent ; et, comme le dit M. de *Beaumont*, il y eut un

(*) Madame la duchesse d'*Enville*.

combat de générofité entre ces deux nations , à qui fecourrait le mieux la vertu fi cruellement opprimée.

Le refte , qui le fait mieux que vous ? qui a fervi l'innocence avec un zèle plus conftant et plus intrépide ? combien n'avez-vous pas encouragé la voix des orateurs , qui a été entendue de toute la France et de l'Europe attentive ? Nous avons vu renouveler les temps où *Cicéron* juftifiait , devant une affemblée de légiflateurs , *Amérinus* accufé de parricide. Quelques perfonnes, qu'on appelle *dévotes*, fe font élevées contre les *Calas* ; mais, pour la première fois , depuis l'étabiliffement du fanatifme , la voix des fages les a fait taire.

La raifon remporte donc de grandes victoires parmi nous ! Mais croiriez-vous , mon cher ami , que la famille des *Calas* fi bien fecourue , fi bien vengée , n'était pas la feule alors que la religion accufât d'un parricide , n'était pas la feule immolée aux fureurs du préjugé ? Il y en a une plus malheureufe encore, parce qu'éprouvant les mêmes horreurs, elle n'a pas eu les mêmes confolations ; elle n'a point trouvé des *Mariette*, des *Beaumont* (*a*) et des *Loifeau*.

Il femble qu'il y ait dans le Languedoc une furie infernale amenée autrefois par les inquifiteurs à la fuite de *Simon de Montfort* , et que depuis ce temps elle fecoue quelquefois fon flambeau.

Un feudifte de Caftres , nommé *Sirven* , avait trois filles. Comme la religion de cette famille eft la prétendue-réformée , on enlève , entre les bras de fa

(*a*) Nous devons dire , à l'honneur de l'humanité., que M. *Beaumont* fe difpofe à défendre l'innocence des *Sirven*, comme il a fait celle des *Calas.* Mais M. de *Voltaire* l'ignorait au moment où il écrivait cette lettre.

R 3

femme, la plus jeune de leurs filles. On la met dans un couvent, on la fouette pour lui mieux apprendre fon catéchifme ; elle devient folle, elle va fe jeter dans un puits, à une lieue de la maifon de fon père. Auffitôt les zélés ne doutent pas que le père, la mère et les fœurs n'aient noyé cet enfant. Il paffait pour conftant, chez les catholiques de la province, qu'un des points capitaux de la religion proteftante, eft que les pères et mères font tenus de pendre, d'égorger ou de noyer tous leurs enfans qu'ils foupçonneront avoir quelque penchant pour la religion romaine. C'était précifément le temps où les *Calas* étaient aux fers, et où l'on dreffait leur échafaud.

L'aventure de la fille noyée parvient incontinent à Touloufe. Voilà un nouvel exemple, s'écrie-t-on, d'un père et d'une mère parricides. La fureur publique s'en augmente ; on roue *Calas*, et on décrète *Sirven*, fa femme et fes filles. *Sirven* épouvanté n'a que le temps de fuir avec toute fa famille malade. Ils marchent à pied, dénués de tout fecours, à travers des montagnes efcarpées, alors couvertes de neige. Une de fes filles accouche parmi les glaçons ; et mourante, elle emporte fon enfant mourant dans fes bras : ils prennent enfin leur chemin vers la Suiffe.

Le même hafard qui m'amena les enfans de *Calas* veut encore que les *Sirven* s'adreffent à moi. Figurez-vous, mon ami, quatre moutons que des bouchers accufent d'avoir mangé un agneau ; voilà ce que je vis. Il m'eft impoffible de vous peindre tant d'innocence et tant de malheurs. Que devais-je faire, et qu'euffiez-vous fait à ma place ? faut-il s'en tenir à gémir fur la nature humaine ? Je prends la liberté d'écrire à M. le premier préfident de Languedoc, homme vertueux et fage ; mais il n'était point à Touloufe. Je fais préfenter par un de vos amis un placet à M. le vice-chancelier. Pendant ce temps-là, on exécute vers Caftres, en effigie, le père, la mère, les deux filles ; leur bien eft confifqué, dévafté, il n'en refte plus rien.

Voilà toute une famille honnête, innocente, vertueufe, livrée à l'opprobre et à la mendicité chez les étrangers : ils trouvent de la pitié, fans doute ; mais qu'il eft dur d'être jufqu'au tombeau un objet de pitié ! On me répond enfin qu'on pourra leur obtenir des lettres de grâce. Je crus d'abord que c'était de leurs juges qu'on me parlait, et que ces lettres étaient pour eux. Vous croyez bien que la famille aimerait mieux mendier fon pain de porte en porte, et expirer de mifère, que de demander une grâce qui fuppoferait un crime trop horrible pour être grâciable, mais auffi comment obtenir juftice ? comment s'aller remettre en prifon dans fa patrie, où la moitié du peuple dit encore que le meurtre de *Calas* était jufte ? Ira-t-on une feconde fois demander une évocation au confeil ? tentera-t-on d'émouvoir la pitié publique que l'infortune des *Calas* a peut-être épuifée, et qui fe laffera d'avoir des accufations de parricide à réfuter, des condamnés à réhabiliter, et des juges à confondre ?

Ces deux événemens tragiques, arrivés coup fur coup, ne font-ils pas, mon ami, des preuves de cette fatalité inévitable à laquelle notre miférable efpèce eft foumife ? Vérité terrible, tant enfeignée dans *Homère* et dans *Sophocle* ; mais vérité utile, puifqu'elle nous apprend à nous réfigner et à favoir fouffrir.

Vous dirai-je que, tandis que le défaſtre étonnant des *Calas* et des *Sirven* affligeait ma ſenſibilité, un homme, dont vous devinerez l'état à ſes diſcours, me reprocha l'intérêt que je prenais à deux familles qui m'étaient étrangères ? De quoi vous mêlez-vous ? me dit-il ; laiſſez les morts enſevelir leurs morts. Je lui répondis : J'ai trouvé dans mes déſerts l'iſraélite baigné dans ſon ſang, ſouffrez que je répande un peu d'huile et de vin ſur ſes bleſſures : vous êtes lévite, laiſſez-moi être ſamaritain.

Il eſt vrai que pour prix de mes peines on m'a bien traité en ſamaritain ; on a fait un libelle diffamatoire ſous le nom d'*Inſtruction paſtorale* et de *mandement ;* mais il faut l'oublier, c'eſt un jéſuite qui l'a compoſé. Le malheureux ne ſavait pas alors que je donnais un aſile à un jéſuite. Pouvais-je mieux prouver que nous devons regarder nos ennemis comme nos frères ?

Vos paſſions ſont l'amour de la vérité, l'humanité, la haine de la calomnie. La conformité de nos caractères a produit notre amitié. J'ai paſſé ma vie à chercher, à publier cette vérité que j'aime. Quel autre des hiſtoriens modernes a défendu la mémoire d'un grand prince contre les impoſtures atroces de je ne ſais quel écrivain qu'on peut appeler le *calomniateur des rois, des miniſtres et des grands capitaines*, et qui cependant aujourd'hui ne peut trouver un lecteur ?

Je n'ai donc fait, dans les horribles déſaſtres des *Calas* et des *Sirven*, que ce que font tous les hommes ; j'ai ſuivi mon penchant. Celui d'un philoſophe n'eſt pas de plaindre les malheureux, c'eſt de les ſervir.

Je ſais avec quelle fureur le fanatiſme s'élève contre la philoſophie. Elle a deux filles qu'il voudrait faire périr comme *Calas*, ce font la *Vérité* et la *Tolérance* ; tandis que la philofophie ne veut que défarmer les enfans du fanatifme, le *Menfonge* et la *Perfécution*.

Des gens qui ne raifonnent pas ont voulu décréditer ceux qui raifonnent : ils ont confondu le philofophe avec le fophifte ; ils fe font bien trompés. Le vrai philofophe peut quelquefois s'irriter contre la calomnie qui le pourfuit lui-même. Il peut couvrir d'un éternel mépris le vil mercenaire qui outrage deux fois par mois la raifon, le bon goût et la vertu. Il peut même livrer, en paffant, au ridicule ceux qui infultent à la littérature dans le fanctuaire où ils auraient dû l'honorer ; mais il ne connaît ni les cabales ni les fourdes pratiques, ni la vengeance. Il fait comme le fage de *Montbart*, (*) comme celui de *Voré*, (**) rendre la terre plus fertile, et fes habitans plus heureux. Le vrai philofophe défriche les champs incultes, augmente le nombre des charrues, et par conféquent des habitans ; occupe le pauvre et l'enrichit, encourage les mariages, établit l'orphelin, ne murmure point contre des impôts néceffaires, et met le cultivateur en état de les payer avec alégreffe. Il n'attend rien des hommes, et il leur fait tout le bien dont il eft capable. Il a l'hypocrite en horreur, mais il plaint le fuperftitieux ; enfin il fait être ami.

(*) M. de *Buffon*. (**) M. *Helvétius*.

AVIS AU PUBLIC

Sur les parricides imputés aux Calas et aux Sirven.

VOILA donc en France deux accusations de parricides pour cause de religion dans la même année, et deux familles juridiquement immolées par le fanatisme. Le même préjugé qui étendait *Calas* sur la roue à Toulouse, traînait à la potence la famille entière de *Sirven*, dans une juridiction de la même province; et le même défenseur de l'innocence, M. *Elie de Beaumont*, avocat au parlement de Paris, qui a justifié les *Calas*, vient de justifier les *Sirven* par un mémoire signé de plusieurs avocats ; mémoire qui démontre que le jugement contre les *Sirven* est encore plus absurde que l'arrêt contre les *Calas*.

Voici en peu de mots le fait, dont le récit servira d'instruction pour les étrangers qui n'auront pu lire encore le factum de l'éloquent M. de *Beaumont*.

En 1761, dans le temps même que la famille protestante des *Calas* était dans les fers, accusée d'avoir assassiné *Marc-Antoine Calas* qu'on supposait vouloir embrasser la religion catholique, il arriva qu'une fille du sieur *Paul Sirven*, commissaire à terrier du pays de Castres, fut présentée à l'évêque de Castres par une femme qui gouverne sa maison. L'évêque, apprenant que cette fille était d'une famille calviniste, la fait enfermer à Castres, dans une espèce de couvent qu'on appelle *la maison des régentes*. On instruit à coups de fouet cette jeune fille dans la religion catholique, on la meurtrit de coups, elle devient folle, elle fort de fa prifon ; et,quelque temps après, elle va fe jeter dans un puits, au milieu de la campagne, loin de la maifon de fon père, vers un village nommé *Mazaret*. Auffitôt le juge du village raifonne ainfi : On va rouer à Touloufe *Calas*, et brûler fa femme, qui, fans doute, ont pendu leur fils, de peur qu'il n'allât à la meffe ; je dois donc, à l'exemple de mes fupérieurs, en faire autant des *Sirven* qui, fans doute, ont noyé leur fille pour la même caufe. Il eft vrai que je n'ai aucune preuve que le père, la mère et les deux fœurs de cette fille l'aient affaffinée ; mais j'entends dire qu'il n'y a pas plus de preuves contre les *Calas*, ainfi je ne rifque rien. Peut-être c'en ferait trop pour un juge de village de rouer et de brûler ; j'aurai au moins le plaifir de pendre toute une famille huguenote, et je ferai payé de mes vacations fur leurs biens confifqués. Pour plus de fureté, ce fanatique imbécille fait vifiter le cadavre par un médecin auffi favant en phyfique que le juge l'eft en jurifprudence. Le médecin, tout étonné de ne point trouver l'eftomac de la fille rempli d'eau, et ne fachant pas qu'il eft impoffible que l'eau entre dans un corps dont l'air ne peut fortir, conclut que la fille a été affommée et enfuite jetée dans le puits. Un dévot du voifinage affure que toutes les familles proteftantes font dans cet ufage. Enfin, après bien des procédures auffi irrégulières que les raifonnemens étaient abfurdes, le juge décrète de prife de corps le père, la mère, les fœurs de la décédée. A cette nouvelle *Sirven* affemble fes amis ; tous font certains de fon innocence, mais l'aventure des *Calas* rempliffait

toute la province de terreur : ils confeillent à *Sirven*
de ne point s'expofer à la démence du fanatifme : il
fuit avec fa femme et fes filles ; c'était dans une faifon
rigoureufe. Cette troupe d'infortunés eft dans la néceffité de traverfer à pied des montagnes couvertes
de neige ; une des filles de *Sirven*, mariée depuis un
an, accouche fans fecours dans le chemin, au milieu
des glaces. Il faut que, toute mourante qu'elle eft,
elle emporte fon enfant mourant dans fes bras. Enfin,
une des premières nouvelles que cette famille apprend
quand elle eft en lieu de fureté, c'eft que le père et la
mère font condamnés au dernier fupplice, et que les
deux fœurs, déclarées également coupables, font ban-
nies à perpétuité ; que leur bien eft confifqué, et
qu'il ne leur refte plus rien au monde que l'opprobre
et la misère.

C'eft ce qu'on peut voir plus au long dans le chef-
d'œuvre de M. de *Beaumont*, avec les preuves complètes de la plus pure innocence et de la plus détef-
table injuftice.

La Providence, qui a permis que les premières ten-
tatives qui ont produit la juftification de *Calas* mort
fur la roue en Languedoc vinffent du fond des montagnes et des déferts voifins de la Suiffe, a voulu
encore que la vengeance des *Sirven* vînt des mêmes
folitudes. Les enfans de *Calas* s'y réfugièrent, la famille de *Sirven* y chercha un afile dans le même temps.
Les hommes compatiffans et vraiment religieux, qui
ont eu la confolation de fervir ces deux familles infortunées, et qui les premiers ont refpecté leurs défaftres
et leur vertu, ne purent alors faire préfenter des
requêtes pour les *Sirven* comme pour les *Calas*, parce

que le procès criminel contre les *Sirven* s'inftruifit plus
lentement et dura plus long-temps. Et puis comment
une famille errante, à quatre cents milles de fa patrie,
pouvait-elle recouvrer les pièces néceffaires à fa juftification ? que pouvaient un père accablé, une femme
mourante, et qui en effet eft morte de fa douleur, et
deux filles auffi malheureufes que le père et la mère ?
Il fallait demander juridiquement la copie de leur
procès ; des formes peut-être néceffaires, mais dont
l'effet eft fouvent d'opprimer l'innocent et le pauvre, ne
le permettaient pas. Leurs parens intimidés n'ofaient
même leur écrire ; tout ce que cette famille put
apprendre dans un pays étranger, c'eft qu'elle avait
été condamnée au fupplice dans fa patrie. Si on
favait combien il a fallu de foins et de peines pour
arracher enfin quelques preuves juridiques en leur
faveur, on en ferait effrayé. Par quelle fatalité eft-il
fi aifé d'opprimer, et fi difficile de fecourir ?

On n'a pu employer pour les *Sirven* les mêmes
formes de juftice dont on s'eft fervi pour les *Calas*,
parce que les *Calas* avaient été condamnés par un
parlement, et que les *Sirven* ne l'ont été que par des
juges fubalternes, dont la fentence reffortit à ce même
parlement. Nous ne répéterons rien ici de ce qu'a dit
l'éloquent et généreux M. de *Beaumont*; mais, ayant
confidéré combien ces deux aventures font étroitement
unies à l'intérêt du genre humain, nous avons cru
qu'il eft du même intérêt d'attaquer dans fa fource le
fanatifme qui les a produites. Il ne s'agit que de deux
familles obfcures ; mais, quand la créature la plus
ignorée meurt de la même contagion qui a long-temps
défolé la terre, elle avertit le monde entier que ce

poifon fubfifte encore. Tous les hommes doivent fe tenir fur leurs gardes ; et *s'il eft quelques médecins*, ils doivent chercher les remèdes qui peuvent détruire les principes de la mortalité univerfelle.

Il fe peut encore que les formes de la jurifprudence ne permettent pas que la requête des *Sirven* foit admife au confeil du roi de France, mais elle l'eft par le public ; ce juge de tous les juges a prononcé. C'eft donc à lui que nous nous adreffons ; c'eft d'après lui que nous allons parler.

Exemples du fanatifme en général.

LE genre humain a toujours été livré aux erreurs: toutes n'ont pas été meurtrières. On a pu ignorer que notre globe tourne autour du foleil ; on a pu croire aux difeurs de bonne aventure, aux revenans ; on a pu croire que les oifeaux annoncent l'avenir, qu'on enchante les ferpens, que l'on peut faire naître des animaux bigarrés, en préfentant aux mères des objets diverfement colorés ; on a pu fe perfuader que dans le décours de la lune la moëlle des os diminue, que les graines doivent pourrir pour germer, &c. Ces inepties au moins n'ont produit ni perfécutions, ni difcordes, ni meurtres.

Il eft d'autres démences qui ont troublé la terre, d'autres folies qui l'ont inondée de fang. On ne fait point affez, par exemple, combien de miférables ont été livrés aux bourreaux par des juges ignorans qui les condamnèrent aux flammes tranquillement et fans fcrupule, fur une accufation de forcellerie. Il n'y a

point eu de tribunal dans l'Europe chrétienne qui ne
se soit souillé très-souvent par de tels affassinats juridiques, pendant quinze siècles entiers ; et quand je
dirai que parmi les chrétiens il y a eu plus de cent
mille victimes de cette jurisprudence idiote et barbare, et que la plupart étaient des femmes et des filles
innocentes, je ne dirai pas encore assez.

Les bibliothèques sont remplies de livres concernant
la jurisprudence de la sorcellerie ; toutes les décisions
de ces juges y sont fondées sur l'exemple des magiciens
de *Pharaon*, de la pythonisse d'Endor, des possédés
dont il est parlé dans l'évangile, et des apôtres envoyés
expressément pour chasser les diables des corps des
possédés. Personne n'osait seulement alléguer, par
pitié pour le genre humain, que DIEU a pu permettre
autrefois les possessions et les sortiléges, et ne les
permettre plus aujourd'hui. Cette distinction aurait
paru criminelle ; on voulait absolument des victimes.
Le christianisme fut toujours souillé de cette absurde
barbarie ; tous les pères de l'Eglise crurent à la magie :
plus de cinquante conciles prononcèrent anathême
contre ceux qui fésaient entrer le diable dans le corps
des hommes par la vertu de leurs paroles. L'erreur
universelle était sacrée ; les hommes d'Etat qui pouvaient détromper les peuples n'y pensèrent pas ; ils
étaient trop entraînés par le torrent des affaires ; ils
craignaient le pouvoir du préjugé ; ils voyaient que
ce fanatisme était né du sein de la religion même ; ils
n'osaient frapper ce fils dénaturé, de peur de blesser
la mère : ils aimèrent mieux s'exposer à être eux-
mêmes les esclaves de l'erreur populaire que la
combattre.

Les princes, les rois ont payé chèrement la faute qu'ils ont faite d'encourager la superstition du vulgaire. Ne fit-on pas croire au peuple de Paris que le roi *Henri III* employait les sortiléges dans ses dévotions? et ne se servit-on pas long-temps d'opérations magiques pour lui ôter une malheureuse vie que le couteau d'un jacobin trancha plus sûrement que n'eût fait tout l'enfer évoqué par des conjurations?

Des fourbes ne voulurent-ils pas conduire à Rome *Marthe Brossier* la possédée, pour accuser *Henri IV*, au nom du diable, de n'être pas bon catholique? Chaque année, dans ces temps à demi-sauvages, auxquels nous touchons, était marquée par de semblables aventures. Tout ce qui restait de la ligue à Paris ne publia-t-il pas que le diable avait tordu le cou à la belle *Gabrielle d'Estrées*?

On ne devrait pas, dit-on, reproduire aujourd'hui ces histoires si honteuses pour la nature humaine. Et moi je dis qu'il en faut parler mille fois, qu'il faut les rendre sans cesse présentes à l'esprit des hommes. Il faut répéter que le malheureux prêtre *Urbain Grandier* fut condamné aux flammes par des juges ignorans et vendus à un ministre sanguinaire. L'innocence de *Grandier* était évidente, mais des religieuses assuraient qu'il les avait ensorcelées, et c'en était assez. On oubliait DIEU pour ne parler que du diable. Il arrivait nécessairement que les prêtres ayant fait un article de foi du commerce des hommes avec le diable, et les juges regardant ce prétendu crime comme aussi réel et aussi commun que le larcin, il se trouva parmi nous plus de sorciers que de voleurs.

Une

Une mauvaise jurisprudence multiplie les crimes.

CE furent donc nos rituels et notre jurisprudence, fondée sur les décrets de *Gratien*, qui formèrent en effet des magiciens. Le peuple imbécille disait : Nos prêtres excommunient, exorcisent ceux qui ont fait des pactes avec le diable ; nos juges les font brûler : il est donc très-certain qu'on peut faire des marchés avec le diable : or, si ces marchés sont secrets, si *Belzébuth* nous tient parole, nous serons enrichis en une seule nuit ; il ne nous en coûtera que d'aller au sabbat ; la crainte d'être découverts ne doit pas l'emporter sur l'espérance des biens infinis que le diable peut nous faire. D'ailleurs *Belzébuth*, plus puissant que nos juges, nous peut secourir contre eux. Ainsi raisonnaient ces misérables ; et plus les juges fanatiques allumaient de bûchers, plus il se trouvait d'idiots qui les affrontaient.

Mais il y avait encore plus d'accusateurs que de criminels. Une fille devenait-elle grosse sans que l'on connût son amant, c'était le diable qui lui avait fait un enfant. Quelques laboureurs s'étaient-ils procuré par leur travail une récolte plus abondante que celle de leurs voisins, c'est qu'ils étaient sorciers; l'inquisition les brûlait et vendait leur bien à son profit. Le pape déléguait dans toute l'Allemagne et ailleurs des juges qui livraient les victimes au bras séculier ; de sorte que les laïques ne furent très-long-temps que les archers et les bourreaux des prêtres. Il en est encore ainsi en Espagne et en Portugal.

Politique et Législ. Tome II.   S

Plus une province était ignorante et groſſière, plus l'empire du diable y était reconnu. Nous avons un recueil des arrêts rendus en Franche-Comté contre les ſorciers, fait en 1607, par un grand juge de Saint-Claude, nommé *Boguet*, et approuvé par pluſieurs évêques. On mettrait aujourd'hui dans l'hôpital des fous un homme qui écrirait un pareil ouvrage : mais alors tous les autres juges étaient auſſi cruellement inſenſés que lui. Chaque province eut un pareil regiſtre. Enfin, lorſque la philoſophie a commencé à éclairer un peu les hommes, on a ceſſé de pourſuivre les ſorciers, et ils ont diſparu de la terre.

Des parricides.

J'ose dire qu'il en eſt ainſi des parricides. Que les juges du Languedoc ceſſent de croire légèrement que tout père de famille proteſtant commence par aſſaſſiner ſes enfans, dès qu'il ſoupçonne qu'ils ont quelque penchant pour la créance romaine, et alors il n'y aura plus de procès de parricides. Ce crime eſt encore plus rare en effet que celui de faire un pacte avec le diable ; car il ſe peut que des femmes imbécilles, à qui leur curé aura fait accroire dans ſon prône qu'on peut aller coucher avec un bouc au ſabbat, conçoivent par ce prône même l'envie d'aller au ſabbat et d'y coucher avec un bouc. Il eſt dans la nature que s'étant frottées d'onguent, elles rêvent pendant la nuit qu'elles ont eu les faveurs du diable : mais il n'eſt pas dans la nature que les pères et les mères égorgent leurs enfans pour plaire à DIEU. Et cependant fi l'on continuait à foupçonner qu'il eft ordinaire aux proteftans d'affaffiner leurs enfans de peur qu'ils ne fe faffent catholiques, on leur rendrait enfin la religion catholique fi odieufe, qu'on pourrait venir à bout d'étouffer la nature dans quelques malheureux pères fanatiques, et leur donner la tentation de commettre le crime qu'on fuppofe fi légèrement.

Un auteur italien rapporte qu'en Calabre un moine s'avifa d'aller prêcher de village en village contre la beftialité, et en fit des peintures fi vives, qu'il fe trouva, trois mois après, plus de cinquante femmes accufées de cette horreur.

La tolérance peut feule rendre la fociété fupportable.

C'EST une paffion bien terrible que cet orgueil qui veut forcer les hommes à penfer comme nous; mais n'eft-ce pas une extrême folie de croire les ramener à nos dogmes en les révoltant continuellement par les calomnies les plus atroces, en les perfécutant, en les traînant aux galères, à la potence, fur la roue et dans les flammes ?

Un prêtre irlandais a écrit depuis peu, dans une brochure, à la vérité, ignorée, mais enfin il a écrit, et il a entendu dire à d'autres que nous venons cent ans trop tard pour élever nos voix contre l'intolérance, que la barbarie a fait place à la douceur, qu'il n'eft plus temps de fe plaindre. Je répondrai à ceux qui parlent ainfi : Voyez ce qui fe paffe fous vos yeux, et fi vous avez un cœur humain, vous joindrez votre compaffion à la nôtre. On a pendu en France huit

malheureux prédicans, depuis l'année 1745. Les billets
de confeffion ont excité mille troubles ; et enfin un
malheureux fanatique de la lie du peuple, ayant
affaffiné fon roi, en 1757, a répondu devant le parlement, à fon premier interrogatoire, (*a*) qu'il avait
commis ce parricide par principe de religion, et il a
ajouté ces mots funeftes : *Qui n'eft bon que pour foi n'eft
bon à rien.* De qui les tenait-il ? qui fefait parler ainfi
un cuiftre de collége, un miférable valet ? (*b*) Il a
foutenu à la torture, non-feulement que fon affaffinat
était *une œuvre méritoire*, (*c*) mais qu'il l'avait entendu
dire à tous les prêtres dans la grand'falle du palais
où l'on rend la juftice.

La contagion du fanatifme fubfifte donc encore. Ce
poifon eft fi peu détruit, qu'un prêtre (*d*) du pays
des *Calas* et des *Sirven* a fait imprimer, il y a quelques
années, l'apologie de la Saint-Barthelemi. Un autre (*e*)
a publié la juftification des meurtriers du curé *Urbain
Grandier ;* et quand le traité auffi utile qu'humain de
la tolérance a paru en France, on n'a pas ofé en permettre le débit publiquement. Ce traité a fait, à la
vérité, quelque bien ; il a diffipé quelques préjugés, il
a infpiré de l'horreur pour les perfécutions et pour le
fanatifme ; mais dans ce tableau des barbaries reli-
gieufes, l'auteur a omis bien des traits qui auraient
rendu le tableau plus terrible, et l'inftruction plus
frappante.

On a reproché à l'auteur d'avoir été un peu trop

(*a*) Page 131 du procès de *Damiens.*   (*d*) L'abbé de *Caveirac.*
(*b*) Page 135.   (*e*) L'abbé de la *Menardaye.*
(*c*) Page 405.

loin, lorfque, pour montrer combien la perfécution eft déteſtable et infenſée, il introduit un parent de *Ravaillac*, propoſant au jéfuite *le Tellier* d'empoifonner tous les janféniſtes. Cette fiction pourrait en effet paraître trop outrée à quiconque ne fait pas jufqu'où peut aller la rage folle du fanatifme. On fera bien furpris quand on apprendra que ce qui eſt une fiction dans le *Traité de la tolérance*, eſt une vérité hiſtorique.

On voit en effet dans l'*Hiſtoire de la réformation de Suiſſe*, que, pour prévenir le grand changement qui était près d'éclater, des prêtres fubornèrent à Genève, en 1536, une fervante pour empoifonner trois principaux auteurs de la réforme, et que le poifon n'ayant pas été affez fort, ils en mirent un plus violent dans le pain et le vin de la communion publique, afin d'exterminer en un feul matin tous les nouveaux réformés, et de faire triompher l'Eglife de DIEU. (*f*)

L'auteur du *Traité de la tolérance* n'a point parlé des fupplices horribles dans lefquels on a fait périr tant de malheureux aux vallées du Piémont. Il a paffé fous filence le maffacre de fix cents habitans de la Valteline, hommes, femmes, enfans que les catholiques égorgèrent un dimanche, au mois de feptembre 1620. Je ne dirai pas que ce fut avec l'aveu et avec le fecours de l'archevêque de Milan, *Charles Borromée*, dont on a fait un faint. Quelques écrivains paffionnés ont affuré ce fait que je fuis très-loin de croire ; mais je dis qu'il n'y a guère dans l'Europe de ville et de bourg où le fang n'ait coulé pour des querelles de religion ;

(*f*) *Ruchat*, tom. I, pag. 2, 4, 5, 6 et 7. *Rofet*, tom. III, page 13. *Savion*, tom. III, page 126. Mff. *Chouet* : page 26, avec les preuves du procès.

je dis que l'espèce humaine en a senfiblement diminué, parce qu'on maffacrait les femmes et les filles, auffi-bien que les hommes : je dis que l'Europe ferait plus peuplée d'un tiers, s'il n'y avait point eu d'argumens théologiques. Je dis enfin que, loin d'oublier ces temps abominables, il faut les remettre fréquemment fous nos yeux, pour en infpirer une horreur éternelle, et que c'eft à notre fiècle à faire amende honorable, par la tolérance, pour ce long amas de crimes que l'into-lérance a fait commettre pendant feize fiècles de barbarie.

Qu'on ne dife donc point qu'il ne refte plus de traces du fanatifme affreux de l'intolérantifme ; elles font encore par-tout, elles font dans les pays mêmes qui paffent pour les plus humains. Les prédicans luthé-riens et calviniftes, s'ils étaient les maîtres, feraient peut-être auffi impitoyables, auffi durs, auffi infolens qu'ils reprochent à leurs antagoniftes de l'être. La loi barbare qu'aucun catholique ne peut demeurer plus de trois jours dans certains pays proteftans, n'eft point encore révoquée. Un italien, un français, un autrichien ne peut pofféder une maifon, un arpent de terre dans leur territoire, tandis qu'au moins on permet en France qu'un citoyen inconnu de Genève ou de Schaffoufe achète des terres feigneuriales. Si un français, au contraire, voulait acheter un domaine dans les républiques proteftantes dont je parle, et fi le gouvernement fermait fagement les yeux, il y a encore des ames de boue qui s'éleveraient contre cette humanité tolérante.

De ce qui fomente principalement l'intolérance,
la haine et l'injuſtice.

U N des grands alimens de l'intolérance, et de la
haine des citoyens contre leurs compatriotes , eſt ce
malheureux uſage de perpétuer les diviſions par des
monumens et par des fêtes. Telle eſt la proceſſion
annuelle de Toulouſe, dans laquelle on remercie DIEU
ſolennellement de quatre mille meurtres : elle a été
défendue par pluſieurs ordonnances de nos rois, et n'a
point été encore abolie. On inſulte dévotement, chaque
année, la religion et le trône par cette cérémonie
barbare ; l'inſulte redouble à la fin du ſiècle avec la
ſolennité. Ce ſont-là les jeux ſéculaires de Toulouſe:
elle demande alors une indulgence plénière au pape
en faveur de la proceſſion. Elle a beſoin , ſans doute ,
d'indulgence , mais on n'en mérite pas quand on
éterniſe le fanatiſme.

La dernière cérémonie ſéculaire ſe fit en 1762, au
temps même où l'on fit expirer *Calas* ſur la roue. On
remerciait DIEU d'un côté, et de l'autre on maſſacrait
l'innocence. La poſtérité pourra-t-elle croire à quel
excès ſe porte, de nos jours, la ſuperſtition dans cette
malheureuſe ſolennité ?

D'abord les ſavetiers , en habits de cérémonie, portent la tête du premier évêque de Toulouſe, prince du
Péloponèſe, qui ſiégeait inconteſtablement à Toulouſe
avant la mort de JESUS-CHRIST. Enſuite viennent les
couvreurs, chargés des os de tous les enfans qu'*Hérode*
fit égorger, il y a dix-ſept cents ſoixante et ſix ans; et,
quoique ces enfans aient été enterrés à Epheſe, comme

S 4

les onze mille vierges à Cologne, au vu et au fu de
tout le monde, ils n'en font pas moins enchâffés à
Touloufe.

Les fripiers étalent un morceau de la robe de la
vierge.

Les reliques de St *Pierre* et de St *Paul* font portées
par les frères tailleurs.

Trente corps morts paraiffent enfuite dans cette
marche. Plût à dieu qu'on s'en tînt à ces fpectacles !
La piété trompée n'en eft pas moins piété. Le fot
peuple peut à toute force remplir fes devoirs (fur-tout
quand la police eft exacte) quoiqu'il porte en proceffion les os des quatorze mille enfans tués par l'ordre
fenfé d'*Hérode* dans Bethléem. Mais tant de corps morts,
qui ne fervent en ce jour qu'à renouveler la mémoire
de quatre mille citoyens égorgés en 1562, ne peuvent
faire fur les cerveaux des vivans qu'une impreffion
funefte. Ajoutez que les pénitens blancs et noirs, mar-
chans à cette proceffion avec un mafque de drap fur
le vifage, reffemblent à des revenans qui augmentent
l'horreur de cette fête lugubre. On en fort la tête remplie
de fantômes, le cœur faifi de l'efprit de fanatifme, et
rempli de fiel contre fes frères que cette proceffion
outrage. C'eft ainfi qu'on fortait autrefois de la chambre
des méditations chez les jéfuites ; l'imagination
s'enflamme à ces objets, l'ame devient atroce et
implacable.

Malheureux humains ! ayez des fêtes qui adouciffent
les mœurs, qui portent à la clémence, à la douceur,
à la charité. Célébrez la journée de Fontenoi, où
tous les ennemis bleffés furent portés avec les nôtres

dans les mêmes maisons, dans les mêmes hôpitaux, où ils furent traités, soignés avec le même empressement.

Célébrez la générosité des Anglais qui firent une souscription en faveur de nos prisonniers, dans la dernière guerre.

Célébrez les bienfaits dont *Louis XV* a comblé la famille *Calas*, et que cette fête soit une éternelle réparation de l'injustice.

Célébrez les institutions bienfesantes et utiles des invalides, des demoiselles de Saint-Cyr, des gentils-hommes de l'école militaire. Que vos fêtes soient les commémorations des actions vertueuses, et non de la haine, de la discorde, de l'abrutissement, du meurtre et du carnage.

Causes étranges de l'intolérance.

JE suppose qu'on raconte toutes ces choses à un chinois, à un indien de bon sens, et qu'il ait la patience de les écouter ; je suppose qu'il veuille s'informer pourquoi on a tant persécuté en Europe, pourquoi des haines si invétérées éclatent encore, d'où sont partis tant d'anathêmes réciproques, tant d'instructions pastorales qui ne sont que des libelles diffamatoires, tant de lettres de cachet qui, sous *Louis XIV*, ont rempli les prisons et les déserts, il faudra bien qu'on lui réponde. On lui dira donc en rougissant : Les uns croient à la grâce versatile, les autres à la grâce efficace. On dit dans Avignon que JESUS est mort pour tous ; et dans un faubourg de Paris, qu'il est mort pour plusieurs. Là on assure que le mariage est le signe visible d'une chose invisible ; ici on prétend qu'il n'y a rien d'invifible dans cette union. Il y a des villes où les apparences de la matière peuvent fubfifter fans que la matière apparente exifte, et où un corps peut être en mille endroits différens ; il y a d'autres villes où l'on croit la matière pénétrable ; et, pour comble enfin, il y a dans ces villes de grands édifices où l'on enfeigne une chofe, et d'autres édifices où il faut croire une chofe toute contraire. On a une différente manière d'argumenter, felon qu'on porte une robe blanche, grife ou noire, ou felon qu'on eft affublé d'un manteau ou d'une chafuble. Ce font-là les raifons de cette intolérance réciproque qui rend éternellement ennemis les fujets d'un même Etat ; et, par un renverfement d'efprit inconcevable, on laiffe fubfifter ces femences de difcorde.

Certainement l'indien ou le chinois ne pourra comprendre qu'on fe foit perfécuté, égorgé fi long-temps, pour de telles raifons. Il penfera d'abord que cet horrible acharnement ne peut avoir d'autre fource que dans des principes de morale entièrement oppofés. Il fera bien furpris quand il apprendra que nous avons tous la même morale, la même qu'on profeffa de tout temps à la Chine et dans les Indes, la même qui a gouverné tous les peuples. Qu'il devra nous plaindre alors et nous méprifer, en voyant que cette morale uniforme et éternelle n'a pu ni nous réunir ni nous adoucir, et que les fubtilités fcolaftiques ont fait des monftres de ceux qui, en s'attachant fimplement à cette même morale, auraient été des frères !

Tout ce que je dis ici à l'occafion des *Calas* et des *Sirven*, on aurait dû le dire pendant quinze cents années, depuis les querelles d'*Athanafe* et d'*Arius*, que l'empereur *Conſtantin* traita d'abord d'infenſées, juſqu'à celles du jéſuite *le Tellier* et du janſéniſte *Queſnel*, et des billets de confeſſion. Non, il n'y a pas une ſeule diſpute théologique qui n'ait eu des ſuites funeſtes. On en compilerait vingt volumes ; mais je veux finir par celle des cordeliers et des jacobins , qui prépara la réformation de la puiſſante république de Berne. C'eſt, de mille hiſtoires de cette nature, la plus horrible la plus ſacrilége, et en même temps la plus avérée.

Digreſſion ſur les ſacriléges qui amenérent la réformation de Berne.

ON ſait aſſez que les cordeliers ou franciſcains, et les jacobins ou dominicains , ſe déteſtaient réciproquement depuis leur fondation. Ils étaient diviſés ſur pluſieurs points de théologie , autant que ſur l'intérêt de leur beſace. Leur principale querelle roulait ſur l'état de *Marie* avant qu'elle fût née. Les frères cordeliers aſſuraient que *Marie* n'avait pas péché dans le ventre de ſa mère ; les frères jacobins le niaient. Il n'y eut jamais peut-être de queſtion plus ridicule, et ce fut cela même qui rendit ces deux ordres de moines irréconciliables.

Un cordelier, prêchant à Francfort , en 1503 , ſur l'immaculée conception de *Marie* , vit entrer dans l'Egliſe un dominicain, nommé *Vigam : Sainte Vierge* , s'écria-t-il, *je te remercie de n'avoir pas permis que je fuſſe d'une ſecte qui te déshonore , toi et ton fils !* *Vigam* lui répondit qu'il en avait menti ; le cordelier deſcendit de ſa chaire, un crucifix de fer à la main ; il en frappa ſi rudement le jacobin *Vigam*, qu'il le laiſſa preſque mort ſur la place, après quoi il acheva ſon ſermon ſur la Vierge.

Les jacobins s'aſſemblèrent en chapitre pour ſe venger ; et, dans l'eſpérance d'humilier davantage les cordeliers, ils réſolurent de faire des miracles. Après pluſieurs eſſais infructueux, ils trouvèrent enfin une occaſion favorable dans Berne.

Un de leurs moines confeſſait un jeune tailleur imbécille, nommé *Jetzer*, très-dévot d'ailleurs à la Vierge *Marie* et à Sᵗᵉ *Barbe*. Cet idiot leur parut un excellent ſujet à miracles. Son confeſſeur lui perſuada que la Vierge et Sᵗᵉ *Barbe* lui ordonnaient expreſſément de ſe faire jacobin, et de donner tout ſon argent au couvent. *Jetzer* obéit, il prit l'habit. Quand on eut bien éprouvé ſa vocation, quatre jacobins, dont les noms ſont au procès, ſe déguisèrent pluſieurs fois, comme ils purent, l'un en ange, l'autre en ame du purgatoire, un troiſième en vierge *Marie*, et le quatrième en Sᵗᵉ *Barbe*.

Le réſultat de toutes ces apparitions, qui ſeraient trop ennuyeuſes à décrire, fut qu'enfin la Vierge lui avouä qu'elle était née dans le péché originel, qu'elle aurait été damnée, ſi ſon fils, qui n'était pas encore au monde n'avait pas eu l'attention de la régénérer immédiatement après qu'elle fut née; que les cordeliers étaient des impies qui offenſaient griévement ſon fils, en prétendant que ſa mère avait été conçue ſans péché mortel, et qu'elle le chargeait d'annoncer cette nouvelle à tous les ſerviteurs de DIEU et de *Marie*, dans Berne.

Jetzer n'y manqua pas. *Marie*, pour le remercier, lui apparut encore, accompagnée de deux anges robustes et vigoureux ; elle lui dit qu'elle venait lui imprimer les saints stigmates de son fils pour preuve de sa mission et pour sa récompense. Les deux anges le lièrent ; la Vierge lui enfonça des clous dans les pieds et dans les mains. Le lendemain on exposa publiquement sur l'autel frère *Jetzer*, tout sanglant des faveurs célestes qu'il avait reçues. Les dévotes vinrent en foule baiser ses plaies. Il fit autant de miracles qu'il voulut ; mais les apparitions continuant toujours, *Jetzer* reconnut enfin la voix du sous-prieur sous le masque qui le cachait ; il cria, il menaça de tout révéler, il suivit le sous-prieur jusque dans sa cellule ; il y trouva son confesseur, Ste *Barbe* et les deux anges qui buvaient avec des filles.

Les moines découverts n'avaient plus d'autre parti à prendre que celui de l'empoisonner ; ils saupoudrèrent une hostie de sublimé corrosif ; *Jetzer* la trouva d'un si mauvais goût qu'il ne put l'avaler ; il s'enfuit hors de l'église, en criant aux empoisonneurs et aux sacriléges. Le procès dura deux ans ; il fallut plaider devant l'évêque de Lausanne, car il n'était pas permis alors à des séculiers d'oser juger des moines. L'évêque prit le parti des dominicains ; il jugea que les apparitions étaient véritables, et que le pauvre *Jetzer* était un imposteur ; il eut même la barbarie de faire mettre cet innocent à la torture : mais les dominicains ayant ensuite eu l'imprudence de le dégrader, et de lui ôter l'habit d'un ordre si saint, *Jetzer* étant redevenu séculier par cette manœuvre, le conseil de Berne s'assura de sa personne, reçut ses dépositions, et vérifia

ce long tiffu de crimes ; il fallut faire venir des juges
eccléfiaftiques de Rome ; il les força , par l'évidence
de la vérité , à livrer les coupables au bras féculier ;
ils furent brûlés , le 3 1 mai 1 5 0 9, à la porte de Marfilly.
Tout le procès eft encore dans les archives de Berne,
et il a été imprimé plufieurs fois.

Des fuites de l'efprit de parti et du fanatifme.

S i une fimple difpute de moines a pu produire de
fi étranges abominations , ne foyons point étonnés
de la foule de crimes que l'efprit de parti a fait naître
entre tant de fectes rivales : craignons toujours les
excès où conduit le fanatifme. Qu'on laiffe ce monftre
en liberté, qu'on ceffe de couper fes griffes et de brifer
fes dents , que la raifon fi fouvent perfécutée fe taife ,
on verra les mêmes horreurs qu'aux fiècles paffés ;
le germe fubfifte ; fi vous ne l'étouffez pas il couvrira
la terre.

Jugez donc enfin , lecteurs fages , lequel vaut le
mieux , d'adorer DIEU avec fimplicité , de remplir
tous les devoirs de la fociété fans agiter des queftions
auffi funeftes qu'incompréhenfibles , et d'être juftes
et bienfefans fans être d'aucune faction , que de vous
livrer à des opinions fantaftiques , qui conduifent les
âmes faibles à un enthoufiafme deftructeur et aux plus
déteftables atrocités.

Je ne crois point m'être écarté de mon fujet en
rapportant tous ces exemples , en recommandant aux
hommes la religion qui les unit et non pas celle qui
les divife ; la religion qui n'eft d'aucun parti , qui
forme des citoyens vertueux , et non d'imbécilles

scolastiques ; la religion qui tolère et non celle qui persécute ; la religion qui dit que toute la loi consiste à aimer DIEU et son prochain , et non celle qui fait de DIEU un tyran , et de son prochain un amas de victimes.

Ne fesons point ressembler la religion à ces nymphes de la fable , qui s'accouplèrent avec des animaux, et qui enfantèrent des monstres.

Ce font les moines sur-tout qui ont perverti les hommes. Le sage et profond *Leibnitz* l'a prouvé évidemment. Il a fait voir que le dixième siècle, qu'on appelle le *siècle de fer*, était bien moins barbare que le treizième et les suivans, où naquirent ces multitudes de gueux qui firent vœu de vivre aux dépens des laïques, et de tourmenter les laïques. Ennemis du genre humain , ennemis les uns des autres et d'eux-mêmes , incapables de connaître les douceurs de la société , il fallait bien qu'ils la haïssent. Ils déploient entre eux une dureté dont chacun d'eux gémit, et que chacun d'eux redouble. Tout moine secoue la chaîne qu'il s'est donnée, en frappe son confrère , et en est frappé à son tour. Malheureux dans leurs sacrés repaires , ils voudraient rendre malheureux les autres hommes. Leurs cloîtres font le séjour du repentir, de la discorde et de la haine. Leur juridiction secrète est celle de Maroc et d'Alger. Ils enterrent pour la vie dans des cachots ceux de leurs frères qui peuvent les accuser. Enfin ils ont inventé l'inquisition.

Je sais que dans la multitude de ces misérables qui infectent la moitié de l'Europe, et que la séduction, l'ignorance, la pauvreté ont précipités dans des cloîtres à l'âge de quinze ans, il s'est trouvé des hommes d'un rare mérite, qui se font élevés au-deſſus de leur état, et qui ont rendu ſervice à leur patrie. Mais j'oſe aſſurer que tous les grands hommes, dont le mérite a percé du cloître dans le monde, ont tous été perſécutés par leurs confrères. Tout ſavant, tout homme de génie y eſſuie plus de dégoûts, plus de traits de l'envie, qu'il n'en aurait éprouvé dans le monde. L'ignorant et le fanatique, qui ſoutiennent les intérêts de la beſace, y ont plus de conſidération que n'en aurait le plus grand génie de l'Europe; l'horreur qui règne dans ces cavernes paraît rarement aux yeux des ſéculiers; et quand elle éclate, c'eſt par des crimes qui étonnent. On a vu, au mois de mai de cette année, huit de ces malheureux qu'on nomme *capucins*, accuſés d'avoir égorgé leur ſupérieur dans Paris.

Cependant, par une fatalité étrange, des pères, des mères, des filles diſent à genoux tous leurs ſecrets à ces hommes, le rebut de la nature, qui, tout ſouillés de crimes, ſe vantent de remettre les péchés des hommes, au nom du DIEU qu'ils font de leurs propres mains.

Combien de fois ont-ils inſpiré à ceux qu'ils appellent leurs *pénitens*, toute l'atrocité de leur caractère? C'eſt par eux que ſont fomentées principalement ces haines religieuſes qui rendent la vie ſi amère. Les juges qui ont condamné les *Calas* et les *Sirven* ſe confeſſent à des moines : ils ont donné deux moines à *Calas* pour l'accompagner au ſupplice. Ces deux hommes, moins barbares que leurs confrères, avouèrent d'abord que *Calas*, en expirant ſur la roue, avait invoqué DIEU avec la réſignation de l'innocence : mais, quand nous leur avons demandé une atteſtation de ce fait, ils
l'ont

l'ont refufée; ils ont craint d'être punis par leurs fupérieurs pour avoir dit la vérité.

Enfin qui le croirait? après le jugement folennel rendu en faveur des *Calas*, il s'eft trouvé un jéfuite irlandais (1) qui, dans la plus infipide des brochures, a ofé dire que le défenfeur des *Calas*, et les maîtres des requêtes qui ont rendu juftice à leur innocence, étaient des ennemis de la religion.

Les catholiques répondent à tous ces réproches, que les proteftans en méritent d'auffi violens. Les meurtres de *Servet* et de *Barnevelt*, difent-ils, valent bien ceux du confeiller *Dubourg*. On peut oppofer la mort de *Charles I* à celle de *Henri III*. Les fombres fureurs des presbytériens d'Angleterre, la rage des cannibales des Cévènes, ont égalé les horreurs de la Saint-Barthelemi.

Comparez les fectes, comparez les temps, vous trouverez par-tout, depuis feize cents années, une mefure à peu-près égale d'abfurdités et d'horreurs, par-tout des races d'aveugles fe déchirant les uns les autres dans la nuit qui les environne. Quel livre de controverfe n'a pas été écrit avec le fiel? et quel dogme théologique n'a pas fait répandre du fang? C'était la fuite néceffaire de ces terribles paroles : *Quiconque n'écoute pas l'Eglife foit regardé comme un païen et un publicain.* Chaque parti prétendait être l'Eglife; chaque parti a donc dit toujours : Nous

---

(1) Cette brochure inconnue, dont M. de *Voltaire* a déjà parlé, eft vrai-femblablement quelque ouvrage du bon *Needham* qui, fe croyant un grand homme, parce qu'il avait regardé du fperme et du jus de mouton par le trou de fon microfcope, s'était mis à dire fon avis à tort et à travers fur l'autre monde et fur celui-ci.

abhorrons les commis de la douane; il nous eſt enjoint de traiter quiconque n'eſt pas de notre avis, comme les contrebandiers traitent les commis de la douane, quand ils ſont les plus forts. Ainſi par-tout le premier dogme a été celui de la haine.

Lorſque le roi de Pruſſe entra pour la première fois dans la Siléſie, une bourgade proteſtante, jalouſe d'un village catholique, vint demander humblement au roi la permiſſion de tout tuer dans ce village. Le roi répondit aux députés : Si ce village venait me demander la permiſſion de vous égorger, trouveriez-vous bon que je la lui accordaſſe ? O gracieuſe majeſté! répliquèrent les députés, cela eſt bien différent, nous ſommes la véritable Egliſe.

Remèdes contre la rage des ames.

LA rage du préjugé qui nous porte à croire coupables tous ceux qui ne ſont pas de notre avis, la rage de la ſuperſtition, de la perſécution, de l'inquiſition, eſt une maladie épidémique qui a régné en divers temps, comme la peſte ; voici les préſervatifs reconnus pour les plus ſalutaires. Faites-vous rendre compte d'abord des lois romaines juſqu'à *Théodoſe*, vous ne trouverez pas un ſeul édit pour mettre à la torture, ou crucifier, ou rouer ceux qui ne ſont accuſés que de penſer différemment de vous, et qui ne troublent point la ſociété par des actions de déſo-béiſſance, et par des inſultes au culte public autoriſé par les lois civiles. Cette première réflexion adoucira un peu les ſymptômes de la rage.

Raſſemblez pluſieurs paſſages de *Cicéron*, et commencez par celui-ci : *Superſtitio inſtat et urget, et quòcumque te verteris perſequitur*, &c. (*g*) Si vous laiſſez entrer chez vous la ſuperſtition, elle vous pourſuivra par-tout ; elle ne vous laiſſera point de relâche. Cette précaution ſera très-utile contre la maladie qu'il faut traiter.

N'oubliez pas *Sénèque*, qui dans ſa XCV^e épître s'exprime ainſi : *Voulez-vous avoir* DIEU *propice? ſoyez juſtes ; on l'honore aſſez quand on l'imite. Vis Deum propitiari? bonus eſto ; ſatis illum coluit quiſquis imitatus eſt.*

Quand vous aurez choiſi de quoi faire une proviſion de ces remèdes antiques qui ſont innombrables, paſſez enſuite au bon évêque *Sineſius*, qui dit à ceux qui voulaient le conſacrer : *Je vous avertis que je ne veux ni tromper, ni forcer la conſcience de perſonne ; je ſouffrirai que chacun demeure paiſiblement dans ſon opinion, et je demeurerai dans les miennes. Je n'enſeignerai rien de ce que je ne crois pas. Si vous voulez me conſacrer à ces conditions, j'y conſens ; ſinon je renonce à l'évêché.*

Deſcendez aux modernes; prenez des préſervatifs dans l'archevêque *Tillotſon*, le plus ſage et le plus éloquent prédicateur de l'Europe.

Toutes les ſectes, dit-il, (*h*) *s'échauffent avec d'autant plus de fureur, que les objets de leur emportement ſont moins raiſonnables. All ſects are commonly moſt hat and furious for thoſe things for which there is leaſt reaſon.*

Il vaudrait mieux, dit-il ailleurs, *être ſans révélation, il vaudrait mieux s'abandonner aux ſages principes de la nature qui inſpirent la douceur, l'humanité, la paix, et qui font le bonheur de la ſociété, que d'être guidé par une*

(*g*) *Cic. de Divinatione.*
(*h*) Sixième ſermon.

religion qui porte dans les ames une fureur si sauvage.
Better it were that there were no reveal'd religion; and that
human nature, were left to the conduct of ist own principles
mild and mercifull and conducive to the happiness of society,
than to be acted by a religion which inspires men with so
wild a fury. Remarquez bien ces paroles mémorables;
elles ne veulent pas dire que la raison humaine est
préférable à la révélation; elles signifient que s'il n'y
avait point de milieu entre la raison et l'abus d'une
révélation qui ne ferait que des fanatiques, il vaudrait cent fois mieux se livrer à la nature qu'à une
religion tyrannique et persécutrice.

Je vous recommande encore ces vers que j'ai lus
dans un ouvrage qui est à la fois très-pieux et très-
philosophique.

A la religion discrètement fidèle,
Sois doux, compatissant, sage, indulgent comme elle;
Et sans noyer autrui songe à gagner le port:
Qui pardonne a raison, et la colère a tort.
Dans nos jours passagers de peines, de misères,
Enfans du même Dieu, vivons du moins en frères,
Aidons-nous l'un et l'autre à porter nos fardeaux.
Nous marchons tous courbés sous le poids de nos maux;
Mille ennemis cruels assiégent notre vie,
Toujours par nous maudite et toujours si chérie:
Notre cœur égaré, sans guide et sans appui,
Est brûlé de désirs, ou glacé par l'ennui.
Nul de nous n'a vécu sans connaître les larmes.
De la société les secourables charmes
Consolent nos douleurs au moins quelques instans;
Remède encor trop faible à des maux si constans.

Ah! n'empoifonnòns pas la douceur qui nous refte.
Je crois voir des forçats dans un cachot funefte,
Se pouvant fecourir, l'un fur l'autre acharnés,
Combattre avec les fers dont ils font enchaînés. (*)

Quand vous aurez nourri votre efprit de cent paffages pareils, faites encore mieux; mettez-vous au régime de penfer par vous-même; examinez ce qui vous revient de vouloir dominer fur les confciences. Vous ferez fuivi de quelques imbécilles, et vous ferez en horreur à tous les efprits raifonnables. Si vous êtes perfuadé, vous êtes un tyran d'exiger que les autres foient perfuadés comme vous. Si vous ne croyez pas, vous êtes un monftre d'enfeigner ce que vous méprifez, et de perfécuter ceux mêmes dont vous partagez les opinions. En un mot, la tolérance mutuelle eft l'unique remède aux erreurs qui per-vertiffent l'efprit des hommes d'un bout de l'univers à l'autre.

Le genre humain eft femblable à une foule de voyageurs qui fe trouvent dans un vaiffeau; ceux-là font à la poupe, d'autres à la proue, plufieurs à fond de cale et dans la fentine. Le vaiffeau fait eau de tous côtés, l'orage eft continuel : miférables paffagers qui ferons tous engloutis! faut-il qu'au lieu de nous porter les uns aux autres les fecours néceffaires qui adouciraient le paffage, nous rendions notre navi-gation affreufe! Mais celui-ci eft neftorien, cet autre eft juif, en voilà un qui croit à un picard, un autre à un natif d'Iflèbe; ici eft une famille d'ignicoles, là font des mufulmans, à quatre pas voilà des ana-baptiftes. Hé! qu'importent leurs fectes? Il faut

(*) Poëme fur la Loi naturelle, chant III.

T 3

qu'ils travaillent tous à calfater le vaiſſeau, et que chacun, en aſſurant la vie de ſon voiſin pour quelques momens, aſſure la ſienne; mais ils ſe querellent et ils périſſent.

Concluſion.

APRÈS avoir montré aux lecteurs cette chaîne de ſuperſtitions qui s'étend de ſiècle en ſiècle juſqu'à nos jours, nous implorons les ames nobles et compatiſſantes, faites pour ſervir d'exemple aux autres; nous les conjurons de daigner ſe mettre à la tête de ceux qui ont entrepris de juſtifier et de ſecourir la famille des *Sirven*. L'aventure effroyable des *Calas*, à laquelle l'Europe s'eſt intéreſſée, n'aura point épuiſé la compaſſion des cœurs ſenſibles : et puiſque la plus horrible injuſtice s'eſt multipliée, la pitié vertueuſe redoublera.

On doit dire, à la louange de notre ſiècle et à celle de la philoſophie, que les *Calas* n'ont reçu les ſecours qui ont réparé leur malheur, que des perſonnes inſtruites et ſages qui foulent le fanatiſme à leurs pieds. Pas un de ceux qu'on appelle *dévots*, je le dis avec douleur, n'a eſſuyé leurs larmes, ni rempli leur bourſe. Il n'y a que les eſprits raiſonnables qui penſent noblement; des têtes couronnées, des ames dignes de leur rang, ont donné à cette occaſion de grands exemples; leurs noms ſeront marqués dans les faſtes de la philoſophie, qui conſiſte dans l'horreur de la ſuperſtition, et dans cette charité univerſelle que *Cicéron* recommande; *charitas humani generis:*

charité dont la théologie s'eſt approprié le nom,
comme s'il n'appartenait qu'à elle, mais dont elle
a proſcrit trop ſouvent la réalité; charité, amour
du genre humain, vertu inconnue aux trompeurs,
aux pédans qui argumentent, aux fanatiques qui
perſécutent.

LETTRE

DE M. LE MARQUIS D'ARGENCE,

BRIGADIER DES ARMÉES DU ROI.

J'AI lu dans une feuille, mon vertueux ami, intitulée *l'Année littéraire*, une ſatire à l'occaſion de la
juſtice rendue à la famille des *Calas* par le tribunal
ſuprême de meſſieurs les maîtres des requêtes; elle
a indigné tous les honnêtes gens; on m'a dit que
c'eſt le fort de ces feuilles.

L'auteur, par une ruſe à laquelle perſonne n'eſt
jamais pris, feint qu'il a reçu de Languedoc une
lettre d'un philoſophe proteſtant; il fait dire à ce
prétendu philoſophe, que ſi on avait jugé les *Calas*
ſur une lettre de M. de *Voltaire*, qui a couru dans
l'Europe, on aurait eu une fort mauvaiſe idée de
leur cauſe. L'auteur des feuilles n'oſe pas attaquer
meſſieurs les maîtres des requêtes directement, mais
il ſemble eſpérer que les traits qu'il porte à M. de
Voltaire retomberont ſur eux, puiſque M. de *Voltaire*
avait agi ſur les mêmes preuves.

T 4

Il commence par vouloir détruire la préfomption favorable que tous les avocats ont fi bien fait valoir, qu'il n'eft pas naturel qu'un père affaffine fon fils, fur le foupçon que ce fils veut changer de religion. Il oppofe à cette probabilité reconnue de tout le monde, l'exemple de *Junius Brutus*, qu'on prétend avoir condamné fon fils à la mort. Il s'aveugle au point de ne pas voir que *Junius Brutus* était un juge qui facrifia, en gémiffant, la nature à fon devoir. Quelle comparaifon entre une fentence févère et un affaffinat exécrable ! entre le devoir et un parricide ! et quel parricide encore ! Il fallait, s'il eût été en effet exécuté, que le père et la mère, un frère et un ami en euffent été également coupables.

Il pouffe la démence jufqu'à ofer dire que fi les fils de *Jean Calas* ont affuré qu'il n'y eut *jamais de père plus tendre et plus indulgent, et qu'il n'avait jamais battu un feul de fes enfans*, c'eft plutôt une preuve de fimplicité de croire cette dépofition, qu'une preuve de l'innocence des accufés.

Non, ce n'eft pas une preuve juridique complète, mais c'eft la plus grande des probabilités; c'eft un motif puiffant d'examiner, et il ne s'agiffait alors pour M. de *Voltaire*, que de chercher des motifs qui le déterminaffent à entreprendre une affaire fi intéreffante, dans laquelle il fournit depuis des preuves complètes, qu'il fit recueillir à Touloufe.

Voici quelque chofe de plus révoltant encore. M. de *Voltaire*, chez qui je paffai trois mois, auprès de Genève, lorfqu'il entreprit cette affaire, exigea, avant de s'y expofer, que madame *Calas*, qu'il favait être une dame très-religieuse , jurât au nom de DIEU qu'elle adore , que ni fon mari ni elle n'étaient coupables. Ce ferment était du plus grand poids , car il n'était pas poffible que madame *Calas* fît un faux ferment pour venir à Paris s'expofer au fupplice ; elle était hors de caufe ; rien ne la forçait à faire la démarche hafardeufe de recommencer un procès criminel , dans lequel elle aurait pu fuccomber. L'auteur des feuilles ne fait pas ce qu'il en coûterait à un cœur qui craint DIEU , de fe parjurer ; il dit que c'eft-là un mauvais raifonnement , *que c'eft comme fi quelqu'un aurait interrogé un des juges qui condamnèrent Calas* , &c.

Peut - on faire une comparaifon auffi abfurde ? Sans doute , le jufte fera ferment qu'il a jugé fuivant fa confcience ; mais cette confcience peut avoir été trompée par de faux indices , au lieu que madame *Calas* ne faurait fe tromper fur le crime qu'on imputait alors à fon mari , et même à elle. Un accufé fait très-bien dans fon cœur s'il eft coupable ou non ; mais le juge ne peut le favoir que par des indices fouvent équivoques. Le fefeur de feuilles a donc raifonné avec autant de fottife que de malignité , car je dois appeler les chofes par leur nom.

Il ofe nier qu'on ait cru dans le Languedoc , que les proteftans ont *un point de leur fecte qui leur permet de donner la mort à leurs enfans qu'ils foupçonnent de vouloir changer de religion* , &c. ce font les paroles de ce folliculaire.

Il ne fait donc pas que cette accufation fut fi publique et fi grave , que M. *Sudre* , fameux avocat de Touloufe , dont nous avons un excellent mémoire en faveur de la famille *Calas*, réfute cette erreur populaire, pages 59, 60 et 61 de son factum. Il ne sait donc pas que l'Eglise de Genève fut obligée d'envoyer à Toulouse une protestation solennelle contre une si horrible accusation.

Il ose plaisanter dans une affaire aussi importante, sur ce qu'on écrivait à l'ancien gouverneur du Languedoc et à celui de Provence, pour obtenir, par leur crédit, des informations sur lesquelles on pût compter : que pouvait-on faire de plus sage ?

Je ne dirai rien des petites sottises littéraires que cet homme ajoute dans sa misérable feuille. L'innocence des *Calas*, l'arrêt solennel de messieurs les maîtres des requêtes sont trop respectables pour que j'y mêle des objets si vains. Je suis seulement étonné qu'on souffre dans Paris une telle insolence, et qu'un malheureux, qui manque à la fois à l'humanité et au respect qu'il doit au conseil, abuse impunément, jusqu'à ce point, du mépris qu'on a pour lui.

Je demande pardon à M. de *Voltaire* d'avoir mêlé ici son nom avec celui d'un homme tel que *Fréron*; mais puisqu'on souffre à Paris que les écrivains les plus déshonorés outragent le mérite le plus reconnu, j'ai cru qu'il était permis à un militaire, que l'honneur anime, de dire ce qu'il pense, et j'en suis si persuadé que vous pouvez, mon cher philosophe, faire part de mes réflexions à tous ceux qui aiment la vérité.

Vous savez à quel point je vous suis attaché.

D'ARGENCE.

Au château de Dirac, ce 20 juillet 1765.

LETTRE

DE L'AUTEUR,

A M. LE MARQUIS D'ARGENCE.

24 auguſte 1765.

LA lettre que vous avez daigné écrire, M. le marquis, eſt digne de votre cœur, et de votre raiſon ſupérieure. J'ai appris par cette lettre l'inſolente baſ-ſeſſe de *Fréron*, que j'ignorais. Je n'ai jamais lu ſes feuilles; le haſard qui vous en a fait tomber une entre les mains, ne m'a jamais ſi mal ſervi; mais vous avez tiré de l'or de ſon fumier, en confondant ſes calomnies.

Si cet homme avait lu la lettre que madame *Calas* écrivit de la retraite où elle était mourante, et dont on la tira avec tant de peine; s'il avait vu la candeur, la douleur, la réſignation qu'elle mettait dans le récit du meurtre de ſon fils et de ſon mari, et cette vérité irréſiſtible avec laquelle elle prenait DIEU a témoin de ſon innocence, je ſais bien que cet homme n'en aurait pas été touché, mais il aurait entrevu que les cœurs honnêtes devaient en être attendris et perſuadés.

> Ce n'eſt pas aux tyrans à ſentir la nature.
> Ce n'eſt pas aux fripons à ſentir la vertu.

Quant à M. le maréchal de *Richelieu* et à M. le duc de *Villars*, dont il tâche, dites-vous, d'avilir la protection et de récufer le témoignage, il ignore que c'eft chez moi qu'ils virent le fils de madame *Calas*, que j'eus l'honneur de leur préfenter, et qu'affurément ils ne l'ont protégé qu'en connaiffance de caufe, après avoir long-temps fufpendu leur jugement, comme le doit tout homme fage avant de décider.

Pour meffieurs les maîtres des requêtes, c'eft à eux de voir fi, après leur jugement fouverain, qui a conftaté l'innocence de la famille *Calas*, il doit être permis à un *Fréron* de la révoquer en doute.

Je vous embraffe avec tendreffe, et je vous aime autant que je vous refpecte.

LETTRE DU MEME,

A M. ELIE DE BEAUMONT,

AVOCAT AU PARLEMENT.

Du 20 mars 1767.

Votre mémoire, Monfieur, en faveur des *Sirven* a touché et convaincu tous les lecteurs, et fera, fans doute, le même effet fur les juges. La confultation fignée de dix-neuf célèbres avocats de Paris, a paru auffi décifive en faveur de cette famille innocente que refpectueufe pour le parlement de Touloufe.

Vous m'apprenez qu'aucun des avocats confultés n'a voulu recevoir l'argent configné entre vos mains pour leur honoraire. Leur défintéreffement et le vôtre font dignes de l'illuftre profeffion dont le minif-tère eft de défendre l'innocence opprimée.

C'eft la feconde fois, Monfieur, que vous vengez la nature et la nation. Ce ferait un opprobre trop affreux pour l'une et pour l'autre, fi tant d'accufa-tions de parricides avaient le moindre fondement. Vous avez démontré que le jugement rendu contre les *Sirven* eft encore plus irrégulier que celui qui a fait périr le vertueux *Calas* fur la roue et dans les flammes.

Je vous enverrai le fieur *Sirven* et fes filles, quand il en fera temps; mais je vous avertis que vous ne trouverez peut-être point dans ce malheureux père de famille la même préfence d'efprit, la même force, les mêmes reffources qu'on admirait dans madame *Calas*. Cinq ans de mifère et d'opprobre l'ont plongé dans un accablement qui ne lui permettrait pas de s'expliquer devant fes juges : j'ai eu beau-coup de peine à calmer fon défefpoir dans les lon-gueurs et dans les difficultés que nous avons effuyées pour faire venir du Languedoc le peu de pièces que je vous ai envoyées, lefquelles mettent dans un fi grand jour la démence et l'iniquité du juge fubal-terne qui l'a condamné à la mort, et qui lui a ravi toute fa fortune. Aucun de fes parens, encore moins ceux qu'on appelle *amis*, n'ofait lui écrire, tant le fanatifme et l'effroi s'étaient emparés de tous les efprits.

Sa femme condamnée avec lui, femme refpectable,

qui eft morte de douleur en venant chez moi, l'une
de fes filles, près de fuccomber au défefpoir pendant cinq ans, un petit-fils né au milieu des glaces
et infirme depuis fa malheureufe naiffance ; tout
cela déchire encore le cœur du père, et affaiblit un
peu fa tête. Il ne fait que pleurer : mais vos raifons
et fes larmes toucheront également fes juges.

Je dois vous avertir de la feule méprife que j'aie
trouvée dans votre mémoire. Elle n'altère en rien la
bonté de la caufe. Vous faites dire au fieur *Sirven*
que Berne et Genève l'ont penfionné. Berne, il eft
vrai, a donné au père, à la mère et aux deux filles,
fept livres dix fous par tête chaque mois, et veut
bien continuer cette aumône pour le temps de fon
voyage à Paris ; mais Genève n'a rien donné.

Vous avez cité l'impératrice de Ruffie, le roi de
Pologne, le roi de Pruffe, qui ont fecouru cette
famille fi vertueufe et fi perfécutée. Vous ne pouviez favoir alors que le roi de Danemarck, le land-
grave de Heffe, madame la ducheffe de Saxe-Gotha,
madame la princeffe de Naffau-Saarbruck, madame
la margrave de Baden, madame la princeffe de
Darmftadt, tous également fenfibles à la vertu et
à l'oppreffion des *Sirven*, s'empreffèrent de répandre
fur eux leurs bienfaits. Le roi de Pruffe, qui fut
informé le premier, fe hâta de m'envoyer cent écus,
avec l'offre de recevoir la famille dans fes Etats, et
d'avoir foin d'elle.

Le roi de Danemarck, fans même être follicité
par moi, a daigné m'écrire, et a fait un don confidérable. L'impératrice de Ruffie a eu la même bonté,
et a fignalé cette générofité qui étonne et qui lui

eft fi ordinaire; elle accompagna fon bienfait de ces mots énergiques, écrits de fa main : *Malheur aux per-fécuteurs !*

Le roi de Pologne, fur un mot que lui dit madame de *Geoffrin*, qui était alors à Varfovie, fit un préfent digne de lui ; et madame de *Geoffrin* a donné l'exemple aux Français, en fuivant celui du roi de Pologne. C'eft ainfi que madame la ducheffe d'*Enville*, lorfqu'elle était à Genève, fut la première à réparer le malheur des *Calas*. Née d'un père et d'un aïeul illuftre pour avoir fait du bien, la plus belles des illuftrations, elle n'a jamais manqué une occafion de protéger et de foulager les infortunés avec autant de grandeur d'ame que de difcernement : c'eft ce qui a toujours diftingué fa maifon ; et je vous avoue, monfieur, que je voudrais pouvoir faire paffer jufqu'à la dernière poftérité les hommages dûs à cette bienfefance, qui n'a jamais été l'effet de la faibleffe.

Il eft vrai qu'elle fut bien fecondée par les pre-mières perfonnes du royaume, par de généreux citoyens, par un miniftre à qui on n'a pu reprocher encore que la prodigalité en bienfaits, enfin par le roi lui-même, qui a mis le comble à la réparation que la nation et le trône devaient au fang innocent.

La juftice rendue fous vos aufpices à cette famille, a fait plus d'honneur à la France que le fupplice de *Calas* ne nous a fait de honte.

Si la deftinée m'a placé dans des déferts où la famille des *Sirven* et les fils de madame *Calas* cher-chèrent un afile, fi leurs pleurs et leur innocence fi reconnue m'ont impofé le devoir indifpenfable de leur donner quelques foins, je vous jure, Monfieur, que dans la fenfibilité que ces deux familles m'ont infpirée, je n'ai jamais manqué de refpect au parlement de Touloufe; je n'ai imputé la mort du vertueux *Calas*, et la condamnation de la famille entière des *Sirven*, qu'aux cris d'une populace fanatique, à la rage qu'eut le capitoul *David* de fignaler fon faux zèle, à la fatalité des circonftances.

Si j'étais membre du parlement de Touloufe, je conjurèrais tous mes confrères de fe joindre aux *Sirven* pour obtenir du roi qu'il leur donne d'autres juges. Je vous déclare, Monfieur, que jamais cette famille ne reverra fon pays natal qu'après avoir été auffi légalement juftifiée qu'elle l'eft réellement aux yeux du public. Elle n'aurait jamais la force ou la patience de foutenir la vue du juge de Mazamet, qui eft fa patrie, et qui l'a opprimée plutôt que jugée. Elle ne traverfera point des villages catholiques, où le peuple croit fermement qu'un des principaux devoirs des pères et des mères dans la communion proteftante eft d'égorger leurs enfans, dès qu'ils les foupçonnent de pencher vers la religion catholique. C'eft ce funefte préjugé qui a traîné *Jean Calas* fur la roue; il pourrait y traîner les *Sirven*. Enfin il m'eft auffi impoffible d'engager *Sirven* à retourner dans le pays qui fume encore du fang de *Calas*, qu'il était impoffible à ces deux familles d'égorger leurs enfans pour la religion.

Je fais très-bien, monfieur, que l'auteur d'un miférable libelle périodique intitulé, je crois, *l'Année littéraire*, affura, il y a deux ans, qu'il eft faux qu'en Languedoc on ait accufé la religion proteftante

d'enfeigner

d'enseigner le parricide. Il prétendit que jamais on
en a soupçonné les protestans ; il fut même affez
lâche pour feindre une lettre qu'il difait avoir reçue
de Languedoc ; il imprima cette lettre dans laquelle
on affirmait que cette accusation contre les proteftans eft imaginaire : il fefait ainfi un crime de faux
pour jeter des foupçons fur l'innocence des *Calas* et
fur l'équité du jugement de meffieurs les maîtres des
requêtes : et on l'a fouffert ! et on s'eft contenté de
l'avoir en exécration !

Ce malheureux compromit les noms de monfieur
le maréchal de *Richelieu* et de monfieur le duc de
Villars : il eut la bêtife de dire que je me plaifais à
citer de grands noms : c'eft me connaître bien mal ;
on fait affez que la vanité des grands noms ne
m'éblouit pas, et que ce font les grandes actions que
je révère. Il ne favait pas que ces deux feigneurs
étaient chez moi quand j'eus l'honneur de leur préfenter les deux fils de *Jean Calas*, et que tous deux
ne fe déterminèrent en faveur des *Calas* qu'après
avoir examiné l'affaire avec la plus grande maturité.

Il devait favoir, et il feignait d'ignorer, que
vous-même, Monfieur, vous confondîtes dans votre
mémoire pour madame *Calas*, ce préjugé abominable
qui accufe la religion proteftante d'ordonner le parricide ; M. de *Sudre*, fameux avocat de Toulouse,
s'était élevé avant vous contre cette opinion horrible, et n'avait pas été écouté. Le parlement de
Touloufe fit même brûler dans un vafte bûcher élevé
folennellement un écrit extrajudiciaire, dans lequel
on réfutait l'erreur populaire ; les archers firent paffer
Jean Calas chargé de fers à côté de ce bûcher pour

aller fubir fon dernier interrogatoire. Ce vieillard crut que cet appareil était celui de fon fupplice ; il tomba évanoui, il ne put répondre quand il fut traîné fur la fellette, fon trouble fervit à fa condamnation.

Enfin le confiftoire et même le confeil de Genève furent obligés de repouffer et de détruire par un certificat authentique l'imputation atroce intentée contre leur religion ; et c'eft au mépris de ces actes publics, au milieu des cris de l'Europe entière, à la vue de l'arrêt folennel de quarante maîtres des requêtes, qu'un homme fans aveu comme fans pudeur ofe mentir pour attaquer, s'il le pouvait, l'innocence reconnue des *Calas*.

Cette effronterie fi puniffable a été négligée, le coupable s'eft fauvé à l'abri du mépris. Monfieur le marquis d'*Argence*, officier général, qui avait paffé quatre mois chez moi dans le plus fort du procès des *Calas*, a été le feul qui ait marqué publiquement fon indignation contre ce vil fcélérat.

Ce qui eft plus étrange, Monfieur, c'eft que M. *Coqueley*, qui a eu l'honneur d'être admis dans votre ordre, fe foit abaiffé jufqu'à être l'approbateur des feuilles de ce *Fréron*, qu'il ait autorifé une telle infolence, et qu'il fe foit rendu fon complice.

Que ces feuilles calomnient continuellement le mérite en tout genre, que l'auteur vive de fon fcandale, et qu'on lui jette quelques os pour avoir aboyé, à la bonne heure ; perfonne n'y prend garde ; mais qu'il infulte le confeil entier, vous m'avouerez que cette audace criminelle ne doit pas être impunie, dans un malheureux chaſſé de toute ſociété, et même de celle qui a été enfin chaſſée de toute la France. Il n'a pas acquis par l'opprobre le droit d'inſulter ce qu'il y a de plus reſpectable. J'ignore s'il a parlé des *Sirven*, mais on devrait avertir les provinciaux, qui ont la faibleſſe de faire venir ſes feuilles de Paris, qu'ils ne doivent pas y faire plus d'attention qu'on n'en fait dans votre capitale à tout ce qu'écrit cet homme dévoué à l'horreur publique.

Je viens de lire le mémoire de M. *Caſſen*, avocat au conſeil; cet ouvrage eſt digne de paraître même après le vôtre. On m'apprend que M. *Caſſen* a la même généroſité que vous : il protège l'innocence ſans aucun intérêt. Quels exemples, Monſieur, et que le barreau ſe rend reſpectable! M. de *Crofne* et M. de *Baquancourt* ont mérité les éloges et les remer-cîmens de la France dans le rapport qu'ils ont fait du procès des *Calas*. Nous avons pour rapporteur (a) dans celui des *Sirven* un magiſtrat ſage, éclairé, éloquent; (de cette éloquence qui n'eſt pas celle des phraſes) ainſi nous pouvons tout eſpérer.

Si quelques formes juridiques s'oppoſaient mal-heureuſement à nos juſtes ſupplications, ce que je fuis bien loin de croire, nous aurions pour reſſource votre factum, celui de M. *Caſſen* et l'Europe ; la famille *Sirven* perdrait ſon bien, et conſerverait ſon honneur ; il n'y aurait de flétri que le juge qui l'a condamnée, car ce n'eſt pas le pouvoir qui flétrit, c'eſt le public.

(a) Monſieur de *Chardon*.

V 2

On tremblera déformais de déshonorer la nation,
par d'abfurdes accufations de parricides, et nous
aurons du moins rendu à la patrie le fervice d'avoir
coupé une tête de l'hydre du fanatifme.

J'ai l'honneur d'être avec les fentimens de l'eftime
la plus refpectueufe, &c.

RELATION

DE LA MORT

DU CHEVALIER DE LA BARRE.

1766.

AVERTISSEMENT

DES EDITEURS

Sur les deux ouvrages suivans.

Nous nous permettrons quelques réflexions sur l'horrible événement d'Abbeville, qui, sans les courageuses réclamations de M. de *Voltaire* et de quelques hommes de lettres, eût couvert d'opprobre la nation française aux yeux de tous ceux des peuples de l'Europe qui ont secoué le joug des superstitions monacales.

Il n'existe point en France de loi qui prononce la peine de mort contre aucune des actions imputées au chevalier de *la Barre*.

L'édit de *Louis XIV* contre les blasphémateurs ne décerne la peine d'avoir la langue coupée qu'après un nombre de récidives qui est presque moralement impossible : il ajoute que *quant aux blasphêmes énormes qui, selon la théologie, appartiennent au genre de l'infidélité, les juges* pourront punir même de mort.

1°. Cette permission de tuer un homme n'en donne pas le droit ; et un juge qui, autorisé par la loi à punir d'une moindre peine, prononce la peine de mort, est un assassin et un barbare.

2°. C'eft un principe de toutes les légifla-
tions qu'un délit doit être conftaté : or il n'eft
point conftaté au procès qu'aucun des prétendus blafphêmes du chevalier de *la Barre* appartienne, *fuivant la théologie*, *au genre de l'infidélité.*
Il fallait une décifion de la forbonne, puifqu'il
eft queftion dans l'édit de prononcer *fuivant la*
théologie , comme il faut un procès-verbal de
médecins dans les circonftances où il faut prononcer *fuivant la médecine.*

Quant au *bris d'images*, en fuppofant que le
chevalier de *la Barre* en fût convaincu, il ne
devait pas être puni de mort. Une feule loi
prononce cette peine : c'eft un édit de pacifica-
tion donné par le chancelier de l'*Hofpital* fous
Charles IX, et révoqué bientôt après. En jugeant
de l'efprit de cette loi par les circonftances où
elle a été faite, par l'efprit qui l'a dictée, par
les intentions bien connues du magiftrat humain
et éclairé qui l'a rédigée, on voit que fon unique
but était de prévenir les querelles fanglantes
que le zèle imprudent de quelque proteftant
aurait pu allumer entre fon parti et celui des
partifans de l'Eglife romaine. La durée de cette
loi devait-elle s'étendre au-delà des troubles qui
pouvaient en excufer la dureté et l'injuftice ?
C'eft à peu-près comme fi on puniffait de
mort un homme qui eft forti d'une ville fans

permiffion, parce que cette ville étant affiégée il y a deux cents ans, on a défendu d'en fortir, fous peine de mort, et que la loi n'a point été abrogée.

D'ailleurs la loi porte, *et autres actes fcandaleux et féditieux*, et non pas fcandaleux *ou* féditieux : donc pour qu'un homme foit dans le cas de la loi, il faut que le fcandale qu'il donne foit aggravé par un acte féditieux, qui eft un véritable crime. Ce n'eft pas le fcandale que le vertueux l'*Hofpital* punit par cette loi, c'eft un acte féditieux qui était alors une fuite nécef-faire de ce fcandale. Ainfi, lorfque l'on punit dans un temps de guerre une action très-légi-time en elle-même, ce n'eft pas cette action qu'on punit, mais la trahifon qui dans ce moment eft inféparable de cette action.

Il eft donc trop vrai que le chevalier de *la Barre* a péri fur un échafaud, parce que les juges n'ont pas entendu la différence d'une particule disjonctive à une particule conjonc-tive.

La maxime de *Zoroaftre*, *dans le doute abftiens-toi*, doit être la loi de tous les juges ; ils doivent, pour condamner, exiger que la loi qui prononce la peine, foit d'une évidence qui ne permette pas le doute ; comme ils ne doivent prononcer fur le fait qu'après des preuves claires et concluantes.

Le dernier délit imputé au chevalier de *la Barre*, celui de *bris d'images*, n'était pas prouvé : l'arrêt prononce *véhémentement suspecté*. Mais si on entend ces mots dans leur sens naturel, tout arrêt qui les renferme, ordonne un véritable affassinat ; ce ne sont pas les gens *soupçonnés* d'un crime, mais ceux qui en sont *convaincus*, que la société a droit de punir. Dira-t-on que ces mots *véhémentement suspecté* indiquent une véritable preuve, mais moindre que celle qui fait prononcer que l'accusé est *atteint et convaincu ?* Cette explication indiquerait un système de jurisprudence bien barbare ; et si on ajoutait qu'on punit un homme, moitié pour une action dont il est convaincu, moitié pour celle dont on dit qu'il est véhémentement suspecté, ce serait une confusion d'idées bien plus barbares encore.

Observons de plus que dans ce procès criminel non-seulement les juges ont interprété la loi, usage qui peut être regardé comme dangereux, mais qu'ils ont donné à cette interprétation secrète un effet rétroactif, en l'appliquant à un crime commis antérieurement, ce qui est contraire à tous les principes du droit public ; que la question de l'interprétation de la loi n'a pas été jugée séparément de la question sur le fait ; qu'enfin cette interprétation d'une loi, dans le sens de la rigueur, pouvait, suivant cette manière de procéder, être décidée par une pluralité de deux voix, et l'a été réellement d'un cinquième. Et l'on s'étonnerait encore qu'indépendamment de toute idée de tolérance, de philosophie, d'humanité, de droit naturel, un tel jugement ait soulevé tous les hommes éclairés d'un bout de l'Europe à l'autre !

RELATION

DE LA MORT

DU CHEVALIER DE LA BARRE,

Par M. Cassen, avocat au conseil du roi, à M. le marquis de Beccaria, écrite en 1766.

Il semble, Monsieur, que toutes les fois qu'un génie bienfesant cherche à rendre service au genre humain, un démon funeste s'élève aussitôt pour détruire l'ouvrage de la raison.

A peine eûtes-vous instruit l'Europe par votre excellent livre sur les délits et les peines, qu'un homme, qui se dit jurisconsulte, écrivit contre vous en France. Vous aviez soutenu la cause de l'humanité, et il fut l'avocat de la barbarie. C'est peut-être ce qui a préparé la catastrophe du jeune chevalier de *la Barre*, âgé de dix-neuf ans, et du fils du président d'*Etallonde* qui n'en avait pas encore dix-huit.

Avant que je vous raconte, Monsieur, cette horrible aventure qui a indigné l'Europe entière, (excepté peut-être quelques fanatiques ennemis de la nature humaine) permettez-moi de poser ici deux principes que vous trouverez incontestables.

1°. Quand une nation est encore assez plongée dans la barbarie pour faire subir aux accusés le supplice de la torture, c'est-à-dire, pour leur faire souffrir mille morts au lieu d'une, sans savoir s'ils font innocens ou coupables , il eft clair au moins qu'on ne doit point exercer cette énorme fureur contre un accufé quand il convient de fon crime, et qu'on n'a plus befoin d'aucune preuve.

2°. Il eft auffi abfurde que cruel de punir les violations des ufages reçus dans un pays , les délits commis contre l'opinion régnante, et qui n'ont opéré aucun mal phyfique , du même fupplice dont on punit les parricides et les empoifonneurs.

Si ces deux règles ne font pas démontrées , il n'y a plus de lois, il n'y a plus de raifon fur la terre; les hommes font abandonnés à la plus capricieufe tyrannie , et leur fort eft fort au-deffous de celui des bêtes.

Ces deux principes établis, je viens, Monfieur, à la funefte hiftoire que je vous ai promife.

Il y avait dans Abbeville , petite cité de Picardie , une abbeffe , fille d'un confeiller d'Etat très-eftimé ; c'eft une dame aimable , de mœurs très-régulières , d'une humeur douce et enjouée, bienfefante, et fage fans fuperftition.

Un habitant d'Abbeville, nommé *Belleval*, âgé de foixante ans , vivait avec elle dans une grande intimité , parce qu'il était chargé de quelques affaires du couvent; il eft lieutenant d'une efpèce de petit tribunal qu'on appelle l'*élection* , fi on peut donner le nom de tribunal à une compagnie de bourgeois uniquement prépofés pour régler l'affife de l'impôt appelé la taille. Cet homme devint amoureux de l'abbeffe , qui ne le repouffa d'abord qu'avec fa douceur ordinaire , mais qui fut enfuite obligée de

marquer fon averfion et fon mépris pour fes impor-
tunités trop redoublées.

Elle fit venir chez elle dans ce temps-là, en 1754,
le chevalier de *la Barre*, fon neveu, petit-fils d'un
lieutenant général des armées, mais dont le père
avait diffipé une fortune de plus de quarante mille
livres de rente : elle prit foin de ce jeune homme
comme de fon fils, et elle était près de lui faire
obtenir une compagnie de cavalerie : il fut logé dans
l'extérieur du couvent, et madame fa tante lui
donnait fouvent à fouper, ainfi qu'à quelques jeunes
gens de fes amis. Le fieur *Belleval*, exclu de ces fou-
pers, fe vengea en fufcitant à l'abbeffe quelques affaires d'intérêt.

Le jeune *la Barre* prit vivement le parti de fa
tante, et parla à cet homme avec une hauteur qui
le révolta entièrement. *Belleval* réfolut de fe venger ;
il fut que le chevalier de *la Barre* et le jeune d'*Etallonde*,
fils du préfident de l'élection, avaient paffé depuis
peu devant une proceffion fans ôter leur chapeau :
c'était au mois de juillet 1765. Il chercha dès ce
moment à faire regarder cet oubli momentané des
bienféances comme une infulte préméditée faite à
la religion. Tandis qu'il ourdiffait fecrètement cette
trame, il arriva malheureufement que, le 9 augufte de
la même année, on s'apperçut que le crucifix de bois,
pofé fur le pont neuf d'Abbeville, était endommagé,
et l'on foupçonna que des foldats ivres avaient commis cette infolence impie.

Je ne puis m'empêcher, Monfieur, de remarquer
ici qu'il eft peut-être indécent et dangereux d'expofer fur un pont ce qui doit être révéré dans un

temple catholique ; les voitures publiques peuvent
aifément le brifer ou le renverfer par terre. Des
ivrognes peuvent l'infulter au fortir d'un cabaret,
fans favoir même quel excès ils commettent. Il faut
remarquer encore que ces ouvrages groffiers, ces
crucifix de grand chemin, ces images de la Vierge
Marie, ces enfans Jéfus qu'on voit dans des niches
de plâtre au coin des rues de plufieurs villes, ne
font pas un objet d'adoration tels qu'ils le font dans
nos églifes : cela eft fi vrai qu'il eft permis de paffer
devant ces images fans les faluer. Ce font des monumens d'une piété mal éclairée : et au jugement de
tous les hommes fenfés, ce qui eft faint ne doit être
que dans le lieu faint.

Malheureufement l'évêque d'Amiens, étant auffi
évêque d'Abbeville, donna à cette aventure une
célébrité et une importance qu'elle ne méritait pas.
Il fit lancer des monitoires ; il vint faire une proceffion folennelle auprès de ce crucifix, et on ne
parla dans Abbeville que de facriléges pendant une
année entière. On difait qu'il fe formait une nouvelle
fecte qui brifait tous les crucifix, qui jetait par
terre toutes les hofties et les perçait à coups de
couteau. On affurait qu'elles avaient répandu beaucoup de fang. Il y eut des femmes qui crurent en
avoir été témoins. On renouvela tous les contes calom-
nieux répandus contre les juifs dans tant de villes de
l'Europe. Vous connaiffez, Monfieur, à quel excès
la populace porte la crédulité, et le fanatifme toujours encouragé par les moines.

Le fieur *Belleval*, voyant les efprits échauffés,
confondit malicieufement enfemble l'aventure du

crucifix et celle de la proceſſion, qui n'avaient aucune connexité. Il rechercha toute la vie du chevalier de *la Barre* : il fit venir chez lui valets, ſervantes, manœuvres ; il leur dit d'un ton d'inſpiré qu'ils étaient obligés, en vertu des monitoires, de révéler tout ce qu'ils avaient pu apprendre à la charge de ce jeune homme ; ils répondirent tous qu'ils n'avaient jamais entendu dire que le chevalier de *la Barre* eût la moindre part à l'endommagement du crucifix.

On ne découvrit aucun indice touchant cette mutilation, et même alors il parut fort douteux que le crucifix eût été mutilé exprès. On commença à croire (ce qui était aſſez vraiſemblable) que quelque charrette chargée de bois avait cauſé cette accident.

Mais, dit *Belleval*, à ceux qu'il voulait faire parler ; ſi vous n'êtes pas sûrs que le chevalier de *la Barre* ait mutilé un crucifix en paſſant ſur le pont, vous ſavez au moins que cette année, au mois de juillet, il a paſſé dans une rue avec deux de ſes amis à trente pas d'une proceſſion ſans ôter ſon chapeau. Vous avez ouï dire qu'il a chanté une fois des chanſons libertines ; vous êtes obligés de l'accuſer ſous peine de péché mortel.

Après les avoir ainſi intimidés, il alla lui-même chez le premier juge de la ſénéchauſſée d'Abbeville. Il y dépoſa contre ſon ennemi, il força ce juge à entendre les dénonciateurs.

La procédure une fois commencée il y eut une foule de délations. Chacun diſait ce qu'il avait vu ou cru voir, ce qu'il avait entendu ou cru entendre. Mais quel fut, Monſieur, l'étonnement de *Belleval* lorſque les témoins qu'il avait ſuſcités lui-même contre le chevalier de *la Barre*, dénoncèrent son propre fils comme un des principaux complices des impiétés secrètes qu'on cherchait à mettre au grand jour ! *Belleval* fut frappé comme d'un coup de foudre, il fit incontinent évader son fils ; mais ce que vous croirez à peine, il n'en poursuivit pas avec moins de chaleur cet affreux procès.

Voici, Monsieur, quelles sont les charges.

Le 13 auguste 1765, six témoins déposent qu'ils ont vu passer trois jeunes gens à trente pas d'une procession, que les sieurs de *la Barre* et d'*Etallonde* avaient leur chapeau sur la tête, et le sieur *Moinel* le chapeau sous le bras.

Dans une addition d'information, une *Elisabeth Lacrivel* dépose avoir entendu dire à un de ses cousins, que ce cousin avait entendu dire au chevalier de *la Barre* qu'il n'avait pas ôté son chapeau.

Le 26 septembre, une femme du peuple, nommée *Ursule Gondalier*, dépose qu'elle a entendu dire que le chevalier de *la Barre*, voyant une image de St *Nicolas* en plâtre chez la sœur *Marie*, tourière du couvent, il demanda à cette tourière si elle avait acheté cette image pour avoir celle d'un homme chez elle.

Le nommé *Bauvalet* dépose que le chevalier de *la Barre* a proféré un mot impie en parlant de la Vierge Marie.

Claude, dit *Sélincour*, témoin unique, dépose que l'accusé lui a dit que les commandemens de DIEU ont été faits par des prêtres ; mais à la confrontation l'accusé soutient que *Sélincour* est un calomniateur, et qu'il n'a été question que des commandemens de l'Eglise.

Le

Le nommé *Héquet*, témoin unique, dépofe que l'accufé lui a dit ne pouvoir comprendre comment on avait adoré un dieu de pâte. L'accufé dans la confrontation foutient qu'il a parlé des Egyptiens.

Nicolas la Vallée, dépofe qu'il a entendu chanter au chevalier de *la Barre* deux chanfons libertines de corps-de-garde. L'accufé avoue qu'un jour étant ivre il les a chantées avec le fieur d'*Etallonde* fans favoir ce qu'il difait, que dans cette chanfon on appelle, à la vérité, fainte *Marie-Magdelène* putain ; mais qu'avant fa converfion elle avait mené une vie débordée : il eft convenu d'avoir récité l'*Ode à Priape* du fieur *Piron*.

Le nommé *Héquet* dépofe encore dans une addition qu'il a vu le chevalier de *la Barre* faire une petite génuflexion devant les livres intitulés : *Théréfe philofophe*, *la Tourière des carmélites*, et *le Portier des chartreux*. Il ne défigne aucun autre livre ; mais au récolement et à la confrontation, il dit qu'il n'eft pas fûr que ce fût le chevalier de *la Barre* qui fit ces génuflexions.

Le nommé *la Cour*, dépofe qu'il a entendu dire à l'accufé *au nom du c..* au lieu de dire au nom du père, &c. Le chevalier, dans fon interrogatoire fur la fellette, a nié ce fait.

Le nommé *Pétignot*, dépofe qu'il a entendu l'accufé réciter les litanies du *c...* telles à peu-près qu'on les trouve dans *Rabelais*, et que je n'ofe rapporter ici. L'accufé le nie dans fon interrogatoire fur la fellette ; il avoue qu'il a en effet prononcé *c...* mais il nie tout le refte.

Voilà, Monfieur, toutes les accufations portées

Politique et Légifl. Tome II.   X

contre le chevalier de *la Barre* , le fieur *Moinel* , le fieur d'*Etallonde* , *Jean-François Douville de Maillefeu* , et le fils du nommé *Belleval* , auteur de toute cette tragédie.

Il eft conftaté qu'il n'y avait eu aucun fcandale public , puifque *la Barre* et *Moinel* ne furent arrêtés que fur des monitoires lancés à l'occafion de la mutilation du crucifix , mutilation fcandaleufe et publique, dont ils ne furent chargés par aucun témoin. On rechercha toutes les actions de leur vie , leurs converfations fecrètes , des paroles échappées un an auparavant ; on accumula des chofes qui n'avaient aucun rapport enfemble , et en cela même la procédure fut très-vicieufe.

Sans ces monitoires et fans les mouvemens violens que fe donna *Belleval*, il n'y aurait jamais eu de la part de ces enfans infortunés ni fcandale ni procès criminel ; le fcandale public n'a été que dans le procès même.

Le monitoire d'Abbeville, fit précifément le même effet que celui de Touloufe contre les *Calas* ; il troubla les cervelles et les confciences. Les témoins , excités par *Belleval* comme ceux de Touloufe l'avaient été par le capitoul *David* , rappelèrent dans leur mémoire des faits , des difcours vagues ; dont il n'était guère poffible qu'on pût fe rappeler exactement les circonftances ou favorables ou aggravantes.

Il faut avouer , Monfieur , que s'il y a quelques cas où un monitoire eft néceffaire, il y en a beaucoup d'autres où il eft très-dangereux. Il invite les gens de la lie du peuple à porter des accufations contre les perfonnes élevées au-deffus d'eux, dont ils font toujours jaloux. C'eſt alors un ordre intimé par l'Egliſe de faire le métier infame de délateur. Vous êtes menacés de l'enfer, ſi vous ne mettez pas votre prochain en péril de ſa vie.

Il n'y a peut-être rien de plus illégal dans les tribunaux de l'inquiſition, et une grande preuve de l'illégalité de ces monitoires, c'eſt qu'ils n'émanent point directement des magiſtrats, c'eſt le pouvoir eccléſiaſtique qui les décerne. Choſe étrange qu'un eccléſiaſtique, qui ne peut juger à mort, mette ainſi dans la main des juges le glaive qu'il lui eſt défendu de porter !

Il n'y eut d'interrogés que le chevalier et le ſieur *Moinel*, enfant d'environ quinze ans. *Moinel* tout intimidé, et entendant prononcer au juge le mot d'attentat contre la religion, fut ſi hors de lui qu'il ſe jeta à genoux et fit une confeſſion générale, comme s'il eût été devant un prêtre. Le chevalier de *la Barre*, plus inſtruit, et d'un eſprit plus ferme, répondit toujours avec beaucoup de raiſon, et diſculpa *Moinel* dont il avait pitié. Cette conduite qu'il eut juſqu'au dernier moment, prouve qu'il avait une belle ame. Cette preuve aurait dû être comptée pour beaucoup aux yeux de juges intelli-gens, et ne lui ſervit de rien.

Dans ce procès, Monſieur, qui a eu des ſuites ſi affreuſes, vous ne voyez que des indécences, et pas une action noire ; vous n'y trouvez pas un ſeul de ces délits qui font des crimes chez toutes les nations, point de brigandage, point de violence, point de lâcheté ; rien de ce qu'on reproche à ces enfans ne ferait même un délit dans les autres communions.

chrétiennes. Je suppose que le chevalier de *la Barre*
et M. d'*Etallonde* aient dit que l'on ne doit pas adorer
un dieu de pâte, c'est précisément et mot à mot ce
que disent tous ceux de la religion réformée.

Le chancelier d'Angleterre prononcerait ces mots
en plein parlement sans qu'ils fussent relevés par
personne. Lorsque milord *Lokart* était ambassadeur
à Paris, un habitué de paroisse porta furtivement
l'eucharistie dans son hôtel à un domestique malade
qui était catholique ; milord *Lokart* qui le sut, chassa
l'habitué de sa maison ; il dit au cardinal *Mazarin*
qu'il ne souffrirait pas cette insulte. Il traita en propres
termes l'eucharistie de dieu de pâte, et d'idolâtrie.
Le cardinal *Mazarin* lui fit des excuses.

Le grand archevêque *Tillotson*, le meilleur prédicateur de l'Europe, et presque le seul qui n'ait point
déshonoré l'éloquence par de fades lieux-communs,
ou par de vaines phrases fleuries, comme *Cheminais*,
ou par de faux raisonnemens, comme *Bourdaloue* ;
l'archevêque *Tillotson*, dis-je, parle précisément de
notre eucharistie comme le chevalier de *la Barre*.
Les mêmes paroles respectées dans milord *Lokart*
à Paris, et dans la bouche de milord *Tillotson* à
Londres, ne peuvent donc être en France qu'un
délit local, un délit de lieu et de temps, un mépris
de l'opinion vulgaire, un discours échappé au hasard
devant une ou deux personnes ; n'est-ce pas le
comble de la cruauté de punir ces discours secrets
du même supplice dont on punirait celui qui aurait
empoisonné son père et sa mère, et qui aurait mis
le feu aux quatre coins de sa ville ?

Remarquez, Monsieur, je vous en supplie,

combien on a deux poids et deux mesures. Vous trouverez dans la vingt-quatrième lettre persane de M. de *Montesquieu*, président à mortier du parlement de Bordeaux, de l'académie française, ces propres paroles : *Ce magicien s'appelle le pape ; tantôt il fait croire que trois ne font qu'un, tantôt que le pain qu'on mange n'est pas du pain, et que le vin qu'on boit n'est pas du vin ;* et mille autres traits de cette espèce.

M. de *Fontenelle* s'était exprimé de la même manière dans sa relation de Rome et de Genève sous le nom de *Mero* et d'*Enegu*. Il y avait dix mille fois plus de scandale dans ces paroles de messieurs de *Fontenelle* et de *Montesquieu*, exposées par la lecture aux yeux de dix mille personnes, qu'il n'y en avait dans deux ou trois mots échappés au chevalier de *la Barre* devant un seul témoin, paroles perdues dont il ne restait aucune trace. Les discours secrets doivent être regardés comme des pensées ; c'est un axiome dont la plus détestable barbarie doit convenir.

Je vous dirai plus, Monsieur : il n'y a point en France de loi expresse qui condamne à mort pour des blasphêmes. L'ordonnance de 1666 prescrit une amende pour la première fois, le double pour la seconde, &c. et le pilori pour la sixième récidive.

Cependant les juges d'Abbeville, par une ignorance et une cruauté inconcevables, condamnèrent le jeune d'*Etallonde*, âgé de dix-huit ans, 1°. à souffrir le supplice de l'amputation de la langue jusqu'à la racine, ce qui s'exécute de manière que si le patient ne présente pas la langue lui-même, on la lui tire avec des tenailles de fer, et on la lui arrache.

X 3

2º. On devait lui couper la main droite, à la porte de la principale églife.

3º. Enfuite il devait être conduit dans un tombereau à la place du marché, être attaché à un poteau avec une chaîne de fer, et être brûlé à petit feu. Le fieur d'*Etallonde* avait heureufement épargné par la fuite à fes juges l'horreur de cette exécution.

Le chevalier de *la Barre* étant entre leurs mains, ils eurent l'humanité d'adoucir la fentence, en ordonnant qu'il ferait décapité avant d'être jeté dans les flammes; mais s'ils diminuèrent le fupplice d'un côté, ils l'augmentèrent de l'autre, en le condamnant à fubir la queftion ordinaire et extraordinaire, pour lui faire déclarer fes complices; comme fi des extravagances de jeune homme, des paroles emportées dont il ne refte pas le moindre veftige, étaient un crime d'Etat, une confpiration. Cette étonnante fentence fut rendue le 28 février de l'année 1766.

La jurifprudence de France eft dans un fi grand chaos, et conféquemment l'ignorance des juges eft fi grande, que ceux qui portèrent cette fentence fe fondèrent fur une déclaration de *Louis XIV* émanée, en 1682, à l'occafion des prétendus fortiléges et des empoifonnemens réels commis par la *Voifin*, la *Vigoureux*, et les deux prêtres nommés le *Vigoureux* et le *Sage*. Cette ordonnance de 1682 prefcrit, à la vérité, la peine de mort pour le *facrilége joint à la fuperftition*; mais il n'eft queftion dans cette loi que de magie et de fortilége; c'eft-à-dire, de ceux qui, en abufant de la crédulité du peuple, et en fe difant

magiciens , font à la fois profanateurs et empoifonneurs. Voilà la lettre et l'efprit de la loi ; il
s'agit dans cette loi de faits criminels pernicieux à la
fociété, et non pas de vaines paroles, d'imprudences,
de légéreté, de fottifes commifes fans aucun deffein
prémédité, fans aucun complot , fans même aucun
fcandale public.

Les juges de la ville d'Abbeville péchaient donc
vifiblement contre la loi autant que contre l'humanité, en condamnant à des fupplices auffi épouvantables que recherchés un gentilhomme et un fils
d'une très-honnête famille , tous deux dans un âge
où l'on ne pouvait regarder leur étourderie que comme
un égarement, qu'une année de prifon aurait corrigé.
Il y avait même fi peu de corps de délit, que les juges
dans leur fentence fe fervent de ces termes vagues et
ridicules employés par le petit peuple , *pour avoir
chanté des chanfons abominables et exécrables , contre la
vierge Marie, les faints et faintes.* Remarquez, Monfieur,
qu'ils n'avaient chanté ces *chanfons abominables et
exécrables contre les faints et faintes* que devant un feul
témoin qu'ils pouvaient récufer légalement. Ces épi-
thètes font-elles de la dignité de la magiftrature ?
Une ancienne chanfon de table n'eft après tout
qu'une chanfon. C'eft le fang humain légèrement
répandu , c'eft la torture , c'eft le fupplice de la langue
arrachée , de la main coupée, du corps jeté dans les
flammes , qui eft *abominable et exécrable.*

La fénéchauffée d'Abbeville reffortit au parlement
de Paris. Le chevalier de *la Barre* y fut transféré , fon
procès y fut inftruit. Dix des plus célèbres avocats
de Paris, fignèrent une confultation , par laquelle ils

X 4

démontrèrent l'illégalité des procédures, et l'indulgence qu'on doit à des enfans mineurs qui ne font accufés ni d'un complot, ni d'un crime réfléchi; le procureur général verfé dans la jurifprudence, conclut à caffer la fentence d'Abbeville : il y avait vingt-cinq juges, dix acquiefcèrent aux conclufions du procureur général; mais des circonftances fingulières, que je ne puis mettre par écrit, obligèrent les quinze autres à confirmer cette fentence étonnante, le 5 juin de cette année 1766.

Eft-il poffible, Monfieur, que dans une fociété qui n'eft pas fauvage, cinq voix de plus fur vingt-cinq, fuffifent pour arracher la vie à un accufé, et très-fouvent à un innocent ! Il faudrait dans un tel cas de l'unanimité; il faudrait au moins que les trois quarts des voix fuffent pour la mort ; encore en ce dernier cas le quart des juges qui mitigerait l'arrêt, devrait dans l'opinion des cœurs bien faits l'emporter fur les trois quarts de ces bourgeois cruels, qui fe jouent impunément de la vie de leurs concitoyens, fans que la fociété en retire le moindre avantage.

La France entière regarda ce jugement avec horreur. Le chevalier de *la Barre* fut renvoyé à Abbeville pour y être exécuté. On fit prendre aux archers qui le conduifaient des chemins détournés ; on craignait que le chevalier de *la Barre* ne fût délivré fur la route par fes amis ; mais c'était ce qu'on devait fouhaiter plutôt que craindre.

Enfin, le premier juillet de cette année, fe fit dans Abbeville cette exécution trop mémorable : cet enfant fut d'abord appliqué à la torture. Voici quel eft ce genre de tourment.

Les jambes du patient font ferrées entre des ais; on enfonce des coins de fer ou de bois entre les ais et les genoux, les os en font brifés. Le chevalier s'évanouit, mais il revint bientôt à lui, à l'aide de quelques liqueurs fpiritueufes, et déclara, fans fe plaindre, qu'il n'avait point de complices.

On lui donna pour confeffeur et pour affiftant un dominicain, ami de fa tante l'abbeffe, avec lequel il avait fouvent foupé dans le couvent. Ce bon homme pleurait, et le chevalier le confolait. On leur fervit à dîner. Le dominicain ne pouvait manger. Prenons un peu de nourriture, lui dit le chevalier, vous aurez befoin de force autant que moi pour foutenir le fpectacle que je vais donner.

Le fpectacle en effet était terrible : on avait envoyé de Paris cinq bourreaux pour cette exécution. Je ne puis dire en effet fi on lui coupa la langue et la main. Tout ce que je fais par les lettres d'Abbeville, c'eft qu'il monta fur l'échafaud avec un courage tranquille, fans plainte, fans colère et fans oftentation : tout ce qu'il dit au religieux qui l'affiftait fe réduit à ces paroles : *Je ne croyais pas qu'on pût faire mourir un jeune gentilhomme pour fi peu de chofe.*

Il ferait devenu certainement un excellent officier : il étudiait la guerre par principes ; il avait fait des remarques fur quelques ouvrages du roi de Pruffe et du maréchal de *Saxe*, les deux plus grands généraux de l'Europe.

Lorfque la nouvelle de fa mort fut reçue à Paris, le nonce dit publiquement qu'il n'aurait point été traité ainfi à Rome, et que s'il avait avoué fes fautes à l'inquifition d'Efpagne ou de Portugal, il n'eût été condamné qu'à une pénitence de quelques années.

Je laiffe, Monfieur, à votre humanité et à votre fageffe, le foin de faire des réflexions fur un événement fi affreux, fi étrange, et devant lequel tout ce qu'on nous conte des prétendus fupplices des premiers chrétiens doit difparaître. Dites-moi quel eft le plus coupable, ou un enfant qui chante deux chanfons réputées impies dans fa feule fecte, et innocentes dans tout le refte de la terre, ou un juge qui ameute fes confrères pour faire périr cet enfant indifcret par une mort affreufe ?

Le fage et éloquent marquis de *Vauvenargues* a dit : *Ce qui n'offenfe pas la fociété n'eft pas du reffort de la juftice.* Cette vérité doit être la bafe de tous les codes criminels : or certainement le chevalier de *la Barre* n'avait pas nui à la fociété, en difant une parole imprudente à un valet, à une tourière, en chantant une chanfon. C'étaient des imprudences fecrètes dont on ne fe fouvenait plus ; c'étaient des légèretés d'enfant oubliées depuis plus d'une année, et qui ne furent tirées de leur obfcurité que par le moyen d'un monitoire qui les fit révéler ; monitoire fulminé pour un autre objet, monitoire qui forme des délateurs, monitoire tyrannique, fait pour troubler la paix de toutes les familles.

Il eft fi vrai qu'il ne faut pas traiter un jeune homme imprudent comme un fcélérat confommé dans le crime, que le jeune M. d'*Etallonde*, condamné par les mêmes juges à une mort encore plus horrible, a été accueilli par le roi de Pruffe, et mis au nombre de fes officiers ; il eft regardé par tout le régiment comme un excellent fujet : qui fait fi un jour il ne viendra pas fe venger de l'affront qu'on lui a fait dans fa patrie ?

L'exécution du chevalier de *la Barre* confterna tellement tout Abbeville , et jeta dans les efprits une telle horreur , que l'on n'ofa pas pourfuivre le procès des autres accufés.

Vous vous étonnez, fans doute, Monfieur, qu'il fe paffe tant de fcènes fi tragiques dans un pays qui fe vante de la douceur de fes mœurs, et où les étrangers mêmes venaient en foule chercher les agrémens de la fociété : mais je ne vous cacherai point que s'il y a toujours un certain nombre d'efprits indulgens et aimables , il refte encore dans plufieurs autres un ancien caractère de barbarie que rien n'a pu effacer : vous retrouverez encore ce même efprit qui fit mettre à prix la tête d'un cardinal premier miniftre, et qui conduifait l'archevêque de Paris un poignard à la main dans le fanctuaire de la juftice. Certainement la religion était plus outragée par ces deux actions que par les étourderies du chevalier de *la Barre ;* mais voilà comme va le monde : *hic pretium fceleris tulit, hic diadema.*

Quelques juges ont dit que, dans les circonftances préfentes , la religion avait befoin de ce funefte exemple; ils fe font bien trompés ; rien ne lui a fait plus de tort; on ne fubjugue pas ainfi les efprits , on les indigne et on les révolte.

J'ai entendu dire malheureufement à plufieurs perfonnes , qu'elles ne pouvaient s'empêcher de détefter une fecte qui ne fe foutenait que par des bourreaux. Ces difcours publics et répétés m'ont fait frémir plus d'une fois.

On a voulu faire périr par un fupplice réfervé aux empoifonneurs, et aux parricides, des enfans accufés d'avoir chanté d'anciennes chanfons blaf-phématoires, et cela même a fait prononcer plus de cent mille blafphêmes. Vous ne fauriez croire, Monfieur, combien cet événement rend notre religion catholique-romaine exécrable à tous les étrangers. Les juges difent que la politique les a forcés à en ufer ainfi. Quelle politique imbécille et barbare! ah! Monfieur, quel crime horrible contre la juftice, de prononcer un jugement par politique, fur-tout un jugement de mort! et encore de quelle mort!

L'attendriffement et l'horreur qui me faififfent, ne me permettent pas d'en dire davantage.

J'ai l'honneur d'être, &c.

LE CRI

DU SANG INNOCENT.

1 7 7 5.

AU ROI TRES-CHRETIEN,

EN SON CONSEIL.

SIRE,

L'AUGUSTE cérémonie de votre facre n'a rien ajouté aux droits de votre majefté; les fermens qu'elle a faits d'être bon et humain, n'ont pu augmenter la magnanimité de votre cœur et votre amour de la juftice. Mais c'eft en ces folennités que les infortunés font autorifés à fe jeter à vos pieds : ils y courent en foule ; c'eft le temps de la clémence ; elle eft affife fur le trône à vos côtés, elle vous préfente ceux que la perfécution opprime. Je lui tends de loin les bras, du fond d'un pays étranger. Opprimé depuis l'âge de quinze ans (et l'Europe fait avec quelle horreur) je fuis fans avocat, fans appui, fans patron; mais vous êtes jufte.

Né gentilhomme dans votre brave et fidelle province de Picardie, (*a*) mon nom eft d'*Etallonde de*

(*a*) *Fideliffima Picardorum natio.*

Morival. Plusieurs de mes parens sont morts au service de l'Etat. J'ai un frère capitaine au régiment de Champagne. Je me suis destiné au service dès mon enfance.

J'étais dans la Gueldre, en 1765, où j'apprenais la langue allemande et un peu de mathématique-pratique, deux choses nécessaires à un officier, lorsque le bruit que j'étais impliqué dans un procès criminel au présidial d'Abbeville parvint jusqu'à moi.

On me manda des particularités si atroces et si inouies sur cette affaire, à laquelle je n'aurais jamais dû m'attendre, que je conçus, tout jeune que j'étais, le dessein de ne jamais rentrer dans une ville livrée à des cabales et à des manœuvres qui effarouchaient mon caractère. Je me sentais né avec assez de courage et de désintéressement pour porter les armes en quelque qualité que ce pût être. Je savais déjà très-bien l'allemand : frappé du mérite militaire des troupes prussiennes, et de la gloire étonnante du souverain qui les a formées, j'entrai cadet dans un de ses régimens.

Ma franchise ne me permit pas de dissimuler que j'étais catholique, et que jamais je ne changerais de religion : cette déclaration ne me nuisit point, et je produis encore des attestations de mes commandans, qui attestent que j'ai toujours rempli les fonctions de catholique et les devoirs de soldat. Je trouvai chez les Prussiens des vainqueurs, et point d'intolérans.

Je crus inutile de faire connaître ma naissance et

ma famille, je fervis avec la régularité la plus ponc-
tuelle.

Le roi de Pruffe , qui entre dans tous les détails
de fes régimens , fut qu'il y avait un jeune français
qui paffait pour fage , qui ne connaiffait les
débauches d'aucune efpèce , qui n'avait jamais été
repris d'aucun de fes fupérieurs , et dont l'unique
occupation , après fes exercices , était d'étudier l'art
du génie : il daigna me faire officier , fans même
s'informer qui j'étais. Et enfin ayant vu par hafard
quelques-uns de mes plans de fortifications , de
marches , de campemens et de batailles , il m'a
honoré du titre de fon aide de camp et de fon ingénieur. Je lui en dois une éternelle reconnaiffance ;
mon devoir eft de vivre et de mourir à fon fervice.
Votre majefté a trop de grandeur d'ame , pour ne
pas approuver de tels fentimens.

Que votre juftice et celle de votre confeil daignent
maintenant jeter un coup d'œil fur l'attentat contre
les lois et fur la barbarie dont je porte ma plainte.

Madame l'abbeffe de Villancourt, monaftère d'Abbeville , fille refpectable d'un garde des fceaux eftimé
de toute la France prefqu'autant que celui qui vous
fert aujourd'hui fi bien dans cette place , avait pour
implacable ennemi un confeiller du préfidial ,
nommé *Duval de Saucourt.* Cette inimitié publique,
encore plus commune dans les petites villes que
dans les grandes , n'était que trop connue dans
Abbeville. Madame l'abbeffe avait été forcée de
priver *Saucourt* , par avis de parens , de la curatelle
d'une jeune perfonne affez riche , élevée dans fon
couvent.

Saucourt venait encore de perdre deux procès contre des familles d'Abbeville. On favait qu'il avait juré de s'en venger.

On connaît jufqu'à quel excès affreux il a porté cette vengeance. L'Europe entière en a eu horreur ; et cette horreur augmente encore tous les jours, loin de s'affaiblir par le temps.

Il eft public que *Duval de Saucourt* fe conduifit précifément dans Abbeville, (*b*) comme le capitoul *David* avait agi contre les innocens *Calas* dans Tou-loufe. Votre majefté a, fans doute, entendu parler de cet affaffinat juridique des *Calas*, que votre confeil a condamné avec tant de juftice et de force. C'eft contre une pareille barbarie que j'attefte votre équité.

La généreufe madame *Feideau de Brou*, abbeffe de Villancourt, élevait auprès d'elle un jeune homme, fon coufin germain, petit-fils d'un lieutenant-général de vos armées, qui était à peu-près de mon âge, et qui étudiait comme moi la tactique. Ses talens étaient

---

(*b*) Je dois remarquer ici (et c'eft un devoir indifpenfable) que dans l'affreux procès fufcité uniquement par *Duval de Saucourt*, M. *Caffen*, avocat au confeil de fa majefté très-chrétienne, fut confulté ; il en écrivit au marquis de *Beccaria*, le premier jurifconfulte de l'Empire. J'ai vu la lettre imprimée. On s'eft trompé dans les noms : on a mis *Belleval* pour *Duval*. On s'eft trompé encore fur quelques circonftances indifférentes au fond du procès.

Note des éditeurs. Ce n'eft point par négligence qu'au lieu de corriger les noms, nous avons laiffé cette note et la lettre telles qu'elles font. M. de *Voltaire* a fuivi des mémoires contradictoires entre eux, quoiqu'en-voyés également d'Abbeville ; mais ces incertitudes fur l'inftigateur fecret de cet affaffinat font peu importantes ; les vrais coupables font les juges, et ils font connus. Quant à l'innocence des victimes qu'ils ont immolées à une lâche politique ou à la fuperftition, elle eft prouvée par l'accufation même : où les droits naturels des hommes n'ont point été violés, il ne peut y avoir de crime.

infiniment

infiniment fupérieurs aux miens. J'ai encore de fa main des notes fur les campagnes du roi de Pruffe et du maréchal de *Saxe*, qui font voir qu'il aurait été digne de fervir fous ces grands hommes.

La conformité de nos études nous ayant liés enfemble, j'eus l'honneur d'être invité à dîner avec lui chez madame l'abbeffe, dans l'extérieur du couvent, au mois de juin 1765 : nous y allions affez tard, et nous étions fort preffés. Il tombait une petite pluie ; nous rencontrâmes quelques enfans de notre connaiffance ; nous mîmes nos chapeaux, et nous continuâmes notre route. Nous étions, je m'en fouviens, à plus de cinquante pas d'une proceffion de capucins.

Saucourt ayant fu que nous ne nous étions point détournés de notre chemin pour aller nous mettre à genoux devant cette proceffion, projeta d'abord d'en faire un procès au coufin germain de madame l'abbeffe. C'était feulement, difait-il, pour l'inquiéter, et pour lui faire voir qu'il était un homme à craindre.

Mais ayant fu qu'un crucifix de bois, élevé fur le pont-neuf de la ville, avait été mutilé depuis quelque temps, foit par vétufté, foit par quelque charrette, il réfolut de nous en accufer, et de joindre ces deux griefs enfemble. Cette entreprife était difficile.

Je n'ai, fans doute, rien exagéré quand j'ai dit qu'il imita la conduite du capitoul *David ;* car il écrivit lettres fur lettres à l'évêque d'Amiens ; et ces lettres doivent fe retrouver dans les papiers de ce prélat. Il dit qu'il y avait une confpiration contre la religion catholique romaine ; que l'on donnait tous les jours des coups de bâton aux crucifix; qu'on fe muniffait d'hofties confacrées, qu'on les perçait à coups de couteau, et que, felon le bruit public, elles avaient répandu du fang.

On ne croira pas cet excès d'abfurde calomnie; je ne la crois pas moi-même ; cependant je la lis dans les copies des pièces qu'on m'a enfin remifes entre les mains.

Sur cet expofé non moins extravagant qu'odieux, on obtint des monitoires, c'eft-à-dire, des ordres à toutes les fervantes, à toute la populace d'aller révéler aux jugés tous les contes qu'elles auraient entendu faire, et de calomnier en juftice, fous peine d'être damnées.

On ignore dans Paris, comme je l'avais toujours ignoré moi-même, que *Duval Saucourt* ayant intimidé tout Abbeville, porté l'alarme dans toutes les familles, ayant forcé madame l'abbeffe à quitter fon abbaye pour aller folliciter à la cour, fe trouvant libre pour faire le mal, et ne trouvant pas deux affeffeurs pour faire le mal avec lui, ofa affocier au miniftère de juge : qui ? on ne le croira pas encore ; cela eft auffi abfurde que les hofties percées à coups de couteau, et verfant du fang : qui, dis-je, fut le troifième juge avec *Duval* ? un marchand de vin, de bœufs et de cochons! un nommé *Broutel*, qui avait acheté dans la juridiction un office de procureur, qui avait même exercé très-rarement cette charge : oui, encore une fois, un marchand de cochons, chargé alors de deux fentences des confuls d'Abbeville contre lui, et qui lui ordonnent de produire ſes comptes. Dans ce temps-là même il avait déjà un procès à la cour des aides de Paris, procès qu'il perdit bientôt après ; l'arrêt le déclara incapable de poſſéder aucune charge municipale dans votre royaume.

Tels furent mes juges pendant que je ſervais un grand roi, et que je me diſpoſais à ſervir votre majeſté. *Saucourt* et *Broutel* avaient déterré une ſentence rendue, il y a cent trente années, dans des temps de trouble en Picardie, ſur quelques profanations fort différentes. Ils la copièrent ; ils condamnèrent deux enfans. Je ſuis l'un des deux ; l'autre eſt ce petit-fils d'un général de vos armées : c'eſt ce chevalier de *la Barre* dont je ne puis prononcer le nom qu'en répandant des larmes ; c'eſt ce jeune homme qui en a coûté à toutes les ames ſenſibles, depuis le trône de Péterſbourg juſqu'au trône pontifical de Rome ; c'eſt cet enfant plein de vertus et de talens au-deſſus de ſon âge, qui mourut dans Abbeville, au milieu de cinq bourreaux, avec la même réſignation et le même courage modeſte qu'étaient morts le fils du grand de *Thou*, le *Tite-Live* de la France, le conſeiller *Dubourg*, le maréchal de *Marillac*, et tant d'autres.

Si votre majeſté fait la guerre, elle verra mille gentilshommes mourir à ſes pieds : la gloire de leur mort pourra vous conſoler de leur perte, vous, Sire, et leurs familles. Mais être traîné à un ſupplice affreux et infame, périr par l'ordre d'un *Broutel* ! quel état ! et qui peut s'en conſoler !

On demandera peut-être comment la ſentence d'Abbeville, qui était nulle et de toute nullité, a pu cependant être confirmée par le parlement de Paris, a pu être exécutée en partie ; en voici la raifon : c'eft que le parlement ne pouvait favoir quels étaient ceux qui l'avaient prononcée.

Des enfans plongés dans des cachots, et ne connaiffant point ce *Broutel*, leur premier bourreau, ne pouvaient dire au parlement : Nous fommes condamnés par un marchand de bœufs et de porcs, chargé de décrets des confuls contre lui. Ils ne le favaient pas ; *Broutel* s'était dit avocat. Il avait pris en effet pour cinquante francs des lettres de gradué à Rheims ; il s'était fait mettre à Paris fur le tableau des licenciés ès lois ; ainfi il y avait un fantôme de gradué pour condamner ces pauvres enfans, et ils n'avaient pas un feul avocat pour les défendre. L'état horrible où ils furent pendant toute la procédure avait tellement altéré leurs organes, qu'ils étaient incapables de penfer et de parler, et qu'ils reffemblaient parfaitement aux agneaux que *Broutel* vendit fi fouvent aux bouchers d'Abbeville.

Votre confeil, Sire, peut remarquer qu'on permet en France à un banqueroutier frauduleux d'être affifté continuellement par un avocat, et qu'on ne le permit pas à des mineurs dans un procès où il s'agiffait de leur vie.

Grâce aux monitoires, refte odieux de l'ancienne procédure de l'inquifition, *Saucourt* et *Broutel* avaient fait entendre cent vingt témoins, la plupart gens de la lie du peuple ; et de ces cent vingt témoins, il n'y en avait pas trois d'oculaires. Cependant il fallut tout lire, tout rapporter : cette énorme compilation, qui contenait fix mille pages, ne pouvait que fatiguer le parlement, occupé alors des befoins de l'Etat dans une crife affez grande. Les opinions fe partagèrent, et la confirmation de l'affreufe fentence ne paffa enfin que de deux voix.

Je ne demande point fi, au tribunal de l'humanité et de la raifon, deux voix devraient fuffire pour condamner des innocens au fupplice que l'on inflige aux parricides. *Pugatchef*, fouillé de mille affaffinats barbares, et du crime le plus avéré de lèfe-majefté et de lèfe-fociété au premier chef, n'a fubi d'autre fupplice que celui d'avoir la tête tranchée.

La fentence de *Duval Saucourt* et du marchand de bœufs portait qu'on nous couperait le poing, qu'on nous arracherait la langue, qu'on nous jetterait dans les flammes. Cette fentence fut confirmée par la prépondérance de deux voix.

Le parlement a gémi que les anciennes loix le forcent à ne confulter que cette pluralité pour arracher la vie à un citoyen. Hélas! m'eft-il permis d'obferver que chez les Algonquins, les Hurons, les Chiacas, il faut que toutes les voix foient unanimes pour dépecer un prifonnier et pour le manger? Quand elles ne le font pas, le captif eft adopté dans une famille, et regardé comme l'enfant de la maifon.

Sire, mon application à mes devoirs ne m'a pas permis d'être inftruit plus tôt des détails de cette Saint-Barthélemi d'Abbeville. Je ne fais que d'aujourd'hui que l'on deftinait trois autres enfans à cette boucherie. J'apprends que les parens de ces enfans, pourfuivis comme moi par *Duval Saucourt* et *Broutel*.

trouvèrent huit avocats pour les défendre, quoiqu'en matière criminelle les accufés n'aient jamais
le fecours d'un avocat quand on les interroge, et
quand on les confronte. Mais un avocat eft en droit
de parler pour eux fur tout ce qui ne concerne pas
la procédure fecrète. Et qu'il me foit permis, Sire,
de remarquer ici que chez les Romains, nos légiflateurs et nos maîtres, et chez les nations qui fe
piquent d'imiter les Romains, il n'y eut jamais de
pièces fecrètes. Enfin, Sire, fur la feule connaiffance
de ce qui était public, ces huit avocats intrépides
déclarèrent, le 27 juin 1766 :

1°. Que le juge *Saucourt* ne pouvait être juge,
puifqu'il était partie, (*pages* 15 *et* 16 *de la confulta-*
tion.)

2°. Que *Broutel* ne pouvait être juge, puifqu'il
avait agi en plufieurs affaires en qualité de procureur, et que fon unique occupation était alors de
vendre des beftiaux, (*page* 17.)

3°. Que cette manœuvre de *Saucourt* et de *Broutel*
était une infraction puniffable de la loi, (*mêmes*
pages.)

Cette décifion de huit avocats célèbres eft fignée
Celier, *d'Outremont*, *Gerbier*, *Vouglans*, *Timberge*,
Turpin, *Linguet*.

Il eft vrai qu'elle vint trop tard. L'eftimable chevalier de *la Barre* était déjà facrifié. L'injuftice et
l'horreur de fon fupplice, jointes à la décifion de
huit jurifconfultes, firent une telle impreffion fur
tous les cœurs, que les juges d'Abbeville n'osèrent
pourfuivre cet abominable procès. Ils s'enfuirent à

la campagne, de peur d'être lapidés par le peuple. Plus de procédures, plus d'interrogatoires et de confrontations. Tout fut abforbé dans l'horreur qu'ils infpiraient à la nation, et qu'ils reffentaient en eux-mêmes.

Je n'ai pu, Sire, faire entendre autour de votre trône, le cri du fang innocent. Souffrez que j'appelle aujourd'hui à mon fecours le jugement de huit interprètes des lois qui demandent vengeance pour moi, comme pour les trois autres enfans qu'ils ont fauvés de la mort. La caufe de ces enfans eft la mienne. Je n'ai pas même ofé m'adreffer feul à votre majefté fans avoir confulté le roi mon maître, fans avoir demandé l'opinion de fon chancelier et des chefs de la juftice : ils ont confirmé l'avis des huit jurifconfultes de votre parlement. On connaît depuis long-temps l'avis du marquis de *Beccaria*, qui eft à la tête des lois de l'Empire. Il n'y a qu'une voix en Angleterre et dans le grand tribunal de la Ruffie fur cette affreufe et incroyable cataftrophe. Rome ne penfe pas autrement que Pétersbourg, Aftracan et Cafan. Je pourrais, Sire, demander juftice à votre majefté au nom de l'Europe et de l'Afie. Votre confeil, qui a vengé le fang des *Calas*, aurait pour moi la même équité. Mais étranger pendant dix années, lié à mes devoirs, loin de la France, ignorant la route qu'il faut tenir pour parvenir à une révifion de procès, je fuis forcé de me borner à repréfenter à votre majefté l'excès de la cruauté commife dans un temps où cette cruauté ne pouvait parvenir à vos oreilles. Il me fuffit que votre équité foit inftruite.

Je me joins à tous vos fujets dans l'amour ref-
pectueux qu'ils ont pour votre perfonne, et dans les
vœux unanimes pour votre profpérité qui n'égalera
jamais vos vertus.

A Neufchâtel, ce 30 juin 1775.

PRECIS

DE LA PROCEDURE D'ABBEVILLE.

Du 26 feptembre 1765.

UN prévôt de falle, nommé *Etienne Naturé*, ami
de *Broutel*, et buvant fouvent avec lui, dit qu'il a
entendu, dans la falle d'armes du fieur d'*Etallonde*,
avouer qu'il n'avait pas ôté fon chapeau devant la
proceffion des capucins, conjointement avec le chevalier de *la Barre* et le fieur *Moinel*.

Et le même *Etienne Naturé* fe dédit entièrement à
la confrontation avec les fieurs chevalier de *la Barre*
et *Moinel ;* et déclare expreffément que le fieur d'*Etallonde* n'a jamais mis le pied dans la falle d'armes.

Du 28.

Le fieur *Aliamet* dépofe avoir ouï dire qu'un nommé
Bauvalet avait dit que le fieur d'*Etallonde* avait dit
qu'il avait trouvé, chez ce nommé *Bauvalet*, un
médaillon de plâtre fort mal fait, et qu'ayant propofé

de l'acheter de ce nommé *Bauvalet*, il avait dit que c'était pour le brifer, *parce qu'il ne valait pas le diable.*

Il ne fpécifie point ce que ce médaillon repré-fentait, et on ne voit pas ce qu'on peut inférer de cette dépofition. On a prétendu que ce plâtre repré-fentait quelques figures de la paffion, fort mal faites.

Le même jour, *Antoine Watier*, âgé de feize à dix-fept ans, dépofe avoir entendu le fieur d'*Etallonde* chanter une chanfon, dans laquelle il eft queftion d'un faint qui avait eu autrefois une maladie véné-rienne, et ajoute qu'il ne fe fouvient pas du nom de ce faint. Le fieur d'*Etallonde* protefte qu'il ne connaît ni ce faint ni *Watier*.

Du 5 décembre 1765.

Marie-Antoinette le Leu, femme d'un maître de jeu de billard, dépofe que le fieur d'*Etallonde* a chanté une chanfon dans laquelle *Marie-Madelène avait fes mal-femaines.*

Il eft bien indécent d'écouter férieufement de telles fóttifes; et rien ne démontre mieux l'achar-nement groffier de *Duval Saucourt* et de *Broutel*. Si *Madelène* était péchereffe, il eft clair qu'elle était fujette à des *mal-femaines*, autrement des menftrues, des ordinaires. Mais fi quelque *louftic* d'un régiment, ou quelque goujat a fait autrefois cette miférable chanfon grivoife, fi un enfant l'a chantée, il ne paraît pas que cet enfant mérite la mort la plus recherchée et la plus cruelle, et périsse dans des supplices que les *Busiris* et les *Nérons* n'osaient pas inventer.

Le même jour, le sieur de *la Vieuville* dépose avoir ouï dire au sieur de *Saveuse*, qu'il a entendu dire au sieur *Moinel* que le sieur d'*Etallonde* avait un jour escrimé avec sa canne sur le pont-neuf contre un crucifix de bois.

Je réponds que non-seulement cela est très-faux, mais que cela est impossible. Je ne portais jamais de canne, mais une petite baguette fort légère. Le crucifix qui était alors sur le pont-neuf, était élevé, comme tout Abbeville le sait, sur un gros piédestal de huit pieds de haut, et par conséquent il n'était pas possible d'escrimer contre cette figure.

J'ajoute qu'il eût été à souhaiter que les choses saintes ne fussent jamais placées que dans les lieux saints, et je crois indécent qu'un crucifix soit dans une rue, exposé à être brisé par tous les accidens.

Du 3 octobre 1765.

Le sieur *Moinel*, enfant de quatorze ou quinze ans, est retiré de son cachot, et interrogé si le jour de la procession des capucins il n'était pas avec les sieurs d'*Etallonde* et de *la Barre*, à vingt-cinq pas seulement du Saint-Sacrement; s'ils n'ont pas affecté, *par impiété*, de ne point se découvrir dans le dessein d'*insulter à la Divinité*, et s'ils ne se sont pas vantés de cette *action impie*; s'il n'a pas vu le sieur d'*Etallonde* donner des coups au crucifix du pont-neuf; si le jour de la foire de la Magdelène le sieur d'*Etallonde* ne lui avait pas dit qu'il avait égratigné une jambe du crucifix du pont-neuf : a répondu *non* à toutes ces demandes.

On peut voir, par ce feul interrogatoire, avec quelle malignité *Duval* et *Broutel* voulaient faire tomber cet enfant dans le piége.

Pourquoi lui dire que la proceffion des capucins n'était qu'à vingt-cinq pas, tandis qu'elle était à plus de cinquante? Je fais mieux mefurer les diftances dans ma profeffion d'ingénieur que tous les praticiens et tous les capucins d'Abbeville.

Pourquoi fuppofer que ces enfans avaient paffé vîte, *par impiété*, dans le temps qu'il fefait une petite pluie et qu'ils étaient preffés d'aller dîner? Quelle impiété eft-ce donc de mettre fon chapeau pendant la pluie?

Et remarquez qu'après cet interrogatoire on le plongea dans un cachot plus noir et plus infect, afin de le forcer, par ces traitemens odieux, à dépofer tout ce qu'on voulait.

Du 7 octobre 1765.

On interroge de furcroît le fieur *Moinel* fur les mêmes articles; et le fieur *Moinel* répond que non-feulement le chevalier de *la Barre* et le fieur d'*Etallonde* n'ont point paffé devant la proceffion, et ne fe font point couverts par impiété, mais qu'il a paffé plufieurs fois avec eux devant d'autre proceffions, et qu'ils fe font mis à genoux.

A cette réponfe fi ingénue et fi vraie, le troifième juge, nommé *Villers*, fe récrie : *Il ne faut pas tant tourmenter ces pauvres innocens.*

Saucourt et *Broutel* en fureur menacèrent cet enfant de le faire pendre s'il perfiftait à nier. Ils l'effrayèrent; ils lui firent verfer des larmes. Ils lui firent dire, dans ce fecond interrogatoire, une chofe qui n'a pas la moindre vraifemblance : que d'*Etallonde* avait dit qu'il n'y avait point de Dieu, et qu'il avait ajouté un mot qu'on n'ofe prononcer.

Il faut favoir que dans Abbeville il y avait alors un ouvrier nommé *Bondieu*, et que de-là vient l'infame équivoque qu'on employa pour nous perdre.

Enfin ils lui firent articuler même, dans l'excès de leur égarement, que d'*Etallonde* connaiffait un prêtre qui fournirait des hofties confacrées pour fervir à des *opérations magiques*, ainfi que *Duval* et *Broutel* le donnaient à entendre.

Quelle extravagance ! en même temps quelle bêtife! Si dans ma première jeuneffe j'avais été affez abandonné pour ne pas croire en DIEU, comment aurais-je cru à des hofties confacrées avec lefquelles on ferait des *opérations magiques*?

D'où venait cette accufation ridicule d'*opérations magiques* avec des hofties ? d'un bruit répandu dans la populace, qu'on ne pouvait pourfuivre avec tant de cruauté de jeunes fils de famille que pour un crime de magie. Et pourquoi de la magie plutôt qu'un autre délit? parce qu'il y avait des monitoires qui ordonnaient à tout le monde de venir à révélation ; et que, felon les idées du peuple, ces monitoires n'étaient ordinairement lancés que contre les hérétiques et les magiciens.

Les provinces de France font-elles encore plongées dans leur ancienne barbarie ? fommes - nous revenus à ces temps d'opprobre où l'on accusait le prédicateur *Urbain Grandier* d'avoir ensorcelé dix-sept religieuses de Loudun, où l'on forçait le curé *Gaufrédi* d'avouer qu'il avait soufflé le diable dans le corps de *Magdelène Lapallu*, et où l'on a vu enfin le jésuite *Girard* près d'être condamné aux flammes pour avoir jeté un sort sur *la Cadière*?

Ce fut dans cet interrogatoire que cet enfant *Moinel*, intimidé par les menaces du marchand de bœufs et du marchand de sang humain, leur demanda pardon de ne leur avoir pas dit tout ce qu'on lui ordonnait de dire. Il croyait avoir fait un péché mortel; et il fit, à genoux, une confession générale comme s'il eût été au sacrement de pénitence. *Broutel* et *Duval* rirent de sa simplicité, et en profitèrent pour nous perdre.

Interrogé encore s'il n'avait pas entendu de jeunes gens traiter DIEU de.... dans une conversation, et s'il n'avait pas lui-même appelé DIEU... il répondit qu'il avait tenu ces propos avec d'*Etallonde*,

Mais peut-on avoir tenu tels discours tête à tête ? et si on les a tenus, qui peut les dénoncer ? On voit assez à quel point celui qui interrogeait était barbare et grossier, à quel point l'enfant était simple et innocent.

On lui demanda s'il n'avait pas chanté des chansons horribles. Ce sont les propres mots. L'enfant l'avoua. Mais qu'est-ce qu'une chanson ordurière sur les *mal-semaines* de la *Magdelène*, faite par quelque goujat, il y a plus de cent ans, et qu'on suppose chantée en secret par deux jeunes gens aussi dépourvus alors de goût et de connaissances que *Broutel* et

Duval ? Avaient-ils chanté cette chanfon dans la place publique? avaient-ils fcandalifé la ville? non : et la preuve que cette puérilité était ignorée, c'eft que *Saucourt* avait obtenu des monitoires pour faire révéler, contre les enfans de fes ennemis, tout ce qu'une populace groffière pouvait avoir entendu dire.

Pour moi, en méprifant de telles inepties, je jure que je ne me fouviens pas d'un feul mot de cette chanfon ; et j'affirme qu'il faut être le plus lâche des hommes pour faire d'un couplet de corps-de-garde, le fujet d'un procès criminel.

Enfin on m'a envoyé plufieurs billets de la main de *Moinel*, écrits de fon cachot, avec la connivence du geolier, dans lefquels il eft dit : *Mon trouble eft trop grand ; j'ai l'efprit hors de fon affiette ; je ne fuis pas dans mon bon fens.*

J'ai entre les mains une autre lettre de lui, de cette année, conçue en ces termes :

Je voudrais, Monfieur, avoir perdu entièrement la mémoire de l'horrible aventure qui enfanglanta Abbeville, il y a plufieurs années, et qui révolta toute l'Europe. Pour ce qui me regarde, la feule chofe dont je puiffe me fouvenir, c'eft que j'avais environ quinze ans, qu'on me mit aux fers, que le fieur Saucourt me fit les menaces les plus affreufes, que je fus hors de moi-même, que je me jetai à genoux, et que je dis oui *toutes les fois que ce Saucourt m'ordonna de dire* oui, *fans favoir un feul mot de ce qu'on me demandait. Ces horreurs m'ont mis dans un état qui a altéré ma fanté pour le refte de ma vie.*

Je fuis donc en droit de récufer de vains témoignages qu'on lui arracha par tant de menaces et qu'il a défavoués, ainfi que je me crois en droit de faire déclarer nulle toute la procédure de mes trois juges, d'en prendre deux à partie, et de les regarder, non pas comme des juges, mais comme des affaffins.

Ce n'eft que d'après M. le marquis de *Beccaria* et d'après les jurifconfultes de l'Europe que je leur donne ce nom qu'ils ont fi bien mérité, et qui n'eft pas trop fort pour leur inconcevable méchanceté. On interrogea avec la même atrocité le chevalier de *la Barre*, et quoiqu'il fût très-au-deffus de fon âge, on réuffit enfin à l'intimider.

Comme j'étais très-loin de la France, on perfuada même à ce jeune homme qu'il pouvait fe fauver en me chargeant, et qu'il n'y avait nul mal à rejeter tout fur un ami qui dédaignait de fe défendre.

On renouvela avec lui l'impertinente hiftoire des hofties. On lui demanda fi un prêtre ne lui en avait pas envoyé, et s'il n'était pas quelquefois forti du fang de quelques hofties confacrées. Il répondit avec un jufte mépris; mais il ajouta qu'il y avait en effet un curé à Yvernot qui aurait pu, à ce qu'on difait, prêter des hofties; mais que ce curé était en prifon. On ne pouffa pas plus loin ces queftions abfurdes.

Je fens que la lecture d'un tel procès criminel dégoûte et rebute un homme fenfé : c'eft avec une peine extrême que je pourfuis ce détail de la fottife humaine.

Interrogé s'il n'a pas dit qu'il était difficile *d'adorer un dieu de pâte*, a répondu qu'il peut avoir tenu de tels difcours, et que s'il les a tenus, c'eft avec d'*Etallonde;* que s'il a difputé fur la religion, c'eft avec d'*Etallonde*.

Hélas! voilà un étrange aveu, une étrange accufation. *Si j'ai agité des queftions délicates*, *c'eft avec vous*, ce *fi* prouve-t-il quelque chofe? ce *fi* eft-il pofitif? eft-ce-là une preuve, barbares que vous êtes? Je ne mets point de condition à mon affertion; je dis fans aucun *fi*, que vous êtes des tigres dont il faudrait purger la terre.

Et dans quel pays de l'Europe n'a-t-on pas difputé publiquement et en particulier fur la religion? dans quel pays ceux qui ont une autre religion que la romaine, n'ont-ils pas dit et redit, imprimé et prêché ce que *Duval* et *Broutel* imputaient au chevalier de *la Barre* et à moi? Une converfation entre deux jeunes amis, n'ayant eu aucun effet, aucune fuite, n'ayant été écoutée de perfonne, ne pouvait devenir un corps de délit. Il fallait que les interrogateurs euffent deviné cet entretien. Ces paroles, en effet, font fouvent dans la bouche des proteftans: il y en a quelques-uns établis, avec privilége du roi, dans Abbeville et dans les villes voifines. Les affaffins du chevalier de *la Barre* avaient donc deviné au hafard ce difcours fi commun qu'ils nous attribuaient; et par un hafard encore plus fingulier, il fe trouva peut-être qu'ils devinaient jufte, du moins en partie.

Nous avions pu quelquefois examiner la religion romaine, le chevalier de *la Barre* et moi, parce que nous étions nés l'un et l'autre avec un efprit avide d'inftruction, parce que la religion exige abfolument l'attention de tout honnête homme, parce qu'on eft un fot indigne de vivre, quand on paffe tout fon temps à l'opéra comique ou dans de vains plaifirs fans jamais s'informer de ce qui a pu précéder et de ce qui

peut

peut fuivre la minute où nous rampons fur la terre. Mais vouloir nous juger fur ce que nous avons dit, mon ami et moi tête à tête, c'était vouloir nous condamner fur nos penfées, fur nos rêves. C'eft ce que les plus cruels tyrans n'ont jamais ofé faire.

On fent toute l'irrégularité, pour ne pas dire l'abomination de cette procédure auffi illégale qu'infame; car de quoi s'agiffait-il dans ce procès dont le fond était fi frivole et fi ridicule? d'un crucifix de grand chemin qui avait une égratignure à la jambe. C'était-là d'abord le corps du délit auquel nous n'avions nulle part. Et on interroge les accufés fur des chanfons de corps-de-garde, fur l'*Ode à Priape* du fieur *Piron*, (c) fur des hofties qui ont répandu du fang, fur un entretien particulier dont on ne pouvait avoir aucune connaiffance! Enfin, le dirai-je? on demanda au chevalier de *la Barre* et au fieur *Moinel*, fi je n'avais pas été à la garde-robe, pendant la nuit, dans le cimetière de Sainte-Catherine, auprès d'un crucifix. Et c'était pour avoir révélation de ces belles chofes qu'on avait jeté des monitoires.

Si le confeil de fa majefté très-chrétienne, auquel on aurait enfin recours, pouvait furmonter fon mépris pour une telle procédure, et fon horreur pour ceux qui l'ont faite; s'il contenait affez fa jufte indignation pour jeter les yeux fur ce procès; fi les exemples affreux des *Calas* et des *Sirven* dans le Languedoc, de *Montbailli* (d) dans Saint-Omer, de *Martin* dans le

(c) Il eft porté dans le procès-verbal que ces enfans font convaincus d'avoir récité l'ode de *Piron*. Ils font condamnés au fupplice des parricides : et *Piron* avait une penfion de 1200 liv. fur la caffette du roi.

(d) J'ai lu qu'il y a cinq ou fix ans des juges de province condamnèrent le fieur *Montbailli* et fon époufe à être roués et brûlés. L'innocent

duché de Bar, étaient préfens à fa mémoire, ce ferait de lui que j'attendrais juftice. Je le fupplierais de confidérer qu'au temps même du meurtre horrible du chevalier de *la Barre*, huit fameux avocats de Paris élevèrent leur voix contre la fentence d'Abbeville, en faveur de trois enfans pourfuivis comme moi, et menacés comme moi de la mort la plus cruelle.

J'ai pris la liberté de mettre cette décifion fous les yeux du roi; J'ofe croire que, s'il a daigné lire ma requête, il en a été touché. Sa bonté, fon fuffrage font tout ce que j'ambitionne, et tout ce qui peut me confoler.

D'ETALLONDE DE MORIVAL.

Montbailli fut roué. Sa femme étant groffe fut réfervée pour être brûlée. Le confeil du roi empêcha ce dernier crime.

Un juge auprès de Bar fit rouer un honnête cultivateur, nommé *Martin*, chargé de fept enfans. Celui qui avait fait le crime l'avoua huit jours après.

Note des éditeurs. On a vu, dans la lettre de M. *Caffen*, qu'une cérémonie ridicule, faite par l'évêque d'Amiens avait contribué, par le trouble qu'elle jeta dans les efprits de la populace d'Abbeville, à fournir aux ennemis du chevalier de *la Barre* des prétextes pour le perdre. Cet évêque, affaibli par l'âge et par la dévotion, mais naturellement bon et humain, porta jufqu'au tombeau le remords de ce crime involontaire. Son fucceffeur, qui eft d'une foi plus robufte, a eu la cruauté d'infulter à la mémoire de *la Barre*, dans un mandement qu'il a publié pour défendre à fes diocéfains de foufcrire pour cette édition. Cette défenfe de lire un livre, faite à des hommes par d'autres hommes, eft une infulte aux droits du genre humain. La tyrannie s'eft fouillée fouvent d'attentats plus violens, mais il n'en eft aucun d'auffi abfurde, et peu qui entraînent des fuites fi funeftes. On ne connaît ni le temps ni le pays où un homme eut, pour la première fois, l'infolence de s'arroger un pareil pouvoir. On fait feulement que ce crime, contre l'humanité, eft particulier aux prêtres de quelques nations européanes.

LA MEPRISE
D'ARRAS.

1 7 7 1.

IL eft néceffaire de juftifier la France de ces accufations de parricide qui fe renouvellent trop fouvent,
et d'inviter les juges à confulter mieux les lumières
de la raifon, et la voix de la nature.

Il ferait dur de dire à des magiftrats, vous avez à
vous reprocher l'erreur et la barbarie; mais il eft plus
dur que des citoyens en foient les victimes.

Sept hommes prévenus peuvent tranquillement
livrer un père de famille aux plus affreux fupplices.
Or, qui eft le plus à plaindre ou des familles réduites
à la mendicité, dont les pères, les mères, les frères
font morts injuftement dans des fupplices épouvantables, ou des juges tranquilles et fûrs de l'impunité,
à qui l'on dit qu'ils fe font trompés, qui écoutent
à peine ce reproche, et qui vont fe tromper encore?

Quand les fupérieurs font une injuftice évidente
et atroce, il faut que cent mille voix leur difent
qu'ils font injuftes. Cet arrêt prononcé par la nation
eft leur feul châtiment, c'eft un tocfin général qui
éveille la juftice endormie, qui l'avertit d'être fur fes
gardes, qui peut fauver la vie à des multitudes
d'innocens.

Dans l'aventure horrible des *Calas*, la voix publique
s'eft élevée contre un capitoul fanatique qui pourfuivit la mort d'un jufte, et contre huit magiftrats

Z 2

trompés qui la fignèrent. Je n'entends pas ici par *voix publique* celle de la populace qui eft prefque toujours abfurde : ce n'eft point une voix ; c'eft un cri de brutes. Je parle de cette voix de tous les honnêtes gens réunis qui réfléchiffent, et qui, avec le temps, portent un jugement infaillible.

La condamnation des *Sirven* à la mort a fait moins de bruit dans l'Europe, parce qu'elle n'a pas été exécutée; mais tous ceux qui ont appris les conclufions du magifter de village, nommé *Trinquier*, chargé des fonctions de procureur du roi dans cette affaire, ont parlé auffi haut que dans l'affaffinat juridique des *Calas*.

Ce *Trinquier* avait donné fes conclufions en ces propres mots, très-remarquables : *Nous requérons l'accufé dûment atteint et convaincu de parricide, qu'il foit banni pour dix ans de la ville et juridiction de Mazamet.*

Du moins dans l'énoncé des conclufions de cet imbécille, il n'y avait qu'un excès de ridicule et de bêtife, au lieu que les conclufions du procureur général de Touloufe, dans le procès des *Calas*, allaient à rouer le fils avec le père, et à brûler la mère toute vive fur les corps de fon époux et de fon fils. Une mère! et la mère la plus tendre et la plus refpectable !

Cette voix publique prononçait donc avec raifon, que deux chofes font abfolument néceffaires à un magiftrat, le fens commun et l'humanité.

Elle était bien forte, cette voix ; elle montrait la néceffité du tribunal fuprême du confeil d'Etat qui juge les juftices ; elle réclamait fon autorité, alors tellement négligée, que l'arrêt du confeil qui juftifia les *Calas* ne put jamais être affiché dans Touloufe.

Quelquefois, et peut-être trop fouvent, au fond d'une province, des juges prodiguaient le fang innocent dans des fupplices épouvantables ; la fentence et les pièces du procès arrivaient à la tournelle de Paris avec le condamné. Cette chambre, dont le reffort était immenfe, n'avait pas le temps de l'examen ; la fentence était confirmée. L'accufé que des archers avaient conduit dans l'efpace de quatre cents milles, à très-grands frais, était ramené pendant quatre cents milles, à plus grands frais, au lieu de fon fupplice. Et cela nous apprend l'éternelle reconnaiffance que nous devons au roi d'avoir diminué ce reffort, d'avoir détruit ce grand abus, d'avoir créé des confeils fupérieurs dans les provinces, et fur-tout d'avoir fait rendre gratuitement la juftice.

Nous avons déjà parlé ailleurs du fupplice de la roue, dans lequel périt, il y a peu d'années, ce bon cultivateur, ce bon père de famille, nommé *Martin*, d'un village du Barois reffortiffant au parlement de Paris. Le premier juge condamna ce vieillard à la torture qu'on appelle *ordinaire et extraordinaire*, et à expirer fur la roue ; et il le condamna non-feulement fur les indices les plus équivoques, mais fur des préfomptions qui devaient établir fon innocence.

Il s'agiffait d'un meurtre et d'un vol commis auprès de fa maifon, tandis qu'il dormait profondément entre fa femme et fes fept enfans. On confronte l'accufé avec un paffant qui avait été témoin de l'affaffinat. *Je ne le reconnais pas*, dit le paffant, *ce n'eft pas-là le meurtrier que j'ai vu ; l'habit eft femblable, mais le vifage eft différent. Ah !* DIEU *foit loué*, s'écrie le bon vieillard, *ce témoin ne m'a pas reconnu.*

Z 3

Sur ces paroles, le juge s'imagine que le vieillard, plein de l'idée de fon crime, a voulu dire, je l'ai commis, on ne m'a pas reconnu, me voilà fauvé. Mais il eft clair que ce vieillard, plein de fon innocence, voulait dire : *Ce témoin a reconnu que je ne fuis pas coupable, il a reconnu que mon vifage n'eft pas celui du meurtrier.* Cette étrange logique d'un bailli, et des préfomptions encore plus fauffes, déterminent la fentence précipitée de ce juge et de fes affeffeurs. Il ne leur tombe pas dans l'efprit d'interroger la femme, les enfans, les voifins, de chercher fi l'argent volé fe trouve dans la maifon, d'examiner la vie de l'accufé, de confronter la pureté de fes mœurs avec ce crime. La fentence eft portée ; la tournelle, trop occupée alors, figne fans examen, *bien jugé.* L'accufé expire fur la roue devant fa porte ; fon bien eft confifqué ; fa femme s'enfuit en Autriche avec fes petits enfans. Huit jours après, le fcélérat qui avait commis le meurtre, eft fupplicié pour d'autres crimes : il avoue, à la potence, qu'il eft coupable de l'affaffinat pour lequel ce bon père de famille eft mort.

Une fatalité fingulière fait que je fuis inftruit de cette cataftrophe. J'en écris à un de mes neveux, confeiller au Parlement de Paris. Ce jeune homme vertueux et fenfible trouve, après bien des recherches, la minute de l'arrêt de la tournelle, égarée dans la poudre d'un greffe. On promet de réparer ce malheur ; les temps ne l'ont pas permis ; la famille refte difperfée et mendiante dans le pays étranger, avec d'autres familles que la mifère a chaffées de leur patrie.

Des cenfeurs me reprochent que j'ai déjà parlé

de ces défaſtres ; oui, j'ai peint et je veux repeindre
ces tableaux néceſſaires , dont il faut multiplier les
copies ; j'ai dit et je redis que la mort de la maré-
chale d'*Ancre* et celle du maréchal de *Marillac* ſont
la honte éternelle des lâches barbares qui les condamnèrent. On doit répéter à la poſtérité, qu'un jeune
gentilhomme de la plus grande eſpérance pouvait
ne pas être condamné à la torture , au ſupplice du
poing coupé , de la langue arrachée et de la mort
dans les flammes, pour quelques emportemens paſſa-
gers de jeuneſſe , dont un an de priſon l'aurait
corrigé ; pour des indiſcrétions ſi ſecrètes , ſi inconnues , qu'on fut obligé de les faire révéler par des
monitoires , ancienne procédure de l'inquiſition.
L'Europe entière s'eſt ſoulevée contre cette ſentence;
et il faut empêcher que l'Europe ne l'oublie.

On doit redire que le comte de *Lalli* n'était coupable ni de péculat ni de trahiſon. Ses nombreux
ennemis l'accuſèrent avec autant de violence qu'il en
avait déployé contre eux ? Il eſt mort ſur l'échafaud :
ils commencent à le plaindre.

Plus d'une fois on s'eſt récrié contre la rigueur
du ſupplice de ce garde-du-corps qui fut pendu
pour s'être fait quelques bleſſures , afin de s'attirer
une petite récompenſe , et de ce malheureux qu'on
appelait *le fou de Verberie*, qui fut puni par la mort
des ſottiſes ſans conſéquence qu'il avait dites dans
un ſouper.

N'eſt-il pas bien permis, que dis-je! bien nécef-
ſaire d'avertir ſouvent les hommes qu'ils doivent
ménager le ſang des hommes. On répète tous les
jours des vérités qui ne ſont de nulle importance;

on avertit plufieurs fois qu'un ex-jéfuite, auffi hardi qu'ignorant, s'eft groffièrement trompé en affirmant qu'aucun roi de la première race n'eut plufieurs femmes à la fois ; en affurant que le roi *Henri III* n'affiégea point la ville de Livron, &c. &c. &c. On réfute en vingt endroits les calomnies dont un autre ex-jéfuite, nommé *Patouillet*, à fouillé des mandemens d'évêques. On eft forcé à ces répétitions, parce que ce qui échappe à un lecteur eft recueilli par un autre ; parce que ce qui eft perdu dans une brochure fe retrouve dans un livre nouveau. Les écrivains de Port-Royal ont mille fois redoublé leurs plaintes contre leurs adverfaires. Quoi ! on aura répété mille fois que les cinq propofitions ne font pas expreffément dans *Janfenius*, dont perfonne ne fe foucie, et on ne répéterait pas des vérités fatales qui intéreffent le genre humain ! Je voudrais que le récit de toutes les injuftices retentît fans ceffe à toutes les oreilles. Je vais donc expofer encore la *méprife d'Arras*, d'après une confultation authentique de treize avocats, et celle du favant profeffeur M. *Louis*.

Il ne s'agit que d'une famille obfcure et pauvre de la ville de Saint-Omer : mais le plus vil citoyen, maffacré fans raifon avec le glaive de la loi, eft précieux à la nation et au roi qui la gouverne.

Procès criminel du fieur Montbailli et de fa femme.

UNE veuve nommée *Montbailli*, du nom de fon mari, âgée de foixante ans, d'un embonpoint et d'une groffeur énorme, avait l'habitude de s'enivrer

du poifon qu'on appelle fi improprement *eau-de-vie*.
Cette funefte paffion, très-connue dans la ville,
l'avait déjà jetée dans plufieurs accidens qui fefaient
craindre pour fa vie. Son fils *Montbailli* et fa femme
Danel couchaient dans l'antichambre de la mère ;
tous trois fubfiftaient d'une manufacture de tabac
que la veuve avait entreprife. C'était une conceffion
des fermiers généraux qu'on pouvait perdre par fa
mort, et un lien de plus qui attachait les enfans à
fa confervation ; ils vivaient enfemble, malgré les
petites altercations fi ordinaires entre les jeunes
femmes et leurs belles-mères, fur-tout dans la pauvreté. Ce *Montbailli* avait un fils, autre raifon plus
puiffante pour le détourner du crime. Sa principale
occupation était la culture d'un jardin de fleurs,
amufement des ames douces. Il avait des amis ; les
cœurs atroces n'en ont jamais.

Le 7 juillet 1770, une ouvrière fe préfente à
fept heures du matin à fa porte pour parler à la
veuve. *Montbailli* et fon époufe étaient couchés ; la
jeune femme dormait encore ; (circonftance effentielle qu'il faut bien remarquer.) *Montbailli* fe lève et
dit à l'ouvrière que fa mère n'eft pas éveillée. On
attend long-temps ; enfin on entre dans la chambre,
on trouve la vieille femme renverfée fur un petit
coffre près de fon lit, la tête penchée à terre, l'œil
droit meurtri d'une plaie affez profonde, faite par
la corne du coffre fur lequel elle était tombée, le
vifage livide et enflé, quelques gouttes de fang
échappées du nez, dans lequel il s'était formé un
caillot confidérable. Il était vifible qu'elle était morte
d'une apoplexie fubite, en fortant de fon lit et en

fe débattant. C'eft une fin très-commune dans la
Flandre à tous ceux qui boivent trop de liqueurs
fortes.

Le fils s'écrie : *Ah mon Dieu! ma mère eft morte!*
il s'évanouit ; fa femme fe lève à ce cri ; elle accourt
dans la chambre.

L'horreur d'un tel fpectacle fe conçoit affez. Elle
crie au fecours ; l'ouvrière et elle appellent les voifins. Tout cela eft prouvé par les dépofitions. Un
chirurgien vient faigner le fils ; ce chirurgien reconnaît bientôt que la mère eft expirée. Nul doute,
nul foupçon fur le genre de fa mort ; tous les affif-
tans confolent *Montbailli* et fa femme. On enveloppe
le corps fans aucun trouble ; on le met dans un cer-
cueil ; et il doit être enterré le 29 au matin, felon
les formalités ordinaires.

Il s'élève des conteftations entre les parens et les
créanciers pour l'appofition du fcellé. *Montbailli* le
fils eft préfent à tout ; il difcute tout avec une préfence d'efprit imperturbable et une affliction tranquille que n'ont jamais les coupables.

Cependant quelques perfonnes du peuple, qui
n'avaient rien vu de tout ce qu'on vient de raconter,
commencent à former des foupçons ; elles ont appris
que, la veille de fa mort la *Montbailli* étant ivre, avait
voulu chaffer de fa maifon fon fils et fa belle-fille ;
qu'elle leur avait fait même fignifier par un procureur
un ordre de déloger ; que lorfqu'elle eut repris un
peu fes fens, fes enfans fe jetèrent à fes genoux,
qu'ils l'apaisèrent, et qu'elle les remit au lendemain
matin pour achever la réconciliation. On imagina
que *Montbailli* et fa femme avaient pu affaffiner leur

mère pour fe venger ; car ce ne pouvait être pour
hériter, puifqu'elle a laiffé plus de dettes que de
bien.

Cette fuppofition, toute improbable qu'elle était,
trouva des partifans, et peut-être parce qu'elle était
improbable. La rumeur de la populace augmenta
de moment en moment, felon l'ordinaire ; le cri
devint fi violent que le magiftrat fut obligé d'agir ;
il fe tranfporte fur les lieux ; on emprifonne féparément *Montbailli* et fa femme, quoiqu'il n'y eût ni
corps de délit, ni plainte, ni accufation juridique,
ni vraifemblance de crime.

Les médecins et les chirurgiens de Saint-Omer font
mandés pour examiner le cadavre et pour faire leur
rapport. Ils difent unanimement *que la mort a pu être
caufée par une hémorragie que la plaie de l'œil a produite,
ou par une fuffocation.*

Quoique leur rapport n'ait pas été affez exact,
comme le prouve le profeffeur *Louis*, il était pourtant fuffifant pour difculper les accufés. On trouva
quelques gouttes de fang auprès du lit de cette
femme ; mais elles étaient la fuite évidente de la
bleffure qu'elle s'était faite à l'œil en tombant. On
trouva une goutte de fang fur l'un des bas de l'accufé ; mais il était clair que c'était un effet de fa
faignée. Ce qui le juftifiait bien davantage, c'était
fa conduite paffée, c'était la douceur reconnue dans
fon caractère. On ne lui avait rien reproché jufqu'a-
lors ; il était moralement impoffible qu'il eût paffé
en un moment de l'innocence de fa vie au parricide,
et que fa jeune femme eût été fa complice. Il était
phyfiquement impoffible, par l'infpection du cadavre,

que la mère fût morte affaſſinée ; il n'était pas dans
la nature que ſon fils et ſa fille euſſent dormi tranquillement après ce crime, qui aurait été leur premier
crime, et qu'on les eût vus toujours ſereins dans
tous les momens où ils auraient dû être ſaiſis de
toutes les agitations que produiſent néceſſairement
le remords d'une ſi horrible action et la crainte du
ſupplice. Un ſcélérat endurci peut affecter de la
tranquillité dans le parricide : mais deux jeunes
époux !

Les juges connaiſſaient les mœurs de *Montbailli* ;
ils avaient vu toutes ſes démarches ; ils étaient parfaitement inſtruits de toutes les circonſtances de
cette mort. Ainſi ils ne balancèrent pas à croire le
mari et la femme innocens. Mais la rumeur populaire qui, dans de telles aventures, ſe diſſipe bien
moins aiſément qu'elle ne s'élève, les força d'ordonner un plus amplement informé d'une année,
pendant laquelle les accuſés demeureraient en
priſon.

Le procureur du roi appella de cette ſentence au
conſeil d'Artois dont Saint-Omer reſſortit. Il pouvait
en effet la trouver trop rigoureuſe, puiſque les accuſés,
reconnus innocens, demeuraient renfermés dans un
cachot pendant une année entière. Mais l'appel fut
ce qu'on appelle *à minimâ*, c'eſt-à-dire, d'une trop
petite peine à une plus grande ; ſorte de juriſprudence inconnue aux Romains nos légiſlateurs, qui
n'imaginèrent jamais de faire juger deux fois un
accuſé pour augmenter ſon ſupplice, ou pour le
traiter en criminel après qu'il avait été déclaré
innocent ; juriſprudence cruelle dont le contraire

eſt raiſonnable et humain ; juriſprudence qui dément cette loi ſi naturelle , *non bis in idem*.

Le conſeil ſupérieur d'Arras jugea *Montbailli* et ſa femme ſur les ſeuls indices , qui n'avaient pas même paru des indices aux juges de Saint-Omer , beaucoup mieux informés , puiſqu'ils étaient ſur les lieux.

Malheureuſement on ne convient pas trop quels ſont les indices aſſez puiſſans pour engager un juge à commencer par diſloquer les membres d'un citoyen , ſon égal , par le tourment de la queſtion. L'ordonnance de 1670 n'a rien ſtatué ſur cette affreuſe opération préliminaire. Un indice n'eſt préciſément qu'une conjecture ; d'ailleurs les lois romaines n'ont jamais appliqué un citoyen romain à la torture , ni ſur aucune conjecture , ni ſur aucune preuve. La barbarie de la queſtion ne fut d'abord exercée ſur des hommes libres que par l'inquiſition. On prétend qu'originairement elle fut inventée par des voleurs qui voulaient forcer un père de famille à découvrir ſon tréſor ; mais ſoit voleurs , ſoit inquiſiteurs , on ſait aſſez qu'elle eſt plus cruelle qu'utile. Quant aux indices , on ſait encore combien ils ſont incertains. Ce qui forme un ſoupçon violent dans l'eſprit d'un homme eſt très-équivoque , très-faible aux yeux d'un autre. Ainſi le ſupplice de la queſtion et celui de la mort ſont devenus des choſes arbitraires parmi nous , pendant que chez tant d'autres nations la torture eſt abolie comme une barbarie inutile , et qu'il eſt ſévèrement défendu de faire mourir un homme ſur de ſimples indices. (*a*)

(*a*) Quand les juges n'ont point vu le crime , quand l'accuſé n'a

Du moins la torture ne doit être ordonnée en France que lorfqu'il y a préalablement un corps de délit ; et il n'y en avait point. Une femme morte d'apoplexie, foupçonnée vaguement d'avoir été affaffinée, n'eft point un corps de délit.

Après les indices viennent ce qu'on appelle des *demi-preuves*, comme s'il y avait des demi-vérités.

Mais enfin on n'avait contre *Montbailli* ni demi-preuve ni indice ; tout parlait manifeftement en fa faveur. Comment donc s'eft-il pu faire que le confeil d'Arras, après avoir reçu les dénégations toujours fimples, toujours uniformes de *Montbailli* et de fa femme, ait condamné le mari à fouffrir la queftion ordinaire et extraordinaire, à mourir fur la roue, après avoir eu le poing coupé ; la femme à être pendue et jetée dans les flammes ?

Serait-il vrai que les hommes, accoutumés à juger les crimes, contractaffent l'habitude de la cruauté, et fe fiffent à la longue un cœur d'airain ? fe plai-raient-ils enfin aux fupplices, ainfi que les bourreaux ? la nature humaine ferait-elle parvenue à ce degré d'atrocité ? faut-il que la juftice, inftituée pour être

---

point été faifi en flagrant délit, qu'il n'y a point de témoins oculaires, que les dépofans peuvent être ennemis de l'accufé, il eft démontré qu'alors le prévenu ne peut être jugé que fur des probabilités. S'il y a vingt proba-bilités contre lui, ce qui eft exceffivement rare, et une feule en fa faveur, de même force que chacune des vingt, il y a du moins un contre vingt qu'il n'eft point coupable. Dans ce cas, il eft évident que des juges ne doivent pas jouer à vingt contre un le fang innocent. Mais fi avec une feule proba-bilité favorable l'accufé nie jufqu'au dernier moment, ces deux proba-bilités, fortifiées l'une par l'autre, équivalent aux vingt qui le chargent. En ce dernier cas, condamner un homme, ce n'eft pas le juger, c'eft l'af-faffiner au hafard. Or, dans le procès de *Montbailli*, il y avait beau-coup plus d'apparence de l'innocence que du crime.

là gardienne de la fociété, en foit devenue quelquefois le fléau ? cette loi univerfelle dictée par la nature, qu'il vaut mieux hafarder de fauver un coupable que de punir un innocent, ferait-elle bannie du cœur de quelques magiftrats trop frappés de la multitude des délits ?

La fimplicité, la dénégation invariable des accufés, leurs réponfes modeftes et touchantes qu'ils n'avaient pu fe communiquer, la conftance attendriffante de *Montbailli* dans les tourmens de la queftion, rien ne put fléchir les juges ; et malgré les conclufions d'un procureur général très-éclairé, ils prononcèrent leur arrêt.

Montbailli fut renvoyé à Saint-Omer pour y fubir cet arrêt, prononcé le 9 novembre 1770 ; il fut exécuté, le 19 du même mois.

Montbailli, conduit à la porte de l'églife, demande en pleurant, pardon à DIEU de toutes fes fautes paffées, et il jure à DIEU *qu'il eft innocent du crime qu'on lui impute.* On lui coupe la main ; il dit, *cette main n'eft point coupable d'un parricide.* Il répète ce ferment fous les coups qui brifent fes os : près d'expirer fur la roue, il dit à fon confeffeur : *Pourquoi voulez-vous me forcer à faire un menfonge ? en prenez-vous fur vous le crime ?*

Tous les habitans de Saint-Omer, témoins de fa mort, lui donnent des larmes ; non pas de ces larmes que la pitié arrache au peuple pour les criminels même dont il a demandé le fupplice, mais celles que la conviction de fon innocence a fait répandre longtemps dans cette ville.

Tous les magiftrats de Saint-Omer ont été, et font

encore convaincus que ces infortunés n'étaient point coupables.

La femme de *Montbailli*, qui était enceinte, est restée dans son cachot d'Arras pour être exécutée à son tour, quand elle aurait mis son enfant au monde : c'était être à la potence pendant six mois sous la main d'un bourreau, en attendant le dernier moment de ce long supplice. Quel état pour une innocente ! elle en a perdu l'usage des sens, et sa raison a été aliénée : elle serait heureuse d'avoir perdu la vie ; mais elle est mère ; elle a deux enfans, l'un qui sort du berceau, l'autre à la mamelle. Son père et sa mère, presqu'aussi à plaindre qu'elle, ont profité du temps qui s'est écoulé entre son arrêt et ses couches, pour demander un sursis à M. le chancelier : il a été accordé. Ils demandent aujourd'hui la révision du procès. Ils se sont fondés, comme on l'a déjà dit, sur la consultation de treize avocats, et sur celle du célèbre professeur *Louis*.

Voilà tout ce que je sais de cette horrible aventure qui exciterait les cris de toute la France, si elle regardait quelque famille considérable par ses places, ou par son opulence, et qui a été long-temps inconnue, parce qu'elle ne concerne que des pauvres.

On peut espérer que cette famille obtiendra la justice qu'elle implore ; c'est l'intérêt de toutes les familles ; car après tant de tragiques exemples, quel homme peut s'assurer qu'il n'aura pas des parens condamnés au dernier supplice, ou que lui-même ne mourra pas sur un échafaud ?

Si deux époux qui dorment dans l'antichambre de leur mère, tandis qu'elle tombe en apoplexie,

font

font condamnés comme des parricides, malgré la fentence des premiers juges, malgré les conclufions du procureur général, malgré le défaut abfolu de preuves et l'invariable dégénération des accufés, quel eft l'homme qui ne doit pas trembler pour fa vie ? Ce n'eft pas ici un arrêt rendu fuivant une loi rigoureufe et durement interprétée ; c'eft un arrêt arbitraire prononcé au mépris des lois et de la raifon. On n'y voit d'autre motif finon celui-ci : Mourez, parce que telle eft ma volonté.

La France fe flatte que le chef de la magiftrature, qui a réformé tant de tribunaux, réformera dans la jurifprudence elle-même ce qu'elle peut avoir de défectueux et de funefte.

Peut-être l'ufage affreux de la torture, profcrit aujourd'hui chez tant de nations, ne fera-t-il plus pratiqué que dans ces crimes d'Etat qui mettent en péril la fureté publique.

Peut-être les arrêts de mort ne feront exécutés qu'après un compte rendu au fouverain; et les juges ne dédaigneront pas de motiver leurs arrêts, à l'exemple de tous les autres tribunaux de la terre.

On pourrait préfenter une longue lifte des abus inféparables de la faibleffe humaine qui fe font gliffés dans le recueil fi immenfe et fouvent fi contradictoire de nos lois, les unes dictées par un befoin paffager, les autres établies fur des ufages ou des opinions qui ne fubfiftent plus, ou arrachées au fouverain dans des temps de troubles, ou émanées dans des temps d'ignorance.

Mais ce n'eft pas à nous, fans doute, d'ofer rien

Politique et légifl. Tome II.   A a

indiquer à des hommes fi élevés au-deffus de notre fphère ; ils voient ce que nous ne voyons pas ; ils connaiffent les maux et les remèdes. Nous devons attendre en filence ce que la raifon, la fcience, l'humanité, le courage d'efprit et l'autorité voudront ordonner.

FRAGMENT

Sur le procès criminel de Montbailli, roué et brûlé vif à Saint-Omer, en 1770, pour un prétendu parricide; et sa femme condamnée à être brûlée vive, tous deux reconnus innocens.

Second mémoire concernant cette malheureuse affaire.

C'EST encore la démence de la canaille qui produisit l'affreuse cataftrophe dont nous allons parler en peu de mots. Il faut paffer ici de l'extrême ridicule à l'extrême horreur.

Un citoyen de Saint-Omer, nommé *Montbailli*, vivait paifiblement chez fa mère avec fa femme qu'il aimait. Ils élevaient un enfant né de leur mariage, et la jeune femme était groffe d'un fecond. La mère *Montbailli* était malheureufement fujette à boire des liqueurs fortes, paffion commune et funefte dans ces pays. Cette habitude lui avait déjà caufé plufieurs accidens qui avaient fait craindre pour fa vie. Enfin, la nuit du 26 au 27 juillet 1770, après avoir bu avant de fe coucher plus de liqueurs qu'à l'ordinaire, elle eft attaquée d'une apoplexie fubite, fe débat, tombe de fon lit fur un coffre, fe bleffe, perd fon fang et meurt.

Son fils et fa bru couchaient dans une chambre voifine, et étaient endormis. Une ouvrière vient frapper à leur porte le matin, et les éveille; elle veut parler à leur mère pour finir quelques comptes. Les enfans répondent que leur mère dort encore.

On attend long-temps , enfin on entre, on trouve la
mère renverſée ſur un coffre, un œil enflé et ſanglant,
les cheveux hériſſés , la tête pendante ; elle était abſolument ſans vie.

Le fils , à cette vue, s'évanouit, on cherche par-
tout des ſecours inutiles ; un chirurgien arrive, il
examine le corps de la mère , nul ſecours à lui donner.
Il ſaigne le jeune homme qui revient enfin à lui. Les
voiſins accourent, chacun s'empreſſe à le conſoler.
Tout ſe paſſe ſelon l'uſage ; le cadavre eſt enſeveli
dans une bière au temps preſcrit ; on commence un
inventaire : tout eſt en règle et en paix.

Quelques femmes du peuple , dans l'oiſiveté de
leurs converſations , raiſonnent au haſard ſur cette
mort. Elles ſe reſſouviennent qu'il y eut un peu de
méſintelligence entre les enfans et la mère quelque
temps auparavant. Une de ces femmes remarque
qu'on a vu quelques gouttes de ſang ſur un des bas
de *Montbailli*. C'était un peu de ſang qui avait jailli
lorſqu'on le ſaignait. La légèreté maligne d'une de
ces femmes la porte à ſoupçonner que c'eſt le ſang de
la mère. Bientôt une autre conjecture que *Montbailli*
et ſa femme l'ont aſſaſſinée pour hériter d'elle. D'autres,
qui ſavent que la défunte n'a point laiſſé de bien ,
diſent que ſes enfans l'ont tuée par vengeance. Enfin
ils l'ont tuée. Ce crime dès le lendemain paſſe pour
certain parmi la populace , à laquelle il faut toujours
des événemens extraordinaires et atroces pour occuper des ames déſœuvrées.

Le bruit devient ſi fort que les juges de Saint-Omer
ſont obligés de mettre en priſon *Montbailli* et ſa femme.
Ils ſont interrogés ſéparément ; nulle apparence de

preuve ne s'élève contre eux, nul indice. D'ailleurs les juges étaient fuffifamment informés de la conduite régulière et innocente des deux époux ; on ne leur avait jamais reproché la moindre faute : le tribunal ne put les condamner. Mais par condefcendance pour la rumeur publique, qui ne méritait aucune condef-cendance, il ordonna un plus ample informé d'un an, pendant lequel les accufés devaient demeurer en prifon. Il y avait de la faibleffe à ces juges de retenir dans les fers deux perfonnes qu'ils croyaient inno-centes. Il y eut bien de la dureté dans celui qui fefait les fonctions de procureur du roi d'en appeler *à minimâ* au confeil d'Artois, tribunal fouverain de la province.

Appeler *à minimâ*, c'eft demander que celui qui a été condamné à une peine en fubiffe une plus terri-ble. C'eft préfenter requête contre la plus belle des vertus, la clémence. Cette jurifprudence d'anthropo-phages était inconnue aux Romains. Il était permis d'appeler à *Céfar* pour mitiger une peine, mais non pour l'aggraver. Une telle horreur ne fut inventée que dans nos temps de barbarie. Les procureurs de cent petits fouverains, pauvres et avides, imaginèrent d'abord de faire prononcer en dernière inftance des amendes plus fortes que dans les premières : et bien-tôt après ils requirent que les fupplices fuffent plus cruels pour avoir un prétexte d'exiger des amendes plus fortes.

Le confeil fouverain d'Artois qui fiégeait alors, et qui fut caffé l'année fuivante, fe fit un mérite d'être plus févère que le tribunal de Saint-Omer. Les lecteurs qui pourront jeter les yeux fur ce mémoire,

et qui n'auront pas lu ce que nous écrivîmes dans
fon temps fur cette horrible affaire, ne pourront
démêler comment les juges d'Arras, fans interroger
les témoins néceffaires, fans confronter les accufés
avec les autres témoins entendus, osèrent condamner
Montbailli à être rompu vif et à expirer dans les
flammes, et fa femme à être brûlée vive.

Il faut donc qu'il y ait des hommes que leur profeffion rende cruels, et qui goûtent une affreufe fatis-
faction à faire périr leurs femblables dans les tourmens!
mais que ces êtres infernaux fe trouvent fi fouvent
dans une nation qui paffe depuis environ cent ans
pour la plus fociable et la plus polie, c'eft ce qu'on
peut à peine concevoir. On avait, il eft vrai, les
exemples abfurdes et effroyables des *Calas*, des
Sirven, des chevaliers de *la Barre*, et c'eft précifément
ce qui devait faire trembler les juges d'Arras; ils
n'écoutèrent que leur illufion barbare.

L'époufe de *Montbailli*, âgée de vingt-quatre ans,
était groffe, comme on l'a déjà dit. On attendit fes
couches pour exécuter fon arrêt; elle refta chargée
de fers dans un cachot d'Arras. Son mari fut reconduit à Saint-Omer pour y fubir fon fupplice.

Ce n'eft que chez nos anciens martyrs qu'on
retrouve des exemples de la patience, de la douceur,
de la réfignation de cet infortuné *Montbailli;* proteftant toujours de fon innocence, mais ne s'emportant
point contre fes juges, ne s'en plaignant point,
levant les yeux au ciel, et ne lui demandant point
vengeance.

Le bourreau lui coupa d'abord la main droite.
On ferait bien de la couper, dit-il, *fi elle avait commis un*

parricide. Il accepta la mort comme une expiation de ses fautes, en attestant D I E U qu'il était incapable du crime dont on l'accusait. Deux moines qui l'exhortaient , et qui semblaient plutôt des sergens que des consolateurs , le pressaient dans les intervalles des coups de barre d'avouer son crime. Il leur dit : *Pourquoi vous obstinez-vous à me presser de mentir ? prenez-vous devant* D I E U *ce crime sur vous ? Laissez-moi mourir innocent.*

Tous les assistans fondaient en larmes et éclataient en sanglots. Ce même peuple , qui avait poursuivi sa mort , l'appelait le saint , le martyr; plusieurs recueillirent ses cendres.

Cependant le bûcher dans lequel cette vertueuse victime expira devait bientôt se rallumer pour sa femme. Elle avançait dans sa grossesse ; et les cris de la ville de Saint-Omer ne l'auraient pas sauvée. Informé de cette catastrophe , nous prîmes la liberté d'envoyer un mémoire au chef suprême de toute la magistrature de France. Ses lumières et son équité avaient déjà prévenu notre requête. Il remit la révision du procès entre les mains d'un nouveau conseil établi dans Arras.

Ce tribunal déclara *Montbailli* et sa femme innocens. L'avocat qui avait pris leur défense ramena en triomphe la veuve dans sa patrie ; mais le mari était mort par le plus horrible supplice , et son sang crie encore vengeance. Ces exemples ont été si fréquens qu'il n'a pas paru plus nécessaire de mettre un frein aux crimes qu'à la cruauté arbitraire des juges.

On s'est flatté qu'enfin le grand projet de *Louis XIV* de réformer la jurisprudence pourrait être exécuté,

A a 4

que les lumières naiſſantes de ce ſiècle mémorable ,
augmentées par celles du nôtre , répandraient un jour
plus favorable ſur l'humanité. On a dit : Nous verrons
le temps où les lois ſeront plus claires et plus uniformes , où les juges motiveront leurs arrêts ; où un
ſeul homme n'interrogera plus ſecrètement un autre
homme , et ne ſe rendra plus le ſeul maître de ſes
paroles , de ſes penſées , de ſa vie et de ſa mort ; où
les peines ſeront proportionnées aux délits ; où les
tortures , inventées autrefois par des voleurs , ne
ſeront plus miſes en uſage au nom des princes. On
forme encore ces vœux : celui qui les remplira ſera
béni du ſiècle préſent et de la poſtérité.

FRAGMENT

SUR LA JUSTICE,

A l'occasion du procès de M. le comte de Morangiés,
contre les Jonquay.

LE procès du général *Lalli* fut cruel : celui que le
comte de *Morangiés* essuya fut absurde. Il y va de
l'honneur de la nation de transmettre à la postérité
ces aventures odieuses, afin de laisser un préservatif
contre les excès auxquels l'aveuglement de la prévention et la démence de l'esprit de parti peuvent entraîner
les hommes.

Un jeune aventurier de la lie du peuple est assez
extravagant et assez hardi pour supposer qu'il a prêté
cent mille écus à un maréchal de camp, de l'argent
de sa pauvre grand'mère qui logeait dans un galetas
avec lui et le reste de sa famille; il affirme, il jure
qu'il a porté lui-même à pied ces cent mille écus au
maréchal de camp, en treize voyages, et qu'il a couru
environ six lieues en un matin pour lui rendre ce
service. Ce jeune homme, nommé *Liégard*, surnommé
Jonquay, sachant à peine lire et écrire, et orthogra-
phiant comme un laquais mal élevé, avait été pourtant
reçu docteur ès lois par bénéfice d'âge : condescendance
ridicule et trop commune, abus intolérable, dont cet
exemple fait assez voir les conséquences. Ce docteur
ès lois, dans sa misère, trouve le secret d'associer
toute sa famille à son imposture, sa mère, sa grand'-
mère, ses sœurs, tous ses parens qui logent avec lui,

excepté un ancien fergent aux gardes. Il n'y a qu'un militaire dans toute cette bande, et c'eft le feul honnête homme.

Liégard Jonquay fe lie avec un cocher et avec un clerc de procureur, qui doivent lui fervir de témoins, et partager une partie du profit. Il s'affure de deux courtières, dont l'une avait été plufieurs fois enfermée à l'hôpital, et qui depuis près d'un an avait fait monter madame *Verron*, grand'mère de *Jonquay*, à la dignité de prêteufe fur gages. Toute cette troupe s'unit dans l'efpérance d'avoir part aux cent mille écus. Voilà donc le docteur *Liégard Jonquay* et fa mère et fa grand'mère qui préfentent requête au lieutenant - criminel pour qu'on aille enfoncer les portes de la maifon de M. le comte de *Morangiés*, dans laquelle on trouvera, fans doute, les cent mille écus en efpèces. Et fi on ne les trouve pas, la troupe de *Jonquay* dira que leur recherche montre leur bonne foi, et que le maréchal de camp a mis l'argent en fureté.

Cependant la famille et le confeil s'affemblent ; ils ont quelque fcrupule : un des complices remontre le danger qu'on peut courir dans cette affaire épineufe. On ne croira jamais que ni vous, ni votre grand'-mère ayez pu poffeder cent mille écus en argent comptant, vous qui vivez fi à l'étroit dans un troi-fième étage prefque fans meubles, vous qui couchiez fur la paille dans un faubourg avant d'être logés ici !.... Un des meilleurs efprits de la bande fe charge alors de faire un roman vraifemblable. Par ce roman la pauvre vieille grand'mère eft transformée en veuve opulente d'un fameux banquier nommé

Verron. Ce mari, mort il y a trente ans, lui a laiffé fourdement, par un fidéicommis, de la vaiffelle d'argent, des fommes immenfes en or. Un ami intime, nommé *Chotard*, a rendu fidèlement ce dépôt à la vieille ; elle n'y a jamais touché pendant près de trente années ; elle a vécu noblement dans la plus extrême misère, pour faire un jour une grande fortune à fon petit - fils *Liégard Jonquay;* et elle n'attend que la reftitution de cent mille écus prêtés à M. le comte de *Morangiés*, à fix pour cent d'ufure, pour acheter à M. *Jonquay* une charge de confeiller au parlement ; car l'honneur de rendre la juftice fe vendait alors ; et *Jonquay* pouvait l'acheter tout comme un autre.

Le roman paraît très-plaufible : il refte feulement une difficulté. On vous demandera pourquoi un docteur ès lois, près d'être reçu confeiller au parlement, s'eft déguifé en crocheteur pour aller porter cent mille écus en treize voyages ? M. *Jonquay* répond qu'il ne s'eft donné cette peine que pour plaire au maréchal de camp, qui lui avait demandé le fecret. La réponfe n'eft pas trop bonne ; mais enfin un cocher et un ancien clerc de procureur jureront qu'ils m'ont vu préparer les facs et les porter ; une courtière, en fortant de l'hôpital, m'aura vu revenir tout en eau de mes treize voyages. Avec de fi bons témoignages nous réuffirons. J'ai eu l'adreffe de perfuader au maréchal de camp que je lui ferais prêter les cent mille écus par une compagnie d'ufuriers ; j'ai tiré de lui des billets à ordre pour la même fomme, payable à ma grand'mère, créancière prétendue de cette prétendue compagnie. Il faudra bien qu'il les paye. Il a beau nier la réception de l'argent et mes treize voyages : j'ai fa fignature ; j'aurai des témoins irréprochables ; nous jouirons du plaifir de le ruiner, de le déshonorer, de le voler, et de le faire condamner comme voleur.

Ce plan arrangé entre les complices, chacun fe prépare à jouer fon rôle. Le cocher va foulever tous les fiacres de Paris en faveur du docteur ès lois et de la famille ; le clerc de procureur va fe faire guérir de la vérole chez un chirurgien ; et il attendrit les cœurs de fes camarades et des filles de joie pour une famille refpectable et infortunée, indignement volée par un homme de qualité, officier général des armées du roi.

Pendant que cette pièce commence à fe jouer, le maréchal de camp, informé des préparatifs, va trouver le magiftrat de la police et lui expofe le fait. Le lieutenant de police qui a l'infpection fur les ufuriers et fur les troifièmes étages, fait interroger la famille *Jonquay* par des officiers de police. Le crime tremble toujours devant la juftice. On intimide, on menace *Jonquay* et fa mère : les fcélérats déconcertés avouent leur délit, les larmes aux yeux ; ils fignent leur condamnation. On croit l'affaire finie.

Qu'arrive-t-il alors ? un praticien, qui était de la troupe, ranime le courage des confédérés. ,, Souf,, frirons-nous, mes chers amis, qu'une fi belle proie ,, nous échappe ? il s'agit ou de partager entre nous ,, cent mille écus, gagnés par notre induftrie, ou ,, d'aller aux galères ; choififfez. Vous avez avoué ,, votre crime devant un commiffaire de quartier : ,, cette faibleffe peut fe réparer. Dites que vous y

„ avez été forcés : dites que vous avez été détenus
„ en chartre-privée, au mépris des lois du royaume;
„ qu'on vous a chargés de fers, que vous avez été
„ mis à la torture.

„ C'eft le *cædebatur virgis civis romanus* de *Cicéron.*
„ C'eft le *metus cadens in conftantem virum* de *Tribonien.*
„ N'êtes-vous pas *conflans vir*, M. *Jonquay*? — Oui,
„ Monfieur.—Hé bien, demandez juftice contre la
„ police qui perfécute les gens de bien. Criez qu'un
„ maréchal de camp vous vole, que toute la police
„ eft fon complice, et qu'on vous a outrageufement
„ battu pour vous faire avouer que vous êtes un
„ fripon.

„ Il faut de l'argent pour foutenir un procès fi
„ délicat. Nous vous amenons M. *Aubourg*, autre-
„ fois laquais, puis tapiffier, et maintenant ufurier;
„ vendez-lui votre procès, il fera tous les frais; c'eft
„ un homme d'honneur et de crédit, qui manie les
„ affaires d'une dame de grande confidération, et
„ qui ameutera pour vous tout Paris. „

M. *Jonquay* et fa vieille grand'mère *Verron* vendent
donc leur procès à M. *Aubourg*. On affigne devant
le parlement le maréchal de camp comme ayant
volé cent mille écus à la famille d'un jeune docteur
près d'être reçu confeiller, comme inftigateur des
fureurs tyranniques de la police, comme fuborneur
de faux témoins, comme oppreffeur des bons bourgeois de Paris.

La vieille grand'mère *Verron* meurt fur ces entre-
faites; mais avant de mourir on lui dicte un teftament
abfurde, un teftament qu'elle n'a pu faire. Toute la
famille en grand deuil, accompagnée de fon praticien

et de l'ufurier *Aubourg* , va fe jeter aux pieds du roi
et implorer fa juftice. Il fe trouve quelquefois à la
cour des ames compatiffantes , quand cette compaffion peut fervir à perdre un officier général. Prefque
tout Verfailles , et prefque tout Paris , et bientôt
prefque tout le royaume , fe déclarent pour le
candidat *Jonquay*, et pour cette famille honnête
fi indignement volée , et fi cruellement mife à la
torture.

L'affaire fe plaida d'abord devant la grand'chambre
et la tournelle affemblées. Un avocat des *Jonquay*
prouva que tous les officiers des armées du roi font des
efcrocs et des fripons ; qu'il n'y a d'honneur et de
vertu que chez les cochers, les clercs de procureur,
les prêteurs fur gages , les entremetteufes et les
ufurières. Il fit voir que rien n'eft plus naturel, plus
ordinaire , qu'une vieille femme très-pauvre , qui
pofsède pendant trente ans cent mille écus dans fon
armoire, qui les prête à un officier qu'elle ne connaît
pas , et un jeune docteur ès lois qui court fix lieues à
pied pour porter ces cent mille écus à cet officier
dans fes poches.

Enfuite il peignit pathétiquement le candidat
Jonquay et fa mère entre les mains des bourreaux de
la police , chargés de fers , meurtris de coups , éva-
nouis dans les tourmens , forcés enfin d'avouer un
crime dont ils étaient innocens ; leur vertu barba-
rement immolée au crédit et à l'autorité , n'ayant
pour foutien que la générofité de M. *Aubourg* , qui
avait bien voulu acheter ce procès , à condition qu'il
n'en aurait pour lui qu'environ cent vingt mille
livres. Toutes les bonnes femmes pleurèrent ; les

ufuriers et les efcrocs battirent des mains ; les juges
furent ébranlés ; le parlement renvoya l'affaire en
première inflance au bailliage du palais, petite juridiction inconnue jufqu'alors.

Le ridicule, l'abfurdité du roman de la bande
Jonquay étaient affez fenfibles ; l'infamie de leurs
manœuvres , l'infolence de leur crime étaient mani-
feftes ; mais la prévention était plus forte. Le public
féduit féduifit le juge du bailliage.

La populace gouverne fouvent ceux qui devraient
la gouverner et l'inflruire. C'eft elle qui dans les
féditions donne des lois ; elle affervit le fage à fes
folles fuperftitions ; elle force le miniftère dans des
temps de cherté à prendre des partis dangereux ;
elle influe fouvent dans les jugemens des magiftrats
fubalternes. Une prêteufe fur gages perfuade une
fervante qui perfuade fa maîtreffe qui perfuade
fon mari. Un cabaretier empoifonne un juge de fon
vin et de fes difcours. Le bailliage fut ainfi endocu-
menté. Le plaifir d'humilier la nobleffe chatouillait
encore en fecret l'amour propre de quelques bourgeois qui étaient devenus fes juges.

Le maréchal de camp fut plongé dans la prifon la
plus dure, condamné à payer un argent qu'il n'avait
jamais reçu , et à des amendes infamantes : le crime
triompha.

Alors le public des honnêtes gens commença
d'ouvrir les yeux. La maladie épidémique qui s'était
répandue dans toutes les conditions avait perdu de
fa malignité.

L'affaire ayant été enfin rapportée de droit au
parlement , le premier préfident , M. de *Sauvigni* ,

interrogea lui-même les témoins. Il produifit au grand jour la vérité fi long-temps obfcurcie. Le parlement vengea par un arrêt folennel le comte de *Morangiés* et fes accufateurs. *Jonquay* et fa mère furent condamnés au banniffement, peine bien douce pour leur crime, mais que les incidens du procès ne permettaient pas de rendre plus griève.

Il était d'ailleurs plus néceffaire de manifefter l'innocence du comte que de flétrir la canaille des accufateurs dont on ne pouvait augmenter l'infamie. Enfin tout Paris s'étonna d'avoir été deux ans entiers la dupe du menfonge le plus groffier et le plus ridicule que la fottife et la friponnerie en délire aient pu jamais inventer.

Puiffent de tels exemples apprendre aux Parifiens à ne pas juger des affaires férieufes comme d'un opéra comique, fur les difcours d'un perruquier ou d'un tailleur, répétés par des femmes de chambre ! Mais un peuple qui a été vingt ans entiers la dupe des miracles de M. l'abbé *Pâris*, et des gambades de M. l'abbé *Bécherand*, pourra-t-il jamais fe corriger ?

Odi profanum vulgus, et arceo.

PRECIS

PRÉCIS DU PROCÈS

DE M. LE COMTE DE MORANGIÉS,

CONTRE LA FAMILLE VERRON.

1 7 7 2.

PLUSIEURS perfonnes, qui cherchent le vrai en tout genre, ont défiré qu'après le procès criminel du comte de *Lalli*, on leur donnât un précis du procès civil et criminel que le comte de *Morangiés* a effuyé. Le voici :

La maifon de *Morangiés* avait des dettes dont le comte de *Morangiés*, maréchal de camp, s'était chargé. Pour éteindre ces dettes, il voulut faire exploiter et vendre en détail une forêt dans le Gévaudan, laquelle a, dit-on, environ dix mille arpens d'étendue, et dont il pouvait difpofer par un accord public avec les créanciers de fa maifon. Il montre le plan de cette forêt, figné d'un arpenteur juré : il préfente toutes les pièces néceffaires ; mais un homme endetté ne pouvait guère trouver de l'argent à Paris, pour faire couper une forêt dans le Gévaudan.

Il s'adreffe à une courtière d'ufure. Cette courtière lui indique un jeune homme nommé *du Jonquay*, que fes avocats difent très-bien né, petit-fils d'une veuve opulente, arrivé depuis un an de province, ayant travaillé quelques mois chez un procureur, reçu docteur ès lois par bénéfice d'âge, comme tant de

Politique et Légifl. Tome II.　　　B b

magiftrats bien élevés , et près d'acheter une charge
de confeiller de la cour des aides ou du parlement ,
dans le temps où le droit de juger les hommes fe
vendait encore.

Après quelques pourparlers le maréchal de camp
vient figner au jeune magiftrat des billets de trois
cents mille livres , avec les intérêts à fix pour cent.
Ces billets à ordre font faits dans un galetas où
logeait ce prêteur , et où il y avait pour tous meubles
trois chaifes de paille et une table de fapin. L'emprunteur , en voyant cet ameublement , crut être chez un
jeune courtier d'agent de change. Il affirme et jure
qu'il n'a fait ces billets que pour être négociés fur la
place , et qu'il n'en a point reçu la valeur , qu'il ne
devait la recevoir que quand l'affaire ferait confom-
mée , felon l'ufage établi dans toutes les villes de
commerce.

Le jeune homme affirme et jure que c'eft l'or de
madame fa grand'mère qu'il a donné ; qu'il a porté
cet or à pied , en treize voyages en un matin ; qu'il
a fait environ cinq lieues et demie à pied , pour obliger
monfieur le comte , quoiqu'il pût porter cet or dans
un fiacre en un feul voyage. (a)

Il a fait faire ces billets au profit de la dame *Verron*,
fa grand'mère. Il n'y a pas d'apparence qu'un homme

_____

(a) On voit en effet au procès un écrit de M. le comte de *Morangiés*, du
24 feptembre 1771 , par lequel de plufieurs plans d'emprunts propofés
par *du Jonquay*, (qu'il prenait pour un courtier) il adopte celui de
327000 liv. payables pour 300000 comptant : et promet de faire des
billets de 327000 livres , y compris l'ufure quand il recevra l'argent.
Or *du Jonquay* prétend avoir donné cet argent le 23. Il eft impoffible
que l'emprunteur ait promis le 24 de figner , fi tôt qu'on lui apporterait
un argent qu'il aurait reçu la veille.

d'un âge mûr les eût fignés, s'il n'en avait pas reçu la valeur. Mais il y a peut-être encore moins d'apparence que la grand'mère *Verron*, qui demeurait dans un galetas avec la *Romain*, mère de *du Jonquay*, et trois fœurs de *du Jonquay*, très-pauvrement vêtues, et fubfiftant, elle et toute fa famille, d'un très-petit fonds qu'elle fefait valoir à ufure, eût poffédé la fomme exorbitante de trois cents mille livres en or.

La famille prévient cette objection qu'on ne lui fefait pas encore, en difant que la veuve *Verron*, la grand'mère, avait reçu fecrètement une grande partie de cet argent depuis plus de trente ans, par les mains d'un nommé *Chotard*, qui était mort banqueroutier; que fon mari, prétendu banquier, avait donné fecrètement cette fomme à l'inconnu *Chotard* par un fidéicommis fecret. La veuve l'avait fait valoir fecrètement chez un notaire; elle l'avait retirée fecrètement de ce notaire qui était mort alors; elle l'avait portée à Vitry fecrètement, au fond de la Champagne, dans une charrette; elle y avait vendu fecrètement à des juifs de beaux diamans, dont le prix fervit à compléter les trois cents mille livres; elle fit porter fecrètement à Paris ces trois cents mille livres en or, dans une charrette d'un voiturier qu'on ne nomme pas, (*b*) à un troifième étage, rue Saint-Jacques. Et moi, ajoutait *du Jonquay*, je les ai portées fecrètement à pied, en treize voyages, à M. de *Morangiés*, pour mériter fa protection. J'ai pour témoins un cocher

_____

(*d*) Il eft étrange que dans le cours de ce procès on n'ait point fongé à rechercher le fait de ce prétendu voiturier ; tous les voituriers font connus, leurs noms font fur des regiftres : comment n'a-t-on fait aucune enquête à Paris et à Vitry ?

de mes amis, qui eft, comme moi, un très-bon bré-tailleur , et un ancien clerc de procureur qui fe fefait guérir dans ce temps-là même de la vérole chez le chirurgien *Menager ;* j'ai pour témoins mes fœurs , qui fubfiftent de leur travail de couturières et de brodeufes , et une prêteufe fur gages qui a été enfer-mée à l'hôpital.

Il demande au nom de madame *Verron* et au fien , que la juftice aille enfoncer toutes les portes chez le comte de *Morangiés* et chez fon père , lieutenant général des armées du roi , pour voir fi les cent mille écus en or ne s'y trouvaient pas. (*c*) La juftice n'y va point , et on ne fait pourquoi. Mais le comte de *Morangiés* demande au magiftrat de la police, qui a l'infpection fur les prêteurs à ufure , qu'on appro-fondiffe cette affaire.

Le magiftrat délègue le fieur *Dupuis,* infpecteur de police , homme très-fage et reconnu pour tel , qui fe tranfporte, accompagné d'un autre officier , nommé *Desbrugnières* , chez un procureur où l'on fait venir *du Jonquay* et fa mère nommée *Romain*, fille de la veuve *Verron.* La mère et le fils interrogés

---

(*c*) Cette requête n'eft-elle pas un artifice par lequel on voulait fe ménager l'avantage de paraître au moins prévenir les plaintes de l'em-prunteur ? il eft bien vraifemblable que fi cet emprunteur avait reçu les cent mille écus qu'il déniait , il les aurait mis à couvert , et aurait rendu très-inutiles les démarches de la famille *Verron.* Il n'eft pas moins probable que fi l'emprunteur avait été de mauvaife foi , il n'avait nul befoin de nier la dette , il aurait dit , à l'échéance , arrangez-vous avec les direc-teurs des créanciers , et il aurait joui de cent mille écus. S'il n'a pas pris un parti fi facile , c'eft une preuve affez forte qu'il n'avait rien touché.

Il n'y a qu'à lire attentivement les lettres du fieur *du Jonquay* mention-nées au procès , pour voir que cet homme n'avait point porté et donné cent mille écus.

avouent féparément qu'ils ont menti, et qu'ils n'ont jamais donné cent mille écus au comte de *Morangiés*. On les transfère alors chez un commiffaire, ils fignent leur délit l'un après l'autre. Le fils dit à fa mère : *Ma mère, je viens de déclarer la vérité*. Elle lui répond : *Tu l'as dite, mon fils; tu aurais bien fait de la dire plus tôt*. Le commiffaire, fon clerc, l'infpecteur *Dupuis*, entendent cet aveu, et il eft configné au procès. Tout étant ainfi avéré, et juridiquement conftaté, on mène les deux coupables au fort l'Evêque. Ils confirment leur aveu dans la prifon. (*d*)

Du Jonquay, dès le lendemain, écrit à un homme qui était fon confeil, et qui était dépofitaire des billets.

MONCIEUR,

» La malheureufe afaire où je fuis plongé m'a réduit
» ainfi que ma chère mère ès prifons du fort l'Evêque,
» nous fûmes arrêté yere par ordre du roi. Si vous
» voulé nous fecondé pour nous en tirer, il faut
» que vous ayez la bonté de remettre au porteur
» les éfets que je vous ait confié, lefquèlles dits
» éfets j'ay promire à monfieur *Dupuy* de lui faire
» pacer au plus tard à dix heures du matin, d'après
» la parolle que j'ai donné je vous cerai obligé de
» me mettre à même de la mettre à exécution,
» comme auffi je vous prie moncieur de cecer
» toute pourfuite et auffitôt que nous aurons nôtre

(*d*) C'eft ce que rapporte l'avocat de M. le comte de *Morangiés*, dans fon dernier mémoire, intitulé *fupplément*. Si le fait eft vrai, comme il n'eft pas permis d'en douter, il eft démontré que les *du Jonquay* font coupables et que le comte de *Morangiés* eft innocent. Tout devait finir là ; mille procédures, mille fentences ne peuvent affaiblir une démonftration.

„ liberté nous aurons l'honneur de vous marquer
„ nôtre reconnoiffance au fujet de tous les foins que
„ vous vous êtes donné. „

J'ai l'honneur d'être

MONCIEUR,

Votre très-humble et très-
obéiffant ferviteur,
du Jonquay.

Ma chère mère a l'honneur de vous affurer de
fes refpects.

Du Forlevefqué, ce 1 octobre 1771.

Et dans une autre lettre du même jour.

MONSIEUR,

„ Si vous pouvié être porteufe vous même de
„ la réponfe vous m'obligerié ainfi que ma cher.
„ mère. „

Vôtre cerviteur, *du Jonquay.*

Ces lettres ne paraiffent pas plus d'un homme
innocent, que le ftyle et l'orthographe ne font d'un
homme qui allait être inceffamment magiftrat dans
une cour fupérieure.

On croyait cette affaire entièrement terminée,
lorfqu'un praticien habile engage la famille à
démentir fes aveux et fes fignatures. *Du Jonquay* et fa
mère crient alors que *Desbrugnières* les a battus chez
le procureur, qu'ils n'ont figné que par crainte chez le

commiſſaire, et que le comte de *Morangiés* a corrompu toute la police pour les opprimer.

Le docteur ès lois *du Jonquay*, qui ne ſait pas un mot de latin, ſoutient que c'eſt le *metus cadens in conſtantem virum*, et qu'il eſt *conſtans vir*. Je ne vous ai pas battus, répond *Desbrugnières*, je vous ai pouſſés, je vous ai ſéparés vous et votre mère, pour vous empêcher de concerter enſemble vos réponſes. J'étais convaincu, j'étais indigné de votre friponnerie. Vous nous avez pouſſés trop rudement, vous avez fauſſé un de mes boutons, reprend *du Jonquay*; et cela nous a tellement troublés ma mère et moi, que nous avons ſigné la vérité quatre heures après, ne ſachant ce que nous feſions.

Alors tous les uſuriers de Paris, tous les gens qui vivent d'intrigues, tous les eſcrocs, fâchés depuis long-temps contre la police, font entendre leurs clameurs contre elle. Une autre eſpèce de gens ſe joint à eux. Juſqu'à quand ſouffrira-t-on ce tribunal irrégulier qui ne fut établi que par *Louis XIV* ? auparavant nous volions impunément ; on pouvait s'enrichir ſoit par l'uſure, ſoit par le larcin ; Paris était un grand coupe-gorge, favorable à l'induſtrie ; il y avait un chef des voleurs accrédité, qui feſait rendre les effets volés aux propriétaires, moyennant une ſomme convenue ; tout était dans la règle. Aujourd'hui un tribunal inconnu à nos pères tient des regiſtres funeſtes des prêteurs ſur gages, et perſécute les gens de bien. On oſe fauſſer les boutons d'un homme qui va acheter une charge de conſeiller. Tous crient que la nobleſſe n'eſt depuis quelques années qu'un amas de petits tyrans eſcrocs, inſolens et lâches, qui vexent

les bons sujets du roi autant qu'ils servent mal l'Etat.
On répand par-tout que M. de *Morangiés* a voulu
payer ses créanciers en les fesant pendre. On le dit
dans les plaidoyers, on l'imprime dans les mémoires,
on parvient à le faire croire à la moitié de Paris.
Un des avocats qui ont voulu se signaler en écrivant
contre lui, pousse l'indécence jusqu'à supputer les
sommes que M. de *Morangiés* a dû donner à la
police.

Le comte de *Morangiés*, son père, lieutenant-général
des armées du roi, respectable vieillard, chéri et
estimé généralement, ses frères qui jouissent du même
avantage, toute sa famille enfin, vend le peu de
meubles qui lui reste pour soutenir ce procès affreux ;
elle paye quelques dettes pressées, elle se réduit à la
pauvreté la plus grande et la plus honorable. La
cabale crie que c'est avec l'argent des *du Jonquay*
qu'elle a fait ces dépenses ; et cette infame imposture est répétée par des écumeurs de barreau, et par
des usuriers de Paris.

La noblesse du Gévaudan écrit la lettre la plus
forte en faveur du comte de *Morangiés* ; c'est une
lettre mendiée, c'est une conjuration contre le
tiers-état.

Un avocat célèbre prend-il en main la défense
de l'accusé, sans espoir de rétribution, tous les cafés,
tous les cabarets, tous les lieux moins honnêtes
retentissent des injures qu'on lui prodigue ; c'est à
la fois un impudent et un lâche, c'est un espion de
la police ; on veut le rendre exécrable, parce qu'il
soutint, il y a quelque temps, la cause d'un officier
général qui avait battu et chassé les Anglais descendus

en France, et qui avait hafardé fon fang pour fauver la patrie.

Cet avocat a pour fon frère et pour lui une cuifinière et un petit carroffe. Eft-il une preuve plus éclatante qu'il a partagé les cent mille écus avec le comte de *Morangiés*, et que la police en a eu fa part? on le pourfuit par vingt libelles, on le déchire encore plus qu'on n'infulte fon client.

Dans cette prodigieufe effervefcence on va jufqu'à foutenir, que jamais la maifon de *Morangiés* n'a eu de forêt, qu'il ne lui refte qu'un vieux tronc pourri fur un rocher du Gévaudan. Toute la baffe faction le répète, et les gens qui veulent faire les entendus difent d'abord, et affez long-temps : M. de *Morangiés* a tort, pourquoi a-t-il voulu emprunter de l'argent fur une forêt qui n'exifte pas ? On ne croit rien de ce qui peut lui être favorable ; mais on croit aveuglément aux cent mille écus portés par *du Jonquay*, un matin, en treize voyages à pied, l'efpace de cinq lieues.

Un agioteur, nommé *Aubourg*, trouve ce procès fi bon, qu'il l'achète. La veuve *Verron*, grand'mère de *du Jonquay*, lui vend cet effet avant de mourir, comme on vend des actions fur la place. On lui fait ratifier cette vente dans fon teftament, fix heures avant fa mort ; et pour donner plus de poids à l'hiftoire incompréhenfible des trois cents mille livres, on lui fait déclarer qu'elle avait eu deux cents mille livres de plus, parce qu'abondance de droit ne peut nuire. Ainfi cette veuve *Verron*, qui avait toujours vécu dans l'état le plus médiocre, eft morte riche de cinq cents mille livres. C'était une efpèce de miracle ; auffi les avocats n'ont pas manqué de faire voir dans ce teftament , le doigt de DIEU qui a multiplié tout d'un coup les richeffes du pauvre , et qui a révélé fa gloire aux petits en la cachant aux grands.

Aubourg pourfuit le procès au bailliage du palais, auquel cette affaire eft renvoyée en première inftance. Les témoins qui dépofent en faveur de M. de *Morangiés* font mis au cachot. M. le comte de *Morangiés* , maréchal de camp , eft traîné en prifon comme fuborneur de ces témoins , et coupable d'un crime énorme.

Cependant on interroge tous ceux qui peuvent donner quelques éclairciffemens fur une affaire fi extraordinaire. Les fœurs de *du Jonquay* comparaif-fent. Le juge leur demande s'il n'eft pas vrai que leur grand'mère avait beaucoup d'or , lorfqu'elle partit de Paris pour aller à la petite ville de Vitry en Champagne , vers l'an 1760 ? elles répondent qu'elle en avait prodigieufement , mais qu'elles n'en ont jamais rien vu , ni rien fu.

N'avait-elle pas beaucoup de beaux diamans qu'elle vendit dans la ville de Vitry quarante mille francs à des juifs , pour compléter fes trois cents mille livres ?

Oui, fans doute , elle avait des épingles de dia-mans qui n'étaient pas inventées alors.

N'avait-elle pas auffi de belles boucles d'oreilles , de beaux nœuds , de belles aigrettes , qui conve-naient parfaitement à une perfonne d'environ quatre-vingts ans ?

Oui, Monfieur ; de belles aigrettes, de beaux bracelets à la nouvelle mode, répond l'une de fes fœurs. La femme *Romain*, fille de la veuve *Verron*, et mère de *du Jonquay* ; répond au contraire que la veuve *Verron*, fa mère, n'avait rien de tout cela, et qu'elle ne croyait pas qu'elle eût jamais eu un diamant fin.

Cette même femme *Romain*, mère de *du Jonquay*, interrogée fi les richeffes fecrètes de la veuve *Verron* ne venaient pas d'un fidéicommis fecret de fon mari, et de la générofité fecrète d'un banqueroutier nommé *Chotard*, répond que non, que rien n'eft plus faux.

Mais, Madame, vos avocats ont plaidé, ont imprimé cette anecdote. Ils ont eu tort, réplique-t-elle.

Le juge demande à *du Jonquay* s'il n'y avait pas cent mille écus en or à fon troifième étage, dans l'armoire à linge de la veuve *Verron*, fa grand'mère ? Oui, Monfieur, et c'eft ma mère *Romain* qui m'en a donné la clef, pour porter ces cent mille écus fecrètement, en treize voyages à pied, chez M. de *Morangiés*. (*e*)

La mère *Romain* répond que cela n'eft pas vrai, que fon fils *du Jonquay* a pris la clef des mains de la *Verron*, fa grand'mère.

Après toutes ces contradictions, on interroge les témoins qui ont été emprifonnés comme fubornés

(*e*) Si toutes ces contradictions, rapportées par l'avocat de M. de *Morangiés*, ne font pas une preuve évidente du complot le plus abfurde et le plus ridicule qu'on ait jamais formé, il faut vivre déformais dans un fcepticifme imbécille. Il n'y a plus de caractère de vérité fur la terre. Il n'y a plus de jufte et d'injufte.

par M. de *Morangiés*; on ne trouve pas malheureufement le plus léger indice de fubornation, de
féduction.

Enfin on prononce la fentence. Cette fentence
déclare d'abord que M. de *Morangiés*, mis en prifon
pour avoir fuborné des témoins, en eft parfaitement innocent, et qu'en conféquence il payera aux
du Jonquay trois cents mille livres qui font le fonds de
l'affaire avec les intérêts, plus vingt mille livres de
dépens, plus trois mille au cocher qui a dépofé
contre lui, plus quinze cents livres folidairement
avec les officiers de police; le tout fans dire un mot
de l'ufure ftipulée par *du Jonquay*, et puniffable par
les lois.

Et comme le juge reconnaît avoir emprifonné
injuftement M. de *Morangiés*, il le condamne à
garder prifon; en outre à être admonefté et à l'aumône, pour avoir ofé nier qu'un homme tout près
d'être reçu confeiller de la cour des aides ou du
parlement, lui ait apporté trois cents mille livres en
treize voyages; et ait fait cinq lieues à pied en un
matin, quand il pouvait porter cet or prétendu dans
un fiacre en un quart d'heure.

Ce n'eft pas tout; une pauvre fille, qui avait fervi
de faux témoin contre M. *Morangiés*, fe rétracte;
elle avoue fon crime. Son père avoue le crime de fa
fille, tous deux en demandent pardon à DIEU et
à la juftice. On ne les écoute pas. Ils ont demandé
pardon à DIEU trop tard. On les condamne au banniffement, non pas pour avoir fait un faux ferment
en juftice, non pas pour avoir calomnié l'innocent,
mais pour s'être repentis mal à propos.

Il faut avouer que si ce jugement d'un bailli subsiste, si M. de *Morangiés* est coupable, s'il a reçu en effet cent mille écus des mains du docteur ès lois *du Jonquay*, tout le monde doit dire avec un grand auteur très-sensé :

Le vrai peut quelquefois n'être pas vraisemblable.

Tout Paris aujourd'hui, toute la France s'élève contre cette sentence. On croit M. de *Morangiés* innocent, on le plaint autant qu'on s'était déchaîné contre lui ; toutes les opinions ont changé : tel est le petit et le grand vulgaire, tels sont les hommes : ils ont vérifié ce qu'avait dit un écrivain impartial, que M. de *Morangiés* pouvait perdre son procès sans perdre son honneur.

Ce qu'on peut conclure de cette affaire jusqu'à présent, c'est que rien n'est plus dangereux souvent pour les officiers du roi, que les négociations au troisième étage.

Celui qui a réclamé avec la hardiesse la plus intrépide contre cette sentence, est l'avocat du condamné. Il trouve dans ce jugement une foule de contradictions palpables et d'obscurités qu'il veut mettre au grand jour. Les oracles de la justice ne doivent être en effet jamais susceptibles ni de la moindre obscurité, ni de la contradiction la plus légère. Cela n'appartenait autrefois qu'à des oracles d'un autre genre.

Le zèle et l'indignation de cet avocat l'ont emporté jusqu'à dire que les juges n'ont écouté ni la raison ni la justice ; qu'il se regarde comme *Renaud* dans la forêt enchantée du *Tasse*, infectée par des monstres ; qu'il est *Curtius* se précipitant dans le gouffre pour le fermer, que son client est *Tantale* et *Orphée* dans les enfers, que les juges font les *Furies*, et qu'il prend à partie tous ces gens-là.

Les sept gradués qui ont jugé cette affaire en première instance, disent qu'ils ne font ni monstres, ni furies, ni même des imbécilles, qu'ils en savent autant que cet avocat qui répand sur eux tant de mépris, et qui leur fait tant de reproches ; que n'ayant nul intérêt à l'affaire, ils ont jugé suivant leur conscience et leurs lumières. Voilà donc un nouveau procès entre cet avocat et ces sept juges.

Les hommes impartiaux et judicieux disent : Ne prévenons point la décision du parlement ; ne nous hâtons point de prononcer sur une cause si compliquée, dont nous n'avons peut-être que des connaissances superficielles, puisque nous n'avons pas vu toutes les pièces secrètes, non plus que les avocats. (*f*) Le parlement ne jugera qu'avec bien de la peine sur des connaissances approfondies. Les magistrats du parlement sont les interprètes des lois, dont un tribunal inférieur doit être, dit-on, l'esclave. Il n'appartient qu'à eux de décider entre l'esprit et la lettre. La balance de *Thémis* n'a été inventée que pour peser les probabilités.

Les nations qui nous ont tout appris publièrent autrefois que *Thémis* était fille de DIEU, mais que la

_____

(*f*) Et pourquoi les pièces sont-elles secrètes quand les sentences sont publiques ? pourquoi dans Rome, dont nous tenons presque toute notre jurisprudence, tous les procès criminels étaient-ils exposés au grand jour, tandis que parmi nous ils se poursuivent dans l'obscurité ?

fille n'avait pas les yeux du père , qu'il voyait tout
clairement, et qu'elle ne voyait qu'à travers son bandeau, qu'il connaissait et qu'elle devinait. *Thémis* ,
selon cette mythologie sublime , remit sa balance et
son glaive entre les mains de vieillards sans passions,
sans intérêt, sans vice, (non pas sans défauts) exercés
dans l'art de fonder les cœurs, et de démêler les plus
grandes vraisemblances et les moindres. Retirés de la
foule, ils ne se montraient aux hommes que pour
apaiser leurs misérables différens , et pour réprimer
leurs injustices ; ils s'aidaient mutuellement de leurs
lumières, que la pureté de leurs intentions rendait
encore plus pures. La vérité était le seul trésor qu'ils
cherchaient sans cesse ; et avec tout cela ils se trom-
paient souvent , parce qu'ils étaient hommes, et que
DIEU seul est infaillible.

Ce qui pouvait les induire en erreur, ce n'était pas
seulement la mauvaise foi des plaideurs, c'était sur-tout
l'artifice des avocats. Autant les juges employaient
de lumières à découvrir la vérité , autant les cliens
assemblaient de nuages pour l'obscurcir. Ils se fesaient
un mérite, un honneur, un devoir d'égarer les juges
pour servir les accusés ; de-là est venue enfin la
défiance que les ministres de la justice ont aujour-
d'hui de l'éloquence, ou plutôt de ces fleurs de rhéto-
rique qui consistent dans l'exagération des plus minces
objets, et dans la réticence des faits les plus graves ,
dans l'art de tirer des conséquences qui ne sont pas
renfermées dans le principe, et d'éluder celles qui se
présentent d'elles-mêmes, dans l'art encore plus adroit
d'alléguer des exemples qui paraissent semblables et
qui ne le sont pas, dans l'affectation de citer des lois

détruites par d'autres lois, ou de les mal appliquer, ou de les corrompre, en un mot dans l'art de féduire. La plupart des magiftrats, dégoûtés de ces plaidoyers infidieux ne fe donnent plus la peine de les lire ; et c'eft encore un malheur ; car dans la foule de tant de raifons apparentes, d'objections bien ou mal faites et bien ou mal répondues, dans ces labyrinthes de difficultés, on peut trouver encore un fentier qui conduife au vrai.

Le parlement trouvera-t-il quelque vraifemblance dans la fable des cent mille écus ? les billets de M. de *Morangiés* l'emporteront-ils fur l'abfurdité de cette fable ? y a-t-il des cas où des billets à ordre, valeur reçue, doivent être déclarés nuls ? et l'efpèce préfente éft-elle un de ces cas ? les témoins qui ont dépofé une chofe très-probable en faveur de M. de *Morangiés*, détruiront-ils le témoignage de ceux qui ont dépofé une chofe très-improbable en faveur de *du Jonquay* ? écoutera-t-on la rétractation d'un faux témoin qui ne s'eft repenti qu'après la confrontation ?

Les attentions paternelles du magiftrat de la police à réprimer l'ufure et la friponnerie feraient-elles réputées illégales ? et l'aveu cinq fois répété d'un délit évident fera-t-il compté pour rien, parce que celui qui a arraché cet aveu des coupables n'a pas été affez inftruit des règles, et s'eft laiffé emporter à fon zèle ?

Un procès acheté par un inconnu, et pourfuivi par cet inconnu, aura-t-il auprès des juges la même prépondérance qu'aurait le procès d'une famille refpectable, jouiffant d'une renommée fans tache ?

Se pourrait-il qu'une foule de probabilités prefque
équivalentes

équivalente à la démonſtration, fût anéantie par des billets dont il eſt évident que la valeur n'a jamais été comptée ?

Qu'on mette d'un côté dans la balance les ſubti-lités, les ſubterfuges d'une cabale auſſi obſcure qu'a-charnée, et de l'autre l'opinion de celui qui eſt en France le premier juge de l'honneur ; ce premier juge a ſenti qu'il était impoſſible que le comte de *Morangiés* eût jamais reçu l'argent qu'on lui demande. Qui l'emportera de ce juge ſacré ou de la cabale ?

Enfin M. de *Morangiés* reconnu aujourd'hui inno-cent par toute la cour, par tous les hommes éclairés dont Paris abonde, par toutes les provinces, par tous les officiers de l'armée, ſera-t-il déclaré coupable par les formes ?

Attendons reſpectueuſement l'arrêt d'un parlement dont tous les jugemens ont eu juſqu'ici les ſuffrages de la France entière.

DÉCLARATION

DE M. DE VOLTAIRE,

SUR LE PROCÈS ENTRE M. LE COMTE DE MORANGIÉS ET LES VERRON.

Ma famille fut attachée à la famille de M. le comte de *Morangiés*. Mon père fut long-temps son conseil. Mais sans écouter aucune prévention, et étant absolument sans intérêt, je ne me déterminai à croire M. le comte de *Morangiés* entièrement innocent dans son étrange procès contre la famille *Verron*, qu'après avoir lu toutes les pièces et tous les mémoires contre lui.

Il me parut absurde et impossible qu'un maréchal de camp, qu'un père de famille, dont les affaires, à la vérité, sont dérangées, mais qui n'a jamais commis aucune action criminelle, eût conçu le projet extravagant et abominable qu'on lui impute. Non, il n'est pas possible qu'un ancien officier, qui n'a pas l'esprit aliéné et endurci dans la scélératesse, eût imaginé non-seulement de voler cent mille écus à une veuve nonagénaire, mais d'accuser la famille de cette veuve de lui avoir volé à lui-même ces cent mille écus, et de chercher à faire périr cette famille dans les supplices.

Il ne me paraissait pas dans la nature qu'un homme obéré, qu'on prétend avoir été tiré tout d'un coup par le sieur *du Jonquay* de l'état le plus cruel, et nanti par lui d'une somme exorbitante de cent mille écus, eût refusé de payer une somme légère à la courtière qu'on suppofait lui avoir procuré un argent fi inattendu. M. de *Morangiés* aurait eu l'intérêt le plus preffant à fatisfaire cette entremetteufe. Qu'on fe repréfente un homme tourmenté par le befoin d'argent, à qui une femme fait tomber tout d'un coup dans les mains cent mille écus, comme par enchantement, refufera-t-il, dans les premiers tranfports de fa joie et de fa reconnaiffance, une rétribution légitime à fa bienfaitrice ? Je foutiens que cela n'eft pas dans la nature humaine.

S'il avait reçu tant d'argent, et s'il avait formé le deffein coupable de ne point payer fon créancier, il n'avait qu'à garder paifiblement la fomme; il pouvait attendre, fans inquiétude, le temps des payemens, et renvoyer alors le prétendu prêteur à l'affemblée de fes créanciers, pour fe faire payer à fon rang comme il pourrait ; mais il ne fe ferait pas expofé à un procès criminel prématuré.

Il était donc de la plus grande vraifemblance que M. de *Morangiés* n'avait rien reçu, puifqu'il ofait foutenir un procès criminel contre ceux qui prétendaient lui avoir prêté.

D'un autre côté, la manière dont on alléguait qu'on lui avait fait ce prêt tenait de la fable la plus incroyable. De l'argent qui doit être toujours porté en fecret par *du Jonquay*, tandis que le lendemain matin le même homme donne au même M. de *Morangiés* de l'argent en public ; cent mille écus portés à pied en treize voyages, tandis qu'il était fi aifé de les porter en carroffe; une courfe de cinq à fix lieues, lorfqu'il était fi fimple de s'épargner

cette fatigue inouie ; tout cela eft tellement roma-
nefque, que quand je lus la réfutation de cette
aventure dans le plaidoyer de M. *Linguet*, j'eus
peine à me perfuader qu'on eût ofé propofer férieufement de telles chimères devant la première cour
du royaume, et qu'on eût abufé à ce point de la
patience des juges.

Ce fut pis encore, j'ofe le dire, lorfqu'on remonta
à la fource des prétendus cent mille écus en or
qu'une pauvre veuve, logée à un troifième étage,
et ayant à peine de quoi foutenir fa famille, avait,
dit-on, prêtés par les mains de fon petit-fils *du
Jonquay*, qui avait couru fix lieues à pied chargé de
ce fardeau. M. *Linguet* remarque fort bien que pour
prêter cent mille écus il faut les avoir. Le roman
de la fortune fi long-temps inconnue de cette veuve
Verron, me parut auffi étonnant que l'hiftoire des
treize voyages. On ne fefait voir aucune preuve,
aucune trace des origines de cette fortune fecrète,
qui formait un fi grand contrafte avec la pauvreté
de la famille. On m'affurait que la *Verron* était la
veuve d'un agioteur obfcur et mal-aifé de la rue
Quinquempoix, qui louait, à la vérité, un corps de
logis de 1050 liv., mais qui en relouait une partie,
et qui mourut infolvable, au point qu'on n'a jamais
payé les frais de l'inventaire fait à fa mort, frais
encore dûs au fucceffeur de ce même *Gillet*, notaire,
chez qui la veuve *Verron* prétendait avoir fait valoir
clandeftinement ces prétendus cent mille écus.

On m'avait écrit encore que ce *Verron*, qu'on
nous donnait pour un fameux banquier, avait
fait plufieurs métiers bien éloignés de la finance.

Qu'entre autres il avait été boulanger chez M. le duc de *Saint-Aignan*.

Je ne parlais d'aucune de ces anecdotes qui forment pourtant un très-puissant préjugé dans cette cause, parce que c'est à M. de *Morangiés*, qui est sur les lieux, à les vérifier et à en tirer avantage.

Je savais d'ailleurs que la famille *Verron* vivait très à l'étroit, et subsistait mesquinement d'un petit fonds que la veuve fesait valoir en prêtant, dit-on, sur gages par les mains des courtières. Je le savais par le rapport naïf d'un domestique d'un de mes neveux, M. de *Florian*, ancien capitaine de cavalerie au régiment de *Brionne*, qui était alors à Ferney, et qui y est encore. Ce domestique, nommé *Montreuil*, nous disait souvent qu'il connaissait ce *du Jonquay*; qu'il avait mangé plusieurs fois avec lui; que ses sœurs travaillaient, l'une en broderie, l'autre en linge, et vendaient leurs ouvrages. Ces discours toujours uniformes d'un ancien laquais me frappèrent; et enfin j'ai pris le parti de tirer de lui une déclaration authentique par-devant notaire.

L'an mil sept cent soixante et treize, le seize février, &c. en présence des témoins, a comparu Charles Montreuil, natif de Montreuil-sur-mer en Picardie, ci-devant domestique à Paris, et actuellement chez M. de Florian, ancien capitaine de cavalerie, lequel a déclaré qu'il a connu à Paris le sieur du Jonquay, avec lequel il a mangé plusieurs fois; qu'il logeait dans la rue Saint-Jacques avec sa grand'mère, la veuve Verron, laquelle prêtait de petites sommes sur gages, à deux sous par mois par vingt sous. Que la veuve Durand, courtière, proposa plusieurs fois à lui, Montreuil, de lui faire prêter par ladite Verron quelques petites sommes sur de bons effets. Que ledit du Jonquay avait deux sœurs qui travaillaient fort bien en linge et en broderie, et qu'elles avaient permission de leur grand'mère de vendre leurs ouvrages à leur profit, &c.

Signé NICOD, notaire.

Contrôlé à Gex, le même jour. LA CHAUX.

Toutes ces probabilités réunies fefaient fur moi la forte impreffion qu'elles doivent faire fur tout efprit impartial qui n'eft d'aucune faction, qui aime la vérité, et qui s'indigne contre l'injuftice. Dans ces circonftances M. le comte de *Morangiés* m'écrivit fouvent, et me fit tout le détail de fa malheureufe aventure. Il s'ouvrait à moi avec une confiance fans bornes ; et dans toutes fes lettres jamais je n'ai pu remarquer la moindre apparence de contradiction ; je voyais toujours un homme pénétré d'horreur en m'expofant les artifices employés pour le furprendre.

J'étais frappé de la contradiction énorme qui fe trouve dans le roman des cent mille écus, portés en or en treize voyages, le 23 feptembre 1771, et la promeffe de M. de *Morangiés* du 24, d'accepter les propofitions du prêteur, dès qu'il aurait reçu l'argent. Ce feul trait de lumière me femblait devoir deffiller tous les yeux. Il eft impoffible que M. de *Morangiés* ait reçu l'argent la veille, et qu'il ait figné le lendemain qu'il ferait fes billets dès qu'il aurait reçu l'argent.

Il me paraiffait fort naturel, et il me le paraîtra toujours, que le prétendu prêteur ait fait accroire, le 24, à M. de *Morangiés*, qu'il fallait qu'il lui confiât quatre billets de trois cents vingt-fept mille livres, y compris les intérêts payables à la veuve *Verron*. Il perfuada à M. de *Morangiés* qu'il avait en main une compagnie opulente qui avait des affaires avec cette veuve d'un prétendu banquier, et que dans peu de jours il lui apporterait l'argent fur des billets qu'il fallait montrer à cette compagnie. Pour mieux aveugler le comte de *Morangiés* par cette chimère incroyable, il lui prêta généreufement douze cents francs, dont le comte avait malheureufement un befoin preffant. Voilà les extrémités où des officiers fe réduifent tous les jours dans Paris, par l'obligation où ils croient être de foutenir un extérieur d'opulence.

Je fais quel befoin avait M. de *Morangiés* de ces douze cents francs. Il eft bien clair qu'il ne ferait pas venu les chercher lui-même à un troifième étage, s'il avait reçu environ cent mille écus la veille. Tout homme fenfé conclura de ce que M. de *Morangiés* courut chercher douze cents francs, le 24, qu'il n'avait pas touché trois cents mille livres, le 23. Cette faible fomme qu'on lui donnait acheva fon malheur.

Le comte crut qu'il pouvait confier fes billets à cet inconnu, comme on les confie à un agent de change. Il ne favait pas que la *Verron*, qui était alors dans une chambre voifine, était la propre grand'mère de *du Jonquay*. Ce font-là de ces tours qui font affez commüns dans toutes ces affaires obfcures et honteufes. Enfin il fut féduit, et il laiffa fes billets exigibles entre les mains de *du Jonquay*, fans en tirer de reconnaiffance. Voilà ce qu'il me mandait dans le plus grand détail. Ces démarches, cette conduite avec un inconnu, me paraiffent très-peu prudentes; mais il me paraiffait auffi fort vraifemblable qu'un officier obéré, tourmenté de fa fituation, fafciné par l'efpoir chimérique de poffèder bientôt cent mille écus en efpèces, eût été féduit par un fi grand appât. Je voyais bien que M. de *Morangiés* avait fait une très-grande faute de fournir de telles armes contre lui. Je le lui mandais; à peine en voulait-il convenir; mais plus la faute était grande, plus je voyais l'art avec lequel on l'avait fait tomber dans ce piége groffier.

Je demande à préfent à tous les avocats, à tous les juges, à tous ceux qui connaiffent le cœur humain, eft-il poffible que M. de *Morangiés*, que je n'ai jamais vu, ayant en fa poffeffion cent mille écus, m'eût écrit des volumes plus gros que toute la procédure, pour me perfuader qu'il ne les avait pas reçus? quel befoin avait-il de defcendre dans les plus petits détails avec un vieillard mourant qui demeure à cent vingt lieues de lui? Certes, s'il avait poffédé cet argent, il en aurait joui fans fe mettre en peine de mon opinion inutile.

Cette opinion reçut un nouveau degré d'évidence, quand j'appris qu'enfin *du Jonquay* et fa mère, qu'on nomme *Romain*, participante à toute cette affaire, avaient enfin tout avoué devant un commiffaire de police, qu'ils avaient reconnu et figné la fauffeté de l'hiftoire des cent mille écus, que tout était avéré. Ils firent cette déclaration étant libres chez ce commiffaire, et pouvant faire une déclaration toute contraire ; donc affurément la force de la vérité leur arrachait cet aveu.

Je n'examine point fi cet aveu eft revêtu de toutes les formes légales, et fi on peut revenir contre une déclaration fi authentique. Je m'en tiens à foutenir qu'il eft bien difficile qu'une mère et un fils, dans la fortune la plus ferrée, abandonnent tout d'un coup, d'un commun accord, leurs prétentions à une fortune de cent mille écus qui leur appartiendrait légitimement. Je préfume qu'il n'y a pas une feule famille dans le royaume qui fe dépouillât ainfi de tout fon bien par une déclaration chez un commiffaire. Je maintiens que des violences, des menaces, ne forceraient perfonne à confeffer que fon bien n'eft point à lui, fi les remords et le trouble qu'ils infpirent ne tiraient cette vérité du fond d'une ame coupable.

Du Jonquay et fa mère difent long-temps après : qu'ils n'ont tout avoué, tout figné chez un commiffaire, que parce qu'un commis de la police, nommé *Desbrugnères*, leur avait donné précédemment un coup de poing chez un procureur. C'était précifément cette raifon-là même, je le répète, qui devait les exciter à foutenir la légitimité de leurs cent mille écus chez le commiffaire. C'était là qu'ils devaient demander juftice contre ce commis : c'était là qu'ils devaient dire : Voilà l'homme qui nous a violentés, qui ne nous a parlé que de cachots, qui nous a battus pour nous dépouiller de notre bien ; nous voilà libres à préfent fous les yeux d'un premier juge. Nous fefons ferment que les cent mille écus nous appartiennent, et que ce commis a employé la force et la barbarie pour nous en dépouiller. Nous attestons les témoins qui nous ont vus porter notre or qu'on nous ravit. Nous demandons notre bien et vengeance.

Au lieu de prendre ce parti, que la nature dicterait aux hommes les plus faibles et les moins instruits, ils se taisent, ils ne citent aucun témoin en leur faveur; donc ils n'en avaient point trouvé encore. Ils ne se défendent pas, ils conviennent de leur délit, ils signent leur condamnation. Avant même de signer ils avouent tout, non pas d'abord au commis dont ils prétendent avoir été durement traités, mais à un clerc d'un inspecteur de police, nommé *Colin*, et au clerc du commissaire; ils confessent qu'ils ont trompé M. de *Morangiés*. La femme *Romain*, mère de *du Jonquay*, demande pardon à M. de *Morangiés*, et le conjure de ne la pas perdre. Ils font plus. Le lendemain étant en prison, ils écrivent à leur conseil pour redemander les billets qu'ils ont extorqués, et pour les remettre entre les mains de la police. Ils confirment l'aveu de leur délit. La grand'mère *Verron* vient dans la prison, et elle semble faire le même aveu tacitement à *Desbrugnères*, en recommandant ses petits-enfans à ses bons offices. *Du Jonquay* et sa mère renouvellent encore leur déclaration de la veille.

Voyez combien d'aveux! au sieur *Colin*, à un clerc du commissaire, à *Desbrugnères*, au commissaire, à M. de *Morangiés* lui-même dont ils ont imploré la miséricorde. N'est-ce pas la vérité qui a parlé? Et cette vérité serait anéantie sous prétexte qu'un homme réputé coupable a été menacé et saisi par ses boutons chez un procureur!

La manière dont on s'y eſt pris, pour tirer cette vérité de leur bouche, peut n'être pas dans la forme ordinaire de la juſtice réglée. Je ſais qu'on objecte que ce commis de la police les avait conduits et intimidés chez ce procureur qui n'était pas fait pour tenir audience; que ce commis trop zélé et trop vif n'a pas eu cette ſévérité tranquille et circonſpecte, ſi néceſſaire à quiconque agit au nom de la juſtice. Je veux croire enfin que toute cette affaire a été mal ménagée. Il en réſulte que plus on avait tranſgreſſé les règles, plus *du Jonquay* et ſa mère devaient éclater en plaintes, et non pas confeſſer leur délit : ils ſe ſont avoués cinq fois coupables, donc on pouvait croire qu'ils l'étaient; donc ils peuvent l'être encore aux yeux du public impartial, qui prononce ſuivant l'équité naturelle, qui n'écoute que les principes du ſens commun, et qui ne s'informe pas ſi les formalités des lois ont été bien ou mal obſervées.

On pouſſe aujourd'hui la chicane juſqu'à prétendre que les déclarations authentiques de *du Jonquay* et de ſa mère, ne peuvent être regardées comme des preuves par écrit, quoiqu'elles ſoient écrites; que *du Jonquay* n'eſt que témoin, quoiqu'il ait toujours été partie principale. Les honnêtes gens n'entendent point ces ſubtilités; il leur ſuffit que deux accuſés aient avoué cinq fois l'iniquité dont on les charge.

Enfin, le procès étant engagé en règle entre M. de *Morangiès* et la famille *Verron*, cette famille vend ſon procès au nommé *Aubourg*, (qu'on a cru un prêteur ſur gages, et qui eſt un homme inconnu) comme on vend une maiſon qui demande des réparations.

Le marché fait, la veuve *Verron* meurt ; et quelques heures avant sa mort on lui fait faire un testament, dans lequel elle contredit tout ce qu'elle et sa famille avaient soutenu auparavant. Elles criaient qu'en perdant ces cent mille écus, elles perdaient tout ce que la *Verron* avait jamais possédé. Elle articule, dans ce testament, qu'elle a donné deux cents mille francs à sa fille *Romain*, mère de *du Jonquay*, à cette même *Romain* qui à peine a de quoi subsister : voilà la *Verron* qui n'avait presque rien, et qui meurt riche, par son testament, de plus de cinq cents mille livres.

Ce tissu étrange de choses incroyables, qui se succèdent si rapidement, forme aujourd'hui un des procès les plus singuliers qui aient jamais occupé les tribunaux : c'est alors que pressé par des amis de M. de *Morangiés* j'écrivis, malgré ma répugnance et mon peu de capacité, dans l'absence de M. *Linguet*, quelques réflexions sommaires sur les probabilités en fait de justice, (*) sans y mettre mon nom, sans nommer même ni M. de *Morangiés*, ni ses adversaires, me tenant dans les bornes du doute, et cherchant la vérité. Mes doutes me conduisirent à reconnaître M. de *Morangiés* très-innocent.

Ce petit écrit simple, et sans aucun art, fit revenir en sa faveur plusieurs esprits prévenus. En ne décidant rien, je les persuadai. Je me gardai bien de prévenir orgueilleusement les décisions de la justice. Au contraire, je déclarai, et je dis encore, que j'écrivais pour le public, juge de l'honneur, et non pour

(*) On trouvera ces deux pièces ci-après.

les magiftrats, juges des formes, des procédures, et
de l'efprit de la loi.

J'obfervai, et j'obferve de nouveau, qu'on peut
gagner fon procès dans le fond du cœur de tous fes
juges, et le perdre très-juftement par un défaut de
formes. Il en était de même chez les Romains; et
c'était une maxime chez eux : qui viole les formes
perd fa caufe. Si vous avez payé votre créancier,
votre marchand, et que vous ayez oublié d'en tirer
quittance, vous êtes condamné juftement à payer
deux fois, parce que votre dette exiftante dépofe
contre vous. Si vous avez eu la dangereufe bonne-
foi de laiffer entre les mains d'un inconnu des promeffes fignées de vous, valeur reçue, fans en avoir
reçu la valeur, et fans avoir de contre-lettre, vous
pouvez être juftement condamné à payer ce que vous
ne devez pas, faute d'avoir obfervé une formalité
néceffaire.

Si deux témoins ou trompés, ou trompeurs,
perfiftent, uniformément à dépofer contre vous,
dans la crainte que leur impofe notre loi rigoureufe d'être punis s'ils fe rétractent après le récolement, vous êtes condamné quoiqu'évidemment
innocent.

Qu'un piqueur, et un homme à peu-près de cette
condition, il n'importe, tout eft égal devant la
juftice, aient vu quelques facs étalés fur une table,
et qu'on leur ait dit qu'il y avait cent mille écus,
qu'ils l'aient cru, qu'ils le croient d'autant plus qu'on
les a traités durement pour l'avoir dit, qu'ils prétendent avoir vu porter cet argent chez vous, qu'une
courtière, enfermée autrefois à l'hôpital, les encourage

ou non à cette dépofition, mais qu'on vous repréfente pour cent mille écus de billets fignés de vous
imprudemment le même jour ou le lendemain, vous
êtes condamné avec dépens, dommages et intérêts.
La juftice vous dit : Je ne juge pas les cœurs, je juge
les pièces du procès.

E S S A I

SUR

LES PROBABILITÉS

EN FAIT DE JUSTICE.

AVERTISSEMENT

DES EDITEURS.

L'IDÉE d'appliquer aux preuves juridiques le calcul des probabilités est aussi ingénieuse que l'exécution de cette idée serait utile. On sent qu'elle est encore trop nouvelle, trop éloignée des idées communes, trop propre sur-tout à faire sentir l'importance des lumières acquises par la méditation et l'étude des sciences pour n'être pas rejetée comme une de ces rêveries politiques qui naissent dans la tête des philosophes, et que les vrais hommes d'État ignorent ou méprisent.

M. de *Voltaire* jugeait autrement, mais étranger à l'espèce de calcul qui peut s'appliquer à ces questions, il n'a pu qu'indiquer la route qu'il fallait suivre ; et c'est dans cette vue seulement qu'il faut lire cet ouvrage.

Dans le calcul des probabilités on désigne la certitude par l'unité, c'est-à-dire, que l'on suppose égal à un le nombre des combinaisons possibles qui renferment l'événement dont on cherche la probabilité, ou dans lesquelles cet événement n'entre point ; la probabilité de l'événement, représentée alors dans une fraction, est le nombre des combinaisons dans lesquelles l'événement a lieu. Comme la probabilité est

indépendante

indépendante du nombre des combinaisons pour ou contre, mais dépend du rapport entre le nombre des combinaisons qui amènent l'événement, et le nombre des combinaisons qui ne l'amènent point, on a dû représenter le nombre des événemens par un nombre toujours constant, et on a choisi l'unité comme celui qui rendait les calculs plus simples.

Par exemple, avoir trois chances en sa faveur sur trente, ou trente sur trois cents, ou quarante-cinq sur quatre cents cinquante, c'est évidemment la même chose ; ainsi dans tous ces cas, regardant le nombre quelconque des chances comme l'unité, $\frac{3}{10}$ exprimera le nombre des chances favorables.

Lorsque le nombre des combinaisons en faveur de la vérité d'un événement est beaucoup plus grand que celui des combinaisons contraires, on dit que l'événement est probable. Plus le premier de ces nombres augmente par rapport à l'autre, plus la probabilité de l'événement est grande ; et on appelle certitude morale une probabilité telle, qu'on regarde comme impraticable d'en déterminer une plus approchante de l'unité, à laquelle on ne peut jamais atteindre si l'événement contraire n'est pas rigoureusement impossible.

Ces réflexions fuffifent pour montrer combien les expreffions, demi-preuves, quart de preuves font vides de fens, à quelles erreurs elles peuvent expofer; et que, pour fe permettre d'employer le langage arithmétique dans l'examen des preuves, il faudrait des connaiffances qui manquent à la plupart des jurifconfultes, et des recherches qui n'ont point été faites encore.

ESSAI

SUR

LES PROBABILITÉS

EN FAIT DE JUSTICE.

Presque toute la vie humaine roule fur des probabilités.

Tout ce qui n'eft pas démontré aux yeux, ou reconnu pour vrai par les parties évidemment intéreffées à le nier, n'eft tout au plus que probable.

J'ignore pourquoi l'auteur de l'article *Probabilité*, dans le grand dictionnaire encyclopédique, admet une demi-certitude. Il me femble qu'il n'y a pas plus de demi-certitude que de demi-vérité. Une chofe eft vraie ou fauffe, point de milieu. Vous êtes certain ou incertain. L'incertitude étant prefque toujours le partage de l'homme, vous vous détermineriez très-rarement, fi vous attendiez une démonftration.

Cependant il faut prendre un parti, et il ne faut pas le prendre au hafard. Il eft donc néceffaire à notre nature faible, aveugle, toujours fujette à l'erreur, d'étudier les probabilités avec autant de foin que nous apprenons l'arithmétique et la géométrie.

Cette étude des probabilités eft la fcience des juges ; fcience auffi refpectable que leur autorité même, puifqu'elle eft le fondement de leurs décifions.

Un juge paffe fa vie à pefer des probabilités les unes contra les autres, à les calculer , à évaluer leur force.

Dans le *civil*, tout ce qui n'eft pas foumis à une loi clairement énoncée eft foumis au calcul des probabilités.

Dans le *criminel*, tout ce qui n'eft pas prouvé évidemment, y eft foumis de même ; mais avec une différence effentielle. Quelle eft cette différence ? celle de la vie et dè la mort , celle de l'honneur de toute une famille et de fon opprobre.

S'il s'agit d'expliquer un teflament équivoque , une claufe ambiguë d'un contrat de mariage, d'interpréter une loi obfcure fur les fucceffions , fur le commerce , il faut abfolument que vous décidiez ; et alors la plus grande probabilité vous conduit. Il ne s'agit que d'argent.

Mais il n'en eft pas de même quand il s'agit d'ôter la vie et l'honneur à un citoyen. Alors la plus grande probabilité ne fuffit pas. Pourquoi ? C'eft que fi un champ eft contefté entre deux parties, il eft évidemment néceffaire , pour l'intérêt public et pour la juftice particulière , que l'une des deux parties pofsède le champ. Il n'eft pas poffible qu'il n'appartienne à perfonne. Mais quand un homme eft accufé d'un délit , il n'eft pas évidemment néceffaire qu'il foit livré au bourreau fur la plus grande probabilité. Il eft très-poffible qu'il vive fans troubler l'harmonie de l'Etat. Il fe peut que vingt apparences contre lui foient balancées par une feule en fa faveur. C'eft-là le cas, et le feul cas de la doctrine du probabilifme.

Si dans le fameux et trifte jugement contre *Langlade* et fa femme, on avait pefé probabilité contre probabilité, indice contre indice, un gentil-homme innocent ne ferait pas mort aux galères après avoir fubi deux fois la torture.

Les juges de Touloufe, qui condamnèrent *Calas* au plus horrible fupplice, devaient avoir certaine-ment plus de préfomptions de fon innocence que de fon crime.

Les juges d'un bailliage de Bar, qui firent périr, en 1768, un père de famille, un vieillard, nommé *Martin*, fur la roue, le condamnèrent fur les plus fauffes conjectures. Un meurtre et un vol s'étaient commis fur le grand chemin à quelques pas de la maifon de l'accufé ; on trouva fur le fable la trace de deux fouliers, et on conclut que c'étaient les fiens. Un témoin du meurtre fut confronté avec lui, et dit : *Ce n'eft pas-là l'affaffin.* — *Dieu foit loué!* s'écria le vieillard innocent, *en voici un qui ne m'a pas reconnu.* Le juge interprète ces paroles comme un aveu du crime. Il crut qu'elles fignifiaient : *Je fuis coupable et on ne m'a pas reconnu.* Elles fignifiaient tout le contraire ; mais la fentence fut portée, le condamné transféré à Paris, et le jugement confirmé à la tournelle ; dans un temps où de malheureufes affaires publiques ne permettaient pas un examen réfléchi des malheurs particuliers. L'innocent reconduit au bailliage de Bar fut exécuté, fon bien confifqué, fa nombreufe famille difperfée. Quelques jours après, un fcélérat condamné et exécuté dans le même lieu, avoua à la potence qu'il était coupable du meurtre pour lequel un père de famille très-vertueux avait été rompu vif.

Il est évident que le juge n'avait porté ce jugement affreux que parce qu'il avait très-mal raisonné.

La fatale méprise d'Arras est encore toute récente : elle criait vengeance. Le conseil d'Artois, réformé depuis, avait, en 1770 ; condamné un jeune homme très-estimable, nommé *Montbailli*, à mourir sur la roue, et sa femme, dont il était tendrement aimé, à être brûlée. *Montbailli* fut exécuté dans la ville de Saint-Omer. Le supplice de son épouse fut différé, parce qu'elle était grosse. On a eu le temps d'obtenir du chef éclairé de la justice, que le procès fût revu par le nouveau conseil d'Arras. Les deux époux ont été absous d'une voix unanime. La malheureuse veuve est revenue en triomphe dans sa patrie. Tout Saint-Omer a couru au-devant d'elle. On a allumé des feux de joie ; on a donné une fête à l'avocat qui a défendu l'innocence. Cette femme vit respectée, mais elle vit pauvre ; son vertueux mari a été roué, et les juges qui l'ont assassiné juridiquement restent tranquilles.

Il faut le dire, ces exemples étaient très-fréquens il y a quelques années : la justice était égarée hors de ses limites : l'attention portée aux affaires d'Etat, la précipitation, et je ne sais quel faux honneur attaché au désir secret de se rendre redoutables coûta la vie à plus d'un innocent ; et de cruels supplices suivirent de légers délits qu'une correction paternelle aurait suffisamment expiés. L'Europe en fut indignée, et n'en parle encore qu'avec une horreur douloureuse.

Un fameux procès civil et criminel attire à présent l'attention de toute la France. Il n'est fondé que sur des improbabilités. Les juges ne peuvent être

embarraffés qu'à découvrir quelle eft la plus abfurde.
Il n'eft pas queftion ici d'alléguer des lois qui fouvent
fe contredifent; de concilier des coutumes extraites
l'une de l'autre et oppofées l'une à l'autre; de
débrouiller les commentaires confus de quelque interprète obfcur d'une loi oubliée. Ce grand procès,
(fuppofé qu'il refte dans l'état où il eft) reffemble
à une énigme, dont le mot fera trouvé par la fagacité
des juges, après les plus pénibles recherches.

Une veuve obfcure, inconnue, logée dans la rue
Saint-Jacques à un troifième étage avec toute fa famille,
liée avec des courtières, dont une fut autrefois enfermée à l'hôpital; une veuve qui paraiffait tout au
plus jouir du néceffaire, accufe un homme de qualité,
un officier général, de vouloir lui voler cent mille
écus; et l'officier général accufe la femme et la famille,
de lui excroquer cent mille écus.

Dans le cours de ce procès la femme meurt, âgée
de quatre-vingt-huit ans; et avant d'expirer protefte
devant DIEU et par-devant notaire que les cent mille
écus ont été réellement prêtés à l'officier général.

Avant d'examiner les probabilités pour et contre,
dans cette affaire finguliere, commençons par rapporter un procès non moins étrange, qui occupa le
confeil de Bruxelles, en 1740 et 1741.

Hiftoire de la veuve Genep.

LA dame *Genep*, veuve d'un commis à cent écus
de gages dans le Brabant hollandais, envoie dire au
jéfuite *Yancin*, fon confeffeur, et procureur des jéfuites
de Bruxelles, qu'elle eft très-malade, et le prie de

venir vîte la confeffer. Le jéfuite arrive ; il la trouve agitée de convulfions, car il y en a dans Bruxelles comme dans Paris. *Mon père*, lui dit-elle, *vous avez, fans doute, placé avantageufement mes trois cents mille florins de Hollande.* (cela fait 640000 livres de notre monnaie.) Père *Yancin*, qui la crut en délire, lui répondit : *N'en foyez pas en peine : ne fongez qu'à votre ame.* — *Je veux favoir*, répliqua la dame en hauffant la voix, *fi les trois cents mille florins que je vous ai confiés font en fureté?* — *Eh ! oui, encore une fois, ma bonne ; calmez-vous.* — *Mais, mon père, trois cents mille florins en or font quelque chofe.* — *Je le fais : ce font des bagatelles qui ne doivent pas vous troubler. L'effentiel eft de fe confeffer et de faire fon falut.* — *Ah ! mon falut ; oui, je veux faire mon falut ; mais j'ai la tête fi bouleverfée de mes trois cents mille florins, que je ne me fouviens plus de mes péchés. Je ferai peut-être demain plus tranquille, et alors j'aurai la confolation de me confeffer.* — *A demain donc, ma chère enfant.* Il lui donne fa bénédiction et s'en va.

Il y avait derrière la tapifferie un notaire, un avocat et deux témoins, qui rédigeaient par écrit toute cette converfation. Ces meffieurs paffaient pour être des nouveaux difciples de S' *Auguftin*, qui n'étaient pas fâchés de procurer quelque humiliation falutaire aux difciples de S' *Ignace*. Le lendemain madame *Genep*, au lieu de fonger au facrement de pénitence, envoie un huiffier fommer fon confeffeur de fe juftifier de l'emploi de ces trois cents mille florins, ou de les rendre en efpèces fonnantes.

On peut juger quel bruit ce procès excita en Flandre, à Vienne et même à Rome. La fociété fe défendait, en difant qu'il était impoffible que madame

Genep, veuve d'un petit commis, eût jamais eu tant de florins. Madame *Genep* foutint qu'elle les avait légitimement gagnés *in*, *cum*, *fub*, M. le prince d'Orange.

Il y avait à cet aveu quelque probabilité. Madame l'archiduchesse, gouvernante des Pays-Bas, fut obligée de députer à M. le prince d'Orange pour le prier, avec tous les ménagemens possibles, de vouloir bien lui dire s'il avait poussé la générofité jusqu'à faire un fi beau préfent à madame *Genep*. Le prince répondit qu'il pouvait être tombé dans quelques péchés, qu'il ne fe fouvenait pas fi madame *Genep* en avait jamais augmenté le nombre, mais qu'il n'était ni affez riche, ni affez fot pour payer fi chèrement une paffade.

Pendant cette négociation, les cabales fe multipliaient à Bruxelles. On trouva un honnête fiacre qui dépofa qu'il avait mené madame *Genep* à la porte des jéfuites avec des facs pleins d'or. C'était apparemment un fiacre janféniste. Il jura que lui-même avait porté les facs dans la chambre de père *Yancin*, laquelle il dépeignit parfaitement; et il ajouta, avec la candeur de l'innocence, qu'il était tombé deux fois en fuccombant fous le fardeau.

A peine l'ambaffadeur, dépêché à la confcience de M. le prince d'Orange, fut-il de retour avec la déclaration qui n'était pas à l'avantage de madame *Genep*, que cette bonne femme mourut. Mais en mourant elle protefta que le père *Yancin*, lui devait légitimement trois cents mille florins.

Comment concilier la probabilité réfultante du certificat du prince d'Orange avec celle que fourniffait le teftament de mort de madame *Genep* ? Les héritiers de cette bonne femme n'osèrent poursuivre le procès, le fiacre janféniste s'enfuit ; les jéfuites gardèrent l'argent, fuppofé qu'il y en eût ; et ils ne gardèrent que leur innocence, fuppofé, comme je le crois, qu'ils ne fuffent point coupables. (a) On voit affez qu'il eft fouvent très-difficile de découvrir la vérité, foit qu'elle fe cache dans le fond d'un puits, foit qu'elle fe réfugie dans la chambre d'un jéfuite ou d'un janféniste.

Prenons maintenant nos balances pour pefer les vraifemblances entre la vieille pauvre veuve qui jure avoir prêté cent mille écus en or, et un maréchal de camp qui jure ne les avoir pas reçus.

Première probabilité en faveur de la veuve et de fa famille.

D'ABORD, Madame, (comme a très-bien dit l'avocat qui plaide contre vous) pour prêter cent mille écus il faut les avoir. Il n'eft pas à croire que vous euffiez cent mille écus en or depuis long-temps, en demeurant avec toute votre famille dans un galetas de la rue Saint-Jacques. Vous avez articulé une origine de cette fortune fecrète, mais vous n'en avez jamais apporté que des preuves un peu légères. Vous étiez la femme d'un pauvre agioteur de la rue Quincampoix, comme madame *Genep*, avec fes fix cents quarante mille livres mifes en dépôt chez les

---

(a) La même hiftoire eft racontée dans une lettre qui courut à Paris, mais avec des particularités un peu différentes. Il eft aifé de s'informer à Bruxelles du détail de cette étrange aventure.

jéfuites, était la femme d'un commis à cent écus de gages. Vous avez prétendu que fix mois après la mort de votre mari, votre ami *Chotard* vint vous apporter en fecret deux cents foixante mille livres en or et beaucoup de vaiffelle d'argent dans un galetas à 250 livres de loyer, où vous étiez retirée.

Mais, 1°. s'il eft prouvé que cet intime ami fi libéral eft mort chargé de dettes et infolvable, cela ne donne pas une grande probabilité à l'aventure de la vaiffelle et des deux cents foixante mille livres en or.

2°. Si cette donation fi fecrète était un fidéicommis de votre mari, vous étiez commune par votre contrat; la moitié vous appartenait : comment auriez-vous pu paffer fix mois fans réclamer cette vaiffelle et cet argent comptant ?

3°. Vous dites que vous fites travailler cet argent chez un notaire pendant vingt ans jufte. Mais il eft un peu extraordinaire que la veuve d'un agioteur mette fon argent à intérêt chez un notaire, encore plus fingulier qu'on n'en retrouve nulle trace.

4°. Vous dites qu'en 1760, ce notaire nommé *Gillet*, vous avait rendu votre argent avec l'ufure qu'il avait produite, et que vous l'emportâtes à Vitri, où cependant l'argent ne profite guère.

Mais on a prouvé qu'il n'y avait point de notaire *Gillet*, en 1760; que votre *Gillet* était mort auparavant, et qu'il n'y avait point de *Gillet* notaire depuis 1755. Vous avez donc menti, Madame. Ce n'eft pas un préjugé favorable pour votre caufe.

Malgré les terribles vraifemblances qui s'élèvent ici contre vous et les vôtres, il n'eft pas pourtant abfolument impoffible que vous ayez emporté environ trois cents mille francs en or de Paris à Vitri ; que vous les ayez rapportés de Vitri à Paris ; que vous n'en ayez jamais rien fait paraître ; et qu'à l'âge de quatre-vingt-huit ans vous les ayez prêtés à fix pour cent à un officier que vous ne connaiffiez pas, au lieu d'en acheter une charge de robe à votre petit-fils , et d'en faire un magiftrat, comme c'était votre intention, à ce qu'il dit. Il fe peut à toute force que vous ayez oublié que maître *Gillet* était mort avant 1760 ; que vous vous foyez méprife de date ; que vous ayez prêté à ufure votre argent, au lieu d'en acheter un habit et des chemifes à votre petit-fils que vous vouliez faire confeiller : tout cela eft phyfi-quement poffible, et n'eft point du tout probable. Mais, comme vous produifez des billets de cet officier, je fufpens mon jugement fur le roman que vous faites de vos aventures avec votre ami *Chotard* et votre notaire *Gillet*.

Seconde probabilité pour la vieille.

VOTRE petit-fils dit que vous lui confiâtes cet or pour le prêter à fix pour cent à un officier qui était mal dans fes affaires, et qui n'était connu ni de vous ni de lui. Cela eft encore poffible, quoique fort extraordinaire, et j'évalue cette poffibilité à... 1.

Troifième probabilité défavorable à la vieille.

VOTRE petit-fils prétend qu'il porta cet or à pied en treize voyages , de fon galetas chez l'officier.

Cela eft encore phyfiquement poffible et moralement ridicule. Il faut être fou pour porter tant d'or à pied en treize voyages, l'efpace de deux lieues et demie ou environ, et pour marcher cinq lieues, en comptant les retours, tandis qu'on pouvait aifément tranfporter cette fomme dans un carroffe de louage, ou dans celui de l'emprunteur. La vraifemblance pour vous eft ici zéro ; et la probabilité contre vous eft au moins......50.

Quatrième probabilité en faveur de la vieille.

ENFIN, vous avez des billets de cet officier, valeur reçue. La probabilité peut ici s'évaluer en votre faveur à 100.

Elle doit même être regardée en juftice comme une évidence entière, fans aucun examen, fi elle n'eft pas balancée par des probabilités oppofées, et plus fortes qui puiffent la détruire.

Voilà donc jufqu'à préfent *cent une* probabilités que je trouve pour la famille de la veuve contre le gentilhomme, officier général ; mais il en faut retrancher *cinquante* pour l'improbabilité des treize voyages, il ne refte plus que *cinquante-une* pour la famille.

Voyons celles qui militent en faveur de l'officier.

Première probabilité pour l'officier général.

SON avocat affure que, voulant emprunter de l'argent, il a employé une courtière qui eft morte pendant le procès ; que cette courtière était une

maquignonne d'affaires, qui prêtait et empruntait
fur gages ; qu'elle promit de lui faire négocier fes
billets, par le moyen de la veuve et de fon petit-fils,
lequel ayant travaillé chez un procureur, et ayant
fait fon droit, pouvait fervir dans cette négociation.
L'officier fit donc pour cent mille écus de billets
payables dans dix-huit mois à fix pour cent. Il donna
lui-même ces billets à la veuve chez elle, pour les
faire négocier par la courtière et par la famille de la
vieille. Il dit avoir eu l'imprudence de ne point tirer
de reconnaiffance de ces billets, qu'il fe contenta
d'une modique fomme de douze cents francs, en
attendant que ces billets fuffent négociés.

Il n'eft pas naturel, fans doute, qu'un officier, un
père de famille, âgé de quarante-cinq ans, dont le
bien eft en direction, foit affez neuf en affaires,
affez fimple, pour confier des billets d'une fi grande
importance fans en tirer un reçu. Et à qui les
confie-t-il ? à une veuve de quatre-vingt-huit ans,
qui peut mourir demain ; à un jeune inconnu, petit-
fils de cette veuve. C'eft tout ce qu'il aurait pu faire
s'il eût négocié avec le banquier le plus accrédité
de l'Europe. Auffi avons-nous compté pour 100 la
probabilité qui s'élève ici contre lui.

Mais, de cela même qu'il était environné de
créanciers, et que fon bien était en direction, il
réfulte qu'il était capable de cette inadvertance. Il a
pu fe faire illufion : il a pu fuppofer que le petit-fils
de fa prêteufe pourrait, de concert avec la courtière,
lui procurer fur ces billets quelque fomme d'argent,
dans l'efpérance de toucher un jour de lui 300000
livres. C'eft une fatale reffource ; mais elle eft très-

possible, et n'est que trop ordinaire à ceux qui sont chargés de dettes. Cette conjecture, assez plausible par les circonstances qui l'accompagnent, diminue un peu la force de l'extrême probabilité qui l'accable; je la diminue de *dix*.

La pauvre famille reste donc contre lui, tout compté, en possession de quarante et une probabilités.

Seconde probabilité en faveur de l'officier.

Il est avoué de part et d'autre que le lendemain du jour où le jeune homme prétend avoir porté cent mille écus en treize voyages, l'officier est allé lui-même au troisième étage de la veuve. Là, il lui a fait à son ordre des billets pour trois cents vingt-sept mille livres, en comptant les intérêts. Là, il a reçu de son petit-fils un sac de douze cents francs; et ces 1200 livres sont à compte de cette somme de 300000 livres qu'on doit négocier pour lui, et que le jeune homme dit avoir délivrée la veille, à douze cents francs près.

Voilà une preuve qu'il était inutile que le jeune homme eût fait cinq lieues à pied, comme un coureur, pour lui apporter cent mille écus en or. Il aurait pu très-aisément faire mettre cet or dans une cassette chez sa mère : la cassette eût été portée dans l'équipage de l'officier. Cette vraisemblance en sa faveur devient très-forte; mais elle est moindre que celle des billets qui parlent en justice. Je l'évalue à la moitié. Je comptais la probabilité extrême résultante de ces billets à 100, dont j'avais souftrait cinquante pour la chimère des treize voyages en

une matinée, il reſtait cinquante et une pour la famille.
J'en ai retranché dix en faveur de la probabilité que
l'officier n'a été qu'imprudent. Il ne reſte donc plus
que vingt et une probabilités pour les prêteurs, mais
rien pour le maréchal de camp.

Cependant la courtière qui a conduit cette étrange
affaire reçoit une lettre du maréchal de camp, dans
laquelle il lui fait entendre qu'elle ne ſera payée de
ſon droit de courtage que quand il aura touché cent
mille écus. Il eſt très-probable qu'on n'écrit point
une telle lettre, quand on peut être démenti ſur le
champ par cette courtière même, par toute la famille,
par ſes propres billets.

Il n'eſt pas vraiſemblable qu'un gentilhomme qui
a beſoin d'argent, et à qui une entremetteuſe vient
de faire compter trois cents mille francs en or, refuſe
vingt-cinq louis à cette entremetteuſe. Il ne paraît
pas même dans la nature que ce gentilhomme forme
le deſſein abſurde de nier un jour le prêt qu'il a
reconnu, ſi en effet il a reçu de l'argent.

Je mettrai cette vraiſemblance au niveau de tout
ce qui reſte en faveur de la famille, il y aura alors
égalité de vraiſemblance et d'incertitude. Ici la guerre
eſt déclarée.

Actions commencées en juſtice.

LA veuve et les ſiens commencent par préſenter
requête au lieutenant criminel. Elle ſe plaint que
l'officier ait ſéduit ſon petit-fils : elle avance que ce
jeune homme lui a porté tout ſon or : elle craint
qu'on ne la paye pas, attendu que l'officier vient
d'écrire

d'écrire qu'il attend ces cent mille écus, lesquels il a cependant touchés. Cette plainte peut être celle d'une partie qui craint d'être léfée ; elle peut être auffi la démarche prématurée, hardie et adroite d'une partie criminelle qui craint d'être prévenue.

De fon côté, l'officier court chez le lieutenant de police : il expofe à ce magiftrat qu'il a eu la confiance imprudente de donner à une femme de quatre-vingt-huit ans des billets payables à ordre, lesquels doivent être négociés ; qu'il n'a point reçu l'argent de fes billets, et que la famille de la veuve prétend les lui faire payer à l'échéance. Ainfi donc les deux parties plaident avant le terme. L'une dit : on abufe de mes billets et de mon imprudence ; l'autre crie : on me prend mon or. Chacun fe plaint d'être volé. A qui croire ? Le magiftrat de la police ne voyant de preuves ni d'une part ni d'une autre, conclut qu'il faut en chercher en tâchant de tirer la vérité de la bouche du jeune homme que l'hiftoire des treize voyages à pied lui rendait fort fufpect.

Il pouvait raifonner ainfi : ,, Voilà un gentilhomme ,, endetté qui paraît avoir fait des billets de 300000 ,, livres pour en tirer peut-être quarante mille ,, comptant dans l'incertitude d'être en état de les ,, payer ; il s'eft aveuglé, il a très-grand tort ; mais ,, fes adverfaires femblent avoir un tort plus funefte ,, et bien plus répréhenfible. ,,

Il pouvait intimider la vieille ; mais elle était trop affaiblie, et fon âge demandait des égards. Il imagine de faire examiner le petit-fils et fa mère, fille de la vieille, par un procureur accrédité en qui il a confiance, par un infpecteur de police intelligent et

par un commiffaire réputé très-fage. La courtière
pouvait donner les plus grandes lumières fur ces
obfcurités; mais la fatalité veut qu'elle meure dans
ce temps-là même. On ne peut donc rien démêler
dans ce labyrinthe que par les parties mêmes. Il eft
à croire que le magiftrat de la police, en donnant
audience à l'officier, a employé toute fa prudence
à découvrir s'il était de bonne ou de mauvaife foi,
et que fa longue expérience lui a fait conclure que
la famille du galetas devait être coupable; fans
quoi ce magiftrat lui aurait dit : *Vous avez fait des*
billets; payez-les à l'échéance. Il n'y a là ni matière à
procès ni objet de police. Mettons cette vraifemblance
pour *dix* en faveur de l'officier. Ainfi de ce chef il
aura *dix* fur fes adverfaires.

Les officiers de la juftice fe tranfportent au troifième étage, où demeure la famille accufée et accu-
fatrice; ils y voient l'ameublement de la pauvreté;
ils ne peuvent croire que des gens qui n'ont pas pour
cinquante louis de meubles, aient eu trois cents
mille francs à prêter à un militaire chargé publiquement de dettes. Les treize voyages leur paraiffent
fur-tout une fable abfurde. Il faut approfondir ce
myftère.

On mène doucement le petit-fils et fa mère chez
le procureur, à qui le lieutenant de police s'en rapportait, et on laiffe la grand'mère tranquille, fans
infulter à fon âge en l'effarouchant.

Le maréchal de camp, de fon côté, fe rend fecréte-
ment chez ce procureur. Jufque-là tout eft dans
l'ordre, et les deux parties conviennent de ces faits.

Les avocats de la famille du troifième étage difent

qu'on a cruellement maltraité la mère et le fils chez le procureur. Les avocats du gentilhomme le dénient. Aucune probabilité fur cet article. (*b*)

L'homme aux treize voyages à pied prétend que le procureur, dans un mouvement d'indignation, lui déboutonna fa vefte pour faire voir fa chemife fale et groffière, et lui dit : *Malheureux ! tu n'as pas de chemifes, et tu prétends avoir prêté cent mille écus ?*

Cette exclamation paraît à fa place, et ce raifonnement eft judicieux. Il eft probable qu'un homme qui difpofe de tant d'or a des chemifes : comme il eft vraifemblable qu'il ne fait point cinq lieues à pied pour aller hafarder cent mille écus.

C'eft une probabilité contre le jeune homme en faveur de l'officier plaignant : mais elle ne peut être évaluée à plus de quatre, parce qu'après tout le petit-fils d'une vieille femme qui a cent mille écus en or, peut n'en pas recevoir beaucoup de fa grand'mère. Ainfi l'officier aurait *quatorze* en fa faveur.

Enfin, après un long interrogatoire, après qu'on a mis en ufage les raifons et les menaces, la mère du jeune homme avoue le crime en pleurant ; elle confeffe qu'on n'a délivré que 1200 livres à l'officier, et que les treize voyages font une fable. Alors un commis de l'infpecteur de police fait mettre des menottes à fon fils qui fait le même aveu, et qui dit : *Je fignerai, fi l'on veut, que j'ai volé tout Paris.* Ce commis de police était-il en droit de charger de fers un docteur en droit ? eft-il permis de traiter ainfi un citoyen ? ce commis me paraît puniffable, mais enfin

_____

(*b*) Il eft à remarquer que les avocats des deux parties font diamétralement oppofés fur plufieurs faits effentiels, ce qui augmente l'incertitude.

le docteur en droit avoue ; et ces mots: *Je signerai,
si l'on veut, que j'ai volé tout Paris*, paraissent plutôt
les expressions d'un homme qui ne rougit de rien,
que celles d'un honnête homme indigné d'être accusé
d'un crime.

La mère et le fils sont conduits chez le commissaire,
qui passe pour un homme très-doux et très-sage : on
ôte les menottes au fils, et tous deux libres signent
devant lui leur condamnation. On les mène en prison, et la chose paraît juste. Détenus en prison, ils
renoncent d'abord à leur prétention chimérique ; ils
écrivent, dit-on, à un ancien avocat, leur conseil,
qu'ils se désistent. Les sœurs du malheureux vont
chez le même commis de police qui a intimidé leur
frère et leur mère ; elles implorent la pitié du magistrat
de la police dans une lettre qu'elles lui écrivent chez
ce même commis. Alors nulle probabilité en faveur
des accusés ; tout est contre eux, tout est pour le maréchal de camp. Plus de procès ; l'affaire est consommée.
Point du tout, on la fait revivre ; elle devient plus
violente et plus obscure qu'auparavant.

*Nouvelles probabilités contre la famille aux cent
mille écus.*

LE petit-fils et la mère, encouragés par un homme
qui fut autrefois avocat, rétractent leur aveu, et
reviennent contre leur signature. Ils soutiennent
qu'on les a violentés chez le procureur, qu'on les
a battus, qu'on les a menacés de la corde, s'ils ne
signaient pas. Ils crient qu'ils ont cédé à la tyrannie,

mais qu'enfin, ayant repris leurs sens, ils espèrent tout de la justice.

Ici le *calcul des probabilités* augmente contre eux. Vous prétendez avoir été maltraités, et vous signez chez un commissaire que vous méritez de l'être ! Vous dites qu'on vous a traités de coquins, et vous signez que vous êtes des coquins ! Vous criez qu'on vous a menacés de la corde, et vous signez que vous avez fait une action à vous faire pendre ! Et chez qui écrivez vous votre condamnation ? chez un commissaire honnête homme, à qui vous pouviez, au contraire, rendre une plainte juridique contre vos bourreaux qui vous ont fait (dites-vous) tant de violence. La crainte a arraché votre aveu, et conduit votre main ! Quelle crainte aviez-vous, si vous étiez innocens ? c'était aux suppôts de la police, à ces bourreaux volontaires de deux citoyens, à trembler. Ne sentez-vous pas qu'en les déférant à la justice, vous aviez pour vous tout Paris et toute la France ? Le peuple aurait voulu déchirer ces barbares. Leurs vexations étaient ce qui pouvait vous arriver de plus avantageux. Il n'y a pas un homme dans Paris qui, à votre place, eût été seulement tenté de faire le lâche mensonge que vous dites avoir fait. Quoi ! vous, docteur en droit, vous mentez pour vous couvrir d'opprobre, vous et votre aïeule et toute votre pauvre famille ! Vous vous calomniez exprès pour perdre cent mille écus que vous réclamiez ! vous vous calomniez pour vous perdre vous-même !

Cette probabilité contre vous et en faveur de votre adversaire est très-grande. Je l'évalue au double de

E e 3

la vraifemblance qui naiffait des billets de l'officier ,
c'eft-à-dire, à *deux cents*. Ainfi il a pour lui *deux cents
quatorze.*

Intervention d'un ancien tapiffier , folliciteur de procès, dans cette affaire.

UN folliciteur de procès , (je ne puis le nommer
autrement, puifqu'il follicite) un homme , dis-je, qui
n'eft ni parent ni ami de la famille, achète ce procès
de votre grand'mère , pour la fomme de cent quinze
mille livres qu'il doit prendre un jour fur les biens
reftans au maréchal de camp , s'il le gagne ; moyennant quoi il fe charge des frais. Voilà un étrange
marché. On dit que la feule conviction , la feule pitié
pour une famille opprimée , lui a fait entreprendre
cette action généreufe ; il ne fallait donc pas l'avilir
en prenant de l'argent. Si au contraire il en avait
donné , comme tant de perfonnes en ont prodigué
dans la cataftrophe des *Calas* et des *Sirven* , pour venger l'innocence évidemment reconnue ; il mériterait
l'eftime et la reconnaiffance de tout le public ; et la
probabilité pour la caufe de la famille augmenterait
confidérablement : mais fa conduite intéreffée, loin
de fortifier les vraifemblances , les diminue.

Toutefois il paraît qu'elle ne les diminue pas de
beaucoup ; car il fe peut que cet homme foit avide ,
et que la famille foit innocente. Il eft vraifemblable
fur-tout qu'il ait cru qu'en juftice réglée, des billets
payables à ordre l'emporteraient fur toute autre confidération ; qu'on jugerait au parlement comme on juge
aux confuls et à la confervation de Lyon ; que les

preuves teftimoniales ne feraient point admifes, quand les preuves par écrit parlent fi haut.

Que fait-il donc ? c'eft lui qui, avec un homme autrefois avocat, ranime le courage abattu du jeune homme et de fa mère qui ont fait l'aveu du crime à eux imputé ; c'eft lui qui les excite à renier cette confeffion extorquée par la violence. Il dreffe leur requête, il parle en leur nom, il les préfente au public et aux juges comme des victimes fous le couteau de la tyrannie ; il obtient leur élargiffement. Prefque toute la France éleve la voix avec lui pour une famille du peuple trompée, volée, opprimée par un homme qui n'a pour lui que fa qualité et des dettes. Ces dettes le rendent très-fufpect ; fa qualité ne lui fert pas de défenfe dans l'efprit d'une nation alarmée, qui a vu tant d'hommes indignes de leur nom fe déshonorer par des actions baffes et cruelles.

L'intervention de ce folliciteur ferait donc une grande probabilité pour les accufés, fi elle était gratuite ; mais étant mercenaire, elle femble être contre eux ; et tout ce qu'on peut faire de plus favorable pour eux, c'eft de ne la pas compter.

Mais il y a ici une réflexion importante à faire.

D'un côté, fi l'officier n'eft pas de bonne foi, il n'y a qu'un délinquant ; de l'autre, fi le jeune homme a trompé l'officier, il y a neuf criminels, lui, fa mère, fa grand'mère, fes deux fœurs, les deux témoins, le folliciteur qui achète ce procès, l'ancien avocat qui a fervi de confeil.

Mais de tous ces complices, il fe peut qu'il y en ait plufieurs de féduits et de trompés. L'ancien avocat, le folliciteur peuvent l'avoir été, les deux fœurs,

la grand'mère elle-même peuvent avoir été fubju-
guées par le jeune homme. Tout cela ne préfente
encore à l'efprit que de funeftes doutes. Mais d'un
côté neuf plaignans, et de l'autre un feul, femblent
diminuer les probabilités qui parlaient en faveur de
l'officier. Réduifons-les à cent cinquante.

Mort et teftament de la grand'mère pendant le procès.

Le calcul va bien changer. L'aïeule, fur qui
roule toute l'affaire, paye enfin le tribut à la nature;
elle reçoit fes facremens, et fait fon teftament le jour
même de fa mort.

Il n'eft point dit par fes avocats qu'elle ait fait
ferment fur l'euchariftie d'avoir prêté les cent mille
écus au maréchal de camp, mais elle le dit par fon
teftament; et cet acte, fait immédiatement après fa
communion, peut être regardé comme un ferment
fait à DIEU même. Cette probabilité, dépouillée de
toutes les circonftances qui pourraient l'affaiblir,
eft la plus forte de toutes: elle eft du double plus
puiffante que celle de l'aveu de la fourberie fait par
fa fille et par fon petit-fils, parce que cet aveu a pu,
à toute force, être arraché par des violences. Cet
aveu a été rétracté, et le teftament ne peut l'être.
Les dernières volontés d'une mourante, après avoir
communié, font affurément plus croyables qu'une
confeffion faite en tremblant devant un commiffaire.
Je n'héfiterais pas à faire valoir cette probabilité
au-deffus de toutes les vraifemblances qui dépofent
contre la famille.

Mais auffi pefons tout: confidérons qu'il y a plus
d'un exemple de fauffes déclarations de mourans.

Qui a cru tromper DIEU pendant fa vie peut croire le tromper à fa mort. Une femme qui prête à ufure au-deffus du taux du roi peut n'avoir pas la confcience bien délicate. Il paraît qu'elle a demeuré dans la rue Quinquampoix, à peu-près vers le temps du fyftême ; et cette rue n'était pas l'école de la probité.

Cette femme qui confirme par fon teftament la vente de fon procès pour (*) cent quinze mille liv. à un folliciteur, peut avoir été encouragée par ce folliciteur. Le foin de fa réputation et de fa famille peut l'avoir emporté dans fon cœur fur la crainte de DIEU même. Entre le malheur d'expofer fes enfans à des peines très-rigoureufes, et la hardieffe d'un menfonge, elle a pu ne pas balancer.

La *Genep*, dont nous avons parlé, fit une déclaration plus importante en mourant, et elle était fauffe.

Dans l'étonnant procès de la comteffe de S*t* *Géran*, la fage femme qui l'avait gardée, jura fur l'euchariftie, avant de mourir, que la comteffe n'avait point accouché. Et les juges n'eurent aucun égard à ce ferment.

Un nommé *Cognot* ayant affuré par fon teftament que celle qui depuis fe dit fa fille, ne l'était pas, ne fut point cru par le parlement.

Cérifantes inftitua dans Naples le duc de *Guife* fon exécuteur teftamentaire, il lui légua fa vaiffelle d'or,

(*) Les avocats ne font pas d'accord fur la fomme, ceux de l'officier général difent 115000 livres, les autres l'évaluent à 60000 livres ; mais il réfulte que ce procès a été vendu.

fes diamans à la duchesse de *Popoli*, vingt mille pif-
toles aux jésuites, trente mille à ses parens; il n'avait
rien.

On a vu cent testamens frauduleux depuis celui
de *Sir Ciapelletto*, jusqu'à celui de *Cérisantes*.

Pourquoi notre veuve affirme-t-elle dans ce
dernier acte que son petit-fils a porté 300000 liv.
en or en treize voyages? elle ne l'a pas vu, et cela
peut lui avoir été dicté par lui.

Sa déclaration ne rend pas les treize voyages de
son petit-fils moins ridicules; sa fille et son petit-
fils n'en ont pas moins avoué devant un commissaire un crime assez grand : la possession de cent mille
écus en or, sans en faire usage pendant plusieurs
années, n'en est pas moins improbable. Elle avait
tenu un appartement de mille livres dans la rue
Quinquampoix vers le temps du système, et immédiatement après la mort de son mari, elle prit un
logement de 250 liv. et ensuite un de 400 livres,
ce qui fait croire que son mari n'avait pas fait une
grande fortune, et que ces cent mille écus en or
pourraient bien être une fable.

Toutes ces vraisemblances, balancées avec son
testament, paraissent lui ôter beaucoup de son poids.
Ayant donc porté à *cent* contre la famille la valeur
de l'aveu fait par les accusés, je ne peux porter plus
haut la valeur du testament. En ce cas je réduirai à
cinquante les probabilités de l'accusateur.

Nouvelles probabilités à examiner dans cette affaire.

Il faut tâcher de pénétrer dans le myſtère d'iniquité qui paraît préſumable, mais qui eſt pourtant très-extraordinaire dans la famille accuſée, dans les témoins et dans ſes fauteurs.

Voilà un jeune homme, ſa mère et ſes ſœurs qui demandent juſtice à grands cris et qui diſent, on nous vole notre ſubſiſtance. Ils demandent vengeance de la cruelle perſécution qu'ils ont ſoufferte. Ils prétendent avoir été forcés par les menaces, par les coups, par les chaînes, à s'avouer coupables, lors même qu'on leur arrachait toute leur fortune. Les ſœurs elles-mêmes ſe plaignent que le commis de police, qui a extorqué un aveu de leur frère avec fureur, en a obtenu auſſi un de leur main par fourberie ; elles reviennent avec leur frère et leur mère contre cet aveu. Serait-il poſſible que quatre perſonnes ſi intéreſſées à nier une telle iniquité, l'euſſent confeſſée, ſi la vérité ne les y eût pas forcées ? Mais enfin elles prétendent qu'elles n'y ont été forcées que par la crainte. Il leur eſt permis de réclamer contre une charte privée, contre dix heures entières d'un interrogatoire illégal, contre l'autorité qui les a accablées. Le jeune homme ſans ſecours et ſans protection produit des témoins, et redemande ſon bien, le teſtament de ſa grand'mère à la main.

Allons pas à pas.

Quant au teſtament, il paraît qu'il ne prouve rien, parce qu'il prouve trop. La teſtatrice y articule cinq cents mille francs au lieu de trois cents mille.

Elle fuppofe, ou plutôt on lui fait fuppofer qu'elle a donné deux cents mille livres à fa fille, et on ne voit ni l'origine ni l'emploi de ces deux cents mille livres. Cela feul eft un puiffant indice que la tefta-trice était une fourbe, ou qu'on a fuggéré, et très-mal-adroitement fuggéré ce teftament à une femme de quatre-vingt-huit ans qui prétendait n'avoir jamais eu que ces cent mille écus de bien, et qui, en fe contredifant elle-même, prétend en avoir donné déjà deux cents mille autres. Si fa fille ne peut montrer devant les juges l'emploi de ces pré-tendus deux cents mille francs, il eft plus que probable que la mère a menti en mourant; et la fauffeté de ces deux cents mille livres eft la plus forte préfomption de la fauffeté des trois cents mille.

Mais le jeune homme aux treize voyages a pour lui des témoins et des fauteurs qui jufqu'à préfent n'ont pas paru fe démentir aux yeux du public, et qui, trop avertis du danger de fe rétracter, pourront ne fe démentir jamais.

On eft donc réduit jufqu'à préfent à pefer leur témoignage. L'un des témoins eft un cocher devenu piqueur, et chaffé de chez fon maître. Il dit avoir aidé à compter l'or, et à faire les facs que le jeune homme a portés chez l'officier. On prétend qu'il a été féduit par des promeffes d'argent, et par une courtière condamnée ci-devant à être renfermée à l'hôpital; mais il peut auffi n'être point complice; il peut n'avoir dépofé que ce qui lui a paru vrai; et, quoique fa condition et toutes fes démarches le rendent très-fufpect, on ne doit le juger coupable qu'après l'avoir convaincu.

Le second témoin qui dépose avoir vu, le 23 septembre 1771, porter l'or chez l'officier, était (à ce que l'on assure) ce jour-là même frotté de mercure dans la rue Jacob, chez un chirurgien. Il est bien aisé de savoir de ce chirurgien et de toute sa maison si ce malheureux put sortir avant ou après une pareille opération.

Or, s'il est vrai que ce témoin ait passé cette journée dans la maison où il subissait le grand remède, tout sera bientôt mis au grand jour. Un faux témoin en pourra faire découvrir un autre. On verra pourquoi un solliciteur de procès aura acheté cent quinze mille livres cette affaire criminelle comme on achète une métairie; pourquoi un homme qui fut autrefois avocat a déterminé le préteur et sa mère à revenir contre leur aveu et contre leur signature. Enfin la vérité sera connue.

S'il ne reste que des probabilités, que faire?

MAIS si les témoins vrais ou faux persistent; si l'une des deux parties s'obstine à dire : *J'ai prêté cent mille écus*, et l'autre à nier qu'elle ait reçu cet argent; si les preuves manquent, à quoi serviront les probabilités?

Certainement, s'il y a quelque chose de vraisemblable dans cette affaire, ce n'est pas qu'un officier général ait formé le dessein de voler une famille qui offrait de lui prêter de l'argent; qu'immédiatement après avoir reçu cet argent, il ait juré ne l'avoir point touché, lorsqu'il a signé qu'il l'avait touché: il n'est pas probable que, possesseur de tant d'or, il ait refufé de donner une légère rétribution à une courtière qui lui aurait en effet procuré trois cents mille livres, et que par ce refus étonnant il fe foit plongé dans un tel précipice.

Il eft bien plus naturel de foupçonner un jeune homme fortant de l'étude d'un procureur, affocié avec un cocher ; avec un homme plus vil encore, connu feulement dans cette affaire par une maladie honteufe ; avec un tapiffier devenu folliciteur de procès.

Si le public prononce entre des vraifemblances, il penfera que ce jeune homme fin et hardi a profité de l'imprudente facilité d'un officier qui a donné fes reçus en attendant fon argent.

Ajoutez à ces préfomptions l'abfurdité d'une fomme d'environ cent mille écus donnés autrefois à la grand'mère par un *Chotard*, mort infolvable, et remis à la même vieille par un *Gillet* qui n'exiftait plus. Joignez-y l'abfurdité ridicule de porter à pied, en treize voyages, une fomme confidérable et qu'on pouvait fi aifément tranfporter dans une voiture.

Ces probabilités, toutes puiffantes qu'elles font, ne font pas des preuves péremptoires pour les juges ; elles indiquent la vérité et ne la démontrent pas. On a vu même quelquefois cette vérité, qu'on cherche avec tant de foin, démentir, en fe montrant, toutes les vraifemblances qu'on avait prifes pour elle. Des billets à ordre en bonne forme font difparaître toutes les apparences contraires. Vous êtes d'un âge mûr, vous êtes père de famille, vous avez promis de payer trois cents vingt-fept mille livres valeur reçue. Payez-les, comme vous confentez de payer les douze cents francs que vous avez reçus du même prêteur.

La dette eft pareille; la loi eft précife. On ne plaide point contre fa fignature en alléguant de fimples probabilités.

Ceux qui font perfuadés que l'officier n'a point reçu les cent mille écus qu'on lui demande, avec l'intérêt ufuraire de 27000 liv. diront : Il eft vrai qu'en général on ne peut rien oppofer à une promeffe *valeur reçue;* ce mot feul eft la preuve légale de la dette. Mais, fi un homme a fait un billet valeur reçue de cent mille écus à un mendiant, fera-t-il obligé de les payer? non, fans doute. Pourquoi? c'eft que la loi ne juge une promeffe payable que parce qu'elle préfume l'argent reçu en effet. Or, elle ne peut préfumer que cette fomme ait été reçue de la main d'un mendiant.

Il s'agit donc ici de voir s'il eft auffi probable que l'officier n'a point reçu cent mille écus de la pauvre famille du troifième étage, qu'il ferait probable que cet autre homme n'aurait point touché ces cent mille écus de la main d'un gueux qui demandait l'aumône.

Voilà comme peuvent raifonner les partifans de l'officier.

Les partifans de la famille du troifième étage répondront que la comparaifon n'eft point admiffible, qu'on ne voit point de mendiant riche de cent mille écus, mais qu'on a vu plus d'une fois de vieilles avares pofféder beaucoup d'or dans leur coffre. Ils diront que la loi ne force perfonne à montrer l'origine de fa fortune; que la famille du prêteur n'a découvert la fource de fa richeffe que par furabondance de droit; que fi chaque citoyen était obligé de faire voir d'où il tient l'argent qu'il a prêté, on ne prêterait plus à personne, que la société serait diffoute. Malheur, diront-ils, aux imprudens majeurs qui font des billets à ordre mal à propos. Eût-on promis quatre millions à un pauvre de l'hôpital, valeur reçue, il faudrait les payer à l'échéance, fi on les avait.

Maintenant que penfera l'homme impartial et défintéreffé?

Ne croira-t-il pas qu'il faut une preuve victorieufe pour annuller des billets de 327000 liv. à ordre, et que les juges font ici réduits à forcer, par une enquête févère, les accufés à faire devant eux le même aveu qu'ils ont fait devant un commiffaire, c'eft-à-dire, de confeffer qu'ils n'ont jamais prêté cent mille écus?

Cet aveu arraché par la juftice eft-il la feule pièce qui puiffe détruire une promeffe par écrit?

Les avocats des deux parties fe contredifent hautement; l'un affure que la grand'mère était très-riche, qu'elle vivait avec fplendeur, qu'elle était fervie à Vitri en vaiffelle d'argent; que fon petit-fils a bien voulu faire cinq lieues à pied, pour porter cent mille écus fous fa redingote à un homme qu'il voulait obliger; que fes témoins font très-honnêtes gens, au-deffus de tout reproche; que leur follici-teur, qui a eu la complaifance d'acheter cet étrange procès en exigeant cent quinze mille livres, et de fe réduire enfuite à foixante mille, eft un très-rare exemple de génerofité; que les courtières qui ont conduit cette affaire font très-vertueufes.

L'autre protefte que la grand'mère fubfiftait de l'infame métier de prêter fur gages; que le jeune

homme

-homme aux treize voyages n'en a fait qu'un feul ; que fes témoins font de vils fripons ; que le folliciteur eft un homme qui prête fur gages ouvertement , et qui n'a offert fon miniftère à la vieille que parce qu'il eft du même métier qu'elle ; qu'il a été autrefois laquais , enfuite tapiffier , et qu'enfin les courtières avec lefquelles la famille prêteufe était liée , avaient une conduite digne de leur profeffion.

J'ajouterai qu'il y a préfentement dans ma maifon un domeftique de livrée , qui affure avoir dîné plu-fieurs fois avec le jeune homme aux cent mille écus , qui afpirait à une place de magiftrat. Il m'a dit devant témoins , que des deux fœurs de ce magiftrat , l'une travaillait en broderie pour les marchands du pont-au-change , l'autre était couturière , que la grand'mère prêtait fur gages par des tiers , mais que du refte il n'avait jamais entendu faire aucun reproche à la famille.

Parmi tant de contradictions , il eft évident que les interrogatoires peuvent feuls jeter du jour fur tant d'obfcurités.

Décidez , Meffieurs : vous êtes juftes , éclairés , appliqués et fages. Mais quelle pénible fonction de fe priver du fommeil et de toutes les confolations de la vie pour la confumer à réfoudre tous les pro-blêmes que la cupidité , l'avarice , la perfidie , la méchanceté accumulent continuellement fous vos yeux ! Vous feriez bien plus à plaindre que les plai-deurs , fi vous n'étiez foutenus par la nobleffe de votre miniftère.

NOUVELLES PROBABILITÉS

EN FAIT DE JUSTICE,

Dans l'affaire d'un maréchal de camp et de quelques
citoyens de Paris.

NON-SEULEMENT il s'agit dans ce procès
étonnant d'une somme de cent mille écus, sans
compter les frais immenses ; non-seulement l'affaire
est criminelle ; mais l'honneur y est en péril encore
plus que la fortune. C'est le public qui est juge souverain de l'honneur : il faut donc que le public soit
parfaitement instruit.

Tous les faits avancés par les avocats des deux
parties sont contradictoires, ils allèguent des raisons
non moins opposées ; il y a des témoins de part et
d'autre ; chacun des plaideurs traite les témoins qui
ne sont pas favorables de subornés et de parjures.
Les deux adversaires se disent l'un à l'autre : Vous
me volez cent mille écus.

Le prêteur crie à l'emprunteur : Je vous ai apporté
chez vous, le 13 septembre 1771, douze mille
quatre cents vingt-cinq louis d'or en treize voyages
à pied, pour rendre cette négociation secrète selon
vos vues ; j'ai couru pendant cinq lieues pour vous
donner tout le bien de mon aïeule.

C'est un mensonge aussi impudent que ridicule,
répond l'emprunteur : je n'ai reçu de vous que
douze cents francs, dans votre chambre ; c'était le 24
septembre.

Mais voilà vos billets à ordre fignés de vous, lui réplique le prêteur. Voilà plus encore, s'il eft poffible ; reconnaiffez cette promeffe que vous me fites, le 24 feptembre, d'accepter les conditions auxquelles je vous fefais prêter ces cent mille écus. Vous approuvâtes par écrit mon opération, vous vous engageâtes, ce jour du 24, à me faire vos billets dès que vous auriez reçu l'argent ; vous l'avez reçu ; ofez-vous bien réclamer contre vos deux fignatures ?

Votre fourberie eft auffi infolente qu'abfurde, répond l'emprunteur. Il eft impoffible que vous m'ayez compté cent mille écus, le 23 feptembre, comme vous le dites, fi je vous ai figné le 24 que je vous ferais mes billets dès que j'aurais l'argent, Cela feul manifefte votre manœuvre criminelle.

Le prêteur ne s'intimide pas. Il répond : Cette pièce ne peut me nuire, elle était reftée entre vos mains, c'eft vous qui l'avez remife entre celles des juges ; elle eft écrite par votre fecrétaire, et non par moi ; vous l'avez fignée du jour qu'il vous a plu. J'ai d'autres pièces affez victorieufes pour vous con-fondre ; j'ai vos quatre billets pour trois cents mille livres et les intérêts, à l'ordre de ma grand'mère : un maréchal de camp ne m'aurait pas fait ces billets s'il n'avait reçu la fomme, Ces titres inconteftables reçoivent un furcroît de force par les dépofitions de quatre témoins qui m'ont vu compter l'or, et le porter.

Il eft évident que ce font de faux témoins, lui dit le gentilhomme inculpé. Votre grand'mère, au profit de laquelle vous m'avez fait donner mes billets à ordre, m'était absolument inconnue; vous me dîtes dans votre chambre que cette femme était la veuve d'un banquier à laquelle une compagnie devait les trois cents mille livres que vous promettiez de me faire prêter. Vous étiez mon courtier, et non mon prêteur; vous m'avez trompé en tout; il se trouve que cette prétendue créancière d'une prétendue compagnie est votre grand'mère qui prête un peu d'argent sur gages, et que vous avez engagé toute votre famille dans votre fourberie.

Le prêteur insiste : Quoi ! vous ne me fites pas chez vous treize billets au nom de ma grand'mère, le 23 septembre, jour auquel je vous apportai dans mes poches douze mille quatre cents vingt-cinq louis d'or en treize voyages ! et le lendemain vous ne vîntes pas chez moi changer vos treize billets contre quatre autres que vous fîtes sur ma table ?

Rien n'est plus faux, ni plus mal imaginé, ni plus extravagant, ni plus incroyable, dit le gentilhomme; je vous ai fait chez vous, le 24 septembre, quatre billets montant à la somme de 327000 livres pour le principal et les intérêts; je vous confiai ces billets sur lesquels vous ne me les avez jamais donnés; vous ne pouviez jamais les avoir; vous me volez par une friponnerie avérée que vous déguisez par les plus grossiers mensonges.

C'est vous qui me volez indignement, réplique l'autre, et on voit plus de gentilshommes chargés de dettes trahir leur honneur, pour ne les point payer, qu'on ne voit de familles bourgeoises comploter de voler au péril de leur vie un gentilhomme, et sur-tout un gentilhomme obéré.

Ce procès étrange, entre un maréchal de camp et des citoyens obfcurs, devient bientôt une querelle entre la nobleffe et la bourgeoifie : tout Paris prend parti ; tous les efprits s'aigriffent ; plus on inftruit la caufe et plus les préventions, les contradictions, les animofités augmentent des deux côtés.

On recherche toute la vie de fon adverfaire, on ne convient fur rien ; on empoifonne toutes fes actions, on fe blanchit pour le noircir ; il y a pourtant de part ou d'autre une fraude manifefte ; tranchons le mot, un crime honteux. Les juges pourront prononcer feulement fur les pièces, fur les témoignages, fur la loi ; l'honneur eft d'une autre efpèce. Il dépend de l'opinion publique, et cette opinion ne peut être que le réfultat des probabilités.

Il fe peut qu'un homme foit juftement condamné par les lois à payer ce qu'il ne doit pas, fi on produit fes propres billets fignés de lui avec trop de facilité, fi des témoins ou trompés ou trompeurs perfiftent à le charger, et fur-tout fi, dans le cours de l'affaire, il a fait ou occafionné malheureufement quelques démarches contraires aux lois. Mais alors en perdant fon argent, il ne peut perdre fa réputation ; il ne portera que la peine d'une imprudence.

Réfumons donc ici les principales probabilités qui peuvent déterminer le public. Peut-être ces vraifemblances accumulées, et portées jufqu'à un degré approchant de la conviction, ne feront pas méprifées par les juges mêmes.

1°. Il paraît très-vraifemblable que ni le prêteur, ni fon aïeule, ni fa famille n'ont jamais pu difpofer de cent mille écus. On a vu de vieilles avares très-riches ; mais plus on eft avare, moins on prête tout fon bien à un militaire chargé de dettes. Une telle imbécillité ferait auffi incroyable que le roman de la fortune de cette grand'mère qui eft un principal perfonnage dans l'affaire.

2°. Ce jeune homme, fon petit-fils, qui prétend avoir prêté tout le bien de fon aïeule ; ce jeune homme achevant fon droit par bénéfice d'âge, paffant fa vie dans les falles d'armes et avec des gens de la lie du peuple, ne peut guère avoir eu affez de crédit pour faire prêter ces cent mille écus par d'autres.

3°. On allègue qu'il eft docteur ès lois, qu'il a été très-bien élevé et à grands frais, et que fon aïeule allait lui acheter une charge de magiftrat : mais quel magiftrat qu'un homme qui écrit ce qu'on va lire !

Il ne fera pas dit qu'un honnête homme comme moi paffe pour avoir efcroqué des titres qui ne lui font pas dus, et que pour le tout à droit de mon voifin le qualifiant de f... fripon on lui couperait le vifage. (a)

Monfieur, je vous prie de m'obliger de fuivre de point en point la lettre que j'ai eut l'honneur de vous écrire.

J'efper que quelque jour vous connoiteroit nôtre inno-cence, et que vous ne pouroit point vous empêché de me plaindre, &c. Vous verrez l'extirpation d'honneur que vous voulez me faire.

Vous ferez obligé de me réparer.

Vous cherchez a en paufer a une pauvre femme.

De telles expreffions, une telle orthographe ne font pas d'un homme élevé fi noblement, et qui pouvait

(a) Voyez les mémoires du fieur *la Ville.*

avoir une charge de confeiller au parlement, lorfqu'on les vendait encore. *Loquela tua manifeſtum te facit.* Et les habitudes, les liaifons d'un tel homme avec des cochers et des laquais, fuffifent pour le rendre très-fufpect. Il faut avouer que ces premières probabilités contre lui font affez fortes.

4°. L'hiftoire qu'il fait de treize voyages confécutifs à pied, pour porter fecrètement de l'or, le 23 feptembre, au même gentilhomme auquel il donne publiquement un fac d'argent le lendemain, eſt ſi dénuée de vraifemblance, ſi contradictoire, ſi oppofée au fens commun, ſi extravagante, qu'elle ne ferait pas foufferte dans le roman le plus ridicule et le plus incroyable. Cela feul peut indigner tout homme impartial qui ne cherche que la vérité.

5°. Quand l'officier général, qui s'eſt ſi triſtement compromis avec de tels perfonnages, qui s'eſt rabaiſſé jufqu'à s'expofer à recevoir des lettres offenfantes d'une courtière et de ce docteur ès lois, s'abaiſſe encore en allant implorer le magiſtrat de la police contre fes propres billets; quand les menaces des délégués de ce magiſtrat forcent le docteur et fa mère à faire l'aveu de leur crime; quand tous deux, fans être contraints, fignent chez un commiſſaire, que l'hiſtoire des treize voyages eſt fauffe; que jamais le gentilhomme n'a reçu les cent mille écus; qu'on ne lui a prêté que douze cents livres; alors tout femble éclairci. Il n'eſt pas dans la nature (je le répète ici) qu'une mère et un fils avouent qu'ils font coupables, quand un péril inévitable ne les y force pas.

Je veux que deux délégués de la police aient outre-paffé leurs pouvoirs; qu'un procureur nommé

pour examiner l'affaire et en rendre compte , se soit
érigé mal à propos en juge ; qu'il ait fait prêter ser-
ment ; qu'un autre officier de la police ait traité la
mère et le fils avec dureté , ils sont en cela très-
répréhensibles ; mais leur faute n'a rien de commun
avec le crime avoué par la mère et le fils. On s'est
écarté de la loi avec eux ; mais ils n'ont pas moins
fait leur aveu légalement devant un commissaire ; ils
ne l'ont pas moins fait librement ; ils pouvaient aisément protester devant ce commissaire contre les
vexations illégales de ces deux hommes sans caractère.
Plus on avait exercé contre eux de violences , plus ils
étaient en droit de demander hautement une justice
qu'on ne pouvait leur refuser.

Le fils et la mère disent qu'on les a battus chez
le procureur. Je veux que la chose soit vraie ; c'est
pour cela même qu'ils devaient crier à la tyrannie.
Quel est l'homme qui signera en justice qu'il est un
scélérat, parce qu'on l'a maltraité ailleurs ? quel homme
consentira à perdre librement d'un trait de plume
cent mille écus , parce qu'on aura précédemment
usé de quelque violence envers lui ? c'est à peine ce
qu'il pourrait faire s'il était appliqué à la torture.

Mais qu'une mère et un fils , un docteur ès lois,
signent ainsi leur condamnation quand ils sont innocens ; qu'ils se dépouillent eux-mêmes de tous leurs
biens , c'est de quoi il n'y a pas un seul exemple :
la force de la vérité , et le trouble qui suit le crime ,
peuvent seuls arracher un tel aveu.

Cet aveu juridique paraît être le dénouement
de toute l'affaire ; il ne peut avoir été dicté par cette
crainte que les jurisconsultes appellent *metus cadens in*

conflantem virum. Ce n'était qu'en niant leur crime, non pas en le confeffant, que la mère et le fils pouvaient fe mettre en fureté : ils n'avaient rien à redouter que leur propre confeffion, et ils la font ! tant le premier remords attaché au crime en préfence d'un feul homme de loi les a tranfportés hors d'eux-mêmes, et leur a ôté cette fermeté qui eft rarement inébranlable !

Ce qui doit fur-tout faire penfer que cet aveu était très-fincère, c'eft qu'il eft articulé expreffément par leurs avocats, que le docteur ès lois dit aux délégués de la police qui l'interrogeaient : *Je fignerai, fi l'on veut, que j'ai volé tout Paris.*

Certainement un tel difcours n'eft point celui de l'innocence : c'eft plutôt celui du crime et de la baffeffe. On ne dit point : *Je fignerai que j'ai volé tout Paris,* quand on peut fauver cent mille écus qui nous appartiennent, et échapper aux galères en ne fignant rien.

6°. Plufieurs jours après ils paraiffent avoir eu le temps de reprendre leurs efprits, ils fe font raffermis ; on leur a donné des confeils. On voit tout d'un coup paraître fur la fcène un nommé *Aubourg,* autrefois domeftique, puis tapiffier, et maintenant prêteur fur gages ; il achète de la grand'mère ce procès funefte ; il s'engage à le pourfuivre à fes frais. Ainfi dans toute cette affaire, il y a d'un côté des prêteurs et des prêteufes fur gages, des entremetteufes, des courtières ; et de l'autre eft un officier général endetté, qui cherchait à rétablir fes affaires par un emprunt. De quel côté eft la vraifemblance la plus favorable ?

· 7°. Le teſtament de la grand'mère du docteur ès lois, qui paraît au premier coup d'œil un témoignage terrible contre l'officier général, ſemble, quand il eſt examiné de près une nouvelle preuve du crime du docteur ès lois. La grand'mère avait dit auparavant, et ſon petit-fils l'avait dit avec elle, que ſa fortune entière conſiſtait en trois cents mille livres : on aſſurait que cette fortune venait d'un fidéicommis de ſon mari, et que ſon argent, auquel elle n'avait point touché pendant trente années, lui avait été remis par un nommé *Chotard*, qu'on prétend être mort inſolvable.

Cependant elle déclare dans ſon teſtament qu'elle a prêté et avancé à ſa fille, mère du docteur ès lois, deux cents mille livres argent comptant, outre ces cent mille écus qu'elle réclame.

Elle aſſurait avant ce teſtament qu'elle avait toujours caché ſon bien à ſa fille ; et maintenant voici deux cents mille francs qu'elle lui a donnés. On voit une femme qui ſubſiſtait à peine d'une induſtrie honteuſe, et qui meurt dans un galetas, riche de cinq cents mille livres au lieu de trois cents mille. Ou elle a menti toute ſa vie, ou elle ment à l'heure de la mort.

Elle déclare *qu'elle a prêté à l'officier général trois cents mille livres qui lui ont été portées en or, par ſon petit-fils, en pluſieurs voyages;* et cependant elle n'en a rien vu. Elle confirme le marché qu'elle a fait de ſon procès avec le nommé *Aubourg*, prêteur ſur gages : preſque tout ſon teſtament reſſemble à un plaidoyer dicté par une partie intéreſſée.

Cette pièce enfin, jointe à toutes les préfomptions contre la famille des accufés, femble mettre toutes les probabilités du côté de l'officier général, et contre les prétendus prêteurs.

Si tout cela n'eft pas une preuve demonftrative en juftice, c'en eft une très-forte en morale. Il n'y a, je crois, perfonne qui puiffe fe perfuader fur cet expofé que le maréchal de camp ait ourdi la trame la plus noire, pour voler trois cents mille livres à une pauvre famille, obfcurément reléguée dans un troifième étage de la rue Saint-Jacques. Pour que cet officier, cet ancien gentilhomme, ce père de famille, fût coupable d'une lâcheté fi atroce, il faudrait qu'il eût raifonné ainfi :

Je fuis endetté, je vais, pour me libérer, emprunter cent mille écus d'une famille qui paraît très-peu riche. Dès que je les aurai, je jurerai ne les avoir point reçus. J'accuferai la famille d'avoir exigé mes billets pour les négocier, et de ne m'avoir point donné d'argent. Je ferai mettre cette famille au cachot; je pourrai la faire punir d'une peine afflictive, et je jouirai de tout fon bien que je lui aurai volé. Pour mieux faire réuffir mon horrible deffein, je refuferai de payer cent écus à la courtière qui m'aura fait prêter cette fomme immenfe : par-là je la foulèverai contre moi, et je m'expoferai à être perdu.

Il ne paraît pas poffible qu'un homme qui n'a pas l'efprit aliéné conçoive un projet fi fou, et qu'un homme qui n'a jamais commis de crime commence par un crime fi infame.

Une telle démarche aurait été auffi inutile qu'abominable et dangereufe. S'il eût en effet touché cent

mille écus, il n'avait qu'à les garder, fe taire, et
ne les point payer à l'échéance, quitte pour dire enfin
au docteur ès lois : Mon bien eſt en direction, pour-
voyez-vous envers mes autres créanciers, vous ne
pouvez être payé qu'après eux.

Cette marche était ſimple, aiſée et ſûre, s'il avait
voulu agir avec mauvaiſe foi. Il ſemble évident qu'il
ne peut être coupable de la manœuvre déshonorante
et abſurde dont on l'accuſe.

Comment donc cette querelle ſi funeſte a-t-elle pu
s'élever ? comment ce procès ſi compliqué a-t-il pu ſe
former ? ne pourra-t-on pas enfin trouver la ſolution
de ce problême ?

Voici comme il ſemble que tout s'eſt paſſé. Ce
gentilhomme cherche à emprunter de l'argent, il
met en campagne des courtières. Une d'elles, qui
eſt liée avec la grand'mère du docteur ès lois,
s'adreſſe à lui. Celui-ci prête douze cents francs à
l'officier qui en avait un beſoin preſſant, et lui fait
eſpérer de lui négocier cent mille écus. Donnez-moi
vos billets, lui dit-il, vous ne payerez que ſix pour
cent d'intérêt, et dans quelques jours vous aurez
votre argent.

Le gentilhomme, aveuglé par cette promeſſe,
prend le jeune docteur ès lois pour un homme
ſimple, il l'eſt lui-même ; il ſigne ſa ruine dans
l'eſpérance d'avoir de l'argent. Au bout de deux
jours il entre en défiance. Le docteur qui en eſt inſtruit, et qui craint la police, n'a d'autre reſſource
que de la prévenir. Il s'adreſſe, lui et ſa grand'mère,
au lieutenant-criminel. Cette démarche même paraît
celle d'un homme égaré, car il demande qu'on

faififfe chez l'officier les cent mille écus qu'il dit avoir prêtés : mais de quel droit peut-on faire faifir un argent dont le payement n'eft pas échu ? Et fi l'officier veut abufer de cet argent, s'il l'a détourné, comment le trouvera-t-on ?

Le gentilhomme, de fon côté, dès qu'il eft fûr que le docteur l'a voulu tromper, court chez le lieutenant de police, et demande qu'on oblige les délinquans à reftituer des billets dont ils n'ont point donné la valeur. Toute cette marche eft naturelle, et s'explique aifément.

L'autre au contraire eft incompréhenfible. Il faut fuppofer d'abord cent mille écus donnés fecrètement à une pauvre femme depuis plus de trente ans, cachés pendant tout ce temps à une famille entière, tirés enfin d'une armoire, prêtés au hafard à un officier chargé de dettes.

Le docteur a fait environ cinq lieues à pied, pour porter cette fomme en fecret à un homme qu'il n'a vu qu'une fois. Enfin ces cent mille écus, fi long-temps ignorés, fe trouvent tout d'un coup portés à cinq cents mille livres par le teftament de la grand'mère. De ces cinq cents mille livres, il y en a eu deux cents mille données à la mère du docteur, laquelle n'a pas de quoi vivre, et dont les filles gagnent leur vie par leur travail. Tout cela eft fi fottement roma-nefque, et d'une abfurdité fi révoltante, qu'il n'y a pas moyen de l'examiner férieufement.

L'honneur de l'officier paraît donc à couvert aux yeux de tout homme qui ne juge que fuivant les lumières de la raifon.

Il n'en est pas de même de la justice ; elle a nécessairement ses formes et ses entraves. Il faut des interrogatoires réguliers ; de faux témoins préparés de longue main peuvent ne se pas démentir. L'officier a fait des billets payables à ordre : et quand les juges seraient persuadés de son innocence , ils seraient forcés peut-être de le condamner à payer ce qu'il ne doit pas.

Il est vrai qu'il y a signature contre signature , preuve par écrit contre preuve par écrit. Il est vrai même que l'aveu du crime , signé par la mère et par le fils, a plus de poids dans la balance de la raison et de la simple équité , que n'en ont les billets du maréchal de camp ; car il est très-naturel qu'un officier ébloui de l'espérance de rétablir sa maison, et sachant que la coutume est de confier aveuglément ses billets aux agens de change accrédités , en ait usé de même avec un jeune homme dont l'âge lui inspirait quelque confiance , et qui lui prêtait même douze cents francs pour le mieux tromper. Mais assurément il n'est point vraisemblable que la vieille grand'mère ait eu cent mille écus par fidéicommis ; qu'elle les ait gardés plus de trente ans sans les placer ; qu'elle les ait prêtés à un officier sans le connaître ; que son petit-fils les ait portés à pied en treize voyages l'espace de cinq lieues, &c.

Il se pourrait à toute force que le juge , obligé de décider, non sur ces raisons, mais sur des billets en bonne forme , sur les dépositions de témoins aguerris , qui ne se démentiraient pas , condamnât malgré lui le maréchal de camp. Mais il paraît que le public éclairé doit l'absoudre , puisque ce public eft le feul juge qui préfère le fond à la forme. Si l'officier eft condamné, il ne le fera que pour l'imprudence avec laquelle il a remis pour cent mille écus de billets, avec les intérêts à fix pour cent, entre les mains d'un jeune inconnu, fans crédit et fans aveu, comme s'il les avait confiés à l'agent de change le plus opulent et le plus accrédité de Paris. C'eft une faute d'attention; mais elle eft celle d'un cœur noble: c'eft l'imprudence d'un moment; mais elle ne peut déshonorer perfonne. Il eft même encore très-poffible que la juftice prononce comme le public: il eft vrai-femblable qu'elle trouvera dans la forme, comme dans le fond, de quoi juftifier l'officier.

L'auteur de ce petit écrit n'a nul intérêt dans cette affaire. Il n'a jamais vu aucune des parties, ni aucun des avocats; mais il aime la vérité. Il eft indigné de toutes les calomnies fous lefquelles il a vu fouvent fuccomber l'innocence. Il croit qu'un honnête homme ne peut mieux employer fon loifir, qu'à démêler le vrai dans une affaire qui eft fi effentielle pour plu-fieurs familles, fur-tout pour une maifon qui a fi long-temps fervi le roi dans fes armées. Il a tâché de réfoudre un problême difficile; et certes ce problême eft plus important que plufieurs queftions de philo-fophie, dont il ne peut réfulter aucune utilité pour le genre humain.

RÉPONSE

A L'ÉCRIT D'UN AVOCAT,

INTITULÉ : *Preuves démonstratives en fait de justice.*

Un avocat qui ne se nomme pas, et c'est un funeste préjugé contre lui, écrit un libelle diffamatoire contre M. de *Morangiés* et contre moi, sous ce titre moins modeste que le mien : *Preuves démonstratives*, &c. libelle dans lequel assurément rien n'est démontré que le désir cruel de diffamer et de nuire. Il me demande de quel droit j'ai écrit en faveur de M. de *Morangiés*. Je lui réponds : Du droit qu'a tout citoyen de défendre un citoyen ; du droit que me donne l'étude que j'ai faite des ordonnances de nos rois et des lois de ma patrie ; du droit que me donnent des prières auxquelles j'ai cédé, de la conviction intime où j'ai été et où je suis jusqu'à ce moment de l'innocence de M. le comte de *Morangiés* ; de mon indignation contre les artifices de la chicane, qui accablent si souvent l'innocence. Je pouvais, monsieur, exercer comme vous la noble profession d'avocat. Je pouvais même être votre juge, ainsi que le font mes parens. Si j'ai préféré les belles-lettres, ce n'est pas à vous qui les cultivez à me le reprocher.

Oui, monsieur, je crois M. de *Morangiés* malheureux et innocent, peut-être mal conseillé d'abord dans cette affaire épineuse ; peut-être inconsidérément servi par un commis de police trop livré à son zèle ;

zèle ; ayant contre lui la famille entière *Verron*, et tous ceux qui ont pris le parti de cette famille , et une faction nombreufe. Mais pourquoi le chargez-vous d'injures et d'opprobres avant le jugement ? Pourquoi dites-vous d'un maréchal de camp (page 51) *qu'il n'eſt qu'un fourbe mal-adroit, et qu'il n'a reçu de la nature que de médiocres diſpoſitions pour être fauſſaire?*

Pourquoi lui dites-vous : (page 55) *Vous mentez impudemment ?*

Et dans la même page, qu'il *ameute toutes les bouches impures qui veulent le ſervir?*

Pourquoi enfin pouffez-vous l'atrocité, (page 86) jufqu'à vous fervir deux fois du terme de fripon? Il était, dites-vous, un *fripon*, *de ſon aveu et du mien.* Quoi ! vous qui n'auriez pas eu la hardieffe de lui manquer de refpect en fa préfence , vous lui dites dans un libelle ces odieufes injures que vous tremblez de figner , et vous faites confulter ce libelle comme l'ouvrage d'un avocat ! Ainfi vous offenfez doublement l'honneur de votre corps en n'ofant pas paraître , et en ofant fouiller de ces infames opprobres un mémoire que vous rendez juridique, en l'appuyant d'une confultation.

Vous ne vous contentez pas de cet excès qui fait tant de tort à votre caufe ; vous joignez ce que la bouffonnerie a de plus vil à ce que l'emportement a de plus groffier.

Vous commencez dans une affaire capitale , où il s'agit de l'honneur et de la fortune de deux familles, et peut-être des peines les plus rigoureufes ; vous commencez, dis-je , par annoncer que *vous ne dînez point chez Fréron ;* vous plaifantez fur les *Calas* et fur

Lavaiſſe : quel ſujet de raillerie ! Vous prenez *Lavaiſſe* pour le gendre de *la Beaumelle*, ſans être le moins du monde au fait des choſes mêmes dont vous parlez, et que vous voulez tourner en ridicule. Vous prenez des pirates pour des corſaires ; vous me faites dire ce que je n'ai jamais dit ; vous raillez indécemment ſur l'affaire criminelle la plus ſérieuſe ; vous transformez le ſanctuaire de la juſtice, tantôt en un canton des halles, tantôt en un théâtre de la foire. Ce n'eſt pas ainſi qu'en a uſé M. *Vermeil*, le véritable avocat de la cauſe dans laquelle vous vous êtes intrus pour la gâter.

Quoi ! Monſieur, vous voulez intéreſſer pour le ſieur *du Jonquay* ; vous voulez arracher des larmes en faveur d'un homme que vous peignez vertueux et opprimé, et vous le faites parler comme un farceur qui cherche à faire rire la canaille ! Ah ! Monſieur, ſouvenez-vous qu'il faut avoir le ſtyle de ſon ſujet : c'eſt un devoir qui eſt bien rarement rempli. Songez qu'*Horace* n'a point dit : *ſi vis me flere, ridendum eſt primùm ipſi tibi.*

On vous pardonnerait de déguiſer des faits peu favorables, d'eſſayer de faire valoir les choſes les plus frivoles, de répondre par des parallogiſmes ridicules aux raiſons les plus ſolides ; de crier que vous avez prouvé ce que vous n'avez point prouvé, et que vous avez détruit ce qui n'eſt point détruit. Vous pouvez donner au menſonge l'air de la vérité, et à la vérité les couleurs du menſonge, vous épuiſer en vaines déclamations ſur des faits qui n'ont aucun rapport au fond de l'affaire, et courir rapidement ſur les faits les plus graves qui dépoſent contre vous.

Cette méthode n'eft pas honorable, fans doute ; elle eft tolérée pour le malheur des hommes. Mais j'ofe dire que nous retombons dans les fiècles de la plus épaiffe barbarie, s'il eft permis déformais de fouiller le barreau par des injures et par des farces. La juftice tranquille et févère, affife fur le trône de la vérité, veut que tous ceux qui participent en quelque forte à fon miniftère augufte, tiennent quelque chofe de fa gravité et de fa décence.

Vous avez voulu, dans cette caufe, foulever le peuple contre la nobleffe, et en faire une affaire de parti ; vous avez voulu peindre un gentilhomme qui fe plaint d'avoir été furpris, comme un tyran appuyé du pouvoir defpotique pour opprimer de pauvres innocens. Vous vous y êtes bien mal pris. Il fe trouve, par votre mémoire, que c'eft l'homme de qualité qui eft opprimé, et que ce font les pauvres citoyens qui infultent. Je vois que dans cette affaire on affecte d'envifager M. de *Morangiés* comme un homme puiffant qui accable du poids de fa grandeur une famille obfcure. M. de *Morangiés* eft bien loin d'être un homme puiffant ; c'eft un brave gentilhomme, un bon officier comme tant d'autres ; et, dans de telles affaires, c'eft le peuple qui eft puiffant, c'eft lui qui s'ameute, c'eft lui qui crie, c'eft lui qui foulève mille praticiens, c'eft lui qui fait retentir mille voix : les gens de qualité fe taifent.

M. de *Morangiés* eft très-malheureux, fans doute, de s'être humilié jufqu'à recevoir des lettres infultantes d'une courtière et de *du Jonquay*. Il eût mieux valu cent fois vivre obfcurément dans une de fes terres jufqu'au payement de fes dettes : que dis-je ?

il eût mieux valu vivre de pain de munition fur la frontière, dans une garnifon, que d'avoir quelque chofe à difputer avec des prêteufes fur gages, et de chercher en vain dans Paris de malheureufes ref- fources qui finiffent toujours par ruiner un homme de qualité.

Mais M. le comte de *Morangiés* eft encore plus à plaindre de s'être expofé à effuyer de vous des opprobres que votre fang ne réparerait pas.

Quoi qu'il en foit, Monfieur, attendons vous et moi, refpectueufement le réfultat des interrogatoires et de toute la procédure. Quelque jugement qu'on porte, il fera jufte, parce qu'il fera fondé fur la loi. Un arrêt nous révélera peut-être ce que font devenus ces cent mille écus, donnés autrefois fecrètement à la veuve *Verron* par un banqueroutier, tranfportés fecrètement à Vitry-le-Brûlé par la veuve, reportés fecrètement de Vitry dans la rue Saint-Jacques, et portés à pied fecrètement chez M. de *Morangiés*. Je foufcris d'avance à l'arrêt que le parlement pro- noncera. Si M. de *Morangiés* eft déclaré convaincu et coupable, je le crois alors coupable. Si fes adver- faires font déclarés innocens, je les tiens innocens.

Mais je foutiendrai toujours qu'il ferait poffible que M. de *Morangiés* fût condamné juftement par les formes à payer les cent mille écus et les dépens, quoi- qu'il ne dût rien dans le fond; au lieu qu'il eft impoffible que les *Verron* foient difculpés, s'ils font condamnés. D'où vient cette grande différence entre M. de *Morangiés* et fés adverfaires? La voici.

C'eft que M. de *Morangiés* a fait malheureufement des billets d'une forme très-légale qui parlent contre lui. Et fi le défaveu de *du Jonquay* et de fa mère a été fait dans une forme illégale, fi des témoins intéreffés perfiftent dans leurs témoignages, toutes les apparences font alors contre M. de *Morangiés*, quoique le fond de l'affaire foit pour lui. Le roman des cent mille écus de la *Verron*, foutenu par les formes, l'emportera fur la vérité mal conduite; ce qui ferait un grand et fatal exemple.

Si, au contraire, la famille *Verron* perdait fon procès, elle le perdrait probablement, parce qu'on aurait des preuves judiciaires plus claires que le jour de la nullité des billets de M. de *Morangiés*.

Or il me femble qu'on a beaucoup de preuves morales de la nullité de ces billets; mais, pour les preuves légales, elles dépendent des procédures. Ces preuves morales ont paru victorieufes dans l'efprit du public impartial. Mais, je l'ai déjà dit, il faut que la loi conduife les juges.

Le châtelet, faifi d'abord de cette affaire, femblait n'écouter que les probabilités; le bailliage du palais femble ne confulter que les procédures. Les lumières réunies des chambres affemblées du parlement diffiperont tous nos doutes. Ce tribunal, depuis qu'il eft formé, n'a pas prononcé un feul arrêt dont le public ait murmuré.

LETTRE

DE M. DE VOLTAIRE

A MM. de la noblesse du Gévaudan , qui ont écrit en faveur de M. le comte de Morangiés.

A Ferney , 10 auguste 1773.

MESSIEURS,

J'AI lu la lettre authentique par laquelle vous avez rendu justice à M. le comte de *Morangiés.* M. de *Florian* , mon neveu , votre compatriote, ancien capitaine de cavalerie , qui demeure à Ferney , aurait signé votre lettre , s'il avait été sur les lieux. C'est l'honneur qui l'a dictée. Une partie considérable des cours de France et de Savoie , qui est venue dans nos cantons , a fait éclater des sentimens conformes aux vôtres.

M. de *Florian* est en droit plus que personne de s'élever contre les persécuteurs de M. de *Morangiés,* puisqu'un de ses laquais , nommé *Montreuil,* nous a dit vingt fois qu'il avait mangé souvent avec le sieur *du Jonquay* , et qu'on lui avait proposé de lui faire prêter de petites sommes sur gages par cette famille qui subsistait de ce commerce clandestin. Les juges auraient pu interroger ce domestique qui est à Paris. Il ne faut rien négliger dans une affaire si étonnante , et qui a partagé si long-temps la noblesse et le tiers-état.

Pour moi, j'ai fait dépoſer par-devant notaire la déclaration de cet homme. La vérité eſt trop précieuſe en tout genre pour omettre un ſeul moyen de la découvrir, quelque petit qu'il puiſſe être. Je ne prétends point me mettre au rang des avocats qui ont plaidé pour et contre, et dont la fonction eſt de montrer dans le jour le plus favorable tout ce qui peut faire réuſſir leur cauſe, et d'obſcurcir tout ce qui peut lui être contraire. Je n'entre point dans le labyrinthe des formes de la juſtice. Je ne cherche que le vrai. C'eſt de ce vrai ſeul que dépend l'honneur de la maiſon de *Morangiés*; il n'eſt point dans les mains d'une courtière, prêteuſe ſur gages, enfermée à l'hôpital; d'un cocher connu par des actions puniſſables; d'un clerc de procureur, filleul de cette courtière couverte d'infamie, et qui, retenu chez un chirurgien par la ſuite de ſes débauches, prétend avoir vu ce qu'il n'a pu voir; il n'eſt point dans les intrigues d'un tapiſſier, nommé *Aubourg*, qui a oſé, à la honte des lois, acheter ce procès comme on achète ſur la place des billets décriés qu'on eſpère faire valoir par les variations de la finance.

Cet honneur ſi précieux dépend de vous, Meſſieurs; vous en êtes les poſſeſſeurs et les arbitres.

Je commence par vous dire hardiment que le roi, qui eſt la ſource de tout honneur, et qui l'eſt auſſi de toute juſtice, a décidé comme vous. Ce n'eſt point violer le reſpect qu'on doit à ce nom ſacré; c'eſt au contraire lui témoigner le reſpect le plus profond que de vous répéter ce que ſa majeſté a dit publiquement: *Il y a mille probabilités contre une que M. de Morangiés n'a point reçu les cent mille écus.* Les ſeigneurs qui ont

entendu ces paroles, me les ont redites ces paroles
refpectables qui font, fans doute, du plus grand fens
et du jugement le plus droit.

En effet, comment ferait-il poffible que la dame
Verron eût eu cent mille écus à prêter ? Comment
cette veuve d'un courtier obfcur de la rue Quincampoix eût-elle reçu d'un banqueroutier, fix mois après
la mort de fon mari *Verron*, par un fidéicommis de
ce mari, deux cents foixante mille livres en or, et
de la vaiffelle d'argent que le défunt pouvait fi bien
lui remettre de la main à la main ? Comment ce
Verron aurait-il confié fecrètement à un étranger
cette fomme, en y comprenant fa vaiffelle d'argent,
dont la moitié appartenait à fa femme par la coutume
de Paris ? comment cette femme aurait-elle ignoré
que fon mari eût tant d'or et tant de vaiffelle ; et par
quelle manœuvre contraire à tous les ufages aurait-
elle fait valoir cette fomme chez un notaire, fans
qu'on ait retrouvé dans l'étude de ce notaire la
moindre trace de cette manœuvre frauduleufe ? Par
quel excès d'une démence incroyable aurait-elle
porté cet or dans une charrette à Vitry, au fond de
la Champagne ? Comment l'aurait-elle reporté enfuite
à Paris dans une autre charrette, fans que fa famille
en eût jamais le moindre foupçon, fans que dans le
cours du procès perfonne ne fe foit avifé de demander
feulement le nom du charretier qui doit être enregiftré,
ainfi que fa demeure ?

Après cette foule de fuppofitions extravagantes,
débitées fi groffièrement pour prévenir l'objection
naturelle que la veuve *Verron* ne pouvait pofféder
cent mille écus dans fon galetas ; après, dis-je, ce

ramas d'abſurdités, vient l'autre fable des mêmes cent mille écus portés par *du Jonquay* dans ſes poches à M. de *Morangiès*, en treize voyages à pied, l'eſpace de cinq à ſix lieues. Ce dernier excès de folie était le comble : et la nation en aurait partagé l'opprobre, ſi elle avait pu croire long-temps ce long tiſſu d'impoſtures ſtupides qui font frémir la raiſon, et que cependant on s'efforça d'abord d'accréditer.

Ne diſſimulons rien, Meſſieurs : notre légèreté nous fait ſouvent adopter pour un temps les fables les plus ridicules ; mais, à la longue, la ſaine partie de la nation ramène l'autre. Je ne crains point de le dire : cette nation courageuſe, ſpirituelle, pleine de grâces, mais trop vive, aura toujours beſoin d'un roi ſage.

Cette affaire auſſi affreuſe qu'extravagante aurait fini en quatre jours, ſi les formalités néceſſaires de nos lois avaient pu laiſſer agir monſieur le lieutenant de police, dont le miniſtère s'exerce ſur les uſuriers, ſur les courtiers. Je ne parle pas ainſi pour le flatter : je n'ai pas l'honneur de le connaître ; et près de ma fin je n'ai perſonne à flatter, ni rois ni magiſtrats.

Je vous remettrai ſeulement ſous les yeux que monſieur le lieutenant de police, par ſes ſoins et par ſes délégués, était parvenu en un ſeul jour à faire avouer à *du Jonquay* et à ſa mère *Romain*, fille de la *Verron*, que jamais ils n'avaient porté cent mille écus à M. de *Morangiès*, qu'ils ne lui avaient prêté que douze cents francs. Non-ſeulement ils firent cet aveu verbalement, mais ils le déclarèrent enſemble, après l'avoir déclaré ſéparément ; non-ſeulement ils firent de vive voix cette déclaration authentique devant

des juges et des témoins , mais ils la fignèrent étant
libres ; ils la confirmèrent dans la prifon. Ils n'arti-
culèrent pas cet aveu une feule fois , il fortit cinq
fois de leur bouche.

Voilà , Meffieurs, le grand nœud , le feul nœud
de cette affaire qu'on a voulu embrouiller par les
tours et les retours de cent nœuds différens.

L'aveu formel , l'aveu irrévocable du délit de
du Jonquay prévaudra-t-il fur les billets faits par
M. de *Morangiès* avec trop de facilité ? La chofe du
monde la plus probable eft que cet officier général
n'a fait ces billets que pour les négocier , et qu'il a
eu en *du Jonquay* la même confiance qu'on a tous les
jours dans les agens de change accrédités , chez
lefquels on ne négocie pas autrement.

La chofe la plus improbable dans tous les fens et
dans toutes les circonftances , c'eft que *du Jonquay*
ait porté à pied cent mille écus dans fes poches à
l'officier général. Qui l'emportera de la plus grande
vraifemblance ou de l'extrême improbabilité ?

J'ofe avancer , Meffieurs , qu'il n'eft point de juge
éclairé qui ne penfe , comme le roi, que jamais M. de
Morangiès n'a reçu les cent mille écus. Refte à favoir
fi les juges étant perfuadés dans le fond de leur cœur
de l'impoffibilité de cette dette prétendue, nos lois
font affez précifes pour les forcer à condamner M. de
Morangiès à payer un argent que certainement il ne
doit pas.

La chicane fe mettant à la place de la juftice dont
elle eft l'éternelle ennemie , s'eft élevée pour lui lier
les mains. Elle a dit : L'aveu de *du Jonquay* eft formel,
il eft inconteftable , mais il eft illégal ; c'eft un aveu

arraché par la crainte. Un des officiers de la police avait donné un coup de poing chez un procureur à *du Jonquay*, et l'avait menacé du cachot avant que ce *du Jonquay* avouât et fignât fon crime. Son aveu eft nul, et les billets payables par fon adverfe partie exiftent.

Je fais, Meffieurs, combien cette matière eft délicate, combien il importe à la fureté des citoyens qu'il n'y ait jamais rien d'arbitraire dans la juftice. La violence la déshonore. Sa févérité ne doit jamais être emportée. Mais ce coup de poing prétendu donné par un homme qui n'était pas en effet du corps de la juftice, eft-il bien avéré ? l'accufé le nie. Le parlement en jugera. Quand même un homme employé en fubalterne aurait outrepaffé fa commiffion dans l'excès de fon indignation contre *du Jonquay*, quand il aurait montré un zèle indécent, ce léger oubli de la bienféance empêche-t-il que le fieur *Dupuis*, infpecteur de la police, et le fieur *Chenon*, commiffaire au châtelet et juge des délits, ne fe foient comportés en miniftres équitables des lois du royaume? *Du Jonquay* et fa mère ont figné leur crime devant eux en toute liberté. Si les *du Jonquay* n'ont pas donné les cent mille écus, ils font des voleurs. Et quel voleur échapperait à fon châtiment, fous prétexte qu'un officier du guet lui aurait donné un coup de poing avant que le juge tirât de lui l'aveu de fon crime ?

On ofe parler de violence ! et quelle plus grande violence que celle qui a été exercée envers M. le comte de *Morangiès*, maréchal de camp des armées du roi ? il eft traîné en prifon fur le fimple foupçon

d'avoir féduit des témoins en fa faveur! et les premiers juges qui l'ont traité avec tant de rigueur font
obligés d'avouer par leur fentence, qu'il n'a féduit
perfonne. Ils font mettre au cachot un homme public,
un homme néceffaire, un père de famille, un chirurgien connu par fa probité, uniquement parce qu'il
n'a pas dépofé conformément aux témoignages d'une
ufurière fortie de l'hôpital, et d'un débauché forti
de fes mains qui l'ont traité d'une maladie ignomi-
nieufe.

Voilà des violences auffi avérées qu'elles font
étranges. Le comte de *Morangiés* en eft encore la
victime. Il eft encore en prifon pour un délit dont
fes juges même l'ont déclaré innocent : en feront-ils
quittes pour dire qu'ils fe font trompés?

Nous efpérons, Meffieurs, que le parlement ne
fe trompera pas. Il verra, par le mémoire fage et
convaincant du fieur *Dupuis*, et par les contradictions
abfurdes des *du Jonquay*, quels font les coupables.
Il apercevra dans la défenfe du chirurgien *Ménager*
la foule des horreurs qui ont opprimé M. de
Morangiés.

Chaque juge lira toutes les pièces du procès, du
moins les plus importantes. L'équité éclairée et
impartiale prononcera fans prévention.

A qui a cultivé fa raifon, à qui a un peu connu
le cœur humain, il fuffit de lire des lettres de
du Jonquay pour percer dans ces ténèbres d'iniquité.
La feule aventure d'une malheureufe nommée *Hériffé*,
qui fe rétracte et qui demande pardon d'avoir accufé
M. de *Morangiés*, (et cela fans avoir reçu de coup de
poing de perfonne) eft une preuve affez convaincante

des manœuvres employées par la cabale *du Jonquay*.
Il n'y a peut-être pas une ligne dans tous les factums
de M. de *Morangiés*, et même dans ceux de fes adverfaires, qui ne manifefte fon innocence, et l'impofture
qui l'attaque. Mais les juges font aftreints aux formes.
Nous verrons qui l'emportera ou de ces formes,
quelquefois funeftes mais toujours indifpenfables,
ou de la vérité qui s'eft montrée avec tant de clarté
et fans formes aux yeux du roi, aux vôtres, à ceux
de tous les honnêtes gens.

Si les premiers juges de cette affaire fi fingulière
fe font oubliés jufqu'à faire fubir les plus grandes
rigueurs de la prifon à M. de *Morangiés* et au chirurgien *Ménager* qu'ils ont déclarés innocens ; fi cette
énorme contradiction foulève les efprits raifonnables,
il ne la faut imputer, Meffieurs, qu'à un fentiment
d'équité qui s'eft mépris.

Vous connaiffez le ferment de rendre juftice aux
pauvres comme aux riches, aux petits comme aux
grands. Ce ferment et la crainte de faire pencher
la balance emportent quelquefois les ames les plus
vertueufes jufqu'à l'injuftice. Il faudrait leur impofer
plutôt le ferment de rendre juftice au riche comme
au pauvre, au puiffant comme au faible. Mais ce
ferait ici la caufe de la famille *Verron* qui deviendrait
la caufe du riche. Car, fi elle gagne fon procès, elle
a d'un côté les cent mille écus fuppofés prêtés à
M. de *Morangiés*, et deux cents (*a*) mille francs

_____

(*a*) Il eft à remarquer que dans la foule des contradictions étonnantes
dont fourmillent toutes les pièces des *Verron*, on a fait dire à cette veuve
qu'elle n'avait jamais eu ces cent mille écus ; et on la fait riche de cinq cents
mille francs par fon teftament.

fuppofés donnés à la femme *Romain* par le teflament abfurde et contradictoire dicté à la veuve *Verron ;* et la maifon *Morangiés* eft ruinée. Ce n'eft pas , fans doute, le maréchal de camp qui eft puiffant dans fa prifon, c'eft la cabale hardie, induftrieufe, redoutable par fes clameurs et par fes efforts infatigables , qui eft puiffante.

Enfin, Meffieurs , attendons l'arrêt définitif d'un parlement dont les lumières et les intentions font également pures.

Si l'avocat de l'infortuné maréchal de camp, pénétré de fon innocence, a pu, dans la chaleur du zèle le plus défintéreffé , manquer au refpect qu'il devait à meffieurs les gens du roi, ils font affez grands pour lui pardonner, et trop juftes pour faire retomber fur le plus malheureux des hommes de fon rang, la faute d'un avocat dont ils reconnaiffent d'ailleurs l'éloquence et l'intégrité.

Je fuis avec un profond refpect,

MESSIEURS,

Votre très-humble et très-obéiffant ferviteur,

VOLTAIRE.

SECONDE LETTRE

AUX MEMES,

Sur le procès de M. le comte de Morangiés.

A Ferney, 16 augufte 1773.

MESSIEURS,

Un de vos compatriotes, certain de l'innocence de M. de *Morangiés*, mais alarmé par le dernier mémoire fait contre lui, et fachant combien il faut craindre les jugemens des hommes, m'a communiqué fes inquiétudes. Je les partage, et voici ma réponfe.

Je vous ai déjà mandé que l'honneur de M. le comte de *Morangiés* eft à couvert par la publicité du fentiment du roi et du vôtre. Je vous fupplie de remarquer que fa majefté n'a déclaré fon opinion qu'après avoir entendu parler à fond de ce procès, et après avoir pefé les raifons. Vous en avez ufé de même. Songez que dans les commencemens la cabale avait féduit Paris et la cour contre l'accufé : on n'eft revenu que parce qu'enfin la vérité s'eft montrée.

Souffrez que je vous retrace ici une partie des raifons qui ont depuis déterminé toute la cour, toute l'armée, tous les magiftrats éclairés, tous les gens confidérables du royaume, et même un grand nombre d'étrangers.

1°. L'impoffibilité que la *Verron* eût cent mille

écus en or, provenans de la fource chimérique qu'elle alléguait.

2°. L'inconcevable abfurdité du tranfport clandef-tin, de Paris au fond de la Champagne, d'un coffre rempli d'or, que quatre hommes ne pouvaient remuer, felon le dernier *factum* de l'avocat des *Verron*, et ce même coffre rapporté clandeftinement à Paris, fans qu'on dife le nom du voiturier, fans qu'aucun de la famille *Verron* fe foit douté qu'il y eût de l'argent dans ce coffre ; et l'on ne craint pas d'étaler aux yeux du parlement ce roman miférable qui déshonorerait le fiècle de la légende dorée.

3°. Le port clandeftin de ces cent mille écus à pied en fix heures de temps, l'efpace d'environ fix lieues, lorfqu'on pouvait fi aifément les voiturer en quelques minutes, et lorfque le lendemain le fieur *du Jonquay* prête douze cents francs au même homme ouverte-ment. Et obfervez que ces malheureux douze cents francs ont feuls plongé M. de *Morangiés* dans cet abyme ; il ne crut pas qu'un jeune homme qui lui prêtait, fans vouloir de billet, cette fomme dont il avait un befoin preffant, pût être affez perfide pour le tromper fur les billets de cent mille écus. Voilà l'origine et le fond de toute cette affaire.

4°. L'extrême improbabilité et l'extrême abfurdité que le comte de *Morangiés* fût venu emprunter 1200 l. dans le galetas de *du Jonquay*, le 24 feptembre 1771, fuppofé qu'il eût reçu cent mille écus de lui, le 23.

5°. La lettre même de *du Jonquay* au comte, par laquelle il eft évident qu'il prépare fon crime. Il lui dit : Vous cherchez à *en paufer à une pauvre veuve, vous ferez obligé de me réparer.* C'eft ainfi que s'exprime

un

un homme que fon avocat nous repréfente comme un docteur ès lois près d'acheter une charge de confeiller au parlement. Il ofe dire à M. de *Morangiés* : Vous avez écarté tous vos domeftiques le jour que je vous ai porté cent mille écus dans mes poches en treize voyages. Et remarquez, Meffieurs, que ce même *du Jonquay* interpelle enfuite tous les domeftiques du comte qui étaient dans la maifon. Cela feul n'eft-il pas une preuve la plus évidente, la plus forte, la plus inconteftable de la friponnerie la plus avérée, et en même temps la plus groffière ?

6°. L'improbabilité que le comte de *Morangiés* eût refufé à une courtière fon droit de courtage, s'il avait reçu de *du Jonquay* cent mille écus par les foins de cette femme.

7°. L'improbabilité qu'un homme qui vient de toucher cent mille écus, qui peut en jouir et ne les pas rendre, pourfuive le prétendu prêteur devant le magiftrat de la police, comme un fripon qui veut faire valoir des billets lefquels ne lui appartiennent pas, et qui l'a trompé avec le plus grand artifice, mêlé de l'impudence la plus effrontée, en lui difant qu'il agiffait au nom d'une compagnie, et en lui cachant que la *Verron* fût fa grand'mère.

8°. L'impoffibilité que M. de *Morangiés* ait figné, le 24 feptembre 1771, *qu'il ferait fes billets quand il aurait l'argent*, s'il avait reçu cet argent, le 23.

9°. Le menfonge groffier de *du Jonquay* qui le trahit dans fa fable mal ourdie. Il prétend, dans le premier mémoire de fon avocat, que dans fes treize voyages de fix lieues, il fefait figner chaque fois à M. de *Morangiés* : *Je reconnais que M. du Jonquay m'a apporté mille louis, dont je promets faire mon billet à madame Verron sa grand'mère :* et dans le second mémoire, ce même billet est conçu en ces termes : *Je reconnais avoir reçu du sieur du Jonquay mille louis au nom de la dame Verron sa grand'mère, dont je promets lui faire mes billets lorsque la somme sera comptée.* Quelle somme? il aurait fallu au moins la spécifier. Voilà donc deux billets différens l'un de l'autre. Lequel est le vrai? il est évident que tous les deux sont faux.

10°. Le mensonge encore plus grossier rapporté par le même avocat, qui prétend défendre sa partie, et qui la convainc malgré lui d'imposture. Il dit que la servante de la *Verron*, seule servante de cette femme riche, dépose avoir vu M. de *Morangiés* chez elle, lui remettre ces billets importans qui fesaient toute la preuve du port des cent mille écus, ces billets qui auraient prévenu tout procès. Eh! famille *Verron*, que ne les avez-vous donc gardés? c'était votre plus grande sureté; c'était la seule probabilité de vos treize voyages. N'est-il pas évident qu'ils n'ont jamais existé, et qu'ils sont aussi mal imaginés que le reste de votre détestable fable? La nation rougira d'avoir cru quelque temps une fourberie si mal-adroite et si atroce.

11°. L'improbabilité frappante que *du Jonquay* et sa mère aient avoué tant de fois, et signé chez un commissaire qu'ils n'avaient point donné les cent mille écus à M. de *Morangiés*, si en effet *du Jonquay* avait fait le prodige de les porter. Il n'est pas dans la nature qu'on se résolve ainsi à perdre toute sa fortune, à être puni d'un supplice flétrissant, quand rien ne force à faire un tel aveu. On a déjà observé qu'il n'y a personne en France qui signât ainsi la perte de tout fon bien, fa honte et fon fupplice, même au milieu des tortures.

Certes, foit que *Desbrugnières* ait froiffé un bouton de *du Jonquay*, foit qu'il ne l'ait pas froiffé, il réfulte que cet homme et fa mère ont confeffé très-librement un crime d'ailleurs avéré.

12°. Le difcours tenu par *du Jonquay* devant les officiers de la police: *Je fignerai, fi l'on veut, que j'ai volé tout Paris*. Quel eft l'homme qui s'exprimerait ainfi, fi fon ame n'était pas auffi baffe que criminelle? Ce feul difcours, échappé au coupable, dévoile le crime à quiconque connaît un peu le cœur humain, à quiconque réfléchit. On a du moins des deux côtés preuve contre preuve par écrit. Il ne s'agit donc plus que de confidérer laquelle doit prévaloir. Or quel eft le plus probable, ou qu'un gentilhomme faffe fes billets à des entremetteurs avant de recevoir fon argent, ce qui eft d'un ufage très-commun, ou qu'une famille entière figne librement fon crime et fa perte, fi elle n'était pas coupable, ce qui n'eft jamais arrivé?

13°. La lettre même des fœurs de *du Jonquay* au magiftrat de la police, qu'on a eu l'abfurdité de faire valoir, et qui n'eft qu'une preuve inconteftable du crime de la famille. Car ces fœurs feraient-elles venues chez un délégué de la police le fupplier de les aider à obtenir la grâce de leur frère, fi elles n'avaient pas fu que ce frère était coupable? et ce délégué leur aurait-il laiffé la minute de cette lettre, s'il avait voulu les tromper?

14°. La publicité que la *Verron* prêtait par des entremetteufes de petites fommes fur gages; qu'elle fubfiftait de ce commerce infame. Ce qui prouve

que cette maifon était un repaire d'ufure et d'efcro-
querie.

15°. La certitude que la *Verron* avait vendu depuis
peu une rente de fix cents livres, ce qu'elle n'aurait
pas fait dans une extrême vieilleffe, fi elle avait
eu alors cinq cents mille francs de bien qu'on lui
attribue.

16°. Le teftament auffi vicieux qu'abfurde qu'on a
fait figner à la *Verron* mourante, teftament qui eft un
vrai plaidoyer, teftament dans lequel elle contredit
tout ce qu'on lui avait fait dire auparavant. Elle
avait affuré qu'elle n'avait que ces cent mille écus
prétendus; et par cet acte elle avait poffédé plus de
cinq cents mille livres.

17°. Le comte de *Morangiés* traîné en prifon pour
avoir fuborné des témoins, déclaré innocent par le
premier juge, et cependant prifonnier encore.

18°. Le chirurgien *Ménager* enfermé dans un
cachot par ordre du même juge, parce qu'un des
témoins de *du Jonquay* était, le 23 feptembre 1771,
entre les mains de ce chirurgien; parce que ce témoin
vérolé avait ce jour-là le corps frotté de mercure, la
tête enflée, la langue pendante, et la mort entre les
dents ébranlées; parce que ce vérolé avait ofé dire
qu'il avait vu ce jour-là même dans les rues *du Jonquay*
portant cent mille écus à pied, et que ce chirurgien
interrogé avait répondu qu'il était difficile qu'un vérolé
dans cet état pût fe promener dans Paris.

19°. La dépofition précife d'un compagnon de ce
vérolé qui jouait aux cartes avec lui, dans le temps
même que ce malheureux prétendait avoir vu *du
Jonquay* courir chargé d'or dans les rues.

20°. Une *Tourtera*, une courtière, une prêteufe fur gages, une marraine du vérolé, une gueufe fortant de l'hôpital, écoutée comme un témoin irréprochable.

21°. Un cocher, un bretailleur, un ami de *du Jonquay*, écouté comme un témoin grave.

22°. Une autre gueufe, condamnée au fouet par la Tournelle, écoutée quand elle calomnie M. de *Morangiès*, et rejetée quand elle fe repent publiquement de fon crime. Le parlement entendra, fans doute, cette miférable qui peut fournir un fil à l'aide duquel les juges fortiront de ce labyrinthe.

Je vous ai indiqué, Meffieurs, plus de vingt preuves de l'innocence de votre compatriote et du délit de fes adverfaires. Vous en découvrirez plus de cent, fi vous voulez lire avec attention tous les mémoires. La cabale acharnée à diffamer, à perdre la maifon *Morangiès*, vient d'abufer étrangement de la candeur d'un homme de bien qui, ayant d'abord foutenu cette abominable caufe, s'eft cru malheureufement engagé à la défendre encore.

Il eft vrai qu'il n'ofe plus parler du teftament frauduleux de la *Verron*, à qui on fait dire qu'elle avait donné deux cents mille francs à fa fille, après avoir attefté fi fouvent le ciel qu'elle perdait tout en perdant les prétendus cent mille écus portés au comte de *Morangiès*. Il fe tait fur cette contradiction trop manifefte, et trop terrible pour les accufateurs de votre compatriote.

Il ne ramène plus fur la fcène ce généreux, ce bienfefant *Aubourg*, ce tapiffier, cet homme d'affaire qui a eu la baffeffe infolente d'acheter publiquement le procès de la *Verron*, dans lequel il pourrait gagner plus de cent cinquante mille livres. Ces infamies ont révolté, fans doute, M. l'avocat *Vermeil*. Mais qu'on a trompé fa bonne foi fur le refte! de combien d'anecdotes inutiles au fond de l'affaire l'a-t-on furchargé! que de contradictions on lui a préfentées comme des vérités qui fe conciliaient! comme on l'a fait tomber dans le piége!

Pour ne pas rendre ma lettre trop prolixe, je vous en donnerai feulement quelques exemples bien frappans.

M. *Vermeil* avait dit dans fon premier mémoire que *du Jonquay* était un jeune innocent arrivé de province pour acheter une charge dans la magiftrature. Il nous le montre dans fon feçond factum comme un praticien confommé, dès l'an 1767, dans le métier de la chicane. Il faut voir avec quelle vivacité ce *du Jonquay* pourfuit le payement d'un billet de deux mille livres que M. l'abbé *le Rat* avait fait à fa grand'mère, fans qu'on fache à quelle ufure; comme après la mort de M. l'abbé *le Rat* il excède M. *Gatou!* Cette guerre, il faut l'avouer, dément un peu la fimple innocence avec laquelle il a porté cent mille écus à un officier publiquement obéré, et les lui a confiés fans prendre la moindre fureté. Ce contrafte feul, Meffieurs, démontre affez l'abfurdité de toute la fable qu'on a forgée.

Le même avocat, ayant dit dans fon premier mémoire d'après *du Jonquay*, que le comte de *Morangiès* avait écarté tous les domeftiques de la maifon le jour des treize voyages, avoue dans le fecond mémoire qu'ils y étaient tous ce jour-là même. Voilà déjà une contradiction bien formelle qui anéantit toute la fable de la cabale. Tous ces domeſtiques, témoins néceſſaires, avouent cette vérité déjà tant reconnue, que *du Jonquay* n'eſt venu qu'une ſeule fois chez leur maître, le 23 ſeptembre 1771.

M. *Vermeil* avoue ingénument que leurs dépoſitions ſont *concordantes* ; et après avoir dit qu'elles ſont *concordantes*, il eſſaie de les trouver contradictoires.

Un voiſin dit qu'il était ſur le pas de la porte, les jambes croiſées, et qu'il n'a vu entrer perſonne, quoiqu'il en ſoit entré pluſieurs dans cette matinée. Quel rapport ce fait minutieux peut-il avoir avec les treize voyages abſurdes de *du Jonquay* ? Ce voiſin doit-il avoir eu toujours les jambes croiſées à la porte pendant huit heures ?

L'avocat croit voir des contradictions dans des domeſtiques qui peuvent ſe méprendre de quinze ou trente minutes.

M. le chevalier de *Bourdeix* arrive chez M. de *Morangiés* ce matin même. Il y paſſe environ deux heures ; il ne voit point paraître *du Jonquay* ; il l'atteſte devant les premiers juges. L'avocat veut infirmer le témoignage de ce gentilhomme, parce que la femme du Suiſſe dit qu'il était en redingote, attendu qu'il pleuvait alors ; et que M. de *Bourdeix*, à qui on demande quel habit il portait, répond que ſon juſte-au-corps était de velours. L'avocat croit trouver une contradiction dans cette réponſe, comme s'il n'était pas très-naturel de couvrir ſon velours d'une redingote pendant la pluie.

Du moins M. *Vermeil* a trop de pudeur pour dire que M. le chevalier de *Bourdeix* ſoit un faux témoin ; mais d'autres n'ont pas tant de délicateſſe. Ils le

traitent de gafcon fripon qui jure pour un langue-
docien fripon, parce qu'ils font tous deux gentils-
hommes. Si l'on en croit cette cabale, il fuffit d'être
d'un fang noble, pour être un coquin; et la vertu
ne fe réfugie que chez une entremetteufe fortie de
l'hôpital, chez le cocher *Gilbert*, chez un clerc de
procureur vérolé, chez *du Jonquay*, foldat dans les
troupes des fermes et marchandant une charge de
magiftrat.

A quelles reffources, hélas! l'éloquence et la raifon
même font-elles réduites quand elles combattent la
vérité !

Qu'importe à toute cette grande affaire ce qu'aura
conté un foir M. de *Morangiés* à madame *Maifonneuve*
et à M. *Cochois*? On a la barbarie de reprocher à
un maréchal de camp d'avoir vendu fes boutons de
manchettes d'or, et un crayon d'or. Je ne fais pas
quel jour il les a vendus; mais fon avocat affure que
la cabale ufurière a réduit ce gentilhomme à un état
qui doit exciter la compaffion des juges, et foulever
tous les cœurs en fa faveur.

Voyez, Meffieurs, contre quels ennemis vous avez
à combattre. Vous avez le roi pour vous; il faut
efpérer que vous ne ferez point battus. M. *Linguet*
achèvera de détromper M. *Vermeil*; il achèvera de
montrer la vérité à tous les juges. On s'eft plaint de
fa vivacité; mais il faut pardonner à fon feu qui
brûle, en faveur de la clarté qu'il donne.

Je fuppofe, Meffieurs, que *Solon*, *Numa*, *Ariflide*,
Caton, le chancelier de l'*Hofpital*, reviennent fur la
terre, et qu'on leur donne cette caufe à examiner,
n'agiraient-ils pas comme M. de *Sartine*? ne

diraient-ils pas : La famille *Verron* a confeffé fon délit de fon plein gré , donc la famille l'a commis ; elle a écrit de fon plein gré à fon propre avocat : *Rendez les billets*, donc il faut les rendre ? Tel eft l'arrêt de la voix publique. J'ignore fi nos formes peuvent s'y oppofer.

Je fuis avec un profond refpect ,

MESSIEURS,

Votre très-humble et très-obéiffant ferviteur,

VOLTAIRE.

TROISIEME LETTRE
AUX MÊMES.

A Ferney, 26 augufte 1773.

MESSIEURS,

VOUS favez que plufieurs officiers, pénétrés de l'innocence de M. le comte de *Morangiés*, en connaiffance de caufe, ont fait un fonds pour lui en préfence de M. le marquis de *Monteynard*. Si votre province en fait un, mon neveu vous demande la permiffion de fe joindre à vous.

C'eft une réparation authentique de la fentence inouie du bailliage du palais, juridiction dont vous n'avez jamais entendu parler. Si cette malheureufe fentence fubfiftait, notre nation en devrait peut-être autant rougir que des arrêts qu'un aveuglement barbare dictâ contre les *Calas*, contre les *Sirven*, contre les *Montbailli*, contre le cultivateur *Martin*, contre le brave *Lalli*, contre l'infortuné chevalier de la *Barre*, enfant imprudent, à la vérité, mais enfant qu'il était fi aifé de corriger, mais enfant de grande efpérance, mais petit-fils d'un lieutenant général qui avait fi bien fervi l'Etat; enfin contre tant d'autres citoyens, dont les meurtres juridiques ont épouvanté la nature et la raifon humaine.

La fentence rendue par le bailliage n'eft pas, à la

vérité, de l'atrocité de ces arrêts ; la caufe ne le permettait pas ; mais l'abfurdité eft encore plus grande. Il ne faut pas que la France paffe pour ridicule aux yeux de l'Europe, après avoir paffé pour cruelle. Nous n'avons pas acquis affez de gloire dans la dernière guerre pour que nous n'ayons pas foin de notre réputation dans le fein de la paix. Il ferait trifte qu'il ne nous reftât d'autre gloire que celle d'avoir cultivé les beaux arts il y a cent ans, et que nous euffions aujourd'hui la honte d'avoir perfécuté la vérité en tout genre fans la connaître.

Le parlement de Paris, Meffieurs, examine l'affaire avec autant d'attention que d'intégrité. Efpérons de lui la reftauration de la juftice qu'un bailli vient de violer, à l'étonnement de quiconque a le fens commun.

Il eft démontré aujourd'hui qu'une foule de vils ufuriers efcrocs a volé cent mille écus en billets à M. de *Morangiés*. Tout le monde convient que la fable de leurs cent mille écus en or eft ce que la fourberie et l'infolence ont jamais inventé de plus abfurde et de plus puniffable.

Quelques perfonnes, d'abord trompées dans le commencement par les féductions de la famille *Verron*, fe réduifent aujourdhui à dire qu'à la vérité M. de *Morangiés* n'a pas reçu les cent mille écus, mais qu'il en a touché probablement une partie. Elles font honteufes d'avoir cru un moment le roman des treize voyages; mais elles fubftituent une autre fable à cette fable décriée. Pardonnons à cette faibleffe de leur amour propre; mais il eût été plus beau d'avouer fon erreur fans détour.

Il ne faut pas suppofer ce qu'aucun des avocats des *Verron* n'a jamais ofé dire. Tous ont fait retentir à nos oreilles le prêt imaginaire des cent mille écus : *du Jonquay* en a fait ferment, avant de fe dédire chez un commiffaire. Voilà le procès : il ne faut pas en imaginer un autre, qui au fond ferait plus abfurde encore. Car comment ferait-il poffible que M. de *Morangiés*, n'ayant reçu, par exemple, que cent mille francs, comme ces meffieurs le fuppofent, eût été affez ennemi de foi-même pour figner des billets de trois cents vingt-fept mille livres, qui feraient plus de trois fois et un quart la valeur reçue ? Ce ferait une ufure de trois cents vingt-fept pour cent; ufure auffi chimérique que toute la fable des *Verron;* ufure plus criminelle encore, s'il eft poffible, que la manœuvre avérée dont ils font coupables.

Que pour juftifier M. de *Morangiés* on ne rende donc pas cette affaire plus ridicule, plus abfurde et plus incroyable qu'elle ne l'eft en effet. Qu'on s'en tienne au procès; il eft affez extravagant.

Je ne connais, Meffieurs, dans l'hiftoire du monde, aucune difpute à laquelle la démence n'ait préfidé, quand l'efprit de parti s'y eft joint. Vous favez que la baffe faction des *Verron* était, il y a quelque temps, un parti formidable; c'était celui du peuple, et vous connaiffez le peuple. La faction des convulfionnaires de St *Médard* ne fut jamais ni plus fanatique, ni plus aveugle, ni plus opiniâtre, ni plus imbécille.

Les menfonges imprimés des avocats de la *Verron* tenaient tous des *Mille et une nuits*, et ont été reçus comme des vérités par M. *Pigeon*.

Ils peignaient la *Verron*, veuve d'abord d'un commis des fermes, et enfuite d'un petit agioteur de la rue Quinquempoix, comme la veuve d'un riche banquier.

Ils lui attribuaient une fortune immenfe, et elle couchait à terre, elle et toute fa famille, dans un galetas.

Ils préfentaient M. *du Jonquay*, fon petit-fils, comme un docteur ès lois, qui allait acheter trente mille francs une charge de confeiller au parlement, de juge fuprême des pairs de France ; et ce confeiller n'avait pu feulement demeurer garde dans une brigade d'employés des fermes, et ce confeiller a le ftyle et l'orthographe d'un laquais, et les avocats répondaient qu'un magiftrat n'eft pas purifte.

Ils affirmaient dans tous leurs mémoires que madame *Verron*, fa grand'mère, et madame *Romain*, fa mère, étaient des perfonnes de confidération très-opulentes, très-honnêtes, ne prêtant jamais fur gages, mais empruntant quelquefois fur gages comme de grandes dames ; et le nommé *Montreuil*, laquais de M. de *Florian*, affirme par ferment qu'ayant mangé plufieurs fois avec le magiftrat *du Jonquay*, la veuve *Durand*, courtière, lui a propofé de lui faire prêter par madame *Verron* vingt-quatre francs, douze francs, pourvu qu'il donnât quelques boucles de fouliers, quelques chemifes en nantiffement ; et M. *Pigeon* n'a point interrogé ceux à qui la *Verron* a prêté fur gages des foixante, des quarante et jufqu'à des neuf francs ! petites fommes dont le trafic la fefait fubfifter par l'entremife de fes courtières, et qui font confignées dans le regiftre des ufures dont le dépôt eft à la police.

Les avocats parlaient toujours des cent mille écus en or de la veuve, et ils ne difaient rien de fa feule véritable fortune qui confiftait principalement en une rente de fix cents livres, vendue pour prêter fur gages. C'était-là fon meilleur effet.

Ces avocats, qui ne pouvaient alléguer que les raifons fuggérées par leurs commettans, et qui étaient malgré eux les organes de l'impofture, féduits par la faction, féduifaient le peuple, et féfaient voler l'erreur de bouche en bouche.

Ils célébraient la grandeur d'ame de M. *Aubourg* qui, touché de l'embarras d'une famille refpectable de fripons, forcée de voler cent mille écus à M. le comte de *Morangiés*, et à l'opprimer, a pris en main généreufement la caufe de cette famille *Verron*, et fe facrifie aujourd'hui pour elle. Mais il fe trouve que ce M. *Aubourg*, ce héros généreux, eft un tapiffier devenu écumeur du palais, qui a acheté ce malheureux procès pour en partager le profit; manœuvre qui n'eft guère différente de celle des recéleurs.

M. *Linguet*, défenfeur de M. le comte de *Morangiés*, affirme dans fon réfumé que ce M. *Aubourg* a volé un étui d'or qu'il a été obligé de rendre. Il reproche à cet homme d'honneur cent autres traits pareils. Il affure qu'il a des preuves que cet *Aubourg*, inftigateur de toute cette infame affaire, commandait publiquement des pâtés qu'il envoyait au bailliage pendant l'inftruction du procès: de forte qu'au fond on voit un voleur et un recéleur protégés par M. *Pigeon* contre vous, Meffieurs, et contre l'opinion du roi.

Les avocats atteftaient DIEU, devant qui la veuve *Verron* avait fait fon teftament après avoir communié. Elle ne pouvait pas tromper DIEU, difaient-ils. — Non, mais elle pouvait tromper les hommes, ou plutôt on fe fervait d'elle pour les tromper très-grof-fièrement, en lui fefant dire qu'au lieu de trois cents mille livres qu'elle affura tant de fois compofer tout fon bien, elle avait poffédé cinq cents mille livres. On la fefait mentir dans ce teftament comme elle avait menti pendant fa vie.

Ces avocats fondaient leurs plaidoyers fur le témoignage de perfonnages dignes de foi qui avaient dépofé pour les *Verron*. Mais qui étaient ces témoins irréprochables? Une femme infame, enfermée plufieurs fois à l'hôpital; fon filleul, commis des fermes et chaffé; un cocher, l'ami de *du Jonquay*, qui dépofaient des chofes abfurdes, incroyables, impoffibles. Cent dépofitions de cette efpèce ne pèfent pas le témoignage d'un honnête homme. C'eft affez de deux témoins, quand ce font des hommes de bien qui s'accordent fur des faits vraifemblables : mais la foule d'une canaille qui dépofe des faits dont le feul récit choque la raifon, et qui fe contredit fur prefque tous ces faits, n'a pas plus de poids que les quatre mille gredins qui virent les miracles de l'abbé *Pâris*.

Dira-t-on que ces contradictions de la bande de *du Jonquay* font des preuves en fa faveur, *parce qu'elles ne font pas faites de concert*? Non, Meffieurs, ils ne fe font pas concertés pour fe couper dans leurs réponfes, mais ils s'étaient concertés pour le crime.

Enfin, Meffieurs, je vous le répète, *du Jonquay* et fa mère ont librement avoué, ont figné leur crime

chez un commiſſaire au châtelet, dont la réputation
eſt intacte. Il n'ont été forcés à cet aveu chez le
commiſſaire, ni par aucun traitement rigoureux, ni
par la moindre menace. Ils ont conſeſſé le crime le
plus vraiſemblable, le plus ordinaire; car eſt-il quelque
choſe de plus commun que de voir des uſuriers eſcrocs?
Et on oſerait encore accuſer un maréchal de camp du
crime le plus rare, le plus extravagant, le plus ridicule, le plus impoſſible, d'avoir emprunté cent mille
écus en or des pauvres habitans d'un galetas, pour
avoir le plaiſir de les faire pendre !

Les avocats ont oſé dire que cet aveu ne vaut rien
chez un commiſſaire, parce que *du Jonquay* avait reçu
un coup de poing chez un procureur. Il ſemblait, à
les entendre, que quatre bourreaux euſſent mis
du Jonquay et la *Romain* à la queſtion ordinaire et
extraordinaire. Cent mille perſonnes dans Paris étaient
perſuadées que la police avait torturé pendant ſept
heures, et preſque juſqu'à la mort, un homme deſtiné
à être conſeiller au parlement, et madame *Romain*, ſa
mère, pour leur eſcroquer cent mille écus, dont les
voleurs privilégiés, qui ſiégent dans les antres de la
police, partageaient le profit avec M. de *Morangiés*,
maréchal de camp des armées du roi. Ce nuage de
menſonges abſurdes, de calomnies groſſières, eſt enfin
diſſipé, et peut-être pour en reproduire bientôt quelque autre plus ridicule encore et plus funeſte.

Mais, Meſſieurs, quand une fois la vérité a paru
aux yeux des ſages dans quelque genre que ce puiſſe
être, il n'eſt plus poſſible de la détruire. On ne peut
plus ôter l'honneur à la maiſon de *Morangiés*, on ne
peut que la ruiner.

Je ſuis, &c.   QUATRIEME

QUATRIEME LETTRE

AUX MÊMES.

A Ferney, le 8 septembre 1773.

MESSIEURS,

PERMETTEZ-MOI de joindre mes acclamations et celles de mon neveu, M. de *Florian*, aux vôtres.

Il eût été honteux à jamais pour la France qu'une horde infame d'ufuriers efcrocs eût accablé en juftice la vertu d'un maréchal de camp qui a fervi la patrie avec honneur, ainfi que tous fes ancêtres.

Le roi, fans être inftruit de la procédure, avait, par les feules lumières d'un efprit éclairé et droit, déclaré la fable inventée par les *Verron* ce qu'elle eft en effet, le comble de l'abfurdité la plus groffière, et de l'audace la plus effrénée. L'opinion du roi et de tous les hommes fages me raffurait. Les formes feules pouvaient me donner quelque légère inquiétude.

M. *Linguet*, avocat de M. le comte de *Morangiés*, réfiftant feul par fa fermeté et par fon éloquence à une foule d'avocats féduits par les *Verron*, devenus malgré eux les organes du menfonge, à la cabale d'une populace déchaînée, à la fentence d'un bailliage prévenu

Politique et Légifl. Tome II.　　　　I i

et partial, s'eſt fait une réputation qui durera autant que le barreau.

Le parlement s'en eſt faite une plus grande en débrouillant ce chaos de fraudes et d'impoſtures, accumulées pendant deux ans entiers par tant de ſuppôts de l'uſure et de la chicane.

La raiſon et l'équité ont dicté ſon arrêt. La cabale eſt rentrée dans le néant ; il ne reſte à ceux qu'elle avait entraînés que la honte d'avoir été ſurpris par elle.

Cet exemple fera voir combien nous devons reſpecter et chérir des juges qui, n'étant point entrés dans le ſanctuaire de la juſtice par la porte de la vénalité, et choiſis par le roi pour être juſtes, avaient confondu eux-mêmes toute cabale, en s'occupant uniquement de leurs devoirs ſacrés.

Les chambres aſſemblées travaillèrent à ce jugement, le 3 de ce mois, depuis cinq heures et demie du matin juſqu'à ſix heures et demie du ſoir, ſans prendre ni repos ni nourriture. Il faut les regarder comme les pères de la patrie. On voit, par cet arrêt mémorable, qu'ils ont été encore plus occupés de juſtifier la vertu opprimée que de punir le crime : et M. de *Morangiés* me mande que ſes ſentimens s'accordent avec l'arrêt.

La faction des *Verron* avait tellement préoccupé une grande partie de tout Paris, que j'ai lu, dans les nouvelles à la main du 3 auguſte, ces propres mots : *Tout le monde s'étonne de la part ſingulière que prend M. de Voltaire à cette affaire ténébreuſe.* C'eſt ce qu'avait déjà imprimé un des avocats des *Verron*.

La part que j'ai priſe, Meſſieurs, à cette affaire qui n'a jamais été ténébreuſe pour moi, était fondée ſur la conviction, fur l'examen de tous les papiers que M. le comte de *Morangiés* avait bien voulu m'envoyer, fur les mémoires folides de M. *Linguet*, fur ceux même de fes adverfaires, enfin fur l'ancienne amitié dont l'aïeul de M. *Morangiés* honora toujours mon père. J'ai rempli mon devoir, et je crois le remplir encore en vous félicitant.

Je fuis avec un profond refpect,

MESSIEURS,

Votre très-humble et très-
obéiffant ferviteur,

VOLTAIRE.

SUR LE PROCÈS

DE

MADEMOISELLE CAMP.

1 7 7 2.

La loi commande, le magiſtrat prononce, le public,
dont l'arrêt eſt inutile pour l'exécution des lois, mais
irrévocable au tribunal de l'équité naturelle, décide
en dernier reſſort. Sa voix ſe fait entendre à la dernière poſtérité.

Ce juge ſuprême, quoique ſans pouvoir, et dont
au fond tous les tribunaux ambitionnent le ſuffrage,
a conſacré l'arrêt du nouveau parlement de Paris
porté entre le vicomte de *Bombelles* et la demoiſelle
Camp. Le public a ſenti qu'une loi dure ne permet-
tant pas en France à un catholique de ſe marier à
une proteſtante par le miniſtère d'un prétendu réformé,
le mariage devait être déclaré nul. Mais en même
temps la bonne foi de la mariée a été récompenſée par
une réparation civile et par une ſomme d'argent pro-
portionnée aux facultés du mari; ſi pourtant un peu
d'argent peut tenir lieu d'un état dans la ſociété.

Les juges ont aſſigné une penſion à la fille née de
ce mariage malheureux. Ils ont même eu ſoin de la
recommander au roi, comme ayant droit à ſes grâces
par les vertus de ſa mère. Ainſi ils ont rempli tous les
devoirs de la légiſlation et de l'humanité.

Il ne reſte plus à la nation qu'à déſirer de voir
finir cette ſéparation funeſte qui a privé la patrie

d'environ fept à huit cent mille citoyens utiles, et qui plonge encore cent mille familles dans l'incerti-tude continuelle de leur fort, dans la douleur de mettre au monde des enfans dont la fubfiftance peut toujours être difputée, et dont la naiffance eft regardée comme un crime. Cette fatalité deftructive de la population, de la paix et du bien de l'Etat, réputée autrefois nécef-faire, défole fourdement la France depuis près de cent années.

Les guerres et les affaffinats de religion fous *François II*, *Charles IX*, *Henri III*, *Henri IV*, *Louis XIII*, furent les motifs qui femblèrent déterminer *Louis XIV* aux févérités qu'il exerça dans un temps où ces guerres civiles n'étaient plus à craindre; il punit les petits-neveux tranquilles des fautes de leurs aïeux turbulens.

Nous nous fommes aperçus enfin que la médecine trop forte, donnée aux petits-fils pour la maladie de leurs grands-pères, n'avait pu les guérir. Ils ont per-fifté dans leur culte; mais fi on n'a pu ouvrir leurs yeux à nos fublimes vérités, on avait guéri leurs cœurs; il faut avouer qu'ils étaient de bons citoyens et des fujets fidèles, dans le temps de la révocation de l'édit de Nantes.

Si on défend pendant la contagion toute communi-cation avec une province infectée, il eft trifte que cette défenfe ait lieu lorfque le mal eft entièrement paffé.

On doit efpérer qu'un jour la fageffe du miniftère trouvera le moyen de concilier ce qu'on doit à la religion dominante et à la mémoire de *Louis XIV*, avec ce qu'on doit à la nature et au bien de la patrie.

Ce moyen femble déjà indiqué en quelque forte par la conduite qu'on tient en Alface. Les luthériens

ont joui sans interruption de tous les droits de
citoyen, depuis que le roi est en possession de cette
belle province. Leurs mariages sont reconnus légitimes, ils partagent les charges municipales avec les
catholiques. L'université de Strasbourg leur appartient
toute entière. Les calvinistes même y possèdent quatre
temples. Ces trois religions vivent en paix comme
dans l'Empire.

Il est donc évident, par une expérience heureuse,
que plusieurs religions peuvent subsister ensemble
sans aucun trouble, ainsi que plusieurs manufactures
jalouses l'une de l'autre peuvent prospérer dans une
même ville, lorsqu'une administration prudente contient chacune dans ses bornes. L'émulation les vivifie
et la discorde ne les déchire pas. C'est ce qu'on voit
en Allemagne, en Russie, en Angleterre, en Hollande,
en Suisse.

Le seul obstacle qui pourrait détruire en Alsace
l'esprit de charité qui doit régner entre tous les
hommes, serait peut-être l'ancienne loi qui défend
aux catholiques et aux protestans, soit luthériens,
soit calvinistes, de s'unir par les liens du mariage. Si
St *Paul* a dit que l'épouse fidelle convertissait le mari
infidèle, cette conversion ne devrait s'opérer en aucun
pays plus promptement qu'en France où le sexe a
tant d'empire, où les plaisirs, les spectacles, les fêtes
brillantes font le partage de la religion dominante, où
les grâces du prince souvent sollicitées par les femmes,
volent en foule au-devant de quiconque en est suscep-
tible.

Cette proscription de mariages entre catholiques
et protestans est une loi contre l'amour ; elle semble

défavouée par la nature; elle forme deux peuples où l'on en devrait voir qu'un feul. On ne répétera pas ici tout ce qui a été dit fur une matière fi intéreffante et fi délicate. Cent volumes ne valent pas un arrêt du confeil. Attendons de la prudence et de la bonté de nos rois ce qu'on n'obtiendra jamais par des argumens de théologie.

Efpérons pour nos frères défunis une tolérance politique que nos maîtres fauront accorder avec la religion dont ils font les protecteurs.

Réponfe à M. l'abbé de Caveyrac.

GARDONS-NOUS, feulement de dire avec M. l'abbé de *Caveyrac* (a) *que la tolérance n'a produit en Angleterre que des fruits funeftes, qu'il n'en reftait qu'un feul à mûrir, qu'ils le recueillent aujourd'hui, et que c'eft le mépris des nations.* Notre roi a triomphé trois fois des Anglais, à Fontenoy, à Liége, à Laufelt, et les a toujours eftimés.

On ne les voit méprifés en Afie, en Afrique, en Amérique et en Europe, que de monfieur l'abbé de *Caveyrac.*

Gardons-nous de répéter avec lui, (b) *que* DIEU *ordonna d'exterminer jufqu'au dernier Amalécite, qu'il voulut que celui qui aurait été follicité à fervir des dieux étrangers livre l'inftigateur au peuple, et foit le premier à l'affommer, fût-il fon frère, fon fils, fa femme ou fon ami.*

Cet ordre ne fut donné que dans la loi de rigueur,

(a) Page 362 de *l'apologie de la révocation de l'édit de Nantes et de la faint-Barthelemi.*

(b) Page 368.

et nous fommes fous la loi de grâce. Il eſt un peu
trop dur de nous propoſer d'*aſſommer* nos frères, nos
fils et nos femmes. Nous devons d'autant plus pencher vers la douceur, que nous fommes dans l'année
centenaire et dans le mois de la Saint-Barthelemi, fête
un peu lugubre, dans laquelle en effet les frères aſſom-
mèrent leurs frères, et que M. l'abbé de *Caveyrac* nous
reproche dans une nouvelle differtation de n'être pas
de fon avis fur cette journée.

Il dit que cette journée ne fut (c) *qu'une affaire de
proſcription*. Quelle affaire, juſte ciel! nous fommes
encore étonnés qu'on diſe affaire de proſcription
comme affaire de finances, affaire de famille, affaire
d'accommodement. Une proſcription eſt-elle donc ſi
peu de choſe? et le faux zèle de religion n'entra-t-il
pour rien dans cette affaire épouvantable?

N'eſt-il pas prouvé que pluſieurs perſonnes à qui
l'on offrit leur grâce s'ils voulaient changer de religion, furent maſſacrées fur leur refus? Le reſpectable
de *Thou* ne dit-il pas expreſſément, au livre 53, que
la nouvelle des maſſacres cauſa dans Rome une jóie
inexprimable, que le pape *Grégoire XIII*, fuivi de tous
les cardinaux, alla, le 6 feptembre, remercier D I E U
dans l'égliſe de Saint-Marc; que le lundi fuivant il fit
chanter une meſſe folennelle à la Minerve, qu'on tira
le canon, qu'on fit des illuminations, qu'il marcha
en proceſſion, le 8 feptembre, à l'égliſe de Saint-Louis,
qu'on mit à la porte de cette égliſe un écriteau par
lequel *Charles IX* remerciait le pape de ſes bons
conſeils qu'on avait exécutés, &c.

En eſt-ce aſſez pour réfuter M. l'abbé de *Caveyrac*?

(c) Page première de ſa diſſertation fur la Saint-Barthelemi.

faut-il nous forcer à rappeler ce que nous voudrions
enfevelir dans un oubli éternel?

Comment peut-il dire que cette *affaire* ne fut que
l'effet d'une réfolution fubite, quand le jéfuite *Daniel*
avoue que *Charles IX* dit: *N'ai-je pas bien joué mon rôle?*
Comment peut-on démentir ainfi tous les mémoires
du temps?

. Pourquoi s'obftiner encore à vouloir perfuader que
depuis l'an 1680 l'émigration de nos concitoyens n'a
été que médiocre et prefque infenfible? penfe - t-on
fermer nos plaies en les niant, et en contredifant ceux
qui ont vu des villes entières bâties par des réfugiés?
peut - on dire qu'*il ne s'eft pas établi cinquante familles
françaifes à Genève*, tandis que le quart de la ville au
moins eft compofé de français; et de quels français
encore? des citoyens les plus utiles, parmi lefquels
il en eft qui pofsèdent des fortunes de trois millions.
Il ne faut ni exagérer, ni diminuer nos pertes et nos
malheurs, mais il eft permis de montrer nos bleffures
aux yeux d'un gouvernement qui peut les guérir.

Enfin pourquoi répéter dans fon nouvel écrit que
le roi de Pruffe s'eft trompé en affurant que plus de
vingt mille français fe réfugièrent dans fes Etats. Pourquoi dire que c'eft moi qui fuis l'auteur des mémoires
de Brandebourg, quand il eft avéré que ce monarque
eft le feul hiftorien de fa patrie comme il en eft le
légiflateur et le héros? M. l'abbé de *Caveyrac* fe trompe
affurément en difant (d) *que j'ai donné cette hiftoire de
Brandebourg à beaucoup de perfonnes comme mon ouvrage,
et que je l'ai vendue à plus d'un libraire comme mon bien.*

(d) Page 43 de fa feconde lettre.

La vérité et l'honneur m'obligent de dire qu'il n'y a personne en Europe à qui j'aie jamais ni prêté ni donné, encore moins vendu l'*Histoire de Brandebourg*, et que du jour où cette histoire parut jusqu'à présent, il n'y a aucun libraire à qui j'aie jamais vendu un seul manuscrit. Si M. de *Caveyrac* était mieux informé de la vie que je mène, il ne me ferait pas de telles imputations. Enfin pourquoi mêler mes neveux, conseillers au parlement, dans cette question?

Ces réflexions sont bien étrangères au mariage de Mlle *Camp* et au jugement de son procès. Mais nous avons cru ne devoir pas rejeter cette occasion de nous défendre contre les accusations de M. l'abbé de *Caveyrac*, à qui nous demandons non-seulement de l'indulgence pour les protestans, mais encore pour nous qui avons été obligés de réfuter ses opinions.

SUPPLEMENT

AUX CAUSES CELEBRES.

PROCÈS DE CLAUSTRE.

Ingratitude, hypocrisie, rapacité et impostures jugées.

TOUTES les caufes intitulées célèbres ne le font pas ; il y en a même de fort obfcures, et qui ont été écrites d'une manière très-conforme au fujet ; mais il n'eft guère de procès dont la connaiffance ne puiffe être utile au public. Car dans le labyrinthe de nos lois, dans l'incertitude de notre jurifprudence, au milieu de tant de coutumes et de maximes qui fe combattent, un arrêt folennel fert au moins de préfomption en cas pareil, s'il eft des cas abfolument pareils.

La caufe que nous traitons ici eft des plus communes et des plus obfcures par elle-même. Il s'agit d'un prêtre ingrat, rien n'eft plus commun. Il s'agit d'un précepteur nommé *Clauftre*, quoi de plus obfcur? Mais fi ce précepteur *Clauftre* a mis le trouble dans une nombreufe famille, fi fon ingratitude fortifiée par fon intérêt a voulu s'approprier le bien d'autrui, s'il s'eft fervi felon l'ufage du manteau de la religion pour foulever un fils contre fon père ; s'il a charitablement féduit fon pupile pour lui donner fa nièce en mariage ; fi, devenu l'oncle de fon élève, il a été affez mondain dans fa dévotion pour tenter de s'emparer sous le nom de cet élève du bien d'une famille entière ; s'il a employé les fraudes pieufes et les dévotes calomnies pour faire réuffir fes manœuvres, alors la pièce devient intéreffante, malgré la baffeffe du fujet ; elle fert d'inftruction aux pères de famille, et *Clauftre* devient un objet digne du public, comme *Tartufe* qui commence par demander l'aumône à *Orgon*, et qui finit par le vouloir chaffer de fon logis.

Clauftre, qui dans les factums écrits par lui-même a négligé de nous faire connaître fon nom de baptême, s'eft donné celui de *Mentor*, parce qu'il obtint d'être reçu chez le fieur *Jean-François de la Borde* pour précepteur de fes deux enfans. L'emploi d'inftituteur, de précepteur, de gouverneur eft, fans doute, auffi honorable que pénible. Un bon précepteur eft un fecond père : le mentor dont *Homère* parle était *Minerve* elle-même. Mais quand on fe dit un mentor, il ne faut pas être un *Sifyphe*.

Après ce petit exorde il faut une narration exacte ; la voici.

Jean-François de la Borde, écuyer, né à Baïonne d'une famille ancienne et alliée à de grandes maifons, avait eu de fon mariage avec la fille du fieur le *Vaffeur*, ingénieur de la marine, quinze enfans dont dix font morts en bas âge. Il refte aujourd'hui deux garçons et trois filles. Ainfi le fieur *Clauftre* eft réduit à ne vexer que cinq perfonnes en ligne directe, au lieu de quinze.

Ces cinq perfonnes font *Jean-Benjamin de la Borde*, premier valet de chambre du roi ; *Jean-Louis de la Borde* qui a fait les fonctions de maréchal général des logis de l'armée, et qui eft meftre-de-camp de dragons ;

Monique de la Borde, époufe du fieur *Fontaine de Cramayel*, fermier général ; *Elifabeth-Jofephine de la Borde*, époufe du fieur *Binet Demarchais* ; premier valet de chambre du roi, gouverneur du louvre, major d'infanterie ; *Henriette de la Borde*, époufe du fieur *Briffard*, ancien fermier général.

Le père de cette nombreufe famille n'était pas riche ; mais étant né avec des talens, et ayant étudié la fcience économique qui depuis a fait tant de progrès parmi nous, il fut employé par le gouvernement dans plufieurs traités de commerce, et le roi le gratifia, en 1739, d'une place de fermier général, qu'il abandonna au bout de vingt ans, pour s'occuper uniquement du bonheur de tous fes parens.

Il avait deux frères et une fœur ; les frères étaient *Pierre-Jofeph de la Borde Defmartres* qui vit encore ; l'autre *Léon de la Borde*, moufquetaire, qui mourut jeune.

La fœur était *Jeanne-Jofephine*, mariée au fieur de *Verdier*, feigneur de la Flachère, dans le Lyonnais.

Jean-François de la Borde fervait de père à fes deux frères et à fa fœur ; il était leur confeil ainfi que celui de tous fes amis. Ses lumières et fa probité lui avaient acquis cette confidération perfonnelle et cette autorité que donne la vertu ; tous ceux qui l'ont connu rendent ce témoignage à fa mémoire.

Non-feulement il veilla avec la plus fcrupuleufe attention fur l'éducation de tous fes enfans, mais il étendit les mêmes foins fur ceux de fon frère, *Pierre-Jofeph Defmartres*, marié, en 1725, à une hollandaife catholique, nommée *Ditgens*, parente du célèbre *Vanfvieten* qui a été depuis premier médecin

de l'impératrice-reine de Hongrie. C'était une riche
héritière qui aurait environ trois millions de bien,
si ses parens très-patriotiques avaient laissé une si
grande succession sortir du pays.

Jean-François de la Borde eut la consolation de voir
tous ses soins paternels réussir. Tous ses enfans se
signalèrent dans le monde par des talens distingués,
et eurent le bonheur de plaire.

Il n'y eut que *Pierre-Joseph Desmartres*, son neveu,
qui ne put repondre à ses empressemens. Cet enfant
était né avec une faiblesse d'organes, qui le mit long-
temps hors d'état de recevoir l'éducation ordinaire,
laquelle exige une santé ferme dont dépend la faculté
de s'expliquer et de concevoir. On fut obligé de le
confier quelques années à sa nourrice, femme de bon
sens et expérimentée, qui connaissait son tempérament.
Lorsqu'il fut un peu fortifié, son père le mit entre
les mains d'un maître de pension très-intelligent, et
accoutumé à diriger des enfans tardifs.

La nature n'ayant pas secondé les attentions de
cet instituteur, son père *Desmartres* le retira chez lui
à sa terre de Palerne en Auvergne. Ensuite sa tante,
la dame de la *Flachère*, qui n'avait point d'enfans, s'en
chargea comme de son fils et le garda trois ans,
tantôt à sa terre de la Flachère, tantôt à Lyon. On
lui donna un précepteur qui avait 600 livres d'appoin-
temens et auquel on assura 300 livres de pension
viagère. C'est ce même enfant, ce *Pierre-Joseph de la
Borde Desmartres* dont l'abbé *Claustre* s'est emparé, et
qui fait le sujet du procès.

Pendant que tous ses parens tâchaient de lui donner
tout ce qui lui manquait, et de forcer la nature, elle

accordait tout à fes coufins et à fes coufines, élevés chez fon oncle *Jean-François de la Borde*, et ils fefaient des progrès rapides dans plus d'un art, malgré *Clauſtre*, reçu précepteur dans la maiſon, qui ne favait que du latin.

Clauſtre éleva les deux fils de *Jean-François de la Borde*, qui bientôt n'eurent plus befoin de lui. Il refta dans la maiſon comme ami, logé, nourri, meublé, chauffé, éclairé, blanchi, fervi, avec 800 liv. de penfion et quelques préfens.

Il nous apprend dans fon mémoire, page 4, qu'il efpérait une reconnaiſſance plus *analogue* à fon état et à fon goût. Qu'entend-il par ce mot grec *analogue*, mis depuis peu à la mode, et qui veut dire *convenable*? Le fieur de *la Borde* ne pouvait lui donner ni évêché ni abbaye.

Clauſtre, fe bornant aux biens purement terreſtres, s'adreſſe à un de fes élèves, le fieur *Jean-Benjamin de la Borde*, fils aîné de celui qui le nourrit et le penfionne; il faifit le jour même de fa majorité pour lui faire un beau fermon fur la bienfefance, et il lui fait figner à la fin du fermon une donation de 1200 liv. de rente par-devant notaire : de qui exige-t-il cette donation? d'un fils de famille qui n'avait alors aucune fortune, et qui était fous la puiſſance de père et de mère.

La nouvelle penfion de 1200 liv. fut payée quelque temps en fecret au commenfal qui jouiſſait d'ailleurs de celle de 800 liv.; mais le père, dont la fortune avait eſſuyé des échecs aſſez confidérables, ayant appris le fuccès du fermon de *Clauſtre*, à la majorité de fon fils, mécontent, avec raiſon, de cette manœuvre clandeftine, fit réduire la fomme à 800 liv. et s'en chargea lui-même. Le prêtre, craignant de perdre le logement, la table et les bonnes grâces d'une famille nombreufe, fut obligé de confentir à la fuppreffion de ce premier acte de la majorité de fon élève.

Jufqu'ici on ne voit aucun délit ; ce n'eft qu'un homme occupé de fon petit intérêt perfonnel, qui dit, qui écrit fans ceffe qu'il veut faire fon falut dans la retraite, et qui cherche à rendre cette retraite commode ; la juftice n'a rien à punir dans cette conduite. Pour fatisfaire à la fois fa dévotion et fon goût pour les penfions de 1200 liv. en attendant mieux, il ne s'adreffe plus au fils du fieur de *la Borde*, mais à fon gendre, le fieur de *Fontaine*, feigneur de la belle terre de Cramayel ; il s'en fait nommer chapelain ; et, au lieu de fe retirer du monde, comme il l'avait tant dit et tant écrit, il prend l'emploi de régiffeur de la terre à 1200 liv. de gages. Ce n'eft pas encore-là une prévarication ; un faint peut gouverner une terre ; quoiqu'il ne foit pas conféquent de crier qu'on veut fe mettre dans un cloître, quand on fe fait premier domeftique de campagne.

Il s'accoutuma fi bien à mêler le fpirituel au temporel, qu'il fit dès-lors le projet de retirer des dangers du monde le jeune *la Borde Defmartres*, qui paffait pour devoir un jour poffeder des millions, et qui, par la fimplicité de fon caractère, était en péril de fon falut. Il était alors à Paris dans la propre maifon de fon oncle avec fes coufins. Sa mère était morte, fon père s'était remarié. Le jeune homme était majeur. Voilà une belle occafion de fecourir le jeune *Pierre-Jofeph*

Joseph Desmartres, contre une belle-mère et contre les illusions de la fortune et des plaisirs.

Quoique les abbayes fussent très - *analogues* à l'état et au goût de *Claustre*, il crut encore plus *analogue* de devenir le maître de tout le bien de ce facile *Desmartres*. C'était lui qui lui avait fourni un précepteur, il lui fournit bientôt un procureur. Voici comme il s'y prit.

D'abord après deux petits stellionats faits au sieur *Jean-François de la Borde*, son bienfaiteur, (*) il feint, en 1 7 6 2, de se retirer à la doctrine chrétienne. Mais auparavant il avait jeté dans le cœur de *Desmartres* les soupçons d'avoir été lésé par son père et par son oncle. Ces soupçons étaient fortifiés par le procureur qui s'était joint à lui.

Quand il vit enfin toutes ses batteries préparées, il écrivit, le 8 septembre 1 7 6 2, à la dame de *la Borde*, femme du sieur *Jean-François*, fermier général. *La religion m'a principalement déterminé à cette retraite. Notre état n'est pas de vivre dans le monde; et quand l'utilité du prochain ne nous retient plus, je crois que nous ne devons pas y rester. Un prêtre n'est pas fait pour avoir toujours ses aises;* (Il entend les prêtres sans bénéfice) *une vie sobre, dure, doit être son partage s'il veut entrer dans l'esprit de son état. Je vais vivre dans une société de bons prêtres; tous mes vœux vont se tourner du côté de l'éternité.*

En se tournant vers l'*éternité*, il ne laissait pas de se tourner depuis long-temps vers Clermont en Auvergne, où demeurait mademoiselle sa nièce, fille d'un pauvre imprimeur nommé *Boutaudon*. Il fait venir

(*) Ils sont prouvés dans le mémoire de MM. les avocats l'*Herminier*, *Cellier* et *Tronchet*.

à Paris mademoiselle *Boutaudon*, âgée alors de trente-quatre ans. Il la recommande d'abord aux charités et à la protection de tous les parens et de tous les amis du sieur de *la Borde*. Comme la nièce ne pouvait pas demeurer à la doctrine chrétienne, il en sort pour aller loger avec elle dans l'île Saint-Louis ; et il persuade au bon et facile *Desmartres* de venir s'établir dans ce quartier. Vous demeurez, lui dit-il, auprès de votre oncle le fermier général, rien n'est plus dangereux pour l'innocence ; les séductions du grand monde sont diaboliques. Retirez-vous dans l'île Saint-Louis, j'aurai soin de votre salut et de vos affaires.

Desmartres se livre avec componction à ces remontrances. Le pieux *Claustre* lui trouve bien vîte un appartement. Un heureux hasard fait rencontrer ensemble quelque temps après mademoiselle *Boutaudon* et le sieur *Desmartres* chez des gens de bien ; le sieur *Desmartres* rend de fréquentes visites à la provinciale, qui prend insensiblement un intérêt véritable à *Desmartres*. Ma nièce n'est pas belle, lui disait quelquefois le convertisseur *Claustre*, mais elle est capable de rendre un mari heureux. Elle a peu d'esprit, mais le peu qu'elle en a est bon : elle conduirait ses affaires avec beaucoup de prudence ; et entre nous, je vous souhaiterais une femme semblable à elle, une épouse selon le cœur de DIEU.

Desmartres fit de profondes réflexions sur ces ouvertures, le bon cœur de la nièce les seconde. *Desmartres* avoua enfin à son directeur, qu'il ne pouvait vivre sans mademoiselle *Boutaudon*, et qu'il voulait l'épouser.

Claustre, tout étonné, lui dit qu'il ne parlait pas sérieusement. Mais après quelques mûres réflexions,

il lui conseilla pour son bien de prendre ce parti.
Mademoiselle sa nièce, il est vrai, n'avait rien, mais
son bon sens devait faire rentrer à son mari deux
millions dont il avait été dépouillé dans sa minorité;
ainsi elle apportait réellement deux millions en mariage.
De plus, lui *Claustre*, devenant son oncle, était obligé
en conscience d'intenter un procès à toute sa famille,
et de faire tous ses efforts pour la ruiner, et pour
la déshonorer, ce qui ferait un grand avantage pour
les nouveaux mariés, et le tout pour la plus grande
gloire de DIEU.

D'ailleurs mademoiselle *Boutaudon*, était d'une des
meilleures maisons auvergnaques. Du côté paternel,
dit-il, dans son mémoire, page 16, elle est sœur,
fille, petite-fille d'un imprimeur du roi; et du côté
maternel, son trisaïeul, *Noël Claustre*, avait été soldat
aux gardes de *Catherine de Médicis*. De plus un frère
de la future était actuellement soldat; de sorte que
tous les honneurs municipaux et militaires décoraient
la famille. Le mal était que ce soldat risquait d'être
pendu, pour n'avoir pas obéi à deux sommations de
revenir au régiment. Que fait *Claustre*? il va se jeter
aux pieds de la dame *Demarchais*, fille de son bienfaiteur *Jean-François de la Borde*. Il obtient de sa
générosité plus d'argent qu'il n'en faut pour acheter
le congé de son neveu *Boutaudon* le guerrier; il garde
le reste pour lui.

Enfin, le 8 avril 1766, les deux amans se marient
dans la paroisse de Saint-Louis. Le sieur *Desmartres* avait
alors trente-quatre ans; il pouvait contracter sans
avertir ses parens. *Ce fut*, dit *Claustre*, page 14, *par
un ordre singulier de la Providence, qui avait des desseins*

de juftice et de miféricorde fur toutes les parties. Il s'écrie, quelques lignes après : *Je ne conçois pas encore comment tout cela s'eft opéré ; mais j'ai dit fouvent en moi-même ; digitus Dei eft hìc.* En effet il n'eut pas de peine à per-fuader au fieur *Defmartres* fils, que la Providence jetait des yeux très-attentifs fur fon bien; et il eut une mif-fion expreffe de fe rendre maître abfolu de tout.

Dans les premiers tranfports de fa joie, il ne peut réfifter à la tentation de faire fentir fon triomphe au fieur *Jean-François de la Borde.* Il lui écrit immédiate-ment après la célébration du mariage :

M O N S I E U R,

,, Je fuis chargé de vous annoncer un nouvel
,, événement dans votre famille. M. votre neveu
,, *Defmartres* s'eft marié ce matin, et a époufé ma
,, nièce, fille du fieur *Boutaudon,* imprimeur du roi
,, à Clermont. Elle eft à peu-près de fon âge; elle a
,, de l'éducation, du bon fens, de l'intelligence dans
,, les affaires : il y a lieu d'efpérer qu'elle régira avec
,, prudence les affaires de fon mari, et qu'elle les
,, défendra avec modération.

,, Le fieur de *Laune,* procureur, eft révoqué ; je
,, me mets à la tête des affaires, en attendant que ma
,, nièce en ait pu prendre connaiffance ; mais nous
,, ne ferons rien fans un bon confeil.

,, Serai-je affez heureux pour rétablir la bonne
,, intelligence entre le père et le fils, entre l'oncle et
,, le neveu ? c'eft ce que je défire le plus vivement,
,, pour vous donner des marques de mon attache-
,, ment. ,,

J'ai l'honneur d'être avec refpect, &c.

C'était un peu infulter le fieur *Jean-François de la Borde* et toute la famille. Mais les faints ont leurs faibleffes.

Voilà donc cet homme qui, ayant choifi une retraite chrétienne pour s'occuper uniquement de l'affaire de fon falut, fe met à la tête de celles du fieur *Defmartres*, et prend la place du procureur de *Laune*, pour intenter un procès criminel à prefque toute la famille chez laquelle il a vécu ving-deux ans entiers, comme le maître de la maifon. Je dis un procès criminel, car c'en eft un très-réellement d'accufer le père et l'oncle du fieur *Defmartres*, de l'avoir dépouillé de fon bien pendant fa minorité, de l'avoir volé, de l'avoir maltraité, d'avoir fouftrait des pièces. C'eft-là ce que le faint chicaneur impute à la famille; c'eft-là fa doctrine chrétienne.

L'ardeur de fon zèle l'enflamme au point qu'il veut embrâfer de la même charité jufqu'à la dame de *la Flachère*, fœur des fieurs de *la Borde*, et jufqu'à la dame de *Cramayel*, fille du fermier général. Il n'eft rien qu'il ne tente, il n'eft point de reffort qu'il ne faffe jouer pendant le cours du procès, pour attirer les deux dames dans fon parti. C'eft fur-tout à la dame de *la Flachère* qu'il s'adreffe; c'était une femme chrétienne, vertueufe encore plus que dévote, aimant véritablement la paix et la juftice.

La lettre qu'il lui écrivit, le 14 avril 1768, dans la plus grande chaleur du procès, eft curieufe et mérite l'attention des juges.

LETTRE *de l'apôtre Clauftre à madame de la Flachère.*

,, Un (*a*) miniftre du Seigneur que fa providence
,, a conftitué le défenfeur d'un opprimé , ne doit
,, négliger aucun des moyens humains qu'elle lui
,, fuggère pour arriver au but : il doit ne fe laffer ni
,, fe rebuter de rien , quels que foïent les obftacles
,, qu'on lui oppofe, les contradictions qu'on lui faffe
,, effuyer , les dangers même auxquels il puiffe être
,, expofé : il doit , revêtu des armes de la vérité ,
,, combattre , fous l'autorité des lois , à temps et à
,, contre-temps, à droite et à gauche (*b*) avec la bonne
,, et la mauvaife réputation.

,, (*c*) Vous avez de la religion , vous craignez DIEU ;
,, vous voulez lui plaire et vous fauver , vous vaquez
,, affidument à la prière , aux œuvres de charité ;
,, vous fréquentez les facremens ; vous venez de fatif-
,, faire au devoir pafcal, et vous l'avez , fans doute, fait
,, précéder d'un examen férieux de votre confcience.
,, Hé quoi ! la confcience ne vous a rien reproché
,, par rapport à M. *Defmartres*, votre neveu ? Vous

(*a*) Quel miniftre ! un précepteur, régiffeur de la terre de Cramayel à 1200 livres de gages , qui féduit un fils de famille pour lui faire époufer fa nièce *Boutaudon* à l'infçu de fes pareus.

(*b*) Quel miniftre du Seigneur qui foutient qu'il faut plaider à contre-temps avec fa mauvaife réputation !

(*c*) Quel miniftre du Seigneur qui veut perfuader à madame de *la Flachère*, qu'elle doit entretenir le feu de la difcorde dans la famille , parce qu'elle a fait fes pâques !

,, croyez pouvoir refter neutre dans fes différens avec
,, meffieurs vos frères ?

,, (*d*) La nature a donné à un enfant, pour pre-
,, miers défenfeurs, fes père et mère ; à leur défaut,
,, fes oncles et fes tantes. Ici le père et l'oncle font les
,, oppreffeurs du fils : c'eft donc à la tante qu'eft dévolu
,, le foin de le défendre. Oui, madame, c'eft pour
,, vous un devoir devant DIEU et devant les hommes.
,, Envaindirez-vous que votre neveu vous a difpenfée
,, de ce foin, en fe mariant fans votre aveu ; l'omiffion
,, d'un devoir de bienféance, fur-tout l'omiffion étant
,, forcée, ne faurait vous difpenfer d'une obligation
,, que la nature vous impofe indépendamment de la
,, religion.

,, (*e*) Par votre filence vous avez enhardi les
,, oppreffeurs ; vous avez approuvé les injuftices que
,, vous ne condamniez pas ; vous y avez confenti.
,, Vous êtes donc injufte vous-même. Or ignorez-
,, vous, Madame, que les injuftes n'entreront point
,, dans le royaume des cieux ? *Premier fcrupule.*

,, (*f*) Vous vous croyez en fureté de confcience
,, en ne prenant aucune part aux procès. Quelle eft
,, donc votre morale ou votre religion ? *Second fcru-*
,, *pule.*

(*d*) Quel miniftre du Seigneur qui dit que DIEU et les hommes
exigent d'une tante qu'elle foutienne fon neveu qu'il a marié clandeftinement, malgré toute la famille !

(*e*) Quel miniftre du Seigneur qui affure que madame de *la Flachère*
fera damnée pour n'avoir pas plaidé contre fon frère !

(*f*) Quel miniftre du Seigneur fi on n'intente point un procès infame
à fa famille on n'a point de religion.

„ (g) Il y aura avant la pentecôte deux nouveaux
„ mémoires imprimés, lefquels feront fuivis de fort
„ près par quatre autres mémoires, tous deftinés à
„ traiter en particulier chacune de nos prétentions :
„ ils feront courts afin qu'ils foient lus, mais ils n'en
„ feront pas moins forts de chofes. Nous avons fait
„ des oppofitions fur les biens de M. de *la Borde*, et
„ les oppofitions feront converties en faifies réelles au
„ premier jugement que nous aurons. Les avocats,
„ les procureurs, les huiffiers, les notaires nous
„ confomment en frais. C'eft une perte réelle, une
„ perte énorme, une perte certaine pour votre famille ;
„ perte qui ne fe réparera jamais, quels que foient
„ les vainqueurs. Vous auriez pu la prévenir, et vous
„ la voyez faire tranquillement ! vous laiffez couler
„ l'eau fans faire aucun effort pour l'arrêter. L'incen-
„ die fait tous les jours de nouveaux progrès, et vous
„ ne vous en mettez point en peine. Pouvez-vous
„ croire que DIEU ne vous en demandera aucun
„ compte ? Quel aveuglement ! quel oubli de la juftice
„ du DIEU que nous fervons ! Voilà, Madame, *trois*
„ *fujets de fcrupule*, qu'une charité facerdotale propofe
„ à vos méditations. „

Ce n'eft pas tout, il envoie cette lettre à la dame
de *Cramayel*, au curé de Saint-Paul, et à trois ou quatre
prêtres directeurs de dévotes qui ne manqueront pas

(g) Quel miniftre du Seigneur, comme il fête la pentecôte, comme
il eft *fort de chofes* ce petit *Fontenelle !* comme il mêle fagement l'inondation
et l'incendie ! comme il eft éloquent ! comme fa charité facerdotale propofe
trois fcrupules à une femme pieufe ! on verra ci-deffus fes menfonges :
ils furpaffent de beaucoup le nombre des trois fcrupules de ce faint
perfonnage.

de la répandre, qui formeront une pieuse cabale contre la famille *la Borde*, qui solliciteront les juges, qui animeront le public, en faveur de l'innocence opprimée par un fermier général. La cause va devenir celle de DIEU et celle du peuple : car on suppose toujours que ni l'un ni l'autre n'aiment les fermiers généraux. Cette manœuvre n'était pas mal adroite; mais DIEU ne l'a pas bénie comme l'espérait *Claustre*. Ce n'est pas assez, quand il s'agit d'un compte de tutelle, de parler de piété et de dévotion; il faut des faits vrais et des calculs justes. C'est précisément ce qui a manqué au zèle de l'abbé *Claustre*. Il se flattait que le sieur *Jean-François de la Borde*, principalement attaqué dans ce procès, étant âgé de quatre-vingts ans, succomberait à la faiblesse de son âge, et à la fatigue de rassembler un tas immense de papiers oubliés depuis long-temps, et peut-être égarés. Il était sûr de compromettre le frère avec sa sœur de *la Flachère*, le père avec sa fille de *Cramayel*. Il avait l'espérance de conduire au tombeau la vieillesse du sieur *Jean-François de la Borde*, et celle de sa sœur, la dame de *la Flachère* : et c'est dans cette unique vue qu'il ne s'est pas trompé. L'un et l'autre sont morts en effet de chagrin; mais du moins ils ne sont morts qu'après avoir pleinement confondu leur adversaire, et après avoir obtenu des arrêts contre le calomniateur. *Claustre* n'était pas aussi exact qu'il était zélé. Ses mensonges étaient pieux, mais ils n'étaient pas fins.

Premier mensonge de Claustre.

IL redemandait pour le mari de sa nièce *Boutaudon* environ deux millions dont la mère de *Desmartres* avait

hérité en Hollande. Mais par les comptes juridiquement arrêtés, il fe trouva que le bien de fa mère ne
fe montait, à fa mort, qu'à deux cents foixante-feize
mille vingt livres qui devaient être partagées entre
Defmartres fils et fa fœur ; et à la mort de la fœur ces
deux cents foixante-feize mille vingt livres appartinrent
au fils ; mais fur ce bien il fallait payer au fieur *Defmartres*
père douze mille livres de penfion à lui léguées par fa
femme , et trois mille livres de penfion à lui léguées
par fa fille avec d'autres dons. Ainfi voilà l'abbé
Claufre bien loin de fon compte. *Et nihil invenerunt
viri divitiarum in manibus fuis.*

Second menfonge de Claufre.

I L dit affez malignement que la bifaïeule de
Defmartres fils , qui était hollandaife, mourut en 1728 ;
et il le dit pour infinuer que des actes de 1729
n'étaient pas légitimes. Il ajoute que cette dame laiffa
une groffe fucceffion. Il a été prouvé qu'elle était
morte en 1730 , que la fucceffion était fort petite ,
et qu'il raifonnait fort mal.

Troifiéme menfonge de Claufre.

I L fait dire à *Defmartres* fils, qu'on ne lui a pas
rendu fes papiers à fa majorité; et il a été prouvé par
acte juridique, du 13 mai 1761 , que tous fes papiers
lui avaient été rendus.

Quatrième menſonge de Clauſtre.

Il dit qu'on ne laiſſe jouir *Deſmartres* fils que de dix mille livres de rente; que ce n'eſt pas aſſez pour lui *Clauſtre* et pour ſa nièce *Boutaudon ;* qu'il comptait ſur un fonds de deux millions.

A l'égard de ces deux millions, il faut bien que *Clauſtre* et ſa nièce *Boutaudon* s'en paſſent ; mais il a été prouvé que le ſieur *Deſmartres* fils jouiſſait de quatorze mille livres de rente, provenantes de l'adminiſtration ſage de ſon père, et qu'à la mort de ce père il jouira de quinze mille livres de penſion qu'il eſt obligé de lui faire; ce qui compoſera environ trente mille livres de rente au ſieur *Deſmartres* fils. C'eſt un bien fort honnête ; il y a beaucoup de gens d'eſprit dans Paris qui n'en ont pas tant , et qui n'ont pas des *Clauſtre* pour directeurs de conſcience et de finances.

Cinquième menſonge de Clauſtre.

Il fait dire à *Deſmartres* fils qu'étant malade , en 1760 , ſon père le força de faire un teſtament par lequel il inſtituait ce père ſon héritier univerſel, et il ſe trouve que ce teſtament fut fait, le 11 avril 1757, dans la ville d'Aigueperſe , ſon père étant alors à cent lieues de là ; ce père *Deſmartres* n'eſt point inſtitué héritier univerſel, c'eſt l'oncle même *Jean-François.* Quand on a reproché à *Clauſtre* qu'il avait dit la choſe qui n'eſt pas , il a répondu qu'on peut en uſer ainſi pour le bien des mineurs , que des patriarches ont fait des menſonges officieux , mais qu'en effet il a dit la vérité ,

puifqu'il y a eu un teftament. Voilà le point principal;
la date et le contenu ne font que des acceffoires.

Sixiéme menfonge de Clauftre.

Nous paffons quelques menues fraudes qui
feraient exceffivement ennuyeufes, et que les curieux
peuvent voir dans les mémoires imprimés ; mais en
voici une importante. Il accufe le fieur de *la Borde*,
fermier général, d'avoir volé cinquante-huit mille
livres avec les arrérages à fa belle-fœur, la dame
Defmartres, mère du complaignant.

Voici le fait. La dame *Defmartres*, ayant confervé
quelques inclinations de la Hollande, fon pays , fe
plaifait quelquefois à mettre de l'argent dans le commerce de Cadix. Elle fit une avance de cinquante-
huit mille livres fur des effets eftimés foixante-fept
mille, que le fieur *Jean-François de la Borde* envoyait
à Buenos-Aires, en 1731. *Jean-François de la Borde*
perdit prefque tout. Il ne reçut qu'en 1751 les faibles
débris de cette efpèce de banqueroute , et cependant
il eut la générofité , dès 1744 , de rembourfer les
58000 livres avec les intérêts. *Alonzo , Rubio de Rivas*
et *Bartholomé Pinto* de Ribera , chargés de la commiffion de vendre au Pérou les effets du fieur de *la Borde*,
s'en étaient fort mal acquittés , malgré leurs grands
noms. Je n'en fuis point étonné; ces meffieurs m'ont
caufé, à moi qui vous parle , une perte de plus de
cent mille livres ; mais n'ayant point à faire à un
dévot, je n'ai pas effuyé de procès pour furcroît de
ma perte. *Clauftre* , au contraire , a redemandé les

58000 livres avec les intérêts, quoiqu'ils euffent été payés, et qu'on eût la quittance. Cela eft effronté ; mais il ne faut s'étonner de rien.

Septième menfonge de Clauftre.

IL prétend que fon *Defmartres* fils était abandonné de fon père et de fon oncle, et qu'on lui retenait fon bien dans le temps même qu'il était majeur; mais une preuve qu'on ne lui retenait pas fon bien et qu'il en pouvait difpofer, c'eft qu'alors il fe rendait caution de plufieurs emprunts que fefait fon coufin *Jean-Benjamin de la Borde*, fils du fermier général *Jean-François*.

Huitième menfonge de Clauftre.

LE prêtre ayant fait trois libelles contre le fieur *Jean-François de la Borde*, fon bienfaiteur, en fait un quatrième contre fon élève *Jean-Benjamin de la Borde* le fils, qui fut fon bienfaiteur auffi dès qu'il eut atteint le moment de fa majorité. Dans ce libelle injurieux il étale des craintes chimériques fur les engagemens pris par *Pierre de la Borde Defmartres* en faveur de fon coufin germain *Jean-Benjamin*; engagemens mutuels, remplis, acquittés, annulés; affaires nettes, affaires confommées. Il voudrait les faire revivre pour en faire naître quelque nouveau procès. Dans cette honnête intention, ne fachant comment s'y prendre, il avance que dans le temps du premier engagement des deux coufins, ils étaient tous deux majeurs. Il ment encore fans utilité et par pure habitude. Le premier engagement eft du 18 février 1759. Or *Benjamin* ne fut majeur que le 5 feptembre de cette année. Le lecteur fe foucie fort peu, et moi auffi, du temps où les parties furent majeures ; mais le public n'aime pas qu'un prêtre mente. Je hais ces menfonges facrés plus que perfonne, parce que je fais ce qu'il m'en a coûté.

Neuvième menfonge de Clauftre.

CE bon prêtre, fachant bien que *Pierre de la Borde Defmartres* n'était pas fi riche que *Jean-François de la Borde*, ancien fermier-général, a voulu s'adreffer à lui plutôt qu'à *Pierre ;* il s'eft imaginé qu'il pourrait le faire paffer pour tuteur des enfans de fa fœur, et pour adminiftrateur de leur bien, afin de pouvoir tomber fur lui. Il dirigeait ainfi fes attaques contre ceux qui étaient en état de payer la plus groffe rançon. Il s'eft encore trompé dans cette fuppofition. Les accufateurs font obligés d'avoir doublement raifon, et *Clauftre* a toujours eu tort.

Voici ce qu'il demandait avec difcrétion.

58000 livres qui avaient été payées.
103888 livres auffi déjà payées.
77155 liv. auffi déjà payées en plufieurs articles.

Voici déjà une fomme d'environ deux cents trenteneuf mille francs que ce *Clauftre*, qui voulait paffer fa vie à la doctrine chrétienne, demandait pour lui et pour la demoifelle *Boutaudon*, fous le nom du fieur

Defmartres fils qui n'en favait rien. Il y a encore d'autres articles; le tout monte à environ cent mille écus. Il a déjà été condamné d'une voix unanime aux requêtes du palais fur prefque tous les articles.

Conclufion.

Il y a deux fortes de juftices, celle du barreau et celle du public. Au barreau l'on eft *débouté*, c'eft-à-dire, déchu de fes prétentions injuftes, *debotat et debotavit;* le public juge l'hypocrifie, l'ingratitude, l'efprit de rapacité et le menfonge. A quoi condamne-t-il un tel coupable? il le déboute de fes prétentions à la piété et à l'honneur; il lui confeille de retourner à la doctrine chrétienne, de ne plus apporter le glaive, mais la paix dans les familles, de ne plus divifer le fils et le père, la fille et la mère, la bru et la belle-mère. Cela eft très-bon ailleurs, mais non dans un précepteur qui reçoit des gages; chaque chofe, chaque homme doit être à fa place.

Tel eft le petit précis très-informe de la caufe célèbre ou non célèbre de l'abbé *Claufre*. Je n'ai pas l'honneur d'être de l'ordre des avocats, mais je fuis de l'ordre de ceux qui aiment la vérité et l'équité.

LETTRE

D'UN ECCLESIASTIQUE

Sur le prétendu rétabliſſement des jéſuites dans Paris.

20 mars 1774.

Il n'y a, Monſieur, ni grande ni petite révolution ſans faux bruits, ſoit parce que les parties intéreſſées croient néceſſaire de cacher leurs intentions au public, ſoit plutôt parce que le public s'aveugle lui-même, et n'attend jamais qu'on prenne la peine de le détromper.

On débite que des perſonnes conſtituées en dignité veulent établir dans Paris une ſociété de jéſuites, ſous un autre nom et ſous une nouvelle forme.

Notre miniſtère eſt trop éclairé pour adopter de telles vues; il ne prendra point pour ſa deviſe :

Eruit, ædificat, mutat quadrata rotundis.

Aurait-on jeté par terre une grande maiſon pour la rebâtir plus petite ? Aurait-on nettoyé une vaſte campagne pour y conſerver dans un coin un peu d'ivraie qui pourrait gâter tout le reſte ? Quelle idée de vouloir réunir des jéſuites dans Paris, pour alarmer les parlemens, pour outrager les univerſités, pour recommencer la guerre au même moment qu'on s'eſt donné la paix ! Si on avait propoſé à *Cadmus* de ſemer encore quelques dents du dragon, après la défaite

défaite de ceux qui étaient nés de ces dents, il n'aurait pas fuivi ce confeil funefte.

Les jéfuites firent aux univerfités une guerre qui dura plus de deux cents ans. DIEU nous préferve de rentrer dans les troubles dont la fageffe et la bonté du roi nous ont tirés ! ce ferait violer le pacte de famille qui fubfifte dans l'augufte maifon de France et d'Efpagne. Le roi d'Efpagne a déclaré qu'il gardait *dans fon cœur royal* l'offenfe affreufe que les jéfuites lui avaient faite. Il ne nous a point dit précifément de quelle arme ils s'étaient fervis pour percer fon cœur ; mais le pontife éclairé qui fiège à Rome a pu le favoir. Il a mis en prifon le général de la compagnie, et fes confidens. La fociété des jéfuites eft anéantie : on ne rifquera pas de détruire la fociété du genre humain, en rétabliffant ce qu'on a eu tant de peine à détruire.

Il eft conftant que les jéfuites *Aleffandro*, *Mathos* et *Malagrida*, furent convaincus, dans un *acordao* du confeil fuprême de Lisbonne, d'avoir employé la confeffion auriculaire pour faire affaffiner le roi de Portugal, auquel il n'en coûta qu'un bras. La confeffion de *Jean Châtel* à un jéfuite n'avait coûté qu'une dent à notre cher *Henri IV* : la confeffion des incendiaires de Londres aux révérends pères *Oldecorn* et *Garnet*, préparait la mort la plus inouie au roi et au parlement d'Angleterre. Ils ont été chaffés de tous ces pays. Je puis me tromper, mais je ne crois pas qu'on les y rappelle fi tôt.

Si le pape *Clément XIV* ne les a pas traités comme *Clément V* traita les templiers, c'eft que nous fommes

dans un temps où les lettres et les arts ont enfin
adouci les mœurs; c'eſt que les crimes, quoique
réitérés, de pluſieurs membres ne doivent pas attirer
des ſupplices barbares à tout le corps. Pluſieurs
jeunes jéſuites ont été accuſés des mêmes péchés
qu'on reprochait aux templiers; cependant on ne
les a brûlés ni en France, ni en Eſpagne, ni en
Italie. Nous ſommes devenus plus humains, mais
il ne faut pas devenir imbécilles; et nous le ſerions
ſi nous conſervions la graine d'une plante qui nous a
paru un poiſon.

Parmi les jéſuites on a vu, et on voit encore des
hommes très-eſtimables, des ſavans utiles. Le roi
de Pruſſe les a conſervés dans ſes Etats; ils y peuvent
ſervir à inſtruire la jeuneſſe. Des religieux catholiques
ne ſont pas aſſez puiſſans pour nuire dans un royaume
proteſtant et tout militaire, dans lequel un ſeul ordre
du roi, porté par un grenadier, arrête tout d'un
coup toutes les diſputes ſcolaſtiques.

Il en eſt de même de la Ruſſie polonaiſe : on y a
laiſſé quelques jéſuites latins que l'Egliſe grecque ne
craint pas, et que le gouvernement redoute encore
moins. Un empereur ou une impératrice ruſſe eſt
le chef ſuprême de la religion dans cet empire d'onze
cents mille lieues quarrées. On n'y connaît point
deux puiſſances : quiconque même y voudrait établir cette doctrine des deux puiſſances, y ſerait puni
comme coupable de haute trahiſon et de ſacrilége;
et il y en a eu des exemples. Ce frein que la loi met
aux bouches controverſiſtes les retient; mais ce qui
eſt tolérable, du moins pour un temps, dans ces

pays immenses, deviendrait très-pernicieux dans le nôtre. Les Ruffes et les Pruffiens font tous foldats, et n'ont ni janféniftes ni moliniftes : la France en a pour fon malheur et pour fa honte. Ce feu eft prefque éteint ; je ne penfe pas qu'un gouvernement aufli fage que le nôtre veuille le rallumer.

Les ex-jéfuites qui ont du mérite et des talens peuvent les manifefter dans tous les genres : on les a délivrés d'une chaîne infupportable qu'ils s'étaient mife au cou dans l'imprudence de la jeuneffe. Ils s'étaient enrôlés foldats d'un defpote étranger ; on leur a donné leur congé ; on a brifé leurs fers : ils feront citoyens. Ne vaut-il pas mieux être citoyen que jéfuite ?

Toute l'Europe catholique demande à grands cris qu'on diminue le nombre des ordres, et celui des moines de chaque ordre. Si on pouvait feulement raffembler fous fes yeux une trentaine de ces inftituts bizarres, gens tondus, gens demi-tondus, chauffés, déchaux, avec braies, fans braies, gris, noirs, bai-bruns, pièce fans barbe, barbe fans pièce, on rirait long-temps d'une telle mafcarade ; et qui contemplerait les maux produits par leurs difputes, pleurerait.

Plufieurs provinces en Efpagne, en France, en Italie manquent de cultivateurs : on veut par-tout plus de mains qui travaillent, et moins d'oififs qui argumentent ; c'eft ce qu'on crie à Paris, à Madrid, à Rome. Par-tout le gouvernement, attentif aux clameurs des peuples et aux befoins publics, s'occupe du foin d'arrêter les progrès du mal, fi l'on ne peut l'extirper. L'âge de faire vœu d'être inutile eſt du moins reculé de quelques années ; quelques couvens ont été ſupprimés : et vous croyez qu'on en va ériger un de jéſuites dans Paris ! non, ne le craignez pas. On peut ſouffrir de vieux abus par pareſſe, mais on ne ſe tourmente pas pour en introduire un nouveau.

Les principaux miniſtres de l'Egliſe ſavent aſſez quelle rivalité règne entre toutes ces factions qui nous inondent ſous le nom d'ordres : leur habit ſeul eſt un ſignal de haine ; les noirs et les blancs diviſèrent l'Egliſe pendant des ſiècles. On a déſiré ſouvent qu'il n'y eût de couvens que pour les malades, et pour ceux qui, étant incapables de remplir les devoirs de la ſociété, chercheraient une conſolation dans la retraite ; mais c'eſt préciſément la jeuneſſe la plus ſaine, la plus robuſte qu'un enrôleur monacal engage dans ſon régiment, en la feſant boire à la ſanté de ſon ſaint. Il y a pluſieurs couvens où l'on examine le ſoldat de recrue tout nu ; et ſi on lui trouve le moindre défaut, on le renvoie. Cette pratique eſt même uſitée chez des religieuſes : ſi elles ſont aſſez mal conſtituées pour ne pouvoir être mères, on les envoie ſe marier dans le monde ; ſi elles ſont aſſez ſaines pour faire des enfans, on leur fait la grâce de les condamner à la ſtérilité dans leur priſon.

Des retraites honnêtes pour la vieilleſſe et pour les infirmités, voilà ce qui eſt néceſſaire, et voilà ce qu'on n'a pas ſeulement tenté.

L'enthouſiaſme et la ſottiſe firent, dans des temps de ténèbres, des fondations immenſes : la raiſon et l'humanité n'en firent aucune. Combien d'officiers blessés en combattant pour la patrie sont venus demander l'aumône, et quelquefois inutilement, à la porte des opulens monastères fondés par leurs ancêtres !

On nous cite les couvens de l'Eglise grecque, mère de l'Eglise latine; mais premièrement la grecque n'a point cette bigarrure d'ordres innombrables, presque tous ennemis les uns des autres : elle n'a jamais eu que l'ordre de St *Bafile* ; la latine ne connut que l'ancien ordre de St *Benoît* avant le douzième siècle, et les moines de cet ordre défrichèrent des terres incultes, avant de défricher la littérature plus inculte encore. Secondement, les couvens chez les Grecs sont les séminaires d'où l'on tire tous les prêtres, les curés et les évêques. Etant curés, ils se marient ; étant évêques, ils ne se marient plus : chez nous, au contraire, les moines ont toujours été dans une espèce de guerre contre les curés et les évêques ; consultez sur cela l'évêque du *Bellai*, dans son apocalypse de *Méliton*. Et n'avez-vous pas vu en dernier lieu des jésuites fanatiques venir faire des missions chez des curés très-instruits et très-sages, comme s'ils étaient venus prêcher des iroquois ? Ils dépossédaient le curé dans le temps de leur mission, ils s'emparaient de l'église, plantaient une croix dans la place publique, donnaient la communion, sans examen, quatre fois la semaine, à quiconque se présentait, petite fille, petit garçon, vieil ivrogne, vieille entre-metteuse, et se vantaient ensuite à leur général qu'ils avaient converti une ville entière.

Comptez, Monsieur, que notre gouvernement

Ll 3

ne laiffera pas renaître ces abus indignes. Il eft déjà
affez las de ces confréries établies autrefois dans des
temps de trouble, et qui en ont tant fufcité ; de
ces troupes en mafques qui font peur aux petits
enfans, et qui font avorter les femmes ; de ces gilles en
jaquette qui, dans nos contrées méridionales, courent
les rues pour la gloire de DIEU. Il eft temps de
nous défaire de ces momeries qui nous rendent fi
ridicules aux yeux des peuples du Nord.

Il nous faut des moines, dit-on, car les Egyptiens eurent des thérapeutes, et il y eut des efféniens
dans le petit pays de la Paleftine. Je conçois bien
que pendant les guerres des *Ptolomées* il y eut quelques
familles d'Alexandrie, foit juives, foit grecques, qui
fe retirèrent vers le lac Mœris, loin des horreurs
de la guerre civile, comme les primitifs, que nous
nommons quakers, ont été chercher la paix en
Penfilvanie, et oublier les crimes religieux de *Cromwell*
loin de leurs concitoyens fanatiques qui s'égorgeaient
pour un furplis. Je conçois que des efféniens aient
vécu enfemble à la campagne pour être à l'abri des
affaffinats continuels commis par *Hircan* et par
Antigone, qui fe difputaient les fonnettes du grand-
prêtre. Mais quel rapport peut-on trouver entre nos
moines d'aujourd'hui et des gens de bien, mariés
pour la plupart, qui fe retiraient à la campagne,
loin de la tyrannie ?

Si l'habitude, la négligence, la petite difficulté
de remuer d'anciens décombres arrêtent quelquefois
le miniftère ; fi l'on n'ofe pas, dans une grande ville,
changer en maifons néceffaires ces vaftes enceintes
inutiles, où vingt fainéans occupent un terrain qui

pourrait loger trois cents familles ; fi l'on a craint
d'appliquer à l'ordre de St *Louis* un peu de ces
richeſſes prodigieuſes, quelquefois uſurpées par des
chartres évidemment fauſſes ; fi tel officier, qui a
fervi trente ans le roi, ne peut obtenir une modique
penfion fur la ferme de tel prieur clauſtral ; fi enfin
nous confervons encore tant de moines, du moins
n'ayons plus de jéfuites.

PETIT ECRIT

SUR

L'ARRET DU CONSEIL,

Du 13 septembre 1774,

Qui permet le libre commerce des blés dans le royaume.

JE ne suis qu'un citoyen obscur d'une petite province très-éloignée; mais je parle au nom de cette province entière, dont tous les habitans signeront ce que je vais dire.

Nous gémissions depuis quelques années sous la nécessité qui nous était imposée de porter notre blé au marché de la chétive habitation qu'on nomme capitale. Dans vingt villages les seigneurs, les curés, les laboureurs, les artisans étaient forcés d'aller ou d'envoyer à grands frais à cette capitale : si on vendait chez soi à son voisin un setier de blé, on était condamné à une amende de cinq cents livres; et le blé, la voiture et les chevaux, étaient saisis au profit de ceux qui venaient exercer cette rapine avec une bandoulière.

Tout seigneur qui dans son village donnait du froment ou de l'avoine à un de ses vassaux, était exposé à se voir puni comme un criminel : de sorte qu'il fallait que le seigneur envoyât ce blé à quatre lieues au marché, et que le vaffal fît quatre lieues pour le chercher, et quatre lieues pour le rapporter à fa porte, où il l'aurait eu fans frais et fans peine; on fent combien une telle vexation révolte le bon fens, la juftice et la nature.

Je ne parle pas des autres abus attachés à cette effroyable police; des horreurs commifes par des valets de bourreau ambulans, intéreffés à trouver des contraventions ou à en forger; des querelles quelquefois très-fanglantes de ces commis avec les habitans auxquels on raviffait leur pain; des prifons dans lefquelles cent prétendus délinquans étaient entaffés; de la ruine entière des familles; de la dépopulation qui commençait à en être la fuite.

C'eft dans l'excès de cette mifère que nous apprîmes qu'un nouveau miniftre était venu à notre fecours. Nous lûmes l'arrêt du confeil, du 13 feptembre 1774. La province verfa des larmes de joie après en avoir verfé long-temps de défefpoir.

J'avoue que j'admirai l'éloquence fage, convenable et nouvelle avec laquelle on fefait parler le roi, autant que je fus fenfible au bien que cet arrêt fefait au royaume. C'était un père qui inftruifait fes enfans, qui touchait leurs plaies, et qui les guériffait: c'était un maître qui donnait la liberté à des hommes qu'on avait rendus efclaves.

Quelle eft aujourd'hui ma furprife de voir que des citoyens pleins de talens condamnent, dans l'heureux loifir de Paris, le bien que le roi vient de faire dans nos campagnes! Le miniftre, certain de la bonté de fes vues, permet qu'on écrive fur fon adminiftration, et on fe fert de cette permiffion pour le blâmer.

Un homme de beaucoup d'efprit, qui paraît avoir des intentions pures, mais qui fe laiffe peut-être trop entraîner aux paradoxes, prétend dans un ouvrage qui a du cours, que la liberté du commerce des grains eft pernicieufe, et que la contrainte d'aller acheter fon blé aux marchés eft abfolument néceffaire.

Je prends la liberté de lui dire que ni en Hollande, ni en Angleterre, ni à Rome, ni à Genève, ni en Suiffe, (a) ni à Venife, les citoyens ne font obligés d'acheter leur nourriture au marché. On n'y eft pas plus forcé qu'à s'y pourvoir des autres denrées. La loi générale de la police de tous les peuples eft de fe procurer fon néceffaire où l'on veut ; chacun achète fon comeftible, fa boiffon, fon vêtement, fon chauffage par-tout où il croit l'obtenir à meilleur compte : une loi contraire ne ferait admiffible qu'en temps de pefte, ou dans une ville affiégée.

Les marchés, comme les foires, n'ont été inventés que pour la commodité du public, et non pour fon afferviffement : les hommes ne font pas faits affurément pour les foires ; mais les foires font faites pour les hommes.

Le critique fe plaint de la fuppreffion des marchés au blé. Mais ils ne font point fupprimés ; notre petite ville eft auffi bien fournie qu'auparavant, et le laboureur a gagné fans que perfonne ait perdu ; c'eft ce que j'attefte au nom de vingt mille hommes.

Dire que la liberté de commercer anéantit les

(a) A Rome et à Genève les boulangers font obligés de prendre le blé aux greniers de l'Etat, non au marché ; c'eft un abus d'une autre efpèce fondé fur d'autres préjugés. A Londres, malgré d'anciennes lois tombées en défuétude, tout eft libre, comme en Hollande et en Suiffe.

marchés publics, c'eſt dire que les foires de Saint-Laurent et de Saint-Germain ſont ſupprimées à Paris, parce qu'il eſt permis de faire des emplettes dans la rue Saint-Honoré et dans la rue Saint-Denis.

La raiſon la plus impoſante de l'ingénieux critique eſt la perte que peuvent ſouffrir quelques ſeigneurs dans leurs droits de halles.

Mais premièrement, ces ſeigneurs ſont en petit nombre ; je ne connais perſonne dans notre province qui ait ce droit. Il n'appartient guère qu'à des terres conſidérables, dans leſquelles il ſe fait un grand commerce, et où les marchands des environs viendront toujours mettre leurs diverſes marchandiſes en dépôt. Aucun marché n'eſt abandonné dans les provinces voiſines de la mienne.

Secondement, ſi quelques ſeigneurs ſouffraient une légère perte dans la petite diminution de leurs droits de halles, la nation entière y gagne ; et la nation doit être préférée.

Troiſièmement, s'il ne s'agiſſait que d'indemniſer ces ſeigneurs, ſuppoſé qu'ils ſe plaignent, le roi le pourrait très-aiſément, ſans altérer en rien la grande et heureuſe loi de la liberté du commerce, loi trop tard adoptée chez nous, qui arrivons trop tard à bien des vérités.

Quatrièmement, il paraît impoſſible que dans les gros bourgs et dans les villes le laboureur néglige de porter ſon blé au marché ; car il eſt ſûr de l'y faire emmagaſiner en payant un petit droit. Son intérêt eſt de porter ſa denrée dans les lieux où elle ſera infailliblement vendue, et non pas d'attendre ſouvent inutilement que les payſans, ſes voiſins, qui ont leur

récolte chez eux, viennent acheter la fienne chez lui.
Il me paraît donc prouvé que la liberté du commerce
des blés produit des avantages immenfes au royaume,
fans caufer le moindre inconvénient. J'en juge par le
bien que cette opération a produit tout d'un coup
dans quatre provinces dont je fuis limitrophe. Mon
opinion n'eft pas dirigée par l'intérêt; car on fait que
je ne vends ni achète aucune production de la terre :
tout eft confommé dans les déferts que j'ai rendus
fertiles.

Il ne m'appartient pas d'avoir feulement une opinion fur la police de Paris; je ne parle que de ce
que je vois.

Après cet arrêt du confeil qui doit être éternellement
mémorable, je ne vois à craindre qu'une affociation
de monopoleurs; mais elle eft également dangereufe
dans tous les pays et dans tous les fyftêmes de police :
et il eft également facile par-tout de la réprimer.

On ne fait point de grands amas de blé fans que
cette manœuvre foit publique. On découvre plus
aifément un monopoleur qu'un voleur de grand
chemin. Le monopole eft un vol public; mais on ne
défendra jamais aux particuliers d'aller aux fpectacles
ou aux églifes avec de l'argent dans leur poche, fous
prétexte que des coupeurs de bourfe peuvent le leur
prendre. (1)

On nous objecte que le prix du pain augmente
quelquefois dans le royaume. Mais ce n'eft pas affurément parce qu'on a la liberté de le vendre, c'eft

(1) Il ne peut exifter d'autre monopole que celui des particuliers ou des
compaguies qui ont des priviléges exclufifs ; le monopole eft impoffible
avec la liberté, à moins qu'il ne s'agiffe d'une denrée qu'on ne peut tirer
que d'un pays éloigné , et dont il ne fe confomme qu'une petite quantité.

parce qu'en effet les terres des Gaules ne valent pas les terres de Sicile, de Carthage et de Babylone. Nous avons quelquefois de très-mauvaises années et rarement de très-abondantes ; mais en général notre sol est assez fertile. Le commerce étranger nous donne toujours ce qui nous manque : nous ne périssons jamais de misère. J'ai vu l'année 1709. J'ai vu madame de *Maintenon* manger du pain bis ; j'en ai mangé pendant deux ans entiers, et je m'en trouvais bien. Mais, quoi qu'on ait dit, je n'ai jamais vu aucune mort causée uniquement par l'inanition. C'est une vérité trop reconnue qu'il y a plus d'hommes qui meurent de débauche que de faim. En un mot on n'a jamais plus mal pris son temps qu'aujourd'hui pour se plaindre.

Je dis même que dans l'année la plus stérile en blé, le peuple a des ressources infinies, soit dans les chataignes dont on fait un pain nourrissant, soit dans les orges, soit dans le riz, soit dans les pommes de terre qu'on cultive aujourd'hui par-tout avec un très-grand soin, et dont j'ai fait le pain le plus savoureux avec moitié de farine.

Je sais bien que si tous les fruits de la terre manquaient absolument, et si on n'avait point de vaisseaux pour faire venir des vivres de Barbarie ou d'Italie, il faudrait mourir ; mais il faudrait mourir de même si nous avions une peste générale, ou si nous étions attaqués de la rage, ou si notre pays était englouti par des volcans.

Fions-nous à la providence, mais en travaillant. Fions-nous sur-tout à celle d'un ministre très-éclairé, qui n'a jamais fait que du bien, qui n'a aucun intérêt de faire le mal , qui paraît auffi utile à la France , que fon père l'était à la ville de Paris , et qui pouffe la vertu jufqu'à trouver très-bon qu'on le critique ; ce que les autres ne fouffrent guère.

F. d. V. S. de F. et T. G. o. d. R.

2 janvier 1775.

LES EDITS

DE SA MAJESTÉ LOUIS XVI,

Pendant l'administration de M. Turgot.

ON fait assez qu'une lumière nouvelle éclaire l'Europe depuis quelques années ; on a vu une femme instruire, policer, enrichir un empire qui contient la cinquième partie de notre hémisphère : la première de ses lois a été l'établissement de la tolérance depuis les frontières de la Suède jusqu'à celles de la Chine ; elle a proscrit la torture qui ne se donnait qu'aux esclaves dans l'empire romain ; elle a rendu utiles à la société jusqu'aux supplices mêmes, qui n'étaient autrefois qu'une mort cruelle, un spectacle passager, aussi inutile que barbare, dont il ne résultait que de l'horreur.

Pour former le corps de ses lois civiles, elle a assemblé les députés de toutes ses provinces et de toutes les religions qui les habitent : on a dit au chrétien de l'Eglise grecque, à celui de l'Eglise romaine, au musulman du rite d'*Omar*, à celui du rite d'*Ali*, à celui qu'on appelle ou luthérien ou calviniste, au tartare qu'on nomme païen : Cette loi qu'on vous propose convient-elle à vos intérêts, à vos mœurs, à votre climat ? et cette loi n'a été promulguée qu'après avoir obtenu le consentement universel.

Nous avons vu un jeune roi du Nord, soutenu seulement de son courage et de sa prudence, changer en un seul jour les lois de ses Etats et en faire chaque jour de nouvelles toutes néceffaires, toutes reçues avec les acclamations de la reconnaiffance.

Sans chercher des exemples fi loin, regardons autour de nous. Le premier édit de *Louis XVI* a été un bienfait. C'eft un ufage ancien dans le royaume qu'on paie au fouverain des droits confidérables pour fon avénement au trône : ce tribut même était exigé autrefois par tous les barons fur leurs vaffaux immédiats ; et à mefure que l'autorité royale détruifit les ufurpations féodales, ce droit refta uniquement affecté au monarque. Les états généraux de France accordèrent trois cents mille livres à *Charles VIII* pour fon avénement. Cet impôt augmenta toujours depuis, et cependant fut toujours appelé joyeux.

Nous n'avons trouvé ni dans l'excellent ouvrage de M. de *Fourbonnais*, ni dans les articles dont l'exact et favant M. *Boucher d'Argis* a enrichi l'Encyclopédie, quelles fommes *Louis XIII* et *Louis XIV* reçurent à cette occafion. *Louis XVI* apprit à fon peuple que fon avénement méritait en effet le nom de joyeux, en remettant entièrement ce qu'on lui devait, et en voulant même qu'on expédiât *gratis* à tous les feigneurs des terres leur renouvellement de foi et hommage ; ce fut M. l'abbé *Terray* qui rédigea cet édit favorable, et c'eft par-là qu'il termina la carrière pénible de fon miniftère.

Depuis ce temps tous les édits et toutes les ordonnances du roi *Louis XVI*, propofés et fignés par M. *Turgot*, furent des monumens de générofité élevés par une fageffe fupérieure. On n'avait point encore vu d'édits dans lefquels le fouverain daignât enfeigner fon peuple, raifonner avec lui, l'inftruire de fes

intérêts,

intérêts, le perfuader avant de lui commander : la fubftance de prefque tous les ordres émanés du trône était contenue dans ces mots : *Car tel eft notre plaifir.* *Louis XVI* aurait pu dire : Car telle eft notre fageffe & notre bonté, fi la modeftie, toujours compagne de la bienfefance, lui avait permis ces expreffions.

Par quelle fingularité faut-il que ce grand exemple de raifonner avec fes fujets en leur donnant fes ordres, & d'être à la fois philofophe & légiflateur, n'ait été connu qu'aux deux extrémités de notre hémifphère ? Il n'y a jufqu'à préfent que *Louis XVI* & l'empereur de la Chine qui aient fait cet honneur aux hommes. L'un & l'autre ont également favorifé l'agriculture ; l'un & l'autre ont appris aux grands combien ceux qui prodiguent continuellement leur vie pour nourrir ces grands & pour fervir leur magnificence, doivent être encouragés.

Lorfque dans ces refcrits dont l'objet eft toujours le foulagement du peuple, le maintien de quelques priviléges particuliers a pu échapper à l'ame bien-fefante du roi de France, il s'eft bientôt empreffé de rétablir par fa juftice la balance que fa bonté pater-nelle avait peut-être fait trop pencher en faveur de la portion du genre-humain, qui attirait le plus fa compaffion. Il ne pouvait jamais franchir les bornes de l'équité rigoureufe que par un excès d'humanité.

Si, dans un fi court efpace de temps, les befoins toujours renaiffans du gouvernement n'ont pas permis de liquider des dettes immenfes, quiconque a des yeux voit qu'il n'eft pas poffible de combler fitôt un abyme qu'on a creufé fans relâche pendant deux fiècles. La vertu d'*Ariftide* & l'habileté de *Périclès* n'y fuffifent pas. On fait affez que *Louis XIV* en mourant laiffa deux milliars fix cents millions de dettes à 28 liv. le marc, ce qui fait prefque quatre milliars cinq cents millions de la monnaie d'aujourd'hui. La moitié de cette dette immenfé avait été caufée par la guerre la plus jufte ; il fallait foutenir le droit légitime de fon petit-fils au royaume d'Efpagne, la volonté facrée d'un grand-père qui n'avait confulté dans fon tefta-ment que DIEU & la nature ; enfin le choix d'une nation refpeCtable, qui appelait au trône la famille qui règne aujourd'hui fur l'Efpagne, fur les deux Siciles & fur le duché de Parme. *Louis XIV* cette fois ruina fon royaume pour être jufte.

Le fardeau prodigieux que la France fupporte s'eft encore appefanti depuis fon fucceffeur dont on chérit la mémoire. *Louis XV* a eu le malheur d'emprunter plus de onze cents millions dans la funefte guerre de 1756 ; & que n'avait point coûté celle de 1741 ? Une fatalité étrange tournait alors les armes de la France contre une impératrice vertueufe & chère, à qui elle doit aujourd'hui fa félicité. On bénit cette reine aimable & bienfefante : elle embellit les jours heureux que fon époux fait naître ; mais le nerf principal de l'Etat n'en eft pas moins affaibli ; les finances du royaume n'en font pas moins épuifées : il y a de l'ordre, de la fageffe ; mais cet ordre & cette fageffe ne peuvent confifter qu'à payer difficilement les intérêts d'un capital qui épouvante.

Qu'on fonge que dans une fituation fi accablante le miniftère eft encore obligé de réparer les défordres des faifons ; de fecourir des provinces en proie à des fléaux mortels ; de feconder des entreprifes dont l'utilité eſt certaine, mais éloignée, & dont les frais ne peuvent guère être portés par un corps preſque expirant ſous un poids qui l'opprime.

Cette ſeule réflexion peut faire comprendre que le miniſtère des finances eſt aujourd'hui, cent fois plus difficile qu'il ne le fut du temps du grand *Colbert*. Nous avons eu depuis lui vingt miniſtres d'une probité incorruptible, mais aucun n'a pu débrouiller le chaos. La France peut ſe vanter d'avoir porté dans ſon ſein le plus généreux de tous les hommes, qui, dans un double miniſtère, a uni pour jamais la France avec l'Eſpagne, & a donné la Corſe à nos rois. D'autres ont fait du bien dans tous les genres : mais qui liquidera un jour nos dettes ? ce ſera celui qui, ayant médité ces édits, aura l'inébranlable vertu & le génie du miniſtre qui les a faits.

Fin du Tome ſecond.

TABLE

DES PIECES

CONTENUES DANS CE VOLUME.

PRECIS

Politique & Législ. Tome II.   N n

T A B L E.

Fin de la Table du Tome fecond.

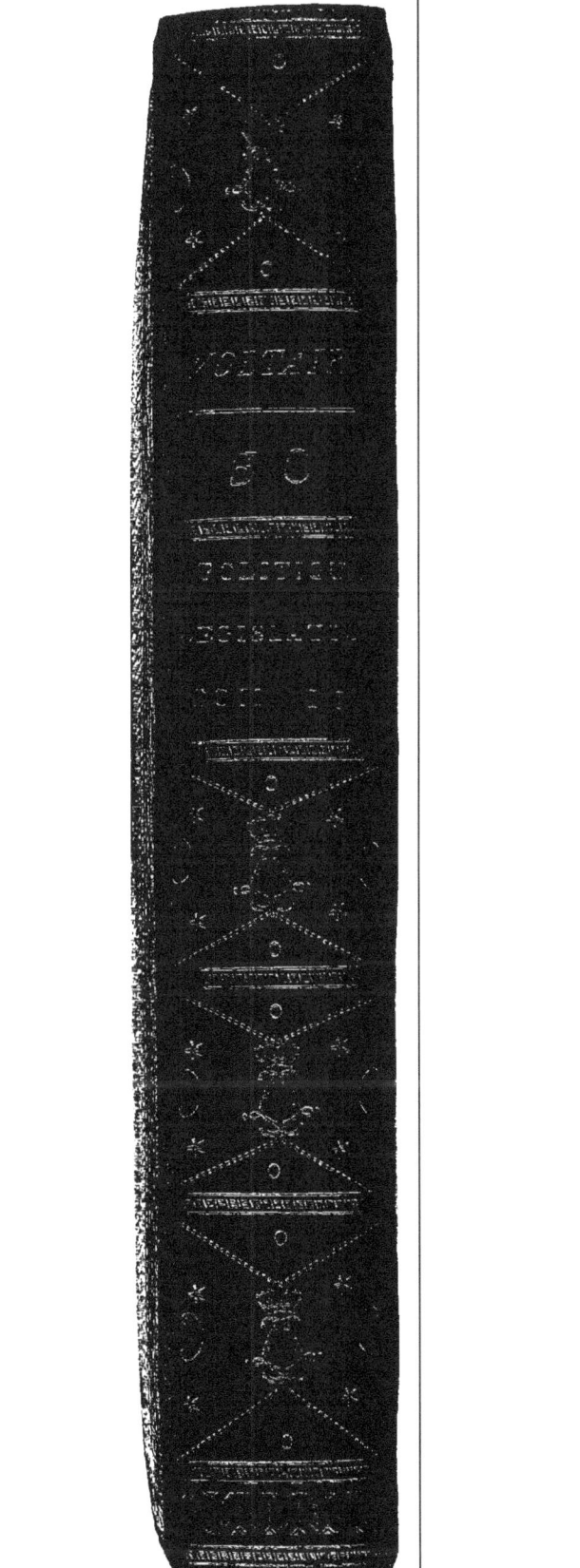